용재수필 5

용재오필 容齋五筆

이 책은 (재)한국연구재단의 지원으로 학고방출판사에서 출간, 유통합니다.

한국연구재단 학술번역총서 동양편 615

용재수필
容齋隨筆

5

용재오필
容齋五筆

[송宋]홍 매洪邁 지음
홍승직 · 노은정 · 안예선 옮김

學古房

◂ 일러두기 ▸

1 역주는 공범례孔凡禮가 교감한 『용재수필容齋隨筆』(중화서국中華書局, 2006)을 저본으로 하였다. 글자와 표점에 의문이 있는 경우 상해고적출판사(上海古籍出版社, 1996)에서 출판한 것을 참조하였다.

2 저본에 수록된 내용을 모두 한국어로 옮겼으며, 주석은 번역문에 각주로 달았다. 원문은 각 권의 말미에 수록하였다. 시가 인용된 경우는 원문을 번역문 옆에 함께 제시하였다.

3 번역문에서 한자를 표기할 경우 독음이 같으면 괄호 없이 병기하였고, 독음이 다르면 [ ]를 사용하였다. 인용문의 경우는 " "와 ' '를 사용하고, 서명에서는 『 』를, 편명에서는 「 」를 사용하였다.

4 인물, 지명, 관명, 주요 사건, 관련 고사, 주요 개념 중 필요하다고 판단될 경우 각 권에서 처음 출현할 때 각주를 달았다. 다만, 단순 예시로서 나열되어있거나 의미의 이해에 문제가 없는 경우에는 각주를 생략하였다.

5 『용재수필容齋隨筆』·『용재속필容齋續筆』·『용재삼필容齋三筆』·『용재사필容齋四筆』·『용재오필容齋五筆』 각 권의 뒤에 서명과 인물 색인을 두었다.

容齋隨筆 역자의 말

2010년 봄, 서울 삼선교 근처에 세 사람이 모여 결의했다. 그 기세가 약 1,800년 전 도원결의桃園結義와 맞먹는지라, '삼선결의三仙結義'라고 할 만했다. 중국 송나라 때 홍매洪邁가 쓴 글을 모은 『용재수필容齋隨筆』을 한글로 번역하기로 결의한 것이다. 중국 고전 번역에 뜻이 있어서 그 전부터 의기투합했던 세 사람은 마침 한국연구재단 학술명저번역 지원 목록에 『용재수필』이 등재되었다는 공고를 보고 응모하기로 결의를 굳혔다. 짧은 기간 동안 자료 수집, 지침 토의, 샘플 번역 작업을 거쳐서 응모한 결과 세 사람에게 임무가 맡겨지게 되었다.

『용재수필』은 일단 '수필隨筆'이란 용어가 유통되는 신호탄이었다. 번역을 마치고 그동안 섭렵한 내용을 돌이켜보면, 자기 글을 모은 것에 홍매가 '수필'이라고 이름을 붙이지 않을 수 없었던 연유가 짐작된다. 유난히 책에 애착을 가진 사람을 종종 본다. 애착이라는 말로는 모자라 '광적狂的'이라는 수식어를 붙여야 하는 사람도 드물게 있다. 홍매도 그 중 한 사람이다. 마치 샘에 물이 차오르듯 독서량이 늘어나서 어느 시점부터 자연적 용출이 일어난다. 범위와 깊이를 헤아릴 수 없는 독서의 결과로 샘물처럼 용출되는 그의 글 속에는 세상만사 망라되지 않은 것이 없다. 때로는 주위에서 마주치는 사소한 물건의 이름 한 글자에 집착하여 온갖 독서의 이력과 폭넓은 지식이 동원되기도 하고, 때로는 무수한 시공을 넘나들며 역사와 천문이 펼쳐지기도 한다. 이런 그의 글이 두루 모였으니 뭐라고 이름 짓기가 수월하지 않았을 것이다. 그러니 그저 '붓 가는대로 썼다'는 뜻에서 '수필隨筆'이라고 했을 것이다. 홍매가 21세기에 활동했다면 세계에서 손꼽히는 파워블로거이자 SNS 파워유저가 되었을 것이다.

현재 가장 권위 있는 것으로 인정되는 원문은 중화서국에서 출판한 『용재수필』 '상, 하' 두 권이다. 그러면서 그 안에는 출간된 시기의 선후에 따라서 『용재수필容齋隨筆』, 『용재속필容齋續筆』, 『용재삼필容齋三筆』, 『용재사필容齋四筆』, 『용재오필容齋五筆』 다섯 가지로 분류 수록되었다. 즉 '용재수필'이라고 하면 다섯 가지 모두를 포함하는 시리즈 명칭이기도 하고, 그 중 첫 번째 것만을 일컫기도 한다. 이 번역 출판에서는 위와 같이 다섯 가지를 나누어 다섯 권으로 출판하면서 전체를 '용재수필' 시리즈로 간주하여 각각 '용재수필' 다음에 일련번호를 붙이고, 원문에 쓰였던 각 책의 명칭을 작은 글씨로 병기하였다.

2010년 가을에 정식으로 번역을 시작했다. 홍매의 방대한 독서량과 깊이 있는 지식을 조금이라도 따라가고자 참고 자료를 계속 수집하면서 번역을 진행해나갔다. 현대 한국의 독자가 쉽게 이해할 수 있도록 평이한 언어를 사용하고 풍부한 주석을 수록하는 것을 대원칙으로 삼았다. 1년 후 중간 심사와 2년 후 최종 심사를 순조롭게 통과하여 '출판 가' 판정을 받았다. 그럼에도 불구하고 세 사람은 마치 이제부터 다시 시작이라는 듯, 세 사람이 분담함으로써 피할 수 없었던 상이한 문체를 통일하고 해석을 가다듬고 주석을 보충하기 위해 여러 차례 윤독과 교정을 거듭했다.

지난한 과정이 드디어 결실을 보이게 되었다. 그럼에도 불구하고 지식의 넓이와 깊이가 원저자 홍매에 훨씬 못 미침으로 인하여 그 뜻을 충분히 풀어내지 못한 부분을 면할 수 없다. 여러 차례 교정과 윤독을 거쳤지만 그래도 발견하지 못한 미숙과 오류가 적지 않을 것이다. 독자 여러분이 무언가 얻는 게 있다면 남송의 독서광 홍매에게 그 공을 돌리고, 어딘지 부족한 구석이 있다면 역자 세 사람의 무능과 소홀을 탓해야 하리라.

예측하지 못한 방대한 분야에 걸친 내용, 겉보기와 다른 끝없이 집요한 교정 요구 등으로 인하여 힘들고 지쳤을텐데도 변함없이 꾸준하게 좋은 번역서를 만드느라 고생하신 학고방 하운근 사장님과 편집부 여러분에게 뜨거운 격려와 끝없는 감사의 마음을 표시한다.

2016년 6월 삼선교에서 마지막 윤독회를 마치면서

홍승직, 노은정, 안예선

『용재수필』 해제

『용재수필容齋隨筆』은 남송시대 홍매洪邁(1123~1202)가 독서하며 얻은 지식과 심득을 정리해 집대성한 것으로 역사, 문학, 철학, 정치 등 여러 분야의 고증과 평론을 엮은 학술 필기이다.

홍매洪邁(1123~1202)의 자는 경로景盧, 호는 용재容齋이며, 시호는 문민공文敏公으로 강서성江西省 파양鄱陽 사람이다. 홍매의 부친과 두 형들은 모두 당시의 저명 인사였다. 부친인 홍호洪皓는 금나라에 사신으로 갔다가 억류되어 15년 만에 송나라로 돌아왔는데, 당시 고종 황제는 "한나라 시기 흉노에게 억류되었다가 19년 만에 돌아왔던 소무蘇武와 같은 충절"이라며 칭송하였다. 홍매의 두 형들 또한 재상과 부재상을 지낸 고위 관료이자 학자였기에 당시 '홍씨 삼 형제의 학문과 문학적 명성이 천하에 가득했다[三洪文名滿天下]'(『송사宋史』)는 평판이 있었다.

홍매는 고종 소흥紹興 15년(1145) 박학굉사과博學宏詞科에 급제한 후 천주泉州, 길주吉州, 공주贛州, 건녕建寧, 무주婺州, 진강鎭江, 소흥紹興 등에서 지방관을 지냈다. 중앙에 있는 기간 동안에는 기거사인起居舍人, 중서사인겸시독中書舍人兼侍讀, 직학사원直學士院, 한림학사翰林學士 등의 관직을 거쳐 단명전학사端明殿學士로 관직생활을 마감하였다.

저작으로는 기이한 이야기 모음집인 『이견지夷堅志』, 당시唐詩 선집인 『만수당인절구萬首唐人絶句』, 학술 필기인 『용재수필』, 문집으로 『야처류고野處類稿』가 있다. 또한 30여 년 동안 사관史官을 지내면서 북송 신종神宗, 철종哲宗, 휘종徽宗, 흠종欽宗 4대의 왕조의 역사인 『사조국사四朝國史』와 『흠종실록欽宗實錄』, 『철종보훈哲宗寶訓』을 집필하였다.

『용재수필』은 『용재수필』16권, 『속필續筆』16권, 『삼필三筆』16권, 『사필四筆』16권, 『오필五筆』10권인 5부작, 총 1220여 조목으로 구성되어 있다. 『오필』을 제외하고는 매 편마다 서문이 있는데 『사필』의 서문에서 "처음 내가 용재수필을 썼을 때는 장장 18년이 걸렸고, 『이필』은 13년, 『삼필』은 5년, 『사필』은 1년도 채 걸리지 않았다"고 했다. 이와 『오필』을 합쳐본다면 근 40년의 세월을 『용재수필』과 함께 한 셈이다. 그러나 후반부로 갈수록 집필기간이 점점 짧아졌고, 말년에는 『이견지』의 집필에 치중하느라 『용재수필』에 쏟는 시간과 정력은 예전만 못할 수밖에 없었다. 실제로 『사필』과 『오필』은 내용의 충실도와 정확함이 이전만 못하며 오류가 있기도 하다.

홍매는 『수필』의 서문에서 "생각이 가는 대로 써 내려갔으므로 두서가 없어 수필이라 했다"고 하였다. 생각이 가는 대로 써 내려갔다는 말에서 문학적이고 감성적인 내용을 기대할 수도 있지만 실제는 그렇지 않다. 『용재수필』은 경전과 역사, 문학 작품에 대한 견해와 고증, 전인의 오류에 대한 교정이 주를 이루는 공부의 산물이다. 그의 '생각'은 주로 학문에 국한된 것이었다. 다만 시종일관 엄중한 태도로 치밀하고 객관적인 논증이나 규명의 과정을 거치기보다는 학문적 심득과 단성을 자유롭게 풀어냈기에 일반적인 학술 저작에 비해 덜 무겁고 덜 체계적이다. 매 조목의 제목도 임의적으로 붙인 것이며, 의문이나 격앙된 감정을 그대로 표출하기도 한다.

『용재수필』과 같은 저서를 중국 문학에서는 '필기'라고 한다. 필기란 사대부들의 사교나 일상, 시문 창작과 관련된 일화와 평론, 문화와 풍속, 학술적 고증 등을 자유롭게 기록한 잡기식의 글쓰기 모두를 포함한다. 잡록雜錄, 잡기雜記, 쇄어鎖語, 한담閑談, 만록漫錄 등의 제목에서 볼 수 있듯이 필기는 정통적이고 주류적인 고문과는 달리 잡스럽고 자잘하며 가볍다. 이러한 글쓰기는 송대부터 성행하였는데 홍매가 자신의 저작에 '수필'이라는 제목을 붙인 것은 동시대 다른 필기 작가들의 태도와 크게 다르지 않다.

홍매는 바로 이 필기 문체를 학문의 영역으로 끌어왔다는 점에서 의미가 있다. 진지하고 치밀한 학문의 영역과 필기의 만남은 일견 어울리지 않는 듯하다. 그러나 한 방면에 국한되지 않는 다양한 독서와 지식의 습득, 무르익지 않은 단상과 심득, 고민과 의문을 담아내기에 필기는 제격이었다. 정해진 격식이 없고 오류로부터도 덜 엄격하며 보편적 인식과는 다른 자신만의 견해를 풀어낼 수 있기 때문이다. 홍매는 이러한 필기의 장점을 일상의 학문 생활과 연결하여 반평생에 걸친 공부의 기록을 남긴 것이다.

당대唐代에도 학술 필기가 있기는 했지만 그 내용이 경전의 의미 고증에 편중되어 있었으며 편폭도, 수량도 많지 않았다. 『용재수필』이 출현하면서 학술 필기가 전반적으로 유행하게 되었고, 경전의 고증에 국한되었던 내용에서 확장되어 경사자집뿐만 아니라 당시 사회의 풍속, 문화까지 모든 담론을 대상으로 하게 되었다.

『용재수필』이 다루고 있는 내용은 경학 및 문자학, 언어학, 역사, 제자백가, 고고학, 전장 제도, 천문과 지리, 역법과 음악, 문화와 풍속, 점술과 의학 등 일일이 열거할 수 없을 정도로 다양하다. 『용재수필』에 인용된 사서와 문집이 총 250종에 달한다는 통계는 얼마나 광범위한 내용을 다루고 있는지를 보여준다. 『용재수필』의 내용을 대상으로 한 연구만 보더라도 문학, 역사학, 문헌학, 고증학, 훈고학, 어학, 민속학 등이 있다. 하나의 원전을 중심으로 이처럼 다양한 연구가 가능하다는 것은 내용이 다양할 뿐만 아니라 학술적으로도 가치 있음을 의미한다. 이처럼 모든 학문 영역을 아우르는 박학과 탁월한 식견, 정확한 고증과 논리로 『용재수필』은 '남송 필기 중 최고 작품'(『사고전서총목四庫全書總目』)이라 인정받으며 이에 있어서는 고문의 대가인 구양수歐陽脩와 증공曾鞏도 따를 수 없다는 찬사까지 받았다.(청淸, 주중부周中孚, 『정당독서기鄭堂讀書記』)

남송 가정嘉定 16년(1223), 홍매의 후손인 홍급洪伋이 쓴 『용재수필』의 발문에 "사대부들이 다투어 전하고자 했다"고 한 것으로 보아 당시 지식인들 사이에서 상당한 반향을 불러일으켰던 것으로 보인다. 홍매는 자신이 의구심을 가진 문제나 대상에 대해 최대한 자료를 종합하여 검토하고 최종 판단을 내리게 되기까지의 과정과 근거를 기록하였기 때문에 지식의 습득에 상당히 유용했을 것이다. "고증이 정확하고 의론이 심오하면서도 간결하여 독서와 작문의 법이 여기에 모두 담겨있다"(명明, 마원조馬元調, 「서序」), "학문에 크게 도움이 되는 것이니 마땅히 집집마다 한 권씩 두어 독서와 글을 짓는 도움으로 삼아야 한다"(청淸, 경문광耿文光)는 전인의 평가는 『용재수필』의 유용함과 영향력을 대변한다.

『용재수필』 이후 학술 필기는 하나의 유파를 형성할 정도로 영향력 있는 글쓰기이자 학문의 방법으로 자리 잡게 되었으며 중국 학술사에서 큰 비중을 차지하게 된다. 청대淸代에 이르러 '차기箚記'를 제목으로 하거나 '차기'식의 학술 필기가 대거 등장하였고 이러한 학술 필기가 청대의 고증학을 선도하였다. 차기는 청대 학자들의 공부 방법에서 가장 보편적이고 중요한 것이었다. 학문을 하는 선비들은 모두 '차기책자'를 가지고 있었다. 독서를 할 때마다 심득이 있으면 이곳에 기록하였고 오랜 시간 축적되면 내용을 정리하고 체계적으로 엮어 한 권의 저작으로 만들어냈다. 청대 고증학을 대표하는 역작의 대부분은 이러한 '차기'에서 만들어졌으며, 이는 홍매의 『용재수필』에서 비롯되었다고 할 수 있다.

容齋隨筆 목차

••• 용재오필 권1

••• 용재오필 권2

••• 용재오필 권3

••• 용재오필 권4

••• 용재오필 권5

••• 용재오필 권6

••• 용재오필 권7

••• 용재오필 권8

••• 용재오필 권9

••• 용재오필 권10

••• 용재오필 권1(19칙)

1. 천경을 비롯한 여러 절기 天慶諸節

북송 진종眞宗 대중상부大中祥符[1] 연간, 아첨을 일삼는 신하들이 사명천존司命天尊이 하강했다느니 천서天書가 나타났다느니 하는 일을 꾸며댔다. 이에 강성降聖·천경天慶·천기天祺·천황天貺 등의 절기를 제정하였다. 처음에는 경사 궁관宮觀에서 매 절기마다 이레 동안 재단齋壇을 설치하고 기도를 올렸는데, 얼마 후 사흘·하루로 줄더니 나중에는 더 이상 따지지 않았다. 백관이 조알朝謁하는 예禮 역시 없어졌다. 이제 중도中都에서는 거행된 적이 없고 휴가 또한 없는데, 유독 외군外郡에서는 반드시 천경관天慶觀에 가서 조배朝拜해야 하고 앞뒤 각각 하루 휴무까지 한다. 이는 상제上帝보다 사명司命을 지나치게 존중하는 것으로, 폐지해야 하는 것이 분명한데 안타깝게도 건의할 수 있는 사람이 없다.

2. 괵주의 두 자사 虢州兩刺史

당 현종 때 한휴韓休[2]가 괵주虢州 자사가 되었다. 괵주는 동경과 서경에서 가까운 곳으로, 황제의 마차가 지날 때마다 마구馬廄와 꼴풀을 징발했다. 다른 지역에도 고르게 부과해달라고 한휴가 청하자 중서령 장열張說[3]이 말

1 大中祥符 : 북송 진종 시기 연호(1008~1016).

2 韓休(673~739) : 당나라 대신. 자 양사良士. 경조 장안(지금의 섬서성 서안) 사람이다. 개원開元 12년(724), 괵주자사가 되었다. 시호는 문충文忠이다.

3 張說(667~730) : 당대 문학가, 정치가. 자 도제道濟 혹은 설지說之. 원적은 범양范陽(지금의 하북성 탁현涿縣)이고, 대대로 하동河東(지금의 산서성 영제永濟)에서 살다가, 낙양으로 집을

했다.

"괵주의 부담을 면해주고 다른 주에 부담시킨다면 이는 자사가 사사로운 이익을 위하기 때문일 뿐이오!"

한휴가 다시 논박하려고 하자 속리는 재상의 심기를 건드릴까봐 염려하였다. 한휴가 말했다.

"자사가 백성의 고충을 알고도 구제해주지 않으면 어찌 정치를 한다고 할 수 있소이까! 비록 죄를 얻는다 해도 달게 받겠소이다."

결국 한휴 요청대로 해주었다.

노기盧杞[4]가 괵주자사를 지낼 때, 관가 돼지 3천 마리가 괵주에 있어서 백성의 골칫거리가 되고 있다고 상소를 올렸다. 덕종은 "사원沙苑으로 옮겨 놓도록 하라"고 명했다. 노기가 말했다.

"그곳 사람 역시 폐하 백성이니, 신은 돼지를 먹어버리는 것이 낫다고 생각합니다."

덕종은 "괵주를 지키면서도 다른 주 걱정을 하다니, 재상 재목이다"라고 생각하여, 빈민에게 나누어주라고 조서를 내리고, 결국 정치를 맡길 생각을 했다. 얼마 후 조정으로 불러들이고 다음 해 재상에 임명했다.

두 사람은 모두 괵주자사로서 공적인 업무를 말했는데, 한휴는 명재상에게 의심을 당하고 노기는 의심 많은 군주한테 인정을 받았다. 알아주는 사람을 만나는 것도 운명에 달린 것이라더니 정말이로구나!

옮겼다.

4 盧杞(?~785?) : 당나라 대신. 자 자량子良. 활주滑州 영창靈昌(지금의 하남성 활현 서남쪽) 사람이다. 음공으로 충주·괵주 자사를 역임했다.

3. 호가호위 狐假虎威

속담에 호가호위狐假虎威라는 말이 있어서, 어린 아들이 찾아와 그 뜻을 묻기에 『전국책』과 『신서新序』에 실린 것을 보여주었다.

『전국책』에서 다음과 같이 말했다.

> 초나라 선왕宣王이 신하들에게 물었다.
> "내가 듣자하니 북방에서 소해휼昭奚恤을 두려워한다는데, 과연 어떠하오?"
> 아무도 대답하는 자가 없었다. 강을江乙[5]이 대답했다.
> "호랑이는 모든 짐승을 잡아먹습니다. 호랑이가 여우를 잡자 여우가 말했습니다. 너는 감히 나를 잡아먹지 못하리라. 천제께서 나를 모든 짐승의 우두머리로 임명했거늘, 지금 네가 나를 잡아먹으면 이는 천제의 명을 거역하는 것이다. 네가 내 말을 믿지 못하겠으면 내가 네 앞에서 먼저 가고 네가 내 뒤를 따라와, 모든 짐승이 나를 보고 감히 달아나지 않는 놈이 있는지 보아라." 호랑이는 그러겠다고 하고선 결국 함께 갔습니다. 짐승들이 보고 모두 달아났습니다. 호랑이는 짐승들이 자기가 두려워 달아났다는 것을 모르고 여우를 두려워한다고 생각했습니다. 지금 왕은 땅이 사방 5천리요, 무장한 병사가 100만인데, 오직 소해휼에게만 맡기고 있습니다. 그러므로 북방 사람들이 소해휼을 두려워하는 것은 사실 왕의 무장한 병사를 두려워하는 것으로 온갖 짐승이 호랑이를 두려워하는 것과 같습니다."

『신서』의 내용도 같다. 그리고 이어서 말했다.

> 그러므로 어떤 신하를 두려워하는 것은 군주의 위엄을 두려워하는 것이니, 군주가 등용하지 않으면 위엄이 없어지게 된다.

속담은 이것을 바탕으로 한 것이다.

5 江乙 : 강일江一이라고도 한다. 위魏나라 사람으로, 초나라에 사신으로 갔다가 초나라에서 벼슬을 지냈다.

4. 서적과 장찰 두 선생의 가르침 徐章二先生教人

서적徐積[6] 선생이 초주楚州[7] 주학州學 교수로 있을 때 교당에 올라갈 때마다 학생에게 훈계했다.

"얘들아! 군자가 되고 싶지만 자기 힘을 들이고 자기 돈을 써야 한다면, 그래서 되지 않으려고 한다면, 그것은 괜찮다. 그러나 자기 힘을 들일 필요없고 자기 돈을 쓸 필요없는데 왜 군자가 되려고 하지 않는가! 마을 사람들이 천시하고 부모가 싫어한다면, 그래서 되지 않으려고 한다면, 그것은 괜찮다. 그러나 마을 사람들이 영광스러워 하고 부모가 원하는데 왜 군자가 되려고 하지 않는가!"

또 말했다.

"좋은 것을 말하고, 좋은 것을 행하고, 좋은 것을 생각하고, 이렇게 해서 군자가 되지 않은 사람은 아직 없었다. 좋지 않은 것을 말하고, 좋지 않은 것을 행하고, 좋지 않은 것을 생각하고, 이렇게 해서 소인이 되지 않은 사람은 아직 없었다."

성도成都 충퇴처사沖退處士 장찰章詧[8]은 은자隱者로, 『역易』과 『태현太玄』에 뛰어났다. 범백록范百祿[9]에게 대의를 해설하는데, '리攡'를 자세하게 해설하여 다음과 같이 말했다.

"'사람이 좋아하지만 늘 부족한 것이 선善이다. 싫어하지만 늘 넘치는 것이 악이다. 부족한 것을 늘리고 넘치는 것을 없애는 것을 군자가 잘 할 수 있으면 『태현』의 도를 깨달은 것이다. 이것이 공자孔子의 인의지심仁義之心이며 내가 『태현』에

6 徐積(1028~1103) : 북송의 학자. 자 중거仲車, 초주楚州 산양山陽(지금의 강소성 회안淮安) 사람이다. 어려서 부친을 잃었는데, 부친의 이름이 석石이어서 종신토록 석기石器를 사용하지 않았고, 돌을 마주치면 밟지 않았다. 모친 모시는 데 효성을 다했다. 경학 교수 호원胡瑗으로부터 배웠고, 철종 초년(1086) 초주 교수가 되었다. 휘종 때 절효처사節孝處士라는 칭호를 하사받았다. 『절효어록節孝語錄』·『절효집節孝集』 등이 있다.

7 楚州 : 지금의 강소성 회안淮安.

8 章詧 : 북송의 학자. 자 은지隱之. 쌍류雙流(사천) 사람. 경학에 정통하였으며, 인종 말년 충퇴처사沖退處士라는 칭호를 하사받았다.

9 范百祿 : 북송의 학자. 자 자공子功, 화양華陽(지금의 사천성 성도) 사람. 진사 출신으로, 개봉·하남 지부를 지냈고, 한림학사·중서시랑에까지 올랐다.

> 대해서 말하고자 하는 것도 이것 뿐이다. 혹자는 그 깊은 사상에 곤혹스러워 하고 혹자는 그 언어에 곤란스러워 하고, 혹은 그 술수術數에 빠져 도리어 그것에 담긴 가장 중요한 인의는 잊고 사니, 이런 사람에게 어떻게 도를 말 할 수 있겠는가!"

두 선생이 사람을 가르치는 것이 이렇듯 쉽고 분명한데, 배우는 사람이 모르는 경우도 있기에 그들의 사적을 여기에 기록해 둔다.

5. 장뢰와 여남공 두 선생의 문장론 張呂二公文論

장뢰張耒[10]는 사람들에게 글쓰기를 가르칠 때 '이치[理]'를 주로 해야 한다고 했다. 다음과 같이 문론을 썼다.

> 육경 이후 제자백가 · 소인騷人 · 변사辯士는 논술이란 모두 이치를 담는 도구라고 보았다. 그러므로 글쓰기를 배우는 단초는 이치를 훤히 아는 것을 우선해야 한다. '수사[文]'만 알고 이치에 힘쓰지 않으면서 글이 뛰어나기를 추구한다면, 세상에 아직 그런 적은 없었다. 장강 · 황하 · 회수 · 바다에 물을 터놓으면 길을 따라 흘러가서 철철콸콸 도도하게 밤낮으로 멈추지 않는다. 지주砥柱에 부딪치고 여량呂梁을 끊으면서, 강호江湖에 방류하면 바다로 모여든다. 천천히 흐르면 잔잔한 거품이 일고, 두드리면 파도가 되고, 쳐올리면 풍랑이 되고, 격노하면 우레가 되어, 교룡어별蛟龍魚鼈이 요동치면서 출몰하는 것, 이것은 물이 천변만화한 것이다. 물이 어찌 처음부터 이와 같았겠는가! 길을 따라 터주어서 마주치는 것에 따라 변화가 생기는 것이다. 물길을 뚫어서 동쪽으로 트면 서쪽이 마르고, 아래는 가득 차고 위는 비었는데, 밤낮으로 쳐올리며 기특한 모습을 보려 해도 찾아와 노는 것이라고는 개구리 · 거머리 뿐이리라! 이치에 통달한 글은 장강 · 황하 · 회수 · 바다의 물과 같아, 기특함을 추구하지 않아도 기특함이 생겨난다. 이치를 홀시한 글은 물길에서 물을 쳐올려 기이함을 찾는 것과 같아 문사로 수식해서 좋은 문장을 만들어내고자 자구를 계속 다듬어도 결국 아무 소용도 없으니 이것이 가장 나쁜 작문 방법이다.

10 張耒(1054~1114) : 송대 시인. 자 문잠文潛, 호 가산柯山, 초주楚州 회음淮陰 사람. 조적은 박주亳州 초현譙縣(지금의 안휘성 박주)이다. 소문사학사蘇門四學士 중 한 사람이다. 저술로 『가산집柯山集』 50권, 『습유拾遺』 12권, 『속습유續拾遺』 1권, 『장우사문집張右史文集』 60권, 『완구집宛丘集』 76권 등이 있다.

당시의 학자들이 최고의 말이라고 추앙했다. 역사를 쓰면서 나는 이 말을 채록하여 본전에 수록하였다.

또 여남공呂南公[11]이 말했다.

> 선비가 곤궁하여 문장을 쓸 때는 문사의 정미함을 강구해야 한다. 만약 이치는 충분한데 문사가 부족하면 마치 말더듬이가 소송 변론을 하는 것과 같아 마음으로 분명하고 이치도 정확하지만 종종 패소하게 되니 이는 표현을 잘하지 못했기 때문이다. 문자가 있었던 이래 뛰어난 견해를 가졌던 인물은 모두 언어의 운용에 뛰어났다. 사람이 입언에 뜻을 두지 않으면 그만이지만, 뜻을 둔다면 어찌 비천한 문구로 글을 쓸 수 있겠는가! 그러므로 입언을 하려는 자는 마음과 힘을 다하여 문사를 훈련하여 옛 사람을 본받기 위해 노력해야 한다.

여남공이 어떤 사람에게 이러한 서신을 썼기에, 나는 이것 또한 열전에 실었다.

6. 시도 때도 없이 황제와 대면한 낭관 郎官非時得對

당 숙종肅宗이 영무靈武[12]에 있을 때 관동關東[13]에서 포로 100명을 헌상하여 사형에 처하려 했는데, 누군가 탄식을 하였다. 사선원외랑司膳員外郎 이면李勉[14]이 지나던 길이라 까닭을 물어보니 "협박을 받아서 관리가 된 것일 뿐 감히 반란하려던 것이 아닙니다"라고 대답했다. 이면이 궁에 들어와 황제를 만나서 말했다.

> "도적의 반란이 천하의 반을 오염시켰습니다. 협박으로 가담했던 자들이 마음을

11 呂南公(1047(?)~1086) : 북송 문학가. 자 차유次儒, 남공南公이라고 부른다. 건창군建昌軍 남성현南城縣 풍의향豐義鄉(지금의 강서성 여천현黎川縣 구방향裘坊鄉 일대) 사람이다. 읽지 않은 책이 없고, 글을 쓸 때는 진부한 말을 엮는 것을 좋아하지 않았다고 한다.

12 靈武 : 지금의 영하 영무.

13 關東 : 지금의 섬서성 동관潼關 동쪽.

14 李勉(717~788) : 당대 중기 명신. 자 현경玄卿. 당의 종실 후손으로, 증조부 이원의李元懿가 고조 이연李淵의 열세번째 아들이다. 안사의 난 이후 이면은 숙종을 따라 영무에 갔다가 감찰어사에 임명되었고, 숙종의 신임이 깊었다.

깨끗이 씻고 귀순하려고 해도 길이 없었습니다. 만약 모두 죽인다면 이는 저들을 몰아다 도적을 돕는 것입니다."

황제는 파발을 달려 보내 모두 풀어주게 했다. 일개 낭리郎吏가 시도 때도 없이 입궁하여 황제와 대면할 수 있었을까! 내가 비록 당나라 제도를 자세히 알지는 못하지만, 전쟁으로 어려움에 처한 때라 잠시 그러했을 뿐이라고 생각한다.

7. 영토를 포기한 왕안석 王安石棄地

신종 희녕熙寧 7년(1074) 요遼의 군주 홍기洪基가 사신 소희蕭禧를 파견하여 하동 일대 국경을 어떻게 정할지 논의했는데, 결론이 나지 않았다. 희녕 8년(1075) 다시 와서 반드시 대주代州[15] 천지天池 분수령을 경계로 해야겠다고 했다. 이전 재상인 문언박文彦博과 부필富弼·한기韓琦·증공량曾公亮에게 조서를 보내 그렇게 해야 할지 말아야 할지 자문을 구했는데, 모두 안 된다고 했다. 당시 왕안석이 집권하고 있었는데 "장차 취하려면 먼저 주어야 합니다"라고 했다. 이에 조서를 내려서 근거 유무를 따지지 말고 할양해주도록 했다.

전에 황외산黃嵬山 산록을 경계로 했을 때는 송나라가 응주應州[16]·삭주朔州[17]·무주武州[18] 세 주를 내려다볼 수 있었는데, 지금 분수령 저쪽에 주니 오랑캐가 결국 흔주忻州·대현代縣을 내려다볼 수 있게 되어, 동서로 도합 700리를 잃었다. 인종 경력慶曆[19] 연간에 오랑캐가 관남關南 10현縣을 달라고 요구했는데, 조정에서는 마침 서하西夏 때문에 골칫거리였는데도 세폐歲幣를 늘려서 그들의 욕심

15 代州 : 지금의 산서성 대현代縣.
16 應州 : 지금의 산서성 응현.
17 朔州 : 지금의 산서성 삭현.
18 武州 : 지금의 산서성 중지仲池.
19 慶曆 : 북송 인종仁宗 시기 연호(1041~1048).

을 막았을 뿐 땅은 단 한 뼘도 주지 않았었다. 신종 희녕熙寧[20] 때 병력은 옛날보다 나았는데도 소희가 도정都亭(수도 객사)에 끝까지 버티고 앉아 있다는 이유로 변방에 설치한 요해처를 가볍게 포기했다. 왕안석은 중대한 발언에 과감하였지만 사실 요구를 물리칠 구실이 없었다. 예전에 손권孫權이 이렇게 말한 적이 있다.

"노숙魯肅이 내게 유비에게 형주 땅을 빌려주라고 권하면서 '제왕으로 일어나도 몰아낼 방도가 모두 있사오니 관우關羽는 두려워할 바가 못됩니다'고 했는데, 이는 노숙이 안으로는 형세 판단을 못하고 밖으로 큰소리를 친 것일 뿐이다."

왕안석의 말 역시 그렇다.

8. 쌍둥이는 먼저 태어난 쪽이 형 雙生以前爲兄

『공양전』 주에서 쌍둥이에 관해 말한 것을 『용재속필』에서 이미 적었는데, 지금 『서경잡기西京雜記』를 읽으니 매우 자세한 설이 있었다.

곽霍 장군의 처가 한꺼번에 아들 둘을 낳았는데 누가 형이 되고 누가 동생이 되는지 의아했다. 혹자가 말했다.
"먼저 태어난 자가 형이고 뒤에 태어난 자가 동생입니다. 지금 비록 같은 날에 태어났지만 먼저 태어난 자가 형이 되어야 합니다."
혹자는 이렇게 말했다.
"위에 있던 자가 형이고 밑에 있던 자가 동생이어야 합니다. 밑에 있던 자가 먼저 태어나니 먼저 태어난 자가 동생이 되어야 합니다."
곽광이 말했다.
"옛날 은왕殷王 조갑祖甲이 한꺼번에 아들 둘을 낳았는데, 묘일卯日에 은囂을 낳고 사일巳日에 양良을 낳았다. 은을 형으로 하고 양을 동생으로 했다. 위에 있던 자가 형이라면 은 또한 당연히 동생이었어야 한다."
허許 장공莊公이 한꺼번에 딸 둘을 낳아, 요妖라고 하고 무茂라고 했고, 초나라 대부 당륵唐勒이 쌍둥이를 낳아, 일남일녀여서 남자아이를 정부正夫라 하고 여자

20 熙寧 : 북송 신종神宗 때의 연호(1068~1077).

> 아이를 경화瓊華라 했는데, 모두 먼저 태어난 아이를 맏으로 했다. 최근 정창시鄭昌時·문장천文長倩이 모두 아들 쌍둥이를 낳고, 등공滕公이 딸 쌍둥이를 낳고, 이여생李黎生이 일남일녀를 낳았는데, 모두 먼저 태어난 아이를 맏으로 했다. 곽광霍光 역시 먼저 태어난 아이를 형으로 했다.

이것이 가장 확실한 증거이다.

9. 『풍속통』 風俗通

응소應劭의 『풍속통風俗通』이 비록 동한 말에 지은 것이라지만 그 내용을 모두 믿기 어렵다. 거기서 다음과 같이 희성希姓을 열거했다.

> 합포合浦 태수 호기虎旗·상군上郡 태수 저두邸杜·하내河內 태수 우충遇沖·북평北平 태수 천경賤瓊·동평東平 태수 도질到質·목총沐寵·북평 태수 비궁卑躬·안문雁門 태수 숙상宿詳·오원五原 태수 독가督瓆·여남汝南 태수 알환謁渙·구강九江 태수 형수荊修·동해東海 태수 축희鄐熙·홍농弘農 태수 이량移良·남군南郡 태수 위곤爲昆·주천酒泉 태수 빈창頻暢·북해北海 태수 처흥處興·파군巴郡 태수 녹기鹿旗·탁군涿郡 태수 작현作顯·여강廬江 태수 귀천貴遷·교지交趾 태수 뇌선賴先·외황령外黃令 집일集一·낙양령洛陽令 제어諸於·선보령單父令 즉매即賣·오상령烏傷令 석등昔登·산양령山陽令 직홍職洪·고당령高唐令 용규用虯.

이상 20명은 모두 군수, 현령이지만 이량移良한 사람만 역사서에 기록이 있다. 나머지 사람들의 성명과 관직은 응소가 말한대로라고는 할 수 없다.

10. 속어의 출처 俗語有出

지금 사람들이 의전意錢 도박을 하는데 모두 4로 수를 세며, 이를 '攤탄'이라고 한다. 『광운廣韻』에서 글자 '攤' 아래 풀이를 보면 "탄포攤蒱를 말하며, 4를 단위 숫자로 한 놀음이다"라고 했다. 죽공竹工들은 서까래 위 직박織箔을 당달簹笪이라고 하는데 『광운』에서 글자 '簹' 아래 풀이를 보면 "행당筕簹을 말하며, 죽달竹笪(대자리)이다"라고 했다. 채백포采帛鋪에서 재단하고 남은 것을 '완자帵子(자투리)'라고 한다. '帵'의 발음은 '一일'과 '懽환'의 반절이다. 주에서는 재단하고 남은 것이라고 했다. 등불을 돋우는 막대를 '㮇첨'이라고 하는데 독음은 '他타'와 '念념'의 반절이다. 주에서 '화장火杖(부지깽이)'이라고 했다. 이제옹李濟翁은 『자하집資暇集』[21]에서 "의전意錢은 탄포攤鋪라고 해야 하는데 빨리 말하는 바람에 음이 '蒲포'로 와전되었다"고 했으나, 이 설은 맞지 않다.

11. 공신을 버린 못난 군주 昏主棄功臣

연燕나라 소왕昭王이 제나라를 공격하여 70성城을 빼앗아서 제나라에 남은 곳은 거莒와 즉묵即墨 뿐이었다. 제나라 전단田單이 하루아침에 모두 수복하여 제나라가 다시 제나라가 되게 했다. 그런데 제나라 양왕襄王은 총애하는 아홉 신하의 참언을 듣게 되어 전단은 거의 벗어나지 못할 뻔 했다.

전진前秦의 부견苻堅[22]이 100만 군대를 동원하여 동진東晉을 공격하자 동진은 사안謝安[23] 덕에 물리쳤건만, 동진 효무제孝武帝가 왕국보王國寶[24]의 참언을 듣는

21 資暇集 : 이광문李匡文이 편찬한 고증류 필기. 이광문은 이광예李匡乂라고도 하며, 자는 제옹濟翁으로, 만당 사람이다. 『자하록資暇錄』이라고도 한다. 모두 3권이다. 글자나 단어의 의미와 용법을 고증하여 속설의 오류를 바로잡았다.

22 苻堅(338~385 / 재위 357~385) : 5호16국시대 전진前秦의 제3대 왕. 박학다재하여 경세經世의 뜻을 품었으며, 저족氐族이었지만, 저족계 호족의 횡포를 누르고 왕맹王猛 등과 같은 한인들을 중용하여, 학문을 장려하고 농경을 활발히 일으켰다. 북방 대부분을 통일하였지만 동진과 비수淝水 싸움에서 대패하고 후진後秦의 요장姚萇에게 잡혀 살해당했다.

23 謝安(320~385) : 동진 시기 재상. 자 안석安石. 진군陳郡 양하(陽夏: 지금의 하남성 태강太康) 사람. 사부謝裒의 아들, 사상謝尚의 종제이다. 처음에는 겨우 한 달 남짓 관직에 있다가 사직하고 회계 동산東山의 별장에서 은거하면서 왕희지 · 손작孙绰 등과 교유했고, 40여 세 때 다시 출사하여 재상에까지 올라서 전진前秦의 침략을 물리쳤다. 이로부터 '은퇴 이후 다시 요직에 등용되다' 또는 '실세 이후 재기하여 왕년의 세력을 회복하다'라는 뜻의 동산재기東山再起라는 고사성어가 나왔다.

24 王國寶(350~397) : 태원 진양(晉陽: 지금의 산서성 태원太原) 사람. 중서령 왕탄지王坦之의 셋째 아들. 진晉나라 효무제와 사마도자司馬道子의 총신이었다. 비굴할 정도로 아첨하여 둘의 환심을 사서 한때 권세를 누렸으나 많은 사람의 미움을 샀다. 나중에 왕공王恭이 왕국보 토벌을 명분으로 기병하여, 왕국보는 사마도자로부터 자결을 명받았다.

바람에 사안은 조정 위에 설 수 없었다.

동진 대장 환온桓溫[25]이 전연前燕 모용위慕容暐[26]를 공격하자 모용위 군대는 계속 패배하여 북쪽으로 달아날 것을 논의하던 중, 모용수慕容垂[27]가 일전을 벌여서 전연이 다시 존속되게 했다. 그런데 모용위가 모용평慕容評[28]의 참언을 믿자 모용수는 전진 부견에게 망명하였고 결국 전연은 멸망하였다.

25 桓溫(312～373) : 동진東晋의 명장名將. 자 부자符子. 초국譙國 용항(龍亢, 지금의 안휘성 회원현懷遠縣) 사람. 여러 차례 혁혁한 전공戰功을 세웠으며, 특히 촉蜀 땅에 자리잡은 성한成漢 정권을 정벌하고 세 차례에 걸쳐 북벌北伐을 감행하여 위세를 떨쳤다. 만년에는 13년 동안 조정을 좌지우지하면서 황제 자리를 찬탈하려 하기도 했으나 병으로 세상을 뜨면서 실패로 끝났다.

26 慕容暐(350～384) : 자는 경무景茂, 창려昌黎 극성(棘城: 지금의 요녕 의현義縣) 사람으로, 선비족이다. 5호16국시대 전연前燕의 마지막 군주로, 경소제景昭帝 모용준慕容儁의 셋째 아들이다. 재위 전기에는 모용각慕容恪의 섭정으로 그나마 안정을 유지하였으나 후기에는 모용평慕容評이 정치를 주도하면서 점차 쇠락하여 결국 전진前秦에게 멸망당하였다. 전연이 망한 뒤 전진의 신하가 되어, 신흥후新興侯에 책봉되었다. 전진이 비수淝水 전투에서 붕괴되자, 모용수慕容垂·모용홍慕容泓이 차례대로 군대를 일으켜 후연後燕과 서연西燕을 세웠고, 서연이 전진의 도성 장안을 공격할 때 모용위도 내응하여 부견을 살해하여 성 안에 혼란을 일으키려고 했으나 실패하여 피살되었다.

27 慕容垂(326～396) : 오호십육국 시대 후연後燕의 초대 황제. 전연前燕 모용황慕容皝의 다섯째 아들로 원래 이름은 모용패慕容霸이다. 모용황은 어릴 때부터 총명한 모용패를 총애하여 태자로 삼으려 하였으나 신하들의 반대로 그만두었다. 그러나 태자 모용준보다 모용패를 더 총애하였고, 이로 인해 모용준은 모용패를 시기하였다. 모용준이 즉위한 이후 모용패는 견제를 받아 지방으로 좌천되기도 하고 많은 제한을 받았다. 모용패는 낙마하여 앞니가 부러지게 되자 이를 핑계로 이름을 수垂로 바꾸기도 하였다. 모용준이 죽자 모용위慕容暐가 11세의 어린 나이로 뒤를 이었으며, 모용수의 형 모용각慕容恪이 정권을 잡았다. 모용수는 모용각에게 협력하여 많은 전공을 세웠다. 모용각이 죽자 모용수는 권력자 모용평慕容評의 시기를 받아 다시 견제를 받게 되었다. 동진의 환온桓溫이 북벌군을 일으켜 전연으로 쳐들어오자, 모용수는 북벌군을 물리치는 1등 공신이 되었다. 이에 모용수의 세력을 두려워한 모용평과 태후는 모용수의 암살을 모의하였으며, 이 소식을 들은 모용수는 전연을 탈출하여 전진(前秦)으로 망명하였다. 전연이 멸망하자 모용수는 전연의 귀족들을 회유하는 한편 전진의 장수로 각지에서 전공을 세웠다. 부견이 비수에서 패전하자 대부분의 군대가 와해되었으나 모용수의 부대만 온전히 부견을 보호하며 퇴각에 성공하였다. 모용수는 부견이 몰락한 것을 깨닫고 독립할 것을 꾀하였고, 연왕燕王에 즉위하여 후연後燕을 건국하였다.

28 慕容評(생졸연대 미상) : 선비족으로, 창려 극성(지금의 요녕 의현) 사람이다. 전연前燕 무선제武宣帝 모용외慕容廆의 작은 아들이자, 문명제文明帝 모용황慕容皝의 동생이다. 5호16국시대 전연의 종실 중신으로, 요직을 지냈다. 모용준慕容俊의 병이 위중하자 태자 모용위를 보필할 대신으로 모용평 등을 임명했다. 모용각이 사망한 뒤 섭정을 하다가 결국 부견에게 멸망당하였다.

당 덕종 때 절도사 주체朱泚가 경사 장안을 점거하자 덕종은 봉천奉天으로 피신하였다. 뒤이어 이회광李懷光도 반란을 일으켰는데, 이성李晟[29]이 고립된 군대로 성을 굳게 지켜냈고 결국 큰 난리를 평정하게 되었다. 그러나 덕종은 장연상張延賞[30]의 참언을 믿고 이성의 군대를 해산시키고 또한 온갖 의심과 시기를 보여주어 이성은 통한을 머금고 죽기까지 이르렀다.

예로부터 어리석은 군주가 현명하지 못하여 이처럼 가볍게 공신들을 버렸으니, 참으로 통탄할 일이다!

12. 고향집 묻기 問故居

도연명의 「문래사問來使」 시는 다음과 같다.

당신은 산중에서 와,	爾從山中來,
머지 않아 천목산 떠난다지요.	早晩發天目.
우리 집 남쪽 창 밑,	我屋南窗下,
지금 국화 몇 송이나 피었나요?	今生幾叢菊?
장미 잎 이미 시들었겠고,	薔薇葉已抽,
추란 향기 한창이겠군요.	秋蘭氣當馥.
산중으로 돌아가면,	歸去來山中,
산중 술도 익었겠죠.	山中酒應熟.

이 시는 여러 문집에 모두 실려 있지 않고 조문원晁文元 집에 소장된 판본에만 수록되어 있다. 아마도 천목산天目山이 도연명 거처가 아니라고 의심해서인 듯하다. 그러나 이백은 "도현령 돌아가면, 고향집 술 익었겠지[陶令歸去來, 田家酒應熟]"라고 하여, 이 시를 활용했다. 다음과 같은 왕유의 시가 있다.

29 李晟(727~793) : 당나라의 대장군. 자는 양기良器. 변진邊鎭의 비장裨將이었다가 전공을 세워서 우신책군도장右神策軍都將으로 승진했고, 주체의 난을 평정하여 서평군왕西平郡王에 책봉되었다.

30 張延賞(726~787) : 당나라 재상. 본명은 보부寶符. 부친은 장가정張嘉貞으로, 개원 초 중서령을 지냈다. 재상 묘진경苗晋卿이 장연상을 매우 좋아하여 사위로 삼았다. 현종·숙종·덕종을 섬겼으며, 중서시랑·동중서문하평장사를 지냈다.

당신은 고향에서 오셨으니,	君自故鄕來,
고향 소식 아시겠죠.	應知故鄕事.
떠나던 날 창 앞,	來日綺窗前,
매화는 피었던가요?	寒梅著花未?

두보는 「송위랑귀성도送韋郎歸成都」에서 “남쪽 시내 대나무, 우리 집 담만큼 키가 자랐나요[爲問南溪竹, 抽梢合過牆]”라고 하고, 「억제憶弟」에서 “고향 정원 꽃 저절로 피고, 봄 오면 새도 날아 돌아오겠지[故園花自發, 春日鳥還飛]”라고 했다. 왕안석은 이렇게 읊었다.

도인이 북산에서 왔기에,	道人北山來,
우리 고향 동쪽 언덕 소나무 어떤가 물으니,	問松我東岡.
손 들어 지붕 가리키며,	擧手指屋脊,
이제 저만큼 자랐다고 말하네.	云今如許長.

고금의 시인이 고향집을 회상하여 시로 표현할 때는 꼭 소나무·대나무·매화·국화를 매개로 삼았으니, 이상 예로 든 사람의 싯구가 모두 그렇다. 두보의 「장별무협증남경형양서과원將別巫峽贈南卿兄瀼西果園」 시는 다음과 같다.

평소 좋아하던 태죽,	苔竹素所好,
정해진 거처 없는 평萍과 봉蓬.	萍蓬無定居.
먼 길 떠나려는 장형,	遠遊長兒子,
숲 속 초가집 몇 번 이별했던가.	幾地別林廬.
여럿 섞인 붉은 꽃술 마주하니,	雜蕊紅相對,
비단도 이것만은 못하리라.	他時錦不如.
배에 올라 무협 나서려니,	具舟將出峽,
호미 들고 텃밭 나서던 때 생각난다.	巡圃念攜鋤.

매번 이 대목을 읽을 때마다 처량함을 느끼지 않은 적이 없다. 「기제초당寄題草堂」 시는 다음과 같다.

어린 소나무 네 그루 아직 생각난다,	尚念四小松,
덩굴에 쉽게 휘감길 텐데.	蔓草易拘纏.
서리에 시달린 가지 얼마 자라지 않았으리니,	霜骨不甚長,

마을 이웃 영원히 가련히 여기리.　　永爲鄰里憐.

또 한 편은 다음과 같다.

소나무 네 그루 처음 옮겨 심을 때,　　四松初移時,
키가 대략 세 자 남짓.　　大抵三尺強.
집 떠나고 세 해 훌쩍 지났으니,　　別來忽三載,
이제 사람 키만큼 우뚝 서 있으리.　　離立如人長.

당시의 회포가 더욱 드러난다.

13. 군수와 현령을 지내지 않았던 당의 재상 唐宰相不歷守令

당대의 양관楊綰과 최우보崔祐甫·두황상杜黃裳·이번李藩·배기裴垍는 모두 뛰어난 재상으로 칭송받는다. 그런데 그들의 이력을 살펴보면 모두 자사·현령을 지낸 적이 없다.

양관은 처음에 태자정자太子正字로 임용되어 우습유右拾遺로 발탁되고, 기거사인起居舍人·중서사인·예부시랑·이부시랑·국자좨주·태상경을 거쳐 재상에 임명되었다.

최우보는 처음에 수안위壽安尉로 임용되어 번부藩府 판관을 거쳐 조정에 들어와 기거사인·중서사인을 지내고 재상에 임명되었다.

두황상은 처음에 삭방부朔方府 막료로 있다가 조정에 들어와 시어사侍御史·태자빈객太子賓客·태상경太常卿을 지내고 재상에 임명되었다.

이번은 동도東都·서주부徐州府 막료로 있다가 조정에 들어와 비서랑·낭중·급사중을 지내고 재상에 임명되었다.

배기는 미원위美原尉에서 네 번 승진하여 고공원외랑考功員外郎·중서사인·호부시랑을 지내고 재상에 임명되었다.

다섯 현인의 행실과 업적은 역사서에 이미 자세히 기록되어 있으니 여기서 더 이상 논하지 않겠다. 그런데 이후 사람을 임용할 때는 반드시 조정

안팎에서 일해 본 경력이 있어 백성의 실정을 잘 알아야만 크게 임용할 수 있다고 하니, 너무 편협하지 않은가!

14. 장석지와 유혼 張釋之柳渾

한 문제 때 장석지張釋之[31]가 정위廷尉[32]가 되었다. 문제가 행차를 하는데 어떤 사람이 갑자기 달려들어 수레를 끌던 말을 놀라게 했다. 기병을 시켜 체포하고 정위에게 넘겨 처벌하도록 했다. 그 자는 황제의 마필을 놀라게 하였으니 벌금 처분에 해당된다고 장석지가 말했다. 문제가 분노하자 장석지가 말했다.

"바로 그때 폐하께서 그를 주벌하도록 하셨으면 그만입니다."

안사고는 다음과 같이 설명했다.

처음 그 사람을 잡았을 때 주벌하도록 했으면 그 일은 끝난 것이라는 말이다.

당대 유혼柳渾[33]이 재상이 되었다. 옥공이 덕종을 위해 허리띠를 만들다가 실수로 과銙[34] 하나를 망쳐서 몰래 다른 옥을 사다가 채워 넣었다. 황제는 원래 옥과 같지 않음을 알아챘고 그가 속인 것에 분노하여 경조京兆에 조서를 내려 사형을 논하도록 했다. 유혼이 말했다.

"폐하께서 그때 당장 죽이라고 하셨으면 그만입니다만, 만약 유사有司에게 맡기

31 張釋之 : 전한의 관료. 자 계季, 서한 남양 도양堵陽(지금의 하남성 방성方城 동쪽) 사람이다. 문제와 경제를 보좌하여 정위廷尉를 지냈으며, 공정하게 법을 집행한 것으로 유명하다. 사마천은 『사기』에서 「장석지풍당열전張釋之馮唐列傳」을 썼으며, 반고는 『한서』에서 「장풍급정전張馮汲鄭傳」을 썼다.

32 廷尉 : 진한시대 사법 분야 최고 관리.

33 柳渾(715~789) : 당나라 재상. 본명 유재柳載, 자 이광夷曠 또는 유심惟深. 당 덕종 때 재상을 지냈으며, 의성현백宜城縣伯 작위를 받았고, 시호는 정貞이다.

34 銙 : 허리띠 장식의 일종이다.

> 시면 법에 따라 판정해야 합니다. 법에 따르면 장형에 해당되는 죄입니다. 법대로 논죄하기를 부탁드립니다."

이로 이해 옥공은 죽지 않았다.

장석지와 유혼의 논의는 훌륭하다고 하겠다. 그러나 장석지는 "황제께서 사람을 시켜 주벌하도록 했으면 그만"이라고 하고, 유혼은 "폐하께서 그때 당장 죽이라고 했으면 그만"이라고 했으니, 이는 주군이 경솔하게 사람을 죽이도록 단서를 열어둔 것 아니겠는가! 이 부분은 지당하지 않다고 하겠다.

15. 군주를 떨게 한 신하 人臣震主

신하가 사직에 큰 공을 세워 해내의 중망重望을 짊어지고 오랫동안 군주 곁에 있으면서 군주마저 그를 경외하게 되면, 결국 의심과 비방을 불러오게 된다.

한 고조가 천하를 차지할 때 한신韓信[35]이 조력한 부분이 많았으나 결국 걸맞는 상이 없을 만큼 큰 공을 세워 주군의 위엄이 흔들리게 되자 주멸誅滅당하였다.

곽광霍光[36]은 소제昭帝와 선제宣帝를 옹립하여 권세가 주군과 맞먹었다. 선제가 종묘를 알현할 때 곽광이 같이 마차를 타고 수행하자 황제는 마치 등에 창칼이 있는 것처럼 두려워했다. 그의 사후 집안이 망하자 민간에는 다음과 같은 소문이 돌았다.

35 韓信(B.C.230~B.C.196) : 서한 개국 명장, 한 초기 삼걸 중 하나. 회음(지금의 강소성 회안淮安) 사람으로, 유명한 전투와 책략을 수없이 남겼다. 유방을 도와서 혁혁한 공을 세워 제왕齊王·초왕楚王·회음후淮陰侯 등을 지냈으나, 그 공이 너무 커서, 항우가 제거된 이후로는 오히려 시기와 의심을 받아, 결국 여후呂后와 소하蕭何의 계략으로 붙잡혀 처형되었다.

36 霍光(B.C.130(?)~B.C.68) : 자 자맹子孟, 서한 하동군 평양현平陽縣(지금의 산서성 임분臨汾) 사람이다. 기린각麒麟閣 11공신 중 첫머리에 올랐으며, 명장 곽거병霍去病의 이복동생으로, 소제昭帝 상관황후上官皇后의 외조부이며, 선제宣帝 곽황후霍皇后의 부친이다. 선제宣帝 지절地節 2년(B.C.68) 그가 세상을 떠난 후 다음 해에 그 집안이 모반죄로 족멸을 당했다.

위엄이 주군을 뒤흔들면 살아남지 못하는 법, 곽씨네의 화는 마차를 같이 탄 것에서 싹텄네.

주아부周亞夫[37]는 7국의 난을 평정했는데, 경제景帝는 그가 율栗 태자를 고집하는 것에 분노했고 이로 인해 그를 멀리 하였다. 이후 그가 나가는 것을 눈으로 전송하면서 "앙앙거리는 이 자는 소주少主의 신하가 되지 못할 것이다"라고 하여 결국 죄도 없이 죽이기에 이르렀다.

사안謝安[38]은 부견苻堅의 100만 부대를 물리쳐 동진東晉 왕실이 다시 존속되고 공명을 떨치게 되었다. 그러나 출세하길 노리는 자들이 그를 비방하고 헐뜯자 효무제는 점차 그를 멀리하고 회피하였다. 회계왕 사마도자司馬道子가 때마침 간사한 부채질로 선동하자 사안의 지위를 빼앗고 외지로 쫓아냈고 사안은 결국 사망했다.

북제北齊 문선제文宣帝 고양高洋[39]이 위魏를 찬탈한 것은 모두 고덕정高德政[40]의 힘에 의한 것이었다. 고덕정이 재상이 되어 몇 차례 강력하게 간언하자 문선제는 좋아하지 않았다. 좌우에게 "고덕정은 늘 정신적으로 사람을 능멸하고 핍박한다"고 하더니 결국 그를 죽이고 처자식도 처형하였다.

수 문제文帝가 주周를 찬탈하고자 고경高熲[41]을 휘하로 끌어들이려고 하니, 고경은 기뻐하면서 "견마犬馬처럼 뛰어다니며 일하겠으며, 만약 일이 성사되지 않는다면 멸족도 사양하지 않겠습니다"라고 했다. 문제가 선양을 받은 후 20년 동안 재상을 지냈고 조정 신하 중 비교할 만한 자가 없었다. 고경은

37 周亞夫(B.C.199~B.C.143) : 서한 명장. 패沛(지금의 강소성 풍현豊縣) 사람이다. 명장 주발周勃의 둘째 아들로, 7국의 난 때 군대를 통솔하여 석달 만에 반군을 평정했다. 나중에 경제의 의심을 사 옥에서 죽었다.

38 謝安(320~385) : 동진東晉의 정치가이자 군사가. 자 안석安石. 절강 소흥 사람이다.

39 高洋(529~559) : 남북조 시기 북제北齊 개국황제(550~559 재위), 자 자진子進. 동위東魏 고환高歡의 둘째 아들이다.

40 高德政 : 북제의 재상. 자 사정士貞, 발해渤海 수蓨(지금의 하북성 경현景縣 동쪽) 사람이다.

41 高熲(541~607) : 수나라의 재상. 자 소현昭玄, 일명 민敏, 발해渤海 수蓨(지금의 하북성 경현景縣 동쪽) 사람이다.

막중한 임무를 맡았다고 여겨 매사를 지극히 공정하게 처리했고 스스로 의심을 품는 법이 없었다. 독고황후獨孤皇后·한왕漢王 양량楊諒 등이 고경을 비방하자 문제는 그 죄를 성립시키고자 파면을 한 다음, 다음과 같이 말했다.

> "삭탈관직한 후 까맣게 그의 존재를 잊어서, 애초에 그가 없었던 것처럼 할 것이다. 신하가 군주를 핍박하여 스스로 천하의 제일이라고 하면 안 되리라."

양제 때에 이르러 결국 억울하게 주살됐다.

곽자의郭子儀[42]가 안사의 난을 평정하여 당 왕실을 다시 일으키자 자신에게 천하의 안위가 달려있다고 여겨 권세와 임무가 막중해지고 공명이 더 한층 커졌다. 그러나 덕종은 왕위에 오르자 곽자의를 외직에서 조정으로 소환하였고 그가 거느리던 부원수 제사諸使를 모두 파직했다.

이성李晟[43]은 고군분투하여 수도 장안을 수복하였으나 용렬한 군주에게 신임받지 못하여 밤낮으로 흐느껴서 눈이 퉁퉁 부을 지경이었다. 결국 병권을 빼앗겼고 온갖 의심과 시기 때문에 거의 죽을 지경이었다.

이덕유李德裕[44]는 무종武宗의 중흥을 보좌한 공적으로 위엄과 명성이 혁혁했다. 선종宣宗이 왕위에 오를 때 태극전太極殿에서 책서를 받쳤는데, 황제가 퇴조하면서 좌우에게 말했다.

> "아까 내 가까이에서 의식을 거행했던 자가 태위 아닌가! 나를 볼 때마다 모골이 송연하더군."

이덕유는 다음날 파직되었고 결국 외지로 폄적되어 죽었다.

42 郭子儀(697~781) : 당나라 재상. 화주華州 정현鄭縣(지금의 섬서성 화현華縣) 사람, 조적은 산서 분양汾陽이다. 일생 동안 현종·숙종·대종·덕종 네 황제를 두루 모시면서 안·사의 난 등 여러 난을 평정했으며, 분양왕汾陽王에 책봉되었다.

43 李晟(727~793) : 당나라 장군. 자 양기良器. 당대 조주洮州 임담臨潭 사람이다. 변방 진鎭의 비장으로 출발하여, 전공을 세워서 우신책군도장右神策軍都將에 이르렀으며, 주체朱泚의 난을 평정하여, 서평군왕西平郡王에 책봉되었다.

44 李德裕(787~850) : 당나라의 재상·시인. 자 문요文饒. 조주趙州 찬황贊皇 사람이다. 위국공衛國公 작위를 받아서, 이위공李衛公으로도 불린다. 헌종 원화 연간 재상 이길보李吉甫의 아들이다.

곽숭도郭崇韜[45]과 안중회安重誨[46] 등도 모두 그렇다.

16. 오경수재 五經秀才

당대 양관楊綰[47]은 재상이 되자 진사 선발에서 향리 추천을 거치지 않고 단지 사부辭賦와 부문浮文으로 시험을 보는 것은 인재 선발의 취지에 맞지 않는다며 오경수재과五經秀才科를 설치할 것을 건의했다. 이서균李棲筠[48]과 가지賈至[49]도 양관의 의견에 동의하였다. 그러나 시행되었다는 것을 듣지 못하였다.

45 郭崇韜(?~926) : 오대 후당의 대장군. 자 안시安時. 대주代州(지금의 산서성 대현) 사람이다. 당대 소의昭義절도사 이극수李克修의 신임을 받아서 하동교련사가 되었다가, 이극수가 죽자 이극용李克用 밑으로 들어갔으며, 청렴결백하고 유능한 것으로 유명했다. 용덕龍德 3년(922) 4월, 이존욱李存勖이 칭제하고, 곽숭도에게 병부상서·추밀사를 맡겼다. 곽숭도는 변주汴州(지금의 개봉) 기습 계책을 건의하여 후량을 멸망시키고, 이 공으로 시중·성덕成德절도사가 되었고, 조군공趙郡公에 책봉되었다. 동광同光 3년(925), 이존욱이 전촉을 치러 갈 때, 위왕魏王 이계급李繼岌을 원수로 하고 곽숭도를 부사로 하여, 파죽지세로 밀고 나갔다. 이 때 이종습李從襲이 환관 상연사向延嗣를 파견하여, 조서를 가지고 촉에 가서 곽숭도더러 회군하라고 명령하라고 했는데, 곽숭도는 줄곧 황제 곁의 환관을 혐오하여, 상연사가 성도에 도착했을 때 나와서 영접을 하지 않았다. 상연사는 격노하여 곽숭도를 모함할 것을 이종습 등과 모의하여, 곽숭도가 배반하려고 한다고 했다. 다음 해 정월 촉에서 피살되었다.

46 安重誨(?~931) : 오대 후당의 대신. 응주應州(지금의 산서성 응현) 사람이다. 조상은 북방의 호족이다. 젊었을 때 이사원李嗣源을 따라 전쟁터를 누벼, 이사원의 신임을 받았다. 이사원이 명종으로 즉위하여, 안중회는 추대한 공으로 두루 요직을 거쳤다. 마목군사馬牧軍使 전령방田令方이 말을 제대로 키우지 않아, 여위고 폐사하는 말이 많아서, 죄를 물어 참하려고 했는데, 안중회가 명종에게 "말 때문에 군사를 참하면, 동물을 귀하게 여기고 사람을 천하게 여긴다는 소문이 퍼집니다"라고 하여, 이사원은 전령방을 사면했다. 봉성도군사捧聖都軍使 이행덕李行德과 십장十將 장검張儉이 안중회를 탄핵하여, 병사를 모아서 반란을 도모하다고 했다가, 둘은 비록 무고죄로 멸족당했지만, 안중회는 두려운 마음에 사직했다. 명종이 이종장李從璋더러 하중절도사 부임을 명하여, 안중회를 감독하게 했다. 후당 장흥長興 2년(931) 이종장이 파병하여 안중회 자택을 포위하고, 큰 몽둥이로 안중회 부부를 때려죽이고, 두 아들 안숭찬安崇贊·안숭서安崇緖도 죽였다.

47 楊綰(?~777) : 당나라 재상. 자 공권公權. 당대 화주華州 화음華陰 사람이다. 금전에 관심이 없어, 봉록을 모두 친척과 친구에게 나누어주었다고 한다. 최관崔寬과 곽자의郭子儀가 그를 매우 경외했다고 한다.

48 李棲筠 : 당나라 대신. 자 정일貞一. 조주趙州 사람이다.

49 賈至(?~772) : 당대 시인. 자 유린幼鄰 또는 유기幼幾. 낙양 사람이다.

17. 도잠이 팽택을 떠난 이유 陶潛去彭澤

『진서晉書』와 『남사南史』 「도잠전陶潛傳」에서 모두 다음과 같이 말했다.

> 도잠이 팽택彭澤 현령이 되었는데, 고귀한 신분을 평소 대수롭게 보지 않았으며 상관에게 잘 보이려 하지도 않았다. 군郡에서 파견한 감독관이 도착하자 현리縣吏가 '허리띠를 매고 만나야 합니다'라고 했다. 도잠은 '나는 쌀 다섯 말을 위해 허리를 굽히며 향리의 소인을 굽실굽실 모실 수가 없다'고 말하고 그 날로 바로 인끈을 풀어버리고 떠나면서 돌아가는 뜻을 담은 글을 썼다.

『도잠집』을 살펴보면 이 글이 실려 있고, 서문이 있다.

> 가난했던 우리 집은 농사짓는 것만으로는 먹고 살기 힘들었다. 팽택은 집에서 100리 정도 거리여서 결국 부임하게 되었다. 부임한지 얼마 지나지 않아 돌아가고 싶은 마음이 간절해졌다. 왜 그럴까? 천성이 무엇에 얽매이는 것을 싫어하여 아무리 마음을 다잡고 열심히 일하자 다짐해도 잘 되지 않았다. 굶주림과 추위 때문에 고생스럽다 해도 천성을 어기는 삶으로 인한 속병이 더 심했다. 허망하기도 하고 한스럽기도 하여 평생 추구한 뜻을 지키지 못했다는 자괴감이 깊이 일어났다. 그래도 꾹 참고 봉전의 수확을 한번이라도 기다렸다가 행장을 꾸려서 밤에 슬쩍 떠나리라 마음먹고 있었다. 그런데 얼마 후 정씨 집안으로 시집간 여동생이 무창武昌에서 세상을 떠났다는 소식을 듣게 되었다. 여동생 빈소에 하루라도 빨리 달려가고픈 마음뿐이라, 이렇게 스스로 사직하고 떠나게 되었다. 지난 가을부터 겨울까지 내가 재직한 기간은 80여일이다.

그 말의 뜻을 살펴보면, 여동생 상 때문에 간 것이지 감독관 때문이 아니다. 마음을 다잡고 다짐했다거나 천성을 어기는 삶이라거나 하는 건 필시 기탁한 바가 있지만 말하고 싶지 않은 듯하다. 글에서는 집에 돌아가는 것을 한창 즐거워하고 있으며 무창에 대해서는 거의 말하지 않은 점으로 보아 알 수 있다.

18. 노장을 두려워했던 강족과 융족 羌戎畏服老將

한 선제宣帝 때 선령先零[50]의 강족羌族이 변경을 침범하자 조충국趙充國[51]이 공격하러 출동했다. 강족 수령들이 서로 힐난하면서 말했다.

> "반란하지 말라는 말을 안 듣더니 결국 천자가 조장군을 파견하였다. 그는 나이가 이미 8 · 90이지만 용병에 뛰어나다. 이제 결사항전을 하고자 해도 그럴 기회조차 없을 것이다.

당시 조충국은 나이가 76세였는데, 결국 강족을 평정했다.

당 대종代宗 때 회흘回紇과 토번吐蕃이 군대를 합하여 쳐들어오자 곽자의가 단기필마로 회흘을 만나 화친을 맺었다. 추장들이 모두 크게 기뻐하며 말했다.

> "군대를 따라 온 두 명의 박수무당이 '이번 거사는 매우 안정적입니다, 당나라와 싸우지 않고 대인 하나를 만나고 돌아올 것입니다'라고 예언했는데, 과연 그렇구나."

곽자의는 당시 70세의 나이였는데, 회흘과 토번이 노장을 이처럼 두려워했음을 알 수 있다.

반초班超가 오랫동안 서역에 머물게 되자 돌아가고 싶은 마음에 "만이蠻夷의 풍속은 장년을 두려워하고 노년을 업신여긴다"라고 말한 것은, 아마도 무슨 다른 이유가 있었을 것이다.

19. 옛사람 자에서 한 글자만 썼던 사례 古人字只一言

『예기·단궁檀弓』에서 다음과 같이 말했다.

> 어릴 때 명名을 쓰고, 약관에 자字를 쓰고, 50에 백중伯仲을 칭하는 것이 주周나라의 예법이다.

50 先零 : 지금의 청해성 서녕西寧 일대.

51 趙充國(B.C.137～B.C.52) : 한대 명신 명장. 자 옹숙翁叔. 농서 상규上邽(지금의 감숙성 천수) 사람이다. 용기와 지략이 있고, 흉노와 지氐·강羌의 습성을 잘 알아, 정벌에 많은 공을 세웠다. 신작神爵 원년(B.C.61), 선제가 그의 계책으로 강족의 반란을 평정했다.

옛날 사람들은 자字를 정할 때 한 글자만 썼다. 처음에 자子라고 하고, 조금 뒤 중仲이라 하고 백伯이라 하고, 또 숙叔이라 하고 계季라고 하고, 늙어서 존경을 받으면 보甫라고 하였으니, 두 글자를 연이어서 뜻을 취한 경우는 없었다.

굴원屈原의 『이소경離騷經』에서는 다음과 같이 말했다.

> 내게 정칙正則이라 이름짓고, 내게 영균靈均이라 자字를 지었다네.

이에 대해 『사기』에서는 다음과 같이 설명했다.

> 굴원의 자는 평平인데 '영균靈均'이라고 한 것은 '평平'의 뜻을 풀이한 것으로, 문장의 수식일 뿐이다.

그 후 서한 시기까지 모든 것이 주나라와 동일했다.

자방子房 · 자경子卿 · 자맹子孟 · 자정子政 · 자유子孺 · 자장子長 · 자운子雲 · 자형子兄 · 자진子真 · 자공子公 · 자양子陽 · 자빈子賓 · 자유子幼 이외에 또 중유仲孺 · 중경仲卿 · 중자仲子 · 장경長卿 · 소경少卿 · 유경孺卿 · 군경君卿 · 객경客卿 · 유경游卿 · 옹경翁卿 · 성경聖卿 · 장군長君 · 소군少君 · 치군穉君 · 유군游君 · 차군次君 · 공군贛君 · 근군近君 · 만군曼君 · 왕손王孫 · 옹손翁孫 · 차공次公 · 소공少公 · 맹공孟公 · 유공遊公 · 중공仲公 · 장공長公 · 군공君公 · 소숙少叔 · 옹숙翁叔 · 장숙長叔 · 중숙中叔 · 자숙子叔 · 장천長倩 · 만천曼倩 · 차천次倩 · 치계穉季 · 장유長孺 · 중유仲孺 · 유유幼孺 · 소유少孺 · 차유次孺 · 옹유翁孺 · 군유君孺 · 장옹長翁 · 약옹弱翁 · 중옹仲翁 · 소옹少翁 · 군방君房 · 군빈君賓 · 군천君倩 · 군오君敖 · 군란君蘭 · 군장君長 · 군중君仲 · 군맹君孟 · 소계少季 · 소자少子 · 소로少路 · 소유少游 · 치빈稚賓 · 치규稚圭 · 치유稚游 · 치군稚君 · 거선巨先 · 거군巨君 · 장빈長賓 · 장방長房 · 옹사翁思 · 옹자翁子 · 옹중翁仲같은 것은, 그 글자의 의미가 하나만 있는 것으로 매우 고아하다.

부인의 경우는 소부少夫 · 군협君俠 · 정군政君 · 군력君力 · 군제君弟 · 군지君之 · 아군阿君이라고 했다.

한 글자만 쓴 경우도 있다. 즉 진승陳勝의 자가 섭涉이고, 항적項籍의 자가 우羽이고, 팽월彭越의 자가 중仲이고, 장구張歐·오광吳廣·매승枚乘의 자가 숙叔이고, 초원왕楚元王의 자가 교交이고, 주운朱雲의 자가 유游이고, 원앙爰盎의 자가 사絲이고, 장석지張釋之의 자가 계季이고, 정당시鄭當時의 자가 장莊이고, 유덕劉德의 자가 노路이고, 휴홍眭弘의 자가 맹孟이다. 동한 이후 다 그렇지는 않았다.

1. 天慶諸節

大中祥符之世, 諛佞之臣, 造爲司命天尊下降及天書等事, 於是降聖、天慶、天祺、天貺諸節並興。始時, 京師宮觀每節齋醮七日, 旋減爲三日、一日, 後不復講。百官朝謁之禮亦罷。今中都未嘗擧行, 亦無休假, 獨外郡必詣天慶觀朝拜, 遂休務, 至有前後各一日。此爲敬事司命過於上帝矣, 其當寢明甚, 惜無人能建白者。

2. 虢州兩刺史

唐韓休爲虢州刺史, 虢於東、西京爲近州, 乘輿所至, 常稅廐芻。休請均賦它郡, 中書令張說曰:「免虢而與它州, 此守臣爲私惠耳。」休復執論, 吏白恐忤宰相意。休曰:「刺史幸知民之弊而不救, 豈爲政哉! 雖得罪, 所甘心焉。」訖如休請。盧(杞) 爲虢州刺史, 奏言虢有官豕三千, 爲民患。德宗曰:「徙之沙苑。」(杞)曰:「同州亦陛下百姓, 臣謂食之便。」帝曰:「守虢而憂它州, 宰相材也。」詔以豕賜貧民, 遂有意柄任矣。俄召入, 踰年拜相。案兩人皆以虢州守臣言公家事, 而休見疑於名相,(杞) 受知於猜主, 遇合有命, 信哉!

3. 狐假虎威

諺有「狐假虎威」之語, 稚子來叩其義, 因示以戰國策、新序所載。戰國策云:「楚宣王問羣臣曰:『吾聞北方之畏昭奚恤也, 果誠何如?』羣臣莫對。江乙對曰:『虎求百獸而食之, 得狐, 狐曰:「子無敢食我矣, 天帝使我長百獸, 今子食我, 是逆天帝命也。子以我爲不信, 吾爲子先行, 子隨我後, 觀百獸之見我而敢不走乎?」虎以爲然, 故遂與之行。獸見之皆走, 虎不知獸畏己而走也, 以爲畏狐也。今王之地方五千里, 帶甲百萬, 而專屬之昭奚恤, 故北方之畏奚恤也, 其實畏王之甲兵也, 猶百獸之畏虎也。』」新序並同。而其後云:「故人臣而見畏者, 是見君之威也, 君不用, 則威亡矣。」俗諺蓋本諸此。

4. 徐章二先生教人

徐仲車先生爲楚州教授, 每升堂訓諸生曰:「諸君欲爲君子, 而勞己之力, 費己之財, 如此而不爲, 猶之可也; 不勞己之力, 不費己之財, 何不爲君子! 鄉人賤之, 父母惡之, 如此而不爲可也; 鄉人榮之, 父母欲之, 何不爲君子!」又曰:「言其所善, 行其所善, 思其所善, 如此而不爲君子者, 未之有也。言其不善, 行其不善, 思其不善, 如此而不爲小人者, 未之有也。」成都沖退處士章詧, 隱者, 其學長於易太玄, 爲范子功解述大旨, 再復攡詞曰:「『人之所好而不足者, 善也;所醜而有餘者, 惡也。君子能强其所不足, 而拂其所有餘, 則太玄之道幾矣。』此子雲仁義之心, 予之於太玄, 述斯而已。或者苦其思, 艱其言, 迂溺其所以爲數, 而忘其仁義之大, 是惡足以語道哉!」二先生之敎人, 簡易明白, 學者或未知之, 故表出於此。

5. 張呂二公文論

張文潛誨人作文, 以理爲主, 嘗著論云:「自六經以下, 至於諸子百氏、騷人、辯士論述, 大抵皆將以爲寓理之具也。故學文之端, 急於明理, 如知文而不務理, 求文之工, 世未嘗有是也。夫決水於江、河、淮、海也, 順道而行, 滔滔汩汩, 日夜不止, 衝砥柱, 絶呂梁, 放於江湖而納之海, 其舒爲淪漣, 鼓爲濤波, 激之爲風飈, 怒之爲雷霆, 蛟龍魚黿, 噴薄出沒, 是水之奇變也。水之初豈若是哉, 順道而決之, 因其所遇而變生焉。溝瀆東決而西竭, 下滿而上虛, 日夜激之, 欲見其奇, 彼其所至者, 蛙蛭之玩耳。江、河、淮、海之水, 理達之文也, 不求奇而奇至矣。激溝瀆而求水之奇, 此無見於理, 而欲以言語句讀爲奇, 反復咀嚼, 卒亦無有, 此最文之陋也。」一時學者, 仰以爲至言。予作史, 采其語著於本傳中。

又呂南公云:「士必不得已於言, 則文不可以不工。蓋意有餘而文不足, 則如吃人之辯訟, 心未始不虛, 理未始不直, 然而或屈者, 無助於辭而已矣。觀書契以來, 特立之士未有不善於文者。士無志於立言則已, 必有志焉, 則文何可以卑淺而爲之。故毅然盡心, 思欲與古人並。」此南公與人書如此, 予亦載之傳中。

6. 郎官非時得對

唐肅宗在靈武, 關東獻俘百, 將數死, 有嘆者。司膳員外郎李勉過而問之, 曰:「被脅而官, 非敢反。」勉入見帝曰:「寇亂之汙半天下, 其欲澡心自歸無繇, 如盡殺之, 是驅以助賊也。」帝馳騎全宥。以一郎吏之微, 而非時得入對, 雖唐制不可詳知, 想兵戈艱難時暫如是耳!

7. 王安石棄地

熙寧七年, 遼主洪基遣泛使蕭禧來言河東地界未決。八年再來, 必欲以代州天池分水嶺爲界。詔詢于故相文彦博、富弼、韓琦、曾公亮以可與及不可許之狀, 皆以爲不可。王安石當國, 言曰:「將欲取之, 必固與之。」於是詔不論有無照驗, 擗撥與之。往時界於黃嵬山麓, 我可以下瞰其應、朔、武三州, 旣以嶺與之, 虜遂反瞰忻、代, 凡東西失地七百里。案慶曆中，虜求關南十縣，朝廷方以西夏爲慮，猶不過增歲幣以塞其欲，至於土地，尺寸弗與。熙寧之兵力勝於曩時，而用蕭禧堅坐都亭之故，輕棄疆埸設險要害之處。安石果於大言，其實無詞以却之也。孫權謂：「魯肅勸吾借劉玄德地云：『帝王之起，皆有驅除，關羽不足忌。』此子敬內不能辨，外爲大言耳。」安石之語亦然。

8. 雙生以前為兄

續筆已書公羊傳注雙生子事，玆讀西京雜記，得一說甚詳。云：「霍將軍妻一產二子，疑所爲兄弟。或曰：『前生爲兄，後生爲弟，今雖俱日，亦宜以先生爲兄。』或曰：『居上者宜爲兄，居下者宜爲弟，居下者前生，今宜以前生爲弟。』光曰：『昔殷王祖甲一產二子，以卯日生嚚，以巳日生良。則以嚚爲兄，以良爲弟，若以在上者爲兄，嚚亦當爲弟矣。』許莊公一產二女，曰妖曰茂，楚大夫唐勒一產二子，一男一女，男曰正夫，女曰瓊華，皆以先生爲長。近代鄭昌時、文長倩幷生二男，滕公一生二女，李黎生一男一女，並以前生爲長。霍氏亦以前生爲兄焉。」此最可證。

9. 風俗通

應劭風俗通雖東漢末所作，然所載亦難盡信。其叙希姓者曰：「合浦太守虎旗、上郡太守邸杜、河內太守遇冲、北平太守睦瓊、東平太守到質、沐寵、北平太守卑躬、雁門太守宿詳、五原太守督瓚、汝南太守謁渙、九江太守荊修、東海太守鄐熙、弘農太守移良、南郡太守爲昆、酒泉太守頻暢、北海太守處興、巴郡太守鹿旗、涿郡太守作顯、廬江太守貴遷、交趾太守賴先、外黃令集一、洛陽令諸於、單父令郎賣、烏傷令昔登、山陽令職洪、高唐令用蚪。」此二十君子，皆是郡守、縣令，惟移良之名曾見於史，恐未必然也。

10. 俗語有出

今人意錢賭博，皆以四數之，謂之攤。案廣韻攤字下云：「攤蒱，四數也。」竹工謂屋椽上織箔曰簷笪，廣韻簷字下云：「笭簷，竹笪也。」采帛鋪謂剪截之餘曰帨子。帨，一懽切。注：裁餘也。挑剔燈火之杖曰(桥)，他念切。注：火杖也。李濟翁資暇集云：「意錢當曰攤鋪，疾道之，訛其音爲蒲。」此說不然。

11. 昏主棄功臣

燕昭王伐齊，取其七十城，所存者惟莒、卽墨，田單一旦悉復之，使齊復爲齊，而襄王聽幸臣九子之譖，單幾不免。秦苻堅擧百萬之師伐晉，賴謝安却之，而孝武帝聽王國寶之讒，安不能立於朝廷之上。桓溫伐慕容暐，暐兵屢挫，議欲奔北，慕容垂一戰使燕復存，乃用慕容評之毀, 垂竄身苻氏, 國隨以亡。朱泚據京都, 德宗播遷奉天, 李懷光繼叛, 李晟孤軍堅壁, 竟平大難, 而德宗用張延賞之譖, 訖罷其兵, 且百端疑忌, 至於鞅鞅以死。自古昏主不明, 輕棄功臣如此, 眞可歎也。

12. 問故居

陶淵明問來使詩云：「爾從山中來, 早晩發天目。我屋南窗下, 今生幾叢菊。薔薇葉已抽, 秋蘭氣當馥。歸去來山中, 山中酒應熟。」諸集中皆不載, 惟晁文元家本有之。蓋天目疑非陶居處。然李太白云：「陶令歸去來, 田家酒應熟。」乃用此爾。王摩詰詩曰：「君自故鄉來, 應知故鄉事。來日綺窗前, 寒梅著花未？」杜公送韋郎歸成都云：「爲問南溪竹, 抽梢合過墻。」憶弟云：「故園花自發, 春日鳥還飛。」王介甫云：「道人北山來, 問松我東岡。擧手指屋脊, 云今如許長。」古今詩人懷想故居, 形之篇詠, 必以松竹梅菊爲比興, 諸子句皆是也。至於杜公將別巫峽贈南卿兄瀼西果園詩云：「苔竹素所好, 萍蓬無定居。遠遊長兒子, 幾地別林廬。雜蘂紅相對, 他時錦不如。具舟將出峽, 巡圃念攜鉏。」每讀至此, 未嘗不爲之悽然。寄題草堂云：「尙念四小松, 蔓草易拘纏。霜骨不甚長, 永爲鄰里憐。」又一篇云：「四松初移時, 大抵三尺强。別來忽三歲, 離立如人長。」尤可見一時之懷抱也。

13. 唐宰相不歷守令

唐楊綰、崔祐甫、杜黃裳、李藩、裴垍, 皆稱英宰。然考其履歷, 皆未嘗爲刺史、縣令。綰初補太子正字, 擢右拾遺, 起居、中書舍人, 禮、吏部侍郞, 國子祭酒, 太常卿, 拜相。祐甫初調壽安尉, 歷藩府判官, 入爲起居、中書舍人, 拜相。黃裳初佐朔方府, 入爲侍御史, 太子賓客, 太常卿, 拜相。藩佐東都、徐州府, 入爲祕書郞, 郞中, 給事中, 拜相。垍由美原尉, 四遷考功員外郞, 中書舍人, 戶部侍郞, 拜相。五賢行業, 史策書之已詳, 玆不復論。然則後之用人, 必言踐揚中外, 諳熟民情, 始堪大用, 殆爲隘矣。

14. 張釋之柳渾

漢張釋之爲廷尉, 文帝出行, 有人驚乘輿馬, 使騎捕之, 屬廷尉。釋之奏當此人犯蹕, 罰金。上怒, 釋之曰：「方其時, 上使使誅之則已。」顔師古謂：「言初執獲此人, 天子卽令誅之, 其事卽畢。」唐柳渾爲相, 玉工爲德宗作帶, 誤毁一銙, 工私市它玉足之。帝識不類, 怒其欺, 詔京兆論死, 渾曰：「陛下遽殺之則已, 若委有司, 須詳讞乃可。於法, 罪當杖, 請論如律。」由是工不死。予謂張、柳之論, 可謂善矣, 然張云「上使使誅之則已」, 柳云「陛下遽殺之則已」, 無乃啓人主徑殺人之端乎！斯一節, 未爲至當也。

15. 人臣震主

人臣立社稷大功, 負海宇重望, 久在君側, 爲所敬畏, 其究必至於招疑毁。漢高祖有天下, 韓信之力爲多, 終以挾不賞之功, 戴震主之威, 至於誅滅。霍光擁昭立宣, 勢侔人主, 宣帝謁見高廟, 光從驂乘, 上內嚴憚之, 若有芒刺在背。其家旣覆, 俗傳之曰 : 「威震主者不畜, 霍氏之禍, 萌於驂乘。」周亞夫平定七國, 景帝怒其固爭栗太子, 由此疏之, 後目送其出, 曰 : 「此鞅鞅, 非少主臣也。」訖以無罪殺之。謝安却苻堅百萬之衆, 晉室復存, 功名旣盛, 險詖求進之徒, 多毁短之, 孝武稍以疏忌, 又信會稽王道子之姦扇, 至使避位出外, 終以至亡。齊文宣之簒魏, 皆高德政之力, 德政爲相, 數强諫, 帝不悅。謂左右曰 : 「高德政恆以精神凌逼人。」遂殺之, 并其妻子。隋文帝將簒周, 欲引高熲入府, 熲忻然曰 : 「願受驅馳, 縱公事不成, 亦不辭滅族。」及帝受禪, 用爲相二十年, 朝臣莫與爲比。熲自以爲任寄隆重, 每懷至公, 無自疑意。積爲獨孤皇后、漢王諒等所譖, 帝欲成其罪, 旣罷之後, 至云 : 「自其解落, 瞑然忘之, 如本無高熲。不可以身要君, 自云第一也。」迨于煬帝, 竟以冤誅。郭子儀再造王室, 以身爲天下安危, 權任旣重, 功名復大, 德宗卽位, 自外召還朝, 所領副元帥諸使悉罷之。李晟以孤軍復京城, 不見信於庸主, 使之晝夜泣, 目爲之腫, 卒奪其兵, 百端疑忌, 幾於不免。李德裕功烈光明, 佐武宗中興, 威名獨重, 宣宗立, 奉冊太極殿, 帝退謂左右曰 : 「向行事近我者, 非太尉邪 ! 每顧我, 毛髮爲之森竪。」明日罷之, 終於貶死海外。若郭崇韜、安重誨皆然也。

16. 五經秀才

唐楊綰爲相, 以進士不鄕擧, 但試辭賦浮文, 非取士之實, 請置五經秀才科。李栖筠、賈至以綰所言爲是, 然亦不聞施行也。

17. 陶潛去彭澤

晉書及南史陶潛傳, 皆云「潛爲彭澤令, 素簡貴, 不私事上官。郡遣督郵至, 縣吏白, 應束帶見之。潛歎曰 : 『吾不能爲五斗米折腰, 拳拳事鄕里小人。』卽日解印綬去, 賦歸去來以遂其志。」案陶集載此辭, 自有序, 曰 : 「余家貧, 耕植不足以自給, 彭澤去家百里, 故便求之。及少日, 眷然有歸歟之情。何則 ? 質性自然, 非矯勵所得, 飢凍雖切, 違己交病。悵然慷慨, 深愧平生之志, 猶望一稔, 當斂裳宵逝。尋程氏妹喪于武昌, 情在駿奔, 自免去職, 在官八十餘日。」觀其語意, 乃以妹喪而去, 不緣督郵。所謂矯勵違己之說, 疑心有所屬, 不欲盡言之耳 ! 詞中正喜還家之樂, 略不及武昌, 自可見也。

18. 羌戎畏服老將

漢先零羌犯塞, 趙充國往擊之。羌豪相數責曰 : 「語汝亡反, 今天子遣趙將軍來, 年八九十矣, 善爲兵。今請欲一鬭而死, 可得邪!」充國時年七十六, 訖平之。唐代宗時, 回紇、吐蕃合兵入寇, 郭子儀單騎見回紇, 復與之和。諸酋長皆大喜曰：「鄉以二巫師從軍, 巫言：『此行甚安穩, 不與唐戰, 見一大人而還。』今果然矣。」郭公是時年七十, 乃知羌、戎畏服老將如此。班超久在西域, 思歸, 故其言云：「蠻夷之俗, 畏壯侮老。」蓋有爲而云。

19. 古人字只一言

檀弓云：「幼名冠字, 五十以伯仲, 周道也。」古之人命字, 一而已矣。初曰子, 已而爲仲爲伯, 又爲叔爲季, 其老而尊者爲甫, 蓋無以兩言相連取義。若屈原離騷經：「名余曰正則兮, 字余曰靈均。」案史記原字平, 所謂「靈均」者, 釋「平」之義, 以緣飾詞章耳。下至西漢, 與周相接, 故一切皆然。除子房、子卿、子孟、子政、子孺、子長、子雲、子兄、子眞、子公、子陽、子賓、子幼之外, 若仲孺、仲卿、仲子、長卿、少卿、孺卿、君卿、客卿、游卿、翁卿、聖卿、長君、少君、穉君、游君、次君、贛君、近君、曼君、王孫、翁孫、次公、少公、孟公、游公、仲公、長公、君公、少叔、翁叔、長叔、中叔、子叔、長倩、曼倩、次倩、穉季、長孺、仲孺、幼孺、少孺、次孺、翁孺、君孺、長翁、弱翁、仲翁、少翁、君房、君賓、君倩、君敖、君蘭、君長、君仲、君孟、少季、少子、少路、少游、稚賓、稚圭、稚游、稚君、巨先、巨君、長賓、長房、翁思、翁子、翁仲之類, 其義只從一訓, 極爲雅馴。至於婦人, 曰少夫、君俠、政君、君力、君弟、君之、阿君。單書一字者, 若陳勝字涉, 項籍字羽, 彭越字仲, 張歐、吳廣、枚乘字叔, 楚元王字交, 朱雲字游, 爰盎字絲, 張釋之字季, 鄭當時字莊, 劉德字路, 眭弘字孟。迨東漢以下, 則不盡然。

••• 용재오필 권2(15칙)

1. 이숙의 불화 二叔不咸

『좌씨전左氏傳』에 다음과 같은 부신富辰[1]의 말이 실려 있다.

> 옛날 주공周公은 두 숙叔이 동화되지 않은 것을 슬퍼하여 친척에게 봉건해서 주周의 울타리요 병풍으로 삼았다.

이숙二叔을 관숙管叔과 채숙蔡叔이라고 보는 사대부가 많았다. 「채중지명蔡仲之命」을 보면 다음과 같은 내용이 있다.

> 여러 숙叔들이 말을 퍼뜨려서, 관숙을 상商에서 처형하고, 채숙을 가두고, 곽숙霍叔을 서인庶人으로 강등시켰다.

여기에서는 세 명의 숙叔을 거론했다. 두예杜預는 주에서 "주공은 하·은의 말기에 친척을 멀리 하여 멸망에 이른 것을 마음 아파하여 널리 형제를 책봉했다"고 했다. 그러므로 관管·채蔡·성郕·곽霍 등 16국을 차례대로 나열한 것에서 그 뜻이 분명히 드러난다. 친척이라고 한 것은 형제를 가리킨 것이다.

2. 관리의 품계와 복장 官階服章

당 헌종憲宗 때 대대적인 사면赦免을 자주 했기 때문에 많은 관원들의 관등官等이 올라가는 경우가 많았다. 또 황제가 직접 교사郊祀에 참여했는데 수행한

1 富辰(?~B.C.636) : 주周나라 양왕襄王 때 대부.

관원들에게 고과의 우열을 따지지 않고 3품관이나 5품관을 주었고, 군영의 무관들 중 거의 8할에 가까운 이들에게 군공軍功을 이유로 고위 관리들이 입는 주자朱紫색 관복을 하사하였다. 황제를 가까이서 수행하던 신하가 외지로 임명되어 하직 인사를 하면 또 황제가 주자색 옷을 하사해주는 경우가 많았다. 그래서 조회할 때마다 주자색 옷이 조정에 가득하고, 녹색을 입은 자가 드물었다.[2] 하사받은 복식이 너무 넘쳐나 사람들은 귀하게 여기지도 않았고 황제 역시 체통이 없다고 여겨, 태자소사太子少師 정여경鄭餘慶[3]에게 조서를 내려 조목조목 개혁안을 올리도록 했다.

남송 효종 순희淳熙 16년(1189)과 광종 소희紹熙 5년(1194)에 연달아 은택을 내려서, 보직을 옮기고 복장을 하사받은 자가 많았다. 소희 원년(1190) 내가 당도當塗에서 회계會稽로 옮길 때 대궐을 지나다 기거사인起居舍人 막중겸莫仲謙을 누사漏舍에서 만났는데, 막중겸이 말하였다.

> "얼마 전 경령景靈에 분향하러 가서 조정 관리 백여 명을 보았는데 녹포綠袍를 입은 자가 하나도 없었습니다."

또한 조의朝議·중봉中奉 등의 산관散官까지 모두 주자색 관복을 입어 5품관이 몇 명인지 헤아릴 수 도 없을 정도로 당대 헌종 원화[4] 연간과 아주 비슷했다.

3. 보름이 아닐 때의 월식 月非望而食

역법가曆法家가 일식과 월식을 논하여, 한 무제 태초太初[5] 연간 이래 비로소 일식을 정하기 시작했다. 초하루 아니면 그믐에 일어났으며, 아니면 2일에

2 당나라 상원 원년에 정해진 제도에 의하면 문무관 3품 이상은 자紫색, 4품은 짙은 붉은색[深緋], 5품은 옅은 붉은색[淺緋], 6품은 짙은 녹색[深綠], 7품은 옅은 녹색[淺綠], 8품은 짙은 청색, 9품은 옅은 청색을 입는다.
3 鄭餘慶(748~820) : 당나라의 대신. 자 거업居業. 정주鄭州 형양滎陽(지금의 하남 형양) 사람이다.
4 元和 : 당나라 헌종 시기 연호(806~820).
5 太初 : 전한 무제 시기 연호(B.C.104~B.C.100).

일어났는데, 이 경우는 매우 적다. 월식은 14·15·16일로 차이가 났는데, 보름을 정하는 것에 차이가 있어서이다. 천체에는 두 교도交道가 있으니, 교초交初와 교중交中이다. 점성가는 교초交初를 나후羅睺[6]라고 한다. 교중交中이란 계도計都[7]이다. 어두워 보이지 않으면 입교법入交法으로 구하지만, 삭망을 구할 수 있는 것에 불과할 뿐이다. 나머지 다른 날 입교入交는 책에 실려 있지 않다. 한나라에서 당나라까지 28가지 역법과 송나라 11가지 역법이 모두 그렇다.

잠시 영종寧宗 경원慶元 3년(1197) 정사년의 다섯 차례 월식을 고찰해보면, 2월 보름 교중에 들어갔고, 7월 교초에 들어갔고, 10월 20·21일 이틀 밤 연달아 2경更에 개기월식이 일어나 2각刻 후에 다시 밝아졌고, 11월 18일 밤 다시 그렇게 되었다. 이 세 월식을 살펴보면 모두 교중이다. 10월 20일 밤 달은 장張 5도에 있었고 계도는 익翼 2도에 있었으며, 다음날 밤 달은 장 17도에 있었고 계도는 정해지지 않았는데 떨어진 거리가 겨우 4도 뿐이었다. 11월 18일 밤 달은 성星 5도에 있었고 계도는 장 19도에 있어서, 서로 거리 20도였다. 12월 17일 밤 오경, 달은 성 2도에 있었고, 교양交陽 끝에 들어가서, 묘시 처음 4각刻에 교차가 심해 전체 달의 6할 5푼이 잠식되었다가, 8각에 월식이 점차 사라졌다. 18일 밤 4경, 달은 장 6도에 있었고, 중음초中陰初에 입교入交하고, 인시寅時 4각에 이르러 교차가 심해져 전체 달의 9할이 잠식되었다가, 묘시 5각에 월식이 점차 사라졌다. 그러한 현상이 이와 같았다.

내심 또 의문이 들었다. 달은 한 달에 하늘을 한 바퀴 돌고 반드시 두 곳에서 교차하는데, 올해 결국 여덟 번 월식이 있었다. 하나하나 성관星官과 역옹曆翁의 말처럼 보름에 국한되지 않는데, 그렇다면 노동盧仝[8]이 「월식月蝕」

6 羅睺(Rahu) : 고대 인도 점성학 명사로, 달의 궤도와 황도의 승교점升交點을 가리킨다. 라후·계도計都·해·달·수성·화성·목성·금성·토성을 구요九曜라고 한다. 또한 중국 고대 점성학에서 말하는 칠정사여七政四餘에서 사여四餘 중 하나이다.

7 計都(Ketu) : 고대 인도 점성학 명사로, 달의 궤도와 황도의 강교점降交點을 가리킨다.

8 盧仝(?~835) : 당나라 중기 시인. 호 옥천자玉川子. 붕당의 횡포를 풍자한 장편 시 「월식시月蝕詩」가 유명하다. 재상 이훈李訓 등이 환관 소탕을 도모하다가 실패한 '감로甘露의 변'이

시를 더 많이 지을 수가 있게 되니 마땅히 그 뜻을 더욱 탐구해야 할 것이다. 얼마 전 태사국관太史局官 유효영劉孝榮을 만난 적 있는데, 그가 말했다.

"달에는 본래 빛이 없고 태양빛을 받아서 밝게 빛나는데, 보름 밤에는 태양과 딱 마주하기 때문에 온통 둥글게 빛이 나는 것입니다. 간혹 달이 느리게 가거나 빠르게 가서 태양빛이 비추지 못하는 곳이 있으면 월식이 생깁니다. 초하루 아침 날은 태양과 달이 같은 위치에 있어서, 달이 태양 위에 있어 태양을 가리고 지나가면 태양빛이 가려져서 일식이 생깁니다. 이 두 날이 아니면 일식과 월식이 생길 리가 없습니다."

이 말도 통한다.

4. 경선교 慶善橋

요주饒州[9]의 학교는 범중엄이 세운 것이 결코 아니라고 쓴 적이 있다.[10] 성 안 경선교慶善橋도 그가 세운 것이 아니다. 최근 현지 사람이 다리를 수리하려고 옛날 돌을 철거했는데, 그 위에 "강정경진康定庚辰"이라고 새겨져 있었다. 범중엄은 북송 인종 경우景祐 2년(1035) 을해년 대제待制가 되어, 3년(1036) 병자년 개봉부 지부知府가 되었고, 이어 폄적되어 요주 지주가 되었고, 후에 윤주潤州·월주越州로 옮기고, 보원寶元 3년(1040) 경진년에 이르러 원래 직위로 회복되어 장안에서 근무하였으니, 이미 여기를 떠난 지 오래였다.

5. 서한 이래 관직의 추가 西漢以來加官

『한서漢書·백관공경표百官公卿表』에 나오는 시중侍中과 좌우조左右曹·제리諸吏

일어났을 때 재상 왕애王涯의 저택에 있다가 잡혀서 죽임을 당했다. 저서로 『옥천자시집』이 있다.

9 饒州 : 지금의 강서성 파양波陽.

10 『용재수필』 권3 「파양의 학궁」 참조.

·산기散騎·중상시中常侍는 모두 추가 관직이다. 추가된 대상은 장군將軍·열후列侯·경卿·대부大夫·장將·도위都尉 등이다. 급사중給事中 역시 추가 관직이다. 추가된 대상은 대부大夫·박사博士·의랑議郎 등이다. 시중·중상시는 궁중에 출입할 수 있었고, 제조諸曹는 상서尙書의 업무를 받았고, 제리諸吏는 법률 사무를 처리할 수 있었고, 산기散騎는 황제와 마차를 함께 탔다.

한나라 때 이런 직위를 제수한 것은 마치 지금의 겸직과 같아서 지위가 그렇게 대단히 현달한 것은 아니었는데, 위상魏相이 어사대부에서 급사중을 겸직한 것이 그러했다. 그밖에 유향劉向은 종정宗正에서 산기·급사중을 겸직하고, 소무蘇武가 우조右曹에서 전속국典屬國을 겸직하고, 양웅揚雄이 제리諸吏에서 광록대부光祿大夫를 겸직한 것 등등이 모두 그러했다. 김일제金日磾같은 경우, 투항한 이민족 신분으로 시중이 되었고, 그의 자식 상賞·건建과 손자 상常·창敞·잠岑·명明·섭涉·탕湯·융融·흠欽도 모두 좌조·제리·시중을 지냈다. 그래서 반고는『한서』찬贊에서 "일곱 세대 동안 궁에서 황제를 모셨으니, 창성하기도 했구나!"라고 했다. 대체로 지금의 각문선찬閣門宣贊·지후祗候와 같은 것들이다.

다만 한나라에서는 사인士人을 많이 등용했는데, 무제가 임용한 장조莊助와 주매신朱買臣·오구수왕吾丘壽王·동방삭東方朔 등은 모두 천하에서 선발한 인재였기에 사람들에게 존중을 받았다. 동한 때도 대체로 그러했다.

진晉·송宋 이래 또 급사황문시랑給事黃門侍郎·산기상시散騎常侍·통직산기상시通直散騎常侍·산기시랑散騎侍郎 등이 있었는데 모두 겸직 관직으로, 본래 직위의 고하에 의거했다. 얼마 후에는 또 장군將軍의 칭호를 영광으로 여기는 풍조가 생겼다. 북제北齊의 고제高帝가 태자첨사太子詹事 하집何戢에게 관리 선발을 맡기려 하였는데, 하집의 경력을 인정하여 상시常侍의 직책을 더하려 하자 저연褚淵이 말했다.

> "신이 왕검王儉과 이미 상시常侍의 직책을 겸하게 되었는데, 만약에 또 다시 하집에게 상시의 직책을 추가하면, 여덟 자리[11] 외에 또 세 명의 상시가 있게 됩니다. 그렇기 때문에 그에게 효기장군 혹은 유격장군의 칭호를 주어도 낮은 것이 아닙

니다."

그래서 고제는 하집에게 이부상서에 효기장군驍騎將軍의 직을 더해주었다.

당대에는 검교관檢校官과 문무산계文武散階·헌함憲銜이 바로 이러한 종류의 겸직이었다. 송대에는 진종 때부터 학사學士·직학사直學士·대제待制·직각直閣 등 직함을 주기 시작했는데, 벼슬하는 사람들이 특히 그러한 직함을 갈구했다. 지금은 관문전대학사觀文殿大學士에서 직비각直秘閣 약 40종의 추가 관직이 있는데 변동이 없고 분명하여 쉽게 알아볼 수 있어 예전처럼 방대하고 잡다하지 않다.

6. 여망비웅 呂望非熊

이한李瀚의 『몽구蒙求』에 "여망비웅呂望非熊"이라는 구절이 등장한 이후로 사람들은 이것을 근거로 인용했다. 그러나 역사책을 살펴보면 『육도六韜』 제1편 「문도文韜」에 다음과 같은 내용이 나온다.

> 문왕文王이 사냥을 나가려고 하여 사편史編이 점을 친 결과를 발표했다. "위수渭水 북쪽에서 사냥하여, 큰 것을 잡을 것이다. 용도 아니고 이무기도 아니고, 범도 아니고 곰도 아니다. 공후公侯를 얻게 될 조짐이니, 하늘이 너에게 국사國師를 보내주리라." 문왕이 '징조가 이토록 정확한가?'라고 하자, 사편은 "저의 태조太祖인 사주史疇께서는 우왕을 위하여 고요皐陶를 얻을 징조를 점치셨습니다"라고 했다.

『사기』에 다음과 같은 내용이 나온다.

> 여상呂尙이 곤궁하고 연로하여, 낚시로 서백을 만나기 바랐다. 서백이 사냥을 나가려고 점을 치니 "오늘 잡는 것은 용도 아니고 이무기도 아니고, 범도 아니고 곰도 아니니, 패왕의 보필을 얻게 될 것이다"라고 했다.

후한 때 최인崔駰이 『달지達旨』에서 "어부 여상이 큰 거북이에게서 징조를

11 상서령尙書令과 좌우복야左右僕射·오조상서五曹尙書를 가리킨다.

보았다"고 했고, 주에서 『사기』의 "용도 아니요, 이무기도 아니요, 곰도 아니요, 범도 아니다(非龍非螭, 非熊非羆)"를 인용하여 증거로 삼았다. 그런데 지금의 『사기』에서는 그렇게 되어 있지 않다. "비웅非熊"의 출처는 바로 이것이다.

7. 당나라 조인의 묘비명 唐曹因墓銘

남송 영종寧宗 경원慶元 3년(1197) 신주信州 상요위上饒尉 진장陳莊이 땅 속에서 당나라 때의 비석을 발굴했는데, 부인이 남편을 위해 만든 것이었다. 내용은 다음과 같다.

> 내 지아비의 성은 조曹, 이름은 인因, 자는 비부鄙夫요, 대대로 파양鄱陽[12] 사람이다. 조부·부친 모두 당 고조 조정에서 벼슬했으나 오직 이 사람만 세 번 응시했으나 급제하지 못하고, 집에 거하면서 예의를 충실히 지켰다. 장안의 길에서 세상을 떠나게 되자 조정 공경公卿·마을 어른 중 크게 탄식하지 않는 사람이 없었다. 그러나 나는 그렇게 생각하지 않았기에, 시어머님께 말했다.
> "집에 남쪽 밭 있으니, 양친을 부양하기에 충분합니다. 집에 부군께서 남긴 글 있으니, 자녀 가르치기에 충분합니다. 천지 사이에 태어나 음양의 조화 속에서 죽고 살고 모이고 흩어지는 것은 그저 세상의 모습일 뿐입니다. 어찌 근심하고 기뻐하고 할 것이 있겠습니까!"
> 나는 성이 주씨周氏로, 이 사람의 아내이다. 이 사람에게 시집와서 8년동안, 지아비는 나를 정말 아끼고 사랑해주었기에 비명을 남긴다.
> "사는 것도 하늘의 뜻이요, 죽는 것도 하늘의 뜻이라. 이 이치에 통달한다면 슬퍼한들 또 무엇하리!"

당나라 때 상요는 본래 요주饒州에 속했다가 그후 분리되어 신주信州에 속했다. 그래서 조인은 파양 사람이다. 한 여인이 이처럼 문장에 뛰어나고 사리를 깨우쳤는데, 널리 전해지지 않으니 애석하다. 여기에 기록하여 역사의 누락을 보충하고자 한다.

12 鄱陽 : 지금의 강서 파양波陽 북쪽.

8. 당대 역사서의 글자 누락 실수 唐史省文之失

당대 양우경楊虞卿[13] 삼형제가 재상 이종민李宗閔[14]의 권세에 힘입어 위세가 등등해지자 사람들이 앞 다투어 연줄을 대려고 했다. 그러자 이러한 속담이 유행하였다.

> 과거시험장에 들어가려고 우선 소蘇·장張에게 물었더니, 소·장이 괜찮다고 해도 세 양楊이 우리를 죽이네.[欲入舉場, 先問蘇、張, 蘇、張尙可, 三楊殺我.]

그러나 『신당서』에서 원문의 '선先'자를 삭제하였다.

이덕유李德裕[15]가 하북 세 진鎮에 다음과 같은 조서를 내렸다.

> 자손을 위하는 계책이라면서, 보거輔車의 세력을 두려 하지 말라.[勿爲子孫之謀, 欲存輔車之勢.]

그런데 『신당서』에서 '욕欲'을 빼버렸다.

이렇듯 두 글자를 빼버려, 결국 원래 문장의 의미가 더 이상 카랑카랑 절절하지 않게 되었으니, 이는 문장의 정련을 지나치게 추구한데서 비롯된 실수이다.

13 楊虞卿 : 당나라의 대신. 자 사고師皐. 괵주虢州 홍농弘農 사람이다. 원화 5년(810) 진사급제했다. 벼슬한 초기에는 강직하여 직간直諫하는 풍도가 있었는데, 점차 벼슬이 높아지면서 타고난 해학諧謔과 재기才氣로 권세에 아첨하여 출세하려 해, 결국에는 지방으로 좌천되었다. 양성陽城과 사이가 좋았고, 이종민李宗閔이 중용했다.

14 李宗閔(787~843) : 당나라의 재상. 자 손지損之. 당 종실 먼 친척으로, 고조의 열세번째 아들 정왕鄭王 이원의李元懿의 후손이다. 우승유牛僧孺와 사이가 좋아서 재상으로 끌어들였으며, 이덕유李德裕와 사이가 나빠서 그 당파를 모두 축출하였으니, 이를 우이당쟁牛李黨爭이라고 한다.

15 李德裕(787~849) : 당나라 무종武宗때의 재상. 자 문요文饒. 경학經學과 예법을 존중하고 귀족적 보수파로서 번진藩鎭을 억압하고, 위구르 등 이민족을 격퇴하는 데 힘써 중앙집권의 강화를 꾀하였다. 이종민李宗閔·우승유牛僧孺 등의 반대파를 탄압하였고, 폐불廢佛을 단행하였다. 선종宣宗 즉위와 함께 실각하여 해남도海南島로 추방되었다.

9. 이덕유가 명령을 논하다 李德裕論命令

이덕유李德裕가 무종武宗 때 재상을 지냈는데 황제는 그의 말을 무엇이든 따르고 시행에 옮겼다. 위홍질韋弘質이 재상은 전곡錢穀을 겸하여 관장하면 안 된다고 주장하자 이덕유가 상소를 올렸다.

> 관중管仲은 치국에 밝았는데, 그는 이렇게 말했습니다. "나라의 기구 중 법령보다 엄중한 건 없다. 법령이 엄중하면 군주가 존중되고 군주가 존중되면 나라가 편안하니, 백성을 다스리는 근본은 법령보다 중요한 것이 없다. 그러므로 법령을 줄이면 사형에 처하고, 법령을 더 보태면 사형에 처하고, 법령을 행하지 않으면 사형에 처하고, 법령을 보류해도 사형에 처하고, 법령을 따르지 않으면 사형에 처해야 한다. 다섯 가지는 사면해 주어서는 안 된다." 또한 "법령은 군주가 제정하여 반포하는 것인데 아래 신하들이 가부를 따지는 것은 군주의 권위가 멸시를 받는다는 의미이다"라고 말했습니다. 문종 대화大和[16] 연간 이후 풍속이 나날이 피폐해져, 법령이 위에서 나오면 아래에서 비난이 일어나는데, 이 폐단이 그치지 않으면 나라를 다스릴 수 없습니다. 제 생각에 직분과 업무를 배치하는 것은 군주의 권한이요, 소인이 간여할 수 없습니다. 위홍질은 비천한 신하로, 해서는 안 될 말을 어째서 함부로 하여 황제가 국사를 처리하는 권력에 간여한단 말입니까! 이는 또한 재상을 가볍게 보는 것입니다.

이덕유가 위와 같이 말한 이유는 조정은 존엄해야 하고 신하는 자숙해야 하고 정치는 재상으로부터 나오게 하고 싶었기 때문이었다. 그러므로 격분하여 말한 것이다. 이덕유가 집정했던 당시 다른 재상은 자리를 채운 것에 불과했다. 만약 그가 말한 대로라면 하나의 명령이 내려올 때마다 신하는 어떤 말도 할 수가 없으니, 간관諫官·어사御史·급사給事·사인舍人 등 직위는 폐지되어야 한다. 당시 위홍질은 급사중이었기 때문에 비천한 신하도 아니었다. 이덕유가 재상 자리를 떠난 후 결국 비판과 놀림을 당한 것도 당연하니, 모두 스스로 자초한 것이다.

16 大和 : 당 문종 시기 연호(827~835).

10. 한 무제와 당 덕종 漢武唐德宗

한나라 장탕張湯[17]이 정위廷尉·어사대부 등의 직책으로 무제를 섬길 때 문서를 꾸미고 죄목을 만드는 것으로 법 집행을 보좌해서 멸족하도록 조치한 경우가 많았는데, 결국 그 자신도 죄를 얻어 주살을 당했다. 무제는 장탕의 죽음을 애석해하여 얼마 후 그 아들 장안세張安世[18]를 기용하여 상서령으로 발탁했다. 장안세는 충정忠正의 자세로 근무하면서 엄정하고 공경하였으며 태만함 없이 국가를 위하여 근면하여 결국 중신이 되었다. 그를 크게 써도 된다는 것에는 의심의 여지가 없었다. 그러나 무제가 그를 임용한 이유는 단지 그의 부친 장탕 때문이었다.

당나라 덕종 때 노기盧杞[19]는 재상의 자리에 올랐는데, 간사하고 음험하여 천하의 화근이 되었다. 공공의 의론이 들끓어 용납할 수 없게 되었고 결국 축출되어 죽음을 당했다. 덕종은 그를 잊지 못하여 그의 아들 노원보盧元輔를 발탁하였으며 병부시랑의 자리까지 올랐다. 노원보는 단정하고 조용하고 정직하고 의리있어 조부 노혁盧奕의 충직한 모범을 이을 수 있었기에, 대성臺省의 요직에 오르는 것이 마땅했다. 그러나 덕종은 그의 부친 노기 때문에 그를 임용했을 뿐이다.

또한 무제 때 신하 중 불행하게 주살당한 사람으로 장조莊助·주매신朱買臣·오구수왕吾丘壽王 등이 있고, 연로하여 세상을 뜬 명신으로 급암汲黯·정장鄭莊·동중서董仲舒·복식卜式 등이 있었지만, 무제는 그들의 후손을 돌봐준 적이 없다. 덕종 때 재상을 지낸 현인으로 최우보崔祐甫·이필李泌·육지陸贄 등이

17 張湯(?~B.C.115) : 서한 두릉杜陵(지금의 섬서성 서안 동남쪽) 사람이다. 한 무제 시기 혹리로 유명했다.

18 張安世(?~B.C.62) : 서한 무제부터 선제 시대 인물. 유명한 혹리 장탕의 아들로, 무제 때 상서령을 지냈고, 소제 때 우장군을 지냈다. 청렴결백한 것으로 이름이 높았다.

19 盧杞(?~785) : 당나라의 대신. 자 자량子良. 활주滑州 영창靈昌(지금의 하남성 활현 서남쪽) 사람이다. 조부 노회신盧懷慎은 개원 초기 승상을 지냈고, 부친 노혁盧奕은 어사중승을 지내서, 음공으로 관직에 올랐다.

있었지만, 그들이 세상을 떠난 후 후손들은 아무런 보살핌도 받지 못했다. 유독 장탕·노기 두 사람의 후손만 이렇게 보살핌을 받았으니 참으로 안타까운 일이다.

11. 당 숙종에 대한 평가 諸公論唐肅宗

당 숙종肅宗은 안사의 난으로 인한 전쟁 통에 부친의 제위를 빼앗아 대신 차지하며 대신들을 구슬렀다.

> 양경兩京(장안 · 낙양)을 수복하고자 하나 존위尊位에 있지 않아 제장諸將에게 명령을 내릴 수 없기 때문이었을 뿐이다.

숙종은 현종이 흥경궁으로 돌아와 기거하자 바깥 사람들과 왕래하면서 내통할까봐 싫어하여, 현종을 협박하여 태극궁으로 옮기게 하고 더 이상 문안을 하지 않았다. 결국 원망속에 세상을 마치게 하였으니, 그 불효의 극악함이 하늘에 닿을 정도였다.

이 때 원결元結[20]이 「대당중흥송大唐中興頌」을 썼는데, 천자가 촉蜀으로 행차하자 태자가 영무靈武에서 즉위했다고 한 것은 바로 숙종이 부친의 제위를 빼앗은 것을 직접 거론한 것이었다. 『홍범洪範』에서 "무왕이 은을 이기고 수를 죽였다[武王勝殷殺受]"고 말한 것과 거의 같다. 「대당중흥송」 내용에 다음과 같은 구절이 있다.

> 상황이 험난하였으나 종묘가 다시 편안해졌고 두 성인 사이가 다시 좋아졌네.

사이가 다시 좋아졌다고 하였지만, 현종과 숙종의 사이가 매우 안 좋았음을 알 수 있다. 두보는 「두견杜鵑」에서 "내가 새의 정을 보고 두견의 심정을 알게 되었다네"라고 하여 매우 마음 아파했다. 안진경은 「청입방생지표請立放

20 元結(719~772) : 당나라의 문인. 자 차산次山. 호 만수漫叟·오수聱叟. 하남성 노산魯山 사람이다.

生池表」에서 "하루 세 번 조회함으로써 천자의 효성을 크게 밝히셨고, 안부를 여쭙고 식사를 살펴봄으로써 가족의 예를 고치지 않았다네"라고 했다. 소식은 숙종이 양심에 가책을 느낀 것을 안진경이 알았다고 생각했다.

황정견은 「제마애비題磨崖碑」에서 더욱 신랄하게 표현했다.

군대를 위무하고 나라를 살피는 게 태자 일이거늘,	撫軍監國太子事,
어찌 큰 자리를 재촉하여 취하였나?	何乃趣取大物爲?
지극히 어려운 사태 만나 천자가 행차했다가,	事有至難天幸爾,
상황 되어 두려움에 떨며 경사로 돌아왔다네.	上皇局脊還京師.
처량한 흥경궁 안의 삶,	南內淒涼幾苟活,
고장군 떠나서 더욱 위태롭네.	高將軍去事尤危.
신하 원결은 춘추에서 두세 마디 내고,	臣結春秋二三策,
신하 두보는 시를 지어 두견에게 재배했네.	臣甫杜鵑再拜詩.
충신의 통한이 뼈에 사무침을 어찌 알까,	安知忠臣痛至骨,
세상 사람들은 그저 경거사만 감상하네!	世上但賞瓊琚詞!

숙종의 죄를 아주 극명하게 폭로했다.

12. 손사막과 사마자미의 말 孫馬兩公所言

노조린盧照鄰이 병에 걸려 손사막孫思邈[21]에게 "고명한 의사는 어떻게 병을 치료합니까?"라고 묻자, 손사막이 대답했다.

> "하늘에 사시四時와 오행五行이 있어서 추위와 더위가 차례대로 드나들며, 녹아들면 비가 되고, 분노하면 바람이 되고, 응고되면 눈이나 서리가 되고, 펼쳐지면 무지개가 되니, 이것은 하늘의 상수常數입니다. 사람의 사지와 오장은 깨어났다 잠들었다 하며 내뱉고 마시며 들락날락하고, 흘러서 기氣와 혈血이 되고, 겉으로 나타나 기색氣色이 되고, 터져서 소리가 되니, 이것은 사람의 상수입니다. 양陽으로는 그 형체를 쓰고 음陰으로는 그 정기를 쓰는 것은 하늘과 사람의 공통점입니다. 잘못되면 상승하여 열기가 생기고, 막혀서 한기가 생기고, 뭉쳐서 용종이 생

21 孫思邈(581~682) : 당나라의 의사·도사. 당대 경조京兆 화원華原(지금의 섬서 요현耀縣) 사람으로, 약왕藥王이라고 일컬어지며, 중국에서 의신醫神으로 추앙된다.

기고, 꺼져서 종기가 생기고, 달리면 숨이 차고, 고갈되면 비쩍 말라, 얼굴에 표현되고 형체에 나타납니다. 하늘과 땅 역시 그렇습니다. 오위五緯[22]가 나타났다 사라졌다 하고 혜성이 날아다닌다면 돌기가 생긴 것과 같습니다. 추위와 더위가 때에 맞지 않는 것은 상승하거나 막힌 것입니다. 돌이 서고 흙이 솟는 것은 용종입니다. 산이 무너지고 흙이 꺼지는 것은 종기입니다. 바람이 휘몰아치고 폭우가 내리는 것은 숨이 차서 헐떡이는 것입니다. 시내와 도랑에 물이 마르는 건 비쩍 마른 것입니다. 고명한 의사는 약석으로 치료하고 침뜸으로 구해주며, 성인은 지극한 덕으로 조화롭게 하고 사람의 일을 도와주니, 그러므로 신체에는 나을 수 있는 질병이 있고, 하늘에는 구할 수 있는 재난이 있습니다."

당 예종睿宗이 사마자미司馬子微를 불러 그 의술에 대해 묻자, 다음처럼 대답했다.

"도를 행한다는 것은 나날이 줄이고, 줄이고 또 줄여서, 무위無爲에 이르는 겁니다. 마음이 알고 눈으로 보는 것을 매번 줄이려고 해도 할 수 없는데, 하물며 이단을 공격하여 지혜와 생각을 늘리는 것이야 어떻겠습니까!"

예종이 다시 물었다.

"신체의 병을 치료하는 것은 그리하면 되겠지만 나라를 다스리는 것은 어떻게 하면 좋겠소?"

사마자미가 대답했다.

"나라도 신체와 같습니다. 담담한 것으로 마음을 삼아서 청정한 곳으로 기운을 합하면, 만물과 저절로 어우러져 사심없이 천하를 다스리게 됩니다."

손사막과 사마자미의 말에는 모두 지극히 절묘한 도리가 담겨 있다. 심성을 다스리고 수양할 때는 이 이외의 것은 없다고 할 수 있다.

22 五緯 : 금·목·수·화·토 오성五星.

13. 원진의 시 元微之詩

『당서唐書·예문지藝文志』에서 원진元稹의 『장경집長慶集』 100권과 『소집小集』 10권이 있다고 했는데 지금까지 전해진 것은 민閩·촉蜀 각본刻本 60권뿐이다. 삼관三館[23]에서 소장하고 있는 것은 『소집』 뿐이다. 나의 형님 문혜공文惠公 홍적洪適이 원진의 치소였던 월주를 다스릴 때 문집에 결손이 있는 부분을 구하여 간행하셨다. 외집에 「춘유春游」 한 편이 있는데 다음과 같다.

술집은 해마다 줄고,	酒戶年年減,
산행은 점점 어려워진다.	山行漸漸難.
끝까지 느긋하고 여유로운 마음이고 싶어,	欲終心懶慢,
흥이 사라질까 문득 염려된다.	轉恐興闌散.
거울 같은 계곡물 아직도 차고,	鏡水波猶冷,
봉우리 위에는 눈이 아직 남아 있다.	稽峰雪尚殘.
경물을 탓할 순 없으나,	不能辜物色,
어느덧 봄 추위 무서워진다.	乍可怯春寒.
아픈 마음으로 천 리 먼 곳 바라보며,	遠目傷千里,
새해 만 가지 생각 떠오른다.	新年思萬端.
이 마음 알아줄 이 없으리니,	無人知此意,
작은 난간에 하릴없이 기대고 섰다.	閑憑小欄干.

백거이가 쓰고 "원상공元相公 「춘유春遊」"라고 시제를 달았다. 전유연錢惟演[24]이 그 진적을 소장하고 있었고, 목부穆父가 월주를 다스릴 때 모각하여 봉래각蓬萊閣 아래에 두었다고 하는데, 지금은 남아 있지 않다. 문집에는 이 시가 없어 문혜공이 외집에 수록했다. 이단민李端民[25]이 일찍이 이 운에

23 三館 : 당대에 홍문관弘文館(또는 소문관昭文館)·집현관集賢館·사관史館 삼관이 있어서, 서적 보관, 서적 교열, 역사 편찬 등을 담당했다. 송대에는 삼관을 하나로 합하여 숭문원崇文院을 두기도 했다.

24 錢惟演(977~1034) : 북송의 대신·시인. 자 희성希聖. 전당錢塘(지금의 절강성 항주) 사람. 서곤체西昆體 주요 시인이다. 오월吳越 충의왕忠懿王 전숙錢俶의 열네번째 아들로, 전숙을 따라 송에 귀순했다.

25 李端民 : 자 평숙平叔. 양주揚州 사람이다.

화답하여 문혜공에게 보낸 적이 있다.

동각에서 헤어진 지 몇 해,	東閣經年別,
험난한 객지 길 시름 끝이 없다.	窮愁客路難.
흙먼지 길 바라보다 산언덕 나타나 놀라고,	望塵驚岳峙,
고향 그리워하던 중 구름 각각 흩어진다.	懷舊各雲散.
차 향기 취하며 두터운 은혜 입었거늘,	茵醉恩逾厚,
사공의 노장단 노래 남은 흥 없어라.	檣歌興未殘.
풍당[26]은 이미 늙었다 한탄하고,	馮唐嗟已老,
범저[27]는 감히 춥다고 말한다네.	范叔敢言寒.
큰 손잡이에 옥 촛대 걸렸고,	玉燭調魁柄,
붓 끝에서 봄이 오네.	陽春在筆端.
문 앞 쓸고 있는 이 모습 가련하리니,	應憐掃門役,
허옇게 센 머리 강가에 머물러 있네.	白首滯江干.

백거이가 썼다는 그 석각을 내가 젊었을 때 얻었었는데 후에 잃어버렸다.

14. 요릉과 희룡라에 대해 간언하다. 諫繚綾戲龍羅

이덕유李德裕가 절서浙西 관찰사로 있을 때 목종穆宗이 조서를 내려 채색실로 짠 띠인 반조盤條와[28] 극세 채색 비단인 요릉繚綾[29] 1천 필을 구해 바치라고 했다. 이덕유가 다음과 같이 상소했다.

입아立鵝 · 천마天馬 · 반조盤條 · 국표掬豹는 그 무늬가 너무 아름다워, 오직 승여乘輿 행차 장식에만 사용되고 있습니다. 지금 1천 필이나 되는 많은 양을 요구하시니, 신은 그 이유를 모르겠습니다.

26 馮唐 : 서한의 대신. 문제 시기 낭중서장郎中署長을 역임했으며, 경제 시기 초楚나라 승상이 되었다. 직간에 능했다.

27 范雎(?~B.C.255) : 전국시대 진秦나라 정치가. 변설에 능했으며, 원교근공遠交近攻 정책을 제안해 큰 성공을 거뒀는데, 이것이 나중에 진나라가 육국六國을 통일하게 되는 기초가 되었다.

28 盤條 : 채색 실로 짠 띠.

29 繚綾 : 극세 채색 비단.

목종은 조서를 내려서 상소에 대해 칭찬하며 징발을 멈추게 했다.

휘종 숭녕(1102~1106) 연간, 환관이 어찰을 가지고 성도成都에 가서 전운사에게 희룡라戲龍羅 2천 필과 수기繡旗 5백 장을 짜라고 명하자 전운부사 하상何常이 상소했다.

> 기旗는 군대와 국가의 필수품이므로 감히 조서를 받들지 않을 수 없습니다. 희룡라戲龍羅는 오직 폐하 복장에만 제공되는 것이어서 하루에 1필을 쓴다 해도 1년에 필요한 것이 300여 필에 불과하거늘 이제 몇 배를 요구하시니, 이는 폐하와 나라와 백성에 아무런 이익이 되지 못합니다.

휘종은 그의 상소의 충직함을 칭찬하는 조서를 내리고 원래 요구했던 희룡라와 수기 양의 4분의 3을 감축했다.

이 두 가지 사례를 통해 신하가 군주에게 진언할 때 비판만 하려는 게 아니고 이치에 맞는다면 모두 수긍했음을 알 수 있다. 하상의 말은 이덕유가 말한 것과 유사하다.

15. 상정학사 詳正學士

당 태종 때 비서감秘書監 위징魏徵에게 사부四部의 책을 써서 내부內府에 보관하도록 명하고 수정讎正 20명을 두었다. 나중에 또 우세남虞世南과 안사고顏師古에게 명하여 뒤이어 추진하도록 했으나 완수하지 못했다. 고종 현경顯慶[30] 연간 수정관讎正官을 없애고 산관散官에게 번갈아가며 수정하도록 했다. 나중에 동대시랑東臺侍郎[31] 조인본趙仁本 등에게 조서를 내려 인원을 보충하여 검토 교정하도록 하고 상정학사詳正學士를 설치하여 산관을 대신하게 했다. 상정학사란 명칭이 매우 고상한데 언제 폐지되었는지 알 수 없다. 하지만 비서성에

30 顯慶 : 당대 고종 때의 연호(656~661).

31 東臺 : 당 고종 때 문하성門下省을 동대東臺라고 바꿨는데, 이후 문하성을 지칭하는 말로 쓰였다.

서 교서랑校書郎·정자正字가 있었을 때부터 그 이름 그대로 실제 일을 하도록 했어도 충분했다.

고종 소흥紹興[32] 연간에 지위가 높은 대신大臣을 비서성에 임명하고 편정서적관編定書籍官 두 명을 두었으니, 역시 그런 류이다.

32 紹興 : 남송 고종 때의 연호(1131~1162).

••• 卷第二(十五則)

1. 二叔不咸

左氏傳載富辰之言曰：「昔周公弔二叔之不咸，故封建親戚，以藩屛周。」士大夫多以二叔爲管、蔡。案蔡仲之命云：「羣叔流言，乃致辟管叔於商，囚蔡叔，降霍叔爲庶人。」蓋三叔也。杜預注以爲周公傷夏殷之叔世，疏其親戚，以至滅亡，故廣封其兄弟。是以方叙說管、蔡、郕、霍十六國，其義昭然。所言親戚者，指兄弟耳。

2. 官階服章

唐憲宗時，因數赦，官多汎階。又，帝親郊，陪祠者授三品、五品，不計考，使府軍吏以軍功借賜朱紫率十八。近臣謝，郎官出使，多所賜與。每朝會，朱紫滿庭，而少衣綠者，品服太濫，人不以爲貴，帝亦惡之，詔太子少師鄭餘慶條奏懲革。淳熙十六年，紹熙五年，連有覃霈，轉官賜服者衆。紹熙元年，予自當塗徙會稽，過闕，遇起居舍人莫仲謙於漏舍，仲謙云：「比赴景靈行香，見朝士百數，無一綠袍者。」又，朝議、中奉皆直轉行，故五品官不勝計，頗類元和也。

3. 月非望而食

曆家論日月食，自漢太初以來，始定日食，不在朔則在晦，否則二日，然甚少。月食則有十四、十五、十六之差，蓋置望參錯也。天體有二交道，曰交初、曰交中。交初者，星家以爲羅睺。交中者，計都也。隱暗不可見，於是爲入交法以求之，然不過能求朔望耳。若餘日入交，則書所不載，由漢及唐二十八家，曁本朝十一曆，皆然。姑以慶元丁巳歲五次月食考之，二月望爲入交中，七月爲交初，唯十月二十日、二十一日連兩夜，乃以二更盡月食之旣，纔兩刻復明，十一月十八夜復如之。案此三食皆是交中。十月二十夜月在張五度，而計都在翼二度，次夜月在張十七度，計都未動，相距才四度耳。十一月十八夜，月在星五度，計都在張十九度，相距二十度。十二月十七夜，五更，月在星二度，入交陽末，卯初四刻交甚，食六分半，八刻退交。十八夜四更，月在張六度，入交中陰初，至寅四刻交甚，食九分，卯五刻退交。其驗如此。予竊又有疑焉。太陰一月一周天，必兩値交道，今年遂至八食，一一如星官、曆翁之說，仍不拘月望，則玉川子之詩不勝作矣，當更求其旨趣云。頃見太史局官劉孝榮言：「月本無光，受日爲明，望夜正與日對，故一輪光滿。或月行有遲疾先後, 日光所不照處, 則爲食。朔旦之日, 日月同宮, 如月在日上, 掩太陽而過, 則日光爲所遮, 故爲日食。非此二日, 則無薄食之理。」其說亦通。

4. 慶善橋

饒州學非范文正公所建, 予旣書之矣。城內慶善橋之說, 亦然。比因郡人修橋, 拆去舊石, 見其上鐫云:「康定庚辰」。案范公以景祐乙亥爲待制, 丙子知開封府, 黜知饒州, 後徙潤、越, 至庚辰歲乃復職, 帥長安, 旣去此久矣。

5. 西漢以來加官

漢書百官表云, 侍中、左右曹、諸吏、散騎、中常侍皆加官, 所加或將軍、列侯、卿、大夫、將、都尉。給事中亦加官, 所加或大夫、博士、議郎。其侍中、中常侍得入禁中, 諸曹受尙書事, 諸吏得擧法, 散騎並步浪反乘輿車。並, 案漢世除授此等稱謂, 殆若今之兼職者, 不甚爲顯秩, 然魏相以御史大夫而給事中。它如劉向以宗正, 散騎、給事中; 蘇武以右曹, 典屬國; 揚雄爲諸吏, 光祿大夫是也。至於金日磾以降虜爲侍中, 其子賞、建, 諸孫常、敞、岑、明、涉、湯、融、欽, 皆以左曹、諸吏、侍中, 故班史贊之云:「七世內侍, 何其盛也。」蓋如今時閤門宣贊、祗候之類。但漢家多用士人, 武帝所任莊助、朱買臣、吾丘壽王、東方朔諸人, 皆天下選, 此其所以爲人貴重。東漢大略亦然。晉、宋以來, 又有給事黃門侍郎、散騎常侍、通直散騎常侍、散騎侍郎等, 皆爲兼官, 但視本秩之高下。已而復以將軍爲寵, 齊高帝以太子詹事何戢領選, 以戢資重, 欲加常侍。褚淵曰:「臣與王儉旣已左珥, 若復加戢, 則八座遂有三貂。若帖以驍、游, 亦爲不少。」乃以爲吏部尙書, 加驍騎將軍。唐有檢校官, 文武散階、憲銜, 乃此制也。國朝自眞宗始創學士、直學士、待制、直閣職名, 尤爲仕宦所慕。今自觀文殿大學士至直祕閣, 幾四十種, 不刊之典, 明白易曉, 非若前代之冗泛云。

6. 呂望非熊

自李瀚蒙求有「呂望非熊」之句, 後來據以爲用。然以史策考之, 六韜第一篇文韜曰:「文王將田, 史編布卜曰:『田於渭陽, 將大得焉。非龍非彲, 螭。非虎非羆, 兆得公侯, 天遺汝師。』文王曰:『兆致是乎?』史編曰:『編之太祖史疇, 爲禹占得皐陶兆。』」史記云:「呂尙窮困年老, 以漁釣干西伯, 西伯將出獵, 卜之, 曰:『所獲非龍非彲, 非虎非羆, 所獲霸王之輔。』」後漢崔駰達旨, 云「漁父見兆於元龜」, 注文乃引史記「非龍非驪, 非熊非羆」爲證。今之史記, 蓋不然也。「非熊」出處, 惟此而已。

7. 唐曹因墓銘

慶元三年, 信州上饒尉陳莊發土得唐碑, 乃婦人爲夫所作。其文曰 :「君姓曹, 名因, 字鄙夫, 世爲鄱陽人。祖、父皆仕於唐高祖之朝, 惟公三擧不第, 居家以禮義自守。及卒於長安之道, 朝廷公卿、鄕鄰耆舊, 無不太息。惟予獨不然, 謂其母曰 :『家有南畝, 足以養其親, 室有遺文, 足以訓其子。肖形天地間, 範圍陰陽內, 死生聚散, 特世態耳, 何憂喜之有哉!』予姓周氏, 公之妻室也。歸公八載, 恩義有奪, 故贈之銘曰 :『其生也天, 其死也天, 苟達此理, 哀復何言!』」予案唐世上饒本隸饒州, 其後分爲信, 故曹君爲鄱陽人。婦人能文達理如此, 惜其不傳, 故書之, 以裨圖志之缺。

8. 唐史省文之失

楊虞卿兄弟怙李宗閔勢, 爲人所奔向。當時爲之語曰 :「欲入擧場, 先問蘇、張。蘇、張尙可, 三楊殺我。」而新唐書減去「先」字。李德裕賜河北三鎭詔曰 :「勿爲子孫之謀, 欲存輔車之勢。」新書減去「欲」字。遂使兩者意義爲不鏗鏘激越, 此務省文之失也。

9. 李德裕論命令

李德裕相武宗, 言從計行。韋弘質建言宰相不可兼治錢穀。德裕奏言 :「管仲明於治國, 其語曰 :『國之重器, 莫重於令。令重君尊, 君尊國安, 治人之本, 莫要於令。故曰虧令者死, 益令者死, 不行令者死, 留令者死, 不從令者死, 五者無赦。』又曰 :『令在上, 而論可否在下, 是主威下繫於人也。』大和後, 風俗寖敝, 令出於上, 非之在下, 此敝不止, 無以治國。臣謂制置職業, 人主之柄, 非小人所得干, 弘質賤臣, 豈得以非所宜言, 妄觸天聽, 是輕宰相也。」德裕大意欲朝廷尊、臣下肅, 而政出宰相, 故感憤切言之。予謂德裕當國, 它相取充位而已。若如所言, 則一命一令之出, 臣下皆不得有言, 諫官、御史、給事、舍人之職廢矣。弘質位給事中, 亦非賤臣。宜其一朝去位, 遂罹抵巇, 皆自取之也。

10. 漢武唐德宗

漢張湯事武帝, 舞文巧詆以輔法, 所治夷滅者多, 旋以罪受誅。上惜湯, 稍進其子安世, 擢爲尙書令。安世宿衛忠正, 肅敬不怠, 勤勞國家, 卒爲重臣, 其可大用不疑。而武帝之意, 乃以父湯故爾。唐盧杞相德宗, 姦邪險賊, 爲天下禍。以公議不容, 讁逐致死。帝念之不忘, 擢叙其子元輔, 至兵部侍郞。元輔端靜介正, 能紹其祖奕之忠規, 陟之臺省要官, 宜也。而德宗之意, 乃以父杞故爾。且武帝之世, 羣臣不幸而誅者, 如莊助、朱買臣、吾丘壽王諸人, 及考終名臣如汲黯、鄭莊、董仲舒、卜式, 未嘗恤其孤。德宗輔相之賢如崔祐甫、李泌、陸贄皆身沒則已。而獨於湯、杞二人卷卷如此, 是可歎也!

11. 諸公論唐肅宗

唐肅宗於干戈之際, 奪父位而代之, 然尙有可諉者。曰 :「欲收復兩京, 非居尊位, 不足以制命諸將耳。」至於上皇還居興慶, 惡其與外人交通, 劫徙之西內, 不復定省, 竟以怏怏而終, 其不孝之惡, 上通於天。是時, 元次山作中興頌, 所書天子幸蜀, 太子卽位於靈武, 直指其事。殆與洪範云「武王勝殷殺受」之辭同。其詞曰 :「事有至難, 宗廟再安, 二聖重歡。」旣言重歡, 則知其不歡多矣。杜子美杜鵑詩 :「我看禽鳥情, 猶解事杜鵑。」傷之至矣。顔魯公請立放生池表云 :「一日三朝, 大明天子之孝 ; 問安視膳, 不改家人之禮。」東坡以爲彼知肅宗有愧於是也。黃魯直題磨崖碑尤爲深切。「撫軍監國太子事, 何乃趣取大物爲? 事有至難天幸爾, 上皇局脊還京師。南內淒涼幾苟活, 高將軍去事尤危。臣結舂陵二三策, 臣甫杜鵑再拜詩。安知忠臣痛至骨, 世上但賞瓊琚詞。」所以揭表肅宗之罪, 極矣。

12. 孫馬兩公所言

盧照鄰有疾, 問孫思邈曰 :「高醫愈疾奈何?」答曰 :「天有四時五行, 寒暑迭居, 和爲雨, 怒爲風, 凝爲雪霜, 張爲虹蜺, 天常數也。人之四支五藏, 一覺一寐, 吐納往來, 流爲榮衛, 章爲氣色, 發爲音聲, 人常數也。陽用其形, 陰用其精, 天人所同也。失則烝生熱, 否生寒, 結爲瘤贅, 陷爲癰疽, 奔則喘乏, 竭則焦槁, 發乎面, 動乎形。天地亦然, 五緯縮贏, 孛彗飛流, 其危診也。寒暑不時, 其烝否也。石立土踊, 是其瘤贅。山崩土陷, 是其癰疽。奔風暴雨, 其喘乏。川瀆竭涸, 其焦槁。高醫導以藥石, 救以砭劑, 聖人和以至德, 輔以人事, 故體有可愈之疾, 天有可振之災。」睿宗召司馬子微問其術, 對曰 :「爲道日損, 損之又損, 以至於無爲。夫心目所知, 見每損之尙不能已, 況攻異端而增智慮哉。」帝曰 :「治身則爾, 治國若何?」曰 :「國猶身也, 故游心於淡, 合氣於漠, 與物自然, 而無私焉, 而天下治。」孫公、司馬所言, 皆至道妙理之所寓, 治心養性, 宜無出此者矣。

13. 元微之詩

唐書藝文志元稹長慶集一百卷, 小集十卷, 而傳於今者, 惟閩、蜀刻本, 爲六十卷。三館所藏, 獨有小集。文惠公鎭越, 以其舊治, 而文集蓋缺, 乃求而刻之。外春游一篇云 :「酒戶年年減, 山行漸漸難。欲終心懶慢, 轉恐興闌散。鏡水波猶冷, 稽峯雪尙殘。不能辜物色, 乍可怯春寒。遠目傷千里, 新年思萬端。無人知此意, 閑凭小欄干。」白樂天書之, 題云「元相公春遊」。錢思公藏其眞跡, 穆父守越時, 摹刻于蓬萊閣下, 今不復存。集中逸此詩, 文惠爲列之於集外。李端民平叔嘗和其韻寄公云 :「東閣經年別, 窮愁客路難。望塵驚岳峙, 懷舊各雲散。茵醉恩逾厚, 檣歌興未殘。馮唐嗟已老, 范叔敢言寒。玉燭調魁柄, 陽春在筆端。應憐掃門役, 白首滯江干。」樂天所書, 予少時得其石刻, 後亦失之。

14. 諫繚綾戲龍羅

李德裕爲浙西觀察使, 穆宗詔索盤條繚綾千匹, 德裕奏言：「立鵝、天馬、盤條、掬豹, 文彩怪麗, 惟乘輿當御, 今廣用千匹, 臣所未諭。」優詔爲停。崇寧間, 中使持御札至成都, 令轉運司織戲龍羅二千, 繡旗五百, 副使何常奏：「旗者, 軍國之用, 敢不奉詔。戲龍羅唯供御服, 日衣一匹, 歲不過三百有奇, 今乃數倍, 無益也。」詔奬其言, 爲減四之三。以二事觀之, 人臣進言於君, 切而不訐, 蓋無有不聽者。何常所論, 甚與德裕相類云。

15. 詳正學士

唐太宗時, 命祕書監魏徵寫四部羣書, 將藏內府, 置讎正二十員。後又詔虞世南、顏師古踵領之, 功不就。顯慶中罷讎正官, 使散官隨番刊正。後詔東臺侍郞趙仁本等, 充使檢校, 置詳正學士以代散官, 此名甚雅, 不知何時罷去。然祕省自有校書郞、正字, 使正名責實足矣。紹興中, 以貴臣提擧秘書省, 而置編定書籍官二員, 亦其類也。

1. 인생의 다섯 단계 人生五計

주익朱翌[1] 사인舍人이 늘 말했다.

> "사람이 이 세상 살아가는데 수명이 일정하지 않으니, 일단 70세를 기준으로 말해본다.
> 10세면 아동兒童이 된다. 부모 슬하에서 지내며, 추운 지 · 따뜻한 지 · 건조한 지 · 습한 지, 또 먹고 입는 것이 적당한지 부모가 살펴주고 조절하며 성인이 되기를 기다린다. 이 시기를 '생계生計'라고 한다.
> 20세면 장부丈夫가 된다. 근골이 강하고 뜻이 웅건하며, 명리를 추구하는 마당에 뛰어들어, 말을 키우고 병기를 갈며 내가 이길 것을 추구하여, 준마가 마구간에 엎드려 있으면서 천리를 달릴 뜻을 품는다. 이 시기를 '신계身計'라고 한다.
> 30세부터 40세까지, 밤낮으로 생각에 잠기고, 이익을 가려서 행동하고, 지위가 높아지고 재산이 많아지며 자식이 많기를 바란다. 이 시기를 '가계家計'라고 한다.
> 50세가 되면, 게을러지고 피로해지며, 세상 풍파 속에서 부침하며, 지혜와 술수도 다 써버리니 서산에 해질 날이 점점 가까워오고, 세월은 살처럼 지나가버렸다. 임용되고 운이 좋은 것도 인연에 달렸을 뿐이니, 그만 생각하고 마음을 비우고, 마치 누에가 고치를 틀듯 좋은 칼이라도 칼집에 넣어야 한다. 이 시기를 '노계老計'라고 한다.
> 60세 이후로는 갑자甲子가 한 바퀴 돌았으니, 석양이 산에 걸린 형국이라 곧 관 속에 들어갈 때이다. 한 마음으로 자신을 돌이켜보며 털끝만큼도 여한이 없어야 한다. 이 시기를 '사계死計'라고 한다."

주익 선생이 사람들에게 위와 같은 오계를 말할 때, '신계身計'를 말하면

1 朱翌(1097~1167) : 북송의 이학자理學者. 자 신중新仲. 호 잠산거사潛山居士, 생사노인省事老人. 휘종徽宗 정화政和 8년(1118) 진사進士가 되어 율수부溧水簿 · 비서소감秘書少監 · 중서사인中書舍人을 역임했다. 『휘종실록』을 편찬했으며, 진회秦檜의 편에 가담하지 않았다가 소주韶州에 폄적되어 20년 가까이 은거하며 이학理學을 일으켰다.

기뻐하고, '가계家計'를 말하면 더 크게 기뻐했지만, '노계老計'를 말하면 아무런 응답이 없었다가, '사계死計'를 말하면 크게 웃으면서 "당신의 '계計'는 형편없소"라고 하곤 했다. 웃는 사람이 너무 많아지니까 주익 역시 자신의 '계計'가 형편없는 건지 의심하면서도 "어찌 그리 모두 늙는 걸 싫어하고 죽는 걸 피하려는 거요?"라고 했다.

내가 남화장로南華長老[2]를 위해 「대사암기大死庵記」를 쓸 때 마침내 주익의 말 뜻을 알게 되었다. 내 나이 이미 70을 넘어 80을 바라보고 있으니, 이 말을 적어서 요대에 지니고 다녀야겠다.

2. 영주와 막주의 새 瀛莫間二禽

영주瀛州[3]와 막주莫州[4] 경계 호숫가에 두 종류의 새가 산다.

하나는 고니를 닮아 하얀 색이고 부리가 길다. 물가에 똑바로 서서 움직이지 않으면서 물고기가 아래로 지나가면 잡는다. 하루 종일 물고기가 없어도 자리를 바꾸지 않는다. 그 이름이 신천연信天緣이다.

하나는 오리를 닮아 물 위에서 분주하게 다니면서 쉬지 않고 썩은 풀이나 흙·모래 가릴 것 없이 쩝쩝거리며 다 뒤지면서 한순간도 쉬지 않는다. 그 이름이 만화漫畫이다.

신천연은 무능한 것처럼 보이지만, 만화와 함께 하루를 보내고 나서도 배고픈 기색이 없으며 오히려 훨씬 더 장대하다. 두 새의 타고난 천성이 이처럼 다르다.

2 南華長老 : 명공明公, 낭공朗公이라고도 한다. 처음에는 유학을 공부하다가 후에 불교로 귀의했다고 한다. 소식蘇軾·황정견黃庭堅과 교류했고, 소식이 그를 위해 지은 「남화장로제명기南華長老題名記」가 있다.

3 瀛州 : 지금의 하북성 하간河間.

4 莫州 : 지금의 하북성 임구任丘.

3. 사대부의 피휘 士大夫避父祖諱

송대 사대부는 관직에 임용될 때 부친과 조부 이름을 피휘하는 것이 이전 조대와 달랐다. 조부나 부친의 이름과 발음이 같은 글자는 피휘하지 않았고, 이름이 두 글자일 경우 한 글자만 피휘하였다. 『곡례曲禮』의 규정 또한 이와 같다. 그러나 황제가 일시적으로 피휘를 면제해주는 은혜를 베푸는 경우도 있었고, 관직명을 바꿔준 경우도 있었다.

태조 건륭建隆[5] 연간 창업 초기 시위수侍衛帥 모용언교慕容彥釗·추밀사樞密使 오정조吳廷祚가 모두 사상使相[6]에 임명되었는데, 모용언교의 부친은 이름이 장章이고 오정조의 부친은 이름이 장璋이었기 때문에, 제마制麻[7]에서 동중서문하평장사同中書門下平章事를 동이품同二品으로 고쳐 호칭하였다. 고종 소흥紹興 중기 심수약沈守約과 탕진지湯進之 두 승상丞相의 부친 이름이 모두 거擧였다. 그래서 제거서국提擧書局을 제령提領으로 고쳤다. 그러나 이 이후 관직에 임명될 때 조부나 부친의 이름을 피휘하지 않는 경우가 없었다. 예를 들면 여희순呂希純은 저작랑著作郎에 임명되었는데 부친 이름이 공저公著라서 사임했다. 그런데 부필富弼은 부친 이름이 언言 한 글자였는데도 우정언지제고右正言知制誥를 지냈고, 한보추韓保樞의 아들 충헌공忠憲公 한억韓億과 손자 한강韓絳·한진韓縝은 모두 피휘하지 않고 추밀樞密을 역임했다. 혹 다른 설이 있는 것인가?

4. 죽음으로 충성을 보여준 원정 부자 元正父子忠死

당나라 중기 안록산安祿山이 표를 올려 권고權皐를 자신의 막부 막료로

---

5 建隆 : 북송 태조 시기 연호(960~963).

6 使相 : 당 후기, 재상은 왕왕 절도사를 겸직했고, 절도사도 재상을 겸직했기에 이들을 사상이라 칭했다. 송 초기, 친왕, 추밀사, 절도사가 시중, 중서령, 동평장사를 겸할 때 사상이라 칭했으나 실제로는 재상의 직위와 무관했다.

7 制麻 : 조서詔書. 원래 백지에 썼는데, 백지에 좀이 많이 슬어서, 당 고종 때 황마지黃麻紙에 조서를 썼기 때문에 '제마'라고 했다. '조황詔黃'이라고도 했다.

추천하였다. 권고는 안록산이 장차 반란을 일으킬 것이라고 예측하였고 또 안록산이 의심 많고 포악하여 간언을 해도 듣지 않을 것이라 여겨 안록산을 떠나려 했다. 그러나 부모에게 화가 미칠까봐 염려하여, 포로를 장안으로 보내는 임무를 맡은 기회를 틈타 중간에 거짓으로 죽은 척하고 염唅斂[8]까지 마친 후 몰래 달아났다. 권고의 모친은 그가 정말 죽었다고 여겨 대성통곡하였는데 길 가는 행인들도 그 소리를 듣고 슬퍼하였다. 그래서 안록산은 의심하지 않고 모친을 돌려보냈다. 권고는 은밀히 모친을 모시고 밤낮으로 남쪽으로 달아났고 그가 장강을 건너자 안록산은 결국 반란을 일으켰다. 그리하여 천하가 권고의 명성을 듣고 앞 다투어 자기 휘하에 두려고 했다.

견제甄濟가 청암산靑巖山에서 은거할 때 여러 막부에서 다섯 번을 초빙하고 황제가 열 번이나 조서를 내려 불렀지만 나오지 않고 은거를 고집했다. 안록산이 입조入朝하여 현종에게 견제를 임용하도록 요청하였고 범양장서기范陽掌書記에 임명되자, 견제는 어쩔 수 없이 산에서 나왔다. 임지에 도착한 후 견제는 안록산이 모반을 꾸미는 것을 알게 되었으나 권간勸諫으로 반란을 제지할 수도 없자, 안록산을 찾아가 집으로 돌아가게 해달라고 간청했다. 견제는 거짓으로 피를 토하고 몸을 가누지 못하는 것처럼 하였고, 결국 가마에 실려 옛집으로 돌아갈 수 있었다. 안록산이 반란을 일으킨 후, 사자使者에게 칼을 들고가 그를 불러오라고 하면서 "만약 안 오려고 하면 그의 머리를 자르라"고 했는데, 견제는 목을 내밀고 처단을 기다리고 있었다. 사자는 돌아와 견제가 정말 병에 걸렸다고 보고했다. 후에 안록산의 아들 안경서安慶緖가 다시 가마를 보내 강제로 낙양으로 데려오게 했다. 오래지 않아 광평왕廣平王[9]이 낙양을 수복하자 견제는 군문軍門으로 찾아가 자신의

8 唅斂 : '함唅'은 '함含' 또는 '함琀'으로도 쓰며, 구슬·옥·조개·쌀 등을 죽은 사람의 입에 채우는 것을 말한다.

9 廣平王(726~779) : 당나라 8대 황제 대종代宗(재위 762~779) 이예李豫. 현종의 손자이자 숙종의 큰아들로, 초명初名은 숙俶으로 광평군왕에 봉해졌다. 안록산의 반란이 일어나서 현종이 촉蜀으로 가고 숙종이 남아 적을 토벌할 때 항상 따라다녔으며, 숙종이 즉위하여 안경서를 토벌할 때 그를 원수로 삼았다.

지금까지 상황을 말했다. 숙종肅宗[10]은 그동안의 사정을 들은 후, 반군에게 투항했던 관리들이 부끄러움을 느끼도록 줄세워 견제에게 절하게 하였다.

『신당서』는 두 사람 행적을 「탁행전卓行傳」에 수록하여 매우 칭찬했다. 그리고 원정元正이라는 사람에 대해서도 다음과 같이 기록했다.

> 원정元正이라는 자가 하남 막부에 있었다. 사사명史思明이 하河·낙洛 지역을 함락하자, 부친을 마차에 태우고 산 속으로 숨었다. 역적이 그의 명성을 듣고 부르자, 원정은 일이 다급한 것을 알고 동생에게 말했다.
> "역적에게 받은 봉록으로 부모를 모실 수는 없다. 저들이 내 명성을 이용하려고 하니, 벗어나기 어렵겠다. 그러나 몸을 더럽히지 않고 죽는다면, 나는 오히려 살게 되는 것이다."
> 역적이 그를 잡아 높은 지위로 유혹했지만 매서운 눈초리로 단호하게 거절하여, 형제가 모두 해를 당했다. 부친도 그 소식을 듣고 독약을 먹고 죽었다. 안사의 난이 평정된 후 조서를 내려 절의를 지킨 11성姓을 기록하도록 했는데 원정을 으뜸으로 하였다. 권고·견제가 세상을 떠나자 원정과 함께 모두 비서소감에 추증되었다.

내가 보기에 권고·견제는 살아남았고 원정은 일가족이 모두 목숨을 잃었기 때문에 당시 절의를 지킨 으뜸이라고 본 것이다. 그런데 『신당서』에서 원정을 「충의전」·「탁행전」에 싣지 않고 「문예文藝」에 수록된 그의 조부 원만경元萬頃의 뒤에 덧붙여 기록하였고, 『자치통감』에서도 역시 그의 사적을 싣지 않아 그를 아는 자가 별로 없으니 참으로 안타까운 일이다!

백거이는 「장함비張諴碑」에서 다음과 같이 말했다.

> 좌무위참군左武衛參軍으로 동도 낙양을 분사分司[11]하던 중 안록산이 낙양을 함락하여 관직과 형벌을 남발하면서 사인과 서민을 협박하였다. 공(장함)은 동료 노손盧

10 肅宗(711~762 / 재위 756~762) : 당나라 제7대 황제 이형李亨. 현종의 셋째 아들. 756년 안록산의 난으로 현종과 함께 사천四川으로 피신하던 도중 금군禁軍의 일부를 이끌고 북상하여 영무靈武에서 스스로 제위에 올랐다. 7년 동안 재위했고, 장량張良의 누이동생과 환관 이국보李國輔, 어조은魚朝恩 등을 총애하여 병화兵禍가 끊이지 않았다. 보응寶應 원년(762) 이국보 등이 장황후張皇后를 살해하고 태자를 옹립하자 놀람과 두려움 속에 죽었다.

11 分司 : 당송 시대 중앙의 관리가 낙양에서 임직하는 것을 일컬었다.

巽과 육혼산陸渾山으로 달아나 2년 동안 숨어 지내면서 열매를 먹고 샘물을 마시면서 역적의 명령에 더럽혀지지 않았다. 숙종이 하남에 조서를 내려 역적의 조정에 나가 벼슬하지 않고 산과 골짜기에 숨어 지낸 사람들을 찾아내도록 했다. 여섯 명을 찾아 보고하였으니, 공과 노손이 그 중에 있었다. 이로써 절의와 명성이 조정에 알려지게 되어 조서를 내려 칭송하고 밀현주부密縣主簿에 특별 임명하였다.

5. 소영사의 풍절 蕭穎士風節

소영사蕭穎士[12]는 당나라의 명사다. 후세 사람들은 그의 재능은 칭찬하면서도 그가 노비를 때린 일에 대해서는 비난한다. 그러나 상관 자료를 찾아보니 소영사는 과연 높은 품격과 안목을 가진 선비였다.

소영사가 집현전集賢殿의 교리校理로 있을 때 당시 재상 이림보李林甫가 불렀으나 소영사는 가지 않았다. 이림보는 몹시 불쾌해 했다. 뒤에 소영사는 국사관國史館에서 일하게 되었는데 여전히 이림보에게 복종하지 않았다. 이림보는 소영사를 눈엣가시로 여겼고 결국 사관에서 면직되어 하남河南 참군參軍으로 강등되었다.

안록산安祿山이 황제의 총애를 믿고 안하무인격으로 행동하자 소영사는 유병柳幷에게 은밀히 말했다.

> 오랑캐 녀석이 황제 폐하를 믿고 저토록 오만방자하니 반란을 일으킬 날이 멀지 않았소. 동도東都 낙양洛陽이 먼저 함락될 것입니다.

얼마 뒤 소영사는 병을 핑계대고 낙양을 떠났다. 과연 얼마 뒤 안록산이

12 蕭穎士(707～758) : 당나라의 문인. 자 무정茂挺. 천보天寶 초에 비서정자秘書正字가 되어 명성을 천하를 떨쳐 소부자蕭夫子로 불렸다. 사관史官 위술韋述이 자신의 후임으로 추천하자 불려 사관대제史館待制에 올랐지만 이림보에게 미움을 받아 파직되었다. 이림보가 죽자 하남참군사河南參軍事로 옮겼다. 안록산이 반란을 일으키자 하남채방사河南采訪使 곽납郭納을 찾아가 방어할 계책에 대해 말했지만 쓰이지 않자 산남山南으로 갔다. 절도사 원유源洧가 불러 장서기掌書記로 삼았다. 나중에 양주공조참군揚州功曹參軍에 임명되었는데, 부임하고 이틀 뒤 사직했다. 여남汝南의 객사에서 죽었다. 박학하여 제자들이 많이 따랐으며, 고문古文을 잘 지어 한유韓愈 등이 일으킨 고문운동의 선구가 되었다.

반란을 일으켰다. 소영사는 하남河南 채방사採訪使 곽납郭納을 찾아갔다. 그리고 반란군에 맞설 방책을 말했으나 곽납은 그의 말을 듣지 않았다. 소영사는 탄식했다.

> 고관대작들은 어린 애들 전쟁놀이하는 수준으로 기세등등한 반란군을 대적하려 하다니, 어렵겠구나.

그 뒤 봉상청封常清[13]이 낙양을 지키고 있다는 소식을 듣고 그를 찾아갔다. 그러나 봉상청을 관찰해 본 소영사는 실망스러워 그날로 낙양을 빠져나와 산남山南으로 갔다. 마침 절도사節度使 원유源洧가 양양襄陽을 포기하고 강릉江陵으로 후퇴하려 하고 있었다. 소영사는 원유를 설득하였다.

> 양양은 천하제일의 요충지이니 하루라도 지키지 않으면 대사를 그르치게 됩니다. 공은 어찌 중요한 지역을 포기하여 천하의 웃음거리가 되려 하십니까?

소영사의 설득에 원유는 원래의 계획을 취소하고 양양을 고수하였다. 원유가 죽은 뒤 소영사는 동쪽의 금릉金陵으로 갔다. 그때 당 현종의 아들 영왕永王 이린李璘이 소영사의 명망을 알고 불렀으나 거절하고서 가지 않았다.

그 뒤 유전劉展이 반란을 일으켜 옹구雍丘를 포위하였다. 부대사副大使 이승식李承式은 병력을 파견하여 옹구를 지원하기로 했다. 출병 전 연회를 열어 술잔치를 벌이자 소영사가 간언하였다.

> 지금 폐하께서 풍찬노숙을 하는데 지금 신하가 어찌 흥청망청 연회를 하겠소. 지금 전장의 승패를 알 수 없는데 이렇게 화려한 것을 보고 누가 죽기로 싸우려 하겠소.

---

13 封常淸(?~756) : 당나라의 명장. 포주蒲州 의씨猗氏(지금의 산서성 임의臨猗) 사람. 집안이 가난하고 체구가 왜소한데다 애꾸에 절름발이여서 기용되지 않았다가, 고선지가 그의 충정과 뛰어난 재주를 믿고 종관으로 채용했다. 고선지를 보좌하며 출정의 고비마다 출중한 지략으로 전승에 크게 기여했다. 후에 고선지의 후임으로 안서절도사安西節度使에 임명되어, 안록산의 난을 평정하기 위한 토벌군의 선봉장이 되어 낙양으로 진군했지만, 중도에서 참패했다. 그 이유는 토벌군이 대부분 갑자기 모집한 장정들로 편성되어 훈련도 받지 못했기에 반군을 만나면 으레 도주했기 때문이었다.

그러나 이승식은 소영사의 권고를 듣지 않았다.

이러한 일화를 보면 소영사의 말과 식견이 얼마나 탁월한지를 알 수 있다. 그럼에도 불구하고 그에 대한 평가는 아주 각박하다. 대시인인 이백李白도 영왕 이린의 반란군에 참여했다가 한평생 그 허물을 면치 못했다. 소영사는 미리 이린의 진면목을 간파하여 그를 만나지 않았으니 확실히 이백보다 뛰어나다 할 수 있다.

6. 석우풍 石尤風

석우풍石尤風[14]의 정확한 뜻은 모르겠는데 머리를 때리는 역풍을 말하는 것으로 보인다. 당대 시인들은 시에 이 단어를 즐겨 썼다. 진자앙陳子昂의 「입협고풍入峽苦風」에서는 다음과 같이 썼다.

오늘 만난 고향 친구,	故鄕今日友,
함께 앉아 즐거운 마음 같으리.	歡會坐應同.
어찌 알았으랴, 파협의 길에서,	寧知巴峽路,
석우풍에 고생하게 되었을 줄.	辛苦石尤風.

대숙륜戴叔倫[15]의 「송배명주送裵明州」에서는 다음과 같이 썼다.

소수와 상수가 이어져,	瀟水連湘水,
천 개 만 개 물결 일어난다.	千波萬浪中.
자네 떠나지 못할 줄 알았으니,	知君未得去,
석우풍 때문에 부끄러워서이리라.	慚愧石尤風.

14 石尤風 : 『한어대사전』에서는 다음과 같은 전설이 수록되어있다. 옛날 상인 우씨尤氏가 석씨石氏 여인과 혼인하여, 정이 매우 두터웠다. 우씨가 멀리 장사하러 갔다가 돌아오지 않자, 석씨는 그리워하다가 병이 되어, 죽기 직전 탄식하며 "나는 그이가 못가게 하지 못해 이 지경에 이르게 한 것이 한스럽군요. 이제 상인이 먼 길 가려고 하면, 내가 천하의 아내를 위해 반드시 큰 바람이 되어 못가게 할 것입니다"라고 했다. 이로부터 역풍 또는 맞바람을 '석우풍'이라고 하게 되었다.

15 戴叔倫(732~789) : 당나라의 시인. 자 유공幼公·차공次公. 윤주潤州 금단金壇 사람이다.

사공서司空曙[16]의 「유로진경留盧秦卿」에서는 다음과 같이 썼다.

떠나기로 예전부터 정했음을 알면서도,	知有前期在,
이 밤 헤어지기 어려워라.	難分此夜中.
친구 가지 말라 만류하려 준비한 술,	無將故人酒,
석우풍보다도 못하구나.	不及石尤風.

남조南朝의 시까지 포함시킨다면 분명히 더 많이 있을테지만 찾아 볼 겨를이 아직 없었다.

7. 강풍우국 江楓雨菊

시를 지을 때는 유래와 출처가 있어야 하니, 그게 연원이요 종파이다. 하지만 한 글자 한 글자마다 모두 집착하면 부자연스럽고 껄끄러워진다. 나는 시학에 대해서는 고명한 견해를 가지고 있지 않다. 젊었을 때는 더욱이 조탁에 힘쓰는 실수를 범했다. 내가 그 당시에 썼던 시 한 연聯이 생각나는데, 처음에는 다음과 같이 썼었다.

오랜 비에 여린 국화 시들고,	雨深荒病菊,
강물 차가운데 시름의 단풍잎 떨어진다.	江冷落愁楓.

그러나 후에 너무 기험崎險하다는 생각에 고쳤다.

오랜 비에 사람은 국화를 마음아파하고,	雨深人病菊,
강물 차가운데 나그네는 단풍잎에 시름을 더한다.	江冷客愁楓.

이전보다 약간 깊이가 있었다. 이는 다음의 시구들을 취합해서 만든 것이다.

16 司空曙(720(?)~790) : 당나라의 시인. 자 문명文明 또는 문초文初. 광평廣平(지금의 하북성 영년永年 동남쪽) 사람으로, 대력십재자大曆十才子 중 하나이다.

최신명崔信明 :

단풍잎 떨어지고 오강 물은 차갑다. 楓落吳江冷.

두보 :

비는 잦아들고 마당 국화 짙어간다. 雨荒深院菊.

남쪽 국화 시절 다시 만났건만 사람은 병으로 누웠다. 南菊再逢人臥病.

엄무嚴武 :

강 어귀 붉은 잎 나그네 시름 물들다. 江頭赤葉楓愁客.

마치 여기저기 기운 옷 같아서 유달리 웃음이 나온다. 기록해서 아이들에게 보여주려고 한다.

8. 개원 연간의 궁녀 開元宮嬪

한나라 이래 비빈妃嬪이 많았던 황제는 한 영제靈帝 유굉劉宏·오吳 귀명후歸命侯 손호孫皓·진晉 무제武帝 사마염司馬炎·남조 송나라 창오왕蒼梧王 유욱劉昱·남조 제齊 동혼후東昏侯 소보권蕭寶卷·남조 진陳 후주後主 진숙보陳叔寶 등을 들 수 있다. 진 무제의 비빈은 거의 만 명에 달했다.

당대에는 현종 때 가장 많았다. 백거이가 「장한가長恨歌」에서 "아리따운 후궁이 3천 명"이라고 했고, 두보가 「검기행劍器行」에서 "선제를 모시던 여인이 8천 명"이라고 하였으니, 그만큼 많았다는 말이다. 『신당서』 기록에 따르면 개원開元[17]·천보天寶[18] 연간 궁녀가 대략 4만 명에 달했다고 한다. 아! 너무 심하지 않은가!

수 양제 대업大業[19] 연간에 천자가 외지를 순수할 때 거주하는 궁전인

17 開元 : 당나라 현종 시기 연호(713~741).

18 天寶 : 당나라 현종 시기의 연호(742~756).

19 大業 : 수나라 양제 양광楊廣의 연호(605~617).

이궁離宮이 천하에 널려 있었는데, 그곳마다 궁녀를 두었다고 한다. 그래서 배적裵寂이 진양晉陽 궁감宮監의 신분으로 있으면서 은밀히 마을로 돌아가 당 고조를 모실 수 있었다. 고조가 군사를 일으킨 후, 가는 곳마다 이궁의 궁녀들을 모두 풀어주어 집으로 돌아가게 했다고 하니, 얼마나 많았는지 상상이 간다.

9. 상리조 相里造

당나라 대종代宗 때 내시감內侍監 어조은魚朝恩이 황제의 총애를 믿고 방자하게 굴어 군신을 모아서 일을 의논할 때마다 좌중 사람들을 부끄럽게 만들어 자신의 능력이 그들보다 뛰어남을 보이려 했다. 언변이 좋았던 재상 원재元載도 팔짱을 끼고 묵묵히 있었지만, 예부낭중 상리조相里造·전중시어사 이간李衎만은 끊임없이 반박하며 굴복하지 않았다. 어조은은 기분이 상해서 이간을 파면시키는 것으로 상리조에게 경고하였다. 그리고는 재상까지 바꾸어 조정을 장악하려는 음모로 백관을 도당都堂[20]에 모아놓고 말했다.

> "지금 수재와 한재가 시도 때도 없이 일어나고 군용 물자가 고갈되어서 천자께서 와불안석臥不安席이신데, 재상은 어떻게 보좌하는 거요? 현명한 자에게 길을 양보하지 않고 아직 무얼 믿고 그 자리에 있는 거요?"

재상은 고개를 떨구었고 좌중이 모두 아연실색했다. 상리조가 자리를 옮겨 어조은에게 가까이 가서 말했다.

> "음양이 조화를 잃고 오곡 가격이 폭등한 것은 모두 그대들 관군용사觀軍容使[21]가 군정에 간섭해서 생긴 일인데, 재상과 무슨 상관이 있습니까? 또한 배정된 군수

20 都堂 : 당대 상서성 관서가 중앙에 있고, 동쪽에 이부·호부·예부가 있고, 서쪽에 병부·형부·공부가 있었으며, 상서성 좌우복야가 각 부를 총괄하여, 이를 도성都省이라 하고, 총 사무처를 도당이라고 했다.

21 觀軍容使 : 당나라 후기에 전쟁에 나간 장수들을 감독하는 관직인 감군監軍이 발전되어 생긴 직책으로, 환관이 이 직책을 담당하였다. 원 관명은 관군용선위처치사觀軍容宣慰處置使이다.

물자를 제대로 분배하지 않았기 때문에 하늘이 재앙을 내린 것입니다. 지금 경사에 일이 없어 6군軍만으로도 치안을 유지할 수 있는데도 불구하고 10만이나 주둔하고 있기 때문에 식량이 부족한 겁니다. 문무백관 어느 누구 하나 군량을 먹은 적이 없으며, 이 모든 것은 관군용사에 의해 생긴 결과입니다. 재상은 그저 문서에 따라 시행했을 따름인데 무슨 죄를 씌우려 합니까!"

어조은은 소매를 떨치고 가면서 분한 나머지 "남아南衙[22]의 무리들이 뭉쳐서 나를 모함하는군"이라고 성을 냈다.

이 이야기는 『신당서·환자전宦者傳』에 수록된 것인데, 상리조와 관련된 사적의 본말이 모두 있지는 않다. 상리조는 환관의 권위가 군주를 흔들고 생살여탈권을 환관이 손에 쥐고 있었던 시대에 보잘 것 없는 낭리郎吏 신분으로 떨쳐 일어나 환관과 대적했는데, 후에 명사들이 충언과 직언을 논의하고 열거할 때 그를 칭찬하고 서술하는 것을 보지 못했다. 그리고 『자치통감』에서도 기록하지 않았기에, 여기 기록하여 묻혀진 숭고한 덕을 세상에 드러내어 밝히고자 한다. 상리조와 동시대를 살았던 유급사劉給事가 황제에게 하중河中으로 행차할 것을 간언한 것도 이와 마찬가지이다.

10. 선친의 시사 先公詩詞

선친 충선공忠宣公[23]께서는 독서를 좋아하셨다. 북쪽 송막松漠[24]에서 15년

22 南衙 : 조정의 각 행정 사법 기관에 대한 통칭. 당나라의 중서中書·문하門下·상서尙書의 삼성三省이 대내大內의 남쪽에 있었기 때문에 남아南衙 또는 남사南司라고 칭했다.

23 忠宣公 : 홍호洪皓(1088~1155). 송나라 정치가로 홍매의 아버지. 자 광필光弼. 남송 요주饒州 파양鄱陽 출신. 휘종徽宗 정화政和 5년(1115) 진사가 되었고, 선화宣和 연간에 수주사록秀州司祿이 되어 창고를 열어 알맞은 가격에 방출하고 절동浙東의 쌀을 사들여 사람들을 구제해 '홍불자洪佛子'로 불렸다. 고종高宗 건염建炎 3년(1129) 휘유각대제徽猷閣待制 및 가예부상서假禮部尙書의 신분으로 금나라에 사신으로 갔는데, 회유와 협박에 굴복하지 않고 여러 차례에 걸쳐 적의 상황을 보고함으로써 15년 간 억류된 뒤 비로소 돌아갔다. 금나라와의 화친을 반대하다가 진회秦檜의 미움을 사서 좌천되어, 지방을 떠돌다가 병으로 세상을 떠났다. 시호는 충선忠宣이다.

24 松漠 : 지금의 내몽고 파림우기巴林右旗 남부.

동안 고초를 겪으시고, 남쪽 영표嶺表[25]에서 9년 동안 폄적 생활을 하시고, 게다가 각종 질병에 시달리면서도 늘 서책을 읽으셨다. 아침저녁으로 손에서 책을 놓으신 적이 없었으며, 두보 시에 특히 조예가 있으셨다. 금나라에서 귀국하여 조정으로 돌아오셨을 때 내게 황제 하사품에 감사하는 글을 쓰라고 하셨다. 내가 쓴 글에서 두 구절을 "이미 사별했다 생각하였건만, 우연히 마침내 살아 돌아왔습니다[已爲死別, 偶遂生還]"라고 고치시고 내게 말씀하셨다.

"이 부분은 비록 반드시 출처에 집착할 필요는 없지만 그래도 근거가 있으면 더욱 좋을 것이다. 소식은 「해외표海外表」에서 '자식과 손자들이 강가에서 통곡하며, 이미 사별로 여겼다[子孫慟哭於江邊, 已爲死別]'고 했고, 두보는 「강촌羌村」에서 '세상 혼란하여 이리저리 떠다니는 신세, 어쩌다 우연히 이렇게 살아 돌아왔네[世亂遭飄蕩, 生還偶然遂]'라고 하였으니, 바로 그 구절들을 인용한 것이니라."

선친께서는 고향에 계시면서 사자使者 둘을 불러 선화전宣和展의 서화 유물들을 꺼내 보여주기도 하셨다. 제점형옥提點刑獄 홍경선洪慶善이 시를 지었다.

공께서는 한 겹 두 겹 잘 싸매서 함부로 밖으로 내놓지 마시길,	願公十襲勿浪出,
육정六丁이 손에 넣어 벽력같이 날아가옵니다.	六丁取將飛辟歷.

'벽력辟歷' 두 글자는 고문을 따르되 부수 우雨를 그대로 따라 쓰지 않았다.[26] 선친께서는 다음과 같이 화답하셨다.

품에 넣고 만 리 먼 길 돌아와 공에게 내보이니,	萬里懷歸爲公出,
선화전 지난 일 헛되이 눈 앞에 선하오.	往事宣和空歷歷.

내가 '역력歷歷'의 출처를 물었더니 선친께서 다음과 같이 답하셨다.

"역시 두보의 시 '개원 때의 일이 역력하게, 눈 앞에 분명히 펼쳐진다[歷歷開元事,

25 嶺表 : 지금의 광동성 광주시.
26 '辟歷'은 '霹靂'과 같다.

分明在目前'[27]에서 나왔던 말이다."

고종 소흥 7년(1137) 어느 곳에서든 「강매인江梅引」 사詞를 노래하는 것이 유행하기 시작했다. 누가 지은 것인지는 모르지만 소흥 9년(1139)·10년(1140)에는 북방에까지 전파되었다. 소흥 12년(1142) 선친께선 연燕에 계셨는데, 장총張總 시어侍御의 가연家宴에 참석했다가 시첩이 부른 "그리움 이렇게 솟는데, 집은 만 리 멀리 있네[念此情, 家萬里]"라는 노래 구절에 감동하여 슬픈 목소리로 "이 사는 아마 나를 위해 지은 것인가보다"라고 말씀하셨다. 숙소로 돌아와 잠을 이루지 못하고 결국 운을 맞춰 네 수의 사를 지으셨다. 당시 선친께서는 금나라에 구금되신 상태여서 검토해볼만한 책 없이, 다만 『초학기初學記』와 한유·두보·소식·백거이 문집 뿐이었는데 사를 지으면서 인용하신 구절들은 모두 하나하나 출처가 있었다. 북방 사람들은 매화를 잘 몰라서, 사인士人 중 매화와 관련된 이야기를 아는 사람이 드물었다. 그래서 출처에 대해 모두 주석을 달았다.

첫 번째는 '억강매憶江梅'이다.

하늘 끝 멀리서 지내며 강매를 기억하네.	天涯除館憶江梅.
몇 가지 꽃 피어,	幾枝開.
사신이 남쪽에서 와서,	使南來.
여항 봄 소식 가지고 연대로 왔다.	還帶餘杭春信到燕臺.
추울 때 피는 꽃 멀리 있는 나를 위로하니,	准擬寒英聊慰遠,
산과 물에 가로막혀,	隔山水,
얼마 안 가 시들터니,	應銷落,
누구를 찾아가 하소연할까.	赴愬誰.
그저 먼 고향 생각에 웃으며 꽃잎 딸 뿐,	空恁遐想笑摘蘂.
단장의 슬픔,	斷回腸,
그리운 고향,	思故里,
천천히 녹의綠綺[28]를 튕기네.	漫彈綠綺.

27 「曆曆」.

세 곡 연주하니, 引三弄,
어느덧 혼이 날아올라, 不覺魂飛.
호가의 구슬픈 소리에 눈물이 옷에 젖는다. 更聽胡笳哀怨淚沾衣.
활짝 핀 꽃 여기저기 꽂으려면 다른 날에, 亂插繁華須異日,
외로운 곡조 기다리자니, 待孤諷,
동풍 밤새 불어올까 염려되네. 怕東風, 一夜吹.

주에서 다음과 같은 시를 인용하였다고 하셨다.

두보 :
양경 매화 필 때 문득 떠올라. 忽憶兩京梅發時.[29]

누각위 호가 소리, 胡笳在樓上,
구슬퍼 차마 들을 수 없어라. 哀怨不堪聽.[30]

언제 매화 활짝 핀 그곳 찾아가, 安得健步移遠梅,
여기저기 꽃 꽂고 맑은 하늘 바라볼까. 亂插繁華向晴昊.[31]

백거이, 「억항주매화憶杭州梅花」[32] :
3년 동안 여항에서 한가롭게 지내면서, 三年閑悶在餘杭,
매화에 몇 번을 취했었나. 曾爲梅花醉幾場.

당시 황제의 어가가 임안臨安에 있었다. 그래서 다음의 시들이 인용되었다.

유종원 :
만 리 떠나는 객에게 주려 하니, 欲爲萬里贈,
아득히 저 멀리 산과 물에 가로막혀. 杳杳山水隔.
추위 속에 핀 꽃 가만히 있어도 떨어지니, 寒英坐銷落,

28 綠綺 : 옛날 금琴의 이름. 진晉 부현傅玄의 『금부琴賦』 서문에 따르면 "제환공에게 우는 금이 있었으니, 호종號鍾이라고 했고, 초장왕에게 우는 금이 있었으니, 요량繞梁이라고 했고, 사마상여에게 녹의綠綺가 있었고, 채옹蔡邕에게 초미焦尾가 있었으니, 모두 명기이다"라고 했다.
29 「立春」.
30 「獨坐二首」 제1수.
31 「蘇端、薛復筵簡薛華醉歌」.
32 원제는 「憶杭州梅花, 因敍舊遊, 寄蕭協律」이다.

어찌 먼 길 가는 객 위로하리오. 何用慰遠客?[33]

강총江總 :
복사꽃 오얏꽃 가인들과 보고 싶어, 桃李佳人欲相照,
꽃잎 따다 가져와서 함께 웃네. 摘蕊牽花來並笑.[34]

고적高適 :
저 멀리서 고향 친구 가련하게 고향이 그리워, 遙憐故人思故鄉,
가지 가득 매화 피니 간장을 끊는다. 梅花滿枝空斷腸.[35]

노동盧仝 :
시름 머금고 녹의금 다시 연주하며, 含愁更奏綠綺琴,
하룻밤 그리움 속에서 매화 피었다네. 相思一夜梅花發.[36]

유방평劉方平 :
만년 향기로운 매화나무, 晩歲芳梅樹,
사방 똑같이 활짝 피었네. 繁華四面同.
동풍 불어 점차 떨어지니, 東風吹漸落,
하룻밤 몇 가지 비었을까. 一夜幾枝空.

소식 :
아침 매화 문득 보니, 忽見早梅花,
마시지 않아도 느끼는 외로움. 不飮但孤諷.[37]
하룻밤 동풍 불어와 돌도 갈라지고, 一夜東風吹石裂,
눈발 따라 흩날리며 관산을 넘었다. 半隨飛雪度關山.[38]

두 번째는 '방한매訪寒梅'이다.

봄 소식이 와 한매를 찾아본다. 春還消息訪寒梅.
처음 피는 것을 감상하고, 賞初開,

33 「早梅」.
34 「梅花落」.
35 「人日寄杜二拾遺」.
36 「有所思」.
37 「次韻李公擇梅花」.
38 「梅花二首」 제1수.

꿈 속에서 읊조린다.	夢吟來.
눈빛 비치고 서리 머금고 맑은 기운 풍대를 감싸서,	映雪銜霜淸絶繞風臺,
너른 들판 복사꽃과 오얏꽃이 질투하지는 않을지.	可怕長洲桃李妒.
향기 멀리 퍼져,	度香遠,
시름에 잠긴 눈 놀라게 하리니,	驚愁眼,
누구에게 잘 보이려는가?	欲媚誰.
시흥이 동하여 찬 꽃술 웃은 적 있었지,	曾動詩興笑冷蘂,
소릉을 본받고,	効少陵,
하리가 부끄럽구나.	慙下里.
만 그루 화려하게 피었다.	萬株連綺.
금곡을 한탄하면서,	歎金谷,
사람은 떨어지고 꾀꼬리는 날아오른다.	人墜鶯飛.
나부산 취우 꽂은 청의의 신선 기다린다.	引領羅浮翠羽幻靑衣.
달빛 아래 화신 너무 아름다워,	月下花神言極麗,
함께 취하노니,	且同醉,
근심 그만 접어두고,	休先愁,
옥피리 불도다.	玉笛吹.

주에 다음과 같은 시를 인용했다고 하셨다.

이백 :

봄이 왔다지만 아직 잘 몰라서,	聞道春還未相識,
한매를 찾아가 소식 알아본다.	走傍寒梅訪消息.[39]
녹주루 아래 매화 가득 피었었는데,	綠珠樓下梅花滿,
오늘은 한 가지도 남은 것이 없구나.	今日曾無一枝在.[40]

강총 :

금곡원 화려한 처마에 만 그루 이어져,	金穀萬株連綺甍,
매화 숨은 곳에 어여쁜 꾀꼬리 숨어 있네.	梅花隱處藏嬌鶯.[41]

39 「早春寄王漢陽」.

40 「魯郡堯祠送竇明府薄華還西京」.

하손何遜[42] :

서리 머금고 길에서 피어,	銜霜當路發,
잔설 추위에도 피어났네.	映雪擬寒開.
가지에 늘어선 것을 달도 바라보며,	枝橫卻月觀,
꽃이 풍대를 둘러 덮었네.	花繞淩風臺.[43]

두보 :

관청 동각 매화 보고 시흥 일어나 썼던 시,	東閣官梅動詩興,
하손이 양주에서 썼던 것과 똑같네.	還如何遜在揚州.[44]

시름에 겨운 눈 매화꽃으로 놀라게 하지 말길,	未將梅蘂驚愁眼,
산초꽃 따다가 머나먼 하늘에 잘 보이려네.	要取椒花媚遠天.[45]

처마 따라 활짝 웃는 매화 함께 찾아나서,	巡簷索共梅花笑,
찬 꽃술 성긴 가지 어쩌지 못해 반쯤 피었구나.	冷蘂疎枝半不禁.[46]

백거이 :

처음 필 때부터 질 때까지 감상하다.	賞自初開直至落.[47]
장주에서 복사꽃 오얏꽃 질투하는 것 염려말기를,	莫怕長洲桃李妬,
내년에 그대 위해 더 잘 피울테니.	明年好爲使君開.[48]

그리고 왕창령王昌齡이 꿈 속에서 지은 매화시를 인용했다. 또 다음의 시들이 인용되었다.

양梁 간문제簡文帝 :

41 「梅花落」.

42 何遜(480~520) : 양梁나라 때 시인. 자는 중신仲言, 양梁나라 동해東海 담郯(지금의 산동성 담현) 사람. 건안왕建安王의 기실을 지냈다.

43 「詠早梅·揚州法曹梅花盛開」.

44 「和裴迪登蜀州東亭送客逢早梅相憶見寄」.

45 「十二月一日三首」 제1수.

46 「舍弟觀赴藍田取妻子到江陵, 喜寄三首」 제2수.

47 「憶杭州梅花, 因敍舊遊, 寄蕭協律」.

48 「新栽梅」.

향이 바람 따라 멀리 퍼지도다. 　　香隨風而遠度.[49]

조사웅趙師雄, 「나부견미인재매화하유취우추조상고羅浮見美人在梅花下有翠羽啾嘈相顧」:
화장 배워 기다렸다 화신에게 묻고 싶어. 　　學妝欲待問花神.

최로崔櫓 :
처음 피었을 때 이미 대들보 그림에 새겨지고, 　　初開已入雕梁畫,
떨어지기 전에 먼저 옥피리 불까봐 시름하네. 　　未落先愁玉笛吹.[50]

세번째는 '연락매憐落梅'이다.

층층 규방 아름다운 여인 매화 가장 사랑하여, 　　重閨佳麗最憐梅.
봄날 창가에 피어나, 　　牖春開,
화장 배우고 왔구나. 　　學粧來.
미색과 광채를 다투더니 어찌 갑자기 떨어지는가. 　　爭粉翻光何遽落梳臺.
웃으며 안장에 앉아 옛 곡조에 노래하며, 　　笑坐雕鞍歌古曲,
옥주 연주하니, 　　催玉柱,
금잔에 가득한 술, 　　金卮滿,
누구에게 권할까. 　　勸阿誰.

열매 맺어 꽃술을 감추려 하네. 　　貪爲結子藏暗蘂.
아미 거두어들이고, 　　歛蛾眉,
천 리 멀리 떨어진다. 　　隔千里.
옛날 아름다운 비단. 　　舊時羅綺.
이미 모두 흩어지고, 　　已零散,
심약과 사령운처럼 함께 난다. 　　沈謝雙飛.
아리따운 자태 보이지 않아 흩옷 입은 것 후회한다. 　　不見嬌姿眞悔著單衣.
화갱 만들려면 늦게 맞이하지 말 것이니, 　　若作和羹休訝晚,
안개비에 떨어지며, 　　墮煙雨,
봄바람에 내맡기며, 　　任春風,
한 잎 한 잎 흩날린다. 　　片片吹.

49 「梅花賦」.
50 「梅花詩」.

주를 보면 다음과 같은 시가 인용되었다.

양梁 간문제簡文帝의 「매화부梅花賦」 :

층층 규중 아리따운 여인,	重閨佳麗,
얌전한 모습 어여쁜 마음,	貌婉心嫻,
누각 위로 떨어지는 꽃과 어여쁨 다투고,	爭樓上之落粉,
베틀에서 짜여지는 비단의 본바탕 빼어갔네.	奪機中之織素.
……	
일찍 핀 꽃 절기에 놀람을 사랑하고,	憐早花之驚節,
봄빛이 추위를 보냄에 놀란다.	訝春光之遣寒.
……	
붉은 계단 그림자 보면서,	顧影丹墀,
아름다운 자태 뽐내니,	弄此嬌姿,
봄날 창문 활짝 열고,	洞開春牖,
비단 장막 사방 모두 걷어올려.	四卷羅帷.
봄바람 매화에 불어 모두 떨어질까 염려되어,	春風吹梅畏落盡,
제가 그 때문에 눈썹 치켜 올렸지요.	賤妾爲此斂蛾眉.

양왕梁王 :

눈꽃 춤을 추듯 빛 날리다.	翻光同雪舞.[51]

포천鮑泉 :

창가를 맴돌다 소대로 떨어져.	縈窗落梳臺.[52]

강총江總 :

금잔 가득 따라 옥주 연주 재촉하여,	滿酌金卮催玉柱,
떨어지는 매화나무 아래 가무가 어울려.	落梅樹下宜歌舞.[53]

이백 :

천금 준마 애첩과 바꾸고,	千金駿馬邀少妾,

51 「和孔中丞雪裏梅花詩」.

○ 『용재오필』 원문에는 이 시 구절의 작가가 '梁王'으로 되어있는데, 이 시의 작가는 남조南朝 양梁나라의 왕균王筠이다.

52 「詠梅花」.

53 「梅花落」.

웃으며 안장에 앉아 「낙매화」 노래하네. 笑坐雕鞍歌落梅.[54]

한 잎 한 잎 봄바람에 떨어지며 향기롭다. 片片吹落春風香.[55]

그리고 옛날 곡 「낙매화落梅花」를 인용하였고, 또 다음과 같은 시를 인용하였다.

사장謝莊의 부賦 :
천 리 떨어져 있어도 함께 밝은 달 즐긴다. 隔千里兮共明月.[56]

유신庾信 :
찾아도 보이지 않을 줄 알았더라면, 早知覓不見,
홑옷 입은 것이 참으로 후회스럽다. 眞悔著衣單.[57]

소식 :
숨은 꽃술 모아 안아 처음 열매 맺으려네. 抱叢暗蕊初含子.[58]

옥비가 귀양 와 안개비 내리는 마을에 떨어졌구나. 玉妃謫墮煙雨村.[59]

왕건王建 :
이로부터 복사꽃이 열매 맺을 걸 탐했다. 自是桃花貪結子.[60]

네 번째는 원고가 분실되었다.

선친의 매화사는 매 수마다 '소笑'자가 들어 있기에, 북방 사람들은 「사소강매인四笑江梅引」이라고 하면서, 다투어 전사傳寫했다.

54 「襄陽歌」.
 ○ 『전당시』에는 "千金駿馬邀少妾"이 "千金駿馬換小妾"으로 되어있다. 이 구절은 후위後魏의 조창曹彰이 준마를 좋아하였는데, 말의 진가를 알아보지 못하는 사람을 보고 안타까워하며 자신의 애첩과 바꾸었다는 고사를 인용한 것이다.
55 「酬殷明佐見贈五雲裘歌」.
56 「月賦」.
57 「梅花」.
58 「紅梅三首」 제3수.
59 「花落複次前韻」.
60 「宮詞·樹頭樹底覓殘紅」.

11. 이름이 같은 주와 현 州縣名同

진晉·송宋 이래 주군州郡을 설치할 때, 많이 설치하는 것만을 최고로 여겼다. 동진 초기에는 중원이 흉노匈奴와 선비鮮卑·강羌·저氐·갈羯 등 소수민족들에게 함락되어 본토 유민 일부가 남방으로 옮겨와 객지 생활을 했기 때문에, 그들이 모여든 곳에 군을 설치했다. 그리고 방백方伯이 통치하던 주州도 역시 여전히 옛 명칭을 사용했다. 이를테면 남서주南徐州·남연주南兗州·남예주南豫州·남옹주南雍州·남난릉군南蘭陵郡·남동해군南東海郡·남낭야군南琅邪郡·남동완군南東莞郡·남로군南魯郡 등, 옛 명칭을 그대로 사용한 주군은 일일이 거론할 수 없을 정도로 많다. 북방의 서위西魏와 북주北周 역시 위에 거론한 주군을 설치했다. 그러나 수나라 당나라 때는 더 이상 그렇게 하지 않았다.

송대의 제도에서는 주州 명칭이 같을 경우 한 글자를 더해서 구별했다. 하북에 웅주雄州와 은주恩州가 있었기 때문에, 광동에 있는 웅주와 은주는 남南자를 하나 더 추가했다. 촉蜀에 검주劍州가 있었기 때문에, 복건에 있는 검주 역시 남南자를 하나 더 추가했다. 서화주西和州·서안주西安州 역시 그렇게 이름 붙여진 것이다.

발음이 거의 같아서 혼동할 우려가 있으면 민간에서 호칭할 때 자연스럽게 상·하·동·서를 덧붙여서 구별했다. 그래서 악주岳州를 상악주上岳州라고 하고, 악주鄂州를 하악주下鄂州라고 했다. 청주淸州와 청주靑州도 발음이 비슷해서 북청주北淸州라고 했고, 영주郢州와 영주潁州도 발음이 비슷해서 서영주西郢州라고 했다. 융주融州와 용주容州도 발음이 비슷해서 서융주西融州라고 했다.

현縣과 읍邑의 경우는 그다지 따지지 않아서, 지금의 하남부河南府·정강부靜江府·공주鞏州에는 모두 영녕현永寧縣이 있고, 요주饒州와 공주邛州·형주衡州에는 모두 안인현安仁縣이 있으며, 채주蔡州와 영주英州에는 모두 진양현眞陽縣이 있다.

여주廬州와 여주汝州에는 모두 양현梁縣이 있고, 광주光州와 태주台州에는 모두 선거현仙居縣이 있으며, 임안부臨安府와 건창부建昌府에는 모두 신성현新城縣이 있다.

월주越州와 균주筠州에는 모두 신창현新昌縣이 있고, 무주婺州와 촉주蜀州에는 모두 영강현永康縣이 있으며, 처주處州와 길주吉州에는 모두 용천현龍泉縣이 있다.

엄주嚴州와 지주池州에는 모두 건덕현建德縣이 있고, 위주渭州와 수주秀州에는 모두 화정현華亭縣이 있으며, 신주信州와 길주吉州에는 모두 영풍현永豐縣이 있고, 침주郴州와 흥국興國에는 모두 영흥현永興縣이 있다.

구주衢州와 가주嘉州에는 모두 용유현龍遊縣이 있고, 시주施州·임강臨江에 모두 청강현淸江縣이 있고, 홍주洪州와 만주萬州에는 무녕현武寧縣이 있으며, 복주福州와 순주循州에는 장락현長樂縣이 있으며, 침주郴州와 연주連州에는 계양현桂陽縣이 있고, 복주福州와 계주桂州에는 영복현永福縣이 있다.

12. 삼아의 군제 三衙軍制

효종 건도乾道 4년(1168) 정월 나는 중서사인中書舍人에 임명되었다. 입궐하여 폐하를 마주하고는 삼아三衙[61] 군제軍制의 명칭이 바르지 않음을 논하였다.

> 조종의 제도에 근거하여 볼 때 군대의 직위 중 큰 것으로 모두 여덟 등급이 있습니다. 상설하지 않는 도지휘사都指揮使 이외에 전전부도지휘사殿前副都指揮使·마군부도지휘사馬軍副都指揮使·보군부도지휘사步軍副都指揮使, 전전도우후殿前都虞候·마군도우후馬軍都虞候·보군도우후步軍都虞候, 봉일천무사상도지휘사捧日天武四廂都指揮使·용신위사상도지휘사龍神衛四廂都指揮使가 차례대로 있어, 마치 계단을 오르듯 승급하므로 한 계급도 폐지할 수 없습니다. 결원이 생기면 공적의 차례대로 이동합니다. 이로부터 아래로 분영分營·분상分廂에 각각 도부지휘사都副指揮使를 두니, 봉일좌상제일군捧日左廂第一軍·천무우상제이군天武右廂第二軍 등과 같은 것입니다. 변경에 일이 있으면 장군에게 토벌하라고 명령하고, 즉시 총관總管과 검할鈐轄·도감都監을 설치하여 각각 부대를 거느리고 출전하도록 합니다. 전쟁이 끝나면 원래대로 복귀시킵니다. 황위를 계승한 여러 황제들은 모두 이 방책을 써서 군대를 통솔하셨습니다.

61 三衙 : 송대에 전전사殿前司·시위친군마군사侍衛親軍馬軍司·시위친군보군사장령금군侍衛親軍步軍司掌領禁軍을 '삼아'라고 했다.

그러나 남방으로 건너온 이후 모든 것을 처음부터 다시 시작하게 되었는데, 삼수三帥로서의 자질이 부족한 이들을 주관모사공사主管某司公事[62]라고 호칭하게 되었습니다. 도우후都虞候 이하는 더 이상 설치하지 않았고, 숙위호사宿衛虎士를 밖에 있는 군직과 명칭이 같게 하고, 통제統制와 통령統領을 수장首長으로 두었습니다. 또한 그들에게 외로外路의 총관總管과 검할鈐轄을 멀리서 통솔하도록 했습니다. 옛 군제와 비교해보아도 법도에 맞지 않고 실제 일에 비추어 봐도 옳지 않습니다. 폐하께서는 성명하시어 인재를 알아보고 임용을 잘 하십니다. 나라를 다스리는 데 꼭 필요하고 중요한 인물 10여명이 어찌 없겠습니까! 만약 조종의 제도를 본받아 삼아의 명칭을 바로잡으셔서 제군諸軍을 제상諸廂으로 바꾸고, 통제統制 이하를 도우후都虞候·지휘사指揮使로 바꾸어, 숙위宿衛의 직위에 미리 차등이 있게 하신다면, 사병들은 각급 장군의 지휘를 받게 될 것이고 이후 장군을 임명할 때 군대가 동요되는 일은 없을 것입니다.

분란의 싹을 제거하고 명분에 따라서 실질을 독려한다면 환위장군環衛將軍은 설치하지 않아도 됩니다. 추밀원樞密院에 하달하여 전거典據로 삼을 만한 옛날의 일들을 토론하고 적절한 조치를 계획하여 의논하게 하신다면, 혹시 폐하의 현명함과 영민하고 용맹스러움을 널리 밝혀 알리는 데 조금이나마 도움 되지 않을까 생각합니다.

문서를 다 읽자 효종께서는 기뻐하시며 즉시 추밀원에게 이 일을 처리하도록 명하셨다. 당시 지원知院 우윤문虞允文이 사천四川에 출장을 가 있었는데 동지同知 유기劉琪가 이 일 처리를 언짢아하며 말했다.

"사인舍人께선 어떻게 처리하기를 원하십니까?"

내가 답했다.

"그저 보고 느낀대로 황제께 상주했을 뿐, 시행할지 말지의 여부는 마땅히 조정에서 결정해야 할 것입니다."

결국 이 건의는 계류되어 시행되지 않았다.

62 主管某司公事 : 남송의 삼아三衙 관군제도는 북송과 분명한 변화가 있었는데, 주된 것은 삼오의 장관 명칭을 달리했다는 것이다. 즉 주관전전사공사主管殿前司公事와 주관시위마군사공사主管侍衛馬軍司公事·주관시위보군사공사主管侍衛步軍司公事, 간략하게 주관모사主管某司라고 칭했다.

나중에 왕규王珪의 『화양집華陽集』을 열람하다가 그가 지은 「고경신도비高瓊神道碑」[63]를 보게 되었다.

> 무열왕武烈王 고경은 전전도지휘사殿前都指揮使가 되어 군관의 결원을 관리하고 이사二司의 통솔을 겸했다. 무열왕이 황제께 아뢰었다.
> "신은 늙었습니다. 만약 제게 병이 난다면 누가 이 일을 맡을 만하겠습니까! 선대에는 전전도지휘사 아래에 각각 부도지휘사副都指揮使 및 도우후都虞候를 설치하여 항상 열 명이상이 가까이에서 일을 맡아 처리하였고, 차례로 쉽게 승진하였습니다. 또한 사졸들이 그들의 위엄과 명성을 미리 알 수 있었기에, 여유롭든 급박하든 전쟁에 임할 때 상하가 의지하고 협조할 수 있었으니, 이것이 군제의 요체입니다."
> 그 말대로 하라는 교지가 내려졌다.

고경이 말한 것은 바로 내가 황제께 아뢴 내용과 일치한다.

13. 구양수의 책봉과 추증 歐陽公勳封贈典

길주吉州에서 『구양공문집歐陽公文集』을 새로 간행했는데, 관작官爵과 제사制詞 등을 연보 아래 하나도 누락없이 모두 수록하였다. 그렇지만 지금 제도와 비교해보니 부합되지 않는 것이 많다. 이는 사적의 내용을 증감하여 경솔하게 책에 기록한 것은 아니고, 전장제도가 시대에 따라 달라졌기 때문이다.

구양수는 태자중윤太子中允을 지낼 때부터 훈작이 더해져 기도위騎都尉가 되었으니, 효기위驍騎尉·무기위武騎尉·비기위飛騎尉·운기위雲騎尉 네 등급을 뛰어넘었고, 용도각직학사龍圖閣直學士를 지낼 때 처음으로 봉작封爵을 받아 신도현자信都縣子가 되었으니, 남男 한 등급을 뛰어넘었다. 한림학사翰林學士를 지낼 때 성은이 더해져 500호 식읍을 하사받았는데, 처음으로 실제 봉읍 200호를

63 「高瓊神道碑」: 고경高瓊(935~1006)은 북송의 대장군으로, 신종神宗의 모후인 고태후高太后의 증조부이다. 사후에 위국衛國 무열왕武烈王에 봉해졌다. 북송 희녕熙寧 9년(1076)에 신종神宗은 모후에게 효를 다하기 위해 동평장정사同平章政事 왕규에게 「고경신도비」를 지으라 명했다. 후에 이 문장은 왕규의 문집과 『송사·고경전』에 수록되었다.

받았다. 재상 자리에서 물러나 관문학사觀文學士가 되어, 교사郊祀 의식 때 식읍 500호를 받고 실제 봉읍 200호를 받았다.

세상을 떠난 이후에는 그의 아들이 조정에 등용되었다. 황제의 혼례인 대례大禮에 태자태사太子太師에서 모두 사공司空으로 추증되었는데, 등급을 넘어 태위太尉에 추증되었으니 사공司空·사도司徒·태보太保·태부太傅 네 관직을 뛰어 넘은 것이었다. 다시 추증을 받아 태사太師가 되어, 국공國公에 책봉되었다.

그러나 지금의 제도는 그렇지 않다. 작호만 있고 직분이 없는 훈관勳官이 폐지된 것 외에도, 시종侍從에서 처음 봉작을 받을 때도 당연히 현남縣男에서부터 시작되고, 매번 식읍 추가도 300호를 넘지 않아 처음 받는 실제 봉읍은 100호이다. 집정자가 자리를 떠날 때도 시종侍從과 똑같이 단지 허읍虛邑 300호만 하사받을 뿐이다. 사망 이후 추증될 때도 한 등급만 추가되며, 아들 둘이 조정에 나가면 두 등급이 추가된다. 그러나 아들 서 넛이 모두 조정의 관리가 된다해도 등급이 추가되지는 않기 때문에, 궁사宮師(동궁태사)에서 곧장 태위太尉로 추증된 적은 없다.

또 구양수는 지제고知制誥·지영주知潁州에 임용되었다가 관직이 바뀌었기에, 직룡도각直龍圖閣·지박주知亳州 왕수王洙[64]와 같은 직함이었다. 『신당서』가 완성된 후 황제의 명에 의해 승진되었는데, 편찬에 참여한 다섯 명이 똑같이 승진되었다. 그래서 구양수와 송기宋祁[65]·범진范鎭[66]·왕주王疇는 모두 종관從官을 겸직했고, 송민구宋敏求는 집현전교리에 그쳤다.

64 王洙(997~1057) : 북송 때 장서가, 목록학자. 자 원숙原叔·원숙源叔·상문尚汶, 응천應天 송성宋城(지금의 하남성 상구商丘) 사람이다. 방기方技·술수術數·음양·오행·음운·훈고·서예 등 읽지 않은 책이 없어서, 학문의 일가를 이루었다. 호주濠州·양주襄州·서주徐州·박주亳州 등 지주를 역임했다.

65 宋祁(998~1061) : 북송의 문장가·시인. 자 자경子京. 형 송상宋庠과 함께 유명해 '이송二宋'으로 불렸다. 사관수찬史觀修撰을 맡아 구양수와 함께 『신당서』를 편찬했다. 사詞를 잘 지었는데, 「옥루춘玉樓春」이 유명하다.

66 范鎭(1008~1089) : 북송의 정치가, 학자. 자 경인景仁, 시호 충문忠文. 인종仁宗 보원寶元 원년(1038) 진사제일進士第一로 급제하였고, 왕안석王安石의 신법新法을 극력 반대하다가 치사致仕했다. 철종哲宗 때 단명전학사端明殿學士로 재기하여 숭복궁崇福宮을 관리했고, 사후에 촉군공蜀郡公에 봉해졌다.

14. 가우 연간의 네 명인 嘉祐四真

인종 가우嘉祐[67] 연간 부필富弼[68]이 재상이었고, 구양수는 한림학사로 있었고, 포증包拯[69]은 어사중승御史中丞이었고, 호원胡瑗[70]은 태학시강太學侍講이었는데, 모두 천하의 명망이 높은 사람들이었다.

당시 사대부들은 서로 다음과 같이 말했다.

> 부공富公(부필)은 참된 재상이요, 구양영숙歐陽永叔(구양수)은 참된 한림학사요, 포로包老(포증)는 참된 중승이요, 호공胡公(호원)은 참된 선생님이다.

이리하여 사진四眞이라는 명칭이 생겼다. 구양수의 아들 발發과 비棐 등이 구양수의 사적을 쓰면서 이 말을 기록하였는데, 이는 공론이라고 할 수 있다.

15. 구양수의 「오방노인축수문」 五方老人祝聖壽

황제의 생신에 사용할 축송祝頌과 악어樂語[71]의 경우, 일반적으로 외지 주현州

67 嘉祐 : 송 인종 시기 연호(1056~1063).

68 富弼(1004~1083) : 북송 시기 재상. 자 언국彥國. 추밀사樞密使가 되어 범중엄範仲淹 등과 함께 경력신정慶曆新政을 추진했으며, 재상까지 지냈다. 왕안석王安石의 청묘법靑苗法을 반대하다가 탄핵을 받아 강등되었다.

69 包拯(999~1062) : 북송의 명판관. 자 희인希仁. 포청천包靑天 또는 포공包公으로 많이 알려져 있다. 강직하고 올곧아 귀척貴戚과 환관들이 감히 함부로 하지 못했다. 송사를 처결할 때도 명민정직明敏正直하여 정문을 열어 놓고 억울한 사람이 직접 찾아와 시비곡직을 따지도록 하여 간교한 아전들의 개입을 차단했다. 재임 기간 동안 청렴결백해서 소신대로 일을 처결하여 명성이 높았다. 중국에서 청백리淸白吏의 대명사로 불린다.

70 胡瑗(993~1059) : 북송의 이학자. 자 익지翼之, 세칭 안정선생安定先生. 인종仁宗 경우景祐 초에 아악雅樂을 다시 제정하고, 경술經術로 범중엄范仲淹의 초빙을 받아 소주부학蘇州府學 교수敎授를 지냈다. 호주湖州에서 교수敎授로 있었는데, 제자가 수백 명에 이르렀다. 가르칠 때 원칙이 뚜렷했는데, 예부에서 선비를 뽑을 때면 열에 네다섯 명은 그의 제자였다. 손복孫復·석개石介와 함께 학문을 연구하고 인의예악仁義禮樂을 제창하여 '송초삼선생宋初三先生'이라 불렸다. 당시의 부화浮華한 문풍文風을 반대하고 경의經義와 시무時務를 강조했으며, 성명性命에 대한 견해를 개진하여 송나라 이학理學의 발전에 선구적 역할을 했다. 고례古禮를 중시함으로써 정주학파의 예학 연구에 직접적인 영향을 미쳤다.

縣에서 각각 축송 한 편을 올렸는데, 이때 왕모상王母像도 한 폭씩 올려야 했다. 그리고 교방教坊은 축하 음악만 올렸다. 구양수 문집에 「오방노인축수문五方老人祝壽文」 다섯 수가 실려 있다. 그 중 동방東方 노인의 축수문은 다음과 같다.

> 태산노수太山老叟와 동해진선東海眞仙이 있어, 물이 되어 돌을 뚫으며 시초와 종말을 찾아내고, 소나무 아래에서 비를 피하며 세월을 두루두루 안다. 희씨羲氏[72]는 1년을 360일로 정하고 삼가 공경하며 역관의 관직을 지켰고, 이오夷吾(관중管仲)[73]는 72명의 군주를 기록하여 태산에 올라 봉선한 일을 모두 볼 수 있게 했다.[74] 안기생安期生[75]을 만나 대추를 남기고, 동방삭이 복숭아 훔친 것을 비웃었다.[76] 바람이 음률 되어 바위 앞에서 불어오고 북두성 봄 가리켜 동굴 입구에 빛을 비춘다. 옛날 한 무제는 삼도三島[77]를 유람할 뜻 품었고, 선문羨門[78]은 태평성대에 황제를 알현하려고 했었다. 지금은 자정紫庭[79]에 성인이 내려와, 화저華渚[80]에 상

71 樂語 : 송대 궁정 연극에서, 사신詞臣에게 악어樂語를 짓도록 명하고, 영인伶人에게 노래를 하도록 명했다. 우선 대우로 운문을 지은 다음 시를 덧붙였는데, 시를 덧붙이지 않은 것도 있었다. 나중에 점차 문체의 일종이 되었다.

72 羲氏 : 요堯 임금의 신하. 역법曆法을 맡은 벼슬아치들로 그들의 후손이 대대로 그 벼슬을 맡았기에 전하여 역법을 관장하는 벼슬아치들을 두루 지칭한다.

73 管仲(?~B.C.645) : 춘추시대 초기의 정치가·사상가. 이름은 이오夷吾이며, 관자管子로 불린다. 제齊나라 환공桓公 때에 경卿의 벼슬에 올랐던 그는 환공의 개혁을 도와 토지등급에 따라 세금을 걷고 농업을 발전시켰으며, 염전 · 제철업을 일으켜 제나라를 춘추시대 가장 막강한 맹주盟主로 만들었다.

74 『사기·봉선서』에서 관중의 말을 인용하여, 상고시대부터 태산에 가서 봉선한 72 군주가 있다고 한 것이다.

75 安期生 : 안기安期라고도 하고, 안기생安其生이라고도 한다. 진·한 시대 제齊 사람으로, 낭야琅琊 부향阜鄕 사람이라고도 한다. 전설에 따르면, 그는 하상장인河上丈人으로부터 황제와 노자의 학설을 배워서 동해 가에서 약을 팔았다고 한다. 진시황제가 동쪽을 순시할 때, 사흘 밤낮으로 얘기를 나누고, 수천만 냥 어치 황금과 옥벽을 하사했는데, 모두 부향 정장에 놓고 떠나면서, 보답으로 책과 적옥 신발 한 켤레를 남겼다고 한다. 나중에 진시황제가 사람을 보내 바다에 가서 찾아오게 했는데, 봉래산에 이르지 못하고 풍파를 만나서 돌아왔다고 한다. 일설에는 평생 괴통蒯通과 친하게 지내서, 정책을 가지고 항우를 찾아갔는데, 항우가 등용하지 않았다고도 한다. 그래서 이후로 바다에 사는 신선이라고 여겨졌다.

76 『한무고사漢武故事』에 나오는 옛날 신화에 따르면, 서왕모가 복숭아를 심어 3천년에 한 번 열매를 맺었는데, 동방삭이 세 번 훔쳐 먹은 적이 있어 인간 세계로 쫓겨났다고 한다.

77 三島 : 전설에 나오는, 바다에 있다는 봉래蓬萊·방장方丈·영주瀛洲 세 선산仙山을 가리킨다.

78 羨門 : 진시황秦始皇 때 해변海邊에 은거하던 선인仙人이라고 한다. 한 무제 때의 방사 난대欒大가 안기생과 선문을 만났다고 한 무제에게 말한 기록이 남아있다.

서로움이 열리고, 아침에 해 뜨는 방향에서 멀리 떨어져 망운望雲의 간절함을 펼쳤다. 1,800국에서 모두 제대로 다스려지는 기풍에 귀의하여, 억만년토록 끝없는 수명을 함께 기도한다.

글 중에 송축하는 내용은 겨우 네 구절뿐이고, 서방·중방·남방·북방 노인의 축사도 모두 똑같았다. 문집에서는 이 글이 어디서 지어진 것이라는 설명이 없다. 지금은 황제 탄신일에 이러한 축수문을 더 이상 사용하지 않는다.

79 紫庭 : 제왕의 궁정, 또는 신선이 사는 궁궐.
80 華渚 : 전설에 나오는 지명.
ㅇ『송서·부서지상符瑞志上』: 소호씨少昊氏의 모친이 여절女節로, 별이 무지개처럼 내려와 화저에서 흐르는 것을 보고 꿈에서 감응을 접하여 소호를 낳았다. 제위에 오르니, 봉황의 서기가 있었다.

1. 人生五計

朱新仲舍人常云:「人生天地間, 壽夭不齊, 姑以七十爲率: 十歲爲童兒, 父母膝下, 視寒暖燥濕之節, 調乳哺衣食之宜, 以須成立, 其名曰生計; 二十爲丈夫, 骨强志健, 問津名利之場, 秣馬厲兵, 以取我勝, 如驥子伏櫪, 意在千里, 其名曰身計; 三十至四十, 日夜注思, 擇利而行, 位欲高, 財欲厚, 門欲大, 子息欲盛, 其名曰家計; 五十之年, 心怠力疲, 俯仰世間, 智術用盡, 西山之日漸逼, 過隙之駒不留, 當隨緣任運, 息念休心, 善刀而藏, 如蠶作繭, 其名曰老計; 六十以往, 甲子一周, 夕陽銜山, 倏爾就木, 內觀一心, 要使絲毫無慊, 其名曰死計。」朱公每以語人, 以身計則喜, 以家計則大喜, 以老計則不答, 以死計則大笑, 且曰:「子之計拙也。」朱旣不勝笑者之衆, 則亦自疑其計之拙, 曰:「豈皆惡老而諱死邪!」 因爲南華長老作大死庵記, 遂識其語。予之年齡踰七望八, 當以書諸紳云。

2. 瀛莫間二禽

瀛、莫二州之境, 塘濼之上有禽二種。其一類鵠, 色正蒼而喙長, 凝立水際不動, 魚過其下則取之, 終日無魚, 亦不易地。名曰信天緣。其一類鶩, 奔走水上, 不閒腐草泥沙, 唼唼然必盡索乃已, 無一息少休。名曰漫畫。信天緣若無能者, 乃與漫畫均度, 一日無飢色, 而反加壯大。二禽皆稟性所賦, 其不同如此。

3. 士大夫避父祖諱

國朝士大夫, 除官避父祖、名諱, 蓋有不同。不諱嫌名, 二名不偏諱, 在禮固然, 亦有出於一時恩旨免避, 或旋爲改更者。建隆創業之初, 侍衛帥慕容彦釗、樞密使吳廷祚皆拜使相, 而彦釗父名章, 廷祚父名璋, 制麻中爲改同中書門下平章事爲同二品。紹興中, 沈守約、湯進之二丞相, 父皆名擧, 於是改提擧書局爲提領, 自餘未有不避者。呂希純除著作郎, 以父名公著而辭。然富韓公之父單名言, 而公以右正言知制誥, 韓保樞之子忠憲公億, 孫絳、縝, 皆歷位樞密, 未嘗避。豈別有說乎?

4. 元正父子忠死

唐安祿山表權皐入幕府, 皐度祿山且叛, 以其猜虐不可諫, 欲行, 慮禍及親, 因獻俘京師, 在道詐死, 旣唅斂而逸去。皐母謂實死, 慟哭感行路, 故祿山不之虞, 歸其母, 皐潛奉侍, 晝夜南奔。旣渡江而祿山反。天下聞其名, 爭取以爲屬。甄濟居靑岩山, 諸府五辟, 詔十至, 堅臥不起。安祿山入朝, 求濟於玄宗, 授范陽掌書記, 濟不得已而起。察祿山有反謀, 不可諫, 因謁歸, 陽歐血不支, 舁歸舊廬。祿山反, 使封刀召之, 曰:「卽不起, 斷其首。」濟引頸待之。使以實病告, 慶緖復使强輿至東都。會廣平王平東都, 詣軍門上謁, 肅宗使汚賊官羅拜, 以媿其心。唐書列二人於卓行傳, 褒之至矣。有元正者, 在河南幕府, 史思明陷河、洛, 輦父匿山中。賊以名召之, 正度事急, 謂弟曰:「賊祿不可養親, 彼利吾名, 難免矣。然不汚身而死, 吾猶生也。」賊旣得, 誘以高位, 瞋目固拒, 兄弟皆遇害。父聞, 仰藥死。事平, 詔錄伏節十一姓, 而正爲冠。皐、濟之終, 與正皆贈祕書少監。予謂皐、濟得生, 而正一門皆幷命, 故當時以爲伏節之冠。而唐史不列之忠義、卓行中, 但附見於其祖萬頃文藝之末, 資治通鑑亦不載其事, 使正之名寂寥不章顯, 爲可恨也。白樂天作張誠碑云:「以左武衛參軍分司東都, 屬安祿山陷覆洛京, 以僞職淫刑, 脅劫士庶, 公與同官盧巽潛遁于陸渾山, 食木實, 飮泉水者二年, 訖不爲逆命所汚。肅宗詔河南搜訪不仕賊庭、隱藏山谷者, 得六人以應詔, 公與巽在焉。繇是名節聞于朝, 優詔褒美, 特授密縣主簿。」

5. 蕭穎士風節

蕭穎士爲唐名人, 後之學者但稱其才華而已, 至以笞楚童奴爲之過。予反復考之, 蓋有風節識量之士也。爲集賢校理, 宰相李林甫欲見之, 穎士不詣, 林甫怒其不下己。後召詣史館, 又不屈, 愈見疾, 至免官更調河南參軍。安祿山寵恣, 穎士陰語柳幷曰:「胡人負寵而驕, 亂不久矣。東京其先陷乎!」卽託疾去。祿山反, 往見河南採訪使郭納, 言禦守計, 納不用。歎曰:「肉食者以兒戲禦劇賊, 難矣哉。」聞封常淸陳兵東京, 往觀之, 不宿而還, 身走山南, 節度使源洧欲退保江陵, 穎士說曰:「襄陽乃天下喉襟, 一日不守, 則大事去矣。公何遽輕土地取天下笑乎?」洧乃按甲不出。洧卒, 往客金陵, 永王璘召之, 不見。劉展反, 圍雍丘, 副大使李承式遣兵往救, 大宴賓客, 陳女樂。穎士曰:「天子暴露, 豈臣下盡歡時邪! 夫投兵不測, 乃使觀聽華麗, 誰致其死哉。」弗納。穎士之言論操持如此, 今所稱之者淺矣。李太白, 天下士也, 特以墮永王亂中, 爲終身累。穎士, 永王召而不見, 則過之焉。

6. 石尤風

石尤風, 不知其義, 意其爲打頭逆風也。唐人詩好用之。陳子昂入峽苦風云:「故鄉今日友, 歡會坐應同。寧知巴峽路, 辛苦石尤風。」戴叔倫送裴明州云：「瀟水連湘水, 千波萬浪中。知君未得去, 慙愧石尤風。」司空文明留盧秦卿云：「知有前期在, 難分此夜中。無將故人酒, 不及石尤風。」計南朝篇詠, 必多用之, 未暇憶也。

7. 江楓雨菊

作詩要有來處, 則爲淵原宗派。然字字執泥, 又爲拘澁。予於此學, 無自得之見, 少年時, 尤失之琱琢。記一聯, 初云：「雨深荒病菊, 江冷落愁楓。」後以其太險, 改爲：「雨深人病菊, 江冷客愁楓。」比前句微有蘊藉。蓋取崔信明「楓落吳江冷」、杜老「雨荒深院菊」、「南菊再逢人臥病」、嚴武「江頭赤葉楓愁客」, 合而用之。乃如補衲衣裳, 殊爲可笑。聊書之以示兒輩云。

8. 開元宮嬪

自漢以來, 帝王妃妾之多, 唯漢靈帝、吳歸命侯、晉武帝、宋蒼梧王、齊東昏、陳後主。晉武至於萬人。唐世明皇爲盛, 白樂天長恨歌云「後宮佳麗三千人」, 杜子美劍器行云「先帝侍女八千人」, 蓋言其多也。新唐史所叙, 謂開元、天寶中, 宮嬪大率至四萬。嘻, 其甚矣。隋大業離宮徧天下, 所在皆置宮女。故裴寂爲晉陽宮監, 以私侍高祖。及高祖義師經過處, 悉罷之。其多可想。

9. 相里造

唐內侍監魚朝恩, 怙貴誕肆, 凡詔會羣臣計事, 折愧坐人出其上。雖宰相元載辯彊, 亦拱默。唯禮部郎中相里造、殿中侍御史李衎, 酬詰往返, 未始降屈。朝恩不懌, 黜衎以動造, 又謀將易執政, 以震朝廷, 乃會百官都堂, 且言：「今水旱不時, 屯軍饋運困竭, 天子臥不安席, 宰相何以輔之？ 不退避賢路, 尙何賴乎！」宰相俛首, 坐皆失色。造徙坐從之, 因曰：「陰陽不和, 五穀踊貴, 皆軍容事, 宰相何與哉！且軍帑不散, 故天降之沴。今京師無事, 六軍可相維鎭, 又屯十萬, 饋糧所以不足, 百司無稍食, 軍容爲之。宰相行文書而已, 何所歸罪！」朝恩拂衣去, 曰：「南衙朋黨且害我。」此段載於唐史宦者傳中, 不能記相里造之本末。予謂造當閹寺威權震主生殺在手之時, 以區區一郎吏, 而抗身與爲敵, 後來名人議論及叙列忠言鯁詞, 未見有稱述之者, 通鑑亦不書, 聊紀於此, 以章潛德。同時劉給事爭幸河中, 亦然。

10. 先公詩詞

先忠宣公好讀書, 北困松漠十五年, 南謫嶺表九年, 重之以風淫末疾, 而繙閱書策, 早暮不置, 尤熟於杜詩。初歸國到闕, 命邁作謝賜物一箚子, 竄定兩句云：「已爲死別, 偶遂生還。」 謂邁曰：「此雖不必泥出處, 然有所本更佳。東坡海外表云：『子孫慟哭於江邊, 已爲死別。』杜老羌村詩云：『世亂遭飄蕩, 生還偶然遂。』正用其語。」在鄉邦日, 招兩使者會集, 出所將宣和殿書畫舊物示之。提刑洪慶善作詩曰：「願公十襲勿浪出, 六丁取將飛辟歷。」二字如古文, 不從雨。公和之曰：「萬里懷歸爲公出, 往事宣和空歷歷！」邁請其意, 曰：「亦出杜詩『歷歷開元事, 分明在目前』也。」紹興丁巳, 所在始歌江梅引詞, 不知爲誰人所作, 己未、庚申年, 北庭亦傳之。至于壬戌, 公在燕, 赴張總侍御家宴, 侍妾歌之, 感其「念此情, 家萬里」之句, 愴然曰：「此詞殆爲我作。」旣歸不寐, 遂用韻賦四闋。時在囚拘中, 無書可檢, 但有初學記、韓、杜、蘇、白樂天集, 所引用句語, 一一有來處。北方不識梅花, 士人罕有知梅事者, 故皆注所出。

其一, 憶江梅云：「天涯除館憶江梅。幾枝開。使南來。還帶餘杭春信到燕臺。准擬寒英聊慰遠, 隔山水, 應銷落, 赴愬誰。空恁遐想笑摘蘂。斷回腸, 思故里。漫彈綠綺。引三弄, 不覺魂飛。更聽胡笳哀怨淚沾衣。亂插繁華須異日, 待孤諷, 怕東風, 一夜吹。」元注引杜公：「忽憶兩京梅發時。」「胡笳在樓上, 哀怨不堪聽。」「安得健步移遠梅, 亂插繁華向晴昊！」 樂天憶杭州梅花：「三年閑悶在餘杭, 曾爲梅花醉幾場。」 車駕時在臨安。柳子厚：「欲爲萬里贈, 杳杳山水隔。寒英坐銷落, 何用慰遠客。」江總：「桃李佳人欲相照, 摘蘂牽花來並笑。」高適：「遙憐故人思故鄕, 梅花滿枝空斷腸！」盧仝：「含愁更奏綠綺琴, 相思一夜梅花發。」劉方平：「晚歲芳梅樹, 繁華四面同。東風吹漸落, 一夜幾枝空。」東坡：「忽見早梅花, 不飮但孤諷。」「一夜東風吹石裂, 半隨飛雪度關山。」

其二, 訪寒梅云：「春還消息訪寒梅。賞初開。夢吟來。映雪銜霜淸絶繞風臺。可怕長洲桃李妬, 度香遠, 驚愁眼, 欲媚誰。曾動詩興笑冷蘂。效少陵, 慙下里。萬株連綺。歎金谷, 人墜鶯飛。引領羅浮翠羽幻靑衣。月下花神言極麗, 且同醉, 休先愁, 玉笛吹。」注引李太白：「聞道春還未相識, 走傍寒梅訪消息。」「綠珠樓下梅花滿, 今日曾無一枝在。」江總：「金谷萬株連綺甍, 梅花隱處藏嬌鶯。」何遜：「銜霜當路發, 映雪擬寒開。枝橫却月觀, 花繞凌風臺。」杜公：「東閣官梅動詩興, 還如何遜在揚州。」「未將梅蘂驚愁眼, 要取椒花媚遠天。」「巡簷索共梅花笑, 冷蘂疏枝半不禁。」樂天：「賞自初開直至落。」「莫怕長洲桃李妬, 明年好爲使君開。」王昌齡夢中作梅花詩。梁簡文賦「香隨風而遠度」, 及趙師雄羅浮見美人在梅花下有翠羽啾嘈相顧詩云：「學粧欲待問花神。」 崔櫓：「初開已入雕梁畫, 未落先愁玉笛吹。」

其三, 憐落梅云：「重閨佳麗最憐梅。牖春開, 學粧來。爭粉翻光何遽落梳臺。笑坐雕鞍歌古曲, 催玉柱, 金巵滿, 勸阿誰。貪爲結子藏暗蘂。斂蛾眉, 隔千里。舊時羅綺。已零散, 沈、謝雙飛。不見嬌姿眞悔著單衣。若作和羹休訝晩, 墮烟雨, 任春風, 片片吹。」注引梁簡文賦：「重閨佳麗, 貌婉心嫺, 憐早花之驚節, 訝春光之遣寒。」「顧影丹墀, 弄此嬌姿, 洞開春牖, 四卷羅帷。春風吹梅畏落盡, 賤妾爲此斂蛾眉。」又：「爭樓上之落粉，奪機中之織素。」梁王詩：「翻光同雪舞。」鮑泉：「縈窗落梳臺。」江總：「滿酌金巵催玉柱，落梅樹下宜歌舞。」太白：「千金駿馬邀少妾，笑坐雕鞍歌落梅。」古曲有落梅花。又：「片片吹落春風香。」謝莊賦：「隔千里兮共明月。」庾信：「早知覓不見，眞悔著衣單！」東坡：「抱叢暗蘂初含子，玉妃謫墮烟雨村。」王建：「自是桃花貪結子。」
第四篇失其稿。每首有一笑字，北人謂之「四笑江梅引」，爭傳寫焉。

11. 州縣名同

晉、宋以來，置立州郡，惟以多爲貴。先是中原陷胡、羯，本土遺民，或僑寓南方，故卽其所聚爲立郡。而方伯所治之州，亦仍舊名。如南徐、南兗、南豫、南雍州、南蘭陵、南東海、南瑯邪、南東莞、南魯郡，其類不一。魏、周在北，亦如此。隋、唐不復然。國朝之制，州名或同，則增一字以別之。若河北有雄州、恩州，故廣東者增南字。蜀有劍州，故福建者亦增南字。以至西和、西安州亦然。其聲音頗同，患於舛誤，則俗間稱呼，自加上下東西爲別。故稱岳爲上岳，鄂爲下鄂。淸州與靑類，稱爲北淸。郢州與潁類，稱爲西郢。融州與容類，稱爲西融者是也。若縣邑則不問。今河南、靜江府、鞏州皆有永寧縣，饒、邛、衡州皆有安仁縣，蔡、英之眞陽，廬、汝之梁，光、台之仙居，臨安、建昌之新城，越、筠之新昌，婺、蜀之永康，處、吉之龍泉，嚴、池之建德，渭、秀之華亭，信、吉之永豐，郴、興國之永興，衢、嘉之龍游，施、臨江之淸江，洪、萬之武寧，福、循之長樂，郴、連之桂陽，福、桂之永福是也。

12. 三衙軍制

乾道四年正月，邁爲中書舍人，因入對，論三衙軍制名稱不正：「以祖宗之制論之，軍職之大者，凡八等。除都指揮使或不常置外，曰殿前副都指揮使、馬軍副都指揮使、步軍副都指揮使，曰殿前都虞候、馬軍都虞候、步軍都虞候，曰捧日天武四廂都指揮使、龍神衛四廂都指揮使，秩秩有序，若登梯然，不可一級輒廢。一或有闕，卽以功次遞遷。降此而下，則分營、分廂，各置都副指揮使，如捧日左廂第一軍、天武右廂第二軍之類。邊境有事，命將討捕，則旋立總管、鈐轄、都監之名，使各將其所部以出。事已則復初。累聖相承，皆用此術，以制軍詰禁。自南渡以後，觸事草創，於是三帥之資淺者，始有主管某司公事之稱。而都虞候以下，不復設置，乃以宿衛虎士而與在外諸軍同其名，以統制、統領爲之長。又使遙帶外路總管、鈐轄。考之舊制則非法，稽之事體則非是。以陛下聖明，能知人善任，使所謂爪牙之士，豈無十數人以待用者！若法祖宗之制，正三衙之名，改諸軍爲諸廂，改統制以下爲都虞候、指揮使，使宿衛之職預有差等，士卒之心明有所係，異時拜將，必無一軍皆驚之擧。於以銷壓未萌，循名責實，則環衛將軍雖不置可也。乞下樞密院討論故實，圖議其當，恐或可以少贊布昭聖武之意。」

讀箚子畢, 孝宗甚喜, 卽批付樞密院。是時, 知院虞允文使四川, 同知劉珙不樂, 曰:「舍人要如何行?」對之以:「但隨所見敷陳, 若施行與否, 自係廟堂處分。」竟寢不行。後閱華陽集, 王珪撰高瓊神道碑云:「王爲殿前都指揮使, 管軍員闕, 兼領二司, 王乃言曰:『臣老矣, 如有負薪之憂, 誰爲可任者? 先朝自殿前而下, 各置副都指揮使及都虞候, 常有十人, 職近事親, 易以第進, 又使士卒預識其威名, 緩急臨戎, 上下得以附習, 此軍制之大要也。』有旨從之。」據瓊所言如此, 正合前說。

13. 歐陽公勛封贈典

吉州新刊歐陽公文集, 於年譜下盡載官爵、制詞, 無一遺落。考之今制, 多有不合。雖非事之所以損益, 謾書於策, 且記典章隨時之異云。公自太子中允初加勳, 便得騎都尉, 越過驍、武、飛、雲四級, 自龍圖閣直學士初封爵, 便得信都縣子, 越過男一等。翰林學士加恩而得五百戶, 初加實封, 便得二百戶。及罷政, 爲觀文學士, 遇郊而加食邑五百戶, 實封二百戶。薨之後, 以子登朝, 遇大禮, 自太子太師合贈司空, 而躐贈太尉, 蓋超空、徒、保、傅四官。再贈卽爲太師, 仍封國公。今殊不然, 除勳官旣罷外, 侍從初封, 亦從縣男爲始。每加不過三百戶。待制侍郎只二百。初得實封財百戶。執政去位, 但與侍從同, 均爲虛邑三百而已。身後加贈, 只單轉一官, 兩子升朝, 乃進二官, 雖三四人亦不增, 未有宮師直贈太尉者。今太傅也。又公任知制誥、知潁州轉官而與直龍圖閣、知亳州王洙同一詞。唐書成, 進秩, 五人同制。公與宋景文公、范文忠公、王忠簡公皆帶從官職, 而宋次道乃集賢校理耳。

14. 嘉祐四眞

嘉祐中, 富韓公爲宰相, 歐陽公在翰林, 包孝肅公爲御史中丞, 胡翼之侍講在太學, 皆極天下之望。一時士大夫相語曰:「富公眞宰相, 歐陽永叔眞翰林學士, 包老眞中丞, 胡公眞先生。」遂有四眞之目。歐陽公之子發、棐等叙公事迹載此語, 可謂公言。

15. 五方老人祝聖壽

聖節所用祝頌樂語, 外方州縣各當筵致語一篇, 又有王母隊者。若敎坊, 唯祝聖而已。歐陽公集, 乃載五方老人祝壽文五首, 其東方曰:「但某太山老叟, 東海眞仙, 溜穿石而曾究始終, 松避雨而備知歲月。羲氏定三百六日, 嘗守寅賓之官; 夷吾紀七十二君, 盡覩登封之事。遇安期而遺棗, 笑方朔之偸桃。風入律而來自巖前, 斗指春而光臨洞口。昔漢武帝嘗懷三島之勝游, 有羨門生欲謁巨公於昭代。今則紫庭降聖, 華渚開祥。遠離朝日之方, 來展望雲之懇。千八百國, 咸歸至治之風; 億萬斯年, 共禱無疆之壽。」其頌只四句, 西、中、南、北方皆然。集中不云何處所作, 今無復用之。

••• 용재오필 권4(9칙)

1. 시를 지은 의도 作詩旨意

『시경』의 시 300편 중 여성을 칭찬한 것이 아주 많다. 예를 들면, 종친 혼인의 존귀함을 노래한 것으로 다음과 같은 구절이 있다.

평왕의 손녀,	平王之孫,
제후齊侯의 딸.	齊侯之子.[1]
분왕의 조카,	汾王之甥,
궐부의 장녀.	蹶父之子.[2]
제후齊侯의 딸,	齊侯之子,
위후衛侯의 처,	衛侯之妻,
동궁의 동생,	東宮之妹,
형후邢侯의 이모,	邢侯之姨,
담공譚公은 그녀의 매부.	譚公維私.[3]

성대한 복식을 찬양한 것으로는 다음과 같은 구절이 있다.

옥비녀 머리 장식 머리에 가득 꽂고,	副笄六珈,
……	
거동과 자태는 산처럼 무겁고 물처럼 깊으며,	如山如河,
……	

1 『시경·소남召南·하피농의何彼襛矣』.
2 『시경·대아大雅·한혁韓奕』.
3 『시경·위풍衛風·석인碩人』.

아름다운 옥 귀고리 흔들흔들,	玉之瑱也,
머리에 살짝 꽂은 상아 비녀.	象之揥也.[4]

용모의 아름다움을 칭찬한 것으로 다음과 같은 구절이 있다.

당체 꽃,	唐棣之華,
……	
복사꽃 오얏꽃처럼 아름답다.	華如桃李.[5]

구름 같은 머리.	鬒髮如雲.[6]

손은 부드러운 새싹 같고,	手如柔荑,
피부는 윤기 있고,	膚如凝脂,
목은 추제처럼 희고 길고,	領如蝤蠐,
치아는 외씨처럼 희고 가지런하고,	齒如瓠犀,
바른 이마에 아미 같은 눈썹.	螓首蛾眉.
살짝 웃는 모습 어여쁘고,	巧笑倩兮,
바라보는 눈동자는 아름답다.	美目盼兮.[7]

얼굴은 목근화처럼 아름답다	顏如舜華,
……	
어여쁘고 아름답다.	洵美且都.[8]

혼례 의식의 화려함을 노래한 것으로는 다음과 같은 구절이 있다.

백 량 마차 대열 쿠릉쿠릉 지나가,	百兩彭彭,
딸랑딸랑 울려 퍼지는 난령 소리,	八鸞鏘鏘,
혼례 행렬 화려하기도 하여라.	不顯其光.
언니 동생 뒤따르니,	諸娣從之,
구름처럼 길을 메워,	祁祁如雲,

4 『시경·용풍鄘風·군자해로君子偕老』.
5 『시경·소남召南·하피농의』.
6 『시경·용풍·군자해로』.
7 『시경·위풍·석인』.
8 『시경·정풍鄭風·유녀동거有女同車』.

문 앞에 광채가 휘황찬란하다. 爛其盈門.[9]

이러한 시구들은 모두 뛰어난 표현이라고 할 수 있다.

위·진·육조 시기에는 이런 시들의 창작이 더욱 빛을 발하여, 일일이 말할 수 없을 정도였다. 당대 시인들 또한 매우 진지하게 여성을 묘사하였다. 이백과 두보·원진·백거이가 읊은 아름다운 시구를 채록해본다.

두보, 「여인행麗人行」:

자태 농염하고 염정 심원하며 맑고 순진해라,	態濃意遠淑且眞,
피부 섬세하고 윤기나며 군더더기 없는 몸매.	肌理細膩骨肉勻.
수놓은 비단옷 늦봄 햇빛 비추어,	繡羅衣裳照暮春,
금실로 공작을 은실로 기린을 수놓았구나.	蹙金孔雀銀麒麟.
……	
비취빛 은은한 머리 장식 귀밑머리 옆에 드리우고,	翠微㔩葉垂鬢脣,
……	
진주 박은 허리띠 몸에 딱 맞구나.	珠壓腰衱穩稱身.

이백, 「춘일행春日行」:

깊은 궁전 높은 누각 자색 맑은 빛 들어와,	深宮高樓入紫淸,
수놓은 기둥에 금으로 만든 교룡 감아올라갔네.	金作蛟龍盤繡楹.
아름다운 여인 창 앞에서 해와 노닐면서,	佳人當窗弄白日,
손으로 말하듯 쟁을 타는구나.	弦將手語彈鳴箏.

백거이, 「장한가長恨歌」:

눈동자 돌리며 한 번 웃자 온갖 매력 살아나,	回眸一笑百媚生,
여섯 궁전 화장한 여인들 볼 것이 없어라.	六宮粉黛無顔色.
……	
후궁에 아리따운 여인 3천 명이거늘,	後宮佳麗三千人,
3천 명에게 갈 총애가 한 여인에게 몰렸구나.	三千寵愛在一身.
금옥에서 화장하여 아리따운 모습으로 잠자리 모시니,	金屋妝成嬌侍夜,
옥루에서 연회가 파하여 취한 채로 봄을 맞는구나.	玉樓宴罷醉和春.

9 『시경·대아·한혁韓奕』.

원진, 「연창궁사連昌宮詞」 :

누 위에도 누 앞에도 모두 비취 진주, 樓上樓前盡珠翠,
눈 앞에서 아찔아찔 천지를 밝히는구나. 眩轉熒煌照天地.

나는 주경여朱慶餘[10]가 장적張籍에게 올린 「규의閨意」를 유독 좋아한다.

어제 밤 신혼방 붉은 촛불 밤새 타올랐지, 洞房昨夜停紅燭,
새벽 되어 당 앞에서 시어머니께 인사 드려야 하네. 待曉堂前拜舅姑.
화장을 마치고 남편에게 나직이 묻노니, 粧罷低聲問夫婿,
내 눈섭 그린 거 너무 진하지 않나요? 유행에 맞나요? 畫眉深淺入時無?

위 시구를 음미해보면, 여인의 용모를 말한 것은 하나도 없지만 그 아리땁고 우아하고 따스하고 부드럽고 풍류가 넘치는 모습은 일류가 아니면 나올 수 없는 것이다. 구양수가 다음과 같이 말한 적이 있다.

묘사하기 어려운 광경을 그려내 마치 눈 앞에 있는 듯하고, 다함 없는 뜻이 담겨 있어, 언사 이외에서 드러나면, 비로소 훌륭하다고 할 수 있다.

바로 그러한 것을 말한 것이다. 주경여의 이름은 가구可久인데, 자字인 경여로 더 많이 알려졌다. 당나라 경종敬宗 보력寶曆[11] 연간에 진사 급제했지만, 관직은 현달하지 않았다. 『예문지』에 기록된 저술은 오직 1권뿐으로 우리 집에 있기는 하지만, 다른 시들은 이 시만 못하다. 장적이 다음과 같이 화답했다.

월의 여인 새로 화장하고 거울에 비추니, 越女新妝出鏡心,
어여쁜 줄 스스로 알면서 더욱 신중하네. 自知明艷更沉吟.
사람들은 제나라 비단 아직 귀하게 여기지 않지만, 齊紈未是人間貴,

10 朱慶餘 : 당나라의 시인. 이름은 가구可久고, 자는 경여慶餘다. 당나라 월주越州(지금의 절강浙江 소흥현紹興縣에 속함) 사람. 민중閩中 사람이라고도 한다. 시를 잘 지어 장적張籍의 인정을 받았고, 『전당시全唐詩』에 시가 2권으로 묶여 있다. 벼슬길에서는 매우 불우不遇했지만 시명詩名은 있어, 시인 장적과 가도賈島·요합姚合 등과 교유했다.
11 寶曆 : 당나라 경종 시기 연호(825~827).

월의 여인 부른 능가 한 곡은 만금에 달하네.　　　一曲菱歌直萬金.

장적이 시에 등장하는 여인을 얼마나 애지중지했는지 알 수 있다. 그러나 주경여의 시와 비교하면 훨씬 미치지 못한다.

2. 「시경·소남·하피농의何彼襛矣」 平王之孫

『시경』 중 「주남周南」과 「소남召南」의 시는 도합 25편이다. 한나라 이래 『시경』을 해설하는 사람들이 꼭 문왕·무왕·성왕·강왕康王의 시대와 연결 지으려고 하여 서로 모순되는 부분들이 있다.

예를 들면 『소남·하피농의何彼襛矣』는 왕희王姬를 찬미한 시로, "평왕지손平王之孫, 제후지자齊侯之子"라는 두 구절이 반복해서 나타난다. 모공毛公은 전箋에서 "무왕의 딸이자 문왕의 손녀로, 제후齊侯의 아들에게 시집갔다"고 했다. 정현은 이 구절에 주석을 하지 않았다.

그 뜻을 살펴보면, 평왕平王은 '평정平正한 왕'이고 제후齊侯는 '가지런한 후侯'라는 말로, '무위당당한 왕이 깃발을 싣고[武王載旆]', '왕의 미덕을 이루게 하다[成王之孚]', '덕망을 성취한 왕은 감히 태만하지 않다[成王不敢康]' 등에서 원문 '무왕'과 '성왕'이 고유명사 무왕과 성왕을 가리키는 게 아닌 것과 마찬가지이다.

『춘추경春秋經』을 살펴보면, 노魯 장공莊公 원년은 주周 장왕莊王 4년, 제齊 양공襄公 5년에 해당되는데 "단백單伯이 출가하는 왕희를 전송하다[單伯送王姬]"에 이어서 "성 밖에 왕희의 관사를 짓다[築王姬之館于外]"라고 하고, 또 이어서 '왕희가 제나라에 시집가다[王姬歸于齊]"라고 되어 있다. 두예杜預는 주에서 다음과 같이 말했다.

> 주나라 천자가 딸을 제나라에 시집보내면서 노나라에게 주관하도록 명했다. 노나라 장공은 거상 중이어서 제후齊侯가 직접 맞이하러 와야 하는데 묘당에서 간편례로 접대하는 것이 염려되어, 성 밖에 관사를 지었다.

말미에 "제나라에 시집갔다"고 쓴 것은 이 일을 마쳤다는 것이다. 11년에 또 "왕희가 제나라에 시집가다"라고 기록하고, 『좌전』에서 "제후齊侯가 와서 공희共姬를 맞이하였다"고 했는데, 바로 환공桓公이다. 장왕은 평왕의 손자로, 시집간 왕희는 자매일 것이요, 제후의 아들은 양공·환공이다. 필시 둘 중 하나일 것이다. 이와 같이 명백한데, 어찌 무왕의 딸이니 문왕의 손녀니 하는 뜻으로 해석할 수 있겠는가!

3. 모시의 어조사 毛詩語助

『모시毛詩』에서 사용된 어조사 중 구절이 끝남을 나타내는 지之·호乎·언焉·야也·자者·운云·의矣·이爾·혜兮·재哉 등은 지금도 문장을 쓰는 이들이 그렇게 사용하고 있다. 그밖에 지只·차且·기忌·지止·사思·이而·하何·사斯·전旃·기其 등과 같은 것은 후대에 드물게 사용되었다. 그 예문들을 소개해 본다.

只 — 母也天只, 不諒人只.[어머니여 하늘이여, 사람 마음 몰라주네.][12]

且 — 椒聊且, 遠條且.[산초의 향기여, 멀리도 퍼지네.][13]

狂童之狂也且.[저 바보 정말 바보로구나.][14]

既亟只且.[너무나도 다급하다.][15]

忌 — 叔善射忌, 又良御忌.[오라버니 활도 잘 쏘고, 말도 잘 모네.][16]

止 — 齊子歸止.[제나라 문강이 돌아오다.][17]

曷又懷止.[어찌 그립지 않으리.][18]

12 『시경·용풍·백주柏舟』.

13 『시경·당풍唐風·초요椒聊』.

14 『시경·정풍·건상褰裳』.

15 『시경·패풍邶風·북풍北風』.

16 『시경·정풍·대숙우전大叔于田』.

17 『시경·제풍齊風·폐구敝笱』.

18 『시경·제풍·남산南山』.

女心傷止.[여자 마음 너무 아파.][19]

思 — 不可求思.[찾을 수 없어라.][20]

爾羊來思.[너희 양이 오는구나.][21]

今我來思.[이제 내가 온다.][22]

而 — 俟我於著乎而, 充耳以素乎而.[병풍 저쪽에서 나를 기다리며, 귀에는 노리개 걸쳤어라.][23]

何 — 如此良人何.[이 아리따운 사람을 어찌 할까.][24]

如此粲者何.[이 좋은 사람을 어찌 할까.][25]

斯 — 恩斯勤斯, 鬻子之閔斯.[힘들게 어렵게 아이 키우느라 고생하여.][26]

彼何人斯斯.[누구일까.][27]

旃 — 舍旃舍旃.[그만두자, 그만두자.][28]

其 — 夜如何其.[밤 어느 때인가.][29]

子曰何其.[내가 어찌 할까요.][30]

'忌'는 「정시鄭詩」에서만 보이고, '而'는 「제시齊詩」에서만 보인다. 『초사·대초大招』 한 편에서는 모두 '只'를 사용했다. 『태현경太玄經』에서는 "其人有輯杭, 可與過其(그 사람은 노가 있어 함께 건널 수 있다네)"라고 했다. '些'는 「초혼招魂」에서만 사용되었다.

19 『시경·소아·체두杕杜』.
20 『시경·주남周南·한광漢廣』.
21 『시경·소아·무양無羊』.
22 『시경·소아·채미採薇』.
23 『시경·제풍·저著』.
24 『시경·당풍·주무綢繆』.
25 『시경·당풍·주무』.
26 『시경·빈풍·치효鴟鴞』.
27 『시경·소아·하인사何人斯』.
28 『시경·당풍·채령采苓』.
29 『시경·소아·정료庭燎』.
30 『시경·위풍魏風·원유도園有桃』.

4. 소식의 문장 東坡文章不可學

소식은 「개공당기蓋公堂記」에서 다음과 같이 서술하였다.

예전에 내가 시골에 살 적에 냉병을 앓아 기침을 하는 자가 있었다. 의원에게 묻자, 의원이 말하였다.
"이것은 독 벌레에 의해 생긴 고병蠱病이니, 치료하지 않으면 장차 죽게될 것이오."
그래서 백금을 가지고 고약蠱藥을 구해 치료하는데, 고약을 마시자마자 부작용이 일어나 신장과 내장이 상하고 몸과 피부가 타들어가 맛있는 음식을 먹지 못하게 되었다. 한 달이 지나자 온갖 병이 생겨서 속에 열이 나고 오한이 들고 기침이 그치지 않아 비쩍 마른 것이 영락없이 고병을 앓는 형색이었다.
또 다시 의원을 찾아가서 물으니, 의원이 열병이라고 하면서 열을 내리게 하는 한약寒藥을 지어주어 먹었는데, 아침에는 토하고 저녁과 밤에는 설사를 해, 결국 음식조차 먹을 수 없게 되었다.
두려워하여 반대로 열약熱藥인 석종유石鐘乳[31]와 오훼烏喙[32]를 뒤섞어 함께 복용하자 생인손과 종기 · 옴 · 현기증 등의 증상이 모두 나타나, 세 번째로 의원을 바꾸었지만 병이 더욱 심해졌다.
마을의 노인이 다음과 같이 가르쳐주었다.
"이것은 의원이 약을 잘못 쓴 탓이니, 그대에게 무슨 병이 있겠소? 사람이 살아가는 데에는 기운을 주체로 삼고 음식을 보조로 삼는데, 지금 그대는 종일토록 약을 입에서 떼지 않아서 약의 냄새와 맛이 밖에서 어지럽히고, 온갖 약의 독이 안에서 싸워 기운을 수고롭게 하고 음식물을 먹지 못하게 했기 때문에 병든 것이라오. 그대가 물러가 편안히 쉬면서 의원을 사절하고 약을 끊고서 먹고 싶은 음식을 먹으면 기운이 완전해지고 음식이 맛있게 될 것이니, 그때 좋은 약을 한 번만 먹어도 효험이 있을 것이오."
그래서 노인의 말대로 했더니, 한 달이 자나자 진짜로 병이 나았다.
옛날에 나라를 다스린 것 또한 이러하였다. 내가 보니, 진秦나라는 효공 이래로 시황제에 이르기까지 법을 세우고 제도를 개혁하여 백성들을 연마하고 단련한 것이 지극하다고 이를 만하였다.
소하蕭何[33]와 조참曹參[34]은 진나라의 가혹한 법령이 백성들에게 큰 폐해가 되는

31 石鐘乳 : 선인仙人들이 보양강장제로 복용했다고 한다. 성질은 따뜻하고 맛은 달며 성욕을 강화하고 사나운 기를 다스리며 정기를 굳게 하고 눈을 밝게 하나, 독성이 있어 효과를 얻기보다는 해로운 경우가 더 많다고 한다.

32 烏喙 : 천웅天雄과 여기에 붙은 부자附子를 이르는데, 독성이 많은 열성熱性 약재이다.

것을 직접 목도하였다. 그들은 수많은 전쟁을 치루고 천하를 통일하였는데, 백성들의 고통과 초췌함·슬픔을 알았기에, 백성들을 다시 고달프고 끝없는 노동으로 몰아가는 것이 무의미하다는 것을 알았다. 그렇기 때문에 모든 백성들에게 휴식을 주어서 천하가 편안하였던 것이다.

소식이 「개공당기」를 썼을 당시는 희녕熙寧[35] 연간에 밀주密州[36]에 폄적되어 있을 때로, 왕안석의 신법을 풍자하기 위해 이 문장을 썼다. 그는 세 차례 약을 바꾸는 것과 진나라와 한나라의 흥망성쇠 원인을 논하였는데, 불과 300자 정도의 짧은 글 속에서 말하고자 하는 이치를 확실하고 분명하게 서술했다.

장뢰張耒[37]는 「약계藥戒」를 지었는데 분량이 1,000여 자 정도나 된다. 내용은 다음과 같다.

장자張子(장뢰)가 속병을 앓아 배 속에 쌓이는 것들이 체하여 내려가지 않고, 밖에서 들어오는 것들은 딱딱해져서 받아들일 수가 없었다. 의원에게 찾아가 물어보니, "속의 것들을 내려 보내지 않으면 안 된다"고 말하였다. 돌아와서 의원이 준 약을 마시니, 체한 것이 갑자기 확 내려가서, 하루가 지나가기도 전에 체한 것들은 흩어져 남아 있는 것이 없게 되었고, 딱딱해졌던 것들은 부드러워져서 걸리지 않게 되었다. 내장과 가슴 속이 탁 트이고 호흡이 순조로워져서, 처음부터 병이 없었던 것처럼 상쾌하게 되었다.

며칠 안가서 속병이 다시 일어났지만, 전의 약을 먹자 깨끗이 낫는 것이 역시

33 蕭何(?~B.C.193) : 한나라 개국 공신. 한신韓信·장량張良과 함께 한나라 개국 삼걸三傑로 꼽힌다. 고조가 즉위할 때 논공행상에서 일등가는 공신이라 인정하여 찬후酇侯에 봉하였다. 한신의 반란을 평정하고 재상에 임명되어 율령과 법제를 제정하여 나라를 안정시켰다.

34 曹參(?~B.C.190) : 한나라 개국 공신. 평양후平陽侯에 책봉되었으며, 고조가 죽은 뒤 소하의 추천으로 상국相國이 되어 혜제惠帝를 보필하였다.

35 熙寧 : 북송 신종神宗 시기 연호(1068~1077).

36 密州 : 지금의 산동성 제성諸城 일대.

37 張耒(1054~1114) : 북송의 시인. 자 문잠文潛, 호 가산柯山. 초주楚州 회음淮陰 사람으로, 태상소경太常少卿 등의 벼슬을 지냈으나, 정치적으로 소식을 따랐기 때문에 일찍이 좌천당하였다. 시부詩賦 등 문학에 뛰어났고, 황정견黃庭堅·조보지晁補之·진관秦觀과 함께 '소문사학사蘇門四學士'로 불렸다. 시는 평담한 것을 추구했고 백거이白居易의 시풍을 본받았으며, 악부는 장적張籍을 배웠다. 촉학파蜀學派의 중요 인물로 촉학이 전파되는 데 기여해, 시문을 창작하면서 유학의 이치를 밝히는 것을 중요한 임무로 여겼다.

처음과 같았다. 이로부터 한 달도 안 되는 기간에 속병이 다섯 번 일어났고, 속병이 생겼을 때마다 속의 것을 내려 보냈고, 속의 것들을 내려 보낼 때마다 병이 완쾌되었었다. 그러나 기운이 쇠약해져 한 마디 말을 하는데도 세 번이나 말을 끊게 되었고, 일하지 않아도 몸에서 땀이 났으며, 걷지 않아도 다리가 떨리게 되었다. 살갗과 피부는 전보다 여위지 않았지만, 그 속엔 맥이 하나도 없게 되었으니 그 이유를 알 수가 없었다.

아! 속병은 속의 것을 내려버리지 않고는 낫게 할 수가 없는 것이다. 그래서 속의 것을 내려 보내었으나, 그 술법이 깨끗하지를 못하여 맥이 없게 되었으니, 어째서인가?

초나라 남쪽에 훌륭한 의원이 있다는 말을 듣고 찾아가 물어보니, 의원이 이렇게 말하는 것이었다.

"당신은 몸이 그렇게 된 것을 탄식하지 마십시오. 당신이 병을 고친 수법이 본래 그처럼 맥이 없도록 만드는 것이었습니다. 앉으시지요, 당신에게 설명해 드리겠습니다. 천하의 이치로 볼 때, 자신의 마음에 아주 흡족함을 주는 것들은 끝에 가서 반드시 자신을 상하게 하는 것입니다. 만약 끝에 가서 나빠지기를 원하지 않는다면 곧 처음부터 자신의 마음에 지나친 흡족함을 주는 것을 바라지 말아야만 할 것입니다.

대체로 음기陰氣가 숨어 버리고 양기陽氣가 쌓여 기운과 피가 순환되지 않으면, 체하여 속병이 되어 그대의 가슴 속에 가로놓이게 되는데, 그 쌓인 것이 커지게 됩니다. 그것을 쳐서 제거해 버리려고 한다면, 어느 정도의 시간을 투자해야하며, 부드러운 성질의 약으로는 제거할 수 없습니다. 반드시 세게 쳐서 진동을 시킨 연후에 제거할 수 있는데, 사람의 화기和氣란 부드러우면서도 매우 미세하고 조용하면서도 위태로워지기 쉬운 것입니다. 그래서 세게 쳐서 진동시키는 효과가 이루어지기도 전에, 화기에는 이미 병이 생기게 되는 것입니다.

이런 측면에서 보면, 당신의 속병이 한 차례 완쾌될 때마다 당신의 화기 또한 한 차례 손상을 받았던 것입니다. 한 달이 다 가기도 전에 다섯 번이나 완쾌시켰다면, 당신의 화평한 기운은 이미 없어지지 않았겠습니까? 그래서 일하지 않아도 피부에 땀이 나고, 걷지 않아도 다리가 떨리며, 맥이 없어 하루를 넘기지도 못할 것처럼 된 것입니다. 그렇다면 속병을 없애버리면서 화기도 해치지 않게 해야 하지 않겠습니까? 돌아가 집에서 석 달을 잘 지낸 다음에 제가 주는 약을 먹으면 될 것입니다."

장자는 집으로 돌아가 석 달을 보낸 다음 재계를 하고 다시 의원을 만나기를 청했다.

의원이 말하였다.

"당신의 기운이 약간 회복되었습니다."

그리고 약을 지어 주면서 말하였다.

"이것을 복용하면 석 달 만에 병이 약간 차도가 생길 것이고, 또 석 달이 지나면 약간 편안해지고, 이 해가 다 갈 무렵이면 원상태로 회복될 것입니다. 또한 약을 너무 자주 복용해서는 안 됩니다."

장자는 집으로 돌아가 의원의 말대로 실행하였다. 그런데 처음에는 사람이 답답하게 느껴지도록 효과가 느리고 더디어, 세 번 약을 먹었지만 세 번 모두 병이 제 자리로 되돌아가는 듯하였다. 하루 만에 병이 고쳐지는 효과가 보이지 않았지만, 한 달이 되니 달라지고 한 철이 지나니 완전히 다르게 되어, 대략 한 해가 끝날 무렵에는 병이 완쾌되었다.

장자가 의원을 찾아가 정중히 감사를 표시하고 그 까닭을 물었다.

의원이 다음과 같이 답하였다.

"이것이 나라를 다스리는 방법입니다. 어찌 사람의 병만 고치겠습니까? 당신은 진나라의 정치를 보지 못하였는지요? 명이 내려져도 진나라 백성들은 사나워 명령을 따르지 않고, 근면성실하게 일을 해야 함에도 방종해서 법을 두려워하지 않았습니다. 명령을 내려도 따르지 않았고 다스려도 변화되지 않았으니, 진나라 백성들은 속병에 걸렸던 셈이지요. 상앙商鞅[38]이 그 속병을 보고서 형벌과 법령으로 엄히 다스리고, 목을 베는 것으로 위협하면서 사납고 맹렬하게 다루어, 터럭 끝만 한 일도 용서치 않으면서 속병을 철저히 잘라내고 힘써 뽑아내었습니다. 그리하여 진나라의 정치는 높은 곳에서 물병의 물이 쏟아지듯 거침없이 흘러 사방으로 통하게 되었고, 감히 아무도 거역할 수가 없었습니다. 진나라의 속병이 한 번에 치유된 것이지요.

그렇게 진나라 효공부터 진이세秦二世[39]에 이르기까지 모두 몇 번이나 속병이 났다가 몇 번이나 쾌유되었습니까? 완고했던 것은 이미 무너지고 강했던 것은 이미 부드러워졌지만, 진나라 백성들의 기쁜 마음은 없어졌지요. 그렇기 때문에 가혹한 정치로 한 차례 병을 쾌유시키는 것은 백성들의 기쁜 마음을 한 차례 없애버리는 것이 되는 것이지요. 여러 번 끊임없이 병을 쾌유시키니 진나라의 사지는 맥조차 없어져 역할을 하지 못한 채 공연히 불필요한 존재가 되어 몸에 그저

38 商鞅(?~B.C.338) : 춘추시대 진秦나라의 재상. 위나라 태생이나 자신의 나라에서는 뜻을 펼치기가 어렵다고 여겨 위나라로 건너갔다가 결국 진나라 효공孝公에게 등용되었다. 20년간 진나라의 재상으로 있으면서 엄격한 법치주의 정치를 펼쳐 나라를 강국으로 성장시켰으나 한편으로는 그 때문에 많은 사람들의 원한을 샀다. 결국 반대파에게 반역죄로 몰려 처형되었다.

39 秦二世(B.C.229?~B.C.207 / B.C.210~B.C.207) : 진秦의 제2대 황제. 성은 영嬴, 이름은 호해胡亥이며, 진秦의 제2대 황제皇帝로서 이세황제二世皇帝라고도 한다. 시황제始皇帝의 막내아들로 태어났으나, 진시황이 순행 도중 병사하자 환관 조고, 승상 이사와 함께 유언을 조작해 황제의 자리에 올랐다고 한다. 황위에 오른 뒤 여산驪山의 시황제능묘와 아방궁·만리장성 등의 토목사업을 서두르고, 흉노의 침공에 대비해 대규모 징병을 실시해 민심의 반발을 샀다. 조고의 정변으로 인해 결국 자살로 생을 마감하였다.

달려있게 되는 지경에까지 이르렀습니다. 백성들의 마음은 날로 나라와 임금을 떠나게 되니, 임금은 윗자리에 외로이 서있게 되었던 것입니다. 그래서 필부가 나와 크게 한 번 소리치며 농민 반란을 일으키자, 하루도 안 되는 짧은 시간에 온갖 병이 한꺼번에 드러나게 된 것이었습니다. 진나라는 그의 손과 발 · 어깨 · 등허리를 움직여 보려 했었지만, 그 어느 것도 응하여 움직여지지 않았습니다. 그렇기에 진나라가 망했던 것은 바로 병을 빨리만 낫게 하려던 잘못 때문이라고 할 수 있습니다.

선왕들의 백성 또한 처음에는 모두 속병이 있었습니다. 선왕들이 획하고 속병의 근원인 그들을 쳐 쫓아버리는 것이 가장 빠른 방법임을 어찌 몰랐겠습니까? 선왕들은 종말을 두려워했던 것입니다. 그렇기 때문에 자신의 마음에 흡족한 방법을 추구하지 않고, 부드럽게 백성들을 어루만져 주었습니다. 백성들에게 인의仁義를 가르치고 예악禮樂으로 인도하여, 은연중에 백성들의 혼란을 해결하고 체한 것을 제거해줌으로써, 백성들이 편안하게 스스로 쾌유되는 방향으로 나가면서도 스스로는 그 사실을 잘 알지 못하게 하였던 것입니다. 백성들의 병이 쾌유되기 전까지 옆에서 보는 사람들 중에는 답답하게 여기는 이들도 있었습니다. 그러나 한 달을 두고 헤아려보고 일 년을 두고 살펴보면, 지난 해 백성들의 습속習俗과 금년의 습속이 달라져 있음을 알 수 있었습니다. 치지도 않고 때리지도 않으면서도 백성들을 거스리는 일도 없었으니, 날마다 백성들의 사나운 기운만 제거되고 기쁜 마음은 다치지 않았던 것입니다. 이에 정치가 이루어지고 교화가 통달되어 안락함이 오래도록 지속되어 후환이 없게 되었던 것이지요. 그러니 하夏 · 은殷 · 주周 삼대의 정치도 모두 몇 분의 성인을 거치고 수백 년의 세월을 겪은 뒤에야 그들의 습속을 이룩할 수 있었던 것입니다. 그러니 제가 준 약이 한 해가 지나야만 병을 완쾌시키는 것도 이상하다고 여길게 못되는 것입니다."

내가 장뢰의 글을 통해 그의 논리를 살펴보니, 모두 「개공당기」에 언급된 소식의 논리를 근거로 삼고 있었다. 그런데 장뢰가 쓴 1,000여 자의 번다함은 소식이 쓴 300자의 간략함 보다 못하다. 이후에 글을 써서 자신의 논리를 알리고자 하는 사람들이 참고로 삼을 수 있게, 소식의 「개공당기」와 장뢰의 「약계」를 그대로 이곳에 기록하였다. 장뢰가 분명 소식의 「개공당기」를 보지 못했기에 이런 문장을 쓴 것으로 생각되는데, 만약에 소식의 문장을 보았다면 이렇게 중언부언하는 글을 쓰지 않았을 것이다.

5. 한유의 겸손함 韓文稱名

구양수歐陽脩[40]는 문장을 쓰면서 자신을 칭할 때 여러 차례 '予여'라고 하였다. 황상께 올리는 글에서도 예외 없이 자신을 '予'라고 했다는 것은 『용재삼필』에서도 언급했었다.[41]

구양수의 문장은 대체로 한유韓愈를 본받았는데, 한유는 구양수처럼 자신을 '予'라고 자칭하지 않았다. 한유의 「등왕각기滕王閣記」와 「원공선묘袁公先廟」 등의 문장은 명망 높은 인물에 대해 쓴 문장으로 자신을 지칭할 때는 겸허하게 이름을 사용했다. 이렇게 해야 예의에 맞는 것이다. 「서사장서기벽기徐泗掌書記壁記」와 「과두서후기科斗書後記」·「이허중묘지李虛中墓誌」 같은 글에서 자신을 지칭하면서 '愈유'라고 하였다. 그의 겸허함을 알 수 있다. 후대의 문장가들은 응당 이를 모범으로 삼아야 할 것이다.

6. 대리시와 대리시경의 별칭인 棘寺극시와 棘卿극경 棘寺棘卿

지금 사람들은 대리시大理寺[42]를 '극시棘寺'라고 부르기에, 대리시경大理寺卿을 '극경棘卿'이라고 하고, 대리승大理丞을 '자승극丞'이라고 한다. 이러한 말들은 『주례周禮·추관秋官』에서 유래했다.

> 조정에서 벼슬살이를 하는 신하들은 나라 안팎에 조정의 법을 세우는 것을 담당한다. 왼편으로 아홉 그루의 대추나무[九棘]를 심는데, 이는 고孤와 경卿·대부大夫의 지위를 대표한다. 오른편에는 아홉 그루의 대추나무[九棘]를 심는데, 이는 공

40 歐陽脩(1007~1072) : 북송 저명 정치가 겸 문학가. 자 영숙永叔, 호 취옹醉翁, 육일거사六一居士. 길안吉安 영풍永豊(지금의 강서성江西省)인. 송나라 초기의 미문조美文調 시문인 서곤체西崑體를 개혁하고, 당나라의 한유를 모범으로 하는 시문을 지었다. 당송8대가唐宋八大家의 한 사람이었으며, 후배들에게 많은 영향을 주었고, 『신당서新唐書』와 『신오대사新五代史』를 편찬하였다.

41 『용재삼필』권12, 「作文字要點檢」 참조.

42 大理寺 : 관청이름으로, 요즘의 최고 법원에 해당하며, 형벌과 중대 범죄 사안을 조사하여 판결하는 일을 담당하였다. 진나라와 한나라 때는 정위廷尉라고 하였다가, 북제北齊 때부터 대리시大理寺라고 하였다.

公 · 후侯 · 백伯 · 자子 · 남男의 지위를 대표한다.

정현鄭玄은 이에 다음과 같은 주석을 달았다.

> 가시나무를 심어 지위를 대표한다는 것은 참되고 진실된 마음을 가졌지만 밖으로는 가시를 내보여 비판적인 자세로 정치에 임한다는 것을 의미한다. 극棘은 조棗와 같다.

棘극자는 두 개의 朿자자가 서로 나란히 있는 모습이고, 棗조자는 두 개의 朿자가 위아래로 이어서 있는 모습으로, 여기에서 말하고 있는 棘은 대추나무를 지칭한다. 그런데 고孤와 경卿 · 대부大夫가 서로 같다고 했기에, 극棘이 대리시만을 지칭했다고 말하기는 어렵다.

『예기 · 왕제王制』에 다음과 같은 기록이 나온다.

> 옥정獄正은 판결의 결과를 대사구大司寇에게 보고해야하며, 대사구는 '대추나무 아래[棘木之下]'에서 다시 심리를 해야 한다.

후인들은 이 자료를 근거로 하여 설명을 했고, 정현 역시 이를 인용하였다. 여기에서는 말하는 '극목지하棘木之下'는 단지 입조하여 공무를 처리하는 곳이다. 형부상서刑部尚書를 지칭하는 것이라고 해도 의미는 통한다.

『주역周易 · 감괘坎卦』에는 다음과 같은 구절이 있다.

세 겹의 노끈과 두 겹의 새끼로 묶어서,	係用黴纆,
가시 덤불속에 놓인 것과 같다.	寘于叢棘.

이는 험난한 곳에 사로잡혀 있다는 것을 말한 것으로 다른 의미라고 할 수 있다.

7. 진나라의 유문 晉代遺文

최근 오래된 대나무 상자에서 오래된 책 한 권을 찾았는데, 제목이 『진대명

신문집晉代名臣文集』이었다. 모두 14명의 글 수록되어 있는데 수록된 문장들이 온전하지 않아, 빙산의 일각과도 같았다.

그중에 장민張敏이라는 사람은 태원太原 출신으로 평남참군平南參軍과 태자사인太子舍人·제북장사濟北長史를 역임했는데, 그의 문장 가운데 「두책자우문頭責子羽文」이 이 책에 실려있다. 「두책자우문」은 논점이 예리하면서도 참신하여, 이전의 문인들에게서는 보지 못했던 작품으로, 『예문유취藝文類聚』와 『문원영화文苑英華』에 수록되어 있기는 하지만, 혹 후세에 전해지지 않을까하는 노파심에 여기에 수록하여 후세의 학식이 넓고 성품이 우아한 군자들에게 전하고자 한다. 「두책자우문」의 서문은 다음과 같다.

> 태원太原의 온장인溫長仁, 영천潁川의 순경백荀景伯, 범양范陽의 장무선張茂先, 사향士鄕의 유문생劉文生, 남양南陽의 추윤보鄒潤甫, 하남河南의 정사연鄭思淵.
>
> 나의 벗인 진생秦生은 나의 자형이지만, 우리들은 어려서부터 아주 사이좋게 지냈다. 장화張華와 순우荀禹 등은 몇 년간 계속해서 조정의 대신을 지내면서 탄탄대로의 출세가도를 달렸지만, 진생은 재주가 뛰어났어도 불우하여 줄곧 그의 재능을 알아보는 이를 만나지 못했다. 하지만 진생은 유유자적 즐기며 자기식대로 살았는데, 나는 그러한 그를 보며 무척이나 가슴이 아팠다. 또 장화나 순우 등은 높은 지위에 올라서 벗의 마음을 조금도 헤아리지 않았고, 또 왕길王吉과 공우貢禹처럼 한쪽이 높은 벼슬에 오르면 다른 쪽을 추천하는 의리[43]도 없었기에 나는 몹시 분개하였다. 진생이 회재불우의 우울함에 빠져있지 않고 위풍당당하게 지냈기 때문에 위의 여섯 군자들을 비웃고 풍자해 보려 이 글을 썼다. 비록 해학적이지만 실재로는 느낀 바가 있어 펼쳐낸 것으로 절대 허황된 말이 아니다.

그 내용은 다음과 같다.

> 진무제晉武帝 태시泰始 원년(265)에 머리가 자우子羽를 꾸짖으며 말했다.
>
> "내가 그대에게 붙어서 머리가 된 것은 이미 1만 여일이나 되었소이다. 천지天地가 나에게 정신과 육체를 만들어주었기에, 나는 그대를 위하여 두피에 머리카락

43 貢禹彈冠 : '탄관彈冠'은 벼슬에 나갈 준비로 갓의 먼지를 턴다는 뜻인데, 한나라 때 명사 왕길王吉과 공우貢禹는 서로 친구 사이로서 취사取捨를 똑같이 하였으므로, 세상에서 그들을 일컬어 "왕양이 벼슬에 나가면 공우가 관의 먼지를 턴다王陽在位, 貢禹彈冠"고 한 데서 유래한 사자성어이다.

을 심고, 코와 귀를 만들고, 눈썹과 수염을 안배하고, 치아를 넣었소. 지금 그대의 눈동자에서 형형하니 빛이 나고 광대뼈는 우뚝 솟아올라, 매번 사람들 틈을 뚫고 왁자지껄한 저잣거리를 지날 때면, 왕래하던 사람들은 길을 비켜 주고, 앉아 있던 사람은 공손하게 꿇어앉소. 사람들은 그대를 제후諸侯라고 또 장군이라고 부르며, 모두 두 손을 모아 몸을 숙이고 똑바로 서서 허리를 굽히며 존경을 표하였소. 그대를 이렇게 대하는 것은 진실로 내 용모가 훌륭했기 때문이오. 그대는 관리官吏의 관冠도 쓰지 않고 금은의 장식물도 차지 않은 채, 쑥대로 동곳을 삼고 베쪼가리로 허리띠를 대신하며, 맛있는 음식을 먹지 않고 좁쌀과 푸성귀를 먹으며 세월을 보냈지만, 조금의 후회도 하지 않고 있소.

그대는 나의 용모를 싫어하지만 나는 그대의 마음가짐을 경멸하오. 이렇게 된 것은 분명 그대의 처신이 잘못되었기 때문에, 그대와 내가 서로를 원수처럼 대하여 평소에도 즐겁지 않고 둘 다 근심 속에서 지내고 있는 것이니, 이 얼마나 비참한 일이오!

그대는 마음이 인자하고 어진 사람이 되기를 원하오? 그렇다면 마땅히 고요皐陶[44]와 후직后稷[45] · 무함巫咸[46] · 이척伊陟[47]처럼 국가와 사직의 평안함을 보호하여 제후에 봉해져야 할 것이오.

그대는 고상한 명성을 얻고자 원하오? 그렇다면 마땅히 허유許由[48]와 자장子臧[49] · 변수卞隨[50] · 무광務光[51]처럼 귀를 씻고 세속적인 부귀영화를 피하여 천추에 꽃다운 이름을 남겨야 할 것이오.

그대는 유세객이 되고자 하오? 그렇다면 마땅히 진진陳軫[52]과 괴통蒯通[53] · 육가陸

44 皐陶 : 순임금의 신하로, 형법을 관장했다.

45 后稷 : 주나라의 시조. 강원姜嫄이란 여성이 천제天帝의 발자취를 밟고 잉태하여 낳았다고 전해진다. 농사를 관장했다.

46 巫咸 : 은나라의 현신賢臣. 은나라 중종中宗 때 무당이 되었다고 한다.

47 伊陟 : 은나라의 어진 재상. 이윤伊尹의 아들이다.

48 許由 : 요임금 때의 은자. 요임금이 천하를 물려주려고 하자 이를 거부하고 기산箕山에 들어가 숨었다. 또 구주九州의 장長이란 벼슬을 내리며 불렀으나 영수潁水 가에 가서 더러운 말을 들었다며 귀를 씻었다.

49 子臧 : 춘추시대 조曹나라 선공의 서자庶子. 선공이 진나라와 싸우다가 전사하자 왕위 계승 싸움이 일어났다. 공자 부추負芻는 태자를 죽이고 왕위를 빼앗아 성공成公이 되었다. 제후들은 부추를 제거하고 자장을 왕위에 올리려고 하였으나 자장은 사양하고 송宋나라로 도주했다.

50 卞隨 : 하나라의 은자. 은나라 탕왕이 하나라 걸왕을 정벌한 다음 천하를 변수에게 양위코자 했으나 받지 아니하고 물속에 몸을 던져 죽었다.

51 務光 : 하나라의 은자. 탕왕은 변수에게 양위하려다가 거절당한 다음 무광에게 양위하려고 했으나, 무광 역시 받아들이지 아니했고 물속에 몸을 던져 죽었다.

52 陳軫 : 전국시대 초나라 사람. 장의張儀와 함께 진나라 혜왕을 섬기던 유세가.

53 蒯通 : 범양 사람. 초·한의 홍망 때의 유세가.

賈[54] · 등공鄧公처럼 재앙을 복으로 만들면서 태연자약하고 당당하게 말해야 할 것이오.
그대는 진취적으로 행동하기를 원하오? 그렇다면 마땅히 가의賈誼[55]가 스스로 등용되기를 구하고 종군終軍[56]이 남월南越에 사신으로 갈 것을 자청했던 것처럼 예봉銳鋒을 갈고 닦아 나라를 위해 일해야 하오.
그대는 재물과 벼슬을 탐내지 않고 담박하게 지내기를 원하오? 그렇다면 마땅히 노자老子가 세상의 유일한 진리인 도道를 지키고, 장자莊子가 속세를 떠나 유유자적했던 것처럼 속세를 초월하여 마음을 비운 채 욕심을 버려야 할 것이오.
그대는 은둔하기를 원하오? 그렇다면 마땅히 영계기榮啓期[57]가 새끼줄로 허리띠를 삼고 어부漁父가 물가에서 놀았던 것처럼 깊은 산속에서 살면서 큰 계곡에 낚싯줄을 드리워야 할 것이오. 이러한 사람들은 모두 그대가 본받을 만한 덕행과 명성을 갖춘 사람들이오.
그런데 지금 그대는 우선적으로 도덕수양을 숭상하지도 않고, 다음으로 유묵儒墨[58]의 학설을 본받지도 않은 채, 홀로 비천하게 지내면서 자신의 어리석은 생각만 고수하고 있소. 그대의 마음을 살펴보고 그대의 뜻을 관찰해 보니, 물러나도 처사處士가 될 수 없고 나아가도 삼공三公의 자리에 오를 수 없어, 매일 헛되이 시간만 흘러 보내면서 속세의 희로애락에 안주하고 있으니, 그렇게 사는 것이 만족스럽소?"
그러자 자우는 정색하며 깊이 생각에 잠겼다가 대답했다.
"그대의 가르침을 마음에 잘 새겨 듣겠습니다. 저는 타고난 천성이 우둔하고 무지하고 예의도 알지 못했는데, 다행히 하늘이 제게 당신을 주시어 지금껏 살아올 수 있었습니다. 지금 그대는 내가 충신이 되기를 바랍니까? 그렇게되면 오자서伍

54 陸賈 : 전한 초기 초楚 사람. 변설에 능했다. 고조高祖 유방劉邦을 좇아 천하를 통일하는 데 크게 공헌했다. 사신으로 남월南越에 가서 남월왕 조타趙佗를 설득하여 유방을 섬기도록 하여, 돌아와 그 공로를 인정받아 태중대부太中大夫에 임명되었다.
55 賈誼(B.C.200~B.C.168) : 전한 문제 때의 문인 겸 학자. 진나라 때부터 내려온 율령·관제·예악 등의 제도를 개정하고, 전한의 관제를 정비하기 위한 많은 의견을 상주했다.
56 終軍(?~B.C.112) : 전한 제남濟南 사람. 자 자운子雲. 젊어서 학문을 좋아해 박학했고, 문장을 잘 지었다. 18살 때 박사제자博士弟子로 선발되었다. 장안에 와 국사에 대해 글을 올리니 무제武帝가 알자급사중謁者給事中에 임명했다. 거듭 승진하여 간대부諫大夫에 올랐다. 원정元鼎 4년(B.C.113) 20여 살의 나이로 남월南越에 사신으로 가서 남월왕이 나라를 들어 복속하도록 설득했다. 다음 해 재상 여가呂嘉에게 피살되었다. 저서에 『종군』이 있었는데, 현재는 편집본만 전한다.
57 榮啓期 : 춘추 시대 때 은자. 언제나 허름한 가죽 옷을 입고도 거문고를 타면서 노래를 부르며 즐겼다. 공자가 그의 여유 있는 성품을 칭송했다고 한다.
58 儒墨 : 유교와 묵자墨子의 도.

子胥[59]와 굴원屈原[60]같은 결말을 맞게 될 것입니다. 그대는 내가 신의를 지키는 사람이 되기를 바랍니까? 그렇다면 몸을 희생하여 명성을 얻어야 합니다. 그대는 내가 지조가 있는 사람이 되길 바랍니까? 그렇다면 물불을 가리지 않고 뛰어들어 정절의 명성을 구해야 합니다. 그러나 이러한 명성들은 사람들이 모두 꺼리는 것이기에, 저 또한 감히 그런 마음을 먹지 못하겠습니다."

머리가 말했다.

"그대가 말하는 것은 하늘과 땅이 내린 벌이며 강건한 덕의 허물이오. 포초鮑焦[61]나 개자추介子推[62]처럼 산에 올라 나무를 끌어안고 죽는 것이 아니라, 변수卞隨나 무광務光처럼 강물에 몸을 던져 죽는 것이라오. 나는 그대에게 성명性命을 보양하는 법과 유유자적하는 삶을 가르쳐 주고자 한 것인데, 그대는 서캐나 이와 같은 마음으로 나의 조언을 제대로 들으려 하지 않고 있으니, 너무 슬프구려! 다 같이 사람의 몸에서 자라는데 왜 나만 그대의 머리가 되었는지? 그대를 다른 사람들과 비교해본다면, 그대는 태원太原의 온옹溫顒, 영천潁川의 순우荀禹, 범양范陽의 장화張華, 사향士鄕의 유허劉許, 남양南陽의 추담鄒湛, 하남河南의 정후鄭詡만 못하오. 그 사람들 중 어떤 이는 말을 더듬어 음정을 맞추지 못하고, 어떤 이는 허약한 체구에 못생긴데다가 말이 거의 없으며, 또 어떤 이는 뽐내듯이 일부러 모습을 잘 꾸미고, 어떤 이는 시끄럽게 떠들기만 하고 지략이 모자라며, 또 어떤 이는 입에 끈끈한 엿을 물고 있는 것 마냥 입을 열지 못하고, 어떤 이는 머리가 양념 찧는 절구에

59 伍子胥(?~B.C.484) : 춘추시대의 정치가. 원래 초나라 사람이었으나 아버지와 형이 살해당한 뒤 오나라를 섬겨 복수하였다. 오나라 왕 합려闔閭를 보좌하여 강대국으로 키워 춘추오패의 패자로 군림하게 하였으나, 모함을 받아 합려의 아들 부차夫差에게 중용되지 못하고 자결하였다.

60 屈原(B.C.343?~B.C.278?) : 전국시대 초나라 정치가이자 시인. 학식이 뛰어나 초나라 회왕懷王의 좌도左徒의 중책을 맡아, 내정·외교에서 활약하기도 했다. 작품은 한부漢賦에 영향을 주었고, 문학사에서 뿐만 아니라 오늘날에도 높이 평가된다. 주요 작품에는 「이소離騷」와 「어부사漁父辭」 등이 있다.

61 鮑焦 : 주나라 때 은자. 깨끗함을 지켜 세상과 임금을 비난하면서 스스로 밭을 갈아서 먹고, 우물을 파서 마시고 아내가 짠 베로 만든 것이 아니면 입지 않았는데, 자공子貢이 그를 만나 나라도 임금도 인정하지 않는 자가 어찌 그 이익을 받느냐고 말하자 "염사廉士는 나아감을 신중히 하고 물러섬을 가벼이 하며, 현인은 쉽게 부끄러워하고 죽음을 가벼이 한다"고 하면서 나무를 품에 안고 선 채로 말라 죽었다고 한다.

62 介子推 : 개지추介之推라고도 한다. 진晉나라 문공文公이 왕위에 오르기 전에 아버지 헌공獻公에게 추방되었을 때, 19년 동안 그를 모시며 같이 망명생활을 하였다. 뒤에 문공이 진秦나라 목공穆公의 주선으로 귀국하여 왕위에 오르고 많은 현신賢臣을 등용하였으나, 개자추에게는 봉록을 주지 않았다. 실망한 그는 면산緜山에 들어가 숨어 살면서, 문공이 자신의 잘못을 뉘우치고 그를 불렀으나 나오지 않았다. 문공은 그를 나오게 하기 위해 산에다 불을 질렀으나, 끝내 나오지 않고 어머니와 함께 그대로 타 죽었다.

두건을 씌워놓은 것 같소. 그렇지만 그들은 문장이 볼만하고 생각이 주도면밀하기 때문에 권문세가에 의지하여 모두 조정의 대신의 자리에 올랐던 것이오. 어떤 사람은 치질을 핥아서 화려한 수레를 탈 수 있는 높은 자리를 얻기도 하고, 또 어떤 사람은 깊은 연못 속으로 잠수하여 진주를 훔치기도 하는데, 어찌하여 그대는 부질없이 입술과 혀를 썩어 문드러지게 하고 손과 발을 물에 적시면서 아무것도 얻지 못하오? 다사다난한 세상에 살면서 권모술수를 쓰는 것을 부끄러워하고 우물물을 퍼 올려 밭에 물을 주는[63] 생활에 안주해서는 부귀해지기 어렵소. 아! 자우子羽여! 그대가 우리 속에 갇힌 곰이나, 깊은 함정 속에 빠진 호랑이, 바위 틈에 있는 숨어있는 굶주린 게, 구멍 속에 있는 쥐와 무엇이 다르오? 비록 열심히 많은 일을 하지만 거두어들이는 결과물은 정말 보잘 것 없으니, 평생 마음 졸이면서 늙어 죽을 때까지도 암울하게 지내는 것은 모두 자업자득이라 할 수 있소. 사지가 멀쩡하지 않은 사람도 오히려 곤궁하지 않거늘 나는 그대와 함께 살 수 밖에 없으니 이 또한 운명이라고 할 수 밖에!"

이 문장은 900여자로, 동방삭東方朔의 「객난客難」·유효표劉孝標의 「절교론絕交論」과 상당히 비슷하다. 『집선전集仙傳』에 실린 신녀神女의 「성공지경전成公智瓊傳」은 『태평광기太平廣記』에 보이는데, 이 또한 장민의 작품이다. 추담鄒湛은 양호羊祜[64]로 인해 세상에 알려졌는데, 자가 윤보潤甫라는 것은 이 글에서 처음 언급되었다.

8. 한 무제와 전분·공손홍 漢武帝田蚡公孫弘

요즘 사람들은 고인에 대해 논하면서, 한 무제武帝와 전분田蚡[65]·공손홍公孫弘[66] 세 사람에 대해 항상 한나라 역사서에 기재된 것과 같은 평가를 한다.

63 공자의 제자인 자공이 초楚 나라에서 진晉 나라로 가면서 한음漢陰을 지나다가 한 노인이 항아리에 물을 담아 한번씩 한번씩 왔다갔다 하면서 밭에 물을 주고 있는 것을 보았다. 자공이 기계를 사용하여 급수할 것을 건의하자 노인은 "그렇게 하면 간교한 마음이 생기게 된다"며 몰라서가 아니라 부끄러워서 그리하지 않는 것이라 했다. '항아리를 안고서 밭에 물을 준다[抱甕灌園]'는 것은 순박한 생활에 안주하는 것을 말한다.

64 羊祜(221~278) : 진晉나라의 명장. 자 숙자叔子. 후한의 학자 채옹蔡邕의 외손자이며, 위나라를 떠나 촉나라에 항복한 하후패夏侯霸의 사위이다.

65 田蚡 : 경제景帝 왕황후王皇后의 동생. 유학을 좋아하며 무제 때 무안후武安侯에 봉해졌고, 승상丞相의 직위에까지 오른다.

한 무제는 지나칠 정도로 공 세우는 것과 사치를 좋아하여 백성들을 도탄에 빠지게 하였고, 전분은 외척의 신분으로 무제의 총애를 받아 재상의 지위에 까지 올랐으며, 죄 없는 두영竇嬰[67]과 관부灌夫[68]를 무고하여 살해하였다.

그리고 공손홍에 대해서는 다음과 같이 평가한다.

성정이 편협하다. 겉으로는 관대한 것처럼 행동하지만 편협한 성정을 가졌으며, 본성을 속이고 겉으로 꾸미며 명예를 탐냈다. 그렇기 때문에 현명한 선비들이나 사대부들이 칭송하지 않았다.

그러나 역사적 사실에 근거하여 살펴 본 결과, 이 세 인물들이 유교와 관련되어 큰 공적을 세운 것을 알 수 있었다.

진시황제의 분서갱유焚書坑儒로 인해, 『시경詩經』·『서경書經』·『예기禮記』·『악기樂記』·『역경易經』·『춘추春秋』 등 육학六學이 흩어지고 결손되어 온전하게 전해지지 않았다. 한 고조가 한나라를 건국했던 초기에는 국가 기틀을 마련하기에도 시간이 부족했기 때문에 문화 사업을 돌볼 겨를이 없었다. 또 혜제惠帝와 여태후呂太后 때는 공경대부들이 모두 무관 공신이었고, 문제文帝는 법률학을 좋아했고, 경제景帝는 유학자들을 좋아하지 않았기 때문에, 모두 유가의 서적과 사상의 보존에 신경을 쓰지 못했다.

무제에 이르러 전분이 재상이 되자, 황로사상과 법가 사상을 축출하고, 수 많은 문학 유생들을 초빙하였다. 무제는 천하에 알려진 선비들을 조정으로 불러 대신으로 삼고, 예관禮官에게 유학을 독려하고 학술을 강론하도록 했다. 그러자 예교가 흥하였고, 선발에서 놓친 인재들이 천거되어 천하의 모범이 되었다. 그리고 공손홍이 『춘추공양전春秋公羊傳』의 연구로 재상의 자리에 오르자 천하의 학자들이 모두 이에 경도되어 『춘추』를 배웠다. 공손홍은

66 公孫弘(B.C.200～B.C.121) : 한나라 무제 시기 승상. 자 계季.

67 竇嬰(?～B.C.131) : 두태후의 조카. 오초칠국의 난에 대장군에 임명되어 공로를 세웠으며, 위기후魏其侯에 봉해졌고, 승상에까지 올랐다.

68 灌夫 : 경제 때 군공으로 중랑장이 되었고, 무제 때 연燕나라 재상이 되었다. 위기후 두영과 친분이 깊어 두영의 정적인 승상 전분에게 사사건건 행패를 부렸고, 결국 처형되었다.

학관學官으로 있을 때 유가의 학술이 황량해진 것을 안타까워하여, 황제께 박사관博士官 아래 제자弟子를 두어 유가경전을 가르칠 것과 지방의 관원들이 각 지방의 수재와 뛰어난 인재들의 명단을 중앙에 보고하도록 할 것을 건의하였다. 그리고 이러한 내용들을 법률로 제정해 줄 것을 청하였다. 그리하여 이때부터 『시경』·『서경』·『예기』·『역경』의 학문들이 흥성하게 되었고, 요순과 삼대이래의 전장제도가 전해질 수 있었다. 지금 성인의 도와 그 기본 정신을 알 수 있게 된 것이 모두 한 무제와 전분·공손홍의 노력에 의한 것이었다.

『사기』에서도 무제를 다음과 같이 서술하였다.

> 백가의 학문을 축출하고, 유가의 육경을 표창하였다. 이리하여 유학이 확연하고 분명해졌다.

그러나 이것만으로는 그의 성취가 다 드러나지 않는다.

무제의 사치와 폭정은 분명 당시 백성들에게 참기 힘든 재난이었으며 전분과 공손홍이 저지른 일들도 사회적으로 지탄 받아 마땅하다. 그러나 그들이 유학의 도를 중흥시켜 만세에 사라지지 않을 공적을 세운 것 또한 분명하다. 평제平帝는 원시元始[69] 연간에 조서를 내려 공손홍이 아랫사람들을 이끌고 성실하고 바른 기풍을 수립한 것을 칭송하기도 하였지만, 유학 방면의 공헌에 대해서는 전혀 언급하지 않았다.

9. 근래 전장제도의 차이점 近世文物之殊

전장제도는 송나라의 조정이 남천 한 이래 평화로웠던 북송시대와 상당히 달라졌다. 여기에서 내가 본 것을 한 번 서술해보고자 한다. 특히 서로 다른 시대의 모든 제도들은 변화하기 때문에, 조회 때 황제를 알현하는

69 元始 : 후한 평제 때의 연호(1～5).

관리들의 순서와 성시관省試官이 공원貢院[70]에 들어가는 방법·재상부의 소환·백관들의 수행 종·조보朝報[71] 등의 몇 가지 항목에 대해 간략하게 정리하여 후학들이 명확히 알게 하고자 한다.

시종관侍從官이 평상시 조회에 참석하는 경우, 고종 소흥紹興[72] 연간에는 수공전垂拱殿의 격문 옆에 남북으로 나누어 서로 마주보고 서서 황상을 알현할 차례를 기다렸다. 효종 건도乾道연간에도 여전히 그렇게 하다가, 순희淳熙[73] 연간에 제도가 바뀌어 수공전 문 앞에 동서로 마주보고 섰다. 황상이 조회를 위해 나오시면 문관은 재상부터 이사二史까지, 무관은 종왕宗王·사상使相부터 관찰사觀察使까지, 벼슬의 등급에 따라 황상 앞으로 나아갔다. 효종이 태자일 때, 관직이 검교소보절도사檢校少保節度使였기 때문에 출행할 때는 반드시 정상서正尙書 뒤에 자리했다. 그리고 건도 연간이후에는 모든 관료들이 두 대열로 나뉘어 황상 앞으로 나아갔는데, 사상관使相官은 그렇게 하지 않았다. 그래서 개부의동삼사開府儀同三司와 집정관執政官들은 함께 황상 앞으로 나아가 가장 앞에 자리했다.

소흥 12년(1142) 임술壬戌일에 나는 남산南山 정자淨慈에 기거하면서 사과시詞科試를 기다리고 있었다. 성시관省試官이 말을 타고 왔는데, 공복에 모자만 쓰고 두루마기를 입지 않았다. 성시관 한 사람마다 앞에 친사관親事官[74] 한

70 貢院 : 과거시험을 실시하기 위해 각 성省 및 수도에 설치한 시험장. 고사장 사무를 위한 관리들의 집무실과 응시자들이 답안을 작성하는 수천 개의 작은 독방으로 구성되어 있다. 장방형의 긴 건물에 약 2미터 정도의 폭으로 촘촘하게 칸을 질러 한 칸에 한 명씩 수용하였으며 이런 건물이 수십 채가 있어 마치 벌집 같은 모습을 띠고 있었다. 외각은 높은 담장으로 둘러 쳐서 외부와의 연락을 차단하였다. 당나라 때 이미 예부禮部 남원南院이 있어서 공원의 역할을 하였으며, 이후 각 왕조는 공원을 독립된 시설로 설치·운영하였다. 과거제가 폐지된 이후 일부 지방공원은 근대학교 시설로 전용되기도 하고, 일부는 옛 모습대로 남아 있는데, 현존하는 대표적인 것으로는 북경공원과 남경공원 등이 있다. 우리나라의 경우 과거제가 정착되어 있었음에도 불구하고 독립된 공원 시설은 없었다.

71 朝報 : 제왕의 일상 동태와 관원들의 승진 파면 등을 공개적으로 빠르게 알려주는 형식의 보고서.

72 紹興 : 남송 고종高宗의 연호(1131～1162).

73 淳熙 : 송나라 효종孝宗 때의 연호(1174～1189).

74 親事官 : 정부 관서에서 실무를 담당하는 관리를 말한다.

명이 노란 종이에 쓴 칙서인 칙황敕黃을 들고 앞서 나아갔다. 당시 지거관知擧官·참상관參詳官·점검관點檢官이 모두 31명이었는데, 마지막 한 사람은 환관으로 임명하여 하천축下天竺의 공원貢院에 들어가게 하였다.

소흥 30년(1160) 경진庚辰일에 나는 이부시랑吏部侍郞의 신분으로 참상관에 충원되어 조정에 들어가 고종의 칙령을 받은 후, 다른 참상관들과 함께 각각 말을 타고 공원으로 들어갔다. 순희 14년(1187) 나는 원래 직책 외에 공거貢擧[75]를 주관하는 일을 겸직하게 되었는데, 상황은 이전과 상당한 차이가 있었다. 즉 어떤 이는 빨리 또 어떤 이는 느리게 삼삼오오 짝을 지어 시험관 중 열에 아홉이 가마를 타고 공원으로 들어갔다.

재상부宰相府 소환 때 임하는 의례제도는 다른 관료들의 소환 의례와 완전히 같았다. 그러나 오래지 않아 경卿·감監·낭관郎官 및 사국史局·옥첩玉牒을 든 제거관提擧官은 관례에 따라 모든 것이 전부 면제되었다. 건도연간 후에 재상은 더욱 스스로를 낮추어, 각 관청의 직관들 또한 모두 면제되었다. 그리고 순희 연간에 이르러서는 모든 직책의 관리들도 이 의례가 모두 면제되었다.

조정의 대신들은 수행원으로 약간의 인원을 고용할 수 있는데, 수행원은 보군사步軍司에 이름을 올리고 좌장左藏[76]에서 돈과 쌀을 받았다. 대체로 하는 일 없이 빈둥거리는 백수나 직책이 없는 병졸들을 고용하였는데, 한 해에 두 차례로 나누어 한 명씩 고용할 수 있었다. 만약 가까운 군郡에서 수행원을 선발하여 고용할 경우는 조정에서 고용비용의 절반만 제공하였다. 처음 이 제도가 시행되었을 때는 말과 그 말을 부리는 마부 한 사람을 함께 지원해주었는데, 후에는 이 지원제도가 없어졌다. 만약에 가마를 타고 다니는 경우 수행원은 가마꾼으로 충원되었다. 요즘에는 이러한 지원제도가

75 貢擧 : 중국에서 제후나 지방장관이 천자에게 매년 유능한 인물을 추천한 제도이다.

76 左藏 : 국가의 창고 중 하나. 왼쪽에 있기 때문에 좌장左藏이라 칭하였다. 진晉나라 때 비로소 좌장령左藏令과 우장령右藏令을 설치하였고, 송나라 초기에 지방에서 올라온 공물과 세금을 모두 좌장에서 보관했다.

더 많아져서 관등이 아주 낮은 관리들도 수행원이 열 몇 명이나 된다.

진주원進奏院의 보고는 반드시 지방 관리들이 황상에게 감사를 표하는 내용 또는 관찰사의 부임장 및 경하를 올리는 글들이다. 무릇 조정에서 군수를 임명할 때는 반드시 먼저 제목除目[77]을 먼저 작성한다. 제목에는 다음과 같이 기록하였다.

> 아무개가 아무개를 대신하여 ○주州의 지주知州로 파견되었다.

황제의 어지가 적힌 녹황錄黃[78]이 이부에 도착하면 앞면에는 관직명을 쓰고, 뒷면에는 파견되어 해야 할 일을 적었다.

> 아무개 관리의 이름. 아무개를 대신하여 ○주州와 ○군주軍州의 지주知州(혹은 권지權知·권발견權發遣)로 파견되어, 농사와 관련된 일들을 관할한다. 부임 후에 퇴직하게 되면 (또는 임기가 만료가 되면) 원래의 관등 지위를 표시하는 차자借紫와 차비借緋[79]에 따라 대우를 받게 되며, 조정으로 돌아오면 원래의 관등에 의거해 관복을 입게 된다.

지방관이 퇴직을 청하면, 다음과 같이 쓴다.

> ○주州의 아무개 관원이 보고를 올립니다. 병으로 인해 퇴직을 청하옵니다.

어떤 것은 두 세 사람 이름 뒤에 다음과 같이 써 있기도 하다.

> 모시某時에 이미 칙령이 내려와, 각기 맡은 바 본분을 다하는 관리들의 치사致仕[80]

77 除目 : 이조나 병조에서 관리를 제수한 후 만드는 목록으로, 관리 명단을 말한다.

78 錄黃 : 송나라 때 중서성에서 황제의 뜻을 받들어 기초한 문서를 말한다.

79 借紫·借緋 : 당나라 때 관원의 복장은 3품 이상은 자색紫色 복장을 입는데 이를 차자借紫라 했고, 4·5품은 비색緋色 복장을 입는데 이는 차비借緋라고 했다. 6·7품은 녹색, 8·9품은 청색을 입었다. 그러나 개원연간의 규정에 의하면 중앙 고급 관원은 3품이 안 돼도 자색 복장을 입고 금색 붕어 주머니를 달 수 있으며, 지방 자사는 5품이 안 돼도 비색 복장을 입고 은색 붕어 주머니를 달 수 있었다.

80 致仕 : 고대의 관원의 정상적인 퇴직을 지칭하는 말로, 대부大夫는 나이 70세면 치사致仕한다는 『예기禮記』에서 비롯되었다. 주나라에서 기원해서, 한나라 이후에 제도로 자리 잡았다. 치사제는 퇴직 후의 대우규정까지 포함하는 것으로, 치사자에게는 관직에 따라 차등 있게

를 허하라 명하였다.

지금은 이러한 제도가 더 이상 시행되지 않고, 단지 상급 관청에서 하급 관청의 신청에 대해 회신하는 짧은 공문서가 내려올 뿐이다. 어떤 때는 짧은 공문서마저 금지되어 황상의 허락이 내려졌는지 내려지지 않았는지 알지 못하는 경우도 있었다. 이러한 제도가 폐기 된 것은 어느 재상의 죽음 때문이었다.

지방관리가 글을 올릴 때는 대부大夫에게 그 내용을 반드시 알려야 하기에, 상서성에 올리면 된다. 또 군수들은 자신의 다양한 직책으로 인해 길게 만들어진 관직명을 상세하게 보고하지 않아도 된다.

예의 제도가 이 정도로 간략해졌다.

녹봉을 지급하고 일정한 예우를 했다. 치사한 후에도 원로대신들은 왕과 관료들의 자문에 응하며 국정에 영향력을 발휘한 경우가 많았다.

1. 作詩旨意

詩三百篇中, 其譽婦人者至多。如敘宗姻之貴者, 若「平王之孫, 齊侯之子」, 「汾王之甥, 蹶父之子」, 「齊侯之子, 衛侯之妻, 東宮之妹, 邢侯之姨, 譚公維私」。夸服飾之盛者, 若「副笄六珈」, 「如山如河」, 「玉之瑱也, 象之揥也」。贊容色之美者, 若「唐棣之華」, 「華如桃李」, 「鬒髮如雲」, 「手如柔荑, 膚如凝脂, 領如蝤蠐, 齒如瓠犀, 螓首蛾眉。巧笑倩兮, 美目盼兮」, 「顔如舜華」, 「洵美且都」。語嫁聘之侈者, 若「百兩彭彭, 八鸞鏘鏘, 不顯其光。諸娣從之, 祁祁如雲, 爛其盈門」。其詞可謂盡善矣。魏、晉、六朝流連光景, 不可勝述。唐人播之歌詩, 固亦極摯。若「態濃意遠淑且眞, 肌理細膩骨肉勻。綉羅衣裳照暮春, 蹙金孔雀銀麒麟」, 「翠微匐葉垂鬢脣, 珠壓腰衱穩稱身」, 「深宮高樓入紫淸, 金作蛟龍盤繡楹。佳人當窗弄白日, 絃將手語彈鳴箏」, 「回眸一笑百媚生, 六宮粉黛無顔色」, 「後宮佳麗三千人, 三千寵愛在一身」, 「金屋粧成嬌侍夜, 玉樓宴罷醉和春」, 「樓上樓前盡珠翠, 眩轉熒煌照天地」。此皆李、杜、元、白之麗句也。予獨愛朱慶餘閨意一絶句上張籍水部者, 曰 : 「洞房昨夜停紅燭, 待曉堂前拜舅姑。粧罷低聲問夫婿, 畫眉深淺入時無?」細味此章, 元不談量女之容貌, 而其華豔韶好, 體態溫柔, 風流醞藉, 非第一人不足當也。歐陽公所謂 : 「狀難寫之景如在目前, 含不盡之意見於言外, 然後爲工」, 斯之謂也。慶餘名可久, 以字行。登寶曆進士第, 而官不達。著錄於藝文志者只一卷, 予家有之, 他不逮此。張籍酬其篇云 : 「越女新粧出鏡心, 自知明豔更沉吟。齊紈未是人間貴, 一曲菱歌直萬金。」其愛之重之, 可見矣。然比之慶餘, 殊爲不及。

2. 平王之孫

周南、召南之詩, 合爲二十有五篇。自漢以來爲之說者, 必系之文、武、成、康, 故不無牴牾。如何彼襛矣, 乃美王姬之詩, 其辭有「平王之孫, 齊侯之子」兩句, 翻覆再言之。毛公箋云 : 「武王女, 文王孫, 適齊侯之子。」鄭氏不立說。考其意, 蓋以平王爲平正之王, 齊侯爲齊一之侯, 若所謂武王載旆, 成王之孚, 成王不敢康, 非指武與成者。然證諸春秋經, 魯莊公元年, 當周莊王之四年, 齊襄公之五年, 書曰「單伯送王姬」, 繼之以「築王姬之館于外」, 又繼之以「王姬歸于齊」。杜預注云 : 「王將嫁女于齊, 命魯爲主。莊公在諒闇, 慮齊侯當親迎, 不忍便以禮接於廟, 故築舍於外。」末書「歸于齊」者, 終此一事也。十一年又書「王姬歸于齊」, 傳言「齊侯來逆共姬」, 乃桓公也。莊王爲平王之孫, 則所嫁王姬當是姊妹, 齊侯之子卽襄公、桓公也。二者必居一于此矣。明白如是, 而以爲武王女, 文王孫, 於義何取。

3. 毛詩語助

毛詩所用語助之字, 以爲句絶者, 若之、乎、焉、也、者、云、矣、爾、兮、哉, 至今作文者皆然。他如只、且、忌、止、思、而、何、斯、旃、其之類, 後所罕用。「只」字, 如「母也天只, 不諒人只」。「且」字如「椒聊且」、「遠條且」、「狂童之狂也且」、「旣亟只且」。「忌」字如「叔善射忌, 又良御忌」。「止」字如「齊子歸止」、「曷又懷止」、「女心傷止」。「思」字如「不可求思」、「爾羊來思」、「今我來思」。「而」字如「俟我於著乎而, 充耳以素乎而」。「何」字如「如此良人何」、「如此粲者何」。「斯」字如「恩斯勤斯, 鬻子之閔斯」、「彼何人斯」。「旃」字如「舍旃舍旃」。「其」字音基。如「夜如何其」、「子曰何其」皆是也。「忌」唯見於鄭詩, 「而」唯見於齊詩。楚詞大招一篇全用「只」字。太玄經 :「其人有輯杭, 可與過其。」至於「些」字, 獨招魂用之耳。

4. 東坡文章不可學

東坡作蓋公堂記云 :「始吾居鄉, 有病寒而欬者, 問諸醫, 醫以爲蠱, 不治且殺人。取其百金而治之, 飮以蠱藥, 攻伐其腎腸, 燒灼其體膚, 禁切其飮食之美者。期月而百疾作, 內熱惡寒而欬不已, 纍然眞蠱者也。又求於醫, 醫以爲熱, 授之以寒藥, 旦朝吐之, 莫夜下之, 於是始不能食。懼而反之, 則鍾乳、烏喙, 雜然並進, 而漂疽、癰疥、眩瞀之狀, 無所不至。三易醫而病愈甚。里老父敎之曰 :『是醫之罪, 藥之過也。子何疾之有? 人之生也, 以氣爲主, 食爲輔。今子終日藥不釋口, 臭味亂於外, 而百毒戰於內, 勞其主, 隔其輔, 是以病也。子退而休之, 謝醫却藥, 而進所嗜, 氣全而食美矣。則夫藥之良者, 可以一飮而效。』從之, 期月而病良已。昔之爲國者亦然。吾觀夫秦自孝公以來, 至於始皇, 立法更制, 以鐫磨鍛鍊其民, 可謂極矣。蕭何、曹參親見其斲喪之禍, 而收其民於百戰之餘, 知其厭苦、憔悴、無聊, 而不可與有爲也, 是以一切與之休息, 而天下安。」是時熙寧中, 公在密州, 爲此說者, 以諷王安石新法也。其議論病之三易, 與秦、漢之所以興亡治亂, 不過三百言而盡之。

張文潛作藥戒, 僅千言, 云 :「張子病痞, 積於中者, 伏而不能下, 自外至者, 捍而不能納, 從醫而問之。曰 :『非下之不可。』歸而飮其藥, 旣飮而暴下。不終日, 而向之伏者散而無餘, 向之捍者柔而不支。焦膈導達, 呼吸開利, 快然若未始有疾者。不數日, 痞復作, 投以故藥, 其快然也亦如初。自是逾月而痞五作五下, 每下輒愈。然張子之氣, 一語而三引, 體不勞而汗, 股不步而慄, 膚革無所耗於外, 而其中薾然, 莫知其所來。聞楚之南, 有良醫焉, 往而問之。醫歎曰：『子無嘆是薾然者也。天下之理, 其甚快於予心者, 其末必有傷, 求無傷於終者, 則初無望於快吾心。痞橫乎胸中, 其累大矣。擊而去之, 不須臾而除甚大之累, 和平之物不能爲也。必將擊搏震撓而後可, 其功未成而和氣已病。則子之痞, 凡一快者, 子之和一傷矣。不終月而快者五, 則和平之氣, 不旣索乎？且將去子之痞, 而無害於和乎！ 子歸, 燕居三月, 而後予之藥可爲也。』張子歸三月而復請之。醫曰：『子之氣少全矣！』取藥而授之。曰：『服之三月而疾少平, 又三月而少康, 終年而復常。且飮藥不得亟進。』張子歸而行其說。其初使人懣然遲之, 蓋三投其藥而三反之也。然日不見其所攻, 久較則月異而時不同, 蓋終歲而疾平。張子謁醫謝, 而問其故。醫曰：『是治國之說也。獨不見秦之治民乎？敕之以命, 捍而不聽令；勸之以事, 放而不畏法。令之不聽, 治之不變, 則秦之民嘗痞矣。商君見其痞也, 厲以刑法, 威以斬伐, 痛剗而力鋤之。流蕩四達, 無敢或拒, 痞嘗一快矣。至於二世, 凡幾痞而幾快矣。積快而不已, 而秦之四支, 枵然徒有其物而已。民心日離, 而君孤立于上, 故匹夫大呼, 不終日而百疾皆起, 欲運其手足肩膂, 而漠然不我應, 故秦之亡者, 是好爲快者之過也。昔者, 先王之民初亦嘗痞矣。先王不敢求快於吾心, 陰解其亂, 而除去其滯, 使之悠然自趨於平安而不自知。於是政成教達, 悠久而無後患。則余之藥終年而愈疾者, 蓋無足怪也。』」予觀文潛之說, 盡祖蘇公之緒論, 而千言之煩, 不若三百言之簡也。故詳書之, 俾作文立說者知所矜式。竊料蘇公之記, 文潛必未之見, 是以著此篇；若旣見之, 當不復屋下架屋也。

5. 韓文稱名

歐陽公作文, 多自稱予, 雖說君上處亦然, 三筆嘗論之矣。歐公取法於韓公, 而韓不然。滕王閣記、袁公先廟爲尊者所作, 謙而稱名, 宜也。至於徐泗掌書記壁記、科斗書後記、李虛中墓志之類皆曰愈, 可見其謙以下人。後之爲文者所應取法也。

6. 棘寺棘卿

今人稱大理爲棘寺, 卿爲棘卿, 丞爲棘丞, 此出周禮秋官：「朝士掌建邦外朝之法。左九棘, 孤、卿、大夫位焉。右九棘, 公、侯、伯、子、男位焉。」鄭氏注云：「植棘以爲位者, 取其赤心而外刺也。棘於棗同。」棘之字, 兩朿相並, 棗之字, 兩朿相承。此所言者, 今之棗也。然孤、卿、大夫皆同之, 則難以獨指大理。王制云：「正以獄成, 告于大司寇, 大司寇聽之棘木之下。」料後人藉此而言。鄭注亦只引前說, 此但謂其入朝立治之處, 若以指刑部尙書亦可也。易坎卦「係用徽纆, 寘于叢棘」, 以居險陷囚執爲詞, 其義自別。

7. 晉代遺文

故麓中得舊書一帙, 題爲晉代名臣文集。凡十四家, 所載多不能全, 眞太山一毫芒耳。

有張敏者, 太原人, 仕歷平南參軍、太子舍人、濟北長史。其一篇曰頭責子羽文, 極爲尖新。古來文士皆無此作, 恐藝文類聚、文苑英華或有之, 惜其泯沒不傳, 謾采之以遺博雅君子。其序云:「太原溫長仁、潁川荀景伯、范陽張茂先、士鄕劉先生、南陽鄒潤甫、河南鄭思淵。余友有秦生者, 雖有姊夫之尊, 少而狎之, 同時昵好。張、荀之徒, 數年之中, 繼踵登朝, 而此賢身處陋巷, 屢沽而無善價, 抗志自若, 終不衰墮。爲之慨然。又怪諸賢旣已在位, 曾無伐木嚶鳴之聲, 又違王、貢彈冠之義, 故因秦生容貌之盛, 爲頭責之文以戲之, 幷以嘲六子焉。雖似諧謔, 實有興也。」

文曰:「維泰始元年, 頭責子羽曰:『吾託爲子頭, 萬有餘日矣。大塊稟我以精, 造我以形。我爲子蒔髮膚, 置鼻耳, 安眉額, 揷牙齒。眸子橋光, 雙權隆起。每至出入人間, 遨遊市里, 行者辟易, 坐者竦跽。或稱君侯, 或言將軍, 捧行傾側, 佇立踦(䟺)。如此者, 故我形之足偉也。子冠冕弗戴, 金銀弗佩, 艾以當笄, 幍以代帶, 百味弗嘗, 食粟茹菜, 歲暮年過, 曾不自悔。子厭我形容, 我賤子意態。若此者, 必子行已累也。子遇我如讎, 我視子如仇。居常不樂, 兩者俱憂。何其鄙哉! 子欲爲仁賢耶? 則當如咎陶、后稷、巫咸、伊陟, 保乂王家, 永見封殖。子欲爲名高耶? 則當如許由、子臧、卞隨、務光, 洗耳逃祿, 千載流芳。子欲爲遊說耶? 則當如陳軫、蒯通、陸生、鄧公, 轉禍爲福, 含辭從容。子欲爲進趨耶? 則當如賈生之求試, 終軍之請使, 砥礪鋒穎, 以幹王事。子欲爲恬淡耶? 則當如老聃之守一, 莊周之自逸, 漠然離俗, 志凌雲日。子欲爲隱遁耶? 則當如榮期之帶索, 漁父之瀺灂, 栖遲神岳, 垂餌巨壑。此一介之人, 所以顯身成名者也。今子上不晞道德, 中不效儒、墨, 塊然窮賤, 守此愚惑。察子之情, 觀子之志, 退不爲處士, 進無望三事, 而徒玩日勞形, 習爲常人之所喜, 不亦過乎!』子羽愀然深念而對曰:『凡所敎勑, 謹聞命矣。受性拘係, 不聞禮義, 誤以天幸, 爲子所寄。今子欲使吾爲忠耶? 當如包胥、屈平; 欲使吾爲信耶? 則當殺身以成名; 欲使吾爲節耶? 則當赴水火以全貞。此四者, 人之所忌, 故吾不敢造意。』頭曰:『子所謂天刑地網, 剛德之尤。不登山抱木, 則褰裳赴流。吾欲告爾以養性, 誨爾以優游。而與蟣虱同情, 不聽我謀。悲哉! 俱御人體, 而獨爲子頭! 且擬人其倫, 喩子儕偶, 曾不如太原溫顒、潁川荀㝢、范陽張華、士鄕劉許、南陽鄒湛、河南鄭詡。此數子者, 或謇吃無宮商, 或尫陋希言語; 或淹伊多姿態, 或讙譁少智諝; 或口如含膠飴, 或頭如巾虀杵。而猶以文采可觀, 意思詳序, 攀龍附鳳, 並登天府。夫舐痔得車, 沉淵竊珠, 豈若夫子, 徒令脣舌腐爛, 手足沾濡哉! 居有事之世, 而恥爲權謀, 譬猶鑿地抱甕, 難以求富。嗟乎子羽, 何異牢檻之熊, 深穽之虎, 石間餓蟹, 竈中之鼠。事雖多而見工甚少, 宜其卷局煎蹙, 至老無所晞也。支離其形者, 猶能不困, 命也夫, 與子同處。』」

其文九百餘言, 頗有東方朔客難、劉孝標絶交論之體。集仙傳所載神女成公智瓊傳, 見於太平廣記, 蓋敏之作也。鄒湛姓名, 因羊叔子而傳, 而字曰潤甫, 則見於此。

8. 漢武帝田蚡公孫弘

尙論古人者, 如漢史所書, 於武帝, 則譏其好大喜功, 窮奢極侈, 置生民於塗炭；於田蚡, 則詆其負貴驕溢, 以肺腑爲相, 殺竇嬰、灌夫；於公孫弘, 則云性意忌, 外寬內深, 飾詐釣名, 不爲賢大夫所稱述。然以予考之, 三君臣者, 實有大功於名教。自秦始皇焚書坑儒, 六學散缺, 高帝初興, 未遑庠序之事, 孝惠、高后時, 公卿皆武力功臣, 孝文好刑名, 孝景不任儒。至於武帝, 田蚡爲丞相, 黜黃、老刑名百家之言, 延文學儒者以百數。帝詳延天下方聞之士, 咸登諸朝, 令禮官勸學, 講議洽聞, 擧遺興禮, 以爲天下先。而公孫弘以治春秋爲丞相, 天下學士靡然鄉風。弘爲學官, 悼道之鬱滯, 始請爲博士官置弟子, 郡國有秀才異等, 輒以名聞。請著功令。而詩、書、易、禮之學, 彬彬並興, 使唐、虞三代以來稽古禮文之事, 得以不廢。今之所以識聖人至道之要者, 實本於此。史稱其「罷黜百家, 表章六經, 號令文章, 煥焉可述」。蓋已不能盡其美。然則武帝奢暴, 固貽患於一時；蚡、弘之爲人, 得罪於公論, 而所以扶持聖教者, 乃萬世之功也。平帝元始詔書, 尙能稱弘之率下篤俗, 但不及此云。

9. 近世文物之殊

國家南渡以來, 典章文物, 多不與承平類。姑以予所親見者言之, 蓋月異而歲不同, 今聊紀從官立班隨駕、省試官入院、政府呼召、百官騶從、朝報簡削數項, 以示子侄。

侍從常朝, 紹興中分立於垂拱殿隔門上, 南北相向, 以俟追班。乾道中猶然。暨淳熙, 則引於殿門上, 東西對立。車駕出, 常朝文臣自宰相至二史, 武臣自宗王、使相至觀察使, 以雜壓次序行焉。孝宗在普安邸, 官檢校少保節度使, 每出必處正尙書之後。而乾道以來, 兩班分而爲二, 唯使相不然。故開府儀同三司皆與執政官聯行, 而居其上。

紹興十二年壬戌, 予寓南山淨慈, 待詞科試, 見省試官聯騎, 公服戴帽, 不加披衫。每一員以親事官一人執敕黃行前。是時, 知擧、參詳、點檢官合三十一員, 最後一中官宣押者, 入下天竺貢院。及三十年庚辰, 予以吏部郞充參詳官, 旣入內受敕, 則各各乘馬, 不同時而赴院。至淳熙十四年丁未, 忝司貢擧, 則了與昔異。三三兩兩, 自爲遲速, 其乘轎者十人而九矣。

宰府呼召之禮, 始時庶僚皆然, 已而卿、監、郞官及史局、玉牒所緣提擧官屬之故, 一切得免。逮乾道以後, 宰相益自卑, 於是館職亦免。迄于淳熙則凡職事官悉罷此制。

朝士騶從至少, 各得雇募若干, 取步軍司名籍, 而幫錢米於左藏, 率就雇游手、冗卒, 兩分可供一名。如假借於近郡者, 給其半。初猶破省, 馬幷一馭者, 後不復有焉。若乘轎, 僅能充負荷而已。今日似益增, 雖下列亦占十餘輩。

進奏院報狀, 必載外郡謝上或監司到任表, 與夫慶賀表章一篇。凡朝廷除郡守, 先則除目, 但云某人差知某州, 替某人。及錄黃下吏部, 則前銜後擬云：「某官姓名, 宜差知或權知、權發遣。某州、軍州兼管內勸農營田事，替某人。到任成資闕，或云年滿。仍借紫借緋，候回日却依舊服色。」外官求休致，則云：「某州申某官姓名，爲病乞致仕。」或兩人三人後，云：「某時已降勅，命各守本官致仕。」今不復行，但小報批下。或禁小報，則無由可知。此必一宰相以死爲諱者，故去之。外官表章聞，有一二欲士大夫見之者，須以屬東省乃可。郡守更不報細銜。禮文簡脫，一至於此。

••• 용재오필 권5(15칙)

1. 유공지사 庾公之斯

『맹자孟子·이루離婁』에 다음과 같은 대목이 나온다.

방몽逄蒙이 활쏘기를 예羿에게서 배웠다. 예의 기술을 다 배우자 천하에 예羿만이 자기보다 낫다고 생각하여, 예를 죽여 버렸다.
맹자가 말했다.
"그렇게 된 데는 또 예에게도 죄가 있겠지요?"
공명의公明儀가 말했다.
"그에게는 죄가 없는 것 같습니다."
맹자가 말하였다.
"경미하다고는 하겠지만, 어찌 죄가 없을 수 있겠습니까?"

이 단락이 끝난 후, 맹자는 이어서 정나라와 위나라 사이의 전쟁을 예로 들어 예에게 죄가 있다고 말한 이유를 설명하였다.

정鄭나라 사람들이 자탁유자子濯孺子를 시켜서 위衛나라를 침략하니, 위나라는 유공지사庾公之斯에게 그를 추격하도록 하였습니다.
자탁유자가 말했습니다.
"오늘 내가 병이 나서 활을 잡지 못하니, 나는 죽었도다."
그리고 그의 마부에게 묻습니다.
"나를 추격하는 자는 누구냐?"
그의 마부가 말합니다.
"유공지사입니다."
자탁유자가 말하였습니다.
"나는 살았도다."
그 마부가 말했습니다.
"유공지사는 위나라의 활을 잘 쏘는 사람인데, 선생님께서 '나는 살았다'고 하시는 것은 무슨 말씀입니까?"
자탁유자가 말합니다.
"유공지사는 활쏘기를 윤공지타尹公之他에게서 배웠고, 윤공지타는 활쏘기를 나에게서 배웠다. 윤공지타는 단정한 사람이다. 그가 얻은 친구도 반드시 단정할 것이다."
유공지사가 추격해 와서 말하였습니다.
"선생님께서는 왜 활을 잡지 않으십니까?"
자탁유자가 말했습니다.
"오늘 나는 병이 나서 활을 잡지 못하오."
유공지사는 말합니다.
"소인은 활쏘기를 윤공지타에게서 배웠고, 윤공지타는 활쏘기를 선생님께 배웠습니다. 저는 차마 선생님의 활 쏘는 방법으로 도리어 선생님을 해치지는 못하겠습니다. 그렇지만 오늘의 일은 왕께서 시키는 일이라, 감히 그만둘 수 없습니다."
그리고 화살을 뽑아 수레에다 두드려 쇠로 만든 화살촉을 빼 버리고, 네 발의 화살을 쏜 후에 돌아갔습니다.

『맹자』에 기록된 자탁유자와 유공지사의 이야기는 200자 정도밖에 되지 않는다. 이 글의 요지는 자탁유자가 유공지사처럼 단정한 이를 가르쳐 위기 상황에서 목숨을 구할 수 있었던 것처럼, 예 또한 단정한 이를 골라 활쏘기를 가르쳤다면 방몽의 활에 죽임을 당하는 재앙을 면할 수 있었다는 것이다.

예가 방몽의 활에 죽임을 당한 것이 예의 책임이라는 것을 자탁유자와 유공지사의 관계를 통해 설명할 때, 일반적인 문장이라면 예에게도 죄가 있다고 말한 전반부에 자탁유자가 윤공지타를 가르친 것처럼 해야 옳다고 기술했을 것이다. 아니면 후반부 결론부분에서 반드시 아래와 같은 설명이 삽입되었을 것이다.

이렇게 볼 때, 예의 사귐이 바르지 않았기 때문에 죽음에 이르는 재앙을 초래한 것이다. 예의 잘못이 바로 여기에 있는 것이다.

이렇게 결론을 맺어야 문장 전체가 처음부터 끝까지 올바른 사귐이라는 주제로 관통된다. 그러나 『맹자』의 예와 자탁유자의 이야기 서술은 마치 아무 관련이 없어 보이지만, 오히려 상호보완적으로 맥락을 이어가며 명확하게 주제를 드러내고 있다.

맹자의 글이 지닌 이 같은 빼어남을 다른 사람이 하는 대로 따라만 하는 사람들이 어떻게 흉내 낼 수 있겠는가? 사람들이 어렸을 때부터 모두 『맹자』 「이루」편의 이 대목을 읽었을 것이지만, 분명 그 의미를 명확하게 이해하지 못했을 것이다. 그래서 여기에 이 대목에 대한 상세한 설명을 기록해 둔다.

『좌전左傳』에서는 위헌공衛獻公이 제齊나라로 도망한 사건을 다음과 같이 기록하였다.

> 윤공타尹公他는 유공차庾公差에게 활쏘기를 배웠고, 유공차는 공손정公孫丁에게 활쏘기를 배웠다. 윤공타와 유공차가 헌공을 추격할 때 공손정이 헌공의 수레를 몰고 있었다. 유공차가 말하였다.
> "활을 쏘면 스승을 배반하게 되고 활을 쏘지 않으면 죽임을 당하게 되니, 활을 쏘는 것이 예에 맞을 것이다."
> 그리고 멍에에 두 대의 화살을 쏘고 돌아오자, 윤공타가 말하였다.
> "당신에게는 그가 스승이지만 나와는 아무런 관계도 없습니다."
> 그리고 수레를 돌려 다시 추격하였다. 공손정이 헌공에게 말고삐를 맡기고서 활을 쏘아 윤공타의 팔뚝을 맞혔다.

이는 바로 앞에 언급한 『맹자·이루』의 이야기를 인용한 것인데, 등장인물의 이름이나 등장순서·행동 등은 모두 다르다.

2. 세상 모든 일은 지나쳐서는 안 된다 萬事不可過

세상의 모든 일은 지나쳐서는 안 되는 것이 이치인데, 어찌 이것이 세상 모든 일에만 해당하는 것이겠는가? 설령 음양陰陽의 조화造化라 할지라도 예외는 아닐 것이다.

비는 원래 만물을 두루두루 적셔주고 사해로 흘러 들어가는데, 만약에 비가 너무 지나치게 많이 오면 강이 범람하고 홍수가 발생하여 사람들을 해치게 된다. 찬란한 태양도 원래는 만물을 생장시키지만, 햇볕이 너무 뜨거우면 가뭄이 들어 곡식이 모두 말라버린다.

똑같은 이치로 상이라는 것은 원래 선행에 대해 격려하고 칭찬하는 것인데, 격려와 칭찬이 너무 지나치면 격려 받는 이는 자신의 직분과 분수에 넘는 행동을 함부로 하며 윗사람을 무시하게 된다. 징벌 또한 악행을 근절시키기 위한 것이지만, 징벌이 너무 지나치면 남용하게 된다.

인자함이 너무 지나치면, 묵가墨家처럼 겸애兼愛만을 주장하며 자신의 부모님도 돌보지 않게 된다. 의로움이 지나치면, 도가道家처럼 자신만을 중시하며 군주는 돌아보지 않게 된다. 지나치게 예법에 얽매이면, 다른 사람들에게 아첨하는 듯한 느낌을 주게 되며, 신뢰만을 지나치게 강조하면, 설령 자신의 아버지라도 죄를 지었을 때 용서하지 않고 그대로 폭로해버릴 것이다.

이상의 것들은 모두 적당함을 알지 못해 벌어진 편협한 행동들의 폐단으로, 과유불급過猶不及의 예라 할 수 있다.

양웅揚雄[1]의 『법언法言』[2]에 다음과 같은 구절이 있다.

> 주공周公이래 덕행에 있어 왕망王莽[3]처럼 훌륭한 이가 없었다. 그의 근면성실함은 이윤伊尹[4]까지도 뛰어넘는다.

1 揚雄(B.C.53～18) : 전한의 학자이자 문학가. 자 자운子雲. 양웅은 왕망의 부름에 응해 대부가 되긴 했지만, 권세나 부귀를 탐하는 대신 정치에 관여하지 않고 낮은 관직을 지키며 『태현경太玄經』과 『법언法言』 등을 저술함으로써 후세에 학문적인 성취를 남기고자 했다. 그 밖에도 양웅은 『방언方言』이라는 인류 최초의 방언학 저작을 남겼다.

2 『法言』 : 양웅이 유가의 서적 가운데 가장 위대하다고 여겼던 『논어』를 모방해 찬술한 책. 『법언』은 당시 사회에서 유행하는 각종 언설로부터 성인의 도리를 바로잡고, 유교 정통주의적 사고를 표방하고 있다.

3 王莽(B.C.45～23) : 전한 말의 정치가이며 '신新' 왕조(8～24)의 건국자. 8년 한나라를 멸망시키고 국호를 '신'이라 하여 황제가 되었으나, 22년 후한 광무제 유수가 군대를 일으켜 신을 공격, 왕망은 죽게 된다.

4 伊尹 : 은殷나라의 재상. 이름이 이伊고, 윤尹은 관직 이름이다. 일명 지摯라고도 한다. 탕湯왕의 인정을 받아 등용되어, 하夏나라를 멸하고 은나라를 건국하는데 큰 공을 세워, 재상이 되었다. 탕왕이 죽은 뒤 외병外丙과 중임仲壬 두 임금을 보좌했다. 중임이 죽고 태갑太甲이 왕위에 올라 정사를 돌보지 않고 탕왕의 법을 따르지 않자 그를 동桐으로 축출하고 섭정했다가, 태갑이 잘못을 뉘우치자 다시 왕위에 올렸다. 후세 고대의 명재상으로 전해진다.

어떤 사람은 이를 양웅의 왕망에 대한 아첨으로 보았다. 그러나 후인들은 이에 대해 이윤의 공덕은 초월할 수 없는 것이기에, 초월했다는 것은 반어적 표현으로 왕망을 비난한 것이라고 해석하기도 한다. 나 또한 양웅이 왕망을 풍자하는데 본 뜻이 있었다고 생각한다.

3. 황제생신 때 퇴직관료의 축원 致仕官上壽

송나라 대신과 시종관侍從官들은 퇴직 후에도 대체로 경성인 개봉에 머무른다. 신종神宗 희녕熙寧[5] 연간에 범진范鎭[6]은 한림학사翰林學士의 위치에서 본관은 호부시랑戶部侍郎의 신분으로 퇴직하였다. 범진은 신종의 생일인 동천절同天節에 조정의 대신들을 따라 황상의 장수를 축원하는 술잔을 올릴 수 있도록 해달라 청했고, 신종은 이를 허락해 법령으로 선포했다.

철종哲宗 원우元祐[7] 연간에 한강韓絳[8]이 이전 관직이었던 대명부大名府로 발령받아 개봉으로 돌아왔다가, 사공司空에 제수된 후 퇴직하였다. 때마침 태황태후의 책봉이 있어, 대례가 끝난 후 한강은 조정의 대신들을 따라 태황태후께 축하의 인사를 올릴 수 있게 해달라 청하였는데, 태황태후는 오지 말라고 조서를 내렸다.

5 熙寧 : 북송 신종神宗 때의 연호(1068~1077).

6 范鎭(1008~1089) : 북송의 대신. 성도成都 사람으로, 자는 경인景仁이고, 시호는 충문忠文이다. 인종仁宗 때 진사에 장원급제한 후 지간원知諫院에 올랐지만, 인종에게 글을 올려 후사를 세울 것을 권했다가 파직되었다가, 영종英宗이 즉위하자 한림학사翰林學士가 되었다. 왕안석의 신법을 극력 반대하다가 치사致仕했다. 철종哲宗 때 단명전학사端明殿學士로 재기하여 숭복궁崇福宮을 관리했다. 촉군공蜀郡公에 봉해졌다. 학문은 육경六經을 근본으로 했으며, 고악古樂을 정밀히 연구했다. 일찍이 『신당서新唐書』와 『인종실록仁宗實錄』을 편수했다.

7 元祐 : 북송 철종哲宗의 연호(1086~1093).

8 韓絳(1012~1088) : 북송의 대신. 자 자화子華, 한억韓億의 셋째 아들이다. 신종神宗이 즉위하자 추밀부사樞密副使가 되어 차역差役의 폐단에 대해 말했다. 왕안석이 파면된 후 대신해 재상이 되어 신법을 집행했으나, 왕안석이 재기용된 후에는 의견 충돌이 생겨 허주지주許州知州로 나갔다. 철종哲宗이 즉위하자 진강군절도사鎭江軍節度使와 개부의동삼사開府儀同三司를 지내고, 강국공康國公에 봉해졌다.

이 두 가지 일은 송나라에서 선례가 되어 퇴직관료의 황가 장수 축원의 제도가 되었다.

4. 봄바람 비웃는 복사꽃 桃花笑春風

왕안석이 편집한 『고호가사古胡笳詞』의 제1장에는 다음과 같은 구절이 있다.

평안한지 묻고 싶으나 불러 시킬 사람 없고,	欲問平安無使來,
복사꽃만 예전처럼 봄바람에 웃고 있네.	桃花依舊笑春風.

마지막 1장은 다음과 같다.

봄바람은 예전과 같고 꽃도 여전히 웃고 있는데,	春風似舊花仍笑,
인생은 어이하여 오랜 세월 젊게 살지 못하는가?	人生豈得長年少?

이 두 장은 마치 한 사람이 쓴 것 같아, 매번 편집의 정교함에 찬탄을 금치 못하게 된다. 상구는 최호崔護의 「유성남遊城南」을 인용한 것임을 알지만, 마지막 구절의 출처를 계속 찾았으나 오랫동안 알 수 없었다. 최근에 범중엄의 「영암사靈岩寺」라는 시를 읽었는데, 그 시 구절 중에 "春風似舊花猶笑춘풍사구화유소"란 구절이 있었다. '仍잉'이 '猶유'로 되어 있기는 하지만 의미는 똑같이 '여전히'로, 출처가 바로 이 시였다. 이상은李商隱의 오언절구 중 다음과 같은 시가 있다.

예의 없는 아리따운 복사꽃,	無賴夭桃面,
날 밝자 우물가 동쪽에 만개했네.	平明露井東.[9]
봄바람 일면 피는 것일 터,	春風爲開了,
일찌감치 아름답게 피어 봄바람 조롱하는 듯하네.	却擬笑春風.

구절마다 의미가 아주 미묘하다.

9 이 시는 이상은의 「조도嘲桃」로 홍매는 두 번째 구를 "平明露井東"라고 기록하였지만, 『전당시』에는 "平時露井東"로 표기 되어있다.

5. 「엄선생사당기」 嚴先生祠堂記

범중엄范仲淹[10]이 동려桐廬[11]의 현령으로 재직할 때, 조대釣臺에 엄선생 사당을 짓고 「엄선생사당기嚴先生祠堂記」를 지었다. '둔屯'괘의 초구初九 효사爻辭[12]와 '고蠱'괘의 상구上九 효사를 사용해 광무제光武帝[13]의 큰 도량과 엄광嚴光[14]선생의 고결한 지조를 잘 서술하였는데, 문장은 겨우 200여자 밖에 되지 않는다. 문장의 끝에 다음과 같은 가사가 적혀있다.

구름 덮인 산 창창히 우거지고,	雲山蒼蒼,
강물 끝없이 넓고 넓네.	江水泱泱.
선생의 덕은	先生之德,
산처럼 높고 물처럼 깊어라.	山高水長.

범중엄은 「엄선생사당기」를 다 쓴 후, 남풍南豐의 이태백李泰伯에게 보여주었다. 사당기를 읽은 이태백은 끊임없이 찬탄하며 다음과 같이 말하였다.

10 范仲淹(989~1052) : 자 희문希文. 북송 때 정치가·문인. 부재상격인 참지정사參知政事에까지 올랐다.

11 桐廬 : 지금의 절강성 항주杭州 서남쪽.

12 爻辭 : 『주역』의 각 효에 붙인 풀이. 효로 이루어진 괘 전체를 풀이한 것을 괘사卦辭라 하며, 효의 뜻을 풀이한 것을 효사라고 한다. 하나의 괘에는 6개의 효사가 있고, 『주역』 전체에는 384개의 효사가 있다. 각 효마다 그 효의 음·양의 성질과 순서를 뜻하는 두 글자로 된 효제爻題가 있고 길흉화복을 나타내는 효사가 있다. 이를테면 건괘乾卦의 첫 번째 효를 보면 '초구잠룡물용初九潛龍勿用'이라고 하는데, '초구'는 효제이고 '잠룡물용'은 효사이다. 효사는 B.C. 640년경에 만들어진 것으로 추정되는데, 처음에는 단순히 길흉을 판단하는 말이었다가 사람이 올바른 길로 나아가고 흉을 피할 수 있게 하는 지침이 되었다.

13 光武帝(B.C.4~57) : 후한의 초대 황제 유수劉秀(재위 25~57). 신나라를 세운 전한의 재상 왕망의 군대를 격파하고 즉위해 한나라를 재건하였다. 왕조를 재건, 36년에 전국을 평정하였다. 묘호는 세조世祖이며, 그가 재건한 왕조를 후한 또는 동한東漢(25~220)이라고 한다.

14 嚴光 : 본래 성은 장씨인데 한 명제 유장 때문에 피휘하여 성을 바꾸었다. 자 자릉子陵. 소시적 유수劉秀와 함께 수학하였다. 후에 유수가 광무제로 즉위하자 유광은 이름을 바꾸고 숨어버렸다. 광무제는 수소문 끝에 그를 찾아 조정으로 불러들였다. 광무제를 만난 엄광은 황제를 대하는 예를 갖추지 않고 대했으며, 광무제도 이를 개의치 않았다. 광무제가 그를 간의대부에 임명하려 했으나 엄광은 사양하고 고향 부춘산富春山으로 돌아가 농사와 낚시를 즐기며 살았다.

"그대가 쓰신 이 문장은 반드시 세상에 널리 알려질 것입니다. 제가 외람되지만 한 글자를 고쳐 문장을 더 완벽하게 만들어 드리겠습니다."

범중엄은 놀라 이태백의 손을 잡고서 고치려고 하는 한 글자를 말해달라고 했다. 이태백이 대답했다.

"운산강수雲山江水 구절은 그 의미가 아주 넓고, 함축된 의미도 풍부합니다. 아래의 '덕德'과 이어지면서 그 의미가 좀 좁아지는 것 같습니다. 그러니 '덕'을 '풍風'으로 바꾸시는 것이 어떠신지요?"

범중엄은 단정히 앉은 후 꽤 오랫동안 생각을 한 후, 여러 차례 고개를 끄덕이며 이태백의 의견을 받아들이고 감사의 뜻으로 예를 올리고 물러났다.

장백옥張伯玉이 하양河陽 태수로 있을 때 「육경각기六經閣記」를 지었는데, 글을 짓기 앞서서 유세객들과 관아의 관속들에게도 짓도록 했다. 모두 예닐곱 편의 「육경각기」가 관아로 보내졌다. 장백옥은 하나하나 모두 읽어본 후에, 다음의 14 글자가 적힌 종이를 꺼내 자리에 앉아 있는 이들에게 보여주었다.

육경각은 제자서와 역사서 · 문집들이 모여 있는 곳이니, 「육경각기」를 쓰지 않는 것이 경經을 존중하는 것이라네.

당시에 증공曾鞏도 그 자리에 앉아 있었는데, 장백옥이 보여준 글을 보고서 감탄하였다.

내가 이 두 이야기를 장자소張子韶에게서 들었는데, 육경각이 어디에 있는지, 또 누가 「육경각기」를 썼는지 알 수 없다. 후세의 군자가 알아내기를 기대한다.

6. 나라를 망치는 호언장담 大言誤國

후한초, 한나라의 중흥을 외치는 광무제의 세력이 아직 미약하여 신나라 때부터 여기저기에서 할거한 군웅들이 여전히 자신들의 세력을 자랑하고 있었다. 외효隗囂[15]는 자신의 세력이 날로 강해지자 한나라를 완전히 전복시키고 천하를 호령하려는 욕심을 가지게 되었다. 이를 안 마원馬援[16]은 아직 때가 아니라며 온 힘을 다해 그를 만류하였다. 그러나 외효의 부장인 왕원王元은 다음과 같이 말하였다.

> "지금 천수天水[17]는 매우 풍요롭고, 풍부한 군량과 초원으로 병사들과 군마들도 강해졌기에, 우리는 진나라가 예전에 그랬던 것처럼 관중關中을 호령할 수 있을 것입니다. 청컨대 광무제가 함곡관函谷關[18]을 넘어오지 못하도록 제가 진흙 한 덩이로 함곡관을 꽉 막아 놓을 수 있게 해주십시오."

외효는 왕원의 말을 믿고 한나라를 배반하고 반란을 일으켰지만, 결국 그의 아들과 함께 죽게 되었고 왕원은 한나라에 투항하였다.

수나라 문제文帝가 북방을 통일한 후 진陳나라를 치기 위해 대군을 이끌고 장강이북에 이르렀다. 그때 진나라의 도관상서都官尙書 공범孔範이 진후주陳後主[19]에게 다음과 같이 말하였다.

15 隗囂(?~33) : 후한 천수天水 성기成紀 사람. 젊어서 주군州郡에서 벼슬했다. 왕망王莽 말에 고향 호족들의 옹립을 받아 거병하여 농서隴西를 거점으로 활동했다. 처음에는 유현劉玄에게 귀순했는데, 얼마 뒤 서주상장군西州上將軍이라 자칭했다. 나중에 광무제光武帝에게 귀순했다가 다시 반란을 일으켜 공손술公孫述에게 붙었다. 건무建武 9년(33) 여러 차례 한나라 군대에 패하고 억울한 심사를 견디지 못해 죽었다.

16 馬援(B.C.14~49) : 후한의 장군. 섬서성 무릉茂陵 사람. 자는 문연文淵이다. 녹림綠林과 적미赤眉가 반란을 일으킨 뒤 왕망王莽을 섬겼다가, 왕망이 망한 뒤에는 외효隗囂 밑에서 벼슬하였고, 다시 광무제光武帝에게 귀순하여 외효를 격파했다. 태중대부太中大夫, 농서태수隴西太守를 지내며 외민족을 토벌하였다. 후에 복파장군伏波將軍에 임명되어 교지交趾(북베트남) 지방의 반란의 평정하여 신식후新息侯가 되었다. 노령에도 불구하고 남방의 무릉만武陵蠻을 토벌하러 출정하였다가 열병환자가 속출하여 고전하다 진중에서 병들어 죽었다. 저서에 『동마상법銅馬相法』이 있다.

17 天水 : 지금의 감숙성 천수天水.

18 函谷關 : 하남성河南省 북서쪽에 있는 관문으로, 동쪽의 중원中原으로부터 서쪽의 관중關中으로 통하는 요지였다.

19 陳後主(553~604) : 남조 진나라의 마지막 군주 진숙보陳叔寶. 자 원수元秀, 소자小字 황노黃奴. 남조 진나라 선제宣帝의 맏아들이며, 재위할 때 궁실을 크게 짓고 총비寵妃·사신詞臣들과 종일 연회를 열면서 정치는 등한시했다. 장강長江이 견고한 것을 믿어 수나라의 대군이

"장강은 예로부터 남북을 가르는 천혜의 요충지입니다. 지금 적군이 날개가 있어서 날아오는 것이 아니라면 장강을 어찌 넘어올 수 있겠사옵니까? 신은 항상 제 관직이 너무 낮은 것이 근심이었습니다. 적군이 만약 대담하게 장강을 건너오려 한다면, 소신은 반드시 수단방법을 가리지 않고 그들을 막아 큰 공을 세워 태위太尉의 자리에 오를 것입니다."

어떤 이가 수나라 군대의 말이 죽었다는 거짓말을 했다. 그러자 공범은 다음과 같이 말했다.

"수나라의 말이니 죽었겠지요. 우리의 전마戰馬라면 어찌 죽는 일이 있었겠습니까?"

진후주는 공범의 말이 옳다고 생각하고, 수나라 군대의 공격에 성실하게 대비하지 않았다. 결국 나라는 멸망하였고, 포로의 신세로 낙양으로 끌려가 죽었다.

오대십국시대 남당南唐의 원종元宗은 중원을 회복하고, 당나라의 번영을 중흥시켜 천하를 다스리려는 큰 포부를 가지고 있었다. 남민南閩을 쉽사리 정복하자, 천하의 난리를 평정하고 할거한 여러 나라를 멸망시키기란 어렵지 않다고 생각하게 되었다. 그러나 남당은 국력과 군사력이 빈약할 뿐만 아니라, 훌륭한 장군도 없었다.

어느 날 위잠魏岑이 주연에서 황제에게 술을 올리며 다음과 같은 말을 하였다.

"소신은 젊었을 때 위주魏州의 원성元城[20]에서 노닌 적이 있었는데, 그곳의 풍속과 물산을 정말 좋아하였습니다. 폐하께서 중원을 평정하시게 되면 소신에게 위주를 맡겨주시옵소서."

남하했을 때도 술을 마시고 시를 짓는 일을 멈추지 않았다. 수나라 군대가 건강建康으로 돌입하자 포로로 잡혀 장안長安으로 압송되었는데, 그래도 시주詩酒를 그치지 않아 수문제隋文帝가 "정말 속도 없다[全無心肝]"고 말했다. 낙양洛陽에서 병사했다. 저서에 명나라 사람이 편집한 『진후주집陳後主集』이 있다.

20 元城 : 지금의 하북성 대명大名.

원종은 위잠의 말에 아주 기뻐하며, 그의 청을 승락했다. 위잠은 곧 계단을 뛰어 올라가 황제 가까이로 가 절을 올리며 감사를 표했다. 세상 사람들은 위잠을 아첨꾼이라 여겼다.

오대십국시대 후촉後蜀의 통주사通奏使 왕소원王昭遠도 항상 호언장담하기를 좋아했는데, 위수渭水가에서 농사를 짓는 것이 꿈이라고 떠들고 다녔다. 그는 송나라 대군이 촉으로 쳐들어온다는 소식을 듣고, 주먹을 움켜쥐며 좌우의 빈객들을 향해 다음과 같이 말하였다.

> "이놈들이 죽으려고 오는구나! 이 기회에 북쪽까지 좇아가 중원을 평정하면 다시는 시끄러운 일이 없겠지 않겠소!"

그러나 그의 호언장담과는 달리, 후촉은 두 달도 못 되어 송나라에 패하여 멸망하였고, 왕소원도 포로가 되고 말았다.

위에 언급한 네 명의 신하들이 아첨하면서 덮어놓고 쏟아냈던 호언장담들은 나라를 망치고 말았다. 그들이 근거 없이 호언장담을 일삼은 것은 단지 출세와 황제의 환심을 사기위한 것일 뿐, 무슨 고견이나 실력을 바탕으로 한 말이 아니었다. 일의 성패를 헤아리지 않고 덮어놓고 뱃심 좋은 장담을 하는 것은 삼가야하며, 그러한 말을 하는 사람들을 조심해야한다.

7. 향시 면제의 은혜를 입은 종실자제 宗室覃恩免解

효종 순희淳熙 13년(1186), 태상황太上皇 고종高宗이 80세가 되어 대사면을 시행하였는데, 세상 모든 백성들이 황제의 은혜를 받았다. 그래서 태학太學과 무학武學의 학생들은 모두 향시鄕試를 면제받고 곧바로 성시省試에 응시할 수 있는 자격을 받게 되었다. 이로 인해 은혜를 받은 사람이 천 이·삼백명에 달했다. 그러나 종실의 자제들은 예외로 분류되어, 향시를 면제받지 못하였다. 종실의 자제들은 모두 재상부에 사정하였고, 또 일일이 시종관과 대간관臺諫官을 찾아갔으며, 각 관아에 자신들의 요구를 조목조목 쓴 찰자札子를 제출하였다. 그 내용은 대체로 다음과 같았다.

> 성상聖上의 장수를 온 천하가 함께 축하하고 있습니다. 그런데 태학에서 공부하고 있는 저희 종실자제들은 태학에서 공부하고 있는 모든 평민자제들까지도 당연히 받는 대우를 받지 못하고 있습니다. 세속적인 비유를 들어 말해보지요. 일반 백성들의 가정에서 집안 어르신의 생일을 맞이하여, 친지와 아는 사람들을 모두 초대하여 큰 잔치를 여는데, 본가의 자손들은 술 한 잔 · 고기 한 점 먹을 수 없다고 한다면, 다른 사람들이 이 집안을 뭐라고 하겠습니까? 지금 이렇게 크게 은혜를 베푸는데 종실자제라는 이유로 태학생임에도 은혜를 받는 데 열외가 된다면, 도의道義와 대례大禮 측면에서도 모두 어긋날 것입니다.

당시 조정의 대신들은 모두 황제께 이 일을 아뢰기를 꺼려했다. 나는 대제시강待制侍講의 신분으로 궁에 머물고 있었는데, 때마침 황상을 부르심을 받아 종실자제들의 찰자를 올릴 수 있는 기회를 얻게 되었다. 황상께 찰자를 올리며 종실자제들이 집안 어르신의 생신 때 잔치를 베풀면서 본가 자손들은 함께 하지 못하게 하였다고 한 비유가 아주 적절하게 생각된다고 아뢰었다. 효종께서도 역시 웃으시며 비유가 이치에 딱 들어 맞다고 말씀하셨다.

그때 내가 지니고 있던 것은 옥새가 찍히지 않은 백찰자白札子였지만, 황상의 인준을 받은 것이기에 곧바로 관련 부서에 전달되어 집행될 수 있었고, 그리하여 종실자제들도 일률적으로 향시를 면제받고 성시를 볼 수 있게 되었다. 당시 찰자에 적힌 사람의 이름은 아쉽게도 기억이 나지 않는다.

8. 『구당서』와 『신당서』에 수록된 한유와 유종원의 문장 唐書載韓柳文

송기宋祁[21]는 『신당서新唐書 · 한유전韓愈傳』을 편집하면서, 한유의 「진학해進學

21 宋祁(998~1061) : 북송의 문장가 · 시인. 자 자경子京. 형 송상宋庠과 함께 유명해 '이송二宋'으로 불렸다. 사관수찬史觀修撰을 맡아 구양수와 함께 『신당서』를 편찬했다.

解」와 「간불골표諫佛骨表」·「조주사상표潮州謝上表」·「축악어문祝鱷魚文」을 거의 윤색하지 않고 모두 그대로 수록하였다.

그러나 「진학해」는 몇 자 고친 것을 알 수 있는데, 원문보다 못하다. 원문에서는 "招諸生立館下초제생입관하"[22]로 되어 있는데, '招초'자를 '召소'로 고쳤다. 그러나 한유가 태학에 일찌감치 들어갔다고 이미 말했기 때문에, 분명 눈앞에 학생들이 있는 상황이다. 그렇다면 학생들을 불러 그들에게 가르침을 진행한 것이어서, 손짓해서 부른다는 의미의 '招초'자가 맞는데, 어찌하여 소집하다는 의미의 '召소'로 고친 것인지 알 수가 없다.

또 원문의 "障百川而東之장백천이동지"[23]에서 '障장'자를 '停정'자로 고쳤다. 본래의 의미는 강물이 제 멋대로 흐르기 때문에 이를 가로 막아서 동쪽으로 흐르게 한 것이다. 만약에 이것을 멈추게 하다는 의미로 풀이한다면 그 의미가 너무 좁아진다.

그리고 "跋前疐後발전치후"[24]는 뒤로 넘어지다는 뜻의 "躓後지후"로 고쳤다. 한유는 『시경·빈풍豳風·낭발狼跋』의 시구를 인용한 것인데, 「낭발」에는 '躓지'자가 없다. 이 외에도 또 "爬羅剔抉파라척결"[25]은 갈퀴와 그물의 뜻인 "杷羅파라"로, "焚膏油분고유"[26]는 불 태우다는 의미의 "燒소"로, "取敗幾時취패기시"[27]는 실패하다는 의미의 "其敗기패"로 고쳤다.

「오원제전吳元濟傳」에는 한유의 「평회서비문平淮西碑文」 1,660자가 실려 있다. 「평회서비문」은 판본상 차이가 있는데, 송기가 편집한 것은 타당하지 못하다. 예를 들면 "明年平夏명년평하"[28]라는 구절은 전부 생략하였고, "平蜀西

22 모든 학생들을 관館 아래에 세워 정렬시켰다.
23 어지러이 흐르는 여러 갈래의 물줄기를 막아 이를 모두 동쪽으로 흐르게 하다.
24 늙은 여우가 앞으로 나가려 하니 제턱 밑에 늘어진 살을 밟아 넘어지게 되고, 물러서려 하니 제 꼬리에 걸려 넘어진다.(『시경·낭발狼跋』의 구절 인용)
25 손톱으로 긁어내고 그물로 새를 잡듯이 인재를 구하고, 칼로 뼈와 살을 도려내듯 악인을 제거하다.
26 기름을 태우다.
27 실패를 거듭함이 몇 번이었던가?
28 이듬해 하지역을 평정하였다.

川평촉서천"[29]이란 구절에서 '西川'을 생략하였다. 또 "非郊廟祠祀비교묘사사, 其無用樂기무용락"[30]이란 구절에서는 '祠'와 '其' 두 자를 생략했으며, "皇帝以命臣愈황제이명신유, 臣愈再拜稽首신유재배계수"[31]란 구절에서도 '臣'자를 생략하였다. 이러한 생략은 문장의 결을 훼손시켜 의미가 통하지 않게 만들어버렸다.

그리고 "汝其以節都統討軍여기이절도통토군"[32]이라는 구절에서 '討토'를 '諸제'로 고쳐, 의미가 통하지 않게 되었다. '討'는 『좌전左傳』의 "討軍實토군실"[33]의 의미 즉 다스리다는 의미인데, '諸軍제군'이라고 하면 누가 그 의미를 알 수 있겠는가?

『신당서新唐書·유종원전柳宗元傳』에는 유종원의 문장 4편 즉, 「여소부與蕭俛」·「허맹용서許孟容書」·「정부貞符」·「징구부懲咎賦」가 실려 있다. 「허맹용서」의 의미와 문장은 기본적으로 한나라 양운楊惲[34]의 「답손회종서答孫會宗書」를 모방했고, 「정부」는 반고의 「전인典引」을 모방했는데, 이 4편의 순서는 아마도 잘못되었을 가능성이 크다.

송기는 다음과 같이 말하였다.

> "유종원은 황제의 부름을 받지 못하였기 때문에 마음이 아프고 슬퍼서, 부賦를 지어 스스로를 경계하였다."

29 촉땅의 서천지역을 평정하였다.

30 천지신에 대한 제사인 교사郊祀나 선조에 대한 제사인 묘제廟祭가 아니었기 때문에, 음악을 사용하지 않았다.

31 황제께서 신 한유에게 명하셔, 신 한유는 두 번 절하고 머리를 조아리며 다음과 같은 글을 지어 올리게 되었습니다.

32 그대는 절도사로서 토벌군을 통솔하도록 하시오.

33 군사와 군대의 무기를 다스리다.

34 楊惲(?~B.C.54) : 사마천의 외손. 자 자유子幼. 경조京兆 화음華陰 사람. 『사기』를 익혀 세상에 널리 전파했다. 관직에 있는 동안 청렴하여 재물을 경시하고 의로움을 좋아했다. 그러나 각박하고 남의 나쁜 비밀 등을 들추어내기를 좋아하여 사람들의 원한을 많이 샀다. 태복대太僕戴 장악長樂과 사이가 나빴는데, 장악이 고발당하자 그가 시킨 것으로 잘못 알아 평소 언어가 불경하다고 상소를 올림으로써 면직당해 서인庶人이 되었다. 직위를 잃고 집에서 일하며 집안을 일으켜 그 재산으로 생애를 즐겼다. 친구 손회종孫會宗이 편지를 주고받으면서 충고했지만 대답하지 않았다. 편지에 원망하는 내용이 많았는데, 선제宣帝가 이것을 읽고 미워한데다가 참소와 중상모략을 당해 대역 무도죄로 요참형腰斬刑을 당했다.

이는 유종원의 글에 나온 "다음해 겨울과 여름을 지냈다"는 것을 근거로 한 말이다. 그렇다면 폄적되어 있던 기간이 그다지 길지 않았다는 것이므로, "황제의 부름을 받지 못했다"라고 말할 수는 없을 것이다.

『자치통감』에서는 유종원을 언급하면서 유종원의 「재인梓人」과 「곽탁타전郭橐駝傳」만을 수록하였는데, 이 두 편의 문장이 유종원의 작품 중에서 가장 문리가 가장 뛰어난 작품이다. 가장 뛰어난 작품을 정확하게 선별하여 수록하는 사마광의 식견과 취사선택의 능력은 송기와는 비교 될 수 없을 정도로 탁월하다.

9. 명령과 사수산의 봉황 冥靈社首鳳

태상황 고종이 붕어한 후 재궁梓宮[35] 발인 전날 빈소를 비키며 「도인導引」이라는 고취사鼓吹詞를 연주했는데, 나는 당시 한림원에 있었기 때문에 그 가사를 짓게 되었다. 그중 「육주가두六州歌頭」의 한 구절은 다음과 같다.

> 시간은 초나라 명령冥靈[36]을 말하지 않는다네. 春秋不說楚冥靈.

평상시의 보고서중 급한 것은 첩황貼黃[37]의 뒷면에 '급속急速'이라는 글자를 덧붙이는데, 그런 경우에는 지체없이 곧바로 답변이 하달된다. 그런데 이번에는 사흘간 답변이 없었기에, 빨리 답변을 내려주기를 청하였다. 태상사太常

---

35 梓宮 : 왕, 왕대비, 왕비, 왕세자 등의 시체를 넣는 관을 지칭한다.

36 冥靈 : 오래 사는 나무 이름. 초나라 남쪽에서 자라는데 5백년을 봄으로 삼고 5백 년을 가을로 삼는다 한다.

37 貼黃 : 본래는 당나라 때 조서에 고칠 데가 있으면 누런 종이를 붙여서 바로잡던 것을 말한다. 후대에는 상소나 절목, 사목 등을 완성한 후에 미진한 데가 있으면 그 끝이나 해당 내용에 누런 종이를 붙여서 부연敷衍하는 것을 가리키기도 했다. 이외에도 현저하게 드러나지 않은 국왕의 과실을 논하고자 할 경우, 아뢰고자 하는 일이 국가의 기밀이나 궁중의 은미한 일에 관계될 경우에도 누런 종이를 붙여 해당 내용을 가리도록 하여 국왕이 친히 뜯어 보도록 하였는데 이 역시 첩황이라 불렀다. 국왕이 상중에 있을 때에는 누런 종이 대신 흰 종이를 붙이기도 하였는데, 이를 첩백貼白이라 하였다.

寺의 관원은 일찌감치 가사를 익히기 위해서, 한림원 입구에서 기다리고 있었다.

때마침 사촌동생인 심일신沈日新이 군장교軍將橋의 숙소에 묵고 있었는데, 지난 과거시험 때 알게 된 선비가 동생에게 '초명령楚冥靈'이라는 전고의 출처를 물었다. 그러나 동생 또한 그 출처를 몰라 나에게 물어와, 출처가 『장자莊子』라고 알려주었다. 동생은 황급히 숙소로 돌아가 그 선비에게 알려주었고, 출처를 알게 된 선비는 무척 기뻐했다고 한다.

원래 효종께서는 내가 쓴 가사를 곽여필霍汝弼에게 주고 그 의미를 해석하게 했다고 하며, 사촌동생에게 '초명령' 전고의 출처를 물었던 그 선비는 곽여필의 문객이었다고 한다. '초명령'의 출처를 몰라 정확한 의미를 파악하지 못해 여기 저기 묻다가 답변을 내려주는데 사흘이라는 시간이 걸려버린 것이다.

그리고 또 효종께서는 내게 곧바로 다섯 장章의 만시挽詩[38] 가사를 짓도록 하였는데, 제4장은 다음과 같다.

정호鼎湖[39]의 용 떠나간 지 아득하기만 한데,	鼎湖龍去遠,
사수산社首山[40]의 봉황은 너무 늦게 오는구나.	社首鳳來遲.

당시에는 만시를 먼저 누설시킬 수 없었는데, 대어기계帶御器械로 있는 사순효謝純孝가 은밀히 내게 물었다. 나는 왕자년王子年의 『습유기拾遺記』에

38 挽詩 : 사람의 죽음을 슬퍼하며 지은 시.

39 鼎湖 : 중국 고대 황제가 승천하였다는 곳. 황제가 수산首山의 구리를 캐어 형산荊山 아래에서 세발솥인 정鼎을 만들었다. 솥이 만들어지고 나니 용이 턱수염을 드리워 황제를 맞이하였는데, 황제가 올라 타자 따라 오른 뭇 신하와 후궁이 70여 인이었다. 용이 올라가버려 나머지 소신들은 오르지 못하고 다들 용의 턱수염을 잡았지만 턱수염이 뽑혀 떨어지고 황제의 활弓도 떨어졌다. 백성들은 황제가 이미 하늘에 오른 것을 보고는 그 활과 용의 턱수염을 안고 울부짖었다. 그래서 후세에서 그 곳을 정호라 하고 그 활을 오호烏號라 한다.

40 社首山 : 산동성 태안시泰安市 서남쪽에 위치한 산으로 산 꼭대기에 사수단社首壇이 있다. 주나라 성왕成王이 이곳에서 봉선을 올렸다고 해서 붙여진 이름이다. 당송의 제왕들 또한 이 곳에서 봉선의식을 올렸다.

묘사된 주나라 성왕成王의 이야기에서 유래된 된 것이라고 말해주었다. 궁중에서 문서를 담당하는 직책은 전적에 대해 해박해야 한다.

10. 『좌전』에 언급된 주 명칭 左傳州郡

『좌전·노애공魯哀公 2년』에는 진晉나라의 집정대부 조앙趙鞅[41]이 정鄭나라와 전쟁을 벌이며, 맹서하며 다음과 같이 말한 것이 기록되어있다.

> 전쟁에서 적을 이기면, 상대부上大夫는 현縣을 상으로 받을 것이고, 하대부下大夫는 군郡을 상으로 받을 것이며, 사士는 밭 십만 무畝를 받을 것이다.

두예杜預는 이 구절에 다음과 같은 주를 달았다.

> 『주서周書 · 작락作雒』에 "천리에 백 개의 현이 있으며, 매 현마다 4개의 군이 있다"고 했다.

두예의 주석을 근거로 보면 군은 현에 예속된 것인데, 역대『지리지地理志』와『군국지郡國志』에는 이러한 기록이 없다. 또『좌전』에 기록된 지명에서 '州주'자가 달려있는 것은 모두 5곳이다.

> 노나라 선공宣公은 평주平州에서 제나라 군주와 만나, 각자의 위치를 정했다.
> 두예의 주석 : 평주는 제나라 땅으로 태산군泰山郡의 모현牟縣 서쪽에 위치한다.
>
> 윤允씨 성을 가진 오랑캐들은 과주瓜州에서 살았다.
> 두예의 주석 : 과주는 지금의 돈황敦煌이다.

41 趙鞅(?~?) : 진晉나라에서 대대로 경卿의 지위를 계승한 유력한 귀족 가문인 6대 세경가世卿家 중 하나인 조씨趙氏 문벌 중 정파正派인 진양조씨晉陽趙氏의 종주宗主로, 조성趙成의 아들이고 시호는 조간자趙簡子. 진나라의 정권을 장악한 뒤 경쟁 세력인 한단조씨邯鄲趙氏를 멸문시키고 조씨 일문을 통일하여 세력을 더욱 공고히 한 후, 범씨范氏·중행씨中行氏를 멸문시켜 기존의 6경卿 경쟁 체제를 4경卿 경쟁 체제로 전환시키는 데 주도적 역할을 했다. 조앙의 활약을 토대로 그 후계자인 조무휼趙無恤 시기에 진양조씨는 한씨, 위씨와 함께 진나라를 삼분하여 B.C.453년에 스스로 제후 지위에 올라 전국 시대의 개막을 알렸다.

초장왕楚莊王이 진陳나라를 멸망시킨 후, 다시 진후陳侯를 진나라에 봉해주었다. 향鄕에서 한 사람씩 데리고 가서 한 곳을 정해 살게 하고는 그곳을 하주夏州라고 하였다.

제나라 자미子尾는 여구영閭丘嬰이 해가 될 것으로 생각하여 그를 죽이려고 군대를 거느리고 가서 양주陽州를 공격했다.[42]
두예 주 : 양주는 노나라 땅이다.

노나라가 제나라를 침략하여 양주陽州의 성문을 공격하였다.
두예 주 : 그 문을 공격했다는 의미이다.

점월苫越이 아들을 낳았는데, 공적을 세운 후에 이름을 지으려고 했다. 양주陽州의 싸움에서 포로를 잡았기에 그 아들의 이름을 양주라고 지었다.

위衛나라 장공莊公이 성곽에 올라 융주戎州를 바라보고 말하였다.
"이곳은 화하華夏지역인데, 어찌하여 융주라고 하는가?"

위에 언급한 내용을 통해 제나라와 노나라에 모두 '양주陽州'라는 지방이 있었던 것을 알 수 있다. 평주·과주·하주·양주·융주 중 과주의 지명만 지금까지 사용되고 있다.

11. 부자와 가난한 사람들의 습관 貧富習常

어렸을 적 선배가 해준 이야기를 소개해본다.

부자들은 자식이 있어도 스스로 젖을 물리지 않고, 다른 사람에게 그 자식을 버리게 하고 자신의 자식에게 젖을 먹이게 한다. 가난한 사람은 자식이 있어도 젖을 먹일 수 없으니, 자신의 자식을 버리고 다른 사람의 자식에게 젖을 물린다. 부자들은 걷기 싫어 사람들을 시켜 가마를 메게 한다. 가난한 사람은 혼자 길을 걸어갈 수 없고, 다른 사람의 가마를 어깨에 짊어지고 걷는다. 이러한 모든 것은 습관이 되어 당연한 것으로 여겨진다. 천하의 일들 중에는 잘못된 습관을 당연하

42 『용재오필』에는 "齊子尾使閭丘嬰伐我陽州"라고 되어있는데, 『좌전』에는 "齊子尾害閭丘嬰, 欲殺之, 使師師以伐陽州"로 되어있다.

다고 여기고 그냥 넘어가는 것이 많다. 사람들이 그러한 잘못된 습관을 이상하다 고 여기지 않는 것은 너무 안타깝다.

나는 이 논점이 아주 마음에 든다. 후에 조이도晁以道의 『객어客語』에서 이 글을 발견하였는데, 이를 여기에 기록하여 널리 알리고자 한다.

12. 당나라의 재상 唐用宰相

당나라는 재상을 임명할 때 순서대로 하지 않았기 때문에, 재상에 오르는 것이 아주 쉬운 것 같이 여겨졌다. 그러나 중요한 부서에 들어가 각 조曹의 상서尙書와 어사대부御史大夫를 역임하고, 외지로 나가 절도사節度使를 담당하고, 또 다시 조정으로 돌어와 복야僕射와 태자의 사부師傅를 역임하고도 결국 재상의 자리에 오르지 못한 이들이 있다. 예를 들면 안진경顔眞卿과 왕기王起·양오릉楊於陵·마총馬總·노균盧鈞·한고韓臯·유공권柳公權·노지유盧知猷 등이 그러하다.

만약에 황제가 발탁하고자 하면 설사 시랑侍郎이나 급사중給事中, 심지어 낭중郎中이나 박사博士의 직급에 있더라도 재상이 되었는데, 간관諫官과 어사御史들이 명령을 받들 여유조차 없이 순식간에 인사가 마무리 되었으니, 누가 감히 황제의 자의적인 재상 임용에 대해 탄핵 할 수 있겠는가?

당나라의 이러한 재상 임명은 송나라의 제도와는 완전히 다르다. 당나라는 먼저 재상에 발탁된 이가 같은 급의 재상직 관원을 직접 추천할 수 있었다. 예를 들면 요숭姚崇이 송경宋璟을 추천하였고, 소숭蕭嵩이 한휴韓休를, 이림보李林甫가 우선객牛仙客과 진희열陳希烈을, 양국충楊國忠이 위견소韋見素를, 노기盧杞가 관파關播를, 이필李泌이 동진董晉과 두참竇參을, 이길보李吉甫가 배기裴垍를, 이덕유李德裕가 이회李回를 추천한 것 등이 모두 그러했다.

13. 『사기』의 간략하고 오묘한 문체 史記簡妙處

『사기』의 문장이 뛰어남은 말할 필요도 없다. 만약 그 깊은 뜻과 오교한 문체를 칭찬하려 한다면, 영원히 지지 않는 해와 달의 찬란한 빛을 모사할 수 있을 정도의 찬사가 있어야 『사기』의 극치를 표현 할 수 있을 것이다. 『사기』의 진정한 가치는 이루 헤아릴 수 없다.

나는 『사기』의 「위세가魏世家」와 「소진열전蘇秦列傳」·「평원군열전平原君列傳」·「노중련열전魯仲連列傳」을 읽을 때마다 나도 모르는 사이에 무릎을 치며 감탄을 금치 못했다.

「위세가」에 위나라 공자 무기無忌가 위왕과 한韓나라의 일을 논의한 대목이 있다.

> 한나라는 분명 위나라의 덕망에 탄복하고 위나라를 사랑하고 위나라를 중시하며 위나라를 두려워합니다. 한나라는 분명 감히 위나라를 침범하지 못할 것입니다. [韓必德魏愛魏重魏畏魏, 韓必不敢反魏.]

열 여섯 자의 짧은 글에 '魏위'자를 다섯 번이나 반복했지만, 오히려 그 묘미가 생생하게 살아났다.

「소진열전」에는 소진이 조趙나라 숙후肅侯에게 다음과 같이 유세하였다고 한다.

> 국교를 가려서 제대로 잘하면 백성은 편할 수 있지만, 제대로 되지 않으면 백성들은 죽을 때까지 편안하지 못할 것입니다. 제나라와 진나라가 다 같이 적이 되면 백성은 편안할 수 없으며, 진나라에 의지하여 제나라를 친다고 해도 백성은 편안하지 못할 것이며, 제나라에 의지하여 진나라를 친다고 해도 백성은 편안하지 못할 것입니다.

「평원군열전」에는 평원군이 초나라에 사신으로 간 이야기가 기록되어 있다.

> 진나라가 조나라의 도읍인 한단邯鄲을 포위하자, 조나라의 평원군 조승趙勝이 초

나라를 찾아가 원군을 청하기로 하였다. 떠나기 전에 식객들 중 수행원 20명을 선발하는데, 19명은 수월하게 내정하였지만, 20명을 채우기가 어려웠다. 그때 모수毛遂가 수행원으로 자기 자신을 천거하였다. 평원군이 말했다.
"선생은 이 사람의 문하에 몇 년이나 있었습니까?"
"3년이 되었사옵니다."
"선생께서 이 사람의 문하에서 3년이나 있었는데, 선생을 칭찬하는 말은 한 번도 듣지 못했으니, 이는 선생께서 아무런 재주도 없다는 것이 아닌지요? 선생께서 능력이 안 되면 그냥 이곳에 머무르시지요."
그러나 모수는 수행원으로 초나라에 가기를 한사코 원하여 초나라에 가게 되었다. 초왕과의 회담이 성과를 거두지 못하자, 모수는 칼을 빼어든 채 초왕의 면전으로 나아가 말했다.
"당신은 수많은 군사를 거느리고 있지만 지금 당신의 목숨은 내 손에 달려 있습니다. 은殷의 탕왕湯王이나 주周의 문왕文王이 패업을 이룬 것은 군사가 많았기 때문이 아닙니다. 그런데 지금 초나라는 땅도 비옥하고 군사도 많습니다. 그런데도 진나라 군사에게 종묘를 위협받고 있는 것은 무슨 까닭입니까? 합종은 초나라도 위한 것이지 조나라만 위한 것은 아닙니다."
모수는 초왕을 설득하여 합종을 성공시키고, 왼손에 희생의 피가 든 쟁반을 들고 단하에 있던 19명의 수행원들을 불렀다.

초나라와의 합종을 성공시킨 모수의 영웅적 풍모는 천년이 지난 지금도 마치 눈앞에 보이는 듯 묘사되어, 존경과 감탄을 자아낸다.

「평원군열전」에는 초나라와 합종을 맹약한 후 조나라로 돌아온 평원군이 다음과 같이 한 말도 기록되어있다.

"나는 앞으로 감히 선비들의 관상을 보지 않을 것이오. 내가 지금까지 관상을 보고 수천 명 적게는 수백 명의 선비들을 골라 가까이 두면서, 뛰어난 선비를 한 명도 놓치지 않았다고 자부하고 있었지요. 그런데 모수 선생을 알아보지 못하여 잃을 뻔했소이다. 모수 선생이 초나라에 가게 되어 조나라의 위엄이 구정九鼎이나 대려大呂보다도 더 높아졌으니, 모수 선생의 세 치 혀는 백만 대군보다 더 강했소. 나는 앞으로 감히 다시는 선비의 관상을 보지 않을 것이오."

「노중련열전」의 서술도 아주 뛰어나다.

진나라 군대가 한단을 포위했을 때, 노중련이 평원군을 보고 물었다.
"일이 어떻게 되었습니까?"

평원군이 답했다.

"내 어찌 감히 말할 수 있겠소! 위나라의 유세객인 신원연新垣衍이 왕께 진나라를 섬기는 것이 좋다고 진언했다더군요. 그 사람이 아직 조정에 있는데, 어찌 내가 감히 말할 수 있겠소이까!"

"저는 처음에는 평원군이야말로 천하의 현명한 공자라고 생각했습니다. 그러나 오늘 평원군이 천하의 현명한 공자가 아니라는 것을 알게 되었습니다. 위나라 유세객은 지금 어디에 있사옵니까?"

평원군은 신원연을 찾아가 말했다.

"동국東國에 노중련선생이 있는데, 제가 소개해 드릴테니 만나보시지요."

"제가 듣기로는 노중련선생은 제나라의 명사라 하던데, 저는 지금 위나라 신하로서 사신으로 조나라에 와 있는 것이니 노중련선생을 만날 필요가 없습니다."

하지만 두 사람은 평원군이 중간에 잘 하여 만날 수 있었다.

신원연이 말하였다.

"지금 진나라에 포위된 한단에 있는 사람들은 모두 평원군에게 부탁을 드리고 있는 걸로 알고 있습니다. 지금 선생님의 빼어난 모습을 보니 평원군에게 부탁할 것처럼 보이지는 않는군요."

노중련은 신원연의 빈정거림을 개의치 않고 하고자 하는 말을 하였다. 사리에 맞고 재치있는 노중련의 언변은 결국 신원연을 설복시켰다. 신원연이 말했다.

"저는 처음에 선생을 그저 평범한 사람으로 여겼습니다. 그러나 지금은 선생이 천하의 위대한 인물임을 알 수 있습니다."

「소진열전」과 「평원군열전」·「노중련열전」은 서술이 중복되고 있는데, 마치 천리마가 천 길 낭떠러지를 뛰어내리듯이 문장의 기세가 매우 맹렬하다. 『사기』의 서술은 마치 봄바람이 수면 위를 스쳐 지나가며 파도를 일게 하는 것과도 같으니, 정말이지 천하 최고의 문장이다!

14. 옥진원에서 비 개어 즐거움을 노래한 시 玉津園喜晴詩

효종 순희 12년(1185) 3월 26일 황상께서 숙위宿衛들와 함께 옥진원玉津園에 행차하셔서 명령을 내렸는데, 때마침 큰 비가 내려 황상께서 수레를 모는 모든 관리들에게 우비를 입도록 윤허하였다. 하늘이 개이기 시작하더니 오래지 않아 곧 맑아졌다. 저녁에 돌아올 때, 나는 당시의 상황을 묘사한

시 한 수를 써 황제께 헌상하였다.

새벽녘까지 여전히 삼대같은 비가 내리는데,	五更猶自雨如麻,
끝없이 늘어선 도성 사람들 황제의 수레 우러러 보네.	無限都人仰翠華.[43]
손을 뒤집으니 구름일어나 시름없이 바라보며,	翻手作雲方悵望,
머리 들어 해를 바라보고 모두 함께 감탄하였네.	舉頭見日共驚嗟.
조물주께서 만물을 자라게 하심이 얼마나 미묘하던가,	天公的有施生妙,
황제의 힘은 조물주의 대단함과 같다네.	帝力堪同造物誇.
상원上苑[44]의 봄빛 다함없는데,	上苑春光無盡藏,
어찌 갈고를 두드려 꽃 피길 재촉할 필요 있겠는가?	何須羯鼓更催花.[45]

4월 4일에 황제가 타신 수레를 모시는 호종扈從관리가 경령궁景靈宮에 이르러 황상께 공물을 바쳤다. 나는 황상의 막사 앞에서 황제께 상과 화답시를 하사받는 성은을 입었다. 황상께서는 화답시에 이렇게 쓰셨다.

옥진원에 행차하여 봄 풍경 맘껏 구경하는데, 마침 하늘이 개이니 마음 즐겁고, 그대의 시까지 진상되어 그 운에 맞춰보았도다.

봄날 경치는 갓 돋아난 뽕잎과 마로 온통 연녹색,	春郊柔綠遍桑麻,
잠시 아름다운 동산에 머물며 풍광을 둘러보았네.	小駐芳園覽物華.
분명 내 마음 한가롭지 않지만,	應信吾心非暇逸,
고개 돌려 맑아진 하늘 보니 감탄이 끊이질 않네.	頓回晴意絕咨嗟.
매번 백성들과 함께 즐겁게 살기를 생각하니,	每思富庶將同樂,
감히 사냥과 유람에 힘쓰며 스스로 자화자찬할 수 있을거나?	敢務游畋漫自跨.
현종과 양귀비 즐기던 화청궁의 그날 같지는 않지만,	不似華清當日事,
황제 수레는 꽃처럼 아름답네.	五家車騎爛如花.

43 翠華 : 물총새 깃으로 장식한 임금의 기旗. 곧 임금의 수레를 뜻한다.
44 上苑 : 천자의 정원, 대궐 안의 동산을 뜻하는 말로 궁궐의 후원을 말한다.
45 羯鼓催花 : 갈고는 악기의 이름으로 본래는 융갈족戎羯族의 북인데, 당나라 현종이 뜰에서 갈고를 두드리게 하였더니 백화가 만발하였다는 전고가 있다.

이틀이 지난 후, 병부상서 우문개宇文价가 황제를 접견하자 황제께서 내게 보내주신 화답시를 거론하셨다.

"홍대제洪待制(홍매)가 '삼대같은 비가 내린다[雨如麻]'고 하였기에 상마桑麻로 압운할 수 있다고 생각했고, 또 말구末句에 당나라 현종의 '갈고최화羯鼓催花' 전고를 사용했기 때문에 '화청궁의 화려한 황제 수레[華清車騎]'로 답했다오."

우문개는 공경의 뜻을 담아 공수拱手하며 칭송했고, 다음날 나를 만나 이 이야기를 들려주었다.

15. 사리사욕만 앞세운 무능력한 괵왕 이거와 하란진명 虢巨賀蘭

모든 국가의 경우 불행스러운 전란이 발생하면, 그 나라의 신하된 입장에서는 응당 상황과 자신의 능력에 따라 충성을 다하여 작은 공로라도 세우고자 있는 힘을 다하게 된다. 그러나 재능도 없이 녹봉과 자리를 차지할 경우에는, 자신과 국가가 아주 멀리 떨어져 있는 진秦나라와 월越나라처럼 아무런 관련이 없다고 생각하여, 나라 일에 전혀 관심을 갖지 않고 사리사욕을 채우기 위해 전횡을 한다. 그런 사람들의 악행은 천년이 흐르더라도 지워지지 않기에, 많은 사람들이 노발대발하며 그를 욕할 것이다.

당나라 천보天寶[46] 연간의 안록산安祿山[47]은 재능도 없이 녹봉과 자리를 차지하고서 국가의 대사에는 아무런 관심도 갖지 않은 채 자신의 사리사욕만을 채운 악인들 중에서도 최고의 악인이라 할 수 있다. 당시 괵왕虢王 이거李巨가 하남절도사河南節度使로 있으면서 병력을 좌지우지하고 있었다. 그런데 그

46 天寶 : 당나라 현종 때의 연호(742~756).

47 安祿山(703~757) : 당나라의 절도사로 이란계 돌궐족의 후예. 안사安史의 난(755~763)을 일으켰다. 이듬해 스스로 황제임을 선포하고 대연大燕 제국을 세워 당나라를 전복시키려고 했으나 실패하고 말았다. 안사의 난은 비록 미수에 그쳤지만 엄청난 사회적·경제적 변화를 가져왔다.

하남절도사의 자리를 하란진명賀蘭進明이 이어받아 많은 병력을 장악하고 요충지를 점거하였다. 이거와 하란진명은 번진의 존귀한 자리에 올라 강대한 인력과 재물을 차지하고서도, 직무를 소홀히 하고 서로 시기 질투하며 쓸모없이 행동했을 뿐만 아니라, 계속해서 패전하기까지 했다.

이거가 팽성彭城에서 통솔하면서 장순張巡[48]을 옹구雍丘로 보내 안록산의 반군과 싸우게 했는데, 장순은 휘하의 부하들이 전쟁에서 공을 세우자 사기를 진작시키기 위해 이거에게 사람을 보내어 공명첩空名帖[49]과 하사품을 청했다. 그러나 이거는 '절충折衝'과 '과의果毅' 두 종류의 위임장 30장만 보내고 하사품은 보내지 않았다. 장순이 이끄는 부대는 사기가 꺾여 수양睢陽으로 퇴각하게 되었다.

전란이 일어나기 전 수양태수 허원許遠은 6만석의 양식을 모아 유사시를 대비했다. 허원이 모은 양식의 반을 복양濮陽과 제음濟陰으로 보내라 명령을 내렸다. 허원의 반대는 받아들여지지 않았으며, 복양과 제음 두 군郡은 식량을 얻자마자 안록산 반군에 가담해버렸고, 수양군의 식량도 금방 바닥이 나 버렸다.

48 張巡(708~757) : 당나라의 명장. 안록산安祿山이 반란을 일으키자 병사를 일으켜 옹구雍丘를 지켰다. 반란군을 토벌하기 위해 허원許遠과 함께 군대를 조직해 각지에서 반란군을 격파했다. 숙종肅宗 지덕至德 2년(757), 장순과 허원은 삼천명의 병력으로 안경서安慶緖의 부장인 윤자기尹子琦가 이끈 13만의 정예병과 대치하며 수양성睢陽城을 사수하였다. 양식이 떨어져 형세가 급박한 상태에서 포위망을 뚫고 하남절도사 하란진명에게 위급한 소식을 알렸다. 그러나 하란진명은 장순의 명성을 시기하여 그들의 위급함을 보고도 구원병을 보내지 않았다. 윤자기는 강공強攻으로는 성을 함락시킬 수 없다고 생각하고, 방법을 바꾸어 장순에게 투항을 권유하기 시작하였다. 그러나 장순은 이에 굴하지 않고, 쉴새 없이 공격해 오는 적들을 모두 물리쳤다. 얼마 후, 성안의 식량이 점점 줄어들자 군인들은 매일 한 수저의 쌀만을 먹었다. 이에 장순은 먹을 것을 확보하기 위해 그물을 쳐서 참새를 잡고 땅을 파서 쥐를 잡았으며, 심지어 갑옷과 활에 붙어있는 소가죽을 삶아서 병사들의 굶주림을 달래도록 했다. 그러나 구원병의 도움이나 식량 보충도 없는 상태에서 장순의 군대는 많은 적들을 이겨내지 못하고 결국 무너지고 말았다.

49 空名帖 : 성명을 적지 않은 백지 임명장. 국가의 재정이 궁핍할 때 국고國庫를 채우는 수단으로 사용된 것으로, 중앙의 관원이 이것을 가지고 전국을 돌면서 돈이나 곡식을 바치는 사람에게 즉석에서 그 사람의 이름을 적어 넣어 명목상의 관직을 주었다고 한다. 장순은 부하들의 논공행상論功行賞을 행하여 사기를 진작시키기 위해 공명첩을 요구하였다.

반란이 발행한 후, 안진경顔眞卿[50]은 평원군平原郡에서 십만 명을 모아 병사를 일으켰고, 위군魏郡 당읍堂邑에서 반란군을 격파하였다. 이때 북해태수北海太守인 하란진명도 병사를 일으켜 반란군 토벌에 나섰기에, 안진경은 하란진명에게 편지를 보내 병력을 합칠 것을 권했다. 하란진명은 황하를 건너 안진경 진지로 가서 합류하였다. 그러나 일이 발생할 때마다 논의하려했던 안진경과는 달리, 하란진명은 점점 병권을 독차지하고 자기 마음대로 휘둘렀다. 후에 그는 숙종肅宗이 있는 영무靈武로 가자마자 방관房管을 모함하여, 영남절도사嶺南節度師에서 하남절도사로 옮겨갔다. 얼마 후 장순이 반란군에게 포위되어 상황이 급박해지자 부장 남제운南霽雲을 임회臨淮로 보내 하란진명에게 구원병을 청하였다. 그러나 임회에서 수양까지 거리가 300백리밖에 되지 않는데도 이런 저런 핑계만 대고 원군을 보내지 않았다.

위에서 서술했듯이 평원군과 수양군을 잃게 된 것은 모두 괵왕 이거와 하란진명 두 사람 때문이다. 그러나 당시 사람들은 모두 이를 폭로하지 않고, 계속해서 그들을 고위관직에 있도록 하였으니 이는 분명 처벌이 잘못된 것이다. 10년도 못되어 이거는 수주遂州 자사로 폄적되었다가 단자장段子璋에게 살해되었고, 하란진명은 제오기第五琦[51]와 연루되어 어사대부의 지위에서 폄적되어 귀양간 후 죽었다. 진실로 천도天道는 큰 그물 같아서 비록 그물눈이 성긴 것 같지만 악한 자는 하늘의 징벌을 벗어날 수 없다.

50 顔眞卿(709~785) : 당나라의 서예가. 자 청신淸臣. 산동성 낭야琅邪 임기臨沂 사람이며, 노군개국공魯郡開國公에 봉해졌기 때문에 안노공顔魯公이라고도 불렸다. 북제北齊의 학자이며 『안씨가훈顔氏家訓』을 저술한 안지추顔之推의 5대손이다. 왕희지王羲之의 전아典雅한 서체에 대한 반동이라고도 할 수 있을 만큼 남성적인 박력 속에, 균제미均齊美를 충분히 발휘한 글씨로 당나라 이후의 중국 서도書道를 지배했다. 해서·행서·초서의 각 서체에 모두 능했고 많은 걸작을 남겼다. 조맹부趙孟頫 ·유공권柳公權·구양순歐陽詢과 더불어 '해서 사대가'로 일컬어진다.

51 第五琦(729~799) : 당나라의 재정가. 성이 제오, 이름이 기이다. 안사의 난 때 산동지방의 반란군을 무찔러 잃은 땅을 회복함으로써 황제의 신임을 얻었고, 강회조용사江淮租庸使와 각도의 탁지사度支使·염철사鹽鐵使·호부시랑戶部侍郎 등 재정財政의 요직을 맡았다. 강남江南의 포백布帛·식량을 도성에 효과적으로 운반함과 동시에, 소금의 전매와 고액화폐 주조 등 새 정책을 추진하였다. 그러나 화폐 개주改鑄로 물가등귀를 초래해 한때 지방관리로 좌천되었는데, 얼마 후 중앙으로 돌아와 유안劉晏과 함께 재정권을 다시 장악하였다.

••• 卷第五(十五則)

1. 庾公之斯

孟子：「逄蒙學射於羿, 盡羿之道, 思天下惟羿爲愈己, 於是殺羿。孟子曰：『是亦羿有罪焉？』公明儀曰：『疑若無罪焉。』曰：『薄乎云爾, 惡得無罪？』」此一段旣畢, 而繼之曰：「鄭人使子濯孺子侵衛, 衛使庾公之斯追之。子濯孺子曰：『今日我疾作, 不可以執弓, 吾死矣夫。』問其僕, 曰：『追我者誰也？』其僕曰：『庾公之斯也。』曰：『吾生矣。』其僕曰：『庾公之斯, 衛之善射者也。夫子曰吾生, 何謂也？』曰：『庾公之斯學射於尹公之他, 尹公之他學射於我。夫尹公之他, 端人也, 其取友必端矣。』庾公之斯至, 曰：『夫子何爲不執弓？』曰：『今日我疾作, 不可以執弓。』曰：『小人學射於尹公之他, 尹公之他學射於夫子, 我不忍以夫子之道反害夫子。雖然, 今日之事, 君事也, 我不敢廢。』抽矢, 扣輪, 去其金, 發乘矢而後反。」孟子書子濯、庾公一段, 幾二百字, 其旨以謂使羿如子濯得尹公而教之, 則必無逄蒙之禍。然前段結尾, 自常爲文者處之, 必云如子濯孺子, 施教於尹公之他則可, 不然, 後段之末, 必當云以是事觀之, 羿之不善取友, 至於殺身, 其失如此, 然後文體相屬。茲判爲兩節, 若不關聯, 而宮商相宣, 律呂明煥, 立言之妙, 是豈步趨模倣所能彷彿哉！ 人爲兒童時, 便讀此章, 未必深識其趣, 故因表出而極論之。左氏傳書衛獻公奔齊云：「尹公他學射於庾公差, 庾公差學射於公孫丁。他與差爲孫林父追公, 公孫丁御公。庾公差曰：『射爲背師, 不射爲戮, 射爲禮乎？』射兩軥而還。尹公他曰：『子爲師, 我則遠矣。』乃反之。公孫丁授公轡而射之, 貫他臂。」卽孟子所引者, 而名字先後美惡皆不同。

2. 萬事不可過

天下萬事不可過, 豈特此也！ 雖造化陰陽亦然。雨澤所以膏潤四海, 然過則爲霖淫；陽舒所以發育萬物, 然過則爲燠亢。賞以勸善, 過則爲僭；刑以懲惡, 過則爲濫。仁之過, 則爲兼愛無父；義之過則爲爲我無君。執禮之過, 反鄰於諂；尙信之過, 至於證父。是皆偏而不學之弊, 所謂過猶不及者。揚子法言云：「周公以來, 未有漢公之懿也, 勤勞則過於阿衡。」蓋諂王莽也。後之議者, 謂阿衡之事不可過也, 過則反, 乃誚莽耳。其旨意固然。

3. 致仕官上壽

國朝大臣及侍從致仕後, 多居京師。熙寧中, 范蜀公自翰林學士以本官戶部侍郎致仕, 同天節乞隨班上壽, 許之。遂著爲令。元祐初, 韓康公以故相判大名府, 還都, 拜司空致仕, 値太皇太后受冊禮畢, 乞隨班稱賀, 降詔免赴, 皆故事也。

4. 桃花笑春風

王荊公集古胡笳詞一章云:「欲問平安無使來, 桃花依舊笑春風。」後章云:「春風似舊花仍笑, 人生豈得長年少?」二者貼合, 如出一手, 每歎其精工。其上句蓋用崔護詩, 後一句久不見其所出。近讀范文正公靈岩寺一篇云:「春風似舊花猶笑。」以「仍」爲「猶」, 乃此也。李義山又有絶句云:「無賴夭桃面, 平明露井東。春風爲開了, 却擬笑春風。」語意兩極其妙。

5. 嚴先生祠堂記

范文正公守桐廬, 始於釣臺建嚴先生祠堂, 自爲記, 用屯之初九, 蠱之上九, 極論漢光武之大, 先生之高, 財二百字。其歌詞云:「雲山蒼蒼, 江水泱泱。先生之德, 山高水長。」旣成, 以示南豐李泰伯。泰伯讀之, 三歎味不已, 起而言曰:「公之文一出, 必將名世, 某妄意輒易一字, 以成盛美。」公瞿然握手扣之, 答曰:「雲山、江水之語, 於義甚大, 於詞甚溥, 而『德』字承之, 乃似趢趚, 擬換作『風』字, 如何?」公凝坐頷首, 殆欲下拜。張伯玉守河陽, 作六經閣記, 先託游士及在職者各爲之, 凡七八本, 旣畢, 並會於府, 伯玉一一閱之, 取紙書十四字, 徧示客曰:「六經閣, 諸子、史、集在焉, 不書, 尊經也。」時曾子固亦預坐, 驚起摘伏。邁頃聞此二事於張子韶, 不能追憶經閣所在及其文竟就於誰手, 後之君子, 當有知之者矣。

6. 大言誤國

隗囂謀畔漢, 馬援勸止之甚力, 而其將王元曰:「今天水全富, 士馬最强, 案秦舊迹, 表裏河山。元請以一丸泥爲大王東封函谷關。」囂反遂決, 至於父子不得其死。元竟降漢。隋文帝伐陳, 大軍臨江, 都官尚書孔範言於後主曰:「長江天塹, 古以爲限隔南北, 今日虜軍豈能飛度邪? 臣每患官卑, 虜若渡江, 臣定作太尉公矣。」或妄言北軍馬死, 範曰:「此是我馬, 何爲而死?」帝笑以爲然, 故不爲深備。已而國亡, 身竄遠裔。唐元宗有克復中原之志, 及下南閩, 意以謂諸國可指麾而定, 而事力窮薄, 且無良將。魏岑因侍宴言:「臣少游元城, 好其風物, 陛下平中原, 臣獨乞任魏州。」元宗許之。岑趨墀下拜謝, 人皆以爲佞。孟蜀通奏使王昭遠, 居常好大言, 有雜耕渭上之志, 聞王師入討, 對賓客挼手言:「此送死來爾。乘此逐北, 遂定中原, 不煩再擧也。」不兩月蜀亡, 昭遠爲俘。此四臣之佞, 本爲爵祿及一時容悅而已, 亦可悲哉!

7. 宗室覃恩免解

淳熙十三年, 光堯太上皇帝以聖壽八十, 肆赦推恩, 宇宙之內, 蒙被甚廣。太學諸生, 至於武學, 皆得免文解一次, 凡該此恩者, 千二三百人。而宗子在學者不預, 諸人相率詣宰府, 且徧謁侍從、臺諫, 各納一箚子, 叙述大旨, 其要以爲:「德壽霈典, 普天同慶, 而玉牒支派, 辱居膠庠, 顧不獲與布衣書生等。竊譬之世俗尊長生日, 召會族姻, 而本家子孫, 不享杯酒臠炙, 外議謂何? 今庬鴻之澤如此, 宗學乃不許厠名, 於義於禮, 恐爲未愜。」是時, 諸公莫肯出手爲言, 邁以待制侍講內宿, 適蒙宣引, 因出其紙以奏, 仍爲敷陳此輩所云尊長生日會客而本家子弟不得坐, 譬諭可謂明白。孝宗亦笑曰:「甚是切當有理。」時所擕只是白箚子, 蒙徑付出施行, 遂一例免擧。其人名字, 今不復能記憶矣。

8. 唐書載韓柳文

宋景文修唐書, 韓文公傳全載其進學解、諫佛骨表、潮州謝上表、祝鱷魚文, 皆不甚潤色, 而但換進學解數字, 頗不如本意。元云「招諸生立館下」, 改「招」字爲「召」, 旣言先生入學, 則諸生在前, 招而誨之足矣, 何召之爲!「障百川而東之」, 改「障」字爲「停」, 本言川流橫潰, 故障之使東, 若以爲停, 於義甚淺。改「跋前疐後」爲「躓後」, 韓公本用狼跋詩語, 非躓也。其他以「爬羅剔抉」爲「杷羅」,「焚膏油」爲「燒」, 以「取敗幾時」爲「其敗」。吳元濟傳書平淮西碑文千六百六十字, 固有他本不同, 然才減節輒不穩當。「明年平夏」一句悉芟之。「平蜀西川」減「西川」字。「非郊廟祠祀, 其無用樂」, 減「祠」、「其」兩字。「皇帝以命臣愈, 臣愈再拜稽首」減下「臣」字。殊害理。「汝其以節都統討軍」, 以「討」爲「諸」, 尤不然。討者, 如左傳討軍實之義, 若云「諸軍」, 何人不能下此語。柳子厚傳載其文章四篇, 與蕭俛、許孟容書、貞符、懲咎賦也。孟容書意象步武, 全與漢楊惲答孫會宗書相似, 貞符倣班孟堅典引, 而其四者次序或失之。至云:「宗元不得召, 內閔悼, 作賦自儆。」然其語曰:「逾再歲之寒暑。」則責居日月未爲久, 難以言不得召也。資治通鑑但載梓人及郭橐駝傳, 以爲其文之有理者。其識見取舍, 非宋景文可比云。

9. 冥靈社首鳳

光堯上仙, 於梓宮發引前夕, 合用警場導引鼓吹詞。邁在翰苑制撰, 其六州歌頭內一句云:「春秋不說楚冥靈。」常時進入文字, 立待報者, 則貼黃批急速, 未嘗停滯。是時, 首尾越三日, 又入奏, 趣請付出。太常吏欲習熟歌唱, 守院門伺候, 適有表弟沈日新在軍將橋客邸, 一士人乃上庠舊識, 忽問「楚冥靈」出處, 沈亦不能知, 來扣予, 因以莊子語告之, 急走報, 此士大喜。初, 孝宗以付巨璫霍汝弼, 使釋其意。此士, 霍客也, 故宛轉費日如此。又面奉旨令代作輓詩五章。其四云:「鼎湖龍去遠, 社首鳳來遲。」當時不敢宣泄, 而帶御器械謝純孝密以爲問, 乃爲舉王子年拾遺記, 蓋周成王事也。禁苑文書, 周悉乃爾。

10. 左傳州郡

左傳魯哀公二年, 晉趙鞅與鄭戰, 誓衆曰:「克敵者, 上大夫受縣, 下大夫受郡, 士田十萬。」注云:「周書作雒篇:千里百縣, 縣有四郡。」然則郡乃隸縣, 而歷代地理、郡國志, 未之或書。又傳所載地名, 從州者凡五。「魯宣公會齊於平州, 以定其位。」注云:「齊地, 在泰山牟縣西。」見於正經。它如:「允姓之姦, 居於瓜州。」注:「今燉煌也。」「楚莊王滅陳, 復封之, 鄉取一人焉以歸, 謂之夏州。」「齊子尾使閭丘嬰伐我陽州。」註:「魯地。」後四十年, 又書「魯侵齊, 門于陽州。」註:「攻其門也。」「苫越生子, 將待事而名之, 陽州之役獲焉, 名之曰陽州。」是齊、魯皆有此地也。衛莊公登城以望, 見戎州, 曰:「我姬姓也, 何戎之有焉!」以上唯瓜州之名至今。

11. 貧富習常

少時, 見前輩一說云:「富人有子不自乳, 而使人棄其子而乳之;貧人有子不得自乳, 而棄之以乳他人之子。富人懶行, 而使人肩輿;貧人不得自行, 而又肩輿人。是皆習以爲常而不察之也。天下事, 習以爲常而不察者, 推此亦多矣, 而人不以爲異, 悲夫。」甚愛其論。後乃得之於晁以道客語中, 故謹書之, 益廣其傳。

12. 唐用宰相

唐世用宰相不以序, 其得之若甚易, 然固有出入大僚, 歷諸曹尚書、御史大夫, 領方鎭, 入爲僕射、東宮師傅, 而不得相者, 若顔眞卿、王起、楊於陵、馬總、盧鈞、韓皐、柳公綽公權、盧知猷是也。如人主所欲用, 不過侍郞、給事中, 下至郞中、博士者, 才居位卽禮絶百僚, 諫官御史聽命之不暇, 顧何敢輒抨彈其失, 與國朝異矣。其先在職者, 仍許引其同列, 若姚元崇之引宋璟, 蕭嵩之引韓休, 李林甫引牛仙客、陳希烈, 楊國忠引韋見素, 盧(杞)引關播, 李泌引董晉、竇參, 李吉甫引裴垍, 李德裕引李回, 皆然。

13. 史記簡妙處

太史公書不待稱說, 若云褒贊, 其高古簡妙處, 殆是摹寫星日之光輝, 多見其不知量也。然予每展讀至魏世家、蘇秦、平原君魯仲連傳, 未嘗不驚呼擊節, 不自知其所以然。魏公子無忌與王論韓事曰:「韓必德魏愛魏重魏畏魏, 韓必不敢反魏。」十餘語之間, 五用魏字。蘇秦說趙肅侯曰：「擇交而得則民安，擇交而不得則民終身不安。齊、秦爲兩敵而民不得安，倚秦攻齊而民不得安，倚齊攻秦而民不得安。」平原君使楚，客毛遂願行，君曰：「先生處勝之門下，幾年于此矣？」曰：「三年於此矣。」君曰：「先生處勝之門下，三年於此矣，左右未有所稱誦，勝未有所聞，是先生無所有也。先生不能，先生留。」遂力請行，面折楚王，再言：「吾君在前，叱者何也？」至左手持盤血，而右手招十九人於堂下，其英姿雄風，千載而下，尙可想見，使人畏而仰之，卒定從而歸。至於趙，平原君曰：「勝不敢復相士。勝相士多者千人，寡者百數，今乃於毛先生而失之。毛先生一至楚，而使趙重於九鼎、大呂。毛先生以三寸之舌，强於百萬之師。勝不敢復相士。」秦圍趙，魯仲連見平原君曰：「事將奈何？」君曰：「勝也何敢言事！魏客新垣衍令趙帝秦，今其人在是。勝也何敢言事！」仲連曰：「吾始以君爲天下之賢公子也，吾今然後知君非天下之賢公子也。客安在。」平原往見衍曰：「東國有魯仲連先生者，勝請爲紹介，交之於將軍。」衍曰：「吾聞魯仲連先生，齊國之高士也。衍，人臣也，使事有職，吾不願見魯仲連先生。」及見衍，衍曰：「吾視居此圍城之中者，皆有求於平原君者也；今吾觀先生之玉貌，非有求於平原君者也。」又曰：「始以先生爲庸人，吾乃今日知先生爲天下之士也。」是三者，重沓熟復，如駿馬下駐千丈坡，其文勢正爾。風行於上而水波，眞天下之至文也。

14. 玉津園喜晴詩

淳熙十二年三月二十六日，車駕宿戒幸玉津園，命下，大雨，有旨許從駕官帶雨具，將曉有晴意，已而天宇豁然。至晚歸，邁進一詩歌詠其實云：「五更猶自雨如痲，無限都人仰翠華。翻手作雲方悵望，擧頭見日共驚嗟。天公的有施生妙，帝力堪同造物誇。上苑春光無盡藏，何須羯鼓更催花。」四月四日，扈從詣景靈宮朝獻，蒙於幕次賜和篇，聖制云：「比幸玉津園，縱觀春事，適霽色可喜，卿有詩來上，因俯同其韻：春郊柔綠遍桑痲，小駐芳園覽物華。應信吾心非暇逸，頓回晴意絶咨嗟。每思富庶將同樂，敢務游畋漫自誇？不似華淸當日事，五家車騎爛如花。」後二日，兵部尙書宇文价內引，上擧似此詩曰：「洪待制用雨如痲字，偶思得桑痲可押，又其末句用羯鼓催花事，故以華淸車騎答之。」价拱手稱贊。明日以相告云。

15. 虢巨賀蘭

天下國家不幸而有四郊之警，爲人臣者，當隨其事力，悉心盡忠，以致尺寸之效。苟爲叨竊祿位，視如秦、越，一切惟己私之是徇，雖千百載後，覩其事者，猶使人怒髮衝冠也。唐天寶祿山之亂，可謂極矣。虢王巨爲河南節度使，賀蘭進明繼之，擁數道之兵，臨要害之地，尊爲征鎭，有民有財，而汗漫忌疾，非徒無益，而反敗之。巨在彭城，張巡在雍丘，以將士有功，遣使詣巨請空名告身及賜物，巨惟與折衝、果毅告身三十通，不與賜物，巡竟不能, 立徙於睢陽。先是太守許遠積糧六萬石, 巨以其半給濮陽、濟陰, 遠固爭不得。二郡得糧, 遂以城叛, 而睢陽食盡。顏魯公起兵平原, 合衆十萬, 旣成魏郡堂邑之功矣。是時, 進明爲北海太守, 亦起兵, 公以書召之并力, 進明度河, 公每事咨之, 軍權始移, 遂取捨任意, 以得招討後詣行在, 因譖房琯, 自嶺南而易河南。張巡受圍困棘, 遣南霽雲告急於其所治臨淮, 相去三百里, 弃而不救。平原、睢陽失守, 實二人之故。一時議者, 皆不以爲言, 使之連据高位, 顯爲佚罰。曾不十年, 巨斥刺遂州, 爲段子璋所殺, 進明坐第五琦黨, 自御史大夫竄謫以死。天網恢恢, 玆焉不漏。

••• 용재오필 권6(12칙)

1. 파양에 대한 글 – 도힐의 『칠담』 鄱陽七談

파양鄱陽 지역의 지리에 대한 저서가 줄곧 없었는데, 철종哲宗 원우元祐[1] 6년(1091)에 여간餘干의 진사 도힐都頡이 『칠담七談』을 지어 파양의 풍토와 사람들에 대해 서술하였다. 그는 『칠담』을 서술한 이유를 다음과 같이 썼다.

> 장인張仁과 서탁徐濯 · 고옹顧雍 · 왕덕련王德璉 등이 파양과 관련된 글을 지었지만, 시부詩賦의 형식으로 이 지역의 풍토와 인정에 대해 기술한 이가 없어, 내가 『칠담』을 지었다.

『칠담』은 "건단선생建端先生"으로 시작하여 "필의자畢意子"로 끝을 맺는다. 제1장에서는 담포澹浦와 팽려彭蠡의 험준한 산천지형과 위대한 호걸 파군番君 오예吳芮[2]에 대해 서술하였고, 제2장은 호반지역에 발달된 어업과 농업·잠업蠶業 등의 풍요로움에 대해 서술하였다. 제3장에서는 발달된 임업과 풍요로운 채소재배 그리고 넘쳐나는 어종과 가축들에 대해 논하였고, 제4장에서는 동전 주조와 도기陶器 생산 등의 수공업에 대해 논하였다. 제5장에서는 파양지역의 사원寺院과 왕요선단王遙仙壇 · 오씨윤천吳氏潤泉 · 숙륜대제叔倫戴堤에

1 元祐 : 북송 철종哲宗 시기 연호(1086~1093).

2 吳芮(B.C.241~B.C.201) : 한나라의 개국 공신. 진나라 때 군현제가 시행되면서 파읍番邑의 현령에 임명되었는데, 백성들이 그를 존경하여 '파군番君'이라 했다. 진승과 오광의 봉기 때 자신의 군대를 이끌고 거병했으며, 진나라 멸망 후 서초패왕 항우는 그를 남쪽 지역의 제후왕인 형산왕衡山王에 봉했다. 초한전쟁 때 유방을 도와 천하를 통일하고 한나라를 세우는 데 큰 공을 세웠다. 한漢나라 개국 후 장사왕長沙王에 봉해졌다.

대해 언급했고, 제6장에서는 파강鄱江의 물에 대해 언급했다. 그리고 마지막 제7장에서는 요산堯山의 사람들과 도당陶唐의 유풍을 논하며, 당지 사람들의 순박한 풍속을 서술하였다.

『칠담』은 모두 3000 여자로, 도힐 자신이 8일 만에 완성한 것이라고 하였는데, 좌사左思[3]가 10년에 걸쳐 쓴 「삼도부三都賦」나 장형張衡[4]의 「이경부二京賦」와 비교해 조금도 손색이 없다.

내가 우연히 옛 책들을 뒤적이다 『칠담』을 찾았는데, 지금 세상에 전해지지 않는 것이 안타깝기 그지없어 여기에 기록하였다. 그러나 도힐이 인용한 장인과 서탁·고옹·왕덕련 등이 지었다는 파양과 관련된 글들은 지금 모두 전해지지 않으니, 안타까울 따름이다.

2. 경전 해석서의 명칭 經解之名

진晉나라와 당唐나라부터 지금에 이르기까지 많은 유생들은 육경六經에 대한 해석서를 기술하면서 나름대로 그럴듯한 좋은 이름을 지어 붙였는데 그 종류만도 엄청 많다. 그러나 그 저작들을 대체로 '전傳[5]'·'해解[6]'·'장구章句[7]'

3 左思 : 서진西晉의 시인. 자 태충太沖. 외모가 추하고 눌변이었다고 한다. 10년 동안 구상하여 「삼도부三都賦」를 지었는데, 당시 문단의 영수였던 장화張華의 절찬을 받아 유명해졌다. 낙양의 지식인들이 이것을 다투어 필사하여 '낙양지귀洛陽紙貴'라는 말이 생겼을 정도였다고 한다. 또 오언시五言詩도 빼어나 서진 제일의 시인으로 평가된다.

4 張衡(78～139) : 후한의 문학가이자 과학자. 자 평자平子. 하남성河南省 남양南陽 출생. 부문賦文에 능하여 후한 중기의 태평성대를 풍자한 「이경부」·「귀전부歸田賦」 등을 지었다. 또 천문天文·역학曆學의 대가로서 안제安帝의 부름을 받아 대사령大史令이 되고, 천구의의 일종인 혼천의渾天儀를 비롯하여 지진계라 할 수 있는 후풍지동의候風地動儀를 만들었다. 후자는 지진이 일어난 방향의 용구龍口로부터 둥근 공이 튀어나오도록 만들어 놓은 장치로서, 지진의 예보도 하였다고 한다. 만년에는 하간왕河間王의 재상宰相으로서 호족豪族들의 발호를 견제하는 데 큰 공을 세웠다.

5 傳 : '경經'의 상대적인 의미로 '경'에 대한 주석·해설을 가리키는데, 주로 어구의 해석이다. 예를 들면 『상서尙書』에 공안국孔安國이 붙인 주석을 『공전孔傳』이라 하고, 『시경』에 관한 모장毛萇의 주를 『모전毛傳』이라고 한다.

6 解 : 경론經論의 낱말이나 글귀를 해석하거나 설명하는 것을 가리킨다.

세 부류를 벗어나지 못한다.

전국시대부터 한나라 때까지 나온 육경에 대한 해석서의 제목은 간략하면서도 우아했다. 첫 번째 부류는 '고故'라고 하는데, 의미에 통달하였다는 뜻이다. 『상서尙書』에는 『하후해고夏侯解故』가 있고, 『시경』에는 『노고魯故』·『후씨고后氏故』·『한고韓故』가 있다. 『모시고훈전毛詩故訓傳』은 『모시고훈전毛詩詁訓傳』으로 알려졌는데, 이에 대해 안사고顔師古는 고훈故訓의 고故자가 고詁로 바뀐 것은 세속에 의해 변한 것이며, 이로 인해 제목이 지닌 원래의 의미를 잃게 되었다고 했다. 문자학에서도 두림杜林의 『창힐고蒼頡故』가 있다.

두 번째 부류는 '미微'라고 하는데, 이는 간단하지만 심오한 말 속에 담긴 큰 의미를 해석한다는 뜻이다. 예를 들면 『춘추春秋』의 『좌씨미左氏微』·『탁씨미鐸氏微』·『장씨미張氏微』·『우경미전虞卿微傳』등이 있다.

세 번째 부류는 '통通'이라고 하는데, 예를 들면 『와군통洼君通』이라고 하는 와단洼丹의 『역통론易通論』, 반고班固의 『백호통白虎通』, 응소應劭의 『풍속통風俗通』, 당나라 유지기劉知幾의 『사통史通』, 한황韓滉의 『춘추통春秋通』 등이 있다. 이러한 책들 중 『백호통』과 『풍속통』만 전해진다.

또 정현鄭玄이 지은 『모시전毛詩箋』이 있는데 '전傳'의 의미를 풀이하여 밝힌 것으로, 이 외의 서적들은 '전箋[8]'자를 사용하지 않았다. 그리고 『논어論語』와 관련된 학문에서 『제론齊論』·『노론魯論』·『장후론張侯論』이라는 명칭을 사용하기도 했지만, 후에는 모두 그렇게 사용하지 않았다.

3. 점괘를 공경하며 받아들이지 않는 현 세태 卜筮不敬

옛날에는 거북이 등껍질과 시초蓍草[9]를 사용해 길흉을 점쳤는데, 이러한

7 章句 : 문장을 분할하여 분석하는 것을 가리킨다.

8 箋 : 경전이나 고서 가운데 이해하기 어려운 곳을 해설하여 원작자의 뜻을 밝히거나 자기의 의견을 써 넣은 것을 지칭한다. 『모시毛詩』에 대한 한나라 학자 정현鄭玄의 주석을 『정전鄭箋』이라 부르는 것이 그 좋은 예이다. 이 외에도 표전標箋 또는 전주箋注라 이름 붙여진 옛 책의 주석서註釋書들이 많다.

신물들은 모두 선조들이 사용했던 것이다. 선민들은 이러한 신물들을 아주 엄격한 규정에 의해 사용하였고, 지극히 경건하게 받들었으며, 또 아주 상세하게 물었기 때문에, 신물의 답 또한 아주 정확하였다. 사축史祝[10]은 길흉에 대해 묻기 이전에 반드시 목욕재계를 하고, 물어보는 것을 중복하지 않았기 때문에, 사축의 말 또한 문제에 대한 신의 화답처럼 영험하게 여겼다.

주나라 왕실의 사관이 진경중陳敬仲에 대해 점을 쳤는데, 그의 8대 손까지 가면 그와 다툴 수 있는 능력이 있는 사람이 하나도 없게 된다는 점괘가 나와, 강씨를 대신하여 진경중이 제나라를 다스리도록 하였다. 사소史蘇[11]가 시집가는 진晉나라 백희伯姬에 대해 점을 치니, 영嬴씨가 희姬씨를 멸망시킴에 이르러 진나라 혜공惠公과 회공懷公시대에 난리가 발생할 것이라고 하였다. 이 점괘는 심오하게도 신명과 통하여, 정말로 진시황제 영정嬴政에 의해 주나라 왕실이 완전히 멸망하고 전국이 통일되었다. 지극히 간단명료한 질문이었기에 심오함에 이르러 직접 신명과 통할 수 있었던 것이다.

하지만 후대에 와서는 점점 점괘를 믿지 않게 되었고, 요즘에 와서는 점괘를 부정하는 사람들까지 생겼다. 밥 먹으면서 또는 시끄럽게 싸우면서 점술가를 불러 모퉁이에 앉아 점을 보라고 하는데, 종종 의관조차 바르게 하지 않고서 한 번 물어보면 네 다섯 가지를 한꺼번에 물어보니, 그 점괘를 믿지 못하는 것을 어찌 책망할 수 있겠는가?

반고班固가 다음과 같이 말한 것은 아주 타당하다.

> 군자가 장차 하고자 함이 있고 장차 행하고자 함이 있으면 신께 물어보는데, 그 응답이 아주 영험하다. 그러나 도덕이 쇠퇴하여 망해가는 세상에 이르러 재계를 게을리 하고 여러 차례 점술을 반복하니, 신명 또한 응답하지 않는 것이다. 그렇기 때문에 여러 차례 점술을 반복하면 신명이 모독당했다고 생각하여 알려주지

9 蓍草 : 톱풀. 빼때쑥. 점을 치는 데 썼으며 후에 대나무를 깎아 시초 대신 점을 쳤기 때문에 서죽筮竹이란 말이 생겼다.

10 史祝 : 제사를 담당하는 제사장.

11 史蘇 : 사일史佚의 후예이며 진晉나라 헌공獻公때의 대부로, 점복占卜을 담당했었다. 그는 정직하고 성실하였으며, 『역易』에 정통하여 점복이 영험하였다고 한다.

않은 것이기에 『주역』에서도 이를 경계하였던 것이다. 거북점이 회답이 없는 것에 대해서는 『시경』에서 풍자했다.

반고가 언급한 『주역』은 「몽괘蒙卦」로 그 내용은 다음과 같다.

첫 점을 치면 알려주지만 두세 번 거듭하면 모독하는 것이기에, 모독하면 알려주지 않는다.

윗 글에 언급된 『시경』은 「소아小雅·소민小旻」으로 내용은 다음과 같다.

내 거북점도 이미 지쳐,	我龜旣厭,
나에게 알려주지 않는구나.	不我告猶.

점을 쳐서 묻는 것이 여러 차례 반복되면 영험한 거북을 모독하는 것이 되어, 거북도 이를 싫어하여 길흉을 알려주지 않는다는 의미이다. 한나라 때도 점술을 믿지 못하고 반복적으로 묻고 또 물었는데, 하물며 지금은 어떻겠는가? 잠깐이라도 공경하는 마음을 품지 않으면서, 오히려 점술을 행하는 이가 영험하지 않다고 추궁해서 되겠는가?

4. 흰 설탕 糖霜譜

당상糖霜이라는 명칭은 당나라 이전에는 보이지 않던 것이다. 옛날에는 사탕수수를 먹었기에 제일 처음에는 자장蔗漿이라고 했다. 송옥宋玉의 「초혼招魂」에서 "자라는 삶고 양은 통째로 굽고 사탕수수는 즙을 낸다胹鼈炰羔有柘漿」"는 구절 중 '柘漿자장'이 바로 그것이다. 후에 자당蔗餳이라고 하였다. 손량孫亮[12]

12 孫亮(243~260) : 손권孫權의 아들. 자 자명子明. 손권의 맏아들 손등孫登이 죽자 셋째 아들 손화孫和와 넷째 아들 손패孫霸 사이에 태자문제를 둘러싸고 다툼이 일어났고, 결국 어린 손량이 태자가 되어 손권이 죽은 뒤 황제로 즉위하였다. 그 결과 손량의 옹립에 공이 컸던 손준孫峻이 정권을 잡았고, 그가 죽은 뒤에는 손림孫綝이 정권을 잡았다. 257년 손량은 친정親政을 선언하고, 외척 전全씨와 의논하여 손림을 죽이려다 반대로 폐위되어 회계왕會稽王으로 지위가 떨어졌다. 뒤에 황제로 복귀한다는 소문이 있어, 다시 후관후候官侯로 강등되어 임지로 부임하던 도중에 자살하였다.

이 내시를 중장리中藏吏[13]에게 보내어 교주交州에서 올린 감자당甘蔗餳을 가져오게 했는데, 감자당이 바로 자당이다. 후에는 또 석밀石蜜이라고 하였는데, 『남중팔군지南中八郡志』에 다음과 같은 말이 나온다.

> 감자즙을 짜서 햇빛에 말리면 엿이 되는데, 이를 석밀石蜜이라고 한다.

『본초강목』에서도 "당糖과 유乳를 함께 졸이면 석밀石蜜이 된다"고 했다. 후에는 저주蔗酒라고 했는데, 당나라 때 적토국赤土國[14]에서 사탕수수를 가지고 술을 만들때 가지의 뿌리를 섞어 만든 것에서 유래했다고 한다.

당 태종太宗은 마게타국摩揭陀國[15]에 사자를 파견하여 당糖을 졸이는 법을 배워오게 하였다. 그리고 곧 양주揚州에 명하여 사탕수수를 바치라 하여 마게타국에서 배워온 방법으로 사탕수수의 즙을 짰는데, 그 색과 맛이 서역의 당보다 더 진했다고 하며, 바로 그것이 지금의 사탕沙糖[16]이다. 사탕수수에서 당을 축출하는 기술은 이와 같은데, 당을 흰 가루로 만드는 것에 대해서는 들어본 적이 없다. 즉 흰 설탕을 만든 것은 비교적 최근의 일이다.

역대 시인들은 진기한 것을 좋아하였지만, 흰 설탕에 대해서는 한 마디도 언급한 적이 없다. 그런데 소식이 금산사金山寺를 지나갈 때 수녕遂寧[17] 출신 승려인 원보圓寶에게 지어 보낸 시에서 처음 흰 설탕을 언급했다.

부강과 중령,	涪江與中泠,
이 곳에 모여 한 가지 맛의 물이 되네.	共此一味水.
얼음 쟁반으로 호박을 바치니,	冰盤薦琥珀,

13 中藏吏 : 궁궐 안 창고를 관리하는 관직.

14 赤土國 : 고대 국가 이름. 수나라와 당나라 때 지금의 말레이반도에 있던 나라로, 기후가 뜨거워 땅이 붉은 빛을 띠었다고 해서 적토국이라 불렸다. 적토赤土라고도 한다.

15 摩揭陀國 : 산스크리트어, 팔리어 magadha의 음사. 중인도의 동부, 지금의 비하르(Bihar)의 남쪽 지역에 있던 고대 국가로, 도읍지는 왕사성王舍城이다. 『대당서역기大唐西域記』에 의하면 석가모니가 죽기 전 입적할 때 마게타국에 발자국을 남겼다고 한다.

16 沙糖 : 사탕수수甘蔗의 즙을 내어 졸여서 만든 것으로, 마치 그것이 모래알처럼 생겼다고 해서 사탕이라고 이름 붙였다.

17 遂寧 : 지금의 사천성 수녕遂寧.

어찌 흰 설탕처럼 그리도 아름다운가. 何似糖霜美.[18]

또 황정견黃庭堅이 융주戎州[19]에 있을 때 재주梓州의 옹희장노雍熙長老가 흰 설탕을 보내온 것에 감사하며 시를 지어 보냈으며 시의 내용은 다음과 같다.

멀리서 흰 설탕 보내왔는데 그 맛 알고 있으니, 遠寄蔗霜知有味,
최자의 수정염보다 더 뛰어나네. 勝於崔子水晶鹽.
정통은 모든 것을 쓸어버릴 듯하다고 누가 말했던가, 正宗掃地從誰說,
내 혀가 코 끝까지 닿을 듯 하네. 我舌猶能及鼻尖.[20]

이렇듯 수녕의 흰 설탕을 문자로 기록한 것은 소식과 황정견 두 사람에게서 시작되었다.

사탕수수를 도처에 심었지만 복당福唐[21]과 사명四明[22]·번우番禺[23]·광한廣漢[24]·수녕遂寧에서만 얼음 설탕이 생산되었고, 수녕의 것이 품질이 가장 뛰어났다. 나머지 네 지역은 생산량도 작았고, 알갱이가 잘 부서지며 색깔도 옅고 맛도 싱거워 수녕에서 생산된 최하의 품질과 비슷했다. 이러한 모든 것은 근래에 와서 만들어진 것들이다.

당나라 대종代宗 대력大曆[25] 연간에 추鄒라고 불리는 승려가 소계小溪의 산신繖山에 와서, 황씨라는 성을 가진 이에게 흰 설탕 제조 방법을 가르쳤다. 산산은 소계현 북쪽 20여리에 위치한 곳으로 산 앞뒤로 전체 2/5의 토지에

18 「送金山鄉僧歸蜀開堂」.
19 戎州 : 지금의 사천성 의빈宜賓.
20 「又答寄糖霜頌」.
21 福唐 : 지금의 복건성 복청현福清縣 동남쪽.
22 四明 : 지금의 절강성 영파寧波.
23 番禺 : 지금의 광동성에 속한다.
24 廣漢 : 지금의 사천성에 속한다.
25 大曆 : 당나라 대종代宗때의 연호(766~779).

사탕수수를 심었는데, 전체 3/10의 백성들이 모두 설탕 만드는 일에 종사하였다. 당지의 사탕수수는 모두 네 종류로 두자杜蔗·서자西蔗·초자艻蔗·홍자紅蔗가 바로 그것인데, 『본초강목』에서는 초자를 적자荻蔗·홍자를 곤륜자崑崙蔗라고 했다. 홍자는 생으로 먹을 수 있고, 초자는 사탕으로 만들 수 있다. 서자는 흰 설탕으로 만들 수 있는데 색이 옅어서 당지 사람들은 그다지 귀중하게 여기지 않는다. 두자는 옅은 자줏빛에 맛이 아주 달아 전적으로 흰 설탕 만드는데 사용된다.

사탕수수를 심으면 지력 소모가 커서, 올해 사탕수수를 심으면 내년에는 반드시 다른 것을 심어 지력을 보양해주어야 한다. 흰 설탕을 만드는 데 필요한 도구 즉 자삭蔗削[26]과 자겸蔗鐮[27]·자등蔗凳[28]·자전蔗碾[29]·자두榨斗[30]·자상榨牀[31]·칠옹漆甕[32] 등은 모두 각각의 표준규격이 있었다. 무릇 한 항아리분의 흰 설탕의 질량 또한 서로 다른 등급이 있는데, 정원을 꾸미기 위해 인공적으로 돌을 쌓아 만든 가산假山마냥 쌓여있는 것이 상등上等이고, 뭉친 가지마냥 쌓이면 그 다음 항아리처럼 쌓이면 그 다음 덩어리가 작으면 그 다음, 모래처럼 알갱이가 작으면 가장 낮은 등급이다. 자색을 띠면 가장 상등이고, 짙은 호박색이 그 다음, 옅은 황색이 그 다음, 옅은 흰색이 가장 낮은 등급이다.

휘종徽宗 선화宣和[33] 연간 초에 왕보王黼[34]가 응봉사應奉司를 창설하여 수녕이

26 蔗削 : 사탕수수를 자르는 대나무 칼.
27 蔗鐮 : 사탕수수를 자르는 낫.
28 蔗凳 : 벤 사탕수수를 쌓아놓는 큰 걸상.
29 蔗碾 : 사탕수수를 즙을 짤 때 사용하는 큰 연자방아로, 소의 힘으로 돌려 즙을 짰다.
30 榨斗 : 사탕수수 즙을 짤 때 사용하는 대나무로 만든 용기.
31 榨牀 : 사탕수수 즙을 짤 때 사용되는 밑받침.
32 漆甕 : 사탕수수 즙을 모아놓는 항아리로, 옻칠을 하여 누수를 막았다고 한다.
33 宣和 : 송나라 휘종 시기 연호(1119~1125).
34 王黼(1079~1126) : 북송의 대신. 초명은 보甫고, 자는 장명將明이다. 휘종때에 관리가 되었는데, 지략이 많고 언변이 좋아 채경蔡京이 다시 재상이 되는 것을 도와 어사중승御史中丞에 올랐다. 권력을 잡은 후 사방에서 기이한 산물들을 가혹하게 착취하여 자기 소유로 삼았으며, 여진女眞과 손을 잡아 함께 요遼나라를 공략하는데 찬성하여 대대적으로 민간의 재물을

항상 공물로 바치는 것 외로 매년 몇 천 근에 해당하는 흰 설탕을 바치게 하였다. 그러나 당시 생산량이 갈수록 적어졌기에 장벽牆壁 혹은 방촌方寸 등 설탕의 양을 말하는 단어는 응봉사가 폐지된 후 더 이상 들을 수 없었다.

수녕의 왕작王灼이 『당상보糖霜譜』 7편을 지었는데 앞서 언급했던 것들을 자세하게 기록하고 있어, 여기에 채록하여 널리 알리고자 한다.

5. 섬서를 지킨 이언선 李彥仙守陝

북송 말엽 정강靖康의 변[35]에 죽음으로 성을 지킨 충의지사忠義之士들이 역사서에 기록되어 후세에 전해지고 있다. 분주汾州의 장극전張克戩과 융덕隆德의 장학張確, 회현懷縣의 곽안국霍安國, 대현代縣의 사항史抗, 건녕채建寧寨의 양진楊震, 진무振武의 주소朱昭 등이 그러하다. 또한 고종高宗 건염建炎[36] 이래 자신이 추구하는 가치를 위해 기꺼이 죽음을 맞이했던 의로운 이들이 적지 않았지만, 역사서에 기록되지 않고 있다. 나는 왕작이 지은 「이언선전李彥仙傳」을 읽은 후에 이언선의 의로운 행동을 역사서에 기록할 것을 건의하는 상소문을 올렸다. 혹시 실록이나 정사에 이언선에 대해 기록되지 않을까 걱정되어 여기에 기록하고자 한다.

이언선은 자가 소엄少嚴이고, 원명은 충효孝忠이며, 그의 선조들은 영주寧州에서 살다가 후에 공현鞏縣으로 옮겨가 살았다. 어려서부터 큰 뜻을 품었으며, 병법을 논하는 것을 좋아하였는데, 특히 말 타기와 활쏘기에 뛰어난 재능을 가지고 있었다. 그는 나라의 요충지를 돌아다니며 모든 지형의 특징을 관찰하여 기록하였고, 기개와 절개를 숭상하고 신용을 중시하였기에, 호협

수거하는데 앞장섰다. 흠종欽宗이 즉위하자 사형되었다.

35 靖康의 變 : 정강 원년인 1126년에 금金이 남하하여 흠종을 항복시키고, 그 이듬해에 휘종과 흠종을 포로로 잡아 금의 내지로 보내고 수도에는 장방창張邦昌을 세워 초국楚國을 만들어, 북송北宋을 멸망시켰다. 이를 가리켜 '정강지화' 또는 '정강지변靖康之變'이라고 한다.

36 建炎 : 남송 고종高宗의 연호(1127~1130).

들이 아니면 사귀지 않았다. 금나라가 남침 한 후 그는 가산을 모두 탕진하면서까지 3,000명의 군사들을 모아 개봉으로 갔다. 후에 금나라의 군대가 태원太原을 포위했을 때, 이강李綱이 선무사宣撫使로 당시의 전쟁을 담당하고 있었다. 이언선은 상소문을 올려 이강을 강렬하게 비난했다. 관아에서는 긴급하게 이언선을 체포하라는 명령을 내려, 그는 관직을 버리고 도망치면서 충효라는 이름을 언선으로 고쳤다.

오래지 않아 이언선은 종사중种師中을 따랐는데, 종사중이 전쟁에 패하여 죽자 섬주陝州로 도망갔다. 섬주의 수비를 맡은 장수 이미대李彌大가 북방의 전투에 대해 묻자 이언선은 조목조목 자세하게 대답했다. 그의 뛰어난 재능을 알아본 이미대는 그를 파견하여 효관殽關과 민지澠池 사이의 요충지를 지키도록 하였다. 다시 금나라 군대가 개봉을 포위하자 섬서陝西의 범치허范致虛가 군대를 이끌고 지원하였는데, 이언선이 범치허에게 다음과 같이 청하였다.

> "효관과 민지 간은 지세가 험하여 거점을 확보하기가 어렵기에, 앞의 부대가 퇴각을 하려고 하면 뒤의 사람들은 와아 소리를 지르면서 뿔뿔이 흩어질 수밖에 없습니다. 그렇기에 나누어서 전진하면서, 상황을 엿보고 병사들을 진격 시켜야 합니다. 또 군대의 반은 그대로 남겨두어 뒷감당을 하도록 해야 할 것입니다."

범치허가 답하였다.

> "만약에 그대의 말대로 한다면 적이 두려워 피하는 것과 같지 않은가?"

이언선은 범치허가 자신의 책략을 무시함에도 불구하고 물러서지 않고 "병사를 나누어야 신속하게 목적한 바를 달성할 수 있다"며 끝까지 자신의 주장을 펼치다, 범치허의 화를 사 파면당했다. 오래지 않아 범치허의 군대는 크게 패하였다.

고종 건염 원년(1127) 4월 금나라 군대는 섬주를 공격하였는데, 경제사經制使 왕섭王燮은 겁이 많아 전투가 시작되기도 전에 자신의 병력을 이끌고 도망가

버렸고, 섬주의 관리들 또한 앞을 다투며 도망가 버렸다. 그러나 석호위石壕尉였던 이언선은 홀로 평상시와 마찬가지로 자신의 자리를 굳건히 지켰다. 남아있던 섬주의 사람들은 모두 분분히 그에게로 귀순했고, 그는 노인들과 어린 아이들을 나누어 각각 토화채土花砦와 삼자三觜·석주石柱·대통大通의 여러 산 속에 들어가 전란을 피하게 했다. 그리고 청장년 중 젊고 용감한 이들을 뽑아 군대를 편성하여 삼자三觜에 주둔했다. 그는 자신을 따르는 백성들에게 다음과 같이 말했다.

> "금나라와 맞서 싸우는 것은 어렵지 않소이다. 지금 우리들은 지리적으로 유리한 상황에 처해있기 때문에 그대들은 이 곳을 지키기만 하면 되는 것이오."

며칠 안 되어 금나라 군대는 다시 섬주를 점령하고 군대를 나누어 이언선 등이 숨어있는 산들을 공격했다. 적진의 건장한 적장 하나가 이언선이 주둔하고 있는 삼자성 앞에 서서 욕을 하자, 이언선은 홀로 말을 타고 출격하여 그를 산채로 잡아 허리에 끼고 돌아와, 대오를 정리한 후 출전준비를 했다. 몇 만의 적군이 성을 포위하자, 이언선은 후방에 정예병을 매복시켜 놓은 후 적을 유인했다. 그 결과 만 명 넘는 적군을 사살하여 삼백 마리정도의 말을 빼앗을 수 있었고, 적들은 놀래서 도망가기 바빴다. 이 전쟁이후, 개봉과 낙양 사이의 수많은 백성들이 모두 그에게로 귀순하여 세력이 갈수록 강대해졌고, 한 달도 못되어 오십여 차례나 적을 무찔렀다.

금나라 군대가 두 번째로 섬주를 포위하였을 때, 금나라는 그 지역의 사람들을 관리로 임명하여 사회질서를 안정시키기 위한 일상적 사무를 처리하도록 하였고, 그들에게 한 장의 증표를 발급해 주었다. 이언선은 자신의 부하를 몰래 섬주성에 잠입시켰고, 자신들과 내통할 수 있게 관리로 위장하도록 했다.

건염 2년(1128) 3월, 이언선은 병력을 이끌고 섬주성 남쪽으로 내달려갔고, 적들은 불길에 쌓인 성안에서, 성의 남단을 방비했다. 이언선의 수군은 신점新店에서 출발하여 밤에 물길을 따라 성 동북쪽에 도착해 몽천파蒙泉坡와 용당구龍堂溝를 통해 성안으로 진격해 들어갔다. 안팎에서 공격하자 적의 시체가 여기저기에 쌓이게 되었고, 이언선의 군대는 마침내 섬주성을 탈환하였다. 섬주성 탈환 작전을 시작할 때, 하동河東 사람들이 모두 충의를 부르짖으며 금나라에 저항하였다.

이언선은 호야차胡夜叉에게 도움을 청하며 연하제거沿河提擧직을 위임하였는데, 직책에 불만족스러웠던 요야차는 배반하고 남원南原의 적에게 투항해버렸다. 이언선은 그에게 높은 직책을 주겠다고 유혹하여 돌아오게 해서 그를 죽인 후 그가 거느린 오천 명의 병사를 취하였다. 소륭邵隆과 소운邵雲은 호야차와 뜻을 함께 했기에, 호야차를 위해 이언선에게 복수하려고 하였다. 이언선은 사람을 보내 그가 생각하는 대의를 말하자 두 사람은 생각을 바꾸어 이언선에게 귀순하였다.

이언선은 승세를 몰아 황하를 건너려고 중조산中條山 위에 울타리를 세우자, 포주蒲州와 해주解州에서 태원太原에 이르기까지 모든 이들이 그 소문을 듣고 함께 하고자 하였다. 그는 소륭과 소운 등을 파견하여 안읍安邑과 우향虞鄕·예성芮城·정평正平·해주 등을 공격하여 적들을 물리치고 모두 휘하로 편입시켰다. 그러나 포주는 적의 원군이 도착하는 바람에 수복하지 못하였다.

이언선은 이 전쟁에서 세운 공로로 합문선찬사인閤門宣贊舍人을 제수 받아 섬주에서 안무사安撫司의 일까지 겸하게 되었다. 그는 포로로 잡은 적장들을 모두 황제가 머물고 있는 임안臨安으로 압송시켰다. 황제는 그의 작전에 찬탄을 금하지 못하면서 그에게 포대袍帶와 창·검을 하사하였고, 황제에게 직접 아뢸 수 있는 특권과 황제를 대신해 전쟁터에서 막강한 권한을 휘두를 수 있는 특권을 부여하였다.

당시 함곡관 동쪽의 주현은 대부분 함락되었는데 섬주만 함락되지 않은 상태였기 때문에, 이언선은 끊임없이 성벽을 수리하고 참호를 파고 군대를 훈련시키고 무기를 정비하면서, 둔전을 확대시키고 농사를 장려하였다. 그는 섬주를 잘 다스리기 위해 줄곧 공현鞏縣에 머물고 있었던 가족들을 섬주로 데리고 와 "내 부모와 처자식도 모두 섬주 성과 함께 생사를 같이 할 것이오"라고 말했다. 이 말을 들은 이들은 모두 감동하였고 군민이 모두 한 마음이 되어 금나라에 대한 항전의 의지를 더욱 굳혔다. 12월 금나라의 장군 오노철발烏魯撤拔이 섬서성을 포위하자 이언선은 군사를 이끌고 나아가 성을 등지고 7일간 치열하게 전투를 벌였고, 결국 금나라 군대는 많은 피해를 입은 채 패해 도망갔다.

건염 3년(1129) 금나라의 대장군 누숙패근婁宿孛堇이 금나라 왕의 명을 받아 강현絳縣에서 포주와 해주로 주둔지를 옮겼다. 이언선은 첩보를 통해 이를 미리 알고서, 적들이 지나가는 계곡에 군사들을 미리 잠복시켰다. 적들이 지나갈 때 하늘을 찌를 듯 함성을 지르며 공격해 적 18명을 사로잡았는데, 누숙은 몸만 도망갈 수 있었다. 이때 제치사制置使 왕서王庶가 금나라 군대와 전쟁을 벌이며 전령을 보내, 이언선에게 우항에 주둔하면서 함께 앞뒤에서 서로 호응하여 적을 몰아치는 작전을 펼치자고 하였다. 협공 작전을 펼쳐 적군을 석종곡石鍾谷의 입구에서 만나 하루 종일 혼전을 펼쳐 적 이천 명의 목을 베었고, 그 공으로 이언선은 무공대부武功大夫·영주관찰사寧州觀察使·하해동요제치사河解同耀制置使로 승진되었다.

당시 금나라 군대가 점령한 하동지역의 토호土豪들은 암암리에 송나라에 귀순하였고, 황제의 군대가 와서 자신들과 함께 금나라 군대를 물리치고 하동을 수복해주기를 바랬다. 이언선은 하동을 수복하기위해 군사를 더 확보할 필요성을 느끼고, 조정에 섬서 지역의 각 로路에서 보병과 기병 2만 명을 소집하여 보충해주기를 청했다. 그러나 당시 사천과 섬서 지역을 다스리고 있던 장준張浚이 불허하였기 때문에, 조정에서는 그의 요청에 답을 해주지 않았다. 12월에 누숙패근이 다시 십만 명의 군대를 이끌고 다시 섬주를 포위하자, 이언선은 밤을 틈타 굴을 파고 적진에 들어가 성을 공격하기 위해 준비된 적의 무기와 기계들을 모두 불태워버렸다. 그로 인해 적진은 큰 혼란에 빠졌고, 그 틈을 타 송나라 군대가 진격하자 적은 조금 후퇴했다.

건염 4년(1130) 정월, 금나라는 성을 공격하기 위해 병사를 늘려 주야로 쉬지 않고 공성병기攻城兵器인 아차鵝車와 천교天橋·화차火車·충차衝車 등을 이용해 총공격을 감행하였다. 이언선은 그때그때 상황에 맞춰 금나라의 성 공격에 대응했다. 금즙포金汁礮를 만들어 적진을 향해 발사하여 명중된 곳을 모두 불태워버리는 등 적을 위협하는 갖가지 방법이 동원되었지만, 겹겹으로 둘러친 금군의 포위를 무너뜨리지 못했다. 이언선은 더 이상 어찌할 수 없어 하루 종일 성가퀴[37]에 기대어 원군이 오기만을 기다렸다.

장준은 이언선을 돕기 위해 부대 하나를 보냈지만, 적들이 먼저 옹雍에서 장준 부대의 진격을 저지해 나아갈 수 없었다. 장준은 경원涇原[38]의 곡단曲端[39]에게 명하여 부방鄜坊[40]에서 적의 후미를 에워싸 이언선의 군대를 지원하라고 했다. 그러나 곡단은 줄곧 이언선의 명성과 공적이 자신보다 높은 것을 질투했기에, 그가 지기를 바라며 갖가지 핑계를 대면서 지원군을 이끌고 가지 않았다. 정사丁巳일에 섬주성은 함락되었고, 이언선은 친위부대를 이끌고 시가전을 벌이다 고슴도치마냥 온 몸에 화살을 맞고 왼쪽 팔은 칼에 잘린 채 끝까지 맞서 싸우다가 장렬히 사망하였다. 그리고 그의 가족 또한 모두 적에게 살해당했다.

금나라는 섬주성을 공격하기 이전에 이언선에게 성을 버리고 투항하면 하남河南의 원수元帥 직위를 주겠다고 유혹하였는데, 그는 요지부동이었다. 섬주성을 포위한 후에도 금나라는 투항하기만 하면 이전에 약속했던 직위를 주고 포위를 풀겠다고 유혹하였다. 이언선은 이에 노기를 띠고 큰 소리로 꾸짖으며 다음과 같이 말했다.

37 성가퀴 : 몸을 숨겨 적을 공격할 수 있도록 성 위에 낮게 덧쌓은 담을 뜻한다. 여담, 또는 여장女墻이라고도 한다.

38 涇原 : 지금의 감숙성 경천涇川 북쪽.

39 曲端(1090~1131) : 남송의 장군. 자 정보正甫·사윤師尹. 고종 건염 초에 경원로경략사통제관涇原路經略司統制官에 임명되어 경주涇州에 군대를 주둔시키고 여러 차례 금나라 군대를 격파하였다. 후에 위무대장군威武大將軍을 제수 받아 서군을 통솔했다. 진지구축 문제로 장준과 논쟁을 하다가 단련부사團練副使로 폄적되었고, 장준과 오개吳玠의 무고로 41살의 젊은 나이에 참혹한 형벌로 인해 사망하였다. 나중에 복권되어 선주관찰사宣州觀察使에 추서되었고, 장민壯湣이라는 시호를 받았다.

40 鄜坊 : 지금의 섬서성 부현富縣.

"섬주성을 못 지킨 채 송나라의 귀신이 될지언정 어찌 네 놈들이 주는 부귀를 탐할 것인가!"

금나라는 그의 재능을 아껴 투항시키고자 갖은 방법을 다하였지만, 이언선은 투항의 뜻이 조금도 없었기에 금나라에서 제시하는 부귀공명을 모두 단호히 거절하였다.

그 후 금나라는 전면적인 섬주성 공격에 앞서 그를 사로잡아 오면 일만 금의 상을 내린다는 명을 군중에 하달하였다. 그러나 이언선이 평상시처럼 병사들과 마찬가지로 다 헤어진 군복을 입고 병사들 틈에 뒤섞여 혼전을 벌이다 장렬히 죽음을 맞이했기에, 금나라는 그의 시체조차 찾을 수 없었다.

이언선은 사람됨이 강직하여 군대를 엄격하게 다스렸다. 만약에 명령을 위반하는 일이 발생하면, 친족이라 할지 관용을 베풀지 않았다. 바깥에서 주둔하고 있는 장군들이 패하거나 다른 실수를 저지르면 부하에게 포장한 회초리를 들려 보내 형을 집행하게 하였는데, 벌을 받는 이는 옷을 벗은 채 벌을 받으면서도 감히 원망의 말 한 마디도 하지 못했다.

당시 동주同州와 화주華州·장안長安은 모두 금나라 군대에 의해 점령당해 섬주는 한 구석에서 외부와 단절되었기 때문에, 이언선이 섬주성을 사수하기 위해 전쟁을 치루는 동안에 조정에선 제도적으로 그들을 도울 수 있는 힘이 없었다. 그렇듯 섬주가 고립무원의 상태에서 적과 대립하고 있었기 때문에, 이언선은 충의에 대해 언급하며 부하들을 격려할 수 밖에 없었다. 조정에서 하사한 상이나 전리품 등은 일률적으로 균등하게 분배하여, 자신이 조금 더 챙기는 경우가 절대 없었다. 그렇기 때문에 이언선이 이끄는 3만 정예병은 200여 차례의 크고 작은 전쟁을 치루면서도, 단 한 차례의 주저함도 없이 그의 명령에 절대 복종하며 기꺼이 전쟁에 임하였다. 군영의 크고 작은 일은 모두 그가 독자적으로 결정했지만, 지방행정 사무는 반드시 법에 근거해 지방관리가 처리하도록 하여, 전 지역이 모두 잘 다스려졌다. 장준은 후에 그를 장무군절도사彰武軍節度使에 추승하도록 장서를 올렸고, 그의 묘를 상주商州에 설치하도록 했다.

소운邵雲은 용문龍門사람으로 섬주성이 함락된 후 포로가 되었다. 누숙패근이 천호장千戶長인 맹안猛安[41]의 자리를 주면서 투항을 권유했는데, 그는 누숙을 크게 꾸짖으며 거절하였다. 누숙은 크게 화를 내며 나무 시렁위에 그를 못 박아 해주의 동문밖에 매달아 놓았다. 어떤 무뢰배가 그의 등에 새겨진 검은 문신을 어루만지며 "내가 차고 있는 칼의 칼집을 만들면 좋겠소이다"며 그를 희롱하였다. 소운은 분노를 참을 수 없어 문에 매달린 나무 시렁을 쓰러뜨리고 그 무뢰배에게 달려들었다.

5일 후 소운은 금나라 군대에 의해 사지를 찢어 죽이는 책형磔刑에 처해져 눈동자가 도려내어지고 간담이 적출되었다. 그가 죽을 때까지 끊이지 않고 적에 대한 분노의 질책을 쏟아내자, 금군은 잔인하게 그의 목구멍을 잘라버렸다. 처음 형이 집행되기 시작할 때 망나니가 손에 칼을 들고 칼을 휘두르려고 하다가, 소운의 성난 질책에 너무 놀라 칼을 땅에 떨어뜨리고 쓰러져 죽어버렸다. 그의 충용忠勇의 기개가 그렇게 대단했다.

6. 현자를 질투하는 간웅 奸雄疾勝己者

예부터 간웅奸雄은 뜻을 이루면 나쁜 마음을 품고 황위를 찬탈하려 일을 도모하며, 자신보다 재능이 뛰어난 사대부들을 질투하면서, 항상 "내가 세상을 저버릴지언정, 세상이 날 저버리게 하지는 않을 것이다"라는 신조를 지니고 산다. 채옹蔡邕[42]이 동탁董卓[43]을 만나고, 공융孔融[44]과 예형禰衡[45] · 양수楊

41 猛安 : 금나라 때의 군사·행정제도 또는 관명. 여진어로 맹안은 '천호장千戶長'을 가리킨다. 건국 전에 여진인 사이에 조직되어 있던 부족적 군사제도로, 300호戶를 1모극부謀克部, 10모극부를 1맹안부猛安部로 하였으며, 모극부의 장長인 모극과 맹안부의 장인 맹안은 세습제였다. 군사제도로서는 1모극부에서 100명의 병사를 징집하여 1모극군軍을 편성하고 10모극군을 1맹안군으로 편성하여 그 장은 각각 모극과 맹안이 맡았다. 평화시에는 생업에 종사하게 하고 전시에는 병사로 동원했다.

42 蔡邕(132~192) : 후한의 학자·문인·서예가. 자 백개伯喈, 진류어현陳留圉縣 출신. 젊어서부터 박학하기로 이름이 높았고 문장에 뛰어났다. 175년 제경諸經의 문자평정文字平定을 주청하여 이를 돌에 새긴 후 태학太學의 문 밖에 세웠는데, 이것이 '희평석경熹平石經'이다. 후에

修가 조조曹操를 만나고, 혜강嵇康과 완적阮籍이 사마소司馬昭와 사마사司馬師 형제를 만나고, 온교溫嶠[46]가 왕돈王敦[47]과 만나고, 사안謝安[48]과 맹가孟嘉[49]가 환온桓溫[50]을 만난 것은 모두 불행한 일이라 할 수 있다.

중상모략을 받고 유배되었다가, 동탁에게 발탁되어 높은 벼슬을 지냈으나, 동탁이 벌을 받고 죽음을 당한 후 투옥되어 옥중에서 사망하였다. 비백체飛白體를 창시한 것으로도 유명하며, 딸인 채염蔡琰도 유명하다.

43 董卓(?~192) : 후한 말기의 무장武將. 낙양에 입성하여 헌제를 옹립하고 정권을 잡았다. 이에 대해 동탁 토벌군이 조직되자 낙양성을 소각하고 장안으로 천도했으나 횡포가 심했고, 그 때문에 사도 왕윤의 모략에 걸려 살해되었다.

44 孔融(153~208) : 공자의 20대 손이며 후한 말기의 학자. 자는 문거文擧. 어려서부터 재능이 뛰어났고, 문필에도 능하여 건안칠자建安七子의 한 사람으로 불렸다. 헌제獻帝 때 북해北海의 재상이 되어 학교를 세웠으며, 동탁의 횡포에 격분하여 산동에서 황건적黃巾賊 평정에 힘썼으나 큰 성과를 얻지는 못하였다. 당시 세력을 확장하고 있던 조조를 날날이 비판 조소하다가 일족과 함께 처형되었다.

45 禰衡(173~198) : 후한 말기 평원平原 반현般縣 출신, 자 정평正平. 젊었을 때부터 말주변이 있었고, 성격이 강직하면서 오만했다. 공융, 양수와만 마음을 터놓고 사귀었다. 조조와 유표가 처음에는 그를 소중히 여겼으나 그의 오만함을 용납 못하여 황조에게 보내버렸다. 급한 성질을 가진 황조는 예형이 불손한 말을 한다고 죽여 버렸는데, 그의 나이 겨우 26세였다.

46 溫嶠(288~329) : 동진 때의 정치가. 자 태진太眞. 성품이 영민하고 박학하며 문장에 능하였으며 담론을 잘하였다. 진나라 원제의 즉위에 큰 공을 세웠고, 명제 때 국사정무를 주관했던 중서령中書令의 직책을 담당했다. 이후 왕돈과 소준蘇峻의 반란을 평정하여 큰 공을 세웠다.

47 王敦(266~324) : 동진 초의 권신權臣. 진나라 무제武帝 사마염司馬炎의 딸 양성공주襄城公主를 아내로 맞이했다. 종형從兄인 왕도王導와 함께 두도杜弢의 난을 평정하여 정남대장군이 되고 시중侍中에 임명되었다. 군권을 쥐고 권세를 마구 휘두르며 찬탈을 도모하다가 명제에게 쫓겨났고, 병으로 죽은 후에는 죽은 시체를 난도질 하는 육시형戮屍刑을 당해 잘린 머리가 내걸리는 현수懸首에 처해졌다.

48 謝安(320~385) : 동진東晉 중기의 명재상. 자 안석安石. 제위를 찬탈하려는 환온의 야망을 저지했고 재상 재직 시 전진왕 부견의 남하를 막았으며 사현과 부견의 군대를 비수에서 격파했다.

49 孟嘉 : 진晉나라 정서대장군征西大將軍 환온桓溫의 참모. 환온이 중양절에 용산龍山에서 막료 부하들을 전부 불러 잔치를 열고 즐길 때, 맹가孟嘉의 모자가 바람에 날려 땅바닥에 떨어졌으나 맹가는 술에 취해 그것을 느끼지 못했다. 그러자 환온은 손성孫盛에게 그것을 주제로 맹가를 조소하는 글을 짓게 하고 맹가는 또 즉석에서 그에 화답하였는데, 맹가의 문장이 너무도 아름다워 모든 사람이 감탄하였다.

50 桓溫(312~373) : 동진東晉의 명장名將. 자 원자元子 또는 부자符子. 여러 차례 혁혁한 전공戰功을 세웠으며, 특히 촉蜀 땅에 자리 잡은 성한成漢 정권을 정벌하고 세 차례에 걸쳐 북벌北伐을 감행하여 위세를 떨쳤다. 만년에는 13년 동안 조정을 좌지우지하면서 황제 자리를 찬탈하려 하기도 했으나 병으로 세상을 뜨면서 실패로 끝났다.

채옹은 동탁의 박해를 면할 수 있었지만, 결국 동탁 때문에 죽었다. 예형 또한 조조의 손에 죽임을 당하는 것을 면할 수 있었지만, 조조의 추천으로 유표에게 갔다가 다시 황조黃祖에게 가서 결국 죽임을 당했다. 공융은 조조에게 일가 전부의 재산을 몰수당했고 참형에 처해졌다. 양수 또한 조조에게 살해당했다. 혜강은 사마씨에 의해 동시東市에서 참형을 당했고, 완적은 미치광이 흉내를 내며 종일토록 술에 취해 살면서 사마씨를 위해 제위에 오를 것을 권하는 권진표勸進表까지 써서 죽음을 피하고자 했다. 온교는 지혜로 왕돈과 그의 책사 전봉錢鳳을 이간질시킨 후 겨우 왕돈의 손아귀에서 벗어날 수 있었는데, 그가 처했던 위험은 마치 범의 꼬리를 밟은 것이나 마찬가지였다.

사안은 덕행과 재능으로 높은 명성을 얻고 고위관직에 올랐지만 시종일관 한결같은 성실함을 실천하였기 때문에, 환온 또한 그를 존경하며 황제자리를 탈취할 생각을 하지 않았다. 하지만 사안은 항상 생명을 위해서는 모든 일에 참을 인忍자를 앞세워야 했고, 진나라의 존망이 자신의 행동에 달려있다는 근심걱정이 끊이질 않았다.

맹가는 사람됨이 도량이 넓고 세상일에는 무척이나 담백했기에 명성이 드높았으며, 사람들은 그를 덕인德人이라 칭찬하였다. 그는 환온의 휘하에 들어가 정서참군征西參軍·종사從事·중랑中郎·장사長史 등의 직책을 두루 역임하였지만, 조정의 법도가 무너졌을 때도 정의를 숭상하며 치초郗超[51]같은 이들처럼 경솔하게 환온과 야합하려 하지 않았다. 그러나 스스로 여러 가지를 고려해보았을 때 결국 환온의 휘하에서 벗어날 수 없다는 것을 깨닫고서, 자주 술로 마음을 달랬다. 중양절에 용산龍山에서 맹가의 모자가 바람에 날려 떨어졌을 때, 어찌 맹가가 그것을 모를 수 있었겠는가? 이런저런 생각에 너무 빠져있었기 때문에 모자가 날리는 것 같은 사소한 일에 신경 쓰지

51 郗超(336~377) : 동진東晉 고평高平 금향金鄕 사람. 자 경흥景興. 이름을 가빈嘉賓이라고도 한다. 어려서부터 담론을 잘해 환온桓溫의 부름으로 참군參軍에 발탁되어, 임금을 폐립하는 일을 사주하는 등의 잘못을 저질렀다.

않았을 따름이다. 환온은 심지어 맹가에게 다음과 같이 말하기도 하였다.

> "사람은 권세를 움켜 쥘 수 있는데, 내가 권세를 움켜쥐면 그대를 마음대로 부릴 수 있게 될 것이다."

도적 같은 그의 내심이 잘 드러낸 말이다. 맹가는 술에 빠져 있었기에 생명을 부지하여 수명대로 살 수 있었지만, 51세의 아까운 나이에 삶을 마쳤으니 술을 많이 마셔서 단명한 것이 아니겠는가! 도연명陶淵明이 바로 그의 외손자인데, 도연명은 자신의 외조부의 뜻이 원대했으나 운명이 순탄치 않았다고 개탄을 금치 못하였다. 정말이지 슬프고 안타까울 따름이다.

7. 이자놀이 俗語放錢

요즘 사람들은 밑천을 마련해 그것을 빌려주고 이자를 벌어들이려고 하는데, 이를 속어로 '放債방채' 또는 '生放생방'이라고 한다. 이 말의 어원을 고찰해보니, 『한서·곡영전谷永傳』이었다.

> 다른 사람에게 빚을 지면, 이자를 나누어 사례한다.

안사고는 위의 구절에 다음과 같은 주를 달았다.

> 부자인 장사아치가 돈이 있으면, 누군가의 명의를 빌어 그 사람 대신에 주인행세를 하면서, 돈을 타인에게 빌려주고 이자를 받은 후에 똑같이 둘로 나눈다.[言富賈有錢, 假托其名, 代之爲主, 放與他人, 以取利息而共分之.]

'빚을 놓다'에서 '놓다'는 의미의 '放방'자가 여기에서 유래되었다.

8. 『한서』에서 언급된 곡영의 사적 漢書多敘谷永

내 아우 경하景何는 어렸을 때 매우 열심히 책을 읽어 항상 아침저녁으로 손에서 책을 놓지 않았는데, 불행히도 심장에 병이 생겨 젊었을 때 요절했다.

한번은 동생이 양홍부梁弘夫가 『한서』를 읽는 것을 보고 "곡영谷永[52]은 『한서』에 나오지 않은 곳이 없다"고 말하였는데, 양홍부는 『한서』를 자세히 읽어본 후 곧 경하의 말이 옳다고 탄복하였다. 이 일이 있은 지 벌써 50 여년이 흘렀다. 지금 여기에 곡영의 건의를 채록하여, 죽은 아우에게 다 하지 못한 애도를 표하고자 한다.

설선薛宣이 소부少府로 재직 중일 때, 어사대부의 직위가 공석이 되자, 곡영은 설선이 승상과 어사대부에 모두 걸맞은 치적을 쌓았기에 등용될 만하다고 조정에 건의하였다.

간대부諫大夫 유보劉輔가 직간을 한 이유로 옥에 갇혔을 때, 곡영은 조정의 대신들과 함께 상소를 올려 그를 구하였다.

광록대부光祿大夫 정관중鄭寬中이 죽자 조정에서는 상례常禮에 따라 장사를 지내려 하였는데, 곡영은 그가 황제의 스승을 지냈었기에, 그의 장례를 융성하게 치루고 좋은 시호도 하사하시기를 황제께 청하였다.

진탕陳湯이 죄를 지어 하옥되자, 곡영은 그의 죄가 가벼워질 수 있도록 그가 서역에서 세운 공적을 상세히 서술하여 상소문을 올렸다.

성제成帝 홍가鴻嘉[53]연간에 황하의 제방이 터지자, 곡영은 강물의 기세를 관찰하여 하늘의 뜻에 따른 후에 대책을 논의해야 한다고 건의하였다.

성제가 귀신 방술을 좋아하였다. 곡영이 거짓을 일삼는 이가 헛소문을 퍼뜨려 사람들을 미혹시키고 황제 옆에서 시중을 들면서 황상을 기만하고 있으니, 철저히 금할 것을 건의하였다.

양왕梁王 유립劉立은 법도를 어기고 금수와 다를 바 없는 행위를 일삼았는데, 곡영은 성제에게 양왕의 일은 황가의 집안 일이기에 조정에서 공개적으로 그의 책임

52 谷永(?~B.C.8) : 전한의 대신. 본명 병竝, 자 자운子雲, 곡길谷吉의 아들. 젊어서 장안長安의 소사小史가 되어 경서를 두루 공부했는데, 특히 천관天官과 『경씨역慶氏易』에 정통했다. 여러 차례 성제에게 상소문을 올려 재이災異의 발생을 조정의 득실과 관련지어 추론했는데, 황태후와 측근들이 이를 달갑지 않게 여겨 폄적되기도 했다.

53 鴻嘉 : 전한 성제 시기의 연호(B.C.20~B.C.17).

을 물어서는 안 된다는 상소문을 올렸다.

성제는 순우장淳于長[54]을 제후에 봉하면서 공정성을 기하기 위해 조정 대신들에게 이에 대해 토의하라고 명했는데, 곡영은 순우장을 마땅히 제후에 봉해야 한다고 건의했다.

단회종段會宗이 다시 서역도호西域都護에 임명되자, 곡영은 그가 연로한데 다시 먼길을 떠나는 것을 안타깝게 여기며 서찰을 써서 위로하면서 건강조심을 당부했다.

원제元帝 건소建昭[55] 연간에 눈이 끊임없이 내려 기온이 뚝 떨어져 많은 제비들이 동사하였다. 곡영은 이러한 이상 기후가 음양의 부조화로 인해 발생한다고 여기고, 후궁들에게 황제를 모실 기회를 주기 위해 황후가 황후궁으로 돌아가야 한다고 주청하였다.

성제 건시建始[56] 연간에 별 하나가 별자리인 영실營室을 침범하자, 곡영은 천문이 후궁중 누군가가 임신을 한 것을 알려준 것이라고 말하였다. 또 혜성이 나타나는 것은 불길한 징조로, 누군가가 황제의 후사를 단절시키려고 한다고도 했다.

성제 영시永始[57] 연간에 일식 현상이 발생했는데, 곡영은 『역경易經』의 점술을 인용하여 이번 일식은 술에 취해 난폭하게 주정을 부려서 생긴 것이라고 말하였다. 그리고 다음해에 다시 일식이 출현하자, 곡영은 이 일식은 백성들의 근심과 원한으로 말미암아 생긴 것이라고 하였다.

하늘에서 비처럼 운석이 쏟아지자, 곡영은 황제가 도道를 잃고 신하들이 배반을 할 조짐이라고 하면서, 별들이 하늘을 배반해서 인간 세상에 떨어지는 현상이 나타난 것이라고 하였다.

54 淳于長(?~B.C.8) : 전한의 대신. 자 자유子孺. 성제가 조비연趙飛燕을 황후로 만들려고 했는데, 태후가 조비연의 출신이 천하다면서 난색을 보이자, 순우장이 도와 황후의 자리에 오르게 했다. 성제가 신세를 졌다고 여겨 먼저 관내후關內侯의 작위를 주고 이어 정릉후定陵侯에 봉했다. 나중에 교만 방자해져서 참소를 당해 관직을 잃고 물러났다가, 낙양의 옥사에 연계되어 심문을 받다가 옥중에서 죽었다.

55 建昭 : 전한 원제 시기의 연호(B.C.38~B.C.34).

56 建始 : 전한 성제 시기의 연호(B.C.32~B.C.29).

57 永始 : 전한 성제 시기의 연호(B.C.16~B.C.13).

위에서 언급한 건의와 상소문 외에도 『한서』에서 곡영을 거론한 부분은 적지 않다. 「누호전樓護傳」에서는 곡영의 서찰에 대해 언급하였고, 「서전敍傳」에서는 곡영이 허씨許氏와 반씨班氏의 사적에 대해 논한 것을 서술하였으며, 「허황후전許皇后傳」에서는 "황제께서 곡영의 말을 받아들여 답서를 내리셨다"고 기록되어 있다.

『한서』에 언급된 곡영의 사적은 이처럼 상세하며, 『한서·곡영전』에서도 다음과 같이 언급하였다.

> 곡영은 재앙이 되는 천재天災와 지이地異 등을 논하는 데 뛰어났으며, 조정과 황제에 올린 건의만도 40여 조에 이른다.

「곡영전」에서 말한 것이 바로 앞에 기록한 것들이다.

9. 옥당 玉堂殿閣

전한 말에 곡영이 성제의 질문에 다음과 같이 답했다.

> 초방椒房[58]과 옥당玉堂[59]에 대한 총애를 마땅히 자제하셔야 할 것이옵니다.

안사고는 곡영의 답에 다음과 같은 주석을 달았다.

> 초방은 황후의 거처이고, 옥당은 성제의 총애를 받는 후궁의 거처이다.

옥당의 의미에 대해서 다른 전적을 살펴보자. 『한서·이심전李尋傳』에 "옥당지서玉堂之署가 오래도록 더럽혀졌다"는 구절이 있는데, "옥당전은 미앙궁未央宮에 있다"고 주석이 달려있다. 익봉翼奉은 이 주에 대해 다음과 같은 소疏를

58 椒房 : 황후의 방. 산초나무는 많은 열매를 맺는데 다산의 의미가 있다. 고대 중국에서는 다산을 기원하는 의미로 산초나무와 진흙을 이겨 황후 방 벽에 발라 산초나무의 향기와 온기를 보존하고 사악한 기운을 막았다고 한다.

59 玉堂 : 옥으로 장식된 전당殿堂. 특히 궁전을 미화하여 칭한 것으로 부귀한 이의 호화로운 저택을 가리키기도 한다. 여기에서는 비빈妃嬪의 거처를 의미한다.

달았다.

효문제 때 미앙궁에는 고문전高門殿과 무대전武臺殿·기린전麒麟殿·봉황전鳳凰殿·백호전白虎殿·옥당전玉堂殿·금화전金華殿등의 전각이 없었다.

다양한 서적에서 미앙궁의 전각에 대한 기록을 찾아볼 수 있다. 『삼보황도三輔黃圖』에서는 "미앙궁에는 32개의 전각이 있는데, 그 전각들 중에 초방과 옥당이 있다"라고 하였으며, 『한궁각기』에서는 "미앙궁에 옥당과 선실각宣室閣이 있다"고 하였고, 『한서』를 인용하여 다음과 같이 기록하였다.

건장궁建章宮 남쪽에 옥당이 있는데, 벽문璧門은 삼층으로 되어있고 누대의 높이가 20장에 달했다. 옥당의 내전에는 12개의 문과 섬돌이 있는데, 섬돌은 모두 옥으로 만든 것이다. 또 옥당과 신명당神明堂 등 26개의 전각이 있다.

그러나 지금의 『한서·교사지郊祀志』에는 단지 "건장궁 남쪽에 옥당의 벽문이 있다"라고 기록되어 있을 뿐, 그 다음의 구절은 기록되어 있지 않다.

진작晉灼은 양웅揚雄이 지은 「해조解嘲」의 "옥당에 오르다"는 구에 "『삼보황도』에서는 대옥당과 소옥당전이 있다고 하였다"라고 주석을 달았는데, 지금 『삼보황도』를 살펴보면 그런 구절이 없다.

송나라 태종 순화淳化[60] 연간에 태종은 한림원에 "옥당지서玉堂之署"라는 네 글자를 하사했는데, 나중에 '署서'자가 묘휘廟諱를 범하기 때문에, 철종 원부元符[61] 연간에 이르러서는 한림원을 '옥당'이라고만 칭하였다. 고종 소흥紹興[62] 말에 학사學士인 주린지周麟之가 또 고종이 직접 쓴 '옥당'이라는 어서御書를 받아 이를 숙직하는 곳인 직려直廬에 걸어두고 이에 대한 발문을 쓰는데, 문득 '옥당'이라는 명칭에 대해 의문이 들었다. 얼마 후 논의를 거쳐 옥당은 전각의 명칭이기에 신하들이 공무를 보는 곳의 이름으로 삼을 수 없으니,

60 淳化 : 북송 태종 시기의 연호(990~994).
61 元符 : 북송 철종의 연호(1098~1100).
62 紹興 : 남송 고종의 연호(1131~1162).

선례에 따라 "옥당지려玉堂之廬"라고 해야 옳다고 결론지었다. 지금 한림원에는 '이문당摛文堂'이라는 세 글자가 새겨진 편액이 걸려있기에, 옥당이라고 쓴 고종의 어서가 없다는 것을 알 수 있다.

위에 제시한 내용들을 통해 옥당이라는 것이 금원의 내전이라는 것이 분명하다는 것을 알 수 있다. 그리고 옥당에는 전殿과 각閣·대臺도 있다. 곡영이 옥당과 초방을 같이 언급한 것은, 당시에 주연을 베푸는 곳을 의미하기도 했기 때문이다. 그런데 안사고가 옥당을 후궁의 거처라고 단언한 것은 앞에 근거로 제시한 설명들과는 모순되는데, 이는 안사고가 잘못 안 것이다.

10. 사람 죽이는 것을 좋아한 한 무제 漢武帝喜殺人者

한 무제는 천성이 포악하고 잔인하여, 신하 중 누군가가 사람을 죽였다는 말을 들어도 그를 벌하지 않을 뿐만 아니라 오히려 그를 칭찬하기까지 하였다. 이광李廣[63]이 장군의 직책에서 퇴직하여 남전藍田에서 살았는데, 밤에 외출을 했다가 정亭에 이르렀을 때 술에 취한 패릉위霸陵尉에게 모욕을 당했다. 얼마 안 되어 이광은 우북평태수右北平太守에 제수되었는데, 임지인 우북평으로 갈 때 패릉위가 그를 보필해서 함께 가줄 것을 청하였다. 이광은 우북평에 도착하자마자 패릉위를 참수하였고, 곧바로 자신의 죄를 반성하는 상소문을 올렸다. 무제는 이광의 상소문에 대해 다음과 같이 답하였다.

> 장군이란 맹수의 발톱과 어금니처럼 나라의 중요한 인재라오. 분노를 터뜨리면 천리가 모두 놀라 두려움에 떨 것이며, 위세를 떨치면 만물이 엎드려 복종할 것

63 李廣(?~B.C.119) : 전한의 대장군. 활을 잘 쏘았고, 병졸을 아끼고 잘 이끌어 모두 날래고 용맹해 전투하기를 좋아했다. 흉노가 두려워하여 몇 년 동안 감히 국경을 침범하지 못하고 비장군飛將軍이라 칭송했다. 일곱 군데 변방 군의 태수를 지냈고, 전후 40여 년 동안 군대를 이끌고 흉노와 대치하면서 70여 차례의 크고 작은 전투를 치렀다. 병사들의 마음을 깊이 얻었지만 끝내 제후에 봉해지지는 못했다. 원수元狩 4년(B.C.119) 대장군 위청衛靑을 따라 흉노를 공격했다가 길을 잃어 문책을 받자 자살했다.

이오. 복수를 하고 해로운 것을 제거하는 것 그것이 바로 내가 장군인 그대에게 바라는 바였소. 그런데 그대가 관모를 벗고 맨발로 머리를 조아리며 사죄를 한다고 하니, 어찌 짐의 장군이라 할 수 있겠소!

호건胡建이 군정승軍正丞[64]을 담당하고 있을 때, 당시의 감군어사監軍御史가 북군北軍의 성루 담 하나를 헐어내고 군시軍市를 만들었다. 호건은 군대의 시설을 훼손시키고 군수품을 매매하여 사사로이 이익을 추구한 그의 죄를 좌시할 수 없다고 생각해서, 부하들과 감군어사를 죽일 준비를 하였다. 전쟁터에 나갈 병사를 선발하는 날, 감군어사와 호군護軍의 제교諸校들이 공무를 처리하는 당황堂皇에 줄지어 앉아있었다. 호건은 나아가 예를 갖춘 후 자신의 수행원에게 명하여 어사를 끌어내어 참수하도록 하였다. 그리고 무제에게 다음과 같은 상소문을 올렸다.

군법을 살펴보면 "군정軍正은 장군의 통솔을 받지 않고, 장군이 죄를 저질렀을 경우에는 곧바로 상부에 보고해야 하지만, 2천석 이하의 관리 즉 군중의 교위校尉와 도위都尉의 죄는 즉결처분할 수 있다"라고 되어 있습니다. 군정승이 어사를 죽인 것은 법적으로는 문제가 있겠지만, 군대의 법을 엄격하게 집행해야 하는 임무를 맡았기에 독단으로 어사의 죄를 물어 참수하였습니다.

무제는 다음과 같은 답을 내렸다.

우임금과 탕임금 · 문왕이 때로는 군중에서 맹세를 했다. 이는 장병들이 전쟁에 대한 의심을 품지 않게 하려고 하는 것이었다. 때로는 군문 밖에서 군대가 출정하기 전에 장병들을 모아 놓고 훈계하고 맹세하는데, 이는 전투에 앞서 마음에 준비를 하도록 하기위한 것이었다. 때로는 전투 전에 장병들을 모아 놓고 훈계하고 맹세하는데, 이는 전투 의지를 고취시키려 하는 것이었다. 사사로이 이익을 탐한 어사를 참수한 것도 장병들의 사기를 높이기 위함일 것인데, 어찌 그대를 의심하겠는가?

64 軍正丞 : 옛날 군대에서 법을 집행하던 관리로, 군사 형법을 관장했다. 한나라 수도에는 남군과 북군이 있었는데, 각기 군정軍正이 있었다. 이 관직이 바로 군정軍正이고, 그 부관을 군정승軍正丞이라고 한다.

호건은 이로 인해 유명해졌다.

이광과 호건이 사람을 죽이고서 올린 상소문에 대한 답으로 내린 무제의 조서가 함부로 사람을 죽이고서도 벌을 받지 않는 길을 제시했다고 하지 않을 수 있을까?

11. 지인의 어려움 知人之難

곽광霍光[65]이 무제武帝를 섬겼지만, 관직은 봉거도위奉車都尉에 불과했다. 그의 관직은 높지 않았지만, 무제가 순수를 나갈 때면 황제를 모시고 어가에 올랐고, 조정에 들어가서는 바로 옆에서 황제를 모시었다. 항상 조심하여 조금의 잘못도 없이 일을 처리했지만, 처음에는 무제의 총애를 받지 못했다. 그러나 그가 재상의 지위에 오른 후, 무제는 그를 신임하며 조정의 대소사를 처리하도록 하였다.

김일제金日磾[66]는 자신의 아버지가 한나라에 투항하지 않았기 때문에, 포로로 사로잡혀 말을 키우는 노예가 되었다. 그러다가 무제가 연회에서 김일제가 키운 말을 보고 그의 비범함에 감탄했고, 그때부터 그의 신분은 크게 변하여 날마다 황제를 바로 옆에서 모시게 되었다. 그리고 마침내 곽광 다음의 직책에 오르게 되었다. 곽광과 김일제 두 사람은 모두 자신의 직책에 최선을

65 霍光(?~B.C.68): 전한의 정치가. 자 자맹子孟. 곽거병霍去病의 이복동생으로, 10여 세 때부터 무제武帝를 측근에서 섬기다가, 무제가 죽을 무렵에는 대사마대장군大司馬大將軍·박륙후博陸侯가 되었다. 무제가 임종시 곽광과 김일제·상관걸·상홍양에게 후사後事를 위탁하였기에 소제를 보필하여 정사를 집행했다.

66 金日磾(B.C.134~B.C.86) : 한 무제 때의 대신. 자는 옹숙翁叔. 한 무제 원수元狩 2년(B.C. 121)부터 표기장군驃騎將軍 곽거병이 두 차례 출병하여 흉노를 공격하여 전승을 거두었다. 하서河西에 있던 흉노 휴도왕休屠王·곤야왕昆邪王 및 부하 4만여 명이 한나라에 항복하여 휴도왕은 피살되고, 그 때 나이 겨우 14세였던 김일제와 가족들은 관노 신세로 전락하여 말을 키우라고 황문서黃門署로 보내졌다. 나중에 무제의 눈에 띄어 시중侍中·부마도위駙馬都尉·광록대부光祿大夫에까지 올랐다. 김일제에게 아들이 둘 있는데 무제가 두 아들을 좋아해서 늘 곁에 있게 하였다. 큰아들은 방탕하고 제멋대로여서 궁녀와 놀아났다가 김일제에게 직접 죽임을 당했다. 이 일로 무제는 김일제를 더욱 존경하고 중시했다.

다했다.

무제는 어느 날 곽광과 김일제·상관걸上官桀·상홍양桑弘羊 이 네 사람을 보정대신에 임명하였다. 이후 상관걸과 상홍양은 여러 차례 곽광을 해치려고 하였는데, 이는 한 무제의 용인술이 잘못되었다는 것을 말해준다. 만약에 소제昭帝가 현명하지 않았다면 사직이 위태로운 지경에 처하게 되었을 것이다!

무제가 인재를 알아보는 뛰어난 능력을 가졌다고 하지만, 용인 방면에 있어서는 득실이 반반이기에, 사람의 됨됨이를 제대로 알아봤다고는 할 수 없을 것이다. 설령 요임금 같은 성군이라 할지라도 사람을 제대로 알아보는 것은 무척이나 어려울 것이다.

12. 관직의 제수와 이직 館職遷除

송나라는 고종 건염建炎 연간에 남도한 이래 조금씩 관청과 관직을 새로이 설치하였다. 고종 소흥紹興 연간 초에는 제도가 확립되어 감監과 소승少丞을 제외하고 정원이 모두 18명이었다. 즉 저작랑著作郎과 좌랑佐郎·비서랑秘書郎은 각각 2명, 교서校書와 정자통正字通 12명으로, 18명의 인원은 당나라 태종이 장안에 문학관文學館을 설치하고 십팔학사十八學士를 초빙했던 것을 본 뜬 것이다. 이들이 다른 부서로 이동하게 되면 낭관郎官이 아니라 어사御史가 된다. 그런데 임지기林之奇[67]는 질병으로, 왕십붕王十朋[68]은 일을 논했다는 이유로 두 사람 모두 월부越府의 대종정승大宗正丞으로 직위가 바뀌었다.

67 林之奇(1112~1176) : 남송 때의 유학자. 자 소영少穎, 호 졸재拙齋. 복주 후관侯官 출신으로, 남송 고종 소흥21년(1151)에 진사에 합격하여, 교서랑校書郎 등을 역임했다. 주요 저서로는 『춘추주례설春秋周禮說』, 『논맹양자강의論孟揚子講義』, 『도산기문道山記聞』 등이 있다.

68 王十朋(1112~1171) : 남송 때의 대신. 송나라 온주溫州 낙청樂清 사람. 자 구령龜齡, 호 매계梅溪, 시호 충문忠文. 매계의 향촌에서 강의하다가 태학太學에 들어가, 진사합격 후 관직에 올라 여러 차례 조정을 정비할 것을 건의했고, 투항한 금나라 장수들의 기용 등 금나라에 대항하면서 국토를 회복할 계책을 올렸다. 지방관으로 재직하면서 재앙을 구제하고 폐해를 없애는 등 치적을 올려 당시 사람들이 상을 그려 제사를 올렸다.

효종 건도乾道 연간 이후로는 황상의 칙령에 의해 중앙관리들은 반드시 외지로 나가 현을 다스린 경험이 있어야 어사대의 장관직과 감찰어사에 임명될 수 있었으며, 군수직을 담당한 경험이 있어야 낭관郎官에 임명될 수 있었다. 광문관廣文館과 태학太學·율학律學 삼관三館의 관리들은 모두 이러한 경력이 없어도 임명될 수 있었는데, 조정에서는 이러한 파격적인 등용을 준비하기 위해 먼저 이를 담당하는 장작將作과 군기소감軍器少監을 장작감將作監과 군기감軍器監으로 승진시켰다. 그렇게 되면 이들의 지위는 낭관보다 높아져 별 다른 제재없이 인재들을 등용시킬 수 있었다.

높은 관직에 올라 이름을 떨치고자 한다면 저작랑에서 비서랑으로 옮겨가서 좌우이사左右二史에 임명되어야한다. 그렇지 않으면 겸권성랑兼權省郎을 거치지 말고, 일정기간 군수직을 구하여 외지로 나가 있어야 한다.

그리고 어사직 제수는 모두 육원六院 즉, 등문검원登聞檢院과 등문고원登聞鼓院·관고원官告院·도진주원都進奏院·제군사량료원諸軍司糧料院·심계원審計院이 담당했다. 후에는 점점 선발 조건이 엄격해져서, 시감寺監과 주군州郡의 승丞·주부主簿 등을 담당한 이후에 비로소 임명될 수 있었다. 이전에 군수직을 지낸 경험이 있으면 설사 종군했다 돌아온다 하더라도 낭관에 임명될 수 있었지만, 지금은 경력이 없고 명망이 높지 않은 사람은 승丞이나 사직司直에 임명된다. 이후 다시 임명 되게 되면 그때 비로소 중앙관직에 임명될 수 있다.

••• 卷第六(十二則)

1. 鄱陽七談

鄱陽素無圖經地志, 元祐六年, 餘干進士都頡, 始作七談一篇, 叙土風人物, 云:「張仁有篇, 徐濯有說, 顧雍有論, 王德璉有記, 而未有形於詩賦之流者, 因作七談。」其起事則命以建端先生, 其止語則以畢意子。其一章, 言澹浦、彭蠡山川之險勝, 番君之靈傑。其二章, 言演湖蒲魚之利, 膏腴七萬頃, 柔桑蠶繭之盛。其三章, 言林麓木植之饒, 水草蔬果之衍, 魚鱉禽畜之富。其四章, 言銅冶鑄錢, 陶埴爲器。其五章, 言宮寺游觀, 王遙仙壇, 吳氏潤泉, 叔倫戴隄。其六章, 言鄱江之水。其七章, 言堯山之民, 有陶唐之遺風。凡三千餘字, 自謂八日而成, 比之太沖十稔、平子十年爲無慊。予偶於故簏中得之, 惜其不傳於世, 故表著于此。其所引張、徐、王、顧所著, 今不復存, 更爲可恨也。

2. 經解之名

晉、唐至今, 諸儒訓釋六經, 否則自立佳名, 蓋各以百數, 其書曰傳、曰解、曰章句而已。若戰國迨漢, 則其名簡雅。一曰故, 故者, 通其指義也。書有夏侯解故, 詩有魯故、后氏故、韓故也。毛詩故訓傳, 顏師古謂流俗改故訓傳爲詁, 字失眞耳。小學有杜林蒼頡故。二曰微, 謂釋其微指。如春秋有左氏微、鐸氏微、張氏微、虞卿微傳。三曰通, 如洼丹易通論名爲洼君通, 班固白虎通, 應劭風俗通, 唐劉知幾史通, 韓滉春秋通。凡此諸書, 唯白虎通、風俗通僅存耳。又如鄭康成作毛詩箋, 申明傳義, 他書無用此字者。論語之學, 但曰齊論、魯論、張侯論, 後來皆不然也。

3. 卜筮不敬

古者龜爲卜, 筴爲筮, 皆興神物以前民用。其用之至嚴, 其奉之至敬, 其求之至悉, 其應之至精。齋戒乃請, 問不相襲, 故史祝所言, 其驗若答。周史筮陳敬仲, 知其八世之後莫之與京, 將必代齊有國。史蘇占晉伯姬之嫁, 而及於爲嬴敗姬, 惠、懷之亂。至邃至賾, 通於神明。後世浸以不然, 今而愈甚。至以飲食猥雜之際, 呼日者隅坐, 使之占卜, 往往不加冠裳, 一問四五, 而責其術之不信, 豈有是理哉! 善乎班孟堅之論曰:「君子將有爲也, 將有行也, 問焉而以言, 其受命也如響。及至衰世, 懈於齋戒, 而婁煩卜筮, 神明不應。故筮瀆不告, 易以爲忌, 龜厭不告, 詩以爲刺。」謂周易之蒙卦曰:「初筮告, 再三瀆,瀆則不告。」詩小旻之章云：「我龜旣厭, 不我告猶。」言卜問煩數, 狎嫚於龜, 龜靈厭之, 不告以道也。漢世尙爾, 況在於今, 未嘗頃刻盡敬, 而一歸咎於淫巫瞽史, 其可乎哉！

4. 糖霜譜

糖霜之名, 唐以前無所見, 自古食蔗者始爲蔗漿, 宋玉招魂所謂「胹鱉炮羔有柘漿」是也。其後爲蔗餳, 孫亮使黃門就中藏吏取交州獻甘蔗餳是也。後又爲石蜜, 南中八郡志云：「笮甘蔗汁, 曝成飴, 謂之石蜜。」本草亦云「煉糖和乳爲石蜜」是也。後又爲蔗酒, 唐赤土國用甘蔗作酒, 雜以紫瓜根是也。唐太宗遣使至摩揭陁國, 取熬糖法, 卽詔揚州上諸蔗, 榨瀋如其劑, 色味愈於西域遠甚, 然只是今之沙糖。蔗之技盡於此, 不言作霜, 然則糖霜非古也。歷世詩人模奇寫異, 亦無一章一句言之, 唯東坡公過金山寺, 作詩送遂寧僧圓寶云：「涪江與中泠, 共此一味水。冰盤薦琥珀, 何似糖霜美。」黃魯直在戎州, 作頌答梓州雍熙長老寄糖霜云：「遠寄蔗霜知有味, 勝於崔子水晶鹽。正宗掃地從誰說, 我舌猶能及鼻尖。」則遂寧糖霜見於文字者, 實始二公。甘蔗所在皆植, 獨福唐、四明、番禺、廣漢、遂寧有糖冰, 而遂寧爲冠。四郡所產甚微, 而顆碎色淺味薄, 纔比遂之最下者, 亦皆起於近世。唐大曆中, 有鄒和尙者, 始來小溪之繖山, 教民黃氏以造霜之法。繖山在縣北二十里, 山前後爲蔗田者十之四, 糖霜戶十之三。蔗有四色, 曰杜蔗, 曰西蔗, 曰艻蔗, 本草所謂荻蔗也, 曰紅蔗, 本草崑崙蔗也。紅蔗止堪生噉, 艻蔗可作沙糖, 西蔗可作霜, 色淺, 土人不甚貴, 杜蔗紫嫩, 味極厚, 專用作霜。凡蔗最困地力, 今年爲蔗田者, 明年改種五穀以息之。霜戶器用, 曰蔗削、曰蔗鎌、曰蔗凳、曰蔗碾、曰榨斗、曰榨牀、曰漆甕, 各有制度。凡霜, 一甕中品色亦自不同, 堆疊如假山者爲上, 團枝次之, 甕鑑次之, 小顆塊次之, 沙脚爲下；紫爲上, 深琥珀次之, 淺黃又次之, 淺白爲下。宣和初, 王黼創應奉司, 遂寧常貢外, 歲別進數千斤。是時, 所產益奇, 墻壁或方寸, 應奉司罷, 乃不再見。當時因之大擾, 敗本業者居半。久而未復, 遂寧王灼作糖霜譜七篇, 具載其說, 予采取之以廣聞見。

5. 李彥仙守陝

靖康夷虜之禍, 忠義之士, 死於守城, 而得書史傳者, 如汾州之張克戩、隆德之張確、懷之霍安國、代之史抗、建寧寨之楊震、震武之朱昭是已。唯建炎以來, 士之得其死者蓋不少。玆讀王灼所作李彥仙傳, 雖嘗具表上進, 然慮實錄、正史未曾采用, 謹識於此。

彥仙字少嚴, 本名孝忠, 其先寧州人也, 後徙于鞏。幼有大志, 喜談兵, 習騎射, 所歷山川形勢必識之。尙氣, 諾然諾, 非豪俠不交。金人南侵, 郡縣募勤王軍, 彥仙散家貲, 得三千人, 入援京師。虜圍太原, 李綱爲宣撫使, 彥仙上書切詆, 有司逮捕急, 乃易今名, 棄官亡命。頃之, 復從种師中, 師中敗死, 仙走陝州。守將李彌大問北事, 條對詳複復, 使扼殽、澠間。金人再圍汴, 陝西范致虛總六路兵進援, 仙請曰：「殽、澠險隘, 難於立軍, 前却卽衆潰矣。宜分道並進, 伺空以出。且留半軍于陝, 爲善後計。」致虛曰：「如子言乃逗撓也。」仙曰：「兵輕而分, 正可速達。」不從, 爭益牢, 致虛怒, 罷其職。旣而敗績, 卒無功。

建炎元年四月, 金人屠陝州, 經制使王爕度不能支, 引部曲去, 官吏逃逸。仙爲石壕尉, 獨如平時, 歸者繈屬, 卽徙老穉入土花砦、三嵕、石柱、大通諸山, 拔武銳者分主之, 自營三嵕。諭衆曰：「虜實易與, 今得地利, 若輩堅守足矣。」少日虜復据陝, 分軍來攻, 有健酋升前阜嫚罵, 仙單騎衝擊, 挾之以歸, 始料衆, 正部伍。虜數萬圍三嵕, 仙邀戰, 伏精兵後崦, 掩殺萬計, 奪馬三百, 虜解去。京、洛間多爭附者, 勢益雄張, 未閱月, 破虜五十餘壁。

初, 虜再入陝, 官其土人, 俾招復業者, 人給符別之。仙陰縱麾下往, 約日內應。二年三月, 引兵直州南, 城中火起, 虜方備南壁, 而水軍自新店, 夜順流薄城東北蒙泉坡、龍堂溝以入, 表裏夾攻, 僵尸相藉, 遂復陝。

始, 河東之人倡義拒虜, 仙約胡夜叉者爲助, 假以沿河提擧, 意不滿, 叛趨南原。仙誘致殺之, 奪五千衆。邵隆、邵雲本其黨, 欲爲復讎, 仙因客鐫說, 遂來歸。乘勝渡河, 栅中條諸山, 蒲、解至太原皆響動, 乃分遣隆、雲等取安邑、虞鄉、芮城、正平、解, 皆下之, 蒲幾拔, 會援至, 不克。以功遷閤門宣贊舍人, 就畀陝, 兼安撫司公事, 悉裒所俘酋長護送行在。

上咨嘆, 賜袍帶、槍劍, 許直達奏事, 便宜處決。時關以東獨陝在, 益增陴、疏塹、蒐軍、繕鎧, 廣屯田, 訓農耕作。家素留鞏, 盡取至官, 曰：「吾父母妻子同城存亡矣。」聞者感悅, 各有固志。十二月, 金酋烏魯撒拔圍陝, 仙背城鏖鬪七日, 虜傷甚跳奔。三年, 婁宿孛堇自絳移屯蒲、解, 諜知之, 設伏於諸谷, 鼓噪橫突, 俘馘十八, 婁宿僅以身免。制置使王庶檄使輕軍掎角, 次虞鄉, 虜以萬甲逆石鍾谷口, 終日戰, 斬級二千。遷武功大夫、寧州觀察使、河、解、同、耀制置使。

時河東土豪密附, 期王師來爲應。仙益治軍, 欲請于朝, 乞詔陝西諸路各助步騎二萬。會張浚經略處置川、陝, 弗之許。十二月, 婁宿衆十萬復圍陝, 仙夜使人隧地, 焚其攻具, 營部囂亂, 縱兵乘之, 虜稍退。

四年正月, 益生兵傅壘, 晝夜進攻, 鵝車、天橋、火車、衝車叢進, 仙隨機拒敵, 又爲金汁礮, 火藥所及, 糜爛無遺, 而圍不解。日憑堞須外援, 浚爲遣軍, 虜先阻雍, 不得進, 則令涇原曲端出鄜坊繞虜後。端素嫉仙聲績逾己, 幸其敗, 詭託不行。丁巳, 城陷, 仙挾親軍巷戰, 矢集身如蝟, 左臂中刃, 不殊, 戰逾力, 遂死之, 并其家遇害。

先是, 虜嘗許以河南元帥, 及圍合, 復言如前約, 當退師。仙叱曰：「吾寧鬼於宋, 安用汝富貴爲。」虜惜其才, 必欲降之, 城將破, 先令軍中, 生致者予萬金。仙平時弊衣同士卒, 及是, 雜羣伍中死, 虜不能察。其爲人, 面少和色, 有犯令, 雖親屬不貸。諸將敗事, 或有他過, 其外屯者, 輒封箠, 遣帳下往, 皆裸就笞, 不敢出一詞。當是時, 同、華、長安盡爲敵藪, 陝斗絶一隅, 初無朝家素定約束, 中立孤軍日與虜确, 但誦忠義, 感勵其衆。每拜君賜暨取敵金觜, 悉均之, 毛銖不入己。以是精兵三萬, 大小二百戰, 皆樂爲用。軍事獨裁決, 至郡政必問法所底, 闔境稱治。浚承制贈彰武軍節度使, 建廟商州。

邵雲者, 龍門人。城破被執, 婁宿欲命以千戶長, 肆詈不屈, 乃釘之木架上, 置解州東門外。惡少撫其背涅文, 戲曰:「可鞘吾佩刀。」雲怒, 偃架仆之。後五日磔解之, 至抉眼摘肝, 詈不絶, 喉斷乃已。初行刑, 將剸刃, 雲叱之, 失刀而斃, 其忠勇蓋如此。

6. 奸雄疾勝己者

自古姦雄得志, 包藏禍心, 窺伺神器, 其勢必嫉士大夫之勝己者, 故常持「寧我負人, 無人負我」之說。若蔡伯喈之値董卓, 孔文擧、禰正平、楊德祖之値曹操, 嵇叔夜、阮嗣宗之値司馬昭、師, 溫太眞之値王處仲, 謝安石、孟嘉之値桓溫, 皆可謂不幸矣。伯喈僅僅脫卓手, 終以之隕命。正平轉死於黃祖, 文擧覆宗, 德祖被戮。叔夜罹東市之害。嗣宗沉湎佯狂, 至爲勸進表以逃大咎。太眞以智挫錢鳳而免, 其危若蹈虎尾。唯謝公以高名達識, 表裏至誠, 故溫敬之重之, 不敢萌相窺之意。然尙有「爲性命忍須臾」及「晉祚存亡在此一行」之虞。孟嘉爲人夷曠冲默, 名冠州里, 稱盛德人。仕於溫府, 歷征西參軍、從事、中郎、長史, 在朝隤然仗正, 必不效郗超輩輕與溫合。然自度終不得善其去, 故放志酒中, 如龍山落帽, 豈爲不自覺哉。溫至云「人不可以無勢, 我乃能駕馭卿」, 老賊於是見其肺肝矣。嘉雖得全於酒, 幸以考終, 然財享年五十一, 蓋酒爲之累也。陶淵明實其外孫, 傷其「道悠運促」, 悲夫!

7. 俗語放錢

今人出本錢以規利入, 俗語謂之放債, 又名生放, 予考之亦有所來。漢書谷永傳云:「至爲人起責, 分利受謝。」顔師古注曰:「言富賈有錢, 假託其名, 代之爲主, 放與他人, 以取利息而共分之。」此放字所起也。

8. 漢書多叙谷永

予亡弟景何, 少時讀書甚精勤, 晝夜不釋卷, 不幸有心疾, 以至夭逝。嘗見梁弘夫誦漢書, 卽云:「唯谷永一人, 無處不有。」宏夫驗之於史, 乃服其說。今五十餘年矣, 漫摭永諸所論建, 以渫予在原之思。薛宣爲少府, 御史大夫缺, 永言宣簡在兩府。諫大夫劉輔繫獄, 永同中朝臣上書救之。光祿大夫鄭寬中卒, 永乞以師傅恩加其禮諡。陳湯下獄, 永上疏訟其功。鴻嘉河決, 永言當觀水勢, 然後順天心而圖之。成帝好鬼神方術, 永言皆妄人惑衆, 挾左道以欺罔世主, 宜距絶此類。梁王爲有司奏禽獸行, 永上疏諫止勿治。淳于長初封, 下朝臣議, 永言長當封。段會宗復爲西域都護, 永憐其老, 復遠出, 手書戒之。建昭雨雪, 燕多死, 永請皇后就宮, 令衆妾人人更進。建始星孛營室, 永言爲後宮懷妊之象, 彗星加之, 將有絶繼嗣者。永始日食, 永以易占對, 言酒亡節之所致。次年又食, 永言民愁怨之所致。星隕如雨, 永言王者失道, 下將叛去, 故星叛天而隕, 以見其象。樓護傳言 :「谷子雲之筆札。」敍傳述其論許、班事。許皇后傳云 :「上採永所言以答書。」其載於史者, 詳複如此。本傳云 :「永善言災異, 前後所上四十餘事。」蓋謂是云。

9. 玉堂殿閣

漢谷永對成帝問曰 :「抑損椒房、玉堂之盛寵。」顔師古註 :「椒房, 皇后所居。玉堂, 嬖幸之舍也。」按, 漢書李尋傳 :「久汚玉堂之署。」注 :「玉堂殿在未央宮。」翼奉疏曰 :「孝文帝時, 未央宮又無高門、武臺、麒麟、鳳凰、白虎、玉堂、金華之殿。」三輔黃圖曰 :「未央宮有殿閣三十二, 椒房、玉堂在其中。」漢宮閣記云 :「未央宮有玉堂、宣室閣。」又引漢書「建章宮南有玉堂, 璧門三層, 臺高三十丈, 玉堂內殿十二門階, 階皆玉爲之。又有玉堂、神明堂二十六殿。」然今漢書郊祀志但云「建章宮南有玉堂璧門」, 而無它語。晉灼注揚雄解嘲「上玉堂」之句, 曰「黃圖有大玉堂、小玉堂殿」, 而今黃圖無此文。國朝太宗淳化中, 賜「翰林玉堂」之署四字, 其後以最下一字犯廟諱, 故元符中只云「玉堂」。紹興末, 學士周麟之又乞高宗御書「玉堂」二字揭於直廬, 麟之跋語, 自有所疑。已而議者皆謂玉堂乃殿名, 不得以爲臣下直舍, 當如承明故事, 請曰「玉堂之廬」可也。今翰林但扁摛文堂三字, 示不敢居。然則其爲禁內宮殿明白, 有殿、有閣、有臺。谷永以配椒房言之, 意當日亦嘗爲燕游之地, 師古直以爲嬖幸之舍, 與前注自相舛異, 大誤矣。

10. 漢武帝喜殺人者

漢武帝天資剛嚴, 聞臣下有殺人者, 不唯不加之罪, 更喜而褒稱之。李廣以故將軍屛居藍田, 夜出至亭, 爲霸陵醉尉所辱。居無何, 拜右北平太守, 請尉與俱, 至軍而斬之, 上書自陳謝罪。上報曰 :「將軍者, 國之爪牙也。怒形則千里竦, 威振則萬物伏。夫報忿除害, 朕之所圖於將軍也。若迺免冠徒跣, 稽顙請罪, 豈朕之指哉 !」胡建守軍正丞, 謂未得眞官, 兼守之也。時監軍御史穿北軍壘垣以爲賈區, 建欲誅之。當選士馬日, 御史與護軍諸校列坐堂皇上, 建趨至拜謁, 因令走卒曳御史下, 斬之。遂上奏曰 :「案軍法 :『正亡屬將軍, 將軍有罪以聞, 二千石以下行法焉。』丞於用法疑, 臣謹以斬。」謂丞屬軍正, 斬御史於法有疑也。制曰:「三王或誓於軍中, 欲民先成其慮也。或誓於軍門之外, 欲民先意以待事也。或將交刃而誓, 致民志也。建又何疑焉。」建繇是顯名。觀此二詔, 豈不開妄殺之路乎!

11. 知人之難

霍光事武帝, 但爲奉車都尉, 出則奉車, 入侍左右, 雖以小心謹飭親信, 初未嘗少見於事也。一旦位諸百寮之上, 使之受遺當國。金日磾以胡父不降, 沒入官養馬, 上因游宴見馬, 於造次頃刻間, 異其爲人, 卽日親近, 其後遂爲光副。兩人皆能稱上所委。然一日用四人, 若上官桀、桑弘羊, 亦同時輔政, 幾於欲害霍光, 苟非昭帝之明, 社稷危矣。則其知人之哲, 得失相半, 爲未能盡, 此雖帝堯之聖而以爲難也。

12. 館職遷除

建炎南渡, 稍置館職。紹興初, 始定制, 除監、少丞外, 以著作郎、佐郎、祕書郎二員, 校書、正字通十二員爲額, 倣唐瀛州十八學士之數。其遷出它司, 非郎官卽御史。唯林之奇以疾, 王十朋以論事, 皆徙越府大宗正丞。自乾道以後, 有旨, 須曾任爲縣, 始得除臺、察, 曾任郡守, 始得爲郞。三館之士固無有歷此者, 於是朝廷欲越次擢用者, 乃以爲將作、軍器少監, 旋進爲監, 旣班在郎上, 則無所不可爲。欲徑躋清要者, 則由著廷祕郎而拜左右二史, 不然, 不過兼權省郎, 年歲間求一郡而去, 而御史之除, 皆歸六院矣。爾後頗靳其選, 俟再遷寺監丞簿, 然後命之。向時郡守召用, 雖自軍壘亦除郞, 今資淺望輕者, 但得丞及司直, 或又再命, 始入省云。

••• 용재오필 권7(14칙)

1. 예측할 수 없는 흥망성쇠 盛衰不可常

소식蘇軾은 "인간세상의 흥망성쇠는 미리 예측하여 알 수가 없다"고 하였다. 나 또한 역사책을 읽을 때마다 지난날의 일들을 애석해하며, 책을 덮고 탄식을 금치 못했다.

한나라의 영현伶玄은 『비연별전飛燕別傳』에서 성제의 총애를 받을 때 조비연 자매가 누렸던 부귀영화를 묘사한 후, 성제가 죽고 난 후 조비연 자매가 황량한 들판에서 자살로 생을 마감한 비극적 종말을 서술하였다. 이는 성세를 그대로 유지할 수 없고, 다가오는 쇠락을 막을 수 없다는 것을 말한 것이다.

송나라 초기에 공부상서工部尙書 양분楊玢의 장안長安 고거故居 대부분을 이웃이 많이 차지하였다. 양분의 자식들이 집을 되찾기 위해 고소장을 써서 고발하였다. 양분은 고소장 말미에 아래와 같은 시구를 썼다.

> 당나라 함원전에 올라 예전의 웅장함 생각했는데, 試上含元基上望,
> 가을바람에 가을풀만 무성하여라. 秋風秋草正離離.

당나라가 멸망한지 백년도 안 되었는데, 옛 궁전과 옛 전각들은 이미 쇠락해져 소슬한 가을바람에 들풀만 무성하다는 뜻이다. 양분의 이 시 구절은 어느 대부大夫가 주나라 옛 수도에 갔다가 종묘와 궁전이 폐허가 된 것을 보고 슬퍼하며 부른 『시경·서리黍離』의 노래와 거의 같다.

자은사慈恩寺의 탑에는 형숙荊叔이 새긴 절구 한 수가 있다. 글자가 아주 작지만 단정하고 굳세어 보는 사람을 매우 감동시킨다. 그 절구는 다음과 같다.

한나라 산하는 그대로이고,	漢國河山在,
진시황릉에는 초목만 무성하구나.	秦陵草木深.
천리길 저물녘 구름 석양에 물들어 있는데,	暮雲千里色,
상심 없는 곳 아무데도 없어라.	無處不傷心.

의미가 고상하고 심원한데, 작자인 형숙이라는 이가 어떤 사람인지 알려진 바가 없다. 하지만 당나라 때 시인의 작품임은 분명하다.

당나라의 이교李嶠[1]는 「분음행汾陰行」에서 이렇게 읊었다.

산천은 눈에 가득하고 눈물이 옷을 적시는데,	山川滿目淚沾衣,
부귀영화가 얼마나 되는가?	富貴榮華能幾時.[2]
보지 못하였던가 지금 분수가에	不見只今汾水上,
해마다 가을 기러기만 날아가는 것을.	唯有年年秋雁飛.

당 현종은 이 시를 전해 듣고, 처연히 눈물을 흘렸다고 한다.

당나라의 대시인 두보杜甫[3]의 「위풍록사택관조장군화마화인韋諷錄事宅觀曹將軍畫馬畫引」라는 시가 있다.

지난날 신풍궁에 행차했던 때 생각해보니,	憶昔巡幸新豐宮,
천자의 깃발 휘날리며 동쪽으로 향했다네.	翠華拂天來向東.
무리지어 뛰어 내달리던 3만 필의 말들이,	騰驤磊落三萬匹,
모두 이 그림의 말들과 근육 골격이 똑같았다네.	皆與此圖筋骨同.
그대는 보지 못하였는가?	君不見,
금속산 앞의 소나무 잣나무 숲 속에,	金粟堆前松柏裏,
용같은 준마들 모두 가버리고	龍媒去盡鳥呼風.

1 李嶠(644~713) : 초당初唐의 시인, 재상宰相. 자 거산巨山. 측천무후 때에 정치·문화 양면으로 중용되었으나 측천무후가 죽은 후에는 실각하였다. 당시 궁정시인의 거두로서, 시집『이교잡영李嶠雜詠』2권이 전해진다.

2 『용재오필』에서는 "富貴榮華能幾時, 山川滿目淚沾衣"로 되어 있으나, 『문원영화文苑英華』와 『악부시집樂府詩集』을 근거로 하여 "山川滿目淚沾衣, 富貴榮華能幾時"로 바꾸었다.

3 杜甫(712~770) : 자 자미子美, 호 소릉少陵. 시성詩聖이라 불린 성당 시기 시인. 사실적이고 현실비판적인 시풍으로 유명하다.

새들만 바람 속에 울고 있는 것을.

두보는 또 「공손대낭제자무검기행公孫大娘弟子舞劍器行」에서도 이렇게 읊었다.

선제 때 8000명이 넘던 시녀들,	先帝侍女八千人,
공손씨의 검기가 본래 최고로 꼽혔지.	公孫劍器初第一.
손바닥 뒤집듯 눈 깜짝할 사이 흘러간 50년,	五十年間似反掌,
전쟁의 먼지바람이 왕실을 뒤 흔들었지.	風塵澒洞昏王室.
이원의 제자들은 연기처럼 흩어지고,	梨園弟子散如煙,
차가운 햇살은 여 악사들의 아스라한 모습을 비추네.	女樂餘姿映寒日.

당나라의 시인 원진元稹[4]은 「연창궁사連昌宮詞」에서 다음과 같이 노래했다.

서경과 서경 두 도읍이 수복되어 육칠년 만에,	兩京定後六七年,
다시 살던 집 찾아 행궁 앞으로 돌아왔어요.	卻尋家舍行宮前.
장원은 다 타 없어지고 말라버린 우물만 남았는데,	莊園燒盡有枯井,
행궁의 바깥문과 안쪽 문에는 나무들만 우거져 있네요.	行宮門闥樹宛然.
………	
무희들 춤추던 정자 기울어졌어도 터는 남아 있고,	舞榭欹傾基尚存,
꽃 장식 창문 그윽한데 창문 바른 비단은 아직 푸른빛.	文窗窈窕紗猶綠.
………	
상황께서 섬돌의 꽃 특별히 좋아하셨는데,	上皇偏愛臨砌花,
임금님 의자 여전히 섬돌 향해 기울어져 있네요.	依然御榻臨階斜.
………	
침전과 연결된 단정루,	寢殿相連端正樓,
귀비가 누대의 끝머리에서 머리 빗고 세수했지요.	太眞梳洗樓上頭.
아침 해 아직 뜨지 않아 발 그림자 어두운데,	晨光未出簾影黑,
지금까지 산호 걸이 걸려 있더군요.	至今反挂珊瑚鉤.
손가락으로 가리키던 옆 사람 그것 보고	指似傍人因慟哭,

4 元稹(779~831) : 자 미지微之. 중당의 시인. 백거이白居易와 함께 진사에 급제하여 절친한 벗이 되었으며 문학적 성향도 비슷하여 함께 신악부운동新樂府運動을 주도하였다.

서럽게 울었고,
궁문을 나오면서도 눈물이 그치지 않았다오. 卻出宮門淚相續.

무릇 이처럼 인간세상의 무상한 흥망성쇠를 읊조린 시들은 헤아릴 수 없을 정도로 많다.

앞서 언급한 『비연별전』에 대한 고증을 덧붙인다. 『비연별전』은 영현이 지은 것이라고 세상에 전해지고 있다. 이 책에는 영현의 「자서自敍」와 환담桓譚의 「발문跋文」이 수록되어 있지만, 나는 이에 대해 상당한 의구심을 품고 있다. 이 책은 지나칠 정도로 외설적일 뿐만 아니라, 「자서」에서 양웅楊雄을 언급하며 양웅만이 솔직하고 담백한 성격과 형식을 극도로 싫어한 영현의 성향을 알았으며, 후에 양웅이 유명무실한 명성에 집착하면서 교만해지자 영현이 그를 멀리했다고 했다. 그리고 영현이 하동도위河東都尉를 지냈으며, 군의 결조決曹로써 감옥에 갇힌 죄인들의 죄를 판결하는 일을 한 반촉班躅을 욕보이자, 반촉의 종형從兄의 아들인 반표班彪[5]가 사마천司馬遷의 『사기』를 이어 서술하면서 영현의 저술을 역사서 목록에 제외시켜버렸다고 한다. 이러한 말들은 모두 믿을 수 없다. 또 영현은 「자서」에서 "성제成帝와 애제哀帝 때 회남왕淮南王의 재상을 지냈다"고 하였는데, 성제와 애제 때 봉국封國으로서의 회남국은 이미 멸망했기 때문에, 이 말이 얼마나 황당무계한지 알 수 있다.

2. 당나라 부 어구의 유사성 唐賦造語相似

당나라 사람들은 부賦를 지을 때 대부분 새로운 어구를 특히 중시했다.

5 班彪(3~54) : 후한의 학자. 자 숙피叔皮, 반고班固의 아버지. 역사 연구에 몰두하여 많은 자료를 수집하고 여러 사실을 종합 정리하여 『사기후전史記後傳』 60여 편을 편찬했다. 『한서漢書』를 편찬하려다가 마무리하지 못하고 죽자 아들 반고와 딸 반소班昭가 뜻을 이어 완성했다.

두목杜牧[6]의 「아방궁부阿房宮賦」를 살펴보자.

별처럼 반짝거리는 것은,	明星熒熒,
화장하느라 펼친 거울들이요.	開妝鏡也.
검푸른 구름처럼 물결치는 것은,	綠雲擾擾,
새벽에 빗는 머릿결이라네.	梳曉鬟也.
위수에 번들거리는 기름기는	渭流漲膩,
연지 곤지 씻은 물 버렸기 때문이고,	棄脂水也.
연기 오르고 안개 자욱한 것은	煙斜霧橫,
초란향 태웠기 때문이지.	焚椒蘭也.
문득 우르릉 천둥 울리는데,	雷霆乍驚,
궁전의 수레 지나가는 소리로다.	宮車過也.
덜컹덜컹 바퀴소리 멀리까지 울려 퍼지니,	轆轆遠聽,
아득하여 그 가는 곳을 알지 못하네.	杳不知其所之也.

두목이 아방궁을 묘사하며 사용한 비유와 인용은 정말 다채롭다. 그런데 양경지楊敬之[7]의 「화산부華山賦」는 「아방궁부」보다 먼저 지어졌는데, 묘사가 더 뛰어나고 장대하다.

지척처럼 보이나	見若咫尺,
밭은 천묘나 되고,	田千畝矣.
작은 담처럼 보이나	見若環堵,
성은 천치나 되고,	城千雉矣.
잔의 물처럼 보이나	見若杯水,
못이 백리나 되고,	池百里矣.
개미집처럼 보이나	見若蟻垤,
집이 9층이나 된다오.	臺九層矣.
파리가 왕래하듯 하니,	醯雞往來,
주나라가 서쪽과 동쪽으로 나뉘어 졌네.	周東西矣.

6 杜牧(803~852) : 당나라 시인. 자 목지牧之, 시에서 이상은李商隱과 나란히 이름을 날려 '소이두小李杜'라고 불렸다.

7 楊敬之 : 당나라 시인. 자 무효茂孝, 양준楊淩의 아들. 「화산부」를 지어 한유韓愈에게 보였는데 큰 칭찬을 받아 널리 읽혔고, 이덕유李德裕의 높은 찬사를 받았다고 한다. 『전당시』에 시 두 수가 전해지고 있다.

하루살이 분분히 날듯 하니, 蠛蠓紛紛,
진나라는 아주 빨리 망해버렸네. 秦速亡矣.
기왓골이 이어지고 이어져, 蜂窠聯聯,
아방궁이 지어졌네. 起阿房矣.
얼마 후 또 그렇게, 俄而復然,
건장궁이 건립되었다네. 立建章矣.
작은 별이 반짝 반짝 小星奕奕,
함양이 불타고, 焚咸陽矣.
쌓이고 쌓인 무덤엔 累累繭栗,
진시황이 묻혔다네. 祖龍藏矣.

이후에 또 이유李庾[8]가 「서도부西都賦」를 지었는데 다음과 같다.

진나라 왕궁 터에는 풀만 무성하고, 秦址薪矣,
한나라 왕궁 터에는 잡초만 우거졌네. 漢址蕪矣.
서쪽으로 삼십 리를 가니, 西去一舍,
잡초만 우거진 빈 공터만 덩그러니. 鞠爲墟矣.
시대가 멀어지고 바뀌어져, 代遠時移,
새로운 도성이 만들어졌기 때문이라네. 作新都矣.

그 문장과 의미가 모두 양경지나 두목과 비교해 한참 뒤진다.

고언휴高彦休의 『궐사闕史』에 따르자면 양경지의 「화산부」 5,000자는 사람들 사이에 유행하여 여기저기에서 불려졌다고 한다. 위에 인용한 구절은 당나라의 사도司徒 두우杜佑[9]와 태위太尉 이덕유李德裕[10]가 항상 외워서 낭송하고 다녔다

8 李庾 : 당나라 의종懿宗 때 사람으로, 당나라 종실宗室이다. 자 자건子虔. 호남관찰사湖南觀察使 겸 어사중승御史中丞을 지냈다. 전서篆書에 뛰어났다. 대표작으로 「양도부兩都賦」가 있다.

9 杜佑(735~812) : 당나라의 정치가·역사가. 자 군경君卿. 귀족 집안에서 태어나 일찍부터 여러 관직을 역임한 후, 덕종·순종·헌종 등 3제帝에 걸쳐 재상宰相을 지냈다. 사마천 이후 제1의 역사가로 인정받았으며 저서 『통전通典』은 오늘날에도 제도사 연구상 중요한 자료이다.

10 李德裕(787~849) : 당나라 무종武宗때의 재상. 자 문요文饒. 경학經學·예법을 존중하고 귀족적 보수파로서 번진藩鎭을 억압하고, 위구르 등 이민족을 격퇴하는 데 힘써 중앙집권의 강화를 꾀하였다. 이종민李宗閔·우승유牛僧孺 등의 반대파를 탄압하였고, 폐불廢佛을 단행하였다. 선종宣宗 즉위와 함께 실각하여 해남도海南島로 추방되었다.

고 한다. 두목은 두우의 손자이기에, 「아방궁부」는 실제로 양경지의 「화산부」를 모방한 것이라고 할 수 있다. 고언휴는 당나라 소종昭宗[11] 시기 사람이다.

3. 장온고의 「대보잠」 張蘊古大寶箴

당 태종이 막 즉위하였을 때, 중서성의 관리였던 장온고張蘊古가 600여 자의 「대보잠大寶箴」[12]을 올렸다. 태종은 기뻐하며 그를 대리시승大理寺丞으로 발탁했다고 한다. 『신당서新唐書』의 『문예전文藝傳·사언전謝偃傳』 뒤에 그의 이름이 나오는데, 「대보잠」은 수록되어 있지 않고 단지 다음과 같은 언급만 있을 뿐이다.

> 백성들이 황제를 두려워하고 황제가 천하에 인의仁義를 베풀지 못하는 현실을 태종에게 풍간諷諫하였는데, 그 글이 솔직담백하면서도 간곡했다.

『자치통감資治通鑑』에도 「대보잠」의 몇 구절만 기록되어있는데, 다음과 같다.

> 성인이 천명을 받아 제위에 오르는 것은 물에 빠져 허덕이는 백성을 구하고 막혀 있는 것을 풀어 통하게 하기 위해서입니다.
>
> 한 사람이 천하를 다스려야지 천하의 백성들이 한 사람을 받들어서는 안 됩니다.
>
> 장대한 구중궁궐 안에 있지만 군주가 거처하는 곳은 무릎을 펼 만한 정도의 작은 공간에 불과한데, 우매한 군주는 그것을 모르고 옥으로 그 누대를 짓고 옥으

11 昭宗(867~904/ 재위 888~904) : 당나라의 제19대 황제. 의종懿宗의 일곱 번째 아들이며 희종僖宗의 동생. 904년 소종은 이어 애제哀帝로 등극한 소종의 13세의 9번째 아들을 제외한 나머지 아들과 함께 주전충의 손에 죽음을 당했다. 소종의 사후 애제가 뒤를 이었지만 소종이 실질적으로는 당唐의 마지막 황제로 여겨지고 있다.

12 「大寶箴」 : 당나라 문신 장온고가 천자天子를 위하여 지은 글. '대보大寶'는 천자의 자리를 말하며, 천자의 자리가 막중한 것이며 그 자리를 지키는 일은 매우 어려운 일임을 말하였다. 태종은 이것을 보고 크게 기뻐하여 비단 300필을 하사하고, 장온고를 대리시승으로 임명하였다. 『당문수唐文粹』와 『고문진보古文眞寶』 후집에 수록되었다.

로 그 궁실을 장식합니다. 여덟 가지 산해진미를 앞에 늘어놓아도 먹는 것은 입에 맞는 얼마 안 되는 것 조금에 불과한데도, 미쳐서 망령된 생각으로 술 지게미로 언덕을 쌓고 술로 못을 만들었던 것입니다.

흐릿하고 사리에 어두워서도 안 되고, 지나칠 만큼 자세하고 밝아서도 안 됩니다. 비록 면류관에 드리운 구슬이 눈앞을 가릴지라도 아직 채 드러나지 않은 것까지도 볼 수 있어야 하며, 면류관에서 드리워진 노란 솜방울이 귀를 막았을지라도 아직 소리가 되어 흘러나오지 않은 백성의 목소리까지도 들을 수 있어야 합니다.

이 외에도 제왕에게 권고하는 좋은 말들이 아주 많다.

오직 군주 만이 그들에게 복을 내릴 수 있기에, 군주 되기란 참으로 어려운 것입니다. 군주는 하늘 아래에 있는 모든 것의 주인이 되고, 여러 제후와 삼공의 위에 높이 앉아 토지에 따라 필요한 것을 공물로 바치게 하고, 관리를 갖추어 자신이 하고자 하는 말을 널리 퍼지게 합니다. 그렇기 때문에 천하를 두려워하는 마음이 날로 해이해지고, 사악하고 편벽한 감정이 점차 방자해지는 것입니다. 큰일은 소홀히 하는 데에서 일어나고, 화는 뜻하지 않은 데에서 생겨나는 것임을 어찌 알 수 있었겠습니까?

밝은 해는 그 빛을 사사로이 비추어 주는 일이 없고, 지극히 공평한 이는 사사로이 친애하는 사람이 없는 법입니다.

예로써 사치에 빠지는 것을 금지하고, 음악으로써 방종에 흐르는 것을 막아야 합니다.

하늘이 아무것도 모를 것이라고 생각해서는 안 될 것입니다. 높은 곳에 있으면서도 낮은 지상의 일들을 다 듣고 있습니다. 작은 것이기에 아무 해도 없을 것이라고 생각해서는 안 될 것입니다. 작은 것들이 쌓여 크게 되는 것입니다. 즐거움을 끝까지 추구해서는 안 될 것입니다. 즐거움이 다하면 슬픔이 생기는 법입니다. 욕망대로 멋대로 해서는 안 될 것입니다. 멋대로 하고자 하는 마음은 재앙을 만듭니다.

안으로는 여색에 빠지지 마시고, 밖으로는 사냥에 빠지지 마시옵소서. 얻기 어려운 보물을 귀중히 여기시지 마시고, 나라를 망치는 음악을 듣지 마시옵소서. 안으로 여색에 빠지면 인간의 본성을 해치게 되고, 밖으로 사냥에 빠지게 되면 사람의 마음이 방탕하게 됩니다. 얻기 어려운 보물은 사치를 즐기게 만들고, 나라를 망치게 음악은 성정을 음탕하게 만들기 때문입니다. 나를 존귀하다 여기며 현자들을 오만한 태도로 대하고 선비들을 업신여기지 마시고, 내가 지혜롭다 여기어 간언하는 말을 물리치고 자신을 뽐내지 마시옵소서.

근심하는 자들을 안심시키는 것을 봄볕처럼 가을 이슬처럼 하시옵고, 높디높고 넓디넓게 한고조漢高祖처럼 도량을 넓히십시오. 이런 여러 가지 일을 실천하시기를 살얼음을 밟듯 깊은 연못에 임하듯 하시옵고, 두려워하고 두려워하시면서 주 문왕周文王의 조심스런 마음을 본 받으십시오.

군주의 가슴 속에서는 피차를 하나로 아우르고, 마음속에 있는 호오好惡의 감정을 버려야 하는 것입니다.

군주는 저울대나 저울추와 같이 물건에 한계를 정하지 않아야 하고, 저울에 매달아 놓은 물건은 그 경중이 저절로 드러나듯 해야 합니다. 또 물같이 맑고 거울같이 밝아서 사물에 자신의 감정을 나타내지 않아야 하고, 비추어진 물건들은 아름다운 것과 추한 것이 저절로 드러나듯 해야 합니다. 군주의 마음은 혼탁하고 흐려서는 안 되고, 너무 깨끗하고 맑기만 해서도 안 됩니다. 흐릿하고 사리에 어두워서도 안 되고, 지나칠 만큼 자세하고 밝아서도 안 됩니다.

폐하께서는 난세를 다스림에 있어서, 지혜와 힘으로써 승리를 거두셨습니다. 백성들은 그 위세를 두려워하고 있기에, 아직 폐하의 은혜를 느끼지 못하고 있습니다. 폐하께서는 천운을 잡으시고 순수한 기풍을 일으키셨습니다. 백성들이 폐하를 옹호하기 시작했지만, 그것이 끝까지 갈지는 보장 할 수 없습니다.

사람을 부림에는 마음으로써 하고, 말을 했으면 마땅히 실천해야합니다.

천하가 만인의 것이 되면, 만인의 위에 군림하는 한 사람 즉 군주에게 기쁨이 있게 됩니다.

이 글은 대체로 평범하지 않지만, 역사서에 기록되지 않았기 때문에 학자들 사이에서 널리 알려지지 않았다. 장온고는 대리시승을 4년간 담당하다가 참소를 당하여 죄가 없음에도 죽임을 당했다. 얼마 후 당 태종은 장온고를 죽인 것을 깊이 후회하고, 사형범에 대해서는 다시 심사하여 황제에게 아뢰도록 하는 복주覆奏 제도를 다시 시행하라고 명을 내렸다.

『신당서』의 열전에도 이 일은 기록되어 있지 않다. 그리고 그가 범죄사건에 연루되어 주살되었다고 잘못 알고 있는데, 이는 모두 사실과 부합되지 않는다. 『구당서舊唐書』에는 「대보잠」 전문이 수록되어 있고 장온고의 전기도 실려 있는데, 송기宋祁[13]가 왜 이러한 내용들을 삭제했는지는 알 수 없다.

4. 송나라 초기의 서적 國初文籍

송나라는 오대의 전란을 수습하고 건국되었기 때문에, 초기에는 서적을 찍어내는 인쇄판이 아주 드물었다. 이는 전란 중에 인쇄판이 불태워지고 훼손되어져 거의 사라졌기 때문이다.

그런데 태평흥국太平興國[14] 연간에 편찬된 『태평어람太平御覽』은 인용된 서적만도 1,690종에 달한다. 인용서적의 목록은 『태평어람』 제1권에 모두 수록되어 있지만, 인용된 잡서雜書와 고시부古詩賦의 목록은 모두 수록되지 못하였다. 지금 『태평어람』을 살펴보니, 실전된 서적이 십분의 칠·팔을 차지한다. 이를 통해 송나라 왕조의 170년간의 태평시대가 전란이 끊이지 않았던 시대보다 오히려 서적보존에 소홀했다는 것을 알 수 있다. 진종眞宗 대중상부大中祥符 4년(1011)에 요현姚鉉이 『당문수唐文粹』를 편찬하였는데, 그 서문에서 다음과 같이 말했다.

> 지금처럼 역대 경전과 서적들 대부분을 잃어버린 때가 없었다.

요현이 편집한 문집들을 살펴보면 당시에 인용된 원서들이 지금 전해지지 않는 것이 아주 많다. 정말이지 탄식하지 않을 수가 없다!

---

13 宋祁(998～1061) : 북송의 문장가·시인. 자 자경子京. 형 송상宋庠과 함께 유명해 '이송二宋'으로 불렸다. 사관수찬史觀修撰을 맡아 구양수와 함께 『신당서』를 편찬했다. 사詞를 잘 지었는데, 「옥루춘玉樓春」이 유명하다.

14 太平興國 : 북송 태종太宗 시기 연호(976～983).

5. 전한의 교사 敘西漢郊祀天地

교사郊祀의 합제合祭와 분제分祭에 대해 송나라 신종神宗 원풍元豐[15] 연간과 철종哲宗 원우元祐[16]·소성紹聖[17] 연간에 세 차례 논의되었는데, 소식의 논의보다 명확한 것이 없다. 당시 대신들은 주나라와 한나라 이래 모두 하늘과 땅에 대한 제사를 합제했었기에, 하지夏至에 교사를 행하는 것은 매우 불편하다고 주장하였다. 소식은 바로 그러한 대신들의 주장에 반박하기 위해 논의에 참가했다. 나는 『용재사필』에서 소식의 논리를 찬미했었는데,[18] 『한서』를 자세하게 고찰하면서 소식의 설이 아주 상세하고 철저하지 않다는 것을 알게 되었다.

한 고조 유방이 진나라 때 천지신명에게 제사를 지내는 장소 네 곳에 한 곳을 더 추가하면서부터 천지를 공경하여 섬기게 되었다. 한 무제 이후 원제와 성제에 이르러서는 모두 감천궁에서 제사를 지냈다. 한 무제가 분음汾陰[19]에 순시를 나갔다가 작은 토산 위에 후토사后土祠를 건립한 후 해마다 그곳에서 지신에 제사를 올렸다. 어떨 때는 2년에 한 번 제사를 올리러 갔는데, 일반적으로 정월에는 태치泰畤에서 하늘에 제사를 지냈고 3월에는 지신에 제사를 지냈다. 성제 건시乾始 원년(B.C. 32)에 남교南郊와 북교北郊를 설립하여 정월과 3월 신일辛日에 천지에 제사를 올리기 시작했다. 이후로 감천궁과 분음에서 행해지던 제사는 없어졌다. 그런데 신종 원풍 연간과 철종 원우·소성 연간에 있었던 세 차례의 논의에서는 모두 이를 언급하지 않았다. 보아하니 한나라 시기에는 한 여름에 묘에 들어가거나 교외에 나가는 것이 예가 아니었던 것 같다. 당시 소식은 자신의 의견에 반대하는 대신들이 우의를 점하는 상황이었기 때문에 상세한 논리를 펼칠 수 없었다.

15 元豐 : 북송 신종 시기 연호(1078~1085).
16 元祐 : 북송 철종 시기 연호(1086~1093).
17 紹聖 : 북송 철종 시기 연호(1094~1097).
18 『용재사필』권15, 「北郊議論」 참조.
19 汾陰 : 지금의 산서성 만영萬榮.

그래서 왕망王莽이 시행한 합제에 대해 깊이 연구할 수 없었기에 아마도 더 상세하고 세밀한 고증을 할 수 없었던 것 같다. 자세한 연구와 고증이 없었기에 자신의 논리에 모순이 있다는 것을 알지 못했을 것이다.

합제와 분제에 대해서는 예제禮制에 밝은 이가 나와 절충적인 해결 방법을 내놓기를 기대한다.

6. '騫건'과 '騫헌' 두 글자의 의미 騫騫二字義訓

'騫건'과 '騫헌' 두 글자의 음과 뜻은 서로 다르다.

자전을 찾아보면 '騫'의 독음은 去거와 乾건의 반절半切이고, "말 복부의 고삐. 또는 이지러지다는 의미이다"라는 주석이 달려있다. 그리고 지금의 『예부운략禮部韻略』을 살펴보면 하평성下平聲 '二仙이선'운韻에 속해있다. '騫'의 독음은 虛허와 言언의 반절이고, "나는 모양"이라고 주가 달려있으며, 『예부운략』의 상평성上平聲 二十二元이십이원 운에 속해있다.

문인들은 이러한 자전의 해석을 이어받아 '건휴騫虧'의 '騫'자를 기개가 높다, 날아 오르다의 의미로 해석하고 있는데, 이는 잘못된 풀이이다. '騫'자의 형방形旁은 '馬마'자인데, 말이 어떻게 날아오를 수 있겠는가? 공자의 제자 민손閔損의 자는 자건子騫인데, 고대 성현의 이름을 짓고 자를 만드는 데에 반드시 어떤 원칙에 구속받지는 않았겠지만, 결손의 의미를 가진 '騫'자는 '損손'자와 의미가 통하기 때문에 이름과 자의 뜻이 더 명확해진 것이 아니겠는가! 형방이 '鳥조'자인 '騫'이 날아 오르다는 해석과 더 일치한다고 할 수 있다. 그런데 이 글자가 지금 사용되지 않기 때문에, 소식이나 황정견 등이 모두 '騫'자를 '元원' 운韻에 삽입시켜, 다음과 같은 시 구절을 지었다.

때가 오니 혹 붕새가 날아들었네. 時來或作鵬騫.[20]

20 소식, 「仲天貺、王元直自眉山來見余錢塘, 留半歲, 既行, 作絕句五首送之」.

그 사람이 아닌데 전해지니 날아오를까 두렵네. 傳非其人恐飛騫.[21]

모두 시를 쓰기 전에 상세하게 조사하지 못한 것이다. 오직 한유만이 '騫'이 아닌 '騫'으로 날아오르다는 의미를 표현했다. 그의 시 「화후협율영순和侯協律詠筍」을 살펴보자.

때를 만난 장적과 왕건, 得時方張王,
기세를 타고 훨훨 날아오르려 하였다네. 挾勢欲騰騫.

이것이야 말로 정확한 단어를 사용한 것이라 할 수 있다. 이러한 것은 사실 자질구레한 소학小學에 불과하기는 하지만, 그 자질구레한 것까지 세심하게 살폈기 때문에 한유가 함부로 글을 쓰지 않았다는 것을 분명히 알 수 있다.

7. 국신릉 書麴信陵事

밤에 백거이의 「진중음秦中吟」 10수를 읽었는데, 「입비立碑」에 다음과 같은 내용이 있다.

듣자하니 망강현望江縣의, 我聞望江縣,
국신릉이라는 현령은 외로운 백성들을 위로하며, 麴令撫煢嫠.
재직 시에 인정仁政을 베풀었으나, 在官有仁政,
명성은 경사京師에까지 들리지 않았네. 名不聞京師.
그가 죽은 후 고향으로 운구하려 했으나 身歿欲歸葬,
망강현 백성들이 그 길을 가로막고, 百姓遮路歧.
수레 끌채를 잡고 못 가게 하여 攀轅不得去,
망강望江 가에 그를 묻었다 하네. 留葬此江湄.
지금도 그 이름을 말하면 至今道其名,
모든 사람들이 눈물 흘리니, 男女涕皆垂.

21 황정견, 「次韻子瞻書黃庭經尾付蹇道士」.

비석을 세운 사람 없어도 無人立碑碣,
마을 사람들은 그의 공덕을 알고 있다네. 唯有邑人知.

이 시를 읽으면서 내가 어려서 무석無錫에 살았을 때를 떠올리게 되었다. 그때 전신중錢伸仲 대부에게서 책을 빌렸는데, 그게 바로 국신릉의 유집遺集이었고, 책에는 시 33수와 비를 기원하는 기우문祈雨文 3편이 실려 있었다. 국신릉은 당나라 덕종德宗 정원貞元 원년(785)에 포방鮑防이 장원으로 급제하였을 때 4등으로 급제하였으며, 정원 6년(790)에 망강현의 현령에 부임하였다. 그의 「투석축강문投石祝江文」 읽었는데, 다음과 같은 내용이 있었다.

> 관리가 자신의 사리사욕을 채우기 위한 것들을 백성들에게 행하면 분명 참혹하고 더러운 정치가 백성들에게 행해지게 되니, 이는 모두 현령의 죄가 된다. 신령神靈께서 이를 알게 되면 반드시 그를 벌할 것이니 어찌 백성들에게 악행을 저질러 해로움을 당할 것인가?

자세하게 이 대목을 음미해보니, 국신릉이 시행한 정령들이 하늘과 신령에 한 점 부끄럼 없었다는 것을 알 수 있었다. 당나라 선종宣宗 대중大中 11년(857)에 망강현에 살던 향공진사鄕貢進士[22] 요련姚輦이 국신릉의 시문을 당시 현령이었던 소진蕭縝에게 건네주었고, 소진은 자신의 봉록으로 석판을 사서 장인에게 이 문집을 간행하도록 하였다고 한다. 백거이의 「진중음」 10수는 덕종 정원 연간과 원화元和[23] 연간 사이에 지어진 것으로 국신릉이 세상을 떠난 지 불과 15년 정도밖에 안 됐을 때였다. 그러나 국신릉의 이름은 이미 사람들에게 전해지지 않고 있었다. 『신당서新唐書·예문지藝文志』에는 국신릉의 시 한 권만 수록되고, 나머지는 기록되지 않았다. 그렇기 때문에 만약에 백거이의 시가 아니었다면, 국신릉의 이름은 아마도 초목처럼 시들어 사라져버렸을 것이다. 효종 건도乾道 2년(1166)에, 역량歷陽 사람인 육동陸同이 망강의

22 鄕貢進士 : 당나라 때 제도로, 지방에서 추천을 받아 향공으로서 진사 시험을 보는 사람을 지칭한다.

23 元和 : 당 헌종憲宗 때의 연호(806~820).

현령으로 부임하였는데, 여음汝陰에서 국신릉의 시를 얻어, 왕렴청王廉清에게 판각을 하여 출판하도록 명했으며, 이를 관아의 창고에 보관하도록 하였는데, 「기우문」은 빠져있다.

8. 공우와 주휘의 늦은 출세 貢禹朱暉晚達

공우貢禹[24]는 젊었을 때 벼슬길이 뜻대로 풀리지 않자 사직하고서 귀향하였다. 원제元帝 초, 조정에서 그를 불러들여 간의대부諫議大夫에서 광록대부光祿大夫로 승진시켰다. 공우가 이렇게 아뢰었다.

"신은 올해 여든 하나입니다. 12살 아들이 하나 있습니다."

공우가 입조했을 당시가 80세 정도였으니 아들을 낳았을 때는 이미 70세였을 것이다. 결국 다시 어사대부御史大夫[25]까지 승진하였고 삼공三公[26]의 반열에 올랐다.

두보杜甫는 이렇게 읊었다.

장안의 경상 대부분 젊은이들	長安卿相多少年,
부귀하려면 출사를 일찍해야 하네	富貴應須致身早.[27]

반드시 그러한 것은 아닌가보다.

주휘朱暉[28]는 장제章帝 시기 임회태수臨淮太守를 지내면서 은거하다가 후에

24 貢禹(B.C.124~B.C.44) : 전한의 대신. 자 소옹少翁. 원제가 즉위한 후 그의 현명함을 듣고 불러 간대부諫大夫에 임명하였고 이후 광록대부, 어사대부를 역임하였다.

25 御史大夫 : 삼공三公의 하나로 승상丞相의 다음 서열. 감찰과 법률의 집행을 관장하는 동시에 중요한 전적의 관리를 겸하였다.

26 三公 : 최고의 관직에 있으면서 천자를 보좌하던 세 벼슬. 한나라에서는 승상丞相·태위太尉·어사대부御史大夫를 삼공이라 하였다.

27 「乾元中寓居同谷縣作七首」 중 제7수.

28 朱暉 : 후한의 대신. 자 문계文季. 후한 광무제가 주휘의 부친과 교유가 있어, 광무제가 즉위 후 주휘의 부친을 찾았으나 이미 세상을 뜬 후였기에 대신 주휘가 발탁되었다. 임회태

조정에서 불러 복야僕射에 임명했다가 다시 태수로 임명하였다. 주휘가 경사에 머무를 것을 청하자 장제는 허락하였다. 조정 관료들과 의견이 맞지 않자 주휘는 스스로 감옥에 들어가 다시는 조정대사를 논의하지 않겠다며 말했다.[29]

"신의 나이 여든에 조정의 중요 관직을 얻었으니 죽음으로써 보답함이 마땅합니다."

결국은 입을 닫고 다시는 말하지 않았다. 장제는 노여움이 누그러들자 그를 상서령尙書令으로 승진시켰다. 화제和帝 시기에는 흉노를 정벌할 것을 간언하였다. 이 당시 그의 나이를 계산해보니 90세 쯤은 되었을 것이다. 주휘의 충정은 공우에 비할 바가 아니다.

9. 백거이의 「비파행」과 소식의 「해당시」 琵琶行海棠詩

백거이의 「비파행琵琶行」[30]에 대해 독자들은 다만 그 풍치風致를 좋아하고 문사에 감탄하지만, 음악에 맞춰 노래로 부르는 부분에 대해서는 단지 장안의 옛 기녀를 위해 지은 노래라고만 여긴다. 나는 이에 대해서 의구심이 들었다.

수, 상서령을 역임하였다.

29 장제 때 곡식의 가치가 귀하게 되자, 장림張林은 화폐의 사용을 금지하고 포백으로 조세를 내게 하고, 소금을 관에서 전매하고 균수법을 시행할 것을 건의하였다. 장제는 상서들에게 이를 논의하게 하였는데 주휘는 장림의 의견을 불가하다고 하였다. 장제는 장림의 건의대로 시행하려 했는데 주휘가 재차 불가하다고 하자 장제는 노여워하여 상서들을 질책하였고 주휘는 자진하여 옥에 갇혔다가 3일 뒤에 나왔다. 주휘는 병을 이유로 정책의 결정을 논의하는 일에 다시는 참여하지 않겠다고 했다. 상서령 이하들이 두려워하며 화를 입을 지도 모른다고 하자 주휘는 "내 나이 여든인데 성은으로 국가의 요직에 있으니 죽음으로 보답해야지요! 불가함을 분명히 알면서도 부화뇌동하여 뜻을 따르는 것은 신하의 도의를 져버리는 짓이요!"라고 하였다.

30 「琵琶行」 : 당나라 헌종憲宗 원화 10년(815) 45세의 백거이는 강주사마江州司馬로 좌천되었다. 「비파행」은 백거이가 강주사마로 좌천된 이듬해 가을에 지은 장편시이다. 비파 타는 여인의 기구한 삶을 통해 좌천으로 실의에 빠져 있던 자신의 비애를 솔직하게 담아낸 작품이다.

당나라의 법률은 관료가 기녀를 가까이하는 것에 비교적 관대했다. 그러나 백거이는 궁궐에서 재직했었으며 폄적되었던 기간도 그리 길지 않다. 야밤에 여자 혼자 있는 배에 타서 함께 술을 마시고 악기를 연주하며 실컷 즐기고 한밤중이 되어서야 그곳을 떠났을 리가 없다. 상인들이 나중에 그의 뒤에서 왈가왈부 할 것을 그가 어찌 생각하지 못했겠는가! 백거이의 의도는 다만 이를 빌려 하늘 끝 궁벽한 처지로 추락한 자신의 한을 풀어내고자 한 것일 뿐이다.

소식이 황주黃州에 유배되었을 때[31] 쓴 「정혜원해당定惠院海棠」[32]이라는 시에 이러한 구절이 있다.

시골 마을 어느 곳에서 이 꽃을 얻었을까,	陋邦何處得此花,
호사가가 서촉 땅에서 옮겨온 것이 아닐까.	無乃好事移西蜀.
……	
세상 끝 멀리 유락한 처지 함께 불쌍히 여기니,	天涯流落俱可念,
한잔 술 마시며 이 노래를 부른다.	爲飮一尊歌此曲.

그의 의도도 이러했을 것이다. 혹자는 이 두 시가 한 마디, 한 글자도 같은 것이 없다고 하겠지만 그렇지 않다. 이것이 진정 백거이의 뜻을 제대로 빌려 사용한 것이다. 어찌 다른 시들이 전인의 구절을 모방하는 것처럼 해야만 하는 것이겠는가!

10. 남을 따라 하지 않은 소식 東坡不隨人後

굴원屈原이 사부詞賦에서 어부와 점쟁이와의 문답을 가설한 이후[33], 후세

31 소식은 1079년(44세) 신법파의 참소로 어사대의 감옥에 투옥되었다. 많은 대신들이 상소하고 동생 소철이 자신의 관직으로 형의 죄를 대속代贖할 것을 탄원함으로써 간신히 사형을 면하고 12월 29일에 황주안치黃州安置의 유배령을 받고 출옥하게 되었다. 1080년 1월 1일 귀양길에 올라 2월 1일에 도착하여 정혜원에 거주하게 된다.

32 원제는 「寓居定惠院之東, 雜花滿山, 有海棠一株, 土人不知貴也」이다.

33 굴원의 「어부가」는 모함으로 추방된 굴원이 노인 어부를 만나, 어부는 굴원에게 세상에

작가들은 모두 이를 모방하였다. 사마상여司馬相如의 「자허부子虛賦」[34]와 「상림부上林賦」에 등장하는 자허子虛·오유선생烏有先生·망시공亡是公, 양웅揚雄의 「장양부長楊賦」에 등장하는 한림주인翰林主人과 자묵객경子墨客卿, 반고班固의 「양도부兩都賦」에 등장하는 서도빈西都賓과 동도주인東都主人, 장형張衡의 「양도부兩都賦」에 등장하는 빙허공자憑虛公子과 안처선생安處先生, 좌사左思의 「삼도부三都賦」에 등장하는 서촉공자西蜀公子와 동오왕손東吳王孫·위국선생魏國先生은 모두 이름만 다를 뿐, 천편일률적이고 창의적인 것이 없다.

진晉나라 성공수成公綏의 「소부嘯賦」에는 손님[賓]과 주인[主]은 없지만 일군공자逸群公子라는 가상 인물을 만들고서야 글을 쓸 수 있었다. 매승枚乘의 「칠발七發」은 초태자楚太子와 오객吳客의 문답으로 되어 있고, 조식曹植의 「칠계七啓」는 현미자玄微子와 경기자鏡機子를 가탁하였다. 장협張協의 「칠명七命」에는 충막공자沖漠公子와 순화대부殉華大夫가 등장한다. 이 작품들이 훌륭하지 않다고는 할 수 없지만 이러한 관습을 아무도 바꾸려 하지 않았다.

그러나 소식의 「후기국부後杞菊賦」[35]는 곧바로 이렇게 시작된다.

> 우차선생吁嗟先生, 누가 당신으로 하여금 당상에 앉아 태수라 칭하게 하였소?

순응하라고 권하지만 굴원은 이를 거부한다는 내용의 문답으로 구성되어 있다. 「복거卜居」는 굴원이 쫓겨난 지 3년이 지나서도 다시 임금을 뵐 수 없자 답답한 마음에 거북점과 시초점을 담당하는 관리인 태복太卜을 만나 자신이 앞으로 어찌하면 좋을지를 묻고 태복이 답하는 내용으로 구성되어 있다.

34 「子虛賦」: 자허子虛가 초楚나라 왕을 위해 제齊나라 사신으로 가는 것을 가정하여, 초나라 운몽雲夢의 거대함과 군신君臣의 성대한 수렵의 모습, 초나라 풍물의 아름다움 등을 제나라 왕 앞에서 자랑한 것이다. 이에 대하여 오유선생烏有先生은 제나라의 바닷가 맹저孟諸는 '운몽을 8, 9개 삼킨다 해도 마치 가시 하나를 삼킨 것과 같을 것이다'라고 하며 제나라 토지의 광활함과 산물의 풍부함을 이야기하여 자허를 반박하였다. 대부분의 내용이 제왕의 넓은 정원과 수렵의 성대함을 묘사하는데 주력하여, 풍자가 다소 있다 하더라도 결국은 당시 통치자가 좋아하는 향락적인 풍토에 부합하는 것으로 보인다.

35 「後杞菊賦」: 육구몽陸龜蒙이 항상 구기자와 국화를 먹으면서 「杞菊賦」를 지었다. 소식은 선비가 가난하여 구기자와 국화를 먹는 것을 과장이라 여겼었으나 자신이 벼슬살이를 한지 19년이 지났는데도 살림살이가 전혀 나아지지 않자 육구몽의 말이 지나친 것이 아니었음을 알게 되었다며 「後杞菊賦」를 지었다.

마치 날아가는 용이 봉새를 치고 높이 올라 구름 구만리 밖에서 훨훨 나는 것 같아 꼬투리를 잡을 수가 없다. 숲 여기저기를 날아다니는 작은 새가 어찌 미칠 수가 있는 경지이겠는가? 시에 있어서도 마찬가지이다. 다른 사람들의 시와 소식의 시를 비교해보면 알 수 있다.

백거이 :
취한 모습 서리 맞은 나뭇잎 같네, 醉貌如霜葉,
불그레하지만 청춘은 아닌. 雖紅不是春.[36]

소식 :
어린 아이 젊은이라 여기고 잘못 반기지만, 兒童誤喜朱顔在,
우스워라, 술 취해 붉은 줄을 어찌 알까. 一笑那知是酒紅.[37]

두보 :
부끄럽게도 머리 다 빠져 바람에 모자 날아가니, 休將短髮還吹帽,
옆 사람에게 바로 씌워달라 웃으며 부탁하네. 笑倩傍人爲正冠.[38]

소식 :
술기운은 점점 사라지고 바람은 부드럽네. 酒力漸消風力軟,
솨아솨아 쉬지 않고 불어대건만, 颼颼,
낡은 모자는 다정하게도 머리에 붙어있군요. 破帽多情卻戀頭.[39]

정곡鄭谷, 「십일국十日菊」 :
오늘부터 사람들의 마음은 떠나겠지만, 自緣今日人心別,
가을 향기 하룻밤에 없어지진 않을터. 未必秋香一夜衰.[40]

36 「醉中對紅葉」.
37 「縱筆三首」 제1수.
38 「九日藍田崔氏莊.」.
○ 두보의 시 원문은 첫 구절이 '羞將短髮還吹帽'로 되어있다.
39 「南鄕子—重九涵輝樓呈徐君猷」.
40 이 시의 앞 두 구는 이러하다.
중양절 지나 벌은 근심하고 나비는 아직 모르는데, 節去蜂愁蝶不知,
새벽 뜰에는 아직도 꺾어진 가지가 둘러서 있네. 曉庭還繞折殘枝.

소식 :

서로 만났으니 바삐 돌아갈 필요없지.	相逢不用忙歸去,
내일이면 노란 국화꽃에 나비는 수심에 차리라.	明日黃花蝶也愁.[41]

세상 만사가 결국 모두 꿈일지니,	萬事到頭都是夢,
느긋하게 여유를 가져야지,	休休,
내일이면 노란 국화꽃에 나비는 수심에 차리라.	明日黃花蝶也愁.[42]

전인의 시의를 사용하면서도 수법을 새롭게 하여 예전과 다르게 만들었으니 소식의 뛰어난 점이다. 이들은 "다른 집의 복숭아와 오얏을 보니, 후원의 봄이 생각나네.[見他桃李樹, 思憶後園春]"의 의미를 "전송했던 곳에 한참을 서 있으니 집 떠나던 때가 생각나네.[長因送人處, 憶得別家時]"로 바꾸어 승려에게 웃음거리가 되었던 장적張籍과는 확연히 다르다.[43]

11. 백거이와 원진의 제과 연습 元白習制科

백거이와 원진元稹[44]은 함께 제과制科[45]를 준비했다. 급제 후 백거이가 원진

41 「九日次韻王鞏」.

42 「南鄉子—重九涵輝樓呈徐君猷」.

43 『태평광기』권198 「원화사문元和沙門」 : 원화연간 장안에 다른 사람의 문장에서 잘못된 부분을 잘 지적하는 한 스님이 있었다. 특히 이전의 작가들이 지은 시와 의미가 서로 일치하는 부분을 잘 잡아냈다. 장적張籍은 그에게 지적받기를 싫어하여 깊이 고심하고 수정을 거듭하다가 이런 구절을 생각해 냈다. "전송했던 곳에 한참을 서 있으니 집 떠나던 때가 생각나네." 장적은 곧장 스님을 찾아가서 자랑하며 말했다. "이 구절은 분명 전인들의 시의에 일치하지 않을 것이오." 스님이 웃으며 말했다. "이것은 다른 사람이 이미 말한 것입니다." "이전에 어떤 사람이 있었소?" 스님은 차가운 목소리로 읊조렸다. "다른 집의 복숭아와 오얏을 보니, 후원의 봄이 생각나네." 장적은 이에 손바닥을 치며 크게 웃었다.

44 元稹(779~831) : 중당의 시인. 자 미지微之. 백거이와 함께 진사에 급제하여 절친한 벗이 되었으며 문학적 성향도 비슷하여 함께 신악부운동新樂府運動을 주도하였다.

45 制科 : 진사나 명경의 급제 여부와는 관계없이 참가할 수 있는 특수 인재 선발시험으로 일시나 과목은 황제가 임의로 결정한다. 당시 원진과 백거이는 이미 각각 명경과와 진사과에 급제하고서 이부에서 주관하는 전선銓選을 통과하여 비서성 교서랑의 관직을 받은 상태였다. 그러나 이는 정9품의 하급관직이었고 이에 두 사람은 다시 과거응시를 계획하여 함께 제과를 준비하였다.

에게 이런 시를 보냈다.

우리 모두 젊고 씩씩했던 때, 皆當少壯日,
함께 태평의 시기를 소중히 여겼네. 同惜盛明時.
세월을 헛되이 보낸 것을 한탄하며, 光景嗟虛擲,
남몰래 저 높은 하늘을 엿보았지. 雲霄竊暗窺.
문장에 전심하여 아침에 부지런했고, 攻文朝矻矻,
학문을 익히려고 밤에도 열심이었네. 講學夜孜孜.
책략을 모은 목록이 패를 엮은 듯하고, 策目穿如劄,
붓끝은 뾰족하기가 송곳과 같았지. 毫鋒銳若錐.[46]

주에는 이러한 설명이 있다.

당시 미지微之와 함께 책문策文을 모았는데 그 수가 백 편이 넘었다.[47] 각각 뾰족한 끝과 가느다란 관이 있는 붓이 있어 그것을 가지고 시험을 보러 갔다. 서로 돌아보고 웃으며 '호추毫錐'라 이름했다.

선비들이 과거를 준비할 때 모범 문장을 엮는 것은 당나라 시기부터 그러했으며, '毫錐'[48]라는 명칭이 이때부터 시작된 것임을 알 수 있다.

12. 문하생의 문하생을 만나다 門生門下見門生

후당後唐 시기 배상서裴尙書[49]가 연로하여 퇴임하였다. 청태淸泰[50] 초, 그의 문하생 마예손馬裔孫이 과거 시험을 주관하게 되었다. 합격자 명단이 공지된 후 마예손은 합격한 진사들을 데리고 배상서에게 감사 인사를 하러 왔다. 배상서는 몹시 기뻐하며 그들과 종일 연회를 베풀었는데 이날 절구 한

46 「代書詩一百韻寄微之」.

47 제과 시험의 주요 내용은 시험관이 제시한 국가와 민생 문제에 대하여 자신의 정치적 주장을 펴는 대책對策이었다. 그들은 공동으로 「책림策林」 75편을 지어 시험에 대비하였다.

48 毫錐 : 붓을 가리킨다. 시의 마지막 구절 "붓끝이 뾰족한 송곳 같다[毫鋒銳若錐]"라는 말에서 유래하였다.

49 裴尙書 : 배호裴皞를 가리킨다.

50 淸泰 : 후당後唐의 말제末帝의 연호(934~936).

수를 지었다.

벼슬길에서 가장 중요한 것은 글을 잘 짓는 것	宦途最重是文衡,
하늘이 선심을 써서 이 사람에게 행운을 주었네.	天與愚夫作盛名.
세 번이나 과거 감독관을 지내고 나니 어느새 여든 살	三主禮闈今八十,
문하생의 문하생을 만나니 그 무엇보다 기쁘구나.	門生門下見門生.

당시 사대부들은 이 일로 배상서를 칭송하였다. 이 일은 소기蘇耆의 『개담록開譚錄』에 수록되어있다.

나는 『오대등과기五代登科記』[51]에서 이 일을 고증해 보았다. 배상서는 배호裴皞로 동광同光[52] 연간 세 차례 과거를 주관하였다. 동광 4년(926)에 8명의 진사 합격자가 배출되었는데 마예손이 그 중 한 명이었다. 10년 후 마예손은 한림학사翰林學士가 되었고 청태淸泰 3년(936)에 13명의 진사 합격생이 있었으니 『개담록』의 기록은 맞는 것이다. 마예손은 얼마 후 재상에 임명되었고, 『신오대사』에도 이 시가 수록되어 있다.

백거이에게 「여제동년하좌주고시랑신배태상동연소상서정자與諸同年賀座主高侍郎新拜太常同宴蕭尙書亭子」라는 시 한편이 있다. 주에 "좌주는 소상서 아래에서 급제하였다[座主於蕭尙書下及第]"라고 되어있다.[53]

『등과기登科記』를 고증해보니 백거이는 정원貞元 16년(800) 경진庚辰년 중서사인中書舍人 고영高郢 문하에서 4등으로 급제하였다. 고영은 보응寶應 2년(763)

51 『登科記』: 과거 시험 합격자의 명부. 새로 합격한 진사들은 이후 국가 정치에서 중요한 지위를 차지하게 되기 때문에 매번 방이 붙고 나면 사람들은 다투어 새 진사들의 이름과 그해 과거시험의 문제를 기록하였고, 이렇게 해서 생겨난 것이 등과기이다. 등과기는 초기에는 개인이 기록하다가, 당나라 선종宣宗 때부터는 한림원에서 매년 진사의 성명과 시부의 제목을 기록하였다.

52 同光 : 후당의 개국황제인 이존욱의 연호(923~926).

53 座主 : 당송 시기 진사는 주시험 감독관을 좌주라 불렀다. 당나라에서는 진사 합격자로 기록된 후에 반드시 동참해야 하는 의식이 있었는데 자기를 선발해 준 좌주에게 감사인사를 드리고 재상을 만난 후 연회에 참석하였다.

계묘癸卯년 예부시랑禮部侍郞 소흔蕭昕의 문하에서 9등으로 급제하였다. 고영이 태상太常에 임명되었을 때가 거의 마흔이었다. 소흔은 계묘癸卯년 지공거知貢擧[54]를 지냈고 20년 후인 정원 3년(787) 정묘丁卯년에 다시 예부상서禮部尙書로 지공거를 맡게 되었으니 장수한 셈이다. 백거이가 지은 시를 보니 당나라 시기 거자擧子들이 시험 주관자를 얼마나 존중했는지를 알 수 있다.

13. 한유와 소식·두보의 말 묘사 韓蘇杜公敘馬

한유의 「인물화기人物畫記」에 말을 묘사한 부분이 있다.

> 체구가 큰 말이 아홉 마리가 있다. 그 외에는 위로 가는 말, 아래로 가는 말, 걷는 말, 끌려가는 말, 달리는 말, 물을 건너는 말, 다리를 쳐드는 말, 고개를 치켜드는 말, 좌우를 두리번거리는 말, 울부짖는 말, 누워있는 말, 움직이는 말, 서 있는 말, 씹고 있는 말, 물을 마시는 말, 오줌 누는 말, 기어오르는 말, 내려오는 말, 나무에 등을 긁적이는 말, 콧김을 내뿜는 말, 냄새를 맡는 말, 기뻐서 서로 장난치는 말, 화가 나서 서로 발길질하며 깨무는 말, 꼴을 먹는 말, 사람이 타고 있는 말, 달리고 있는 말, 걷고 있는 말, 옷과 물건을 짊어지고 있는 말, 여우나 토끼 같은 동물을 짊어지고 나르는 말이 있다. 말의 형태는 27가지나 된다. 이 그림에서는 크고 작은 말 83마리가 있는데 같은 것이 하나도 없다.

진관秦觀[55]은 한유의 말 묘사가 자세하면서도 잡다하지 않다며 이를 모방하여 「나한기羅漢記」를 지었다.[56]

소식은 「한간십사마韓幹十四馬」[57]라는 시에서 다음과 같이 노래했다.

54 知貢擧 : 지예부공거사知禮部貢擧事의 약칭으로, 그 해 성시省試의 최고 책임자이다. 과거科擧의 경우 지방 부주府州의 향시鄕試, 중앙예부中央禮部의 성시省試로 구분된다.

55 秦觀(1049~1100) : 북송의 문인. 자 소유少遊. 호 회해거사淮海居士. 고문과 시에 능했고 특히 사詞에 뛰어났다. 소식의 문하생으로 황정견黃庭堅과 장뢰張耒, 조보지晁補之 등과 함께 '소문사학사蘇門四學士'로 일컬어진다.

56 원제는 「五百羅漢圖記」이다.
  ○ 오백나한도는 부처의 제자 중 아라한과를 얻은 500명의 나한을 그린 그림이다. 진관이 오吳 지역 승려인 법능法能이 그린 오백나한도를 보고 지은 글이다.

57 韓幹(701~761) : 당나라 시기 저명 화가. 왕유王維가 그의 재주를 알아보고 후원하였으며

두 마리가 질주하니 말발굽 여덟 개가 번쩍이고,	二馬並驅攢八蹄,
두 마리가 나란히 서 있으니 말총이 나란하네.	二馬宛頸鬃尾齊.
앞의 말 한 마리가 뒷굽을 날리니,	一馬任前雙擧後,
뒤의 말 한 마리가 이를 피하여 투레질하네.	一馬卻避長鳴嘶.
늙은 말먹이꾼은 말을 아끼고 살폈으니,	老髯奚官騎且顧,
전생이 말이었나 말의 말도 알아듣네.	前身作馬通馬語.
뒤에 있는 여덟마리는 물 마시면서 걸어가니,	後有八匹飮且行,
잔잔한 물에 입 담그는 소리.	微流赴吻若有聲.
앞선 놈은 마치 수풀을 나온 학 같고,	前者既濟出林鶴,
뒤떨어진 녀석은 학 무리에 들겠다고 투덜거리네.	後者欲涉鶴俯啄.
마지막 한 마리는 말 속의 용이라,	最後一匹馬中龍,
꼼짝않고 투레질도 없이 말총만이 바람에 흔들리네.	不嘶不動尾搖風.
한씨가 그린 말은 진짜 말이며,	韓生畫馬眞是馬,
내가 지은 시문은 그림을 보고 쓴 것이네.	蘇子作詩如見畫.
이 세상엔 백락이 없고 한씨도 없으니,	世無伯樂亦無韓,
이 시문과 이 그림을 누구에게 보일까.	此詩此畫誰當看?

소식의 시와 한유의 문장은 문체가 다르기는 하지만 배치와 묘사는 같다. 소식의 시를 암송하면 그림을 볼 필요가 없다.

내가 가지고 있는 『운림회감雲林繪監』에는 이 그림의 모사본이 있는데 원화와 조금의 차이도 없다.

두보는 「관조장군화마도觀曹將軍畫馬圖」[58] 시에서 다음과 같이 말을 묘사하였다.

옛날 태종에게는 권모과拳毛騧가 있었고,	昔日太宗拳毛騧,
근자에 곽씨 집안에는 사자화師子花[59]가 있었네.	近時郭家師子花.

처음에는 조패曹霸에게 배웠으나 이후 독자적인 화풍을 이루었다. 천보 연간(742~756) 궁정 화가가 되었다. 말그림을 가장 특기로 하여 현종은 공헌된 말들을 모두 그에게 그리게 하였다.

58 조장군曹將軍은 조패曹霸를 가리킨다. 당나라 현종玄宗 개원開元 연간 그림으로 명성을 떨쳤는데 특히 말 그림에 뛰어났다. 좌무위장군左武衛將軍까지 올랐다. 두보杜甫는 「단청인丹靑引 · 증조장군패贈曹將軍霸」와 「관조장군화마도觀曹將軍畫馬圖」 시를 지어 그의 그림을 칭송했다.

59 권모과拳毛騧와 사자화師子花 모두 준마의 이름이다.

오늘 새로 그린 그림에 이 두 마리 말이 있으니, 今之新圖有二馬,
식자들 이를 보고 감탄을 금치 못하네. 復令識者久嘆嗟.
나머지 일곱 마리 말도 특별하니, 其餘七匹亦殊絕,
찬바람 눈길에 눈보라가 이는 듯하네. 迥若寒空動煙雪.
말발굽 요란한 소리가 산간에 울려 퍼지니, 霜蹄蹴踏長楸間,
말먹이꾼의 재주가 여간한 것이 아니라네. 馬官廝養森成列.
아홉 마리 준마가 의용을 뽐내고 있으니, 可憐九馬爭神駿,
청고한 그 기개야말로 형언할 바가 없다네. 顧視清高氣深穩.

이 시구를 소식과 비교해보니 약간 미치지 못하는 듯하다. 두보가 다른 시에서 말을 묘사한 것을 한 번 살펴보자.

삽시간에 구중 궁궐에 진짜 용마 나타나니, 斯須九重眞龍出,
만고의 범상한 말 그림 한꺼번에 쓸어버렸네. 一洗萬古凡馬空.[60]

위의 시 구절은 누구도 뛰어넘을 수 없는 독보적인 경지에 올랐다고 할 수 있다. 두보는 또 「화마찬畫馬讚」이라는 시를 지었다.

한간의 말 그림은, 韓幹畫馬,
붓 끝이 신이 들린 듯. 毫端有神.
화류驊騮[61]는 으뜸이고, 驊騮老大,
요뇨騕褭[62]는 청신하네. 騕褭清新.
……
네 발굽에서는 우레 소리, 四蹄雷雹,
하루만에 천지를 오가네. 一日天地.
저 준골을 보니, 瞻彼駿骨,
실로 준마이네. 實惟龍媒.[63]

60 「丹青引·贈曹將軍霸」.
61 驊騮 : 주나라 목왕의 8마리 준마 중 하나로, 명마를 의미한다.
○ 『사기史記·진본기秦本紀』 : 조보造父는 말을 잘 다루어 주周 목왕穆王의 총애를 받았다. 목왕은 기驥·온려溫驪·화류驊騮·녹이騄耳라는 이름의 준마 네 필을 얻자, 서쪽으로 순수를 떠나서는 즐거워 돌아오는 것을 잊었다.
62 騕褭 : 고대의 명마. 붉은 입과 검은 몸으로 하루에 오천리를 달린다고 한다.
63 원문의 '龍媒용매'에 대해서 『한서漢書·예악지禮樂志』에서는 "천마는 용이 오는 것을 알리는 매개[天馬來龍之媒]"라고 하였고, 안사고顏師古는 응소應劭의 말을 인용하여 "천마는 신룡의

소식은 「구마찬九馬贊」에서 다음과 같이 말했다.

> 설소팽薛紹彭의 집에 조장군曹將軍의 「구마도九馬圖」가 소장되어 있는데, 두보가 이것을 보고 시를 지었었다.

그 찬사는 이러하다.

말 기르는 사람은 만세에 있지만,	牧者萬歲,
말 그림은 오직 조패 뿐.	繪者惟霸.
두보가 시를 지어 읊었으니,	甫爲作誦,
위대하다 아홉 마리 말이여.	偉哉九馬.

이 시문 몇 편을 읽으면 마음이 초연해지고 의기가 솟구치는 듯하니 실로 "절묘하여 궁궐의 담장이 살아 움직인다妙絕動宮牆"[64]고 할만하다.

14. 폭풍과 서리·가뭄으로 인한 농가의 피해 風災霜旱

경원慶元 4년(1198), 요주饒州[65]에는 한여름에 비가 계속 내렸다. 그리하여 6, 7월 사이 한 번도 기우제를 지내지 않았다. 물 긷는 기계와 소를 덮어주는 멍석은 쓰지도 않은 채 벽에 기대두었고, 노인들은 이런 날씨를 본 적이 없다며 올 가을은 예년의 배가 되는 풍년일거라 기대했다. 그러나 낮은 곳에 있는 밭에는 결국 물이 고여 피해가 생겼다.

8월, 여간餘干과 안인安仁 두 현縣에는 병충해의 피해가 심했다. 병충해를 '지화地火'라고 하는데, 이는 곡식의 뿌리와 중심에 벌레가 생겨나 줄기와 가지가 마르는 것이 마치 불에 타는 것 같기 때문에 그렇게 부른 것이다. 예전에 모적蟊賊[66]이라 했던 것이 이것이다. 9월 4일, 매서운 서리가 연일

부류인데 지금 천마가 이미 왔으니 이는 용이 필히 나타날 징조이다"라고 설명하였다. 이후 일반적으로 '龍媒'는 준마를 가리키는 의미로 사용되었다.

64 두보, 「冬日洛城北謁玄元皇帝廟」.

65 饒州 : 지금의 강서성江西省 파양현鄱陽縣.

내려 늦벼가 이삭이 패지도 못했는데 모두 쭉정이가 되어 죽었다. 여러 마을이 모두 그러하였다. 생산에 종사하던 사람들은 군현郡縣에 하소연하였다. 군수는 한결 같이 백성을 사랑하는 자였기에 조세를 면제해 줄 생각이었다. 그러나 관리들은 대부분 "법전에는 해충과 서리 때문에 조세를 감면한다는 조항이 없다"고 했고 또 "9월은 서리가 내리는 계절이니 이상할 것이 없다"고 했다.

백거이의 시에 「풍간두릉수諷諫杜陵叟」가 있다.

9월에 내린 이른 서리에 가을이 앞당겨 오더니,	九月霜降秋早寒,
작물은 숙성하지 못해 퍼렇게 들판에 서 있네.	禾穗未熟皆青乾.
관리들은 이를 알면서도 상부에 보고하지 않고,	長吏明知不申破,
오히려 이 궁리 저 궁리 가렴잡세만 올리려 하네.	急斂暴征求考課.

이는 9월의 서리가 일반적인 것이 아니라는 것을 말해주는 명확한 증거이다.

원우元祐 5년(1090) 항주 지주였던 소식은 당시 재상이었던 여대방呂大防[67]에게 보낸 편지에서 절서浙西 지방의 재해에 대해 논하였다.

> 현명한 자라면 재해의 피해 정황을 듣고 아무것도 하지 않을 리가 없으나 세속의 아첨이 익숙해진 자들은 황제가 듣기를 좋아하는 것과 듣기 싫어하는 것을 헤아려 재해가 없다고만 다투어 보고합니다. 혹 재해가 있다고 보고하더라도 심각한 정도는 아니라고 하니 걱정스럽습니다. 8월 말, 수주秀州[68]의 수 천명이 폭풍으로 인한 재해를 보고하였습니다. 그러나 관리는 법에 수해나 가뭄을 보고할 수 있어도 폭풍으로 인한 재해는 보고할 수 없다며 문을 닫고 이들을 들이지 않았습니다. 그리하여 노인과 어린아이들이 서로 기어올라 밟아 죽은 자가 11명이었습니다. 재해를 보고하려 하지 않는 관리가 열에 아홉이니 이를 잘 살펴야 합니다.

66 蟊賊 : 『시경·소아·대전大田』에 "去其螟螣, 及其蟊賊"라는 구문이 있는데 "벼의 뿌리를 갉아먹는 벌레를 모蟊, 줄기를 갉아먹는 것을 적賊이라 한다"고 했다.

67 呂大防(1027~1097) : 북송의 재상. 자 미중微仲. 원우 연간 초기 급군공汲郡公에 봉해져 상서좌복야 겸 문하시랑을 지냈다.

68 秀州 : 지금의 절강성 가흥시嘉興市.

소식이 이렇게까지 말하였으니, 진정 어진 사람의 말이라 할 수 있을 것이다. 폭풍이나 때 이른 서리로 인한 재해는 수해나 가뭄의 피해처럼 조사를 할 수 있는 것이 아니다. 그렇기 때문에 처음 법을 만들었을 때는 탐욕스런 백성이 이를 이용하여 함부로 재해보고를 할까봐 아예 그 단초를 없애려고 법률에 포함시키지 않은 것이 아닐까? 오늘날의 상황으로 헤아려 보건데 이를 법률에 새로 포함시키는 것은 실로 어려운 일이다. 그러나 수해와 가뭄이 아닌 다른 연유로 인한 재해가 있을 때, 전문적으로 어진 지방 장관에게 맡겨 조사를 하게 한다면, 실질적인 은혜를 백성에게 베풀고 대규모 유랑민이 생기는 화를 미리 방지할 수 있을 것이다. 이는 인자한 정치를 하는 상책이라고 할 수 있다.

••• 卷第七(十四則)

1. 盛衰不可常

東坡謂廢興成毁不可得而知。予每讀書史, 追悼古昔, 未嘗不掩卷而歎。伶子于叙趙飛燕傳, 極道其姊弟一時之盛, 而終之以荒田野草之悲, 言盛之不可留, 衰之不可推, 正此意也。國初時, 工部尙書楊玢長安舊居, 多爲鄰里侵占, 子弟欲以狀訴其事, 玢批紙尾, 有「試上含元基上望, 秋風秋草正離離」之句。方去唐未百年, 而故宮殿已如此, 殆於宗周黍離之詠矣。慈恩寺塔有荊叔所題一絶句, 字極小而端勁, 最爲感人。其詞曰:「漢國河山在, 秦陵草樹深。暮雲千里色, 無處不傷心。」旨意高遠, 不知爲何人, 必唐世詩流所作也。李嶠汾陰行云:「富貴榮華能幾時, 山川滿目淚沾衣。不見只今汾水上, 唯有年年秋鴈飛。」明皇聞之, 至於泣下。杜甫觀畫馬圖云:「憶昔巡幸新豐宮, 翠華拂天來向東。騰驤磊落三萬匹, 皆與此圖筋骨同。君不見金粟堆前松柏裏, 龍媒去盡鳥呼風。」公孫大娘弟子舞劍器行云:「先帝侍女八千人, 公孫劍器初第一。五十年間似反掌, 風塵澒洞昏王室。梨園弟子散如煙, 女樂餘姿映寒日。」元微之連昌宮詞云:「兩京定後六七年, 却尋家舍行宮前。莊園燒盡有枯井, 行宮門闥樹宛然。」又云:「舞榭欹傾基尙在, 文窗窈窕紗猶綠。」「上皇偏愛臨砌花, 依然御榻臨堦斜。」「寢殿相連端正樓, 太眞梳洗樓上頭。晨光未出簾影黑, 至今反挂珊瑚鉤。指似傍人因慟哭, 却出宮門淚相續。」凡此諸篇, 不可勝紀。飛燕別傳以爲伶玄所作, 又有玄自叙及桓譚跋語。予竊有疑焉, 不唯其書太媟, 至云楊雄獨知之, 雄貪名矯激, 謝不與交;爲河東都尉, 捽辱決曹班躅, 躅從兄子彪續司馬史記, 絀子于無所叙錄, 皆恐不然。而自云:「成、哀之世, 爲淮南相。」案, 是時淮南國絶久矣, 可照其妄也。因序次諸詩, 聊載於此。

2. 唐賦造語相似

唐人作賦, 多以造語爲奇。杜牧阿房宮賦云:「明星熒熒, 開妝鏡也。綠雲擾擾, 梳曉鬟也。渭流漲膩, 棄脂水也。煙斜霧横, 焚椒蘭也。雷霆乍驚, 宮車過也。轆轆遠聽, 杳不知其所之也。」其比興引喩, 如是其侈。然楊敬之華山賦又在其前, 叙述尤壯, 曰:「見若咫尺, 田千畝矣。見若環堵, 城千雉矣。見若杯水, 池百里矣。見若蟻垤, 臺九層矣。醯鷄往來, 周東西矣。蠛蠓紛紛, 秦速亡矣。蜂窠聯聯, 起阿房矣。俄而復然, 立建章矣。小星奕奕, 焚咸陽矣。纍纍繭栗, 祖龍藏矣。」後又有李庾者, 賦西都云:「秦址薪矣,漢址蕪矣。西去一舍，鞠爲墟矣。代遠時移，作新都矣。」其文與意皆不逮楊、杜遠甚。高彦休闕史云敬之「賦五千字，唱在人口」。賦內之句，如上數語，杜司徒佑、李太尉德裕，常所誦念。牧之乃佑孫，則阿房賦實模倣楊作也。彦休者，昭宗時人。

3. 張蘊古大寶箴

唐太宗初卽位，直中書省張蘊古上大寶箴，凡六百餘言，遂擢大理丞。新唐史雖具姓名於文藝謝偃傳末，又不載此文，但云「諷帝以民畏而未懷，其辭挺切」而已。資治通鑑僅載其略曰：「聖人受命，拯溺亨屯。」「故以一人治天下，不以天下奉一人。」「壯九重於內，所居不過容膝，彼昏不知，瑤其臺而瓊其室；羅八珍於前，所食不過適口，惟狂罔念，丘其糟而池其酒。」「勿沒沒而暗，勿察察而明，雖冕旒蔽目而視於未形，雖黈纊塞耳而聽於無聲。」然此外尚多規正之語，如曰：「惟辟作福，惟君實難。宅普天之下，處王公之上，任土貢其有求，具寮陳其所倡。是故恐懼之心日弛，邪僻之情轉放。豈知事起乎所忽，禍生乎無妄。」「大明無私照，至公無私親。」「禮以禁其奢，樂以防其佚。」「勿謂無知，居高聽卑；勿謂何害，積小就大。樂不可極，樂極生哀；欲不可縱，縱欲成災。」「勿內荒於色，勿外荒於禽。勿貴難得貨，勿聽亡國音。內荒伐人性，外荒蕩人心。難得之貨侈，亡國之音淫。勿謂我尊，而慢賢侮士；勿謂我智，而拒諫矜己。」「安彼反側，如春陽秋露，巍巍蕩蕩，恢漢高大度；撫茲庶事，如履薄臨深，戰戰栗栗，用周文小心。」「一彼此於胸臆，捐好惡於心想。」「如衡如石，不定物以限，物之懸者，輕重自見；如水如鏡，不示物以情，物之鑒者，妍媸自生。勿渾渾而濁，勿皎皎而淸；勿汶汶而闇，勿察察而明。」「吾王撥亂，戡以智力，民懼其威，未懷其德；我皇撫運，扇以淳風，民懷其始，未保其終。」「使人以公，應言以行。」「天下爲公，一人有慶。」其文大抵不凡，旣不爲史所書，故學者亦罕傳誦。蘊古爲丞四年，以無罪受戮，太宗尋悔之，乃有覆奏之旨，傳亦不書，而以爲坐事誅，皆失之矣。舊唐書全載此箴，仍專立傳，不知宋景文何爲削之也？

4. 國初文籍

國初承五季亂離之後，所在書籍印板至少，宜其焚煬蕩析，了無孑遺。然太平興國中編次御覽，引用一千六百九十種，其綱目並載于首卷，而雜書、古詩賦又不及具錄，以今攷之，無傳者十之七八矣，則是承平百七十年，翻不若極亂之世。姚鉉以大中祥符四年集唐文粹，其序有云：「況今歷代墳籍，略無亡逸。」觀鉉所類文集，蓋亦多不存，誠爲可歎！

5. 敍西漢郊祀天地

郊祀合祭、分祭之論，國朝元豐、元祐、紹聖中三議之矣，莫辯於東坡之立說，然其大旨駁當時議臣, 謂周、漢以來, 皆嘗合祭, 及謂夏至之日行禮爲不便。予固贊美之於四筆矣。但熟考漢史, 猶爲未盡。自高皇帝增秦四時爲五, 以事天地。武帝以來, 至於元、成, 皆郊見甘泉。武帝因幸汾陰, 始立后土祠於脽上, 率歲歲間擧之, 或隔一歲, 常以正月郊泰畤, 三月祠后土。成帝建始元年, 初立南北郊, 亦用正月、三月辛日, 而罷甘泉、汾陰之祭。元豐、祐、紹三議, 皆未嘗及。此蓋盛夏入廟出郊, 在漢禮元不然也。是時, 坡公以非議者所起, 故不暇更爲之說, 似不必深攻合祭爲王莽所行, 庶幾往復考賾, 不至矛盾, 當復俟知禮者折衷之焉。

6. 騫鶱二字義訓

騫鶱二字, 音義訓釋不同。以字書正之, 騫, 去乾切, 注云 : 「馬腹縶, 又虧也。」今列於禮部韻略下平聲二仙中。鶱, 虛言切, 注云 : 「飛皃。」今列於上平聲二十二元中。文人相承, 以鶱騰之鶱爲軒昂掀擧之義, 非也。其字之下從馬, 馬豈能掀擧哉? 閔損字子騫, 雖古聖賢命名制字, 未必有所拘泥, 若如虧少之義, 則渙然矣。其下從鳥, 則於掀飛之訓爲得。此字殆廢於今, 故東坡、山谷亦皆押「騫」字入「元」韻。如「時來或作鵬騫」, 「傳非其人恐飛騫」之類, 特不暇毛擧深考耳, 唯韓公和侯協律詠筍一聯云 : 「得時方張王, 挾勢欲騰鶱。」乃爲得之。此固小學瑣瑣, 尤可以見公之不苟於下筆也。

7. 書麴信陵事

夜讀白樂天秦中吟十詩, 其立碑篇云 : 「我聞望江縣, 麴令撫惸嫠。麴, 名信陵。在官有仁政, 名不聞京師。身歿欲歸葬, 百姓遮路岐。攀轅不得去, 留葬此江湄。至今道其名, 男女涕皆垂。無人立碑碣, 唯有邑人知。」予因憶少年寓無錫時, 從錢伸仲大夫借書, 正得信陵遺集, 財有詩三十三首, 祈雨文三首。信陵以貞元元年鮑防下及第, 爲四人, 以六年作望江令。讀其投石祝江文云 : 「必也私欲之求, 行於邑里, 慘黷之政, 施於黎元, 令長之罪也。神得而誅之, 豈可移於人以害其歲?」詳味此言, 其爲政無愧於神天可見矣。至大中十一年, 寄客鄕貢進士姚輦, 以其文示縣令蕭縝, 縝輟俸買石刊之。樂天十詩, 作於貞元、元和之際, 距其亡十五年耳, 而名已不傳。新唐藝文志但記詩一卷, 略無它說。非樂天之詩, 幾於與草木俱腐。乾道二年, 歷陽陸同爲望江令, 得其詩於汝陰王廉淸, 爲刊板而致之郡庫, 但無祈雨文也。

8. 貢禹朱暉晚達

貢禹壯年, 仕不遇, 棄官而歸。至元帝初, 乃召用, 由諫大夫遷光祿, 奏言 : 「臣犬馬之齒八十一, 凡有一子, 年十二。」則禹入朝時, 蓋年八十, 其生子時固已七十歲矣, 竟再遷至御史大夫, 列於三公。杜子美云 : 「長安卿相多少年, 富貴應須致身早。」是不然也。

朱暉在章帝朝, 自臨淮太守屛居, 後召拜僕射, 復爲太守, 上疏乞留中, 詔許之。因議事不合, 自繫獄, 不肯復署議, 曰:「行年八十, 得在機密, 當以死報。」遂閉口不復言。帝意解, 遷爲尙書令。至和帝時, 復諫征匈奴, 計其年當九十矣。其忠正非禹比也。

9. 琵琶行海棠詩

白樂天琵琶行一篇, 讀者但羡其風致, 敬其詞章, 至形於樂府, 詠歌之不足, 遂以謂眞爲長安故倡所作。予竊疑之。唐世法網雖於此爲寬, 然樂天嘗居禁密, 且謫官未久, 必不肯乘夜入獨處婦人船中, 相從飮酒, 至於極彈絲之樂, 中夕方去, 豈不虞商人者它日議其後乎! 樂天之意, 直欲攄寫天涯淪落之恨爾。東坡謫黃州, 賦定惠院海棠詩, 有「陋邦何處得此花, 無乃好事移西蜀」、「天涯流落俱可念, 爲飮一尊歌此曲」之句, 其意亦爾也。或謂殊無一話一言與之相似, 是不然。此眞能用樂天之意者, 何必効常人章摹句寫而後已哉!

10. 東坡不隨人後

自屈原詞賦假爲漁父、日者問答之後, 後人作者悉相規倣。司馬相如子虛、上林賦以子虛、烏有先生、亡是公, 揚子雲長楊賦以翰林主人、子墨客卿, 班孟堅兩都賦以西都賓、東都主人, 張平子兩都賦以憑虛公子、安處先生, 左太沖三都賦以西蜀公子、東吳王孫、魏國先生, 皆改名換字, 蹈襲一律, 無復超然新意稍出於法度規矩者。晉人成公綏嘯賦, 無所賓主, 必假逸群公子, 乃能遣詞。枚乘七發, 本只以楚太子、吳客爲言, 而曹子建七啓, 遂有玄微子、鏡機子。張景陽七命, 有沖漠公子、殉華大夫之名。言話非不工也, 而此習根著未之或改。若東坡公作後杞菊賦, 破題直云:「吁嗟先生, 誰使汝坐堂上稱太守?」殆如飛龍搏鵬, 騫翔扶搖於煙霄九萬里之外, 不可搏詰, 豈區區巢林翾羽者所能窺探其涯涘哉? 於詩亦然, 樂天云:「醉兒如霜葉, 雖紅不是春。」坡則曰:「兒童誤喜朱顔在, 一笑那知是酒紅。」杜老云:「休將短髮還吹帽, 笑倩傍人爲正冠。」坡則曰:「酒力漸消風力軟, 颼颼, 破帽多情却戀頭。」鄭谷十日菊云:「自緣今日人心別, 未必秋香一夜衰。」坡則曰:「相逢不用忙歸去, 明日黃花蝶也愁。」又曰:「萬事到頭都是夢, 休休, 明日黃花蝶也愁。」正采舊公案, 而機杼一新, 前無古人, 於是爲至。與夫用「見他桃李樹, 思憶後園春」之意, 以爲「長因送人處, 憶得別家時」爲一僧所嗤者有間矣。

11. 元白習制科

白樂天、元微之同習制科, 中第之後, 白公寄微之詩曰:「皆當少壯日, 同惜盛明時。光景嗟虛擲, 雲霄竊暗窺。攻文朝矻矻, 講學夜孜孜。策目穿如札, 毫鋒銳若錐。」注云:「時與微之結集策畧之目, 其數至百十, 各有纖鋒細管筆, 擕以就試, 相顧輒笑, 目爲毫錐。」乃知士子待敵, 編綴應用, 自唐以來則然, 毫錐筆之名起於此也。

12. 門生門下見門生

後唐裴尙書年老致政。淸泰初, 其門生馬裔孫知擧, 放榜後引新進士謁謝於裴, 裴歡宴永日, 書一絶云:「宦途最重是文衡, 天與愚夫作盛名。三主禮闈今八十, 門生門下見門生。」時人榮之。事見蘇耆開譚錄。予以五代登科記考之, 裴在同光中三知擧, 四年放進士八人, 裔孫預焉。後十年, 裔孫爲翰林學士, 以淸泰三年放進士十三人, 玆所書是已。裔孫尋拜相, 新史亦載此一句云。白樂天詩, 有與諸同年賀座主高侍郞新拜太常同宴蕭尙書亭子一篇, 注云:「座主於蕭尙書下及第。」予考登科記, 樂天以貞元十六年庚辰中書舍人高郢下第四人登科, 郢以寶應二年癸卯禮部侍郞蕭昕下第九人登科, 迨郢拜太常時, 幾四十年矣。昕自癸卯放進士之後, 二十四年丁卯, 又以禮部尙書再知貢擧, 可謂壽俊。觀白公所賦, 益可見唐世擧子之尊尙主司也。

13. 韓蘇杜公叙馬

韓公人物畫記, 其叙馬處云:「馬大者九匹, 於馬之中又有上者下者焉, 行者, 牽者, 奔者, 涉者, 陸者, 翹者, 顧者, 鳴者, 寢者, 訛者, 立者, 齕者, 飮者, 溲者, 陟者, 降者, 痒磨樹者, 噓者, 嗅者, 喜而相戲者, 怒相踶齧者, 秣者, 騎者, 驟者, 走者, 載服物者, 載狐兔者, 凡馬之事二十有七焉。馬大小八十有三, 而莫有同者焉。」秦少游謂其叙事該而不煩, 故倣之而作羅漢記。坡公賦韓幹十四馬詩云:「二馬並驅攢八蹄, 二馬宛頸鬉尾齊。一馬任前雙擧後, 一馬却避長鳴嘶。老髯奚官騎且顧, 前身作馬通馬語。後有八匹飮且行, 微流赴吻若有聲。前者旣濟出林鶴, 後者欲涉鶴俛啄。最後一匹馬中龍, 不嘶不動尾搖風。韓生畫馬眞是馬, 蘇子作詩如見畫。世無伯樂亦無韓, 此詩此畫誰當看。」詩之與記, 其體雖異, 其爲布置鋪寫則同。誦坡公之語, 蓋不待見畫也。予雲林繪監中有臨本, 略無小異。杜老觀曹將軍畫馬圖云:「昔日太宗拳毛騧, 近時郭家師子花。今之新圖有二馬, 復令識者久歎嗟。其餘七匹亦殊絶, 迥若寒空動煙雪。霜蹄蹴踏長楸間, 馬官厮養森成列。可憐九馬爭神駿, 顧視淸高氣深穩。」其語視東坡, 似若不及, 至於「斯須九重眞龍出, 一洗萬古凡馬空」, 不妨獨步也。杜又有畫馬讚云:「韓幹畫馬, 毫端有神。驊騮老大, 騕褭淸新」及「四蹄雷雹, 一日天池。瞻彼駿骨, 實惟龍媒」之句。坡公九馬贊言:「薛紹彭家藏曹將軍九馬圖, 杜子美所爲作詩者也。」其詞云:「牧者萬歲, 繪者惟霸。甫爲作誦, 偉哉九馬。」讀此詩文數篇, 眞能使人方寸超然, 意氣橫出, 可謂「妙絶動宮牆」矣。

14. 風災霜旱

慶元四年, 饒州盛夏中, 時雨頻降, 六七月之間未嘗請禱, 農家水車龍具, 倚之於壁, 父老以爲所未見, 指期西成有秋, 當倍常歲, 而低下之田, 遂以潦告。餘干、安仁乃於八月罹地火之厄。地火者, 蓋苗根及心, 孽蟲生之, 莖幹焦枯, 如火烈烈, 正古之所謂蟊賊也。九月十四日, 嚴霜連降, 晩稻未實者, 皆爲所薄, 不能復生, 諸縣多然。有常產者, 訴于郡縣, 郡守孜孜愛民, 有意蠲租, 然僚吏多云「在法無此兩項」又云:「九月正是霜降節, 不足爲異」。案白樂天諷諫杜陵叟一篇曰:「九月霜降秋早寒, 禾穗未熟皆青乾。長吏明知不申破, 急斂暴征求考課。」此明證也。予因記元祐五年蘇公守杭日, 與宰相呂汲公書論浙西災傷曰:「賢哲一聞此言, 理無不行, 但恐世俗諂薄成風, 揣所樂聞與所忌諱, 爭言無災, 或有災而不甚損。八月之末, 秀州數千人訴風災, 吏以爲法有訴水旱而無訴風災, 閉拒不納, 老幼相騰踐, 死者十一人。由此言之, 吏不喜言災者, 蓋十人而九, 不可不察也。」蘇公及此, 可謂仁人之言。豈非昔人立法之初, 如所謂風災、所謂旱霜之類, 非如水旱之田可以稽考, 懼貪民乘時, 或成冒濫, 故不輕啓其端。今日之計, 固難添創條式。但凡有災傷, 出於水旱之外者, 專委良守令推而行之, 則實惠及民, 可以救其流亡之禍, 仁政之上也。

••• 용재오필 권8(12칙)

1. 나이를 언급한 백거이와 소식의 시 白蘇詩紀年歲

백거이는 성품이 성실하고 달관하였기에 시를 지어 감회를 서술하면서 자신의 나이 쓰기를 좋아했다. 그의 시집을 읽고서 그 때마다 나이에 대해 언급한 시를 기록해 보았다.

어렸을 때 품은 포부 실현하지도 못했는데,	此生知負少年心,
근심에 찌푸린 눈썹 곧 서른.	不展愁眉欲三十.[1]
나이 삼십이 적다고 말하지 말게나,	莫言三十是年少,
벌써 백세의 삼분의 일이 지났으니.	百歲三分已一分.[2]
하물며 비로소 중년,	何況才中年,
또 서른 둘이 되었네.	又過三十二.[3]
맑은 거울을 보니 어느새,	不覺明鏡中,
홀연 서른 넷.	忽年三十四.[4]
내 나이 서른 여섯,	我年三十六,
해도 높이 떠 중천을 넘었네.	冉冉昏復旦.[5]

1 「長安早春旅懷」.
2 「花下自勸酒」.
3 「秋思」.
4 「感時」.
5 「曲江早秋」.

늙지도 젊지도 않은, 서른 여섯을 넘겼네.[6]	非老亦非少, 年過三紀餘.[7]
마흔이 되어가는 나이에, 딸 금란을 얻었네.	行年欲四十, 有女曰金鑾.[8]
이제 곧 마흔, 가을의 느낌을 알 수가 있다.	我今欲四十, 秋懷亦可知.[9]
서른 아홉, 섣달 그믐의 해가 기우는 때.	行年三十九, 歲暮日斜時.[10]
문득 시절 때문에 나이에 깜짝 놀라니, 한 살 모자라는 마흔.	忽因時節驚年歲, 四十如今欠一年.[11]
마흔에 농부가 되어, 밭에서 호미질을 배우네.	四十爲野夫, 田中學鉏穀.[12]
마흔 살에 7품 관직, 관리 노릇 서투른 것은 다른 이유가 아니네.	四十官七品, 拙宦非由它.[13]
털과 귀밑털은 일찌감치 변했는데, 마흔 되니 흰머리가 나오네.	毛鬢早改變, 四十白髮生.[14]
하물며 내 나이 지금 마흔, 본래 생김새도 볼품 없었네.	況我今四十, 本來形貌羸.[15]

6 紀 : 12년을 1기紀라 한다.
7 「松齋自題」.
8 「金鑾子晬日」.
9 「曲江感秋」.
10 「隱几」.
11 「寒食夜」.
12 「歸田三首」 제3수.
13 「寄同病者」.
14 「郡廳有樹晩榮早凋人不識名因題其上」.

병든 마흔의 몸에,
철 없는 세 살 딸.

衰病四十身,
嬌癡三歲女.[16]

올해 몇인지 자문해보니,
사십대 초반.

自問今年幾,
春秋四十初.[17]

마흔이지만 아직 늙지 않았으니,
근심과 상심은 더 빨리 노쇠하게 하네.

四十未爲老,
憂傷早衰惡.[18]

힘들게 시 짓는 이랑을 배우지 말게나,
겨우 나이 마흔에 서리처럼 센 귀밑머리.

莫學二郎吟太苦,
才年四十鬢如霜.[19]

슬하에 걸음마를 뗀 애가 있는데,
내 나이 마흔 하나.

下有獨立人,
年來四十一.[20]

다시 화양원華陽院으로 돌아왔으나,
늙고 병든 몸에 근심만 남은 마흔 셋.

若爲重入華陽院,
病鬢愁心四十三.[21]

이미 마흔 넷인데,
또 5품관이 되었구나.

已年四十四,
又爲五品官.[22]

얼굴은 마르고 머리는 희끗한 마흔 넷,
멀리 강주로 폄적되어 군리가 되었네.

面瘦頭斑四十四,
遠謫江州爲郡吏.[23]

어느덧 나이는 마흔 다섯,
양쪽의 귀밑 털 반백으로 변했네.

行年四十五,
兩鬢半蒼蒼.[24]

15 「白髮」.
16 「念金鑾子二首」 제1수.
17 「沐浴」.
18 「自覺二首」 제1수.
19 「聞龜兒詠詩」.
20 「秋日」.
21 「重到華陽觀舊居」.
22 「贈杓直」.
23 「謫居」.

마흔 여섯 춘삼월도 다 지나가니,	四十六時三月盡,
내 어찌 봄날을 은근하게 보내지 않으랴.	送春爭得不殷勤.[25]

올해 나이 마흔 여섯,	我今四十六,
초라하게 늙어 강성에 누워있네.	衰悴臥江城.[26]

귀밑머리 허옇고 이는 듬성듬성,	鬢髮蒼浪牙齒疏,
어느새 내 나이 마흔 일곱.	不覺身年四十七.[27]

내일 아침이면 마흔 아홉,	明朝四十九,
지난날의 잘못을 돌이켜 깨달아야지.	應轉悟前非.[28]

마흔 아홉 몸이 늙는 날,	四十九年身老日,
한식날 밤 달 밝은 하늘.	一百五夜月明天.[29]

오십을 바라보는 늙고 쇠락한 나이지만,	衰鬢蹉跎將五十,
굽이굽이 산하 3천리를 유람했네.	關河迢遞過三千[30]

고개 드니 푸른 산 삼천리,	青山舉眼三千里,
백발에 나이 오십 먹은 사람.	白髮平頭五十人.[31]

벼슬살이 어려움 이제 다 알았으니,	宦途氣味已諳盡,

24 「四十五」.
25 「春去」.
26 「題舊寫眞圖」.
27 「浩歌行」.
28 「除夜」.
29 「寒食夜」.
30 「十年三月三十日, 別微之於澧上, 十四年三月十一日夜, 遇微之於峽中, 停舟夷陵, 三宿而別. 言不盡者以詩終之, 因賦七言十七韻以贈, 且欲記所遇之地與相見之時, 爲他年會話張本也」.
31 「登龍尾道南望憶廬山舊隱」.
○ 용미도龍尾道에 올라 남쪽을 바라보며 여산廬山에서 은거하던 시절을 추억한다는 의미이다. '龍尾道'는 당나라 시기 함원전含元殿 앞의 통로를 가리키는데 여기에 올라 아래를 바라보면 용의 꼬리가 아래로 늘어져 있는 것처럼 보이기 때문에 붙은 이름이다. 조정朝廷을 가리키는 말로 사용된다.

오십에 그만두지 않으면 언제 그만둘까.	五十不休何日休.[32]
오십에 강성 태수, 잔을 멈추고 홀연 생각에 잠기네.	五十江城守, 停杯忽自思.[33]
이 형이 나이 오십에, 겨우 조서 담당이 된 것 배우지 말게.	莫學爾兄年五十, 蹉跎始得掌絲綸.[34]
오십은 아직 완전히 늙은 것이 아니니, 오히려 즐길 수 있다네.	五十未全老, 尙可且歡娛.[35]
장경 2년 가을, 내 나이 쉰 하나.	長慶二年秋, 我年五十一.[36]
2월 5일의 꽃은 눈과 같고, 쉰 두 살 내 머리는 흰 서리 같다.	二月五日花如雪, 五十二人頭似霜.[37]
나와 자네 모두 일찌감치 물러나야지, 내년이면 반백에 또 세 살이 더해지는데.	老校於君合先退, 明年半百又加三.[38]
몇 년 전 꽃 앞에서 쉰 둘이었는데, 올해 꽃 앞에서 쉰 다섯이네.	前歲花前五十二, 今年花前五十五.[39]
만약 일흔이 되어도 건장하다면, 열다섯 청춘처럼 한가히 걸어 다니겠지.	倘年七十猶強健, 尙得閑行十五春.[40]

32 「自問」.
33 「對酒自勉」.
34 「喜敏中及第偶示所懷」.
35 「馬上作」.
36 「曲江感秋二首」 제1수.
37 「二月五日花下作」.
38 「除夜寄微之」.
39 「花前歎」.
40 「閒行」.

떠날 때는 열 한 두 살이었는데, 去時十一二,
올해 나이 쉰 여섯. 今年五十六.[41]

내 나이 쉰 일곱, 我年五十七,
영화와 명예를 얼마나 얻었나. 榮名得幾許.[42]

내 나이 쉰 일곱, 我年五十七,
귀은은 실로 이미 늦었네. 歸去誠已遲.[43]

몸은 3품관, 身爲三品官,
나이는 이미 쉰 여덟. 年已五十八.[44]

쉰 여덟 늙은이에게 후손이 생겼네, 五十八翁方有後,
생각하니 기쁘기도 하고 탄식이 나기도 하고. 靜思堪喜亦堪嗟.[45]

반백 하고도 구년이 지났으니, 半百過九年,
고운 석양은 하루 남았네. 艶陽殘一日.[46]

등불 다 타고 하늘이 밝고 나니, 火銷燈盡天明後,
예순 살의 사람이 나타났네. 便見平頭六十人.[47]

육십에 하남윤이니, 六十河南尹,
앞 길은 알만하네. 前途足可知.[48]

육십이라는 생각이 들지않네, 不准擬身年六十,
산에 올라도 부축이 필요 없으니. 上山仍未要人扶.[49]

41 「宿滎陽」.
42 「和我年三首」 제1수.
43 「和我年三首」 제2수.
44 「偶作二首」 제1수.
45 「酬別微之」.
46 「三月三十日作」.
47 「除夜」.
48 「六十拜河南尹」.
49 「不准擬二首」 제1수.

육십이라는 생각이 들지 않네
봄놀이에 절로 흥이 나니.

不准擬身年六十,
遊春猶自有心情.[50]

이제야 이미 늦었음을 깨닫고,
예순에서야 비로소 물러나 한가로워졌네.

我今悟已晩,
六十方退閑.[51]

금년도 스무 엿새 남았으니,
내년엔 예순 둘이 된다네.

今歲日餘二十六,
來歲年登六十二.[52]

마음이 얼마나 남아있나,
예순 둘 셋의 사람에게.

心情多少在,
六十二三人.[53]

예순 셋의 노인 머리는 백설,
만약 맑은 기지가 있다면 무엇을 할 것인가.

六十三翁頭雪白,
假如醒黠欲何爲.[54]

내 나이 예순 넷,
어찌 쇠약하지 않을 수 있겠는가.

行年六十四,
安得不衰羸.[55]

내 나이 예순 다섯,
내리막길 수레바퀴 같은 걸음.

我今六十五,
走若下坡輪.[56]

예순을 넘어선 사람이,
손에 꼽아 몇 명이나 되나.

年開第七秩,
屈指幾多人.[57]

쉰 여덟에 돌아와,
올해 예순 여섯.

五十八歸來,
今年六十六.[58]

50 「不准擬二首」 제2수.
51 「偶作二首」 제1수.
52 「答崔賓客晦叔十二月四日見寄」.
53 「感春」.
54 「句以諭之」.
55 「覽鏡喜老」.
56 「春遊」.
57 「七年元日對酒五首」 제2수.
58 「六十六」.

슬픔도 없고 기쁨도 없는,
예순 여섯의 봄.

無憂亦無喜,
六十六年春.[59]

만전으로 한 말 술을 샀었지,
서로 본지 67년

共把十千沽一斗
相看七十欠三年.[60]

66세,
이 생애 어찌 충분하다 하지 않겠는가.

七十欠四歲,
此生那足論.[61]

예순 여덟의 늙은이,
쇠약함 틈타 온갖 병 들어오네.

六十八衰翁,
乘衰百疾攻.[62]

나이가 얼마인지 또 물으니,
두살 모자란 일흔

又問年幾何,
七十行欠二.[63]

올해를 넘기면 일흔의 나이,
병이 없더라도 쉬어야 할 듯.

更過今年年七十,
假如無病亦宜休.[64]

이제 곧 일흔이 되는 나이,
부끄럽게도 병이 늦게 오네.

今日行年將七十,
猶須慚愧病來遲.[65]

동년배들이 일흔을 채운 것을 기뻐하니,
쇠약하고 병든 몸, 가난을 탓하지 말게나.

且喜同年滿七十,
莫嫌衰病莫嫌貧.[66]

옛 말을 서로 전하며 잠시 스스로를 위안하니,
세상의 일흔 늙은이는 드물다네.

舊語相傳聊自慰,
世間七十老人稀.[67]

59 「感事」.
60 「與夢得沽酒閒飮且約後期」.
61 「六十六」.
62 「初病風」.
63 「春日閒居三首」 제3수.
64 「五年秋病後獨宿香山寺三絶句」 제3수.
65 「病中五絶」 제1수.
66 「偶吟自慰兼呈夢得」.
67 「感秋詠意」.

흰 머리 일흔 늙은이, 장수했다 할 수 있지.	皤然七十翁, 亦足稱壽考.[68]
어제 또 오늘, 길고 긴 일흔 번의 봄.	昨日復今辰, 悠悠七十春.[69]
일흔까지 사는 사람 드문데, 내 나이는 다행히 일흔을 넘었네.	人生七十希, 我年幸過之.[70]
눈처럼 흰 수염의 다섯 조대를 섬긴 신하, 신정이 되어 칠순이 되었네.	白須如雪五朝臣, 又入新正第七旬.[71]
칠십 줄에 접어들었으니, 천수를 다했다 할 만하다.	行開第八秩, 可謂盡天年.[72]
내 나이 이미 일흔 한 살, 눈은 어둡고 수염은 허옇고 머리는 어지어질	吾今已年七十一, 眼昏須白頭風眩.[73]
일흔까지 살기 어려운데, 삼 년을 더 산 사람은 더욱 드물다.	七十人難到, 過三更較稀.[74]
일흔 셋 노인 다시 오기 어려우니, 올 봄 온 것은 꽃과 이별하러 온 것.	七十三人難再到, 今春來是別花來.[75]
일흔 세 살 늙은 노인 언제 죽을지 모르는 몸, 험난한 물길 순탄하게 넓혀 주리라 맹세했지.	七十三翁旦暮身, 誓開險路作通津.[76]

68 「逸老」.
69 「昨日復今辰」.
70 「對酒閒吟贈同老者」.
71 「喜入新年自詠」.
72 「喜老自嘲」.
73 「達哉樂天行」.
74 「問諸親友」.
75 「遊趙村杏花」.
76 「開龍門八節石灘詩二首」 제2수.

세월은, 風光抛得也,
일흔 네 번의 봄을 지나갔네. 七十四年春.[77]

일흔 다섯, 壽及七十五,
봉록은 오만이 더해졌네. 俸沾五十千.[78]

자신의 나이를 언급한 시들이 이처럼 많다.

소식은 평소 백거이를 존중하였기에 간혹 그를 모방했다. 다음과 같은 것들을 예로 들 수 있다.

쇠약한 서른 아홉, 龍鍾三十九,
수고로운 생애가 이미 절반. 勞生已強半.
선달그믐 해 기우는 때, 歲莫日斜時,
옛 사람 생각에 탄식한다. 還爲昔人歎.[79]

"섣달 그믐의 해가 기우는 때[歲莫日斜時]"[80]라는 백거이의 시구를 인용하였다. 이 외에도 많은 시들이 있다.

마흔 어찌 해골을 모르겠는가, 四十豈不知頭顱,
사람이 두려워 나오지 못하니 얼마나 어리석은가. 畏人不出何其愚.[81]

내 나이 마흔 둘, 我今四十二,
쇠약한 머리칼은 빗에 차질 않네. 衰髮不滿梳.[82]

전당에서 꼭 지금 같았던 것 생각해보니, 憶在錢塘正如此,
돌이켜 생각하니 마흔 두 해가 부질없어라. 回頭四十二年非.[83]

○ 회창會昌 4년(844)에 백거이는 사재를 털어 용문에 있는 팔절탄八節灘을 개수하여 이곳을 지나는 배들이 안전하게 운행할 수 있도록 해 주었다.

77 「齋居春久感事遣懷」.
78 「自詠老身示諸家屬」.
79 「除夜病中贈段屯田」.
80 「隱几」.
81 「送段屯田分得於字」.
82 「答任師中家漢公」.

마흔 아홉에, 이 북창으로 돌아와 하룻밤 묵네.	行年四十九, 還此北窗宿.[84]
내 나이 마흔 아홉, 이 아이 덕분에 한번 웃었었다네.	吾年四十九, 賴此一笑喜.[85]
아, 나와 그대는 모두 병자년 생, 사십 구년을 다 살고도 죽지 않았네.	嗟我與君皆丙子, 四十九年窮不死.[86]
쉰하고도 두살 노쇠한 얼굴에 그만큼의 나이가 묻어있구나.	五十之年初過二, 衰顏記我今如此.[87]
백발과 창백한 얼굴의 쉰 셋, 식구들이 억지로 봄 적삼을 보내왔네.	白髮蒼顏五十三, 家人強遣試春衫.[88]
60이 되니 절대적 진리의 경지로 들어섰네.	先生年來六十化, 道眼已入不二門.[89]
헝클어진 흰 머리 말할 것도 없으니, 60년 전 아이로 돌아가게 되었네.	紛紛華髮不足道, 當返六十過去魂.[90]
내 나이 예순 하나, 서쪽 산에 가까워진 석양.	我年六十一, 頹景薄西山.[91]

83 「次韻王鞏顏復同泛舟」.

84 「和李太白」.

85 「去歲九月二十七日, 在黃州生子, 名遯, 小名幹兒頎然穎異. 至今年七月二十八日, 病亡於金陵, 作二詩哭之」 제1수.

○ 소식의 원시에서 두 구는 연결되지 않는다. "내 나이 마흔 아홉, 타향살이하다 어린 아들을 잃었네…… 늙어 웃을 일 없었는데 이 아이 덕분에 한번 웃었네. 吾年四十九, 羈旅失幼子. …… 吾老常鮮歡, 賴此一笑喜."

86 「送沈逵赴廣南」.

87 「贈李道士」.

88 「和子由除夜元日省宿致齋三首」 제2수.

89 「花落復次前韻」.

90 이 시는 소식의 시집에 수록되어 있으나 아우인 소철蘇轍의 시이다. 소식이 지은 시에 대해 소철이 화운和韻하였다.

성년이 되어 문사에 종사하다보니, 結髮事文史,
어느새 예순이 넘었네. 俯仰六十踰.[92]

그대와 모두 병자년 생, 與君皆丙子,
각자 이미 3만 일. 各已三萬日.[93]

위의 시들을 곰곰이 씹어 음미해보면 백거이와 소식의 연보를 보는 것 같다.

2. 백거이의 「자제주고自題酒庫」 天將富此翁

당나라 유인궤劉仁軌[94]는 급사중給事中에 임명되었다가 당시 재상이었던 이의부李義府에게 미움을 사 청주자사靑州刺史로 강등되었다. 유인궤가 다시 조정으로 돌아오자 이의부는 죄를 씌워 내쫓으려 했고, 마침 조운하던 배가 전복된 일에 연루되어 파면되었다. 그 후 백제百濟에서 반란이 일어나자, 조정에서는 조서를 내려 유인궤를 검교檢校 대방주자사帶方州刺史로 백의종군하게 하였다. 유인궤가 말했다.

"하늘이 장차 이 늙은이에게 복을 주시려고 하는 구나![天將富貴此翁邪]"

결국 유인궤는 요해遼海를 평정했다.
백거이에게 「자제주고自題酒庫」라는 시가 있다.

이 몸이 다시 무슨 일을 구하겠는가, 身更求何事,

91 「歲暮作和張常侍」.
92 「和贈羊長史」.
93 「答徑山琳長老」.
94 劉仁軌(601~685) : 당나라 대신이자 장군. 자 정칙正則. 태종 정관貞觀 연간에 급사중給事中이 되었는데, 강직한 탓에 이의부李義府의 미움을 받아 청주자사靑州刺史로 쫓겨났다. 고종高宗 용삭龍朔 원년(661) 소환되어 신라新羅와 함께 백제를 공격하는 임무를 받고 대방주자사帶方州刺史가 되었다.

하늘이 이 늙은이를 부자가 되게 하려는구나. 天將富此翁.
이 늙은이를 어떻게 부자가 되게 해 주려나, 此翁何處富,
술 창고가 일찍이 빈 적이 없으니. 酒庫不曾空.

백거이는 다음과 같은 주를 달았다.

유인궤의 시에 "하늘이 장차 이 늙은이를 복되게 하시려는 것이다[天將富此翁]"라고 했는데, 한번 취하는 것을 부귀로 생각한 것이다.

그러나 『당사唐史』에서는 이를 유인궤가 다른 사람에게 한 말로 처리하고 시라고 하지 않았으니 자세히 살피지 않은 것이다.[95]

3. 봉록에 대해 언급한 백거이의 시 白公說俸祿

백거이는 벼슬 생활을 하면서 젊을 때부터 늙을 때까지 봉록의 많고 적음을 시에 모두 기록하였고, 다른 사람에 대해서도 마찬가지였다. 이를 통해 그가 청렴한 관직 생활을 유지했으며 집에는 다른 재산이 없었다는 것을 알 수 있다. 그의 시집을 읽은 후 이러한 시들을 정리해 보았다.

교서랑校書郎이 되었을 때[96] :
봉록 만 육천, 俸錢萬六千,
월급도 여유가 있다. 月給亦有餘.[97]

좌습유左拾遺가 되었을 때[98] :
달마다 간언을 올리는 종이 2천장이 부끄럽고, 月慚諫紙二千張,

95 『구당서』와 『신당서』에는 이 부분이 유인궤가 대방주帶方州로 출발할 때 다른 사람에게 한 말로 처리되어 있다.
○ 『구당서·유인궤전』: 初仁軌將發帶方州, 謂人曰: 天將富貴此翁耳.

96 백거이는 정원19년(803, 32세) 서판발췌과書判拔萃科에 급제하여 비서성秘書省 교서랑에 임명되었다.

97 「常樂里閒居偶題十六韻兼寄劉十五公輿、王十一起、呂二炅、呂四熲、崔十八玄亮、元九稹、劉三十二敦質、張十五仲元. 時爲校書郎」.

98 백거이는 원화元和 3년(808, 37세) 좌습유에 임명되었고 한림학사를 겸직하였다.

해마다 봉록 3만전에 부끄럽네.	歲愧俸錢三十萬.[99]

겸경조호조兼京兆戶曹가 되었을 때[100] :

녹봉 사오만 전,	俸錢四五萬,
매달 부모를 조석으로 봉양할 수 있고,	月可奉晨昏.
녹미 200석,	廩祿二百石,
매년 곳간을 채울 수 있네.	歲可盈倉囷.[101]

강주사마江州司馬로 폄적되었을 때[102] :

산관이지만 몸 하나는 충분히 건사하고,	散員足庇身,
박봉이지만 집안 살림은 꾸릴 만하다오.	薄俸可資家.[103]

「벽기壁記」[104] :

해마다 광에는 수백 석,	歲廩數百石,
다달이 봉록은 육, 칠만.	月俸六七萬.

항주자사杭州刺史의 임기가 끝났을 때[105] :

삼 년 동안 받은 녹봉으로,	三年請祿俸,
먹고 입는 것 자못 여유롭다.	頗有餘衣食[106]

새 집으로 이사갔네.	移家入新宅,
자사임기 마치고 돈이 조금 생겨서.	罷郡有餘資.[107]

99 「醉後走筆酬劉五主簿長句之贈, 兼簡張大、賈二十四先輩昆季」

100 백거이는 원화 5년(810, 39세) 좌습유 임기 만료 후, 경조부호조참군京兆府戶曹參軍에 임명되었다.

101 「初除戶曹喜而言志」.

102 백거이는 원화 10년(815, 44세) 재상 무원형武元衡이 자객에게 암살당하는 사건이 발생하자 조속히 범인을 체포할 것을 주장하는 상소문을 올렸다. 당시 백거이는 태자좌찬선대부太子左贊善大夫의 신분이었는데 간관보다 먼저 상소문을 올려 월권행위라는 비난을 받았다. 또 백거이의 모친이 우물 옆에서 꽃구경을 하다가 빠져 죽었는데 우물을 읊고 꽃구경 시를 지은 패륜적 행위를 했다는 죄목까지 덧씌워 강주사마로 폄적된다.

103 「答故人」.

104 홍매는 「벽기」라 했으나 원제는 「江州司馬廳記」이다.

105 백거이는 장경長慶 2년(822, 51세)에 외직을 자청하여 항주자사에 임명되었고, 장경 4년 태자좌서자분사동도太子左庶子分司東都에 임명되어 항주를 떠나 낙양으로 갔다.

106 「自餘杭歸宿淮口作」.

소주자사蘇州刺史에 임명되었을 때[108] :

10만호 고을이 더욱 귀하게 느껴지고,	十萬戶州尤覺貴,
2천석의 봉록에 감히 가난하다 말하네.	二千石祿敢言貧.[109]

빈객분사賓客分司가 되었을 때[110] :

봉급 팔구만 냥,	俸錢八九萬
다달이 빠짐없이 나온다네.	給受無虛月.[111]
숭산과 낙수는 유람을 제공하고,	嵩洛供雲水,
조정에서 봉급을 구하네.	朝廷乞俸錢.[112]
늙었으니 관직은 한직이 마땅한 것,	老宜官冷靜,
봉급은 가난한 살림 꾸리기에 넉넉하다네.	貧賴俸優饒.[113]
좋은 자리에 월급도 있고,	官優有祿料,
직책이 한산하니 구속하는 것도 없다.	職散無羈縻[114]
벼슬은 입에 의지하여 얻어지고,	官銜依口得,
봉록은 몸을 따라서 온다.	俸祿逐身來.[115]

하남윤河南尹이 되었을 때[116] :

많은 봉록 어찌 쓸까,	厚俸如何用,
한가로운 삶 잊을 수 없네.	閑居不可忘.[117]

동주자사同州에 임명된 후 부임지로 가지 않았을 때[118] :

107 「移家入新宅」.
108 백거이는 경종 보력1년(825, 54세) 소주자사에 임명되었다.
109 「題新館」.
110 백거이는 태화3년(829, 58세) 태자빈객동도분사太子賓客東都分司에 임명된다.
111 「再授賓客分司」.
112 「閒吟二首」 제2수.
113 「自題」.
114 「詠所樂」.
115 「分司初到洛中偶題六韻兼戲呈馮尹」.
116 백거이는 태화4년(830, 59세) 하남윤에 임명되었다.
117 「齋居」.

많은 봉록은 실로 탐나지만, 誠貪俸錢厚,
몸이 쇠약하여 어쩔 수 없네. 其如身力衰.[119]

태자소부太子少傅가 되었을 때[120] :
매달 녹봉 백천에 관은 2품, 月俸百千官二品,
조정은 나를 한가한 사람으로 고용했네. 朝廷雇我作閑人.[121]

봉록이 후한지 박한지를 물으니, 又問俸厚薄,
백천이 달마다 나오지요. 百千隨月至.[122]

7년 소부를 지내면서, 七年爲少傅,
관품은 높고 봉록은 박하지 않았지. 品高俸不薄.[123]

퇴임했을 때[124] :
온 가족 은둔해도 근심걱정 없고, 全家遁此曾無悶,
반봉으로 생활비는 넉넉하다네. 半俸資身亦有餘.[125]

봉록은 날마다 한 꾸러미나 되고, 俸隨日計錢盈貫,
녹봉은 해마다 곳간을 가득 채우네. 祿逐年支粟滿囷.[126]

나이 일흔 다섯에, 壽及七十五,
봉록은 오만 전. 俸占五十千.[127]

봉록에 대해 두루 얘기한 시로 다음과 같은 것들이 있다.

118 백거이는 태화9년(835, 64세) 9월, 동주자사에 임명되었으나 병으로 사양하였다.
119 「詔授同州刺史病不赴任因詠所懷」.
120 백거이는 태화9년 10월, 태자소부분사동도에 임명되어 70세까지 유임하였다.
121 「從同州刺史改授太子少傅分司」.
122 「春日閒居三首」 제3수.
123 「官俸初罷親故見愛以詩諭之」.
124 백거이는 회창1년(841, 70세) 태자소부에서 면직되었다. 퇴직 뒤 줄곧 평민 신분으로 지내다가 회창4년(844, 73세), 형부상서 직함을 받고 월급의 반을 받게 되었다.
125 「刑部尚書致仕」.
126 「狂吟七言十四韻」.
127 「自詠老身示諸家屬」.

관직은 대 여섯 개를 거쳤고,
봉록으로 처자식을 건사했네.

歷官凡五六,
祿俸及妻孥.[128]

요전[129]은 관직에 따라 사용하였고,
생계는 한해 한해 꾸려왔다네.

料錢隨官用,
生計逐年營.[130]

관직의 부침을 겪으면서,
몸은 봉록에 묶여있었네.

形骸僶俯班行內,
骨肉勾留俸祿中.[131]

다른 사람의 봉록을 언급하기도 하였는데, 섬주陝州 왕사마王司馬의 봉록에 대해서 이렇게 읊었다.

공사의 한가함과 바쁨은 소윤과 같고,
봉록의 많고 적음은 상서와 맞먹네.

公事閒忙同少尹,
俸錢多少敵尙書.[132]

유우석劉禹錫이 태자빈객太子賓客에서 파면되고 비서감秘書監에 임명되었는데 봉록은 비슷했다.

날마다 돈 뿌리며 새로 임명된 것 축하했으나,
봉급은 예전과 마찬가지니 또 어찌할까나.

日望揮金賀新命,
俸錢依舊又如何![133]

낙양洛陽과 장수長水 두 현령의 박봉을 탄식하며 다음과 같이 읊었다.

붉은 인끈 낙양 현령 관직 자리만 억울하고,
푸른 도포 장수 현령 녹봉은 빈약하기만.

朱紱洛陽官位屈,
靑袍長水俸錢貧.[134]

128 「題座隅」.
129 料錢 : 당송 시대의 제도에 의하면 관리는 봉록俸祿외에 식료품을 살 수 있는 돈을 받았는데, 이를 요전이라고 한다.
130 「首夏」.
131 「憶廬山舊隱及洛下新居」.
132 「送陝州王司馬建赴任」.
133 「酬夢得貧居詠懷見贈」.
134 「早春雪後, 贈洛陽李長官長水鄭明府二同年」.

그가 죽기 직전 썼던 「달재낙천행達哉樂天行」을 보자.

우선 남방에 있는 10무의 채마전 팔아치우고,	先賣南坊十畝園,
그 다음엔 동곽에 있는 5경의 전답을 팔거라.	次賣東郭五頃田.
그런 후에 살고 있는 집 함께 처분하면,	然後兼賣所居宅,
아마도 이삼천은 마련할 수 있으리라.	仿佛獲緡二三千.
아마도 이 돈을 다 쓰지 못할 듯,	但恐此錢用不盡,
이른 아침 이슬맞고 놀러가면 밤 늦게 돌아오리.	即先朝露歸夜泉.

후세의 군자들이 이 시들을 잘 음미해본다면, 날마다 탐천貪泉[135]의 물을 마시게 된다 하더라도 어떻게 해야 할지를 잘 헤아릴 수 있을 것이다. 백거이의 생애가 바로 이와 같다. 소식이 "백공의 광에는 남은 곡식이 있고 창고에는 남은 비단이 있었다[公廩有餘粟, 府有餘帛]"고 했으나 아마 그렇지 않을 것이다.

4. 백거이의 좌천 白居易出位

백거이白居易가 좌찬선대부左贊善大夫를 지낼 때 무원형武元衡[136]이 도적에게 살해된 사건으로 경사京師가 떠들썩했다. 백거이는 솔선하여 상소를 올렸고

135 貪泉 : 샘 이름. 광동성廣東省 남해현南海縣에 있다.
○ 진晉나라 오은지吳隱之는 청렴하고 지조가 있었다. 광주자사가 되었는데 주에서 20리 떨어진 곳에 도착했을 때 석문石門이라는 곳에 탐천이라는 샘물이 있었는데 이 물을 마시는 자는 청렴한 선비라 하더라도 탐욕스러워진다는 전설이 있었다. 오은지가 이 샘물을 퍼 마시고는 시를 읊었다.

옛 사람들 말하길 이 물은,	古人云此水,
한번 마시면 천금을 탐하게 된다고 하네.	一歃懷千金.
시험 삼아 백이 숙제에게 마시게 하여도,	試使夷齊飮,
그들의 마음은 끝내 바뀌지 않으리.	終當不易心.

오은지는 광주에 도착해서도 더욱 청렴하고 지조 있게 행동했다.

136 武元衡(758~815) : 당나라 재상 겸 시인. 자 백창伯蒼. 원화 10년(815)년 자객에게 암살당하였다.

빨리 도적을 잡아 조정의 치욕을 씻을 것을 청하며 반드시 기한을 두어야 한다고 했다. 그러나 재상은 그가 월권을 했다고 여겨 불쾌해했고, 결국 이 때문에 백거이는 강주사마江州司馬로 폄적되었다.[137] 이는 『당서唐書』의 백거이 본전에 수록된 내용이다.

내가 고찰해보니, 당시 재상은 장홍정張弘靖과 위관지韋貫之였다. 장홍정이야 언급할 필요도 없지만, 위관지가 이렇게 한 것은 큰 실수였다. 백거이의 문집에는 그가 양우경楊虞卿에게 보낸 편지가 수록되어 있다.

> 좌천을 결정한 조서가 이미 내려와 내일이면 동쪽으로 떠나야 하니 그 전에 마음 속의 억울함을 그대에게 털어놓고자 합니다. 작년 6월, 강도가 거리에서 좌승상을 살해하였습니다. 피가 사방으로 튀고 머리털과 살점이 찢겨 차마 말할 수가 없을 정도였고 조정에서도 놀라 뭐라 말을 하지 못했습니다. 저는 유사 이래 이런 일은 처음이라고 여겼습니다. 만약 당시의 참상을 보았다면 비록 농부나 하인이라 할지라도 입을 닫을 수는 없었을 것입니다. 하물며 조정의 관리로서 그 통분을 어찌 참을 수 있겠습니까? 그리하여 무승상의 숨이 새벽에 끊어진 후 저는 상소문을 그날 정오에 바쳤습니다. 이틀 안에 온 도성에서 이를 알게 되었고 저의 이러한 행동을 달갑게 여기지 않는 자들은 혹은 거짓이라 하고 혹은 그릇된 말을 한 것이라 비방하며 모두 이렇게 말했습니다.
> "상서성의 좌우승과 육부의 시랑들, 급사중과 중서사인, 간관諫官, 어사御史도 아직 주청하지 않았거늘 찬선대부의 나라 걱정은 어찌 이리 대단한가?"
> 저는 이 말을 듣고 물러나 생각했습니다. 찬선대부는 실로 낮은 한직일 뿐이구나. 조정의 비상사태에 그날로 혼자 밀봉한 상소를 올린 것을 두고, 충심이고 분노라 하면 이에 대해서는 부끄러움이 없습니다. 그러나 이를 망령되고 미친 행동이라 하니 무엇을 해명할 수 있겠습니까! 이런 일로 죄를 얻었으니 그대는 어떻게 생각하십니까? 게다가 또 이것이 저의 죄명이 아니라니요!

백거이는 이렇게 자술하였다. 그러니 당시 그가 월권을 행한다고 여겼던 것은 재상 한 사람만이 아니었다. 사서에는 "백거이의 모친이 우물에 투신하

137 江州는 지금의 강서성江西省 구강시九江市이다. 원화 10년(815)년, 재상 무원형武元衡이 암살당하고 어사중승 배도가 중상을 입는 사건이 발생하였다. 백거이는 이 사건을 국가적 수치로 여기고 간관이 사건의 전말을 정식으로 황제께 보고하기도 전에 한발 앞서 상소를 올려 조속히 범인을 체포할 것을 청원하였고 이로 인해 강주로 폄적되었다.

여 죽었는데 그는 「신정편新井篇」을 지었고 이 때문에 좌천되었다"[138] 고 했는데, 서신에서 언급한 '이것이 죄명이 아니[不以此爲罪名]'라고 한 것은 바로 이를 가리킨 것이다.

5. 구양수의 「취옹정기」와 소식의 「주경」 醉翁亭記酒經

구양수歐陽脩의 「취옹정기醉翁亭記」와 소식蘇軾의 「주경酒經」은 모두 '也야'자로 문장을 마무리 지었다. 구양수는 21개의 '也'자를 사용했고, 소식은 16번 사용했다. 구양수의 「취옹정기」야 모든 사람이 알고 있지만 「주경」을 아는 사람은 얼마 되지 않는다. 소식은 이렇게 말했었다.

> 구양공의 「취옹정기」는 문사가 몹시 평이하다. 아마 유희삼아 지은 것으로 자신도 기이하거나 특별하다고 여기지 않았을 것이다. 그러나 범속한 자들은 구양수의 말에 가탁하여 "평생에서 이 문장을 가장 득의했다고 생각한다" 거나 "나는 한유의 「화기畵記」를 지을 수 없고, 한유라도 나의 「취옹정기」 같은 글은 지을 수 없을 것이다"라고 하니 이는 입에서 나오는 대로 함부로 지껄이는 것이다.

소식의 「주경」은 '也'자의 앞 글자를 반드시 압운하여 부체賦體와 비슷하다. 그러나 이를 읽는 자들은 느끼지 못하므로 그 오묘함은 세간의 필묵이 형용할 수 있는 것이 아니다. 지금 여기에 기록해두어 후학들에게 보여주고자 한다.

> 남방의 백성들은 찰벼와 메벼에 훼약卉藥을 섞어 떡을 만든다. 냄새를 맡아보면 향긋하고 씹어보면 매운맛이 나는데 손에 들어봤을 때 텅 빈 것처럼 가벼운 것이 좋은 떡이다. 나는 처음에 밀가루를 부풀리고 생강즙을 섞은 후 쪄서 균열이 생기면 밧줄로 묶어 바람에 말렸다. 오래될수록 더 딱딱해지는데 이것이 정미한

138 백거이가 간관보다 먼저 범인의 체포를 청원한 상소를 올리자 월권행위로 간주되어 비난이 한꺼번에 쏟아지게 된다. 그리고 사건은 월권시비에서 사대부로서의 자질과 명교의 문제로 비화된다. 백거이의 모친은 꽃구경을 하다가 우물에 빠져 죽었다. 그럼에도 백거이가 「상화」와 「신정」이라는 시를 지었다며 명교를 해쳤다고 비판당하였고 결국 조정에서 축출 당하게 된다.

> 누룩이다. 쌀 5말을 5등분하여 3말과 5되 4개로 나눈다. 3말은 술을 담그고 5되는 넣고 섞어주는데 3분을 넣고 섞어준 후 그만하면 5되가 남는다. 처음 양조하기 시작할 때는 4량의 떡과 2량의 누룩을 섞어 모두 약간의 물에 담궈 두었다가 충분히 풀어져 흩어질 때까지 둔다. 술을 양조할 할 때는 반드시 큰 독으로 잘 누르고 우물물로 항아리 주변을 채워둔다. 삼일이 지난 후 우물물이 넘치면 이것이 내 술의 모종인 셈이다. 처음 만들어진 술은 매우 독하고 약간의 쓴 맛이 있는데 대체로 세 번째 쌀을 섞어주고 나면 부드러워진다. 떡은 독하지만 누룩은 부드럽기 때문에 쌀을 섞을 때는 반드시 계속 맛을 보면서 더 넣거나 덜 넣어야 할지를 혀로 잘 헤아려야 한다. 물이 넘치고 사흘 뒤에 쌀을 섞는데 9일 동안 3번을 섞으니 일반적으로 15일 후에 술이 완성된다. 처음 빚은 술은 물 한 말을 넣어야 하는데 이때 물은 반드시 끓여서 식힌 것을 써야 한다. 술을 빚으면서 쌀을 섞는 것은 반드시 차갑게 한 후에 해야 하는데 이는 남방에서는 꼭 지키는 것이다. 물을 넣고 닷새 후 술을 거르면 두말 반이 나오는데 이것이 내가 말하는 정식 술이다. 거른 후 반나절이 지나면 죽처럼 남은 것을 가져다가 쌀과 물을 1대 3으로 섞은 것과 떡과 누룩 4량씩 섞은 것 두 가지를 섞는다. 술 지게미에 넣고 계속 비비면서 다시 술을 빚어 닷새 후면 한말 반이 나오는데 이것은 술보다 조금 더 센 것이다. 센 것과 정식 술 합친 것 4말을 또 닷새 후에 마시면 부드러우면서도 힘이 있고 진하지만 독하지 않다. 거른 후 곧바로 죽이 된 상태를 섞는데 조금만 늦어도 술지게미가 마르면서 바람이 들어 변질된다. 오랫동안 발효하면 술이 진하고 맛이 풍성해지지만, 기간을 짧게 하면 이와 반대로 된다. 내 술은 30일 동안 만들었다.

이 글은 소·양·돼지를 모두 사용하는 태뢰太牢 제사의 여덟 가지 진귀[八珍][139]한 맛처럼, 애써 곱씹지 않아도 깊은 맛이 긴 여운으로 감돈다. 그러나 급하게 한번 훑어보고 지나치는 자들에게는 설명해 줄 수 없는 맛이다.

6. 백거이의 「감석시」 白公感石

백거이의 「봉화우사암이이소주소기태호석기상절륜인작시겸정유몽득奉和牛思黯以李蘇州所寄太湖石奇狀絕倫因作詩兼呈劉夢得」 시의 마지막 구절은 다음과 같다.

139 八珍 : 『주례周禮·천관天官·선부膳夫』의 "珍用八物"에 대해 정현鄭玄은 주에서 "순오淳熬, 순모淳母, 통째 구운 돼지[炮豚], 통째 구운 암양[炮牂], 찧은 음식[擣珍], 절임[漬], 볶은 것[熬], 간료肝膋"라고 하였다.

우리 둘은 모두 이 복이 없음을 탄식하니,	共嗟無此分,
태호에서 헛 살았네.	虛管太湖來.

주에 "나와 유몽득劉夢得(유우석)은 모두 고소姑蘇[140] 자사를 지냈었지만 이 돌을 보지 못했다"고 되어있다. 또 「유감석상구자有感石上舊字」에 다음과 같은 구절이 있다.

태호석 위에 세 글자가 새겨져 있으니,	太湖石上鐫三字,
15년 전 진결지가 새긴 것.	十五年前陳結之.

진결지陳結之라는 이름은 본 적이 없어 전혀 알 수가 없었다. 후에 「대주유회기이랑중對酒有懷寄李郎中」이라는 시에서 이렇게 말했다.

왕년에 강외에서 도엽桃葉을 버렸고,	往年江外拋桃葉,
작년에는 누각에서 유지柳枝와 헤어졌네.	去歲樓中別柳枝.
적막한 봄이 와 한 잔의 술 마시니,	寂寞春來一杯酒,
이 마음 오직 이군李君만이 알리.	此情唯有李君知.

주에 "도엽桃葉은 결지結之다. 유지柳枝는 번소樊素다"[141]라고 되어 있다. 이것을 보고서야 시에서 언급한 '결지'의 의미를 알게 되었다. 백거이는 병 때문에 유지柳枝를 떠나 보내면서 시를 지었다.

버드나무 두 그루 작은 누대 속에서,	兩枝楊柳小樓中,
한들한들 오랜 세월 취옹을 모셨노라.	嫋娜多年伴醉翁.
내일이면 모두 집으로 돌아가게 하리니,	明日放歸歸去後,
이제는 이 세상에 봄바람 필요 없으리.	世間應不要春風.[142]

유우석劉禹錫이 백거이를 희롱한 시를 지은 적이 있는데 백거이는 아래와

140 姑蘇 : 경종 보력 원년 3월, 백거이는 소주자사에 임명되었다.

141 結之·樊素 : 백거이의 시첩侍妾. 특히 번소는 노래를 잘 불러 백거이의 총애를 받았다. 그러나 백거이가 늙어 병들었을 때 빚 때문에 어쩔 수 없이 번소를 떠나보내게 되자, 매우 아쉬워했다고 한다.

142 「別柳枝」.

같은 답시를 지었다.

누가 아이들의 술래잡기 놀이 배워, 誰能更學孩童戲,
봄바람 좇아가서 버들 꽃을 잡아올까? 尋逐春風捉柳花.[143]

사랑에 빠졌던 곳을 끝내 잊을 수가 없었던 것이다.

병들어 나와 함께 서로 짝이 되어 살다가, 病共樂天相伴住,
봄이 오니 번자 따라 일시에 돌아갔네. 春隨樊子一時歸[144]

금 재갈 낙마를 근자에 팔아버리고, 金羈駱馬近貰卻,
비단 소매 유지를 잇달아 돌려 보냈네. 羅袖柳枝尋放還[145]

술 마시며 노래하다 돌아오니 누각은 닫히고, 觴詠罷來賓閣閉,
생황 불며 노래하다 흩어진 후 기방은 비어있네. 笙歌散後妓房空.[146]

읽으면 처연한 느낌이 드는 작품이다.

7. 이치에 맞지 않는 『예부운략』 禮部韻略非理

『예부운략禮部韻略』[147]의 글자 분류는 매우 비합리적이다. 예를 들어 '東동'과 '冬동', '淸청'과 '靑청'은 바로 옆에 있는 운韻이지만 통용할 수 없다고 했다.[148] 사성四聲과 반절反切을 연구하는 자들은 억지로 이 책을 변호하지만 잘못된

143 「前有別楊柳枝絶句夢得繼和云春盡絮飛留不得隨風好去落誰家又復戲答」.
144 「春盡日宴罷感事獨吟」.
145 「閒居」.
146 「老病幽獨偶吟所懷」.
147 『禮部韻略』: 송宋나라 정도丁度가 지은 운서韻書. 송대 과거시험 용운用韻의 표준 역할을 하였다.
148 '東'과 '冬'은 두 운으로 나뉘어 '상평성上平聲'에 귀납되어 있다. '東' 아래에는 '독용獨用'이라고 주가 달려 있다. '淸'과 '靑'은 '하평성下平聲'에 속하며 '靑' 아래에는 '독용獨用'이라고 주가 달려있다. 홍매가 보기에 이 두 운들은 통용할 수 있는 것인데 『예부운략』에서는 다른 운부로 나누어 통용될 수 없다고 하였기에 비합리적이라고 한 것이다.

것이다.

예를 들어 '撰찬'자는 상성上聲, 거성去聲 중 세 개의 운부韻部에 속해있고 해석도 같지 않다.[149] 얼마 전 소흥紹興 30년(1160)의 성시省試의 겸경兼經에 '이간천하지리득부易簡天下之理得賦'[150]가 출제되었다. 나는 당시 참상관參詳官이었는데 시험답안을 점검하는 관리인 촉蜀땅 선비 두신杜莘이 말했다.

> "'簡간'자의 운은 너무 좁습니다. 만약 '撰'자를 반드시 사용해야 한다면 오직 '撰述찬술'의 '撰'만 가합니다. '잡다한 사물 속에서 덕을 가리고[雜物撰德]', '천지의 수를 헤아린다[體天地之撰]'[151], '세 사람이 말한 것과 다르다[異夫三子者之撰]'[152], '하품하며 기지개를 하면 그 지팡이와 신발을 손에 든다[欠伸, 撰杖屨]'[153]에서의 '撰'자는 모두 '簡'과 압운할 수 없어 사용할 수 없습니다."

나는 주임 시험관에게 아뢰었고 방을 써 붙여 모두에게 알려줄 것을 청했다. 주임시험관인 간의대부 하통원何通遠은 처음에 난처해했다. 나는 "만약 이번 시험에서 이 글자 때문에 모두 압운이 되지 않는다면 어떻게 써 나가겠습니까?"라고 했고 직접 방문을 썼다. 방이 막 붙자 팔상八廂[154]의 나졸들은 역대 과거에서 이런 선례는 없었다며 곧바로 지공거에게 보고하였다. 시험 참가자들도 깃발 앞으로 가득 모여들어 물었다. 나는 하나하나 분석해서 설명해 주었고 그들은 설명을 들은 후에 물러갔다.

149 『예부운략』에서 撰은 상성上聲의 완緩, 산潸, 선獮, 거성去聲의 선線 네 운부에 속해있다. 撰은 '천지음양 및 자연 현상의 변화 규칙'과 '찬술'의 의미일 때는 '산潸' 운에 속한다.

150 『주역周易·계사전繫辭傳』: 건은 쉬움으로 알고 곤은 간단함으로 능하니, ……쉽고 간단해서 천하의 이치를 얻는다.[乾以易知, 坤以簡能 …… 易簡而天下之理得矣.]

151 『주역·계사전』.

152 『논어·선진先進』: 공자와 제자인 자로·증석·염유·공서화가 나눈 대화에서 보이는 구절이다. 공자가 "만약 어떤 사람이 너희들의 학식과 덕을 알아보고 등용한다면 어찌 하겠느냐?"고 묻자 자로와 염유, 공서화는 벼슬에 나가 나라를 다스리겠다는 포부를 밝힌 반면, 증석은 "세 사람과는 다른 의견을 갖고 있습니다"라며 "늦봄에 봄옷이 만들어지면 갓을 쓴 어른 5~6명과 동자 6~7명과 함께 기수에서 목욕하고 무우에서 바람 쐬고 노래하면서 돌아오겠습니다"라고 대답했다. 이에 공자는 "나는 증석과 함께 하겠다"고 했다.

153 『예기·곡례상曲禮上』.

154 八廂 : 송나라 시기, 경성 밖을 8 구역으로 나누어 관리하였고, 각 구역마다 상관廂官을 두어 소송 등의 문제를 처리하도록 했다.

또 '정靜'자와 '靚'자의 의미는 같다. 그러나 『예부운략』에서 靜자는 상성上聲으로 되어있고 靚자는 거성去聲으로 분류되어 있다. 『한서漢書·가의전賈誼傳』 중 「복부服賦」[155]에 "심연의 잔잔함과 같이 고요하다(澹虖若深淵之靚)"는 구절이 있는데 이에 대해 안사고顔師古는 주에서 '靚은 靜과 같다'고 했다. 『사기史記』에는 靜자로 되어 있다. 양웅揚雄의 「감천부甘泉賦」에 "어둠이 고요하고 깊다(暗暗靚深)"는 구절이 있는데 주에 '靚은 즉 靜자이다'라고 되어있다. 지금 이를 두 음으로 나누어 놓았으니 이치에 맞지 않다.

나는 운죽장雲竹莊에 있는 당堂을 '賞靜'이라 이름하였다. 두보의 시 '고요를 좋아하여 구름 위로 높이 솟은 대나무를 아낀다(賞靜憐雲竹)'[156]는 구절에서 취한 것이다. 그곳을 지키는 승려가 그 곳에 살고 있는데 1년 동안 세 번이나 사람이 바뀌었다. 한 도사가 편액을 가리키며 이렇게 말했다.

> "靜자의 왼쪽이 '다툴 쟁爭'자이니 안정될 수 없는 것이지요."

그리하여 원래의 편액을 떼어버리고 '靚'자로 바꾸었다.

8. 공신의 선조 추증 唐臣乞贈祖

당나라에서 공신에게 관작을 추증할 경우 1품관만이 조부까지 추증할 수 있고 그 나머지는 부친까지만 추증할 수 있다. 그러나 장경長慶[157] 연간에는 은택을 하사하는데 있어 이전과 달랐다. 백거이의 제집制集[158]을 보면 호부상서戶部尙書 양오릉楊於陵의 조부를 이부낭중吏部郎中으로, 조모 최씨崔氏를 군부인郡

155 「服賦」: 「鵩賦」가 맞다. 「복조부鵩鳥賦」라고도 한다. '복鵩'은 부엉이를 말하며, 옛날 사람들은 이를 불길한 새로 여겼다. 「鵩賦」는 부엉이가 가생의 집에 날아들었다는 말로 시작된다. 가생은 폄적되어 장사長沙에 살았는데, 장사는 저습하였기 때문에 자신의 생명이 그다지 길지 않을 것이라 생각하였고 부를 지어 스스로 위안을 삼았다.

156 「徐九少尹見過」.

157 長慶: 당나라 목종穆宗 시기 연호(821~824).

158 制集: 황제의 명을 '제制'라 한다.

夫人으로 추증하였다. 마총馬總의 망부를 추증하도록 윤허가 내려졌을 때 그는 조부와 조모도 함께 추증해 줄 것을 청했다. 산기상시散騎常侍 장유소張惟素도 그러하였다. 이는 모두 상례가 아니다. 당시 재상이었던 최식崔植은 「진정표陳情表」를 올려 말했다.

> 돌아가신 영보嬰甫는 신의 친부이고 돌아가신 백부 우보祐甫는 신의 양부입니다. 신이 비록 백부의 자식으로 자라 대를 이었지만 친부모에 대한 효심은 잊을 수가 없습니다. 작년 이래 조정에서 대신들에게 여러 차례 은택을 베풀어 조정의 신하라면 모두 선조를 추증하는 영광을 얻게 되었으니 말하여 구하기만 하면 모두 추증하여 관직을 주는 것을 허락하셨습니다. 신이 폐하의 총애를 얻어 발탁되었으나 부모를 빛나게 하고 이름을 날리는 영광이 아직 선조에게 미치지 못했습니다. 청컨대 저의 현재 관직과 봉록, 그리고 전후의 훈봉을 합쳐 선조를 추증하는 것을 윤허에 주시기 바랍니다.

당시의 관례가 이러했음을 알 수 있다.

나의 큰형님이 재상을 지낼 때 자신의 합산하여 고조를 추증해 줄 것을 청하였다. 이미 윤허가 내려졌는데 후에 중서성에서 철회하였다. 이런 추증은 근자에는 선례가 없으나 당나라의 제도를 자세히 고찰하지 않아 실수한 것이다.

9. 잘못 사용되는 경전의 표현 承習用經語誤

경전經傳 중의 사실은 대부분 서로 옮겨 사용하면서 그것의 본래 의미를 제대로 고증하지 못하는 경우가 많다. 예를 들어 『시경·패풍邶風·곡풍谷風』의 시는 신혼의 연애에 빠져 전처를 버린 것을 경계하여 지은 것이다.

너 신혼에 빠짐이여.	宴爾新昏,
나 가지고 궁함을 넘겼구나.	以我御窮.

'宴안'은 '安안'이다. 편안하게 너의 신혼을 사랑하면서 나는 궁핍하고 힘든 시절에 옆에 두더니 부귀해지고는 나를 버렸다는 말이다. 지금 사람들은

처음 아내를 맞이했을 때를 '宴爾안이'이라 하니, 시의 의미에 맞지 않을 뿐만 아니라 이는 재혼·재취의 의미인데 어찌 이를 가지고 신혼이라는 의미로 사용할 수 있겠는가?

「대아大雅·억抑」에 다음과 같은 구절이 있다.

꾀를 크게 하고 호령을 정하며,	訏謨定命,
꾀를 원대하게 하여 때때로 고한다.	遠猶辰告.

모공毛公은 다음과 같이 해석했다.

> 訏우는 크다[大]는 의미이며, 謨모은 도모하다[謀]는 의미이다. 猶유는 방법[道]이며, 辰신은 때때로[時]이다.

'猶유'는 '모략, 계략[猷]'과 같다.

정현鄭玄은 이렇게 해석했다.

> '猶'는 '도모하다[圖]'는 의미이다. 원대하게 도모하고 정령政令을 정하는 것을 말한다. 천하를 위해 큰일을 도모하고 때를 신민들에게 알려주니 정월에 1년의 정치적 대사를 선포하는 것과 같은 것이다.

생각건대 이는 특별히 윗사람이 아랫사람에게 알려주는 경우를 의미한다. 그러나 지금은 황제의 문서를 작성하는 신하들이 제조制詔에서 신하에게 부탁하는 표현으로 사용한다. 또한 신하가 표장表章에서 이 표현을 사용하는 것은 그것이 "들어가 네 임금에게 고한다[入告爾后]"[159]의 '告고'와 다른 의미라는 것을 이해하지 못한 것이다.

「생민生民」 시의 '誕彌厥月탄미궐월'에 대해 모공毛公은 "誕은 크다[大]이다. 彌는 마침내[終]이다."라고 했다. 정현은 전箋에서 "후직后稷이 모친의 뱃속에

159 '入告爾后' : '入告'는 윗사람에게 아뢴다는 의미이다.
○ 『서경·군진君陳』 : 너에게 훌륭한 꾀와 훌륭한 계책이 있으면, 들어가서 네 임금에게 안에서 고하고, 너는 밖에서 따라서 말하기를, "이 꾀와 계책이 우리 임금님의 덕이다."라고 하라.[爾有嘉謀嘉猷, 則入告爾后於內, 爾乃順之於外, 曰斯謀斯猷 惟我后之德.]

있을 때 사람들이 말하는 열 달을 마치고[終] 태어났다"라고 했다. 고찰해보니 '彌'를 '終'으로 해석하면 그 의미가 명확하지 않다.[160]

"오래오래 사시어 선공들의 계획 이어 받으시라[俾爾彌爾性, 似先公酋矣.]" 이 구절에서 이미 '彌'를 '終'으로 해석하는데 또 '酋추'도 '終'의 의미라고 한다면 너무 중복되고 번잡하다. 「생민」 편에는 '誕'자가 모두 8번 나온다.

> 좁은 골목에 두었네.[誕寘之隘巷]
> 숲 속에 두었네.[誕寘之平林]
> 차가운 얼음판에 두었네.[誕寘之寒冰][161]
> 실로 엉금엉금 기어 다니네.[誕實匍匐]
> 후직이 심었네.[誕后稷之穡]
> 아름다운 곡식 씨를 내리네.[誕降嘉種]
> 우리 제사를 어떻게 지내셨는가.[誕我祀如何]

만약 위 구절들에서 '誕'을 모두 크다[大]로 해석한다면 의미가 통하지 않는다. 또 "먼저 도의 경지에 오르다[誕先登于岸]"[162] 같은 경우에 대해 신안新安의 주씨朱氏는 발어사라고 해석했는데, 정확히 본 것이다.[163] 보전莆田의 정씨鄭氏는 "彌은 가득차다[滿]로 해석할 수밖에 없다. 즉 열 달을 채웠다[滿]는 것이다."로 풀이하였다.

지금 천자가 태어난 날을 '강탄降誕', '탄절誕節'이라 하고, 보통 사람들한테는

160 『한어대사전』의 '誕彌'에 대한 풀이를 보면, 임신하고 달을 채우다는 의미로 '誕'은 어조사의 의미이다.

161 「生民」은 주나라의 시조인 기棄의 탄생설화를 노래한 것이다. 그는 알로 태어나 버림받았기에 '버릴 기棄'로 이름을 삼았으며 커서 순임금 밑에서 농업을 관장하는 후직后稷이 된다. 이 대목은 알을 좁은 골목에 버렸으나 소와 양이 지나면서도 밟지 않고 피하였고, 숲 속에 버렸으나 때마침 나무를 하러 온 나무꾼을 만났으며 얼음판에 버렸으나 새가 날아와 날개로 덮어 주었기에 온갖 장애와 난간을 겪고 태어날 수 있었다는 내용이다.

162 『시경·대아·문왕지십·황의皇矣』.

163 신안의 주씨는 주희朱熹를 가리킨다.

○ 주희는 『시경집전詩經集傳』에서 「생민生民」의 '誕彌厥月'에 대해 "탄은 발어사이다[誕, 發語辭也.]"라고 풀이하였다. 그러나 「황의皇矣」의 "誕先登于岸" 중 '誕'자에 대해서는 아무런 설명을 하지 않았다. 일반적인 『시경』의 번역본들은 이 구절에서 '誕'을 크다는 의미로 해석하여 "크게 먼저 도의 지극한 경지에 오르라"라고 풀이했다.

'탄일誕日', '탄신誕辰', '경탄慶誕'이라 하는데 모두 맞지 않다. 오류가 고착화되어 바로 잡을 수가 없어졌다. 소식도 "열 달을 채우고 태어난 기쁨을 우러른다仰止誕彌之慶"[164]고 써서 세속의 오류를 피하지 못했다. 여기에 기록해 둠으로서 제자와 후생들이 그것을 제대로 알게 하고자 한다.

『좌전左傳』에 이러한 내용이 있다.

> 주나라 천자가 재공宰孔을 파견하여 제후齊侯에게 제사 지낸 고기를 하사하였다. 제후가 절을 하려는데 재공이 말했다.
> "천자께서 백구伯舅가 연로하시니 계단을 내려와 절할 필요가 없다고 말씀하셨습니다."
> 제후가 말했다.
> "천자의 위엄이 내 지척을 떠나있지 않은데[天威不違顔咫尺] 감히 절하지 않을 수 없다."
> 그리고 내려와 절하고서는 다시 올라가 하사품을 받았다.

당 아래에서 절을 하고 당 위에서 제사 지낸 고기를 받은 것이다. 지금 사람들은 편지를 보내 음식을 보내준 것에 감사할 때 '謹已下拜근이하배'란 표현을 쓴다. 이는 심한 실수는 아니다. '天威不違顔咫尺천위불위안지척'에서 앞의 네 글자는 천자를 말하는 것이고, 뒤의 세 글자는 신하를 말하는 것이다. 그러므로 주석에서 "천자의 감찰이 멀리 있지 않으니 위엄은 항상 얼굴 앞에 있다"라 하였다. 지금 사대부들은 종종 상주문에서 '違顔위안' 혹은 '咫顔척안', '咫尺之顔지척지안'이라는 표현을 쓰는데 모두 경전에서의 본래 의미와 상반된다. '龍顔용안', '聖顔성안', '天顔천안'이라는 표현을 쓴다면 괜찮을 것이다.

10. 백거이의 표 長慶表章

당나라 대력大曆[165] 연간 하북河北 삼진三鎭[166]이 강력한 번진 세력에 의해

164 「興龍節集英殿宴教坊詞」.

점거 당했다. 원화元和[167] 연간에 전홍정田弘正[168]이 위박魏博 지역을 가지고 귀순하였고, 장경長慶[169] 초 왕승원王承元과 유총劉總도 진주鎭州와 유주幽州를 떠나자, 하북 지방 일대가 점차 안정되어갔다. 그러나 목종穆宗[170]은 혼군昏君이었고, 최식崔植과 두원영杜元穎·왕파王播도 범속하고 무능한 재상이었기 때문에 장구한 대책을 세우지 못하였다. 귀순한 전홍정을 간단하게 전출시켜버림으로써 결국 왕정주王庭湊의 난이 일어나게 되었다.[171] 또 장홍정張弘靖을 잘못 임용하여 주극융朱克融의 난을 야기했다.[172] 조정에서는 각 도에서 15만 명을 모아, 인망을 한 몸에 받고 있는 배도裴度와 당시의 명장인 오중사烏重胤·이광안李光顔을 하북 일대에 1년 넘게 주둔시켰지만, 결국 성공하지 못했다. 재원과 힘이 모두 바닥났고 결국은 절월節鉞을 왕정주와 주극융 두 반란군에게

165 大曆 : 당나라 대종 시기 연호(766~779).

166 河北 三鎭 : 범양范陽, 성덕成德, 위박魏博.

167 元和 : 당나라 헌종 시기 연호(806~820).

168 田弘正 : 당나라의 절도사. 자 안도安道, 본명은 홍興이다. 전정개田廷玠의 아들이고, 전승사田承嗣의 조카다. 헌종憲宗 원화元和 7년(812) 위박절도사魏博節度使 전계안田季安이 죽자 사람들에 의해 옹립되어 조정의 명령을 기다렸다가 절도사를 이어받았다. 오원제吳元濟가 반란을 일으키자 출병하여 토벌했다. 나중에 성덕절도사成德節度使 왕승종王承宗을 위협해 당나라에 귀순시키고, 평로치청절도사平盧淄淸節度使 이사도李師道를 토벌해 동중서문하평장사同中書門下平章事가 더해졌다. 15년(820) 황명으로 성덕군절도사에 임명되었다. 다음 해 원래 성덕군 도병마사都兵馬使였던 왕정주王庭湊에게 살해되었다.

169 長慶 : 당 목종 시기 연호(821~824).

170 穆宗(795~824 / 재위 820~824) : 당나라 12대 황제 이항李恒. 제11대 황제 헌종憲宗의 셋째 아들로, 본명은 유宥이다. 처음에 수왕遂王에 봉해졌다. 맏형 소혜태자惠昭太子 이령李寧이 폐위되자 그는 둘째 형 이관李寬을 제치고 황태자가 되어 제위를 계승하였으나, 4년 만에 사망했다.

171 조정에서 진주에 절도사로 파견한 전홍정田弘正은 사치하고 행사를 좋아하며, 부하들이 힘든 것은 신경쓰지 않았다. 그리하여, 진주의 장병들은 극도의 불만을 품게 된다. 진주병마사鎭州兵馬使인 왕정주王庭湊는 이를 틈타서 난을 일으키고자 장병들을 선동하여, 전홍정과 그의 막료 및 그의 가족들까지 모조리 죽여 버린다. 그리고 조정에 왕정주를 절도사로 정식 임명해줄 것을 요청하였다.

172 장홍정은 그의 부친 장연상의 공로 덕분에 출세를 하게 되었다. 장경 초년, 장홍정은 노룡절도사에 임명되었다. 도성에서 부귀영화만을 누리며 아무런 고초를 겪어보지 못했던 장홍정은 군관들과 함께 군영 생활을 감당하지 못했고 교만하게 행동하며 군사들을 모욕하는 등의 행동으로 비난과 반감을 샀다.

넘겨주었으며 하삭河朔을 잃은 후 당나라가 망하는 지경에 이르게 되었다. 당시의 형세를 보면 어찌 통곡에 그칠 뿐이겠는가!

그러나 당시 재상은 「청상존호표請上尊號表」에서 이렇게 말했다.

> 폐하께서 즉위하신 이래 지금까지 2년 동안 군대를 일으켜 전쟁을 하지 않으면서 가만히 앉아 진주鎭州과 기주冀州을 평정하였고 화살 하나, 활 하나 쓰지 않으면서 유주幽州와 연주燕州를 안정시켰습니다. 천자의 위령이 사방에 미치니 폐하의 존호를 '신무神武'라 할 것을 청합니다.

군신 상하가 모두 부끄러움을 모른다고 할 수 있다. 이 표는 바로 백거이白居易가 쓴 것이다.

또 한림학사翰林學士 원진元稹은 재상의 자리를 탐냈는데 배도裴度[173]가 큰 공을 세워 중용되어 자신의 앞길을 막을까 우려하며, 황제 옆에서 여러 번 그를 험담하였다. 배도도 글을 올려 원진의 행실을 말하였고, 부득이해진 목종은 원진을 한림학사 직위에서 해임하였지만 그에 대한 애정은 이전과 마찬가지였다. 원진은 배도를 원망하여 그로부터 병권을 빼앗고자 황제에게 군사를 철수시킬 것을 권했다. 얼마 후 원진이 재상이 되었다. 백거이가 원진을 대신해서 사표謝表를 지었는데 그 대략의 내용은 이러하다.

> 신이 성명한 군주를 만나 관계를 통하지 않고 등용되어 조정에 거하면서 정사를 의논하게 되었습니다. 성은이 너무 깊으나 비방도 함께 따라오게 되었습니다. 스스로 무슨 잘못이 있는지를 반성해보아도 아무런 부끄러움이 없습니다. 그러나 폐하의 심기를 흔들고 더럽혔으니 죽어 마땅합니다.

허물을 덮는 것이 이와 같았다. 백거이의 이 두 표는 실로 그의 미덕에 있어 오점이다.

173 裴度(765~839) : 당 헌종 시기 재상·시인. 자 중립中立. 회서를 평정한 공으로 진공에 봉해졌기 때문에 배진공裴晉公이라 불렸으며, 백거이·유우석 등과 친분을 나누었다.

11. 원진과 백거이의 제과 元白制科

원진과 백거이가 제과制科[174]를 준비하면서 썼던 글을 4권의 책으로 엮고 『책림策林』이라 하였다. 그 중 「책두策頭」와 「책항策項」 각각 2도道, 「책미策尾」 3도道가 있다. 이 외에 「미겸손美謙遜」·「색인망塞人望」·「교필성教必成」·「불로이리不勞而理」·「풍화요박風化澆朴」·「복옹희復雍熙」·「감인심感人心」의 분류가 있으며, 모두 75문門이 있다. 제과에서 응대했던 문제는 미리 준비했던 것 중에서 100분의 1, 2 정도이다.[175] 이 문장은 그들의 문집에 수록되어 있다.

12. 8종 불경 八種經典

당나라 장경長慶 3년(823), 소주蘇州 중현사重玄寺 법화원法華院 석벽에 새겨진 금자경金字經은 백거이가 지은 비문으로 그 내용이 아래와 같다.[176]

> 승려가 깨달음을 구하기 위해 제불諸佛의 지혜로 들어가 요의了義[177]로 고해를 건너 원융圓融의 가르침을 무궁하게 세상에 펼치는데 『묘법연화경妙法蓮華經』보다 귀중한 것은 없다. 6만 9천 5백 5자로 되어 있다.
> 법계의 불생 불멸을 증험하고 무언 무설의 법문으로 들어가 불가사의한 해탈의 경지에 머무르는 것에는 『유마경維摩經』보다 정채로운 것은 없다. 2만 7천 92자로 되어 있다.

---

174 制科 : 진사나 명경의 급제 여부와는 관계없이 참가할 수 있는 특수 인재 선발시험으로서, 일시나 과목은 황제에 의해 임의로 결정되었다. 제과에 합격한다는 것은 황제가 자신의 존재와 재능을 인정함을 의미하며 총애와 중용을 보장받을 수 있는 절호의 기회가 된다. 원진과 백거이는 교서랑 직에서 물러나 화양관華陽觀에서 제과 시험을 준비하였다.

175 이 부분의 원문은 '言所應對者, 百不用其一二'이다. 이는 백거이의 「책림서」에 있는 구절이다.
- ○「책림서」: 원화 연간 초, 나는 교서랑을 그만두고 원미지(원진)와 제거에 응시하고자 하여 화양관으로 들어갔다. 몇 달을 두문불출하며 당시의 일을 헤아려 책목 75편을 지었다. 원미지가 수석으로 합격하고 나는 차석으로 합격하였다. 제과에서 응대했던 문제는 미리 준비했던 것 중에서 100분의 1, 2였다. 그 나머지도 모두 애써 지은 글들이라 버릴 수 없어 그것을 모아 4권으로 나누어 엮고 『책림策林』이라 이름하였다.

176 「蘇州重玄寺法華院石壁經碑文」.

177 了義 : 불교 용어. 진실의 의미 중 가장 원만한 의미의 요체[義諦].

사생四生[178] 구류九類[179]의 만물을 무여열반無餘涅槃[180]으로 인도하여 모두 다 해탈을 얻게 하는 데는 『금강반야바라밀경金剛般若波羅密經』보다 뛰어난 것은 없다. 5천 2백 87자로 되어 있다.

죄를 허물고 복을 모으며 모든 악도惡道[181]를 씻어내는 데는 『불정존승타라니경佛頂尊勝陀羅尼經』보다 뛰어난 것은 없다. 3천 20자로 되어 있다.

생각하면 응하고 바라면 이루어져 마침에 극락에 이르는 데는 『아미타경阿彌陀經』만한 것이 없다. 1800자이다.

부처님의 지혜로 만물의 참된 모습을 통찰하는 것에는 『관음보현보살법행경觀音普賢菩薩法行經』보다 뛰어난 것이 없다. 6천 9백 90자이다.

자신의 본성을 분명히 알고 세상 모든 만물의 본성에 대한 깨달음을 얻는 데에는 『실상법밀경實相法密經』만큼 심원한 것이 없다. 3105자이다.

속세의 때를 털고 부처의 지혜로 돌아가는 것에는 『반야바라밀다심경般若波羅密多心經』보다 뛰어난 것이 없다. 258자이다.

이 8종 12부의 불경은 도합 11만 6천 8백 57자이다. 삼승三乘의 요체, 만불萬佛의 오묘함이 모두 다 담겨 있다.

그 간결하고 명확함이 좋아 여기에 기록해 둔다.

178 四生 : 불교에서 모든 생명체를 출생 방식에 따라 네 분류로 나눈 것으로 첫째는 인간과 가축 등 모태에서 태어난 태생胎生, 둘째는 새와 물고기 등 알에서 태어난 난생卵生, 셋째는 곤충과 같이 습한 곳에서 생기는 습생濕生, 넷째는 무엇에도 의지하지 않고 과거 자신의 업력業力에 의하여 출현하는 화생化生이다.

179 九類生 : 과거에 지은 선악의 행위에 따라 받게 되는 아홉 가지 생生. 태생·난생·습생濕生·화생化生·유색有色·무색無色·유상有想·무상無想·비유상비무상非有想非無想.

180 無餘涅槃 : 불교 용어. 번뇌와 괴로움이 완전히 소멸된 상태로, 온갖 번뇌와 분별이 끊어진 상태이다. 모든 분별이 완전히 끊어진 적멸寂滅의 경지이며, 번뇌와 육신이 모두 소멸된 죽음의 상태를 말한다.

181 惡道 : 불교 용어로 악취惡趣라고도 한다. 지옥·아귀餓鬼·축생畜生의 삼도三道를 말한다.

1. 白蘇詩紀年歲

白樂天爲人誠實洞達, 故作詩述懷, 好紀年歲。因閱其集, 輒抒錄之。「此生知負少年心, 不展愁眉欲三十」, 「莫言三十是年少, 百歲三分已一分」, 「何況纔中年, 又過三十二」, 「不覺明鏡中, 忽年三十四」, 「我年三十六, 冉冉昏復旦」, 「非老亦非少, 年過三紀餘」, 「行年欲四十, 有女曰金鑾」, 「我今欲四十, 秋懷亦可知」, 「行年三十九, 歲暮日斜時」, 「忽因時節驚年歲, 四十如今欠一年」, 「四十爲野夫, 田中學鋤穀」, 「四十官七品, 拙宦非由它」, 「毛鬢早改變, 四十白髮生」, 「況我今四十, 本來形兒羸」, 「衰病四十身, 嬌癡三歲女」, 「自問今年幾, 春秋四十初」, 「四十未爲老, 憂傷早衰惡」, 「莫學二郎吟太苦, 纔年四十鬢如霜」, 「下有獨立人, 年來四十一」, 「若爲重入華陽院, 病鬢愁心四十三」, 「已年四十四, 又爲五品官」, 「面瘦頭斑四十四, 遠謫江州爲郡吏」, 「行年四十五, 兩鬢半蒼蒼」, 「四十六時三月盡, 送春爭得不殷勤」, 「我今四十六, 衰顇臥江城」, 「鬢髮蒼浪牙齒疏, 不覺身年四十七」, 「明朝四十九, 應轉悟前非」, 「四十九年身老日, 一百五夜月明天」, 「衰鬢蹉跎將五十, 關河迢遞過三千」, 「青山舉眼三千里, 白髮平頭五十人」, 「宦途氣味已諳盡, 五十不休何日休」, 「五十江城守, 停杯忽自思」, 「莫學爾兄年五十, 蹉跎始得掌絲綸」, 「五十未全老, 尙可且歡娛」, 「長慶二年秋, 我年五十一」, 「二月五日花如雪, 五十二人頭似霜」, 「老校於君合先退, 明年半百又加三」, 「前歲花前五十二, 今年花前五十五」, 「倘年七十猶强健, 尙得閑行十五春」, 「去時十一二, 今年五十六」, 「我年五十七, 榮名得幾許」, 「我年五十七, 歸去誠已遲」, 「身爲三品官, 年已五十八」, 「五十八翁方有後, 靜思堪喜亦堪嗟」, 「半百過九年, 豔陽殘一日」, 「火銷燈盡天明後, 便是平頭六十人」, 「六十河南尹, 前途足可知」, 「不准擬身年六十, 上山仍未要人扶」, 「不准擬身年六十, 遊春猶自有心情」, 「我今悟已晚, 六十方退閑」, 「今歲日餘二十六, 來歲年登六十二」, 「心情多少在, 六十二三人」, 「六十三翁頭雪白, 假如醒黠欲何爲」, 「行年六十四, 安得不衰羸」, 「我今六十五, 走若下坡輪」, 「年開第七秩, 屈指幾多人」, 「五十八歸來, 今年六十六」, 「無憂亦無喜, 六十六年春」, 「共把十千沽一斗, 相看七十欠三年」, 「七十欠四歲, 此生那足論」, 「六十八衰翁, 乘衰百疾攻」, 「又問年幾何, 七十行欠二」, 「更過今年年七十, 假如無病亦宜休」, 「今日行年將七十, 猶須慙愧病來遲」, 「且喜同年滿七十, 莫嫌衰病莫嫌貧」, 「舊語相傳聊自慰, 世間七十老人稀」, 「皤然七十翁, 亦足稱壽考」, 「昨日復今辰, 悠悠七十春」, 「人生七十稀, 我年幸過之」,

「白須如雪五朝臣, 又入新正第七旬」(時年七十一), 「行開第八秩, 可謂盡天年」, 「吾今已年七十一, 眼昏須白頭風眩」, 「七十人難到, 過三更較稀」, 「七十三人難再到, 今春來是別花來」, 「七十三翁旦暮身, 誓開險路作通津」, 「風光拋得也, 七十四年春」, 「壽及七十五, 俸霑五十千」, 其多如此。

蘇公素重樂天, 故間亦效之, 如「龍鍾三十九, 勞生已强半」, 「歲莫日斜時, 還爲昔人歎」, 正引用其語。又「四十豈不知頭顱, 畏人不出何其愚」, 「我今四十二, 衰髮不滿梳」, 「憶在錢塘正如此, 回頭四十二年非」, 「行年四十九, 還此北窗宿」, 「吾年四十九, 賴此一笑喜」, 「嗟我與君皆丙子, 四十九年窮不死」, 「五十之年初過二, 衰顏記我今如此」, 「白髮蒼顏五十三, 家人强遣試春衫」, 「先生年來六十化, 道眼已入不二門」, 「紛紛華髮不足道, 當返六十過去魂」, 「我年六十一, 頹景薄西山」, 「結髮事文史, 俯仰六十踰」, 「與君皆丙子, 各已三萬日」。翫味莊誦, 便如閱年譜也。

2. 天將富此翁

唐劉仁軌任給事中, 爲宰相李義府所惡, 出爲青州刺史。及代還, 欲斥以罪, 又坐漕船覆沒免官。其後百濟叛, 詔以白衣檢校帶方州刺史。仁軌謂人曰:「天將富貴此翁邪!」果削平遼海。白樂天有自題酒庫一篇, 云:「身更求何事, 天將富此翁。此翁何處富, 酒庫不曾空。」注云:「劉仁軌詩:『天將富此翁。』以一醉爲富也。」然則唐史以此爲仁軌之語, 而不言其詩, 爲未審耳。

3. 白公說俸祿

白樂天仕宦, 從壯至老, 凡俸祿多寡之數, 悉載於詩, 雖波及它人亦然。其立身廉清, 家無餘積, 可以槩見矣。因讀其集, 輒叙而列之。其爲校書郎, 曰:「俸錢萬六千, 月給亦有餘。」爲左拾遺, 曰:「月慚諫紙二千張, 歲愧俸錢三十萬。」兼京兆戶曹, 曰:「俸錢四五萬, 月可奉晨昏。廩祿二百石, 歲可盈倉囷。」貶江州司馬, 曰:「散員足庇身, 薄俸可資家。」壁記曰:「歲廩數百石, 月俸六七萬。」罷杭州刺史, 曰:「三年請祿俸, 頗有餘衣食。」「移家入新宅, 罷郡有餘資。」爲蘇州刺史, 曰:「十萬戶州尤覺貴, 二千石祿敢言貧。」爲賓客分司, 曰:「俸錢八九萬, 給受無虛月。」「嵩洛供雲水, 朝廷乞俸錢。」「老宜官冷靜, 貧賴俸優饒。」「官優有祿料, 職散無羈縻。」「官銜依口得, 俸祿逐身來。」爲河南尹, 曰:「厚俸如何用, 閑居不可忘。」不赴同州, 曰:「誠貪俸錢厚, 春如身力衰!」爲太子少傅, 曰:「月俸百千官二品, 朝廷雇我作閑人。」「又問俸厚薄, 百千隨月至。」「七年爲少傅, 品高俸不薄。」其致仕, 曰:「全家遁此曾無悶, 半俸資身亦有餘。」「俸隨日計錢盈貫, 祿逐年支粟滿囷。」「壽及七十五, 俸占五十千。」其泛叙曰:「歷官凡五六, 祿俸及妻孥。」「料錢隨官用, 生計逐年營。」「形骸僶俛班行內, 骨肉勾留俸祿中。」其它人者, 如陝州王司馬曰:「公事閑忙同少尹, 俸錢多少敵尙書。」 劉夢得罷賓客, 除祕監, 祿俸略同, 曰:「日望揮金賀新命, 俸錢依舊又如何。」歎洛陽、長水二縣令, 曰:「朱紱洛陽官位屈, 青袍長水俸錢貧。」 其將下世, 有達哉樂天行曰:「先賣南坊十畝園, 次賣東郭五頃田。然後兼賣所居宅, 髣髴獲緡二三千。但恐此錢用不盡, 卽先朝露歸夜泉。」後之君子試一味其言, 雖日飮貪泉, 亦知斟酌矣。觀其生涯如是, 東坡云:「公廩有餘粟, 府有餘帛。」殆亦不然。

4. 白居易出位

白居易爲左贊善大夫, 盜殺武元衡, 京都震擾。居易首上疏, 請亟捕賊, 刷朝廷恥, 以必得爲期。宰相嫌其出位, 不悅, 因是貶江州司馬。此唐書本傳語也。案是時宰相張弘靖、韋貫之, 弘靖不足道, 貫之於是爲失矣。白集載與楊虞卿書云:「左降詔下, 明日而東, 思欲一陳於左右。去年六月, 盜殺右丞相於通衢中, 迸血髏, 磔髮肉, 所不忍道。合朝震慄, 不知所云。僕以書籍以來, 未有此事, 苟有所見, 雖畎畝皁隸之臣, 不當默默, 況在班列, 而能勝其痛憤耶! 故武丞相之氣平明絶, 僕之書奏日午入。兩日之內, 滿城知之, 其不與者, 或語以僞言, 或陷以非語, 皆曰:『丞、郎、給、舍、諫官、御史尙未論請, 而贊善大夫何反憂國之甚也!』 僕聞此語, 退而思之, 贊善大夫誠賤冗耳, 朝廷有非常事, 卽日獨進封章, 謂之忠, 謂之憤, 亦無愧矣。謂之妄, 謂之狂, 又敢逃乎! 以此獲辜, 顧何如耳, 況又不以此爲罪名乎!」 白之自述如此。然則一時指爲出位者, 不但宰相而已也。史又曰:「居易母墜井死, 而賦新井篇, 以是左降。」前書所謂不以此爲罪名者, 是已。

5. 醉翁亭記酒經

歐陽公醉翁亭記、東坡公酒經, 皆以「也」字爲絶句。歐用二十一「也」字, 坡用十六「也」字, 歐記人人能讀, 至於酒經, 知之者蓋無幾。坡公嘗云:「歐陽作此記, 其詞玩易, 蓋戲云耳, 不自以爲奇特也。而妄庸者作歐語云:『平生爲此文最得意。』又云:『吾不能爲退之畫記, 退之不能爲吾醉翁亭記。』此又大妄也。」坡酒經每一「也」字上必押韻, 暗寓於賦, 而讀之者不覺, 其激昂淵妙, 殊非世間筆墨所能形容, 今盡載于此, 以示後生輩。其詞云:「南方之氓, 以糯與秔, 雜以卉藥而爲餠, 嗅之香, 嚼之辣, 揣之枵然而輕, 此餠之良者也。吾始取麵而起肥之, 和之以姜液, 烝之使十裂, 繩穿而風戾之, 愈久而益悍, 此麴之精者也。米五斗爲率, 而五分之, 爲三斗者一, 爲五升者四, 三斗者以釀, 五升者以投, 三投而止, 尙有五升之贏也。始釀, 以四兩之餠, 而每投以二兩之麴, 皆澤以少水, 足以散解而勻停也。釀者必甕按而井泓之, 三日而井溢, 此吾酒之萌也。酒之始萌也, 甚烈而微苦, 蓋三投而後平也。凡餠烈而麴和, 投者必屢嘗而增損之, 以舌爲權衡也。旣溢之三日乃投, 九日三投, 通十有五日而後定也。既定乃注以㪷水, 凡水必熟而冷者也。凡釀與投, 必寒之而後下, 此炎州之令也。既水五日, 乃篘, 得二㪷有半, 此吾酒之正也。先篘半日, 取所謂贏者爲粥, 米一而水三之, 揉以餠(麴), 凡四兩, 二物并也。投之糟中, 熟撋而再釀之, 五日壓得蘳有半, 此吾酒之少勁者也。勁、正合爲四㪷, 又五日而飮, 則和而力、嚴而不猛也。篘絶不旋踵而粥投之, 少留則糟枯中風而酒病也。釀久者酒醇而豐, 速者反是, 故吾酒三十日而成也。」

此文如太牢八珍, 咀嚼不嫌於致力, 則眞味愈雋永, 然未易爲俊快者言也。

6. 白公感石

白樂天有奉和牛思黯以李蘇州所寄太湖石奇狀絶倫因作詩兼呈劉夢得, 其末云:「共嗟無此分, 虛管太湖來。」注:「與夢得俱典姑蘇, 而不獲此石。」又有感石上舊字云:「太湖石上鐫三字, 十五年前陳結之。」案, 陳結之並無所經見, 全不可曉。後觀其對酒有懷寄李郎中一絶句, 曰:「往年江外抛桃葉, 去歲樓中別柳枝。寂寞春來一杯酒, 此情唯有李君知。」注曰:「桃葉, 結之也。柳枝, 樊素也。」然後結之之義始明。樂天以病而去柳枝, 故作詩云:「兩枝楊柳小樓中, 嫋娜多年伴醉翁。明日放歸歸去後, 世間應不要春風。」因劉夢得有戱之之句, 又答之云:「誰能更學孩童戱, 尋逐春風捉柳花。」然其鍾情處竟不能忘, 如云「病共樂天相伴住, 春隨樊子一時歸」,「金羈駱馬近賣却, 羅袖柳枝尋放還」,「觴詠罷來賓閣閉, 笙歌散後妓房空」是也, 讀之使人悽然。

7. 禮部韻略非理

禮部韻略所分字, 有絶不近人情者, 如東之與冬, 淸之與靑, 至於隔韻不通用。而爲四聲切韻之學者, 必强立說, 然終爲非是。如「撰」字至列於、上去三韻中, 仍義訓不一。頃紹興三十年, 省闈擧子兼經出易簡天下之理得賦。予爲參詳官, 有點檢試卷官蜀士杜莘云:「簡字韻甚窄, 若撰字必在所用, 然唯撰述之撰乃可爾, 如『雜物撰德』,『體天地之撰』,『異夫三子者之撰』,『欠伸, 撰杖屨』之類, 皆不可用。」予以白知擧, 請揭榜示衆。何通遠諫議, 初亦難之, 予曰:「倘擧場皆落韻, 如何出手?」乃自書一榜。榜才出, 八廂邏卒以爲逐擧未嘗有此例, 卽錄以報主者。士人滿簾前上請, 予爲逐一剖析, 然後退。又「靜」之與「靚」, 其義一也, 而以「靜」爲上聲,「靚」爲去聲。案漢書賈誼服賦「澹虖若深淵之靚」, 顔師古注「靚與靜同」。史記正作靜。楊雄甘泉賦「暗暗靚深」, 注云「靚卽靜字耳」。今淅入兩音, 殊爲非理。予名雲竹莊之堂曰「賞靜」, 取杜詩「賞靜憐雲竹」之句也。守僧居之, 頻年三易, 有道人指曰:「靜字左傍乃爭字, 以故不定疊。」於是撤去元扁, 而改爲「靚」云。

8. 唐臣乞贈祖

唐世贈典唯一品乃及祖, 餘官只贈父耳。而長慶中流澤頗異, 白樂天制集有戶部尙書楊於陵, 回贈其祖爲吏部郎中, 祖母崔氏爲郡夫人。馬總准制贈亡父, 亦請回其祖及祖母。散騎常侍張惟素亦然。非常制也。是時崔植爲相, 亦有陳情表云：「亡父嬰甫, 是臣本生；亡伯祐甫, 臣今承後。嗣襲雖移, 孝心則在。自去年以來, 累有慶澤, 凡在朝列, 再蒙追榮, 或有陳乞, 皆許回授。臣猥當寵擢, 而顯揚之命, 獨未及於先人。今請以在身官秩幷前後合叙勳封, 特乞回充追贈。」則知其時一切之制如此。伯兄文惠執政, 乞以己合轉官回贈高祖, 旣已得旨, 而爲後省封還。固近無此比, 且失於考引唐時故事也。

9. 承習用經語誤

經傳中事實多有轉相祖述而用, 初不考其訓故者, 如：北谷風之詩, 爲淫新昏棄舊室而作, 其詞曰：「宴爾新昏, 以我御窮。」宴, 安也, 言安愛爾之新昏, 但以我御窮苦之時, 至於富貴則棄我。今人乃以初娶爲宴爾, 非惟於詩意不合, 且又再娶事, 豈堪用也。抑之詩曰：「訏謨定命, 遠猶辰告。」毛公曰：「訏, 大也；謨, 謀也；猶, 道也；辰, 時也。」猶與猷同。鄭箋曰：「猶, 圖也, 言大謀定命。爲天下遠圖庶事, 而以歲時告施之, 如正月始和布政也。」案, 此特謂上告下之義, 今詞臣乃用於制詔, 以屬臣下, 而臣下於表章中亦用之, 不知其與「入告爾后」之告不侔也。生民之詩曰：「誕彌厥月。」毛公曰：「誕, 大也；彌, 終也。」鄭箋言：「后稷之在其母, 終人道十月而生。」案, 訓彌爲終, 其義亦未易曉。至「俾爾彌爾性, 似先公酋矣。」旣釋彌爲終, 又曰酋終也, 頗涉煩複。生民凡有八誕字,「誕寘之隘巷」,「誕寘之平林」,「誕寘之寒冰」,「誕實匍匐」,「誕后稷之穡」,「誕降嘉種」,「誕我祀如何」, 若悉以誕爲大, 於義亦不通。它如「誕先登于岸」之類, 新安朱氏以爲發語之辭, 是已。莆田鄭氏云：「彌只訓滿, 謂滿此月耳。」今稱聖節曰降誕, 曰誕節, 人相稱曰誕日、誕辰、慶誕, 皆爲不然。但承習膠固, 無由可革, 雖東坡公亦云「仰止誕彌之慶」, 未能免俗。書之於此, 使子弟後生輩知之。左傳：「王使宰孔賜齊侯胙, 齊侯將下拜, 孔曰：『天子使孔曰, 以伯舅耋老, 無下拜。』對曰：『天威不違顔咫尺, 敢不下拜。』下拜登受。」謂拜於堂下, 而受胙於堂上。今人簡牘謝饋者, 輒曰「謹已下拜」, 猶未爲甚失, 若「天威不違顔咫尺」, 則上四字爲天子設, 下三字爲人臣設, 故注言：「天鑒察不遠, 威嚴常在顔面之前。」今士大夫往往於表奏中言違顔, 或曰咫顔、咫尺之顔, 全與本指爽戾。如用龍顔、聖顔、天顔之類, 自無害也。

10. 長慶表章

唐自大曆以河北三鎭爲悍藩所據, 至元和中, 田弘正以魏歸國, 長慶初王承元、劉總去鎭、幽, 於是河北略定。而穆宗以昏君, 崔植、杜元穎、王播以庸相, 不能建久長之策,輕徙田弘正, 以啓王庭湊之亂, 繆用張弘靖, 以啓朱克融之亂。朝廷以諸道十五萬衆, 裴度元臣宿望, 烏重嗣、李光顔當時名將, 屯守逾年, 竟無成功, 財竭力盡, 遂以節鉞授二賊, 再失河朔, 訖于唐亡。觀一時事勢, 何止可爲痛哭！而宰相請上尊號表云：「陛下自卽大位, 及此二年, 無巾車汗馬之勞, 而坐平鎭、冀；無亡弓遺鏃之費, 而立定幽、燕。以謂威靈四及, 請爲『神武』。」君臣上下, 其亦云無羞恥矣。此表乃白居易所作。又翰林學士元稹求爲宰相, 恐裴度復有功大用, 妨己進取, 多從中沮壞之。度上表極陳其狀, 帝不得已, 解稹翰林, 恩遇如故。稹怨度, 欲解其兵柄, 勸上罷兵。未幾, 拜相, 居易代作謝表, 其略云：「臣遭遇聖明, 不因人進, 擢居禁內, 訪以密謀。恩獎太深, 讒謗並至。雖內省行事, 無所愧心, 然上黷宸聰, 合當死責。」其文過飾非如此。居易二表, 誠爲有玷盛德。

11. 元白制科

元、白習制科, 其書後分爲四卷, 命曰策林。其策頭、策項各二道, 策尾三道, 此外曰美謙遜、塞人望、敎必成、不勞而理、風化澆朴、復雍熙、感人心之類, 凡七十五門, 言所應對者百不用其一二, 備載於文集云。

12. 八種經典

開士悟入諸佛知見, 以了義度無邊, 以圓敎垂無窮, 莫尊於妙法蓮華經, 凡六萬九千五百五字。證無生忍, 造不二門, 住不可思議解脫, 莫極於維摩經, 凡二萬七千九十二字。攝四生九類, 入無餘涅槃, 實無得度者, 莫先於金剛般若波羅密經, 凡五千二百八十七字。壞罪集福, 淨一切惡道, 莫急於佛頂尊勝陀羅尼經, 凡三千二十字。應念順願, 願生極樂土, 莫疾於阿彌陀經, 凡一千八百字。用正見, 觀眞相, 莫出於觀音普賢菩薩法行經, 凡六千九百九十字。詮自性, 認本覺, 莫深於實相法密經, 凡三千一百五字。空法塵, 依佛智, 莫過於般若波羅密多心經, 凡二百五十八字。是八種經典十二部, 合一十一萬六千八百五十七字。三乘之要旨, 萬佛之祕藏, 盡矣。唐長慶二年, 蘇州重玄寺法華院石壁所刻金字經, 白樂天爲作碑文, 其叙如此。予切愛其簡明潔亮, 故備錄之。

••• 용재오필 권9(12칙)

1. 답신 쓰기를 싫어하다 畏人索報書

사대부들은 벗의 편지를 받고서도 게으르고 오만함이 있어 즉시 답신을 하지 않는 경우가 있다. 백거이의 「노용老慵」이라는 시를 보자.

어찌 친한 벗이 내게 소원해지겠는가,	豈是交親向我疏,
늙으니 게을러져 문을 닫고 지내는 것이 좋아졌네.	老慵自愛閉門居.
근자에는 점점 소식이 끊기는 것을 좋아하게 되니,	近來漸喜知聞斷,
혜강처럼 답장하느라 괴로워할 필요가 없네.	免惱嵇康索報書.

혜강嵇康[1]의 「여산도절교서與山濤絕交書」에 다음과 같은 내용이 있다.

> 평소 편지를 쓰기가 쉽지도 않고 또 편지 쓰는 것을 좋아하지도 않아, 인간 세상의 많은 일들이 책상에 가득 쌓여 있네. 답신을 하지 않으면 예교와 의리에 어긋나고, 억지로 쓰자니 오래 지속되지 못하네.

백거이가 언급한 것이 바로 이것이다. 이를 통해 답신 쓰기 두려워하는 것이 오래되었음을 알 수 있다.

1 嵇康(223~262) : 삼국시대 시인 겸 철학자로 죽림칠현의 영수. 자 숙야叔夜. 조조曹操의 손녀와 결혼하여 중산대부中散大夫에 임명되었다. 그러나 정치에 관여하지 않았으며 초야에서 대장간을 운영하며 청렴하게 살았다. 친구 여안呂安이 무고를 당하자 이를 변론하다가 종회鍾會의 음모에 빠져 사마소司馬昭에게 살해당했다.

2. 백거이의 「불능망정음」不能忘情吟

이미 앞 권에서 백거이의 소만小蠻과 번소樊素에 대한 애정을 서술했었다. 지금 「불능망정음不能忘情吟」을 보고 깊이 감탄하여, 그 글을 여기에 수록하고 나 자신을 경계하고자 한다. 서문은 이러하다.

> 나는 나이가 들어 풍을 앓게 되었다. 이내 집안의 일을 간섭하고 지출을 줄이고 쓸데없는 물건을 처분했다. 번소樊素라는 기녀가 있는데 스무 살 남짓이다. 몸이 가냘프고 맵시가 있으며 가무에 뛰어나다. 「양류지楊柳枝」를 잘 불렀기에 사람들이 대부분 곡명으로 그녀를 불렀고 명성이 낙양에 자자하였다. 내가 그녀의 경비를 대 주고 있었기에 그녀를 내보내기로 했다. 낙駱이라는 말도 이제는 필요없는 물건이라 팔기로 했다. 문을 나서면서 말은 머리를 들어 돌아보았다. 번소는 말이 우는 것을 듣더니 슬퍼하며 서서 절을 올리며 간절하고 부드럽게 몇 마디 말을 했다. 말을 마치자 눈물이 흘렀다. 나 또한 불쌍한 마음에 답을 할 수가 없어 소매로 눈물을 닦으라 하고 술을 마시라 했다. 나도 한 잔을 마셨다. 그러고는 감정이 격해져 몇 마디를 읊고 글을 썼다. 글은 정격의 구문이 없다. 내가 성현도 아닌지라 정을 잊을 수도, 정이 없을 수도 없다. 이 일로 마음이 어지럽고 감정이 동요된 것을 멈출 수가 없어 자조하는 마음에 제목을 '그리움을 잊지 못하는 노래[不能忘情吟]'라고 했다.

그리고 이렇게 읊었다.

> 낙마를 팔고 양유지를 보냈네. 눈썹을 가리고 금 고삐를 조아리네. 말은 말을 할 수 없어 길게 울면서 돌아보고 양유지는 두 번 절하고 무릎 꿇고 앉아 이별의 인사말을 하네.
> "제가 주인님을 모신지 10년, 3천 6백 여일 입니다. 세면과 빗질을 거들면서 거스른 것도, 그르친 것도 없습니다. 지금 제 모습이 비록 누추해졌으나 쇠락하지는 않았습니다. 낙은 아직 건장하고 병도 없습니다. 낙의 힘은 주인님을 대신해서 한 걸음 걸을 수 있고 저의 노래는 주인님에게 한 잔의 술을 드릴 수 있습니다. 하루아침에 둘 다 가버린다면 돌아오지 못할 것입니다. 그래서 제가 떠나는 길 드리는 말씀이 슬프고 떠나는 말은 슬프게 울어댑니다. 이것이 사람의 정이고 말의 마음인데 어찌 주인님만 무정하십니까?"
> 나는 고개를 숙이고 탄식했다가 고개를 들고 웃으며 말했다.
> "낙아, 낙아, 울지마라. 번소야, 번소야 울지 말아라. 낙은 마굿간으로 돌아가고 번소는 규방으로 돌아가라. 내 비록 병이 들어 쇠약하지만 다행히 항적의 죽음같

은 지경에는 이르지 않았으니, 하루만에 추騅를 버리고 우희虞姬와 헤어질 필요가 있겠는가!"

번소를 바라보고 번소도 나를 위해 「양류지楊柳枝」를 불렀다. 저 금 술잔에 술을 따라 나와 너 함께 거나하게 취해보자꾸나!

백거이의 문장을 보니 스스로를 위로하고 감정을 풀기 위한 것일 뿐이었고, 번소는 결국 떠났다. 이 글은 1집의 가장 마지막 권에 있다. 그래서 독자들은 기억을 못 할 수도 있다.

소식蘇軾은 유지柳枝가 차마 가지 못했을 것이라 여겼는데, 유몽득劉夢得의 "봄이 다하니 버들개지 날아가고[春盡絮飛]"[2] 구절을 보고서야 유지가 떠났다는 것을 알았다. 그래서 조운朝雲이 자신의 곁을 떠나지 않고 홀로 남아서 지키는 것을 칭찬하며 시를 지었다.

번소처럼 낙천과 헤어졌던 것과는 다르지,	不似楊枝別樂天,
통덕이 영현과 함께 했던 것과 비슷하네.[3]	恰如通德伴伶玄.[4]

그러나 조운 또한 2년이 되지 못해 병으로 세상을 떠났으니 안타까운 일이다.

3. 소식의 「금귀장축문」 擒鬼章祝文

소식蘇軾이 한림학사로 재직할 때 「금귀장주고영유릉축문擒鬼章奏告永裕陵祝文」을 지었다.

사냥에서 짐승을 포획하는 것은 필히 정확한 지휘에서 비롯되는 것이고, 오곡이 창고에 가득한 풍년에 누가 밭일의 수고로움을 알겠는가. 옛날 한 무제는 장수를 출병시켰기에[5] 호한呼韓[6]이 입조하게 되었고 감로甘露[7] 연간에 성과를 거두었다.[8]

2 「楊柳枝詞九首」 제9수.

3 동한東漢 사람 영현伶玄의 『조비연외전趙飛燕外傳』 자서에 의하면 "내가 번통덕樊通德을 돈을 주고 사서 첩으로 삼았는데 그녀가 조비연 자매의 고사를 말해 주었다"고 한다.

4 「朝雲詩」.

당나라 헌종憲宗이 정신을 분발하고 무력을 강화하였기에 선종宣宗 대중大中 연간에 하황河湟 일대를 회복할 수 있었다.[大獮獲禽, 必有指蹤之自; 豐年多廩, 孰知耘耔之勞. 昔漢武命將出師, 而呼韓來庭, 効于甘露; 憲宗厲精講武, 而河湟恢復, 見于大中.]

이 문장의 의미는 신종神宗이 서하西夏[9]의 곡씨唃氏를 소탕하여 평정할 뜻이 있었던 것이 원우元祐[10] 연간에 이르러 이루어졌으므로 선제의 영전에 알려 공로를 돌린 것이다. 한나라 무제武帝와 당나라 헌종憲宗 또한 먼저 계획을 세웠고 한 선제와 당 선종의 조대에 이르러서야 성과를 거둘 수 있었다. 소식의 전고 사용은 이처럼 정확하고 적절하다.

지금 소씨蘇氏 미산眉山 공덕사功德寺에서 판각한 대자본大字本·소자본小字本과 급사중給事中 소계진蘇季眞의 임안臨安 판각본, 강주본江州本과 마사서방麻沙書坊의 『대전집大全集』에서는 모두 '耘耔之勞' 다음에 31자가 생략되고 곧바로 "憬彼西戎, 古稱右臂"라는 구절이 이어진다. 바로 생략된 구절들이 진정 뛰어난 묘사인데 삭제되어버렸으니 어찌 애석하지 않을 수 있겠는가? 오직 성도成都의 석본법첩石本法帖에 수록된 진적眞跡[11]만이 온전한 원래의 모습을 하고 있다. 소식 문집 중 주의奏議 부분에 등주登州에서 올린 세 편의 짧은 상주문이 수록되어 있지만, 모두 소식이 지은 것이 아니다.

5 한나라는 흉노에 대해 고조에서부터 무제에 이르는 60여 년 간 화친 정책을 유지하였다. 그러나 무제가 B.C. 141년에 즉위하자 흉노에 대한 굴욕적인 화친 정책을 버리고 강력한 흉노 정벌 정책을 채택하였다.

6 呼韓 : 처음으로 중국에 입조하여 황제를 조견한 흉노족 선우호한야單于呼韓邪를 가리킨다. 재위기간 B.C.58~B.C.31. 흉노가 분열하여 5명의 선우가 일어난 중의 하나로서, 형인 질지선우郅支單于와 싸우다가 패하고 전한前漢에 항복한 뒤 원조를 청하였다. 질지선우가 서쪽으로 천도한 뒤에 몽골 본토로 돌아가서 전한과 화친관계를 유지하고, 왕소군王昭君을 아내로 맞이하였다.

7 甘露 : 서한 선제 시기 연호(B.C.53~B.C.50)

8 호한야선우는 선제 감로 3년(B.C.51) 정월에 직접 장안으로 와서 입조하였다.

9 西夏 : 11세기~13세기에 중국 서북부의 오르도스(Ordos)와 간쑤甘肅 지역에서 티베트 계통의 탕구트족이 세운 나라이다. 본래의 명칭은 대하大夏이지만, 송宋에서 '서하西夏'라고 불러 이 명칭으로 널리 알려졌다. 1227년 칭기즈칸의 몽골군에 의해 멸망하였다.(1038~1227)

10 元祐 : 북송 철종 시기 연호(1086~1094).

11 眞跡 : 작자 본인의 친필을 진적이라 한다.

사마급司馬伋이 천주泉州 지주知州로 있을 때 『사마온공집司馬溫公集』을 인쇄했다. 그 중 사마광이 어사중승御史中丞을 지낼 때 왕안석을 탄핵한 상주문이 수록되어 있는데, 이는 더욱 가소롭다. 사마광은 치평治平 4년(1067) 어사중승에서 해임되어 한림학사원으로 돌아갔는데, 이 상주문은 희녕熙寧 3년(1070)에 지어졌다고 하니, 무언가 잘못 된 것이다.

소식과 사마공 두 사람의 문집은 모두 그 집안의 자손이 간행한 것이다. 그러나 오류가 많으니, 소계진과 사마급이 제대로 살피지 못했기 때문이다.

소식의 내제內制[12] 중 「온공안장제문溫公安葬祭文」이 있다.

> 원풍元豐 연간 말, 국운이 어려움에 처하자 사직의 보존은 안과 밖에서 오로지 이 노신 한 사람에게 맡겨졌다. 그의 명성은 당세에 천하에 가득하였다. 나라를 태산처럼 굳건하게 다스렸고 명령은 흐르는 물처럼 상하를 소통하게 하니 한 해가 되지 않아 기강이 바로잡혔다. 그러나 하늘이 그를 재상으로 삼고자 하였다가 다시 그의 생명을 빼앗아 가 버렸다. 그가 나라를 위하여 온 힘을 다 하였기에 그 슬픔은 고금이 함께하는 것이었다. 그를 알아준 것은 서거하신 신종황제이고 그를 등용한 것은 성명한 태후이시다. 그의 길을 따라 나라를 다스린다면 태평성세를 기약할 수 있을 것이다. 오랫동안 조정의 중신으로 지내면서 후세의 모범이 되었다. 그의 장례에 온 자들 중 누가 나의 비통함을 알겠는가!

그러나 석본石本은 내용이 꽤 다르다.

> 원풍元豐 연간 말, 국운이 어려움에 처하자 사직의 보존을 맡길 수 있는 자가 몇이나 있었는가? 오직 이 노신 한 사람뿐이었다. 그는 나라를 태산처럼 굳건하게 다스렸고 명령은 흐르는 물처럼 상하를 소통하게 하여 한 해가 되지 않아 기강이 바로잡혔다. 도의가 시행되니 하늘의 뜻이 아니라면 무엇이겠는가? 하늘이 그에게 큰 임무를 맡기려 하였으나 도리어 그의 생명을 빼앗아 가 버렸다. 성인과 현인도 하늘의 뜻은 어찌할 수 없구나. 그러나 그가 해낸 일들은 하늘도 없앨 수 없는 것이다. 그를 알아준 것은 서거하신 신종황제이고 그를 등용한 것은 성명한 태후이시다. 그의 길을 따라 나라를 다스린다면 태평 성세를 기약할 수 있

12 內制 : 당송 시대 한림학사가 담당하던 황제의 조령詔令을 '내제內制'라 한다. 당초 중서성의 중서사인이 조명詔命의 초안 작성을 담당했는데 현종 개원 26년부터 한림학사를 두어 내제를 담당하게 하고, 중서사인은 외제外制를 담당하게 하였다.

을 것이다. 오랫동안 조정의 중신으로 지내면서 나라를 위해 세운 공헌은 비할 자가 없었다. 오늘 그의 장례식에서 이 글로 그의 영혼을 위로하고자 한다.

지금은 어떻게 해서 이렇게 다르게 되었는지, 이유를 알 수 없다.

4. 구양수의 「송혜근」 시 歐公送慧勤詩

송나라가 태평을 구가할 시기, 사방의 사람들은 경사에 오는 것을 큰 기쁨으로 여겼다. 사대부들은 공명과 출세를 마음에 두었고 상인들은 장사로 이익을 추구했으며 후생들은 경사를 유람하면서 그 번화하고 화려한 모습을 좋아하였다. 고찰해보니 경사의 번영은 남송시기에 이르러서야 이렇게 된 것은 아니다.

구양수의 「송승혜근귀여항送僧慧勤歸餘杭」[13]이라는 시를 보면 알 수 있다.

월지방 풍속은 궁실을 참월하여,	越俗僭宮室,
재물 쏟아 부어 담장 장식을 일삼네.	傾貲事雕牆.
불옥은 더욱 사치스러워,	佛屋尤其侈,
호시탐탐 제후왕에 비할 정도네.	耽耽擬侯王.
화려한 색채와 빛나는 단칠,	文彩瑩丹漆,
네 벽은 금으로 번쩍번쩍.	四壁金焜煌.
위에는 갖가지 보개가 매달려 있고,	上懸百寶蓋,
네모난 침상에서 참선을 하네.	宴坐以方床.
어찌하여 이런 곳에 머물지 않고,	胡爲棄不居,
경성에서 객이 되려 하는가?	棲身客京坊?
힘들게 방 하나를 만드니,	辛勤營一室,
제비 둥지 같네.	有類燕巢梁.
남방은 음식이 정갈하여,	南方精飲食,
버섯과 죽순은 새끼 양고기에 비할 정도.	菌筍比羔羊.
벼로 밥을 짓고,	飯以玉粒粳,

13 이 시는 여항餘杭으로 돌아가는 혜근을 전송하며 쓴 시다. 여항은 지금의 절강성浙江省 항주杭州 일대를 가리킨다.

감로장으로 간을 한다. 調之甘露漿.
한 끼에 천금을 쓰고, 一饌費千金,
온갖 물건이 진열되어 있다. 百品羅成行.
새벽에 일어나 승려에게 밥을 시주하지 않으니 晨興未飯僧,
해가 질 때까지 아무것도 먹지 못했네. 日昃不敢嘗.
이에 북객을 따라, 乃茲隨北客,
마른 조로 주린 배를 채우네. 枯粟充饑腸.
동남 지역은 빼어나, 東南地秀絕,
산수가 맑고 빛나네. 山水澄淸光.
여항의 몇 만 가구, 餘杭幾萬家,
해 저무니 청향을 사르네. 日夕焚淸香.
연기가 사방에서 일어나니, 煙霏四面起,
어지러이 날리는 운무가 향기롭다. 雲霧雜芬芳.
어찌 거마의 먼지처럼, 豈如車馬塵,
귀밑머리 하얗게 물들었는가? 鬢髮染成霜?
세 가지 중 어느 것이 좋고 나쁜지, 三者孰苦樂,
그대는 어찌 수고롭게 사방을 떠도십니까. 子奚勤四方.

구양수의 시에서 말한 오월吳越의 궁실宮室과 음식飮食·산수山水 3가지는 예전부터 이와 같았다. 구양수에게는 또 「산중지락山中之樂」이라는 3수의 시가 있는데 역시 여항餘杭으로 돌아가는 혜근慧勤을 전송하는 것이다. 혜근은 후에 소식蘇軾을 알게 되었고 소식은 그의 시집에 서문을 써 주었다.[14]

5. '委蛇위이'자의 변체 委蛇字之變

구양수의 「악교시樂郊詩」는 다음과 같다.

산은 동쪽에 있고, 有山在其東,
물은 굽이굽이 나가네. 有水出逶夷.

14 혜근은 원래 구양수의 벗이었는데 후에 소식과도 교유를 하게 된다. 소식이 항주 통판으로 지내던 시기, 두 사람은 가깝게 지냈으며 희녕 7년(1074) 소식이 밀주密州 지주로 전임되면서 혜근의 시집을 위해 「錢塘勤上人詩集敍」를 써 주었다.

몇 년 전 정조좌丁朝佐가 「변정辨正」에서 두 글자의 고금 변화를 고찰하면서 구양수가 이렇게 썼던 것은 필시 근거가 있을 것이라 했다. 나는 그 설을 가지고 조사를 해 보았는데 이 두 글자는 12종의 변체가 있다.[15]

첫째는 '委蛇'로 『시경詩經·소남召南·고양羔羊』에 보인다.

관아에서 퇴근하여 집에서 먹으니,	退食自公,
그 모습 당당하고 여유있네.	委蛇委蛇.

이에 대해 모공毛公은 "걸을 때 발걸음을 따른다는 것이다"라고 해석하였다. 정현은 전箋에서 "완곡하면서 자신 있는 모습이다. '委'는 '於危어위'의 반절이고, '蛇'의 음은 '移이[16]'"라고 했다. 『좌전左傳』은 이 구절을 인용하면서 두예杜預의 주에서 "따르는 모양"이라고 했다. 『장자莊子』에서 제환공이 연못에서 본 것과 명칭이 같다.[17]

둘째는 '委佗'[18]로 『시경詩經·용풍鄘風·군자해로君子偕老』에 "우아하고 의젓하며[委委佗佗]"라는 구절이 있다. 이에 대해 모주에서는 "委委란 구불구불한 길을 따라서 걷는 것이다. 佗는 덕이 평이平易한 것이다."라고 풀이하였다.

세 번째는 '逶迤'로 『한시韓詩』는 이 구절을 "공정한 모양"이라고 해석했고 『설문說文』은 "逶迤는 비스듬히 가는 모양"이라고 해석했다.

15 홍매가 이 편에서 고증하고 있는 것은 오늘날 연면사聯綿詞라고 하는 것이다. 연면사는 글자의 뜻이 아닌 음을 조합하여 만든 글자이기 때문에 종종 여러 가지의 글자로 변형되어 사용되기도 한다. 구불구불 멀리 이어진 모양을 나타내는 '逶迤'는 威夷, 委蛇, 逶蛇 등과 음이 같으며 모두 동의어로 사용된다.

16 '蛇'는 '구불구불 가다'라는 의미일 때는 '이'로 읽는다.

17 홍매가 예로 든 『장자』는 '委蛇'의 다른 의미와 부합되지 않는다.
○ 『장자·달생達生』: 제 환공이 사냥을 나갔다가 귀신을 보았다. 황자고오皇子告敖가 여러 귀신을 설명해주면서 못에는 '위사'라는 귀신이 있다고 하자 환공이 그에 대해 자세히 물었다. 황자고오는 "위사는 그 크기가 수레의 바퀴통만 하고 그 길이는 수레의 끌채만 하며 자주색 옷에 붉은 관을 썼고 그 성질이 천둥이나 수레 소리를 싫어하여 그 소리를 들으면 고개를 들고 일어난다고 합니다. 이것을 본 자는 패자가 된다고들 합니다."라고 하자 제환공은 자신이 본 것이 위사라고 하였다.

18 '佗'가 '迤'와 통하는 의미일 때는 '이'로 읽는다.

네 번째는 '倭遲'으로 『시경』에 보인다.

네 마리 숫말이 멈추지 않고 달리는데,	四牡騑騑,
큰 길은 구불구불.	周道倭遲.[19]

'倭遲'는 "멀리 가는 모양[歷遠之貌]"이라고 주가 달려있다.

다섯 번째는 '倭夷'로 『한시韓詩』의 표현이다.

여섯 번째는 '威夷'이다. '威夷'가 나온 예는 다음과 같다.

반악潘岳[20]의 시:

굽이진 시냇물이 험한 산을 휘어 감고 흐르며,	回溪縈曲阻,
높은 산비탈엔 길이 험준하게 이어졌도다.	峻阪路威夷.[21]

손작孫綽의 「천태산부天台山賦」:

구불구불한 길을 오르고 나니,	既克隮于九折,
길이 길게 이어져 순통하다.	路威夷而修通.

이선李善은 이에 대해 주에서 『한시韓詩』의 "큰 길은 구불구불[周道威夷]"을 인용하였다. 설군薛君은 "威夷는 험하다[險]는 의미"라고 풀이하였다.

일곱째는 '委移'이다. 「이소離騷」의 "펄럭이는 구름 깃발 꽂고[載雲旗之委蛇]"가 어떤 판본에는 '逶迤'로, 어떤 판본에는 '委移'로 되어있다. 주에서 "구름 깃발이 펄럭인다는 것은 긴 모양이다"라고 했다.

여덟째는 '逶移'이다. 유향劉向의 「구탄九嘆」에 "굽이 굽이 강을 따라[遵江曲之逶移]"[22]가 있다.

아홉 번째는 '逶蛇'이다. 후한後漢의 「비봉비費鳳碑」에 "비봉은 득의한 절개가 있다[君有逶蛇之節]"라는 구절이 있다.

19 『詩經·小雅·鹿鳴之什』.

20 潘岳(247~300) : 서진 시기 문인. 자 안인安仁.

21 「金谷集作詩」.

22 『楚辭·九嘆·逢紛』.

열 번째는 '螇蛇'이다. 장형張衡의 「서경부西京賦」에 보인다.

> 아황娥皇와 여영女英이 앉아서 길게 노래 부르니, 女娥坐而長歌,
> 소리가 맑고 유창하며 구성지다. 聲淸暢而螇蛇.

이선李善은 주에서 "螇蛇는 여음이 완곡하고 구성지다는 의미"라고 풀이했다.

열 한번째는 '過迤'이다. 한나라 「방성비逄盛碑」에 "연호를 세우고 기틀을 건립하다[當遂過迤, 立號建基.]"는 구절이 있다.

열두 번째는 '威遲'이다. 유우석劉禹錫의 시에 보인다.

> 버드나무 나부끼고 궁궐에서 흘러나오는 개천, 柳動御溝淸,
> 맑은데 느릿느릿 제방 위를 걸어가네. 威遲堤上行.[23]

한유의 「남해묘비南海廟碑」 중 "태연자약하고 득의한 모습[蜿蜿蛇蛇]"도 역시 그러한 의미로 쓰였다.

구양수는 『한시韓詩』의 용례를 사용하였으며, 정조좌丁朝佐가 미처 조사하지 못한 것일 뿐이다.

6. 정원의 이름으로 쓰이지 않는 '東동'자 東不可名園

지금 사람들은 정자와 건물, 정원, 연못에 대부분 그 방위를 가지고 명명하는 경우가 많다. 예를 들어 동원東園·동정東亭·서지西池·남관南館·북사北榭 같은 것들은 간결하고 고상하긴 하지만, 피해야 하는 것들도 있다. 구양수의 「진주동원기眞州東園記」가 가장 분명하다.

『한서漢書·백관표百官表』에 다음과 같은 구절이 있다.

> 장작소부將作少府는 궁실의 건축을 관장하며 속관에는 동원주장東園主章이 있다.

23 「和令狐相公春早朝回鹽鐵使院中作」.

주는 이렇게 설명이 되어 있다.

> 장章은 큰 목재를 말한다. 주장主章은 큰 목재를 관장하여 동원의 장인이 쓸 수 있도록 공급한다.

소흥紹興 30년, 나는 성시省試의 참상관參詳官이 되어 사과詞科의 제목을 주관했다. 한 동료가 제목을 '동원주장東園主章'으로 정하려 했다. 나는 이렇게 말했다.

> 그대는 『한서』의 백관표만 알 뿐이다. 「곽광전霍光傳」에 "곽광이 죽은 후 조정에서는 동원東園에서 만든 장례 기물을 하사하였다"고 했고 복건服虔은 "동원東園에서 만든 이 장례 기물은 거울을 가운데에 두어 시신의 위에 걸게 했다." 안사고는 "동원은 관서의 이름이다. 소부少府에 속한다. 동원에서 이러한 장례 기물을 만든다."고 했다. 「동현전董賢傳」에 "동원東園의 비기秘器를 동현에게 하사하였다." 주에서는 『한구의漢舊儀』를 인용하여 동원의 비기가 관棺이라고 했다. 이러하니 어찌 좋은 곳이라 하겠는가?

동료는 놀라 사과하며 물러났다. 그렇기 때문에 동東자를 원園과 붙여 이름을 지어서는 안 된다. 나는 두 개의 정원이 있는데 마침 동쪽과 서쪽에 있었다. 서쪽에 있는 것은 '서원西園'이라 했고 동쪽에 있는 것은 '동포東圃'라 했으니 이를 피한 것이다.

7. 갖은자 一二三與壹貳參同

고서와 한나라 사람들의 글자 사용에서 一과 壹, 二와 貳, 三과 參은 의미가 모두 같다. 一과 壹이 통용된 예는 이러하다.

> 『시경 · 시구서鳲鳩序』 :
> 마음이 한결같지 않음을 풍자한 것이다.[刺不壹也.]
> 마음 씀씀이가 한결같지 못하였다.[用心之不壹也.]

그리고 「시구鳲鳩」의 본문에서는 "거동이 한결 같네[其儀一兮]"라고 하였다. 『예기 · 표기表記』 중 "가장 뛰어난 점 하나를 고르다[節以壹惠]"라는 대목에는

"명성과 영예가 비록 많이 있더라도 그 행실 중 가장 훌륭한 점 하나를 취하여 시호로 삼는다.[言聲譽雖有衆多者, 節以其行一大善者爲謚耳.]"라고 주가 달려있다.

> 한漢나라의 「화산비華山碑」:
> 5년에 한번 순수하다.[五載壹巡狩.]
>
> 「사공묘비祠孔廟碑」:
> 크고 빛나게 발양시켜 일변하다.[恢崇壹變.]
>
> 「축목비祝睦碑」:
> 예가 아닌 것은 하나도 하지 않았다.[非禮, 壹不得犯.]

그리고 그 뒷면에는 "예의 상도가 아닌 것은 하나도 맡지 않았다.[非禮之常, 一不得當.]"고 되어있다. 그러므로 一과 壹은 통용되었던 것임을 알 수 있다.

『맹자孟子』 중 "시장의 물건 값이 두 가지가 아니다[市價不貳]"[24]에 대해 조기趙岐는 "두 가격이 없다는 것이다[無二賈者也]"라고 주를 달면서, 본문에서는 크게 '貳'자를 썼고 주에서는 작게 '二'를 썼으니 二와 貳는 통용되는 것이다.

『주역·계사전』에는 "하늘의 숫자는 3이고 땅의 숫자는 2[參天兩地]"라 하였고 『석문釋文』에 "參은 七칠과 南남의 반절이다. 또 여자如字[25]는 음이 三"이라고 하였다. 『주례周禮』에 "3인을 둔다[設其參]"는 주에서 "參은 3인의 경卿을 말한다"고 하였다. 그러므로 三은 參과 통용된다.

九는 久와, 十은 拾과, 百은 伯과 통용된다.[26]

얼마 전 영주英州에 있을 때 이웃 이수재利秀才를 방문했었다. 이수재는 초가를 하나 새로 지었는데 제법 정갈했다. 나에게 이름을 지어줄 것을

24 『맹자·등문공상滕文公上』.
25 如字 : 한 글자가 두 가지 이상의 독음을 가질 때 본음대로 읽는 것을 '如字'라 한다.
26 중화서국 용재수필의 원문은 '栢'자로 되어있으나 百의 갖은자는 '伯'이므로 바꾸어 번역하였다.

부탁했다. 집 앞에 두 그루의 키 큰 소나무가 있어 「남전벽기藍田壁記」[27]를 읊고 '이송二松'이라 이름 지어 주었다. 그의 아우가 나에게 물었다.

> "큰 貳자를 쓰는 것입니까?"

좌중에 앉아있던 사람들이 모두 비웃었다. 그가 글을 많이 읽지 않아 입에서 나오는 대로 편하게 말하였기 때문에 사람들에게 웃음거리가 된 것이다. 그러나 옛 사람들이 쓰던 용법으로 논한다면 틀린 것이라 할 수 없다.

나의 형님이신 문혜공文惠公께서 유배정流杯亭에 '일영一詠'이라는 이름을 붙이고 예서체를 사용해서 '壹詠'이라 편액을 쓰셨다. 이 편액을 잘못 쓴 것이라고 의심하는 자들은 깊이 살피지 않은 것이다.

8. '恙양'자의 의미 何恙不已

승상丞相 공손홍公孫弘[28]이 병환 때문에 사직할 것을 청하였다. 황제는 이렇게 답했다.

> "그대가 불행히 한기가 들어 병이 든 것인데 어찌 낫지 않을 것을 근심하는가?[君不幸罹霜露之疾, 何恙不已?]"

안사고顔師古는 주에서 "恙양은 근심하는[憂] 것이다. 어찌 낫지 않을 것을 근심하느냐는 의미이다"라고 하였다. 『예부운략禮部韻略』에서도 '恙'자를 '憂'

27 「藍田壁記」 : 한유의 「藍田縣丞廳壁記」를 말한다. 남전현은 당나라 때 경조부京兆府에 속했으며 지금 섬서성 서안시에 있다. 현승은 정8품상에 해당하는 벼슬로 한 현의 부장관에 해당한다. 당나라 때는 관습상 관청 벽에 전임자들의 이름을 적어놓았는데 이름이 점점 많아지면 누군가에게 청해 한 편의 청벽기를 짓게 하였다. 한유는 당시의 현승이 맡은 바 직분을 다하지 않는 현실을 분개하며 청벽기를 빌려 글을 지었다. 한유의 벗인 최사립崔斯立이 남전현의 현승으로 부임하였는데 그는 청소를 하고 나서는 두 그루 소나무를 마주보게 심고[對樹二松], 날마다 그 사이에서 시를 읊조렸다고 한다.

28 公孫弘(B.C.200~B.C.121) : 한 무제 시기 유학자이자 재상.

로 해석했다.

처음에 '恙'자는 '병病'의 의미가 없었다. 이미 '병에 걸렸다[罹疾]'라고 애기했으니 다시 병病이라고 중복할 필요가 없는 것이다. 그렇기에 안사고의 설명이 매우 정확하다고 할 수 있다.

그러나 세속에 전해지면서 남에게 병의 정황을 물어볼 때 '귀양貴恙'이라 하고, 대수롭지 않은 병을 '미양微恙'이라고 하고, 마음의 병을 '심양心恙'이라고 하고, 풍을 '풍양風恙'이라 하게 되었다. 이러한 용례의 뿌리가 깊어 이미 고칠 수 없는 지경이다.

9. 양한 시기 '人人인인'과 '元元원원'의 사용 兩漢用人人元元字

『한서漢書』에서는 '人人인인'자를 즐겨 썼다.

「문제본기文帝紀」:
사람마다 스스로 그것을 얻었다고 여기는 자가 수만이었다.[人人自以爲得之者以萬數]
사람마다 스스로 편안하니 동요시키기 어렵다.[人人自安難動搖.]

「원제기元帝紀」:
사람마다 스스로 황제의 뜻을 얻었다고 여겼다.[人人自以得上意.]

「식화지食貨志」:
저마다 자신을 아껴서 범법을 엄중하게 생각했다.[人人自愛而重犯法.]

「한신전韓信傳」:
저마다 자신이 대장이 될 것이라 생각했다.[人人自以爲得大將.]

「조참전曹參傳」:
제나라 지역의 옛 유학자들이 수 백 명이었는데 사람마다 말이 달랐다.
[齊故諸儒以百數, 言人人殊.]

「장량전張良傳」:

저마다 자신을 굳건히 하였다.[人人自堅.]

「숙손통전叔孫通傳」 :

관원마다 자신의 직분을 충실히 수행했다.[吏人人奉職.]

「가의전賈誼傳」 :

저마다 모두 그의 의견이 자신과 같다고 생각했다.[人人各如其意所出.]

「양웅전楊雄傳」 :

저마다 스스로를 고요皐陶라 여겼다.[人人自以爲咎繇.]

「포선전鮑宣傳」 :

저마다 자기의 무리를 추천했다.[人人牽引所私.]

「한연수전韓延壽傳」 :

저마다 모두 풍속을 물었다.[人人問以謠俗.]

사람마다 모두 그를 위해 마셨다.[人人爲飮.]

「장건전張騫傳」 :

사람마다 경중을 말하는 것이 달랐다.[人人有言輕重.]

「이심전李尋傳」 :

저마다 현명하다 여겼다.[人人自賢.]

「왕망전王莽傳」 :

사람마다 질문했다.[人人延問.]

「엄안전嚴安傳」 :

사람마다 다시 태어났다고 생각했다.[人人自以爲更生.]

「왕길전王吉傳」 :

저마다 자제했다.[人人自制.]

『후한서後漢書』에서도 간혹 보인다.

「최인전崔駰傳」:

저마다 뛰어난 점이 있다고 여겼다.[人人有以自優.]

「오행지五行志」:

모두 두헌竇憲을 두려워했다.[人人莫不畏憲.]

「오한전吳漢傳」:

여러 장군들이 저마다 요청했다.[諸將人人多請之.]

「신도강전申屠剛傳」:

모두들 근심했다.[人人懷憂.]

「왕윤전王允傳」:

모두들 위험하다고 여겼다.[人人自危.]

「순욱전荀彧傳」:

모두들 편안하게 여겼다.[人人自安.]

「여강전呂強傳」:

상시들 모두 물러날 것을 요청했다.[諸常侍人人求退.]

또 '元元원원'이라고 '元' 두 글자를 중복해서 사용하기도 했는데, 육경에는 보이지 않지만 『한서』에는 다수 사용되었다.

「문제기文帝紀」:

천하의 백성을 온전히하다.[全天下元元之民.]

「무제기武帝紀」:

어두움을 밝히고 백성을 권면한다.[燭幽隱, 勸元元.]

백성을 교화하는 방법이다.[所以化元元.]

「선제기宣帝紀」:

백성을 잊지 않는다.[不忘元元.]

「원제기元帝紀」:

백성들이 희망을 잃었다.[元元失望.]

백성들이 무슨 죄인가.[元元何辜.]

백성들이 큰 곤란을 겪었다.[元元大困.]

백성이 농사에 힘쓴다.[元元之民, 勞於耕耘.]

백성이 소동을 일으켰다.[元元騷動.]

백성이 어디 가서 살겠는가.[元元安所歸命.]

「성제기成帝紀」:

백성 중 억울하게 실직한 자가 많다.[元元冤失職者衆.]

「애제기哀帝紀」:

백성들이 배불리 먹지 못하다.[元元不贍.]

「형법지刑法志」:

모자라는 백성을 구속하는데 법을 사용한다.[罹元元之不逮.]

「엄안전嚴安傳」:

천하의 백성들이 전국 시대의 고통에서 벗어날 수 있었다.[元元黎民, 得免於戰國.]

「엄조전嚴助傳」:

백성들이 편안히 생업에 종사한다.[使元元之民, 安生樂業.]

「가연지전賈捐之傳」:

백성을 보존한다.[保全元元.]

「동방삭전東方朔傳」:

백성이 각자 살 바를 얻었다.[元元之民, 各得其所.]

「위상전魏相傳」:

백성을 편안히 위로한다.[尉安元元.]

폐하께서 백성들을 유념하시기를 바랍니다.[唯陛下留神元元.]

「포선전鮑宣傳」 :

하늘을 대신하여 백성을 다스린다.[爲天牧養元元.]

「소육전蕭育傳」 :

백성을 편안케 할 뿐이다.[安元元而已.]

「광형설선전匡衡薛宣傳」 :

백성을 긍휼히 여긴다.[哀閔元元.]

「왕가전王嘉傳」 :

백성을 근심한다.[憂閔元元.]

「곡영전谷永傳」 :

백성의 마음을 위로한다.[以慰元元之心.]

「흉노전匈奴傳」 :

천하의 백성들.[元元萬民.]

『후한서後漢書』에도 그 용례를 찾을 수 있다.

「광무제기光武帝紀」 :

자신을 낮추면 백성들의 마음이 돌아오게 된다.[下爲元元所歸.]

백성을 해치다.[賊害元元.]

백성들이 근심하고 원망한다.[元元愁恨.]

백성들에게 은혜를 베풀다.[惠茲元元.]

「장제기章帝紀」 :

진심으로 백성들이 상업을 버리고 근본으로 돌아오게 하고자 한다.[誠欲元元去末歸本.]

백성들이 아직 깨닫지 못했다.[元元未諭.]

백성을 아끼는 마음이 깊다.[深元元之愛.]

「화제기和帝紀」:
백성을 아끼고 기르다.[愛養元元.]
아래로 백성을 구제하다.[下濟元元.]

「순제기順帝紀」:
백성이 피해를 입다.[元元被害.]

「질제기質帝紀」:
백성이 이런 고난을 당하다.[元元嬰此困毒.]

「환제기桓帝紀」:
해악이 백성에게 미치다.[害及元元.]

「등후기鄧后紀」와 「유의전劉毅傳」:
백성에게 은혜를 내리다.[垂恩元元.]

「왕창전王昌傳」:
백성이 상해를 입었다.[元元創痍.]

「경엄전耿弇傳」:
백성의 마음을 격려한다.[元元叩心.]

「낭의전郎顗傳」:
백성을 널리 구제하다.[弘濟元元.]
백성을 구휼하다.[貸贍元元.]

「조포전曹褒傳」:
인으로 백성을 구제하다.[仁濟元元.]

「범승전范升傳」:
백성들이 하늘에 살려달라 소리치다.[元元焉所呼天.]
백성의 위급함을 면제해주다.[免元元之急.]

「종리의전鍾離意傳」:

백성을 염려하다.[憂念元元.]

「하창전何敞傳」:

백성이 원망하고 근심한다.[元元怨恨.]

백성을 편안하게 하다.[安濟元元.]

「양종전楊終傳」:

백성을 돕다.[以濟元元.]

「우후전虞詡傳」:

백성이 까닭없이 재해를 당하다.[遭元元無妄之災.]

「황보규전皇甫規傳」:

바른 생각으로 힘을 다하여 백성을 기쁘게하다.[平志畢力, 以慶元元.]

내가 보기에 '元元'은 백성을 가리킨다. 그러므로 이상의 문장에서 '元元之民', '元元黎民', '元元萬民'이라고 한 것은 중복에 가깝다. 이 때문에 안사고는 "혹자는 '元元'을 좋다는 의미로 보기도 한다"고 했다.

10. 한유의 「조주사표」 韓公潮州表

한유의 「간불골표諫佛骨表」[29]는 문사가 직설적이고 간절하다.

재앙이 있으면 신 한 몸에 더하심이 마땅합니다. 하늘이 보고 계시니 신은 원망하거나 후회하지 않을 것입니다.

29 「諫佛骨表」: 헌종憲宗 헌화 14년, 한유가 형부시랑으로 있을 때 헌종은 법문이 있는 해에는 풍년이 들고 나라가 평안해진다는 이야기를 듣고 불골佛骨(석가모니의 손가락 뼈)을 궁내에 3일 동안 안치하고 예배하면서 공경대신들도 이 의식에 참가하도록 했다. 이에 격분한 한유는 「간불골표諫佛骨表」를 올려 부당함을 간언하였고, 결국 조주자사(지금의 광동성 조주시)로 좌천된다.

이로 인해 죄를 얻고 조주자사潮州刺史로 폄적되었다. 한유는 조주에 도착하자 「사표謝表」를 썼다.

> 신의 시문은 남보다 월등하지 못하지만, 폐하의 공덕을 기술한 문장만은 『시경』, 『상서』와 서로 표리가 될 만합니다. 시를 지어 종묘에 올렸으니 비록 옛 사람이 다시 살아난다 하더라도 신의 글에는 손색이 없을 것입니다. 그러나 신은 죄를 짓고 벌을 받아 바닷가 섬에 갇혀 있는 신세이니 마음 속 고통이 하늘에 닿을 듯하며 죽어도 눈을 감을 수가 없습니다. 폐하께서는 천지의 부모이시니 신을 가련히 여겨 주십시오.

한유의 말을 자세히 살펴보니, 황제가 자신을 다시 경사로 불러들여줄 것을 원했다는 것을 알 수 있었다. 헌종憲宗이 군사 방면에 공적에 있기는 했지만, 그 글이 『시경』과 『서경』에 부끄럽지 않을 정도는 아니었다.

> 태산의 봉선을 기술하여 백옥으로 만든 첩에 새겼습니다.[紀泰山之封, 鏤白玉之牒.] 동쪽으로 태산을 순행하고 하늘에 공을 아뢰어, 뜻을 이루었음을 세상에 알렸습니다.[東巡奏功, 明示得意.][30]

이러한 구절들은 한유가 자신을 굽히고 아첨한 말이라 「간불골표」와는 매우 다르다. 당시 이한李漢 등이 한유의 문집을 편찬하면서 이를 삭제하지 않은 것은 유감이다.

소식은 황주黃州에서 여주汝州로 전임되자 표를 올렸다.

> 엎드려 훈사訓詞를 읽으니 '인재는 실로 얻기 어려우니 결국 차마 버릴 수가 없다'는 말이 있었습니다. 신이 예전에 상주常州에 있을 때 몇 마지기의 밭이 있어 가족들에게 거친 죽이나마 먹일 수가 있었으니 바라옵건데 상주에 머무를 수 있게 윤허해 주십시오. 또 서주徐州의 지주로 있을 때 강을 수비하고 적을 소탕했던 일을 헤아리시어 공로와 잘못을 서로 상쇄하여 원하는 바를 따를 수 있게 해 주실 것을 바라옵니다.[31]

독자들은 이 글이 한유와 비슷하다고 여길 수 있으나 그렇지 않다. 이

30 홍매가 원문을 약간 편집하였다. 원문은 "東巡泰山, 奏功皇天. 具著顯庸, 明示得意."이다.
31 「乞常州居住表」.

두 편의 사표는 모두 군주에게 숙이고 있지만, 그 감정은 같지 않다. 소식이 나열한 지난 일은 모두 사실이고 구한 것도 장소에 지나지 않는다. 게다가 아첨하는 말이 한 마디도 없으니 탄복할 만하다.

11. 지기를 만나는 즐거움 燕賞逢知己

백거이가 하남윤河南尹으로 있을 때 「답서원외答舒員外」에서 이렇게 말했다.

> 원외가 향산사香山寺를 유람하느라 며칠 동안 돌아오지 않으면서 내게 편지를 보내 유람지의 풍경을 자랑하였소. 그때 나는 마침 관청에 앉아 범인의 죄상을 기록하던 중이었기에 붓을 들어 7언시를 지어 그에게 주었지요.[32]

노란 국화 한창일 때 반가운 객이 찾아오고,	黃菊繁時好客到,
푸른 구름 모인 곳에 아름다운 사람 왔네.	碧雲合處佳人來.[33]
취기어린 얼굴로 웃으니 복숭아꽃 터지듯,	酡顔一笑夭桃綻,
차가운 가을 소리에 옥도 구슬픈 소리를 내네.	淸冷秋聲寒玉哀.
구불구불 수레 타고 느릿느릿 저으며,	軒騎逶迤棹容與,
3일을 머무르면서 돌아오지 못하네.	留連三日不能回.
백발의 늙은 하남윤은 부중에 앉아,	白頭老尹府中坐,
오전 조회 겨우 끝났는데 저녁 보고 재촉하네.[34]	早衙才退暮衙催.

사강謝絳과 구양수가 낙양에서 관직생활을 하고 있을 때 함께 숭산嵩山을 유람하였다. 날이 저물어 용문 향산사에 도달하였는데 눈이 내렸다. 유수留守 문희공文僖公 전유연錢惟演은 관리를 파견하여 음식과 가기歌妓를 보내며 그들을 위로하였다.

32 이 부분은 사실 이 시의 제목에 해당한다.
○ 원제 : 「舒員外遊香山寺數日不歸, 兼辱尺書, 大誇勝事, 時正值坐衙慮囚之際, 走筆題長句以贈之」.

33 시 원문에 "영, 천 두 기녀를 보내 서군과 함께 유람하게 했다[謂遣英、茜二妓與舒君同遊也.]"라는 주가 달려있다. 이 주는 백거이의 자주自註이다.

34 관서의 장관은 아침저녁으로 관아에 앉아 수하 관리들의 업무 보고를 받으며 일을 처리하였는데 아침 묘시卯時에 거행되는 것을 '조아早衙'라 하고, 저녁 신시申時에 거행되는 것을 '만아晩衙'라 한다.

"산행이 힘드실 것이니 잠깐 용문에 머무르면서 설경을 감상하십시오. 부府에는 별 일이 없으니 급히 돌아오지 않으셔도 괜찮습니다."

왕정국王定國이 팽성彭城에 가서 소식蘇軾을 방문하였다. 하루는 작은 배를 저어 안장도顔長道와 함께 왕반王盼·왕영王英·왕경王卿 세 아들을 데리고 사수泗水를 유람했다. 남쪽으로 백보홍百步洪[35] 까지 피리불고 술 마시며 달빛을 타고 흘러내려갔다. 소식은 그 때 일이 있어 함께 가지 못했었는데, 밤이 되어 도복을 입고 황루黃樓 위에 올라가 우두커니 서 있다가, 때 마침 배를 타고 내려오던 왕정국과 서로 눈이 마주쳤다. 두 사람은 웃으며 이백이 죽은 후 3백여 년 동안 세상에 이런 풍류가 없었다고 했다. 왕정국이 떠나고 한 달쯤 되었을 때 소식은 다시 도잠道潛[36]과 백보홍 아래 배를 띄우고 이전에 유람했던 기억을 떠올리며 시를 지었다.

작은 배 타고 물장난 치며 웃음을 사고,	輕舟弄水買一笑,
술에 취해 노 저으며 어깨를 비벼대네.	醉中蕩槳肩相摩.
돌아오는 길 피리소리 산과 계곡에 가득하고,	歸來笛聲滿山谷,
밝은 달이 금 파라잔을 비추네.	明月正照金叵羅.[37]

이 세 가지 유람을 찬찬히 음미해보았다. 지금의 가객들이 어찌 이런 경험을 다시 할 수 있겠는가! 그들에게는 지기가 있었기 때문에 가능했을 것이다.

35 百步洪 : 강소성江蘇省 서주徐州 동산현銅山縣에 있던 여울로 지금은 없어졌다. 낙차가 백여 보에 달하기 때문에 백보홍이라고 하였다. 물이 쏟아지는 속도가 매우 빨라서 물이 바위에 부딪치는 소리가 몇 리 밖까지 들렸다고 한다.

36 道潛 : 북송의 승려 화가. 속성俗姓은 하何, 호는 삼요參寥. 서법에 대해 잘 알고 있었고, 시를 잘 썼다. 소식蘇軾·진관秦觀과도 친교가 있었고, 원풍 연간 소식의 황주유배 때 교분을 가졌는데, 후에 소식의 남방유배에 연좌되어 환속하였다. 7년 후 사면되어 다시 승이 되었고, 묘총 대사의 사호賜號를 받았다.

37 「百步洪」.

12. 단오의 첩자사 端午貼子詞

당대 5월 5일 양주揚州에서는 장강의 중심에서 주조한 거울을 조정에 바쳤다. 송나라의 한림원에서는 단오첩자사端午貼子詞[38]를 지을 때 이 전고를 많이 사용하였다. 그러나 표현의 뛰어나고 서투름에 있어서는 차이가 있다. 대체로 아래와 같은 것들이 있다.

왕규王珪[39] :

자주빛 태양으로 어슴푸레하게 밝아오는 새벽,	紫合曈曨隱曉霞,
돌 계단 위 구빈에게 창포 꽃을 바치네.	瑤墀九御薦菖華.
어느 때에 또 강심감을 바칠까,[40]	何時又進江心鑒,
군왕에게 바쳐 사악함을 물리치네.	試與君王卻衆邪.

이방직李邦直 :

쑥잎으로 인형을 만드는 단오 이후,[41]	艾葉成人後,
석류 꽃이 열매를 맺기 시작할 때.	榴花結子初.
강 가운데서 새로 거울을 만들어내고,	江心新得鏡,
용의 상서로움으로 신선의 거처를 보호하네.	龍瑞護仙居.

조언약趙彥若 :

양자강 중심에서 거울을 주조하니,	揚子江中方鑄鏡,

38 貼子詞 : 송나라 시기 명절이 되면 사신詞臣들에게 명하여 궁의 벽에 붙일 시사詩詞를 쓰게 하였다.

○ 명나라 서사증徐師曾, 『문체명변서설文體明辨序說·첩자사貼子詞』: 첩자사는 궁중에 붙이는[貼] 사詞라는 의미이다. 고대에는 이것이 없었고 언제부터 시작되었는지도 알 수 없다. 다만 송나라 시대 명절이 되면 사신에게 이것을 지어 바치도록 하여 문이나 벽에 붙여두고 상서로운 기운을 맞이하게 하였다.

39 王珪(571~639) : 당나라 초기 정치가. 자 숙개叔玠. 당나라 건국 후 태자太子 이건성李建成의 휘하에 있었는데, 이세민이 황위에 오른 후 그의 재능을 높이 평가 해 간의대부諫議大夫에 임명했다. 항상 정성을 다해 충언을 올렸으며, 방현령房玄齡과 이정李靖·온언박溫彥博·위징魏徵 등과 함께 국정國政을 지휘했다. 죽었을 때 태종이 소복素服을 입고 오랫동안 애도했다.

40 江心鑒 : 또는 강심경江心鏡이라고 한다. 당나라 때에 양주揚州에서 진상하던 거울 이름이다. 매년 단오일에 장강長江 한가운데서 만든다 하여 붙여진 이름이다.

41 풍속에 단오날 쑥으로 사람 모양을 만들어 문 위에 걸어두면 사악한 기운을 쫓아낸다고 한다.

미앙궁 안에는 다시 부록이 날아오르네.　未央宮裏更飛符.
능화경[42]은 주영신[43]을 합하고자 하니,　菱花欲共朱靈合,
사람을 해치는 귀신을 다 몰아낼 수 있을까.　驅盡神姦又得無?

양자강 중심에서 백번 달군 쇠로
거울 만들어,　揚子江中百煉金,
상자에 넣어두니 마치 달이 가라앉은 듯.　寶奩疑是月華沉.
성군의 무사감처럼 깨끗하니,　爭如聖后無私鑒,
인간의 만 가지 선한 마음을 밝게 비추네.　明照人間萬善心.

강 중심에서 백번을 벼린 청동 거울,　江心百煉青銅鏡,
시렁 위에는 두 번 꿰맨 비취빛 비단 옷.　架上雙紉翠縷衣.

이방언李邦彦 :
어찌 백번 단련시킨 거울이 필요한가　何須百煉鑒,
오병五兵 부적을 이길 수 있는데.　自勝五兵符.

부묵경傅墨卿 :
백번을 벼린 거울이 양자강에서 주조되고,　百煉鑒從江上鑄,
단오의 꽃들이 장막 앞에 놓여있네.　五時花向帳前施.

허장許將 :
강에서 오늘 용감이 만들어지니,　江中今日成龍鑒,
원림 밖에서는 수년 동안 해오라기 제방을
폐하였네.　苑外多年廢鷺陂.
하늘과 땅을 함께 비추고 함께 거울을 만들어,　合照乾坤共作鏡,
강과 바다에 방생을 하니 다 연못이 되었네.　放生河海盡爲池.

소철蘇轍 :
양자강 중심에서 용경을 주조하니,　揚子江中寫鏡龍,
고운 비단같은 물결은 바람에 흔들리지 않는다.　波如細縠不搖風.
궁궐에 가을 달이 떠올라,　宮中驚捧秋天月,
오래토록 인간을 비추며 공정함을 도와주네.　長照人間助至公.[44]

42 능화경 : 청동 거울. 육각형이고 뒷면에 능화菱花가 새겨져 있다.
43 朱靈神 : 남방의 신인 적제赤帝. 돌림병을 쫓는 것을 주관한다.

소식蘇軾도 단오첩자사를 지었다.

강연 마치고 꿩을 사귀어 회랑을 돌다보니,	講餘交翟轉回廊,
깊은 궁의 여름 해가 길다는 것 비로소 깨닫네.	始覺深宮夏日長.
양자강 가운데서 부질없이 백 번을 다듬었으니,	揚子江心空百煉,
「무일」편으로 흥망을 귀감 삼을 뿐이네.	只將無逸監興亡.[45]

그 빛과 기운이 경외하고 숭앙할 만하다.

백거이는 「풍간백련경諷諫百煉鏡」에서 다음과 같이 읊었다.

강 가운데 파도 위 배안에서 주조하니,	江心波上舟中鑄,
때는 바로 오월의 다섯째 날 정오라네.	五月五日日午時.
거울 뒤엔 천자 상징 비천룡 새겨있고,	背有九五飛天龍,
모든 사람 부르기를 천자경이라하네.	人人呼爲天子鏡.
태종께선 늘 사람을 거울로 삼아서는,	太宗常以人爲鏡,
고금성패 귀감삼고 모습은 안 비췄네.	監古監今不監容.
천자께서 남달리 갖고 계신 거울이란,	乃知天子別有鏡,
양주 백련경이 아님을 알겠노라.	不是揚州百煉銅.

의미가 소식과 딱 맞아 떨어진다. 나도 이러한 시를 쓴 적이 있다.

의국에 3년 묵은 쑥을 비축하여 나라를 다스리고,[46]	願儲醫國三年艾,
강에서 백번 단련한 거울을 구하려 하지 마시길.	不博江心百煉銅.

백거이와 소식의 수준과는 차이가 상당히 난다.

44 「皇太后閤六首」 제6수.

45 「皇帝閤六首」.

46 三年艾 : 3년 묵은 쑥. 양약良藥에 대한 비유로 사용된다.

○ 『맹자孟子·이루상離婁上』 : 지금 왕이 되고자 하는 자를 마치 7년 된 병에 3년 묵은 쑥을 구하는 것과 같다.[今之欲王者, 猶七年之病, 求三年之艾也.] / 7년 된 병은 그 뿌리가 깊으니 3년 된 쑥을 구하여 고질병을 낫게 해야 한다는 의미이다.

단오의 풍속 중에는 초楚지방 사람들의 용선龍船 경기만한 것이 없다. 그러나 그 기원이 상서로운 것이 아니므로 축문祝文이나 송사頌辭에 쓸 수 없다. 그러므로 반드시 거울의 일을 전고로 쓰는 것이다.

1. 畏人索報書

士大夫得交朋書問, 有懶傲不肯卽答者。記白樂天老慵一絶句曰:「豈是交親向我疏, 老慵自愛閉門居。近來漸喜知聞斷, 免惱嵇康索報書。」案, 嵇康與山濤絶交書云:「素不便書, 又不喜作書, 而人間多事, 堆案盈几, 不相酬答, 則犯敎傷義, 欲自勉强, 則不能久。」樂天所云正此也。乃知畏於答書, 其來久矣。

2. 不能忘情吟

予旣書白公鍾情蠻、素於前卷, 今復見其不能忘情吟一篇, 尤爲之感歎, 輒載其文, 因以自警。其序云:「樂天旣老, 又病風。乃錄家事, 會經費, 去長物。妓有樊素者, 年二十餘, 綽綽有歌舞態, 善唱楊柳枝, 人多以曲名名之, 由是名聞洛下, 籍在經費中, 將放之。馬有駱者, 籍在長物中, 將鬻之。馬出門, 驤首反顧, 素聞馬嘶, 慘然立見拜, 婉孌有辭, 辭畢涕下。予亦愍然不能對, 且命反袂, 飮之酒, 自飮一盃, 快吟數十聲, 聲成文, 文無定句。予非聖達, 不能忘情, 又不至於不及情者, 事來攪情, 情動不可柅, 因自哂, 題其篇曰不能忘情吟。」吟曰:「鬻駱馬兮, 放楊柳枝。掩翠黛兮, 頓金羈。馬不能言兮, 長鳴而却顧。楊柳枝再拜長跪而致辭。辭曰:『素事主十年, 凡三千有六百日。巾櫛之間, 無違無失。今素貌雖陋, 未至衰摧。駱力猶壯, 又無虺隤。卽駱之力, 尙可以代主一步, 素之歌, 亦可以送主一盃。一旦雙去, 有去無回。故素將去, 其辭也苦, 駱將去, 其鳴也哀。此人之情也, 馬之情也。豈主君獨無情哉!』予俯而歎, 仰而咍, 且曰駱駱爾勿嘶, 素素爾勿啼, 駱反廐, 素反閨。吾疾雖作年雖頹, 幸未及項籍之將死, 亦何必一日之內棄騅兮而別虞兮。乃目素兮, 素兮爲我歌楊柳枝, 我姑酌彼金罍, 我與爾歸醉鄕去來。」觀公之文, 固以遣情釋意耳, 素竟去也。此文在一集最後卷, 故讀之者未必記憶。東坡猶以爲柳枝不忍去, 因劉夢得「春盡絮飛」之句方知之。於是美朝雲之獨留, 爲之作詩, 有「不似楊枝別樂天, 恰如通德伴伶玄」之語。然不及二年而病亡, 爲可歎也。

3. 擒鬼章祝文

東坡在翰林作擒鬼章奏告永裕陵祝文云:「大獮獲禽, 必有指蹤之自。豐年多廩, 孰知耘耔之勞。昔漢武命將出師, 而呼韓來庭, 效于甘露;憲宗厲精講武, 而河湟恢復, 見于大中。」其意蓋以神宗有平唃氏之志, 至于元祐, 乃克有成, 故告陵歸功, 謂武帝、憲宗亦經營於初, 而績效在於二宣之世, 其用事精切如此。今蘇氏眉山功德寺所刻大小二本及季眞給事在臨安所刊, 幷江州本、麻沙書坊大全集, 皆只自「耘耔」句下, 便接「憬彼西戎, 古稱右臂」。正是好處, 却芟去之, 豈不可惜。唯成都石本法帖眞跡獨得其全。坡集奏議中登州上殿三箚, 皆非是。司馬季思知泉州, 刻溫公集, 有作中丞日彈王安石章, 尤可笑。溫公以治平四年解中丞, 還翰林, 而此章乃熙寧三年者。二集皆出本家子孫, 而爲妄人所誤。季眞、季思不能察耳。坡內制有溫公安葬祭文, 云:「元豐之末, 天步爲艱。社稷之衛, 中外所屬。惟是一老, 屛予一人。名高當世, 行滿天下。措國於太山之安, 下令於流水之源。歲月未周, 綱紀畧定。天若相之, 又復奪之。殄瘁之哀, 古今所共。知之者神考, 用之者聖母。馴致其道, 太平可期。長爲宗臣, 以表後世。往奠其葬, 庶知予懷!」而石本頗不同, 其詞云:「元豐之末, 天步惟艱。社稷之衛, 存者有幾。惟是一老, 屛予一人。措國於太山之安, 下令於流水之源。歲未及朞, 綱紀畧定。道之將行, 非天而誰。天旣予之, 又復奪之。惟聖與賢, 莫如天何。然其所立, 天亦不能亡也。知之者神考, 用之者聖母。馴致其道, 終於太平。永爲宗臣, 與國無極。於其葬也, 告諸其柩。」今莫能攷其所以異也。

4. 歐公送慧勤詩

國朝承平之時, 四方之人, 以趨京邑爲喜。蓋士大夫則用功名進取係心, 商賈則貪舟車南北之利, 後生嬉戲則以紛華盛麗而悅。夷攷其實, 非南方比也。讀歐陽公送僧慧勤歸餘杭之詩可知矣。曰:「越俗僭宮室, 傾貲事雕牆。佛屋尤其侈, 耽耽擬侯王。文彩瑩丹漆, 四壁金焜煌。上懸百寶蓋, 宴坐以方牀。胡爲棄不居, 棲身客京坊。辛勤營一室, 有類燕巢梁。南方精飮食, 菌筍比羔羊。飯以玉粒粳, 調之甘露漿。一饌費千金, 百品羅成行。晨興未飯僧, 日昃不敢嘗。乃茲隨北客, 枯粟充饑腸。東南地秀絶, 山水澄淸光。餘杭幾萬家, 日夕焚淸香。烟霏四面起, 雲霧雜芬芳。豈如車馬塵, 鬢髮染成霜。三者孰苦樂, 子奚勤四方。」觀此詩中所謂吳越宮室、飮食、山水三者之勝, 昔日固如是矣。公又有山中之樂三章送之歸。勤後識東坡, 爲作詩集序者。

5. 委蛇字之變

歐公樂郊詩云:「有山在其東, 有水出逶夷。」近歲皃丁朝佐辨正謂其字參古今之變, 必有所據。予因其說而悉索之, 此二字凡十二變。一曰委蛇, 本於詩羔羊:「退食自公, 委蛇委蛇。」毛公注:「行可從迹也。」鄭箋:「委曲自得之皃。委, 於危反。蛇, 音移。」左傳引此句, 杜注云:「順貌。」莊子載齊桓公澤中所見, 其名亦同。二曰委佗, 詩君子偕老:「委委佗佗。」毛注:「委委者, 行可委曲從迹也。佗者, 德平易也。」三曰逶迤, 韓詩釋上文云：「公正貌。」說文：「逶迤，斜去貌。」四曰倭遲，詩：「四牡騑騑，周道倭遲。」注：「歷遠之貌。」五曰逶夷，韓詩之文也。六曰威夷，潘岳詩：「迴谿縈曲阻，峻阪路威夷。」孫綽天台山賦：「旣克隮於九折，路威夷而修通。」李善注引韓詩「周道威夷」。薛君曰：「威夷，險也。」七曰委移，離騷經：「載雲旗之委蛇。」一本作逶迤，一本作委移。注：「雲旗委移，長也。」八曰逶移，劉向九歎：「遵江曲之逶移。」九曰逶蛇，後漢費鳳碑：「君有逶蛇之節。」十曰螮蛇，張衡西京賦：「女、娥坐而長歌，聲淸暢而螮蛇。」李善注：「螮蛇，聲餘詰曲也。」十一曰遹 池，漢逢盛碑：「當遂遹池，立號建基。」十二曰威遲，劉夢得詩：「柳動御溝淸，威遲堤上行。」韓公南海廟碑：「蜿蜿蛇蛇」，亦然也。則歐公正用韓詩，朝佐不暇尋繹之爾。

6. 東不可名園

今人亭館園池，多卽其方隅以命名。如東園、東亭、西池、南館、北榭之類，固爲簡雅，然有當避就處。歐陽公作眞州東園記，最顯。案漢書百官表：「將作少府，掌治宮室。屬官有東園主章。」注云：「章謂大材也。主章掌大材，以供東園大匠。」紹興三十年，予爲省試參詳官，主司委出詞科題，同院或欲以「東園主章」爲箴，予曰：「君但知漢表耳！霍光傳：『光之喪，賜東園溫明。』服虔曰：『東園處此器，以鏡置其中，以懸尸上。』師古曰：『東園，署名也，屬少府。其署主作此器。』董賢傳：『東園祕器以賜賢。』注引漢舊儀：東園祕器作棺。若是，豈佳處乎！」同院驚謝而退。然則以東名園，是爲不可。予有兩園，適居東西，故扁西爲西園，而以東爲東圃，蓋避此也。

7. 一二三與壹貳參同

古書及漢人用字，如一之與壹，二之與貳，三之與叁，其義皆同。鳲鳩序：「刺不壹也。」又云：「用心之不壹也。」而正文「其儀一兮」。表記：「節以壹惠。」注：「言聲譽雖有衆多者，節以其行一大善者爲謚耳。」漢華山碑：「五載壹巡狩。」祠孔廟碑：「恢崇壹變。」祝睦碑：「非禮，壹不得犯。」而後碑云：「非禮之常，一不得當。」則與壹通用也。孟子：「市價不貳。」趙岐注云：「無二賈者也。」本文用大貳字，注用小二字，則二與貳通用也。易繫辭：「參天兩地。」釋文云：「參，七南反。又如字，音三。」周禮：「設其參。」注：「參，謂卿三人。」則三與參通用也。九之與久，十之與拾，百之與栢，亦然。予頃在英州，訪鄰人利秀才。利新作茅齋，頗淨潔，從予乞名。其前有兩高松，因爲誦藍田壁記，命之曰二松。其季請曰：「是使大貳字否？」坐者皆哂。蓋其人不知書，信口輒言，以貽譏笑。若以古字論之，亦未爲失也。文惠公名流杯亭曰「一詠」，而采借隸法，扁爲「壹詠」，讀者多以爲疑，顧第弗深考耳。

8. 何恙不已

公孫弘爲丞相, 以病歸印, 上報曰 :「君不幸罹霜露之疾, 何恙不已?」顔師古注 :「恙, 憂也。何憂於疾不止也。」禮部韻略訓恙字, 亦曰憂也。初無訓病之義。蓋旣云罹疾矣, 不應復云病, 師古之說甚爲明白。而世俗相承, 至問人病爲貴恙, 謂輕者爲微恙, 心疾爲心恙, 風疾爲風恙, 根著已深, 無由可改。

9. 兩漢用人人元元字

前漢書好用人人字。如文帝紀「人人自以爲得之者以萬數」, 又曰「人人自安難動搖」, 元帝紀「人人自以得上意」, 食貨志「人人自愛而重犯法」, 韓信傳「人人自以爲得大將」, 曹參傳「齊故諸儒以百數, 言人人殊」, 張良傳「人人自堅」, 叔孫通傳「吏人人奉職」, 賈誼傳「人人各如其意所出」, 楊雄傳「人人自以爲咎繇」, 鮑宣傳「人人牽引所私」, 韓延壽傳「人人問以謠俗」、「人人爲飮」, 張騫傳「人人有言輕重」, 李尋傳「人人自賢」, 王莽傳「人人延問」, 嚴安傳「人人自以爲更生」, 王吉傳「人人自制」是也。後漢書亦間有之, 如崔駰傳「人人有以自優」, 五行志「人人莫不畏憲」, 吳漢傳「諸將人人多請之」, 申屠剛傳「人人懷憂」, 王允傳「人人自危」, 荀彧傳「人人自安」, 呂强傳「諸常侍人人求退」是也。

又元元二字, 考之六經無所見, 而兩漢書多用之。如前漢文帝紀「全天下元元之民」, 武紀「燭幽隱, 勸元元」、「所以化元元」, 宣紀「不忘元元」, 元紀「元元失望」、「元元何辜」、「元元大困」、「元元之民, 勞於耕耘」、「元元騷動」、「元元安所歸命」, 成紀「元元冤失職者衆」, 哀紀「元元不贍」, 刑法志「罹元元之不逮」, 嚴安傳「元元黎民, 得免於戰國」, 嚴助傳「使元元之民, 安生樂業」, 賈捐之傳「保全元元」, 東方朔傳「元元之民, 各得其所」, 魏相傳「尉安元元」、「唯陛下留神元元」, 鮑宣傳「爲天牧養元元」, 蕭育傳「安元元而已」, 匡衡薛宣傳「哀閔元元」, 王嘉傳「憂閔元元」, 谷永傳「以慰元元之心」, 匈奴傳「元元萬民」是也。後漢光武紀「下爲元元所歸」、「賊害元元」、「元元愁恨」、「惠茲元元」, 章紀「誠欲元元去末歸本」、「元元未諭」、「深元元之愛」, 和紀「愛養元元」、「下濟元元」, 順紀「元元被害」, 質紀「元元嬰此困毒」, 桓紀「害及元元」, 鄧后紀、劉毅傳「垂恩元元」, 王昌傳「元元創痍」, 耿弇傳「元元叩心」, 郎顗傳「弘濟元元」、「貸贍元元」, 曹褒傳「仁濟元元」, 范升傳「元元焉所呼天」、「免元元之急」, 鍾離意傳「憂念元元」, 何敞傳「元元怨恨」、「安濟元元」, 楊終傳「以濟元元」, 虞詡傳「遭元元無妄之災」, 皇甫規傳「平志畢力, 以慶元元」是也。予謂元元者, 民也。而上文又言元元之民、元元黎民、元元萬民, 近於複重矣。故顔注 :「或云 : 元元, 善意也。」

10. 韓公潮州表

韓文公諫佛骨表, 其詞切直, 至云：「凡有殃咎, 宜加臣身, 上天監臨, 臣不怨悔。」坐此貶潮州刺史。而謝表云：「臣於當時之文, 未有過人者。至論陛下功德, 與詩、書相表裏, 作爲歌詩, 薦之郊廟, 雖使古人復生, 臣亦未肯多遜。而負罪嬰釁, 自拘海島, 懷痛窮天, 死不閉目。伏惟天地父母, 哀而憐之。」考韓所言, 其意乃望召還。憲宗雖有武功, 亦未至編之詩、書而無愧, 至於「紀泰山之封, 鏤白玉之牒, 東巡奏功, 明示得意」等語, 摧挫獻佞, 大與諫表不侔, 當時李漢輩編定文集, 惜不能爲之除去。東坡自黃州量移汝州, 上表云：「伏讀訓詞, 有『人材實難, 不忍終棄』之語, 臣在常州, 有田粗給饘粥, 欲望許令常州居住。輒敘徐州守河及獲妖賊事, 庶因功過相除, 得從所便。」讀者謂與韓公相類, 是不然。二表均爲歸命君上, 然其情則不同。坡自列往事, 皆其實跡, 而所乞不過見地耳, 且略無一佞詞, 眞爲可服。

11. 燕賞逢知己

白樂天爲河南尹日, 有答舒員外云：「員外游香山寺, 數日不歸, 兼辱尺書, 大誇勝事, 時正値坐衙慮囚之際, 走筆題長句以贈之, 曰：『黃菊繁時好客到, 碧雲合處佳人來。謂遣英、蒨二妓與舒君同遊也。酡顔一笑夭桃綻, 淸冷秋聲寒玉哀。軒騎逶迤棹容與, 留連三日不能回。白頭老尹府中坐, 早衙纔退暮衙催。』」謝希深、歐陽公官洛陽, 同游嵩山歸, 暮抵龍門香山, 雪作, 留守錢文僖公遣吏以厨傳歌妓至, 且勞之曰：「山行良勞, 當少留龍門賞雪, 府事簡, 無遽歸也。」王定國訪東坡公於彭城, 一日, 棹小舟與顔長道攜盼、英、卿三子游泗水, 南下百步洪, 吹笛飮酒, 乘月而來。坡時以事不得往, 夜著羽衣, 佇立黃樓上, 相視而笑, 以爲李太白死, 世間無此樂三百餘年矣。定國旣去, 逾月, 復與參寥師泛舟洪下, 追憶曩游, 作詩曰：「輕舟弄水買一笑, 醉中蕩槳肩相摩。歸來笛聲滿山谷, 明月正照金叵羅。」味此三遊之勝, 今之燕賓者寧復有之！ 蓋亦値知己也。

12. 端午貼子詞

唐世五月五日揚州於江心鑄鏡以進, 故國朝翰苑撰端午貼子詞, 多用其事, 然遣詞命意, 工拙不同。王禹玉云：「紫閣曈曨隱曉霞, 瑤墀九御薦菖華。何時又進江心鑑, 試與君王却衆邪。」李邦直云：「艾葉成人後, 榴花結子初。江心新得鏡, 龍瑞護仙居。」趙彦若云：「揚子江中方鑄鏡, 未央宮裏更飛符。菱花欲共朱靈合, 驅盡神姦又得無？」又「揚子江中百鍊金, 寶奩疑是月華沉。爭如聖后無私鑑, 明照人間萬善心。」又「江心百鍊靑銅鏡, 架上雙紉翠縷衣。」李士美云：「何須百鍊鑑, 自勝五兵符。」傅墨卿云：「百鍊鑑從江上鑄, 五時花向帳前施。」許冲元云：「江中今日成龍鑑, 苑外多年廢鷺陂。合照乾坤共作鏡, 放生河海盡爲池。」蘇子由云：「揚子江中寫鏡龍, 波如細縠不搖風。宮中驚捧秋天月, 長照人間助至公。」大概如此。唯東坡不然, 曰 :「講餘交翟轉回廊, 始覺深宮夏日長。揚子江心空百鍊, 只將無逸監興亡。」其輝光氣焰, 可畏而仰也。若白樂天諷諫百鍊鏡篇云 :「江心波上舟中鑄, 五月五日日午時。」「背有九五飛天龍, 人人呼爲天子鏡。」又云 :「太宗常以人爲鏡, 監古監今不監容。」「乃知天子別有鏡, 不是揚州百鍊銅。」用意正與坡合。予亦嘗有一聯云 :「願儲醫國三年艾, 不博江心百鍊銅。」然去之遠矣。端午故事, 莫如楚人競渡之的, 蓋以其非吉祥, 不可施諸祝頌, 故必用鏡事云。

••• 용재오필 권10(12칙)

1. 애공이 사에 대해 묻다 哀公問社

『논어 · 팔일八佾』에 아래와 같은 구절이 있다.

> 애공哀公이 재아宰我에게 사社[1]를 묻자 재아가 대답했다.
> "하나라에서는 소나무를 썼고 은나라에서는 측백나무[柏]를, 주나라 사람들은 밤나무[栗]를 썼습니다."
> 애공이 다시 물었다.
> "백성을 두렵게[戰栗] 하려는 것인가?"
> 공자가 이를 듣고 말했다.
> "이미 한 일은 말하지 않으며, 이루어진 일은 간하지 않으며, 이미 지나간 것은 탓하지 못한다."[2]

옛 사람들은 사社를 그 지역에서 많이 볼 수 있는 나무로 만들었을 뿐이다. 처음에는 일부러 별다른 것으로 의미를 부여하지 않았다. 애공은 사실 물어볼 필요가 없었다. 밤나무를 사용한다는 말을 듣자 "백성을 두렵게 하려는 것이다"라는 말이 연상되었던 것이다. 옛날 사직에서 살육을 행하지

1 社 : 토지신으로, 옛날 천자가 제후를 봉할 때 흙을 띄풀 위에 실어서 주는데 제후는 이것을 받아 그 나라의 궁궐 남쪽에 사를 세우고, 나무를 심어 신목神木으로 삼았다. 하나라에서는 소나무를, 은나라에서는 잣나무를, 주나라에서는 밤나무를 심었다.

2 『논어 · 팔일八佾』.
  ○ 『논어』의 이 대목에 대한 홍매의 독해는 지금과 다르다. 일반적으로 "使民戰栗"을 재아가 한 말로 해석한다. 재아가 주나라에서 밤나무를 심은 뜻은 '백성으로 하여금 바라보아 두려워하고 무섭게 하기 위한 것'이라 설명하였고, 이에 대해 공자가 그의 말을 꾸짖은 것이다. 그러나 홍매는 이 대목을 애공이 재아에게 질문한 것으로 보았다. 여기서는 뒷 부분과의 연결을 위해 홍매의 독법대로 해석하였다.

는 않았지만 백성을 겁주기 위한 방법은 필요했다는 의미이다. 그러나 사실은 그렇지 않다. 공자는 재아가 구체적인 사실에 근거하여 할 수 있는 것을 하고, 못 하는 일을 포기하지 못한 것을 책망한 것이다. 다 된 일이 아니라면 말할 수 있고, 완성된 일이 아니라면 간언할 수 있으며, 이미 지나간 일이 아니어야 나무랄 수 있다는 것이다.

혹자는 "백성을 두렵게 하려는 것이다[使民戰栗]"라는 한 구절을 재아가 말한 것으로 보기도 한다. 기록한 사람이 앞의 말과 구별되게 하기 위하여 "曰왈"자를 첨가하였다는 것이다. 이것도 일설로 볼 수 있다. 그러나 이 말이 재아에게서 나왔다면, 군주를 잔혹함으로 인도하는 것이므로 합당하지 않다. 애공이 한 말이라면 바로 즉시 권고하여 바로잡아 그 단초를 없앨 수 있는 것이다. 두 가지 경우 모두 과오가 있기 때문에 성인의 책망을 피할 수 없었다. 애공은 월나라로 노나라를 공격하여 중손仲孫·숙손叔孫·계손季孫의 삼가를 물리치려 했으나 성공하지 못하고 결국 축출되어 나라를 잃게 되었다. 그 근본 원인은 아마 여기에 있는 듯하다.

하휴何休는 『공양전公羊傳』의 주에서 이렇게 말했다.

> 松송은 모습[容]이다. 용모를 보고 그를 섬기는 것이니 '사람이 바르다[人正]'는 의미이다. 柏백은 가깝다[迫]이다. 친근하면서 멀지 않으니 '땅이 바르다[地正]'는 의미이다. 栗율은 전율戰栗을 뜻하는 것으로, 근신하며 공경하는 모양으로 '하늘이 바르다[天正]'는 의미이다.

그렇기 때문에 백성을 두렵게 한다는 설도 근거가 있는 것이다.

『공양전』에서는 다음과 같이 말했다.

> 장례 후에 지내는 제사인 우제虞祭는 뽕나무 신주를 쓰고, 만 일년이 되었을 때 지내는 제사인 연제練祭는 밤나무를 신주로 쓴다.

실제로 삼대의 사社에서 소나무[松], 측백나무[柏], 밤나무[栗]로 신주를 만든 것이다. 이 나무를 심었다는 것이 아니다. 정이程頤도 이렇게 보았다.

2. 의미가 일관되지 않은 절구 絕句詩不貫穿

밤은 찬데 피리부는 소리, 천산의 달,	夜涼吹笛千山月,
어두운 길 길 잃은 사람 백 가지 꽃.	路暗迷人百種花.
파한 장기판, 사람은 세상이 바뀐 줄도 모르고,	棋罷不知人換世,
파한 술자리, 객은 속절없이 고향 생각.	酒闌無奈客思家.

이는 구양수의 절묘한 시이다. 한 구절마다 한 가지 일을 서술하고 있어, 서로 연관이 되지 않는 것 같다. 그래서 제목이 「몽중작夢中作」이다.

영가永嘉 지역의 선비 설소희薛韶喜가 시 논평을 좋아하는데 이런 말을 한 적이 있다.

두보의 근체 율시는 심원하면서 안정적이다. 백운百韻의 작품이라 해도 수미가 딱 맞아떨어져 상산常山의 뱀[常山之蛇][3]처럼 중간에 단절되거나 어그러지는 곳이 없다. 그러나 절구는 그렇지 않다. 오언시를 예로 들어보자.

나른한 날 강산이 아름답고,	遲日江山麗,
봄 바람에 화초 향기롭네.	春風花草香.
진흙이 녹으니 제비 날아다니고,	泥融飛燕子,
모래가 따뜻하니 원앙이 졸고있네.	沙暖睡鴛鴦.[4]

급우에 시내의 언덕 바닥이 깎이고,	急雨梢溪足,
빗긴 햇빛은 나무 허리로 옮겨간다.	斜暉轉樹腰.
둥지를 사이에 두고 황조가 나란히 앉았고,	隔巢黃鳥並,
마름을 뒤집으니 흰 물고기 뛰어오른다.	翻藻白魚跳.[5]

강물이 움직이니 달 그림자 돌로 옮겨가는 듯,	江動月移石,

3 常山之蛇 : 전설상의 뱀. 이 뱀의 머리를 치면 꼬리가, 꼬리를 치면 머리가 덤비고, 허리를 치면 머리와 꼬리가 함께 덤벼 서로 돕는다는 전설상의 뱀이다. 여기에서 유래하여 병법兵法에서 선진과 후진, 우익과 좌익이 서로 연락하고 공방하는 진세陣勢를 비유하기도 하고, 문장이나 시에서 전후가 대응하여 처음과 끝이 일관되는 것을 비유하기도 한다.

4 「絶句二首」 제1수.

5 「絶句六首」 제4수.

텅빈 시내에는 구름이 꽃 옆에서 피어오른다.　溪虛雲傍花.
새는 옛 길을 알아 둥지에 깃드는데,　鳥棲知故道,
지나가는 돛단배는 누구 집에서 머물까?.　帆過宿誰家.[6]

우물 파니 종려 잎이 교차하여 덮고,　鑿井交棕葉,
도랑을 파니 대 뿌리가 잘렸다.　開渠斷竹根.
편주에는 가볍게 닻줄이 흔들거리고,　扁舟輕裹纜,
작은 길은 굽이굽이 마을로 통한다.　小徑曲通村.[7]

해가 울타리 동쪽 물 강에서 솟고,　日出籬東水,
구름은 집 북쪽 진흙에서 피어난다.　雲生舍北泥.
높은 대나무에 비취새 울고,　竹高鳴翡翠,
외진에서 닭이 춤춘다.　沙僻舞鵾雞.[8]

낚시 배는 낚시 줄을 다 거둬들이고,　釣艇收緡盡,
저녁 까마귀는 이어 나는 모습 드물다.　昏鴉接翅稀.
달이 떠서 처음으로 부채꼴을 배우고,　月生初學扇,
구름은 가늘어 옷 모양을 이루지 못한다.　雲細不成衣.[9]

집 아래는 죽순이 벽을 뚫고,　舍下筍穿壁,
뜰 안에는 등나무 덩굴이 처마를 찌른다.　庭中藤刺簷.
개인 날 땅에는 거미줄 하늘하늘,　地晴絲冉冉,
하얀 강물 가에는 풀잎 한들한들.　江白草纖纖.[10]

칠언시로는 다음과 같은 것들이 있다.

버들솜 오솔길에 흩뿌려져 흰 융단 깐 듯　糝徑楊花鋪白氈,
연잎 시내에 점점이 떠 있어 푸른 동전 겹친 듯.　點溪荷葉疊青錢.
죽순 뿌리 밑 꿩 새끼 보는 사람 없자 나타나고,　筍根雉子無人見,
백사장에 오리 새끼 어미 곁에 잠자고 있네.　沙上鳧雛傍母眠.[11]

6 「絶句六首」 제6수.
7 「絶句六首」 제3수.
8 「絶句六首」 제1수.
9 「復愁十二首」 제2수.
10 「絶句六首」 제5수.

노란 꾀꼬리 두 마리 비취빛 버들가지에서 울고, 兩個黃鸝鳴翠柳,
흰 백로 줄지어서 푸른 하늘로 날아오르네. 一行白鷺上青天.
창문은 서쪽 산마루의 천년설을 머금고 있고, 窗含西嶺千秋雪,
문 밖에는 오나라 만리 길 떠날 배가 정박해 있네. 門泊東吳萬里船.[12]

이러한 것들은 서로 연결이 되지 않는다.

나는 그의 말에 근거하여 『당인만절구唐人萬絶句』를 고찰해 보았다. 사공도司空圖의 「잡제雜題」는 연결이 된다.

배가 서 있는 제방은 누각을 둘러싸고, 驛步堤縈閣,
병영의 북소리 다리를 진동시킨다. 軍城鼓振橋.
갈매기는 호수에 내려온 기러기와 어울리고, 鷗和湖鴈下,
눈은 산마루에 날리는 매화와 격해있다. 雪隔嶺梅飄.

작은 배에 원숭이 숨어 타고, 舴艋猿偷上,
잠자리는 제비와 겨루어 난다. 蜻蜓燕競飛.
땔나무 냄새 계화를 태우는 것 같고, 樵香燒桂子,
이끼는 축축하고 도롱이를 건다. 苔濕掛莎衣.

3. 「농부」와 「전옹」 시 農父田翁詩

장벽張碧의 「농부農父」는 다음과 같다.

호미로 밭 갈기를 새벽부터 해서, 運鋤耕斸侵晨起,
밭이랑에 곡식 가득하니 온 식구 기뻤다네. 隴畔豐盈滿家喜.
결국엔 벼와 기장 다른 사람 것이 되고, 到頭禾黍屬他人,
처자식은 어디로 팔려갔는지 알 수가 없네. 不知何處拋妻子.

두순학杜荀鶴의 「전옹田翁」은 다음과 같다.

11 「絶句漫興九首」 제7수.
12 「絶句四首」 제3수.

백발은 성성하고 힘은 노쇠한데, 白髮星星筋骨衰,
농사일을 오히려 손주들과 함께하네. 種田猶自伴孫兒.
세금을 정당하게 거두지 않는다면, 官苗若不平平納,
설령 풍년이라 하더라도 굶주릴텐데. 任是豐年也受飢.

이 시를 읽으면 슬퍼지게 된다. 지금의 세금 징수는 그때보다 심하니 어찌 몇 배에 그치겠는가!

4. 위 선공의 두 아들 衛宣公二子

위선공衛宣公의 두 아들과 관련된 이야기는 『시경』과 『좌전』에 본말이 매우 자세히 수록되어 있다. 『시경·이자승주二子乘舟』는 급伋과 수壽가 지은 것이다.[13] 『좌전』에 이러한 내용이 있다.

선공이 계모인 이강夷姜과 간통해서 급자伋子를 낳자 이 아이를 우공자에게 맡겨 돌보게 했다. 급자가 장성하자 제나라에서 며느릿감으로 선강을 맞아들였는데 그녀가 매우 아름다워 선공 자신이 취했다. 그리고 수와 삭을 낳게 되자 수는 좌공자에게 맡겨 돌보게 했다. 이 때 총애를 잃은 이강이 목을 매고 자살했다. 그러자 선강은 삭과 짜고 급자를 무고했다. 선공이 이들 말을 믿고 급자를 제나라의 사신으로 보내면서 도적을 시켜 제나라로 가는 길목인 신 땅에서 기다리고 있다가 급자를 죽이라고 했다. 이복동생 수가 이 사실을 급자에게 알리면서 사신으로 가서는 안 된다고 말했다. 수는 그에게 술을 먹여 재우고는 자신이 급자의 깃발을 달고 먼저 떠났다. 기다리던 도적이 수를 죽였다. 결국 형제가 함께 죽었다.

고찰해보니, 선공은 노 은공隱公 4년 12월에 즉위하였고, 노 환공桓公 12년 11월에 죽었으니 19년을 재위에 있었다. 즉위했을 때부터 계모와 사통했다고 한다면, 급은 즉위 다음해에서야 태어났을 것이고, 정황상 15살이 되어서야 아내를 맞이했을 것이다. 급이 선강을 아내로 맞이했으나 아버지인 선공에게

13 『邶風·二子乘舟』 : 두 아들이 배를 타고 두둥실 멀리 떠나갔네. 그들의 일 걱정되어 내 가슴은 두근거리누나. 두 아들이 배를 타고 두둥실 멀리 떠나갔네. 아들을 생각할 때마다 아무 탈 없기만 바라네.[二子乘舟, 汎汎其景. 願言思子, 中心養養. 二子乘舟, 汎汎其逝. 願言思子, 不瑕有害.]

뺏겼고, 선공이 선강과 사이에서 수와 삭을 낳았고, 삭은 그의 모친인 선강과 함께 이복형인 급을 참소하였다. 수는 또 급을 대신하여 사신이 되어 국경을 넘었다고 했는데, 이는 10세 이하의 아이가 할 수 있는 일이 결코 아니다. 그렇다면 어떻게 19년이라는 시간 사이에 어떻게 이런 사건들이 생겨날 수 있단 말인가? 정말 이해가 되지 않는다.

5. 단을 필이라 하다 謂端爲匹

지금 사람들은 비단 한 필을 한 단壹端이라 하고 단필端匹이라고 총칭하기도 한다. 『좌전』 중 "비단 2량을 예물로 삼았다幣錦二兩"[14]는 구절에 다음과 같은 주가 달려있다.

> 두 장丈을 일 단端이라고 하고, 두 단端을 한 량兩이라고 하는데 소위 필匹이라고 하는 것이다. 두 량은 두 필이다.

그렇기 때문에 단端을 필匹이라고 하는 것은 잘못된 것이다.

『상산야록湘山野錄』[15]에 이러한 내용이 있다. 하송夏竦이 양양襄陽에 주둔할 때 조정에서 대례를 행하면서 이미 퇴임한 관료들에게 속백束帛[16]을 하사하였다. 이 때 견絹 열 필을 호단胡旦에게 하사하였는데, 호단이 웃으며 다음과 같이 말했다.

> "5필을 반환하겠습니다. 『한시외전韓詩外傳』과 한강백韓康伯 등 여러 유학자들이 『주역周易·분賁』 중 '다섯 묶음의 비단은 매우 부족하다束帛戔戔'는 구절을 해석한 것을 조사해보시면 알 수 있을 것입니다."

하송이 호백의 말대로 이 자료들을 조사해 보니 과연 삼대의 속백束帛

---

14 『좌전·소공 26년』.

15 『湘山野錄』: 송나라 승려 문영文瑩이 지은 필기집.

16 束帛 : 나라 사이에 빙문聘問하던 예폐禮幣. 비단緋緞 다섯 필을 각각 양끝을 마주 말아서 한 데 묶은 것. 왕실의 대사 때에 쓰던 비단으로 검은 비단 여섯 필과 붉은 비단 네 필.

·속수束修의 제도가 있었다. 속백束帛은 비단을 양 단端이 있도록 말아놓은 것이므로 5필이면 열단[十端]이니 바로 이 설과 맞아떨어진다. 그러나 『주역정의周易正義』와 왕필王弼의 주, 『한시외전』에는 모두 이러한 내용이 없다. 문영文瑩은 함부로 말한 것이 많기 때문에 믿을 수 없다.

『춘추공양전』 중 "네 마리 말과 다섯 필의 비단[乘馬束帛]"을 보면 다음과 같은 주가 달려있다.

> 속백束帛은 검은색 셋과 옅은 붉은색 둘로, 검은색 셋은 하늘을 상징하고 옅은 붉은색 둘은 땅을 상징한다.

만약 문영이 이것으로 논거를 삼았다면 설득력이 있었을 것이다.

6. 초당에 관한 시 唐人草堂詩句

나는 동쪽 텃밭에 초당草堂을 만들었다. 원래는 당나라 시인들의 시를 가져다 벽에 쓰고 싶었지만 겨를이 없었다. 그래서 초당과 관련된 당나라 시인들의 시 구절을 여기에 한 번 기록해봤다. 아래의 구절들은 두보의 시 구절이다.

서쪽 교외에서 초당을 향한다.	西郊向草堂.[17]
옛날 내가 초당에 갔을 때.	昔我去草堂.[18]
초당의 작은 꽃 이제 가꾸어보려네.	草堂少花今欲栽.[19]
초당의 참호 서쪽에는 나무가 없다.	草堂塹西無樹林.[20]

17 「西郊」.
18 「草堂」.
19 「詣徐卿覓菓栽」.
20 「憑河十一少府邕覓榿木栽」.

백거이白居易는 「별초당別草堂」이라는 절구 3수를 지었다.

몸은 초당을 벗어났으나 마음은 벗어나지 못했다.　　身出草堂心不出.[21]

그 외에도 초당과 관련된 다양한 시 구절들이 있다.

유우석劉禹錫, 「상우계傷愚溪」 :
초당에는 주인 없으나 제비가 날아 돌아온다.　　草堂無主燕飛回.[22]

원진元稹, 「화배교서和裴校書」[23] :
맑은 강 아래를 보니 초당이 있네.　　淸江見底草堂在.

전기錢起, 「모춘귀고산초당暮春歸故山草堂」 :
어두워 돌아오니 초당은 고요하고,　　暗歸草堂靜,
반쯤 들어가니 도화원에 온 듯.　　半入花源去.

주경여朱慶餘 :
붉은 옷 차려 입고 초당에 들어간다.　　稱著朱衣入草堂.[24]

이섭李涉 :
초당이 눈과 함께 이웃이 되었다.　　草堂曾與雪爲鄰.[25]

고황顧況 :
초당을 만들지 않고 원객을 부른다.　　不作草堂招遠客.[26]

낭사원郎士元 :
초당의 대나무 길 어디에 있나?　　草堂竹徑在何處?[27]

21 「別草堂三絶句」 제2수.
22 「傷愚溪三首」 제1수.
23 원제는 「和裴校書鷺鷥飛」.
24 「林下招胡長官」.
25 「題宣化寺道光上人居」.
26 「送郭秀才」.
27 「贈人」.

장적張籍 :

초당의 눈 내리는 밤 거문고를 끼고 하룻밤 묵네.	草堂雪夜攜琴宿.[28]
서쪽 봉우리의 달은 아직 그대로인데,	西峰月猶在,
아득하게 초당 앞을 생각한다.	遙憶草堂前.[29]

무원형武元衡 :

그대와 함께 적막함 달래려,	多君能寂寞,[30]
함께 초당을 짓고 노닐었었지.	共作草堂游.[31]

육구몽陸龜蒙 :

초당에서 새로운 가을 풍경을 기다린다.	草堂秪待新秋景.[32]
초당에는 종일토록 승려가 앉아있네.	草堂盡日留僧坐.[33]

사공도司空圖 :

예전에 은거하던 초당이 아직도 나를 부른다.	草堂舊隱猶招我.[34]

위장韋莊 :

올해는 텅 빈 새 초당이 맞이하네.	今來空訝草堂新.[35]

자란子蘭 :

지팡이 짚고 시 읊으며 초당에 오른다.	策杖吟詩上草堂.[36]

교연皎然은 「제호상초당題湖上草堂」에서 이렇게 읊었다.

28 「弟蕭遠雪夜同宿」.
29 「寄西峰僧」.
30 『전당시』에는 이 구절이 '與君寂寞意'로 되어있다. 의미상으로 보아 『전당시』의 표기가 더 적합하다.
31 「同陳六侍御寒食遊禪定藏山上人院」.
32 「藥名離合夏日即事三首」 제1수.
33 「謝山泉」.
34 「狂題二首」 제1수.
35 「燕來」.
36 「晩景」.

산중 은거는 섬중산[37]을 살 필요는 없는 것,　　山居不買剡中山,
호수 위 천개의 봉우리 곳곳마다 한가롭다.　　湖上千峰處處閑.
향기로운 풀 흰 구름 나를 머물게 하니,　　芳草白雲留我住,
세상 사람 무슨 일이 상관할 수 있으랴.　　世人何事得相關?

7. 『공양전』과 『곡량전』의 날짜 표기 公穀解經書日

공자는 『춘추』를 지으면서 한 글자로 포폄褒貶을 하였는데, 그 요지는 주나라 왕실을 존중하는 것에 있었으며, 기년紀年과 서사敍事에 있어서는 구사舊史를 따랐을 뿐이다. 두예杜預는 『급총서위국사기汲冢書魏國史記』를 보고 이렇게 말했다.

이 책의 의도는 대체로 『춘추경』과 비슷하다. 이를 미루어 고대 각 국의 사서 편찬 규율을 알 수 있다.

날짜를 쓰던 쓰지 않던 사건의 경중과는 관계가 없다. 그런데 『공양전』과 『곡량전』은 모든 사건에 대해 날짜 표기의 여부를 천착했기에 도리어 의미가 통하지 않게 되었다.

『좌전』은 한 곳에만 날짜를 쓰지 않았다.

공자익사公子益師가 죽었을 때 은공이 그를 위해 소렴小斂을 해 주지 않았기 때문에 날짜를 쓰지 않았다.[38]

이 외에 날짜를 쓰지 않는 경우는 거의 없다.

『공양전』과 『곡량전』 중 이런 예를 발췌하여 아이들에게 알려주고자 한다. 『공양전』에서 날짜와 관련된 언급으로는 다음과 같은 것들이 있다.

37 剡中 : 섬현剡縣 일대로 천하의 유명한 명승지이다.
○ 이백, 「추하형문秋下荊門」
이 여행은 농어회를 먹기 위함이 아니요,　　此行不爲鱸魚鱠,
오직 명산의 경치를 사랑하여 섬중에 간다.　　自愛名山入剡中.

38 『좌전·은공 1년』.

사익益師이 죽었는데 왜 날짜를 쓰지 않았는가? 먼 시대이기 때문이다.

시간이 되지 않았는데 장례를 치룬 경우에 춘추에 날짜를 써 주는 것은 급히 장사지낸 것을 나타낸다. 시간이 되지 않아서 장례를 치루고 날짜를 기입하지 않은 것은 장례를 소홀히 지낸 것이다. 때가 지나서 장례를 치룬 경우 날짜를 기록한 것은 군주에 대한 애통함을 표현한 것이다. 때가 지나서 장례를 치룬 경우 춘추에서 날짜를 기록하지 않은 것은 시간에 맞춰 장례를 지내지 못했다는 것이다. 때에 맞게 장례를 치룬 경우에 날짜를 기록하지 않은 것은 정상적인 장례이다. 때에 맞은 장례인데 날짜를 기록한 것은 위험이 잠복하여 편히 모셨다고 할 수 없는 경우이다.

경인庚寅일, 병邴땅을 공격했다. 날짜를 쓴 것은 왜인가? 이 전쟁이 힘들었기 때문이다.

읍邑을 취했을 때는 날짜를 쓰지 않는다.

환공의 맹약에 날짜를 쓰지 않는 것은 신뢰를 표현한 것이다.

갑인甲寅일, 제나라 사람이 위衛를 공격하였다. 다른 나라를 공격한 것은 날짜를 기록하지 않는데 여기서는 왜 날짜를 기록했는가? 위나라에 도착한 날짜이다.

임신壬申일, 희공이 천자가 계신 곳에서 천자를 뵈었다. 날짜를 쓴 것은 왜인가? 나라 안의 일은 상세히 기록하기 때문이다.

신사辛巳일, 진나라가 효殽에서 진나라를 대패하였다. 불시의 습격에 대해서는 날짜를 쓰지 않는데 여기서는 왜 썼는가? 전멸되었기 때문이다.

갑술甲戌일, 함鹹에서 적狄을 대패시켰다. 날짜를 쓴 것은 왜인가? 이 전쟁이 중요했기 때문이다.

자子가 죽었다. 왜 날짜를 쓰지 않았는가? 감추려는 것이다.

즉위는 날짜를 쓰지 않는다.

날짜의 기록 여부에 천착한 것은 『곡량전』이 가장 많다.

약소자의 맹약에서는 날짜를 쓰지 않는다.

대부가 죽은 날짜를 쓰는 것은 정확한 것이다.

제후가 죽은 날짜를 쓰는 것은 정확한 것이다.

침입한 날짜를 쓰는 경우는 침입자를 미워하는 것이다.

외국에서의 맹약에는 날짜를 쓰지 않는다.

성읍을 취한 경우는 날짜를 쓰지 않는다.

대규모 열병은 무력을 숭상하는 것을 의미하므로 삼가 날짜를 기록한 것이다.

이전에 정해진 맹약은 날짜를 쓰지 않는다.

장공이 제나라 군대를 대패시켰다. 날짜를 쓰지 않은 것은 선전 포고를 하지 않고 습격하였기 때문이다.

장공이 송나라 군대를 대패시켰다. 날짜를 쓴 것은 전쟁의 성패를 표현한 것이다.

제나라 사람들이 수遂나라를 멸망시켰다. 날짜를 쓰지 않은 것은 작은 나라이기 때문이다.

장공이 제나라 환공을 만나 가柯에서 맹약했다. 환공이 맹약을 주관하였고 장공이 참여했지만 날짜를 쓰지 않은 것은 신의가 있기 때문이다.

진인陳人의 여자를 잉첩으로 들였다. 날짜를 쓰지 않은 것은 여러 번 약속을 어긴 것을 미워한 것이다.

계해일, 기숙희紀叔姬를 장례 지냈다. 죽은 날짜를 쓰지 않고 장례 지낸 날짜를 쓴 것은 기숙의 죽음을 안타깝게 여긴 것이다.

자적子赤이 죽은 날을 쓴 것은 정확한 것이다. 날짜를 쓰지 않으면 까닭이 있는 것이다. 직접 보았으면 날짜를 쓴다.

무진일, 규구葵丘에서 맹약을 맺었다. 환공의 맹약은 날짜를 쓰지 않는데 여기서는 왜 날짜를 썼는가? 칭송한 것이다.

신묘일, 사록沙鹿이 무너졌다. 날짜를 쓴 것은 이 이변을 심각하게 본 것이다.

무신일, 송나라에 운석이 떨어졌다. 이 달, 여섯 마리 익조가 거꾸로 날아갔다. 돌은 지각이 없는 것이므로 날짜를 썼다. 익조는 약간의 지각이 있는 동물이므로 달을 쓴 것이다.

을해일, 제후齊侯 소백이 죽었다. 여기서는 날짜를 쓰지 않아야 하는데 썼으니 왜인가?

임신일, 희공이 천자를 알현했다. 날짜를 쓴 것은 천자를 두 번째 만난 것이기 때문에 신중하게 날짜를 기록한 것이다. 일은 월에 묶여 있고, 월은 때에 묶여 있다. 여기서 달을 표기하지 않은 것은 의탁한 바를 잃은 것이다.

정미일, 상신商臣이 군주 곤髡을 시해했다. 곤이 죽은 날짜를 기록한 것은 상신이 시해하였음을 특별히 기록한 것이다.

을사일, 노문공이 진晉나라 대부 양처부陽處父와 맹약하였다. 노문공을 말하지 않은 것은 기피한 것이다. 어찌 노문공과 맹약한 것임을 알 수 있는가? 날짜를 썼기 때문이다.

갑술일, 수구須句를 취하였다. 읍을 취한 날은 쓰지 않는데 여기서는 왜 날짜를 기록했는가? 재차 공격하여 취한 것을 옳지 않다고 여겼기 때문에 특별히 날짜를 기록한 것이다.

신축일, 양왕을 장례 지냈다. 날짜를 쓴 것은 장례를 치르지 말았어야 함을 나타낸 것이다.

을묘일, 진晉나라와 초楚나라가 필邲에서 전쟁하였다. 날짜를 쓴 것은 그 일이 어긋났기 때문이다.

계묘일, 진晉나라가 노潞나라를 멸망시켰다. 나라를 멸망시킨 것에 대해서는 세 가지 기록 방법이 있다. 중등의 나라일 때는 특별히 날짜를 기록하고 작은 나라의 경우에는 달을 기록하며, 오랑캐의 경우에는 날짜를 쓰지 않는다. 여기서 날짜를 기록한 것은 노나라의 군주가 현군이었기 때문이다.

갑술일, 초자楚子가 죽었다. 오랑캐 나라의 군주가 죽었을 때는 날짜를 쓰지 않는데 여기서 날짜를 쓴 것은 그들이 예전보다 약간 나아졌기 때문이다.

계유일, 안鞌에서 싸웠다. 날짜를 쓴 것은 전쟁의 날짜를 명확하게 하기 위함이기도 하고 노나라가 전쟁에 참여했다는 것을 밝히기 위함이기도 하다.

양산梁山이 무너졌다. 날짜를 쓰지 않은 것은 왜인가? 높은 산은 무너지기 마련이기 때문이다.

생쥐가 교제에 바칠 희생 소의 뿔을 갉아 먹었다. 날짜를 쓰지 않은 것은 급히 적은 글이기[急辭][39]이기 때문이다.

경신일, 거莒나라 군대가 크게 패하였다. 이를 미워하여 특별히 날짜를 기록한 것이다.

가을, 소공昭公이 회맹한 곳에서 돌아왔다. 날짜를 쓰지 않은 것은 정나라를 정벌하고 돌아왔기 때문이다.

병술일, 정백鄭伯이 조操에서 죽었다. 날짜를 기록한 것은 그가 나라 밖에서 죽은 것이 아니기 때문이다.

을해일, 장손흘臧孫紇이 주邾나라로 달아났다. 날짜를 쓴 것은 장손흘이 달아난 날짜를 정확하게 기록하려는 것이다.

채蔡나라 세자가 군주를 시해하였다. 날짜를 기록하지 않은 것은 아들이 부친의 왕위를 찬탈한 것은 오랑캐와 같은 짓이기 때문이다.

겨울 10월, 채蔡나라 경공景公을 장례 지냈다. 죽은 날을 쓰지 않고 장례 지낸 달을 기록한 것은 제 때에 매장하지 않은 것이다.

4월, 초楚나라 공자 비比가 군주를 시해하였다. 군주를 시해했을 때는 날짜를 쓰는데 여기서 날짜를 쓰지 않은 것은 비比가 시해하지 않았다는 것이다.

갑술일, 제후들이 평구平丘에서 동맹을 맺었다. 날짜를 기록한 것은 이 맹약을

39 急辭 : 글 가운데서 촉급促急한 표현. 문장의 생략 속에 질책의 의도를 담고 있는 경우가 많으며, '완사緩辭'와 상대적인 표현이다.

칭송한 것이다.

조정의 대사는 날짜를 기록한다. 즉위는 군주의 대사인데 날짜를 기록하지 않은 것은 왜인가? 즉위는 년도로 결정되지 날짜로 결정되는 것이 아니기 때문이다. 정공定公의 즉위는 왜 날짜를 기록했는가? 특별히 그의 즉위를 강조한 것이다.

기타 시간과 달에 대한 해석도 모두 이러하다. 경서에 익숙한 선비는 자연스럽게 알 수 있을 것이다. 사록沙鹿과 양산梁山에 대해서는 두 해설이 달라 이치에 맞지 않는다. 소철은 「춘추론春秋論」에서 이렇게 말했다.

『공양전』과 『곡량전』에서 일, 월, 토지土地는 모두 글자의 뜻을 넘어 견강부회하였다. 무릇 날짜, 달, 땅은 지각도 없고 세간의 일을 알지 못하는데 어찌 그것을 좋고 나쁘다고 할 수 있겠는가?

소철의 의견도 대략 이러했다.

8. 유응진의 압자 柳應辰押字

얼마 전 악주鄂州 남루南樓의 흙 속에서 마애비磨崖碑[40]를 발견했다. '柳유'자가 새겨져 있었는데 그 아래의 글자는 알아볼 수가 없었다. 후에 수소문하여 누구인지 알아냈다. 이름은 응진應辰이고 당 말 오대 시기의 호북湖北 사람이었다. 이 내용을 『사필』에서 언급했었는데[41] 지금에서야 이 사람의 실제 상황에 대해 알게 되었다. 내가 찾은 유씨의 이름은 맞는 것이었다.

유응진은 송나라 보원寶元 원년(1038) 여진呂溱이 장원급제했던 그 해에 진사에 급제했다. 지금 오계석浯溪石[42]에 커다랗게 압자押字[43]가 있고 이렇게

40 磨崖 : 자연 암벽을 쪼거나 갈아서 글자나 그림을 새기는 것을 말한다.

41 『용재사필』권10, 「鄂州南樓磨崖」 참조.

42 浯溪石 : 당나라 원결元結이 「대당중흥송大唐中興頌」을 짓고 그의 절친인 안진경顔眞卿에게 청탁하여 오계 옆에 있는 절벽의 바위에 새겨 숙종의 공덕을 찬양하였다. 이후 공적을 새긴 비석을 일반적으로 오계석이라 한다.

43 押字 : 문서의 수수授受나 권리 관계의 이동을 표시할 때 본인임을 믿게 하기 위하여 붓으로

쓰여 있다.

압자押字는 마음에서 일어나 마음이 쓴 것이니 다른 사람은 알지 못한다. 대송大宋 희녕熙寧 7년 갑인甲寅년에 돌에 새긴다. 상서도관원외랑尙書都官員外郎 무릉武陵 사람 유응진柳應辰, 영주永州 통판通判에 임명되었다.

그리고 시가 있다.

강변에 있는 오계석,	浯溪石在大江邊,
한가로울 때 이곳에 이름을 새겼었지.	心記閑將此地鐫.
후인들 손꼽으며 헤아릴 때면,	自有後人來屈指,
사천 육백 번 갑인년이 지났을테지.	四千六百甲寅年.

낭중閬中 진사陳思의 발문跋文이 있다.

이는 도관원외랑都官員外郎 유공의 압자이다. 돌에 이름을 새겨 이름을 남기고자 가는 곳마다 한 장이나 되는 크기의 압자를 남겼는데 그가 무슨 생각으로 이렇게 한 것인지 알 수가 없다. 압자는 고인이 이름을 쓸 때 사용하던 초서체로 문서 기록에서 사용하여 자기가 식별하기 편하게 하기 위한 것일 뿐이다. 지금 응진이 압자를 새긴 것이 이처럼 두루 널리 퍼져있으니 괴이한 일이다. 호사자가 좇아서 이를 위한 갖가지 설을 만들어내고 상서롭지 못한 것을 좇아낼 수 있다고 하니 정말 가소롭다.

이 첩을 얻고 예전의 해석이 잘못된 것임을 알게 되어 유감스럽다. 바위의 옆에는 또 장세기蔣世基의 「술몽기述夢記」가 있다.

지화至和 3년(1056) 8월, 영주永州 지주 직방원외랑職方員外郎 유공진柳拱辰이 임기가 만료되어 업무 인계를 하고서 조정으로 귀환하였다. 기양현祁陽縣 현령 제술齊術이 그를 백수白水까지 전송하였는데 유학자의 의관을 한 자가 꿈에 나타나 말했다. "나는 원결元結이다. 유공이 오계浯溪를 유람하고서 시를 짓지 않고 갔으니 그대는 어찌 그에게 시를 청하지 않는가?" 깨어나 마음으로 이를 이상하게 여기고 결국 시 한수를 지어 유공진에게 주었다. 유공진은 운을 맞추어 화창하는 시를 지었으나 표현이 뛰어나지 못했다.

직접 서명한 것을 지칭한다.

유공진은 천성天聖 8년(1030) 왕공진王拱辰와 같은 해에 진사에 급제했는데, 아마도 유응진의 형일 것이다. 여기에 함께 기록해 둔다.

9. 후손이 없었던 요임금 唐堯無後

요堯[44]와 순舜의 아들들은 부모를 닮지 않은 불초자들이었다. 순임금의 후손은 비록 천하를 소유하지는 못했지만 진陳과 전제田齊까지 약 2천년동안 이어졌다.[45] 그러나 요임금의 후손은 순이 재위에 있을 때 단절되었다. 그래서 순임금은 우禹에게 이렇게 경계시켰다.

> 단주丹朱[46]처럼 오만하지 말아라. 이 때문에 그의 대에서 나라가 망하게 되었다.

또 경계하는 말을 지었다.

> 요임금으로 인해 이 기冀땅을 가지게 되었다. 그러나 이제 그 도를 잃고 기강이 어지럽게 되어 멸망에 이르렀도다.[惟彼陶唐, 有此冀方. 今失厥道, 亂其紀綱, 乃底滅亡.][47]

단주의 죄는 나라를 멸망시킨 것이다. 순, 우의 시대에 현인의 후손을 찾아 단주를 대신해 계승하도록 할 수 없었단 말인가?

『좌전』에 자산子產의 말이 기록되어 있다.

44 堯 : 요는 처음에 도陶에 봉해졌다가 또 당唐에 봉해졌기에 도당씨陶唐氏라 한다. '당요唐堯'와 '도당陶唐' 모두 요임금을 가리킨다.

45 순舜나라의 후예는 주나라 무왕武王에게 진陳을 책봉 받았다. 진陳의 13대 여공의 아들인 공자 완完은 B.C. 672년에 제齊나라로 망명해서 성을 전田씨로 바꾸었다. 이후 제나라의 가신의 가문이 된 전씨는 25대 경공(B.C.548~490) 시절을 기점으로 급성장해, 태공망太公望으로 유명한 시조 강여상姜呂尙 이후로 이어지던 제나라의 강姜의 여呂씨 왕실을 무너뜨리고 자신들이 왕위를 찬탈하였다. 원래의 제齊나라와 구분하여 이 시기를 전제田齊라 한다.

46 丹朱 : 요堯임금의 아들. 요임금이 제위를 물려줄 인물을 찾자 신하 방제放齊가 단주를 천거하였는데, 요임금은 단주가 충신忠信한 말을 좋아하지 않고 다투기를 좋아한다는 이유로 결국 제위를 순임금에게 물려주었다.

47 『서경·하서夏書·오자지가五子之歌』: 하夏나라 임금 태강이 사냥만 일삼다가 나라를 빼앗기고 쫓겨나자 그의 다섯 동생들이 대우大禹의 경계를 이어서 노래로 만든 것이다.

당唐나라 사람이 이 일을 계속 이으면서 하夏나라와 상商나라를 섬겼고 그 말기에는 당숙우唐叔虞로 불렸습니다. 훗날 주 성왕이 당나라를 멸망시키고 태숙太叔을 당나라에 봉했습니다.[48]

또 채묵蔡墨은 이렇게 말했다.

도당씨陶唐氏는 이미 쇠락해져 있었는데 후에 유루씨劉累氏가 나타났고 그를 어룡御龍이라 했다.[49]

범선자范宣子가 말했다.

나 개匃의 조상은 순 이전에는 도당씨이고, 하대에는 어룡씨御龍氏이다.[50]

이러한 기록들을 통해 보자면, 요의 후대가 봉국을 잃었기는 했지만 분명 자손은 있었다.

무왕이 상나라를 멸망시키고 요의 후손을 계薊땅에 봉했다고 하나 역사 기록에서 본 적이 없다. 사조史趙는 초나라가 진陳나라를 멸망시킨 것에 대해 이렇게 말했다.

"성덕이 있으면 필히 백세의 제사가 있다고 했습니다. 순임금의 자손은 아직 백대가 되지 않았습니다."[51]

노나라 장문중臧文仲은 요蓼와 육六 두 나라가 망했다는 것을 듣고 말했다.

"고요皐陶와 정견庭堅을 제사지낼 사람이 없어졌구나!"[52]

48 『좌전·소공 원년』.

49 『좌전·소공 29년』.

50 『좌전·양공 24년』.

51 『좌전·소공 8년』에 수록되어 있는 것으로, 진후晉侯가 사조에게 "진陳나라는 결국 이렇게 망하는 것인가?"라고 묻자 사조가 "아직은 아닙니다"라고 대답하며 설명한 것이다.

52 이 내용은 『좌전·문공 5년』에 수록되어 있다. 이 해 가을 초나라가 육(안휘성 육안현六安縣 북쪽)나라를 멸망시켰고, 겨울 요(하남성 고시현固始縣 동북쪽)나라를 멸망시켰다. 이 말은 장문중이 육나라와 요나라가 멸망했다는 것을 듣고 탄식한 것이다.

요의 성덕이 어찌 순과 고요의 아래에 있겠는가! 그러나 요의 작위와 봉급은 후손에게 계승되지 못했으니 어째서인가?

10. 잠시의 공경 斯須之敬

오늘날 공사公私의 연회 자리에서 주인 맞은편에 앉는 사람을 '석면席面'이라고 한다. 옛날에는 '빈賓' 혹은 '객客'이라고 불렀다. 『의례儀禮·연례편燕禮篇』에 이런 내용이 있다.

> 사인射人이 손님[賓]을 청하면 주인이 말한다. "모인某人을 손님 자리에 앉게 하시오." 손님은 조금 앞으로 나가 예로써 사양한다. 다시 명하면 손님은 허락한다.

『좌전』에서 계씨季氏가 대부들을 초청하여 연회를 베풀면서 장흘臧紇을 상객으로 삼았다.[53] 송宋 평공平公이 진晉·초楚 두 나라의 대부들을 동시에 초청해 연회를 개최했는데, 이때 진나라의 조맹趙孟이 주빈이 되었다.[54] 두예杜預는 "객客은 한 자리에서 높여지는 사람이다"라고 주를 달았다.

건도乾道 2년(1166) 11월, 설계익薛季益이 대리 공부시랑工部侍郎으로 금나라에 사신의 명을 받았다. 시종侍從이 함께 이부상서 관청에서 전별연을 갖게 되었는데, 진응구陳應求가 연회를 주관하고, 육부六部의 장관 외에 중서·문하 두 성省의 관원들이 모두 참석하여 12명이 모였다. 설계익이 좌중에서 직위가 가장 낮았는데, 진응구가 그에게 상객의 자리에 앉을 것을 청하자, 설계익은 사양하며 이렇게 말했다.

> "항상 고정된 차례가 있었는데 오늘이라고 어찌 전례를 깨겠습니까!"

제공들이 말했다.

53 『좌전·양공 23년』.
54 『좌전·양공 27년』.

"이 자리는 시랑을 위해 만든 것인데 어찌 사양하는가!"

그러나 설계익은 끝내 상객의 자리에 앉지 않았다.

나는 당시 우사右史여서 가장 끝자리에 앉아 있었다. 급사중給事中 왕일엄王日嚴이 나를 지목하며 말했다.

"경로景廬는 가장 빨리 좋은 방법을 생각할 수 있는 사람이니 어서 이 상황을 해결할 수 있는 말을 해 보시오."

나는 웃으며 설계익에게 말했다.

"맹자가 말하지 않았습니까, '일상적인 공경은 형에게 있고 잠시의 공경은 고을 사람에게 있는 것[庸敬在兄, 斯須之敬在鄕人]'이라고요. 시랑께서는 잠시 모두의 공경을 받아도 될 듯합니다. 내일부터는 예전의 순서대로 하면 되지요."

설계익은 대답을 하지 못했다. 자리에 있던 공들은 모두 좋은 말이라 칭찬하였고 결국 상황에 맞춰 제 각기 자리를 찾아 앉게 되었다.

11. 병오년과 정미년의 재앙 丙午丁未

병오丙午와 정미丁未 해가 되면 그 때마다 변고가 생기는데 나라 안에서 생기는 화가 아니라 이적의 침략을 받는 것이다. 삼대는 시대가 너무 머니 한漢나라 이후의 변고들을 모아 설명하려한다.

고조高祖가 병오년에 세상을 떠나자 여씨呂氏가 정권을 장악하면서 유씨劉氏 종실은 거의 사라지게 될 뻔했다.[55]

무제 원광元光 원년(B.C.134)이 정미년인데, 장성長星이 나타나고 치우기蚩尤旗[56]가 하늘에 걸쳐 있었다. 이해 봄 여태자戾太子가 태어났고, 장수를 파견하여

55 한 고조는 B.C.195년 병오년에 세상을 떠났고, 한 고조 사후 여후는 사실상 황제나 마찬가지의 권력을 휘두르며 15년 간 집권했는데, 이 때문에 유씨 황족은 거의 유명무실해졌다가 B.C. 180년에 여후가 사망한 뒤 겨우 주발周勃의 쿠데타로 여씨 일족이 처형되고 안정을 되찾았다.

흉노를 정벌하기 시작하였다. 이후로 30년 동안 계속 출정하여 흉노를 무수히 살상했으며, 무고巫蠱의 화가 발생하여 태자와 그 자식들은 모두 변을 당했다.[57]

소제昭帝 원평元平 원년(B.C.74)이 정미년이었는데, 소제가 서거하고 창읍왕昌邑王이 갓 즉위했다가 바로 폐위되었으니,[58] 한 해에 두 번 천자가 바뀐 것이다.

성제成帝 영시永始 2년(B.C.15)이 병오년, 3년이 정미년이었다. 이 해에 왕씨王氏의 세력은 점차 강성해지기 시작했다. 왕망王莽은 신도후新都侯에 봉해졌고, 조비연趙飛燕이 황후가 되었으며, 이때부터 삼대 동안 황제의 후사가 없게 되면서 한 왕실의 공업이 결국 무너지게 되었다.[59]

광무제 건무建武 연간은 사해가 평안하였으나, 남흉노南匈奴[60]를 끌어들여 결국 유연劉淵이 중원의 난을 일으키는 화근을 만든 것이 바로 병오년과 정미년이다.

상제殤帝와 안제安帝가 즉위한 것이 바로 병오년과 정미년이었으니, 동한東漢

56 蚩尤旗 : 별이름. 치우기는 꼬리별의 일종으로 후미가 굽어 있어 깃발을 닮았는데, 그 혜성이 나타난 방향에서는 바로 전쟁이 난다고 한다.

57 한 무제가 병으로 눕게 되자 강충江充은 한 무제와 태자 사이를 이간질했다. 즉 누군가 주술로 사람을 죽이는 무고巫蠱를 행해 황제를 해하려 하는데, 태자가 관련되어 있다는 것이었다. 한 무제는 이 때문에 태자를 의심하게 되었다. 별궁에서 휴양하던 무제에게 태자가 문안 인사를 갔다가 이러한 이유로 저지당하자 태자는 분노 끝에 강충을 붙잡아 살해했다. 사태가 이렇게 되자 태자가 모반하려고 한다는 유언비어가 퍼졌고, 삽시간에 소문은 전 장안에 퍼지고 만다. 형세가 이렇게 돌아가자 태자는 거병하여 관군과 장안성에서 5일간을 싸웠고, 실패하자 자결했다. 한 무제는 태자의 모후를 폐출시킨 뒤 사형에 처했고, 태자의 처가 일족 전체를 사형에 처했다.

58 소제가 갑자기 후사도 없이 요절해 버리자 창읍왕昌邑王 유하劉賀가 옹립되었다. 그러나 그는 황음荒淫하여 즉위한지 27일 만에 폐위되었고 여태자의 손자인 선제宣帝가 즉위하게 된다.

59 성제의 뒤를 이어 즉위한 애제, 평제는 모두 원제의 손자로 후사가 없었다. 왕망은 선제의 서자 유효의 증손인 유영劉嬰을 평제의 태자로 옹립하였고 평제가 후사없이 죽자 제위를 계승했다. 6년 왕망은 그를 추대하고 자신이 섭정하면서 섭황제라 칭했다가 8년 11월 선양의 형식으로 제위를 찬탈하고 신나라를 세웠다. 그 뒤 유영은 정안공定安公에 봉해졌으나 왕망에 의해 자유를 제한받았으며 왕망의 손녀와 강제적으로 결혼당했다.

60 南匈奴 : 동한 광무제 건무 24년(48), 흉노의 내부가 양분되어 하나가 남쪽으로 내려와 한나라에 복속하였는데 이를 남흉노라 한다. 건무 22년이 병오년, 23년이 정미년이다.

의 정치가 어지러워진 것은 실로 이때부터 시작되었다.

환제桓帝가 영강永康 연간 정미년에 세상을 떠나고, 영제가 즉위하자 한나라 왕실은 결국 멸망하게 되었다.

황초黃初 병오년에 위魏 문제文帝가 세상을 떠나고 명제가 제위를 이었으나, 사마씨의 찬탈은 이 때부터 조짐이 생겨나기 시작했다.

진 무제 태강太康 6년(284)·7년은 혜제惠帝가 동궁에 있을 때였는데, 오호의 난은 바로 이때에 시작되었다고 할 수 있다. 동진부터 수나라에 이르기까지 남북은 분열되고 구주가 혼란한 상황이었으니 더 말할 것도 없다.

당 태종 정관貞觀 연간 말, 무씨가 이미 후궁으로 입성하였고, 중종 신룡神龍·경룡景龍 연간에 있었던 무씨의 화에서 이 일을 볼 수 있다.

대종代宗 대력大曆 원년(766)과 2년, 안사의 난이 막 평정되었으나 그 잔당들을 하북 지방에 안치하였다. 이들은 번진 세력을 형성하였고, 결국 번진은 당나라를 멸망시켰다.

보력寶曆 연간 병오년에는 경종敬宗이 시해를 당했고 문종 대화大和 정미년에는 감로지변甘露之變[61]의 화근이 싹트기 시작했으니 이미 약을 쓸 수 없는 지경에 이르렀다.

희종僖宗 광계光啓[62] 연간, 천하는 이미 대란의 국면으로 접어들었다. 환관들은 희종을 협박하여 흥원부興元府로 몰아넣고 양왕襄王이 제위를 찬탈하여 즉위하였다.

후진石晉의 석중귀石重貴[63]는 개운開運 3년(946) 병오년에 멸망했으며 그 화가

61 甘露之變 : 당나라 문종文宗 때 재상 이훈李訓 등이 환관을 죽이려고 감로가 내렸다고 속여 그들을 꾀어내려 하다가, 목적을 달성하지 못하고 도리어 피살당한 사변.

62 光啓 : 당 희종 시기 연호(885~888).

63 石重貴 : 오대五代 후진後晉의 출제出帝. 석경당石敬瑭 형의 아들로 석경당의 뒤를 이어 황제가 되어 거란契丹에 대해 손자라 할 뿐 신하라 하지 않자 거란이 동맹을 끊어버렸다. 개운開運 초에 일찍이 두 차례에 걸쳐 거란 군대를 격퇴했다. 3년(946) 거란이 다시 대거 침략하여 그를 포로로 잡아 북쪽으로 옮긴 뒤 부의후負義侯라 봉하니 후진은 마침내 멸망하고 말았다. 3년 동안 재위했다.

지금까지 남아있다.

송나라 경덕景德 연간 막 거란의 위협에서 벗어났으나 이듬해인 대중상부大中祥符 원년(1008), 신선궁관神仙宮觀을 짓게 되면서 국고가 비게 되고 국력은 빈약해졌다.

치평治平 4년(1067) 정미년, 왕안석이 재상이 되면서 나라의 종묘사직에 혼란을 일으켰다. 정강靖康 원년(1126)인 병오년, 도성이 금군에게 포위당하였고, 다음해인 정미년에 개봉이 함락되었다.

순희淳熙 14년(1187) 정미년 고종이 세상을 떠났다. 대체적으로 정미년의 화가 병오년보다 더 참혹하다. 하늘의 징조가 천체의 운행으로 드러나니 사람의 힘으로 어떻게 할 수 있는 것이 아니다.

12. 재상의 임용 祖宗命相

선대에서는 재상을 임용할 때 자신의 의지로 결정했다. 처음에는 내관과 외관, 고관과 말직을 주요 조건으로 간주하지 않았다. 만약 전임 재상을 다시 불러 임명하려면 현직 재상보다 높은 자리에 임명하였다.

태종 태평흥국太平興國 연간, 설거정薛居正이 세상을 떠났을 때 노다손盧多遜과 심윤沈倫이 재상의 직위에 있었다. 태자태보太子太保 산질散秩[64]이었던 한왕韓王 조보趙普를 소문관昭文館에 임명하여 수석 재상으로 삼았다.

함평咸平 4년(1001), 문정공文靖公 이항李沆을 집현원集賢院에 임명하였으나, 전임 재상이었던 문목공文穆公 여몽정呂蒙正을 소문관昭文館에 임명하여 이항의 위에 두었다.

경덕景德 원년(1004), 문정공文靖公이 세상을 떠나자 문정공文正公 왕단王旦과 문목공文穆公 왕흠약王欽若을 참지정사參知政事에 임명하고, 순서대로 충원하지 않았다. 문간공文簡公 필사안畢士安은 한림시독학사翰林侍讀學士에서, 충민공忠愍公

64 散秩 : 한직으로 일정한 직위가 없는 벼슬.

구준寇准은 삼사사三司使에서 함께 사관집현史館集賢에 임명되었다. 필사안은 참지정사에 임명되었지만 재임기간은 한 달도 채 되지 않았다.

지화至和 2년(1055), 공공恭公 진집중陳執中이 재상에서 면직되었을 때 유항劉沆이 재상의 자리에 있었는데, 밖에서 문언박文彥博과 부필富弼 두 사람을 불렀다. 문언박은 다시 소문관에 임명되었고, 부필은 집현원에 임명되었으나, 유항은 사관史館으로 임명되었다.

신종 희녕熙寧 3년(1070), 헌숙공獻肅公 한강韓絳과 형공荊公 왕안석王安石이 함께 재상에 임명되었는데, 한강의 지위가 높았으나 먼저 면직되었고 4년이 지난 후 왕안석도 면직되었다. 후에 한강은 다시 사관과 재상에 임명되었고, 이듬해 왕안석도 재상에 임명되었는데 소문관에 임명되면서 한강보다 높은 자리에 올랐다.

원우元祐 원년, 낙양의 문언박을 불러 재상에 임명하였고 사마광을 문하시랑門下侍郎에서 좌복야左僕射에 임명하였다. 그러나 사마광은 고사하면서, 문언박을 태사겸시중太師兼侍中·행좌복야行左僕射에 임명할 것을 청하고, 자신은 우복야가 되어 그를 돕겠다고 했다. 선인황태후는 "문언박을 어찌 그대의 윗자리에 둔단 말이오?"라며 허락하지 않고서 문언박을 겸시중兼侍中 행우복야行右僕射로 임명하려 했다. 간관도 문언박이 삼성의 장관을 맡을 수 없다고 하여 평장군국중사平章軍國重事만을 맡게 되었다.

숭녕崇寧 이후, 채경 등 4인이 수석 재상 자리를 도맡았다. 이는 예외의 상황이므로 전고典故로 논할 수 없다.

효종 융흥隆興 원년(1163) 겨울, 기공岐公 탕사퇴湯思退를 우복야右僕射에 임명하고 위공魏公 장준張浚을 추밀사樞密使에 임명 하였다. 효종孝宗은 장준을 좌상에 임명하고자 하여 고종에게 물었다. 고종은 "탕사퇴는 원래 좌상이고, 장준은 원래 우상이었으니 원래대로 하면 될 것이다"하여, 명이 나오게 되었다.

1. 哀公問社

哀公問社於宰我, 宰我對曰：「夏后以松, 殷人以柏, 周人以栗。」曰：「使民戰栗。」子聞之, 曰：「成事不說, 遂事不諫, 既往不咎。」古人立社, 但各因其土地所宜木爲之, 初非求異而取義於彼也。哀公本不必致問, 旣聞用栗之言, 遂起「使民戰栗」之語。其意謂古者弗用命戮於社, 所以威民。然其實則非也。孔子責宰我不能因事獻可替否, 旣非成事, 尙爲可說, 又非遂事, 尙爲可諫, 且非旣往, 何咎之云。或謂「使民戰栗」一句, 亦出於宰我, 記之者欲與前言有別, 故加「曰」字以起之, 亦是一說。然戰栗之對, 使出於我, 則導君於猛, 顯爲非宜。出於哀公, 則便卽時正救, 以杜其始。兩者皆失之, 無所逃於聖人之責也。哀公欲以越伐魯而去三家, 不克成, 卒爲所逐, 以至失邦, 其源蓋在於此。何休注公羊傳云：「松, 猶容也, 想見其容貌而事之, 主人正之意也。柏, 猶迫也, 親而不遠, 主地正之意也。栗猶戰栗, 謹敬貌, 主天正之意也。」然則戰栗之說, 亦有所本。公羊云：「虞主用桑, 練主用栗。」則三代所奉社, 其亦以松、柏、栗爲神之主乎! 非植此木也。程伊川之說有之。

2. 絕句詩不貫穿

「夜涼吹笛千山月, 路暗迷人百種花。棋罷不知人換世, 酒闌無柰客思家。」此歐陽公絕妙之語。然以四句各一事, 似不相貫穿, 故名之曰夢中作。永嘉士人薛韶喜論詩, 嘗立一說云：老杜近體律詩, 精深妥帖, 雖多至百韻, 亦首尾相應, 如常山之蛇, 無間斷齟齬處。而絕句乃或不然, 五言如「遲日江山麗, 春風花草香。泥融飛燕子, 沙暖睡鴛鴦」,「急雨梢溪足, 斜暉轉樹腰。隔巢黃鳥並, 翻藻白魚跳」,「江動月移石, 溪虛雲傍花。鳥棲知故道, 帆過宿誰家」,「鑿井交棕葉, 開渠斷竹根。扁舟輕褭纜, 小徑曲通村」,「日出籬東水, 雲生舍北泥。竹高鳴翡翠, 沙僻舞鵾鷄」,「釣艇收緡盡, 昏鴉接翅稀。月生初學扇, 雲細不成衣」,「舍下筍穿壁, 庭中藤刺檐。地晴絲冉冉, 江白草纖纖」, 七言如「糝徑楊花鋪白氈, 點溪荷葉疊青錢。筍根雉子無人見, 沙上鳧雛傍母眠」,「兩箇黃鸝鳴翠柳, 一行白鷺上青天。窗含西嶺千秋雪, 門泊東吳萬里船」之類是也。予因其說, 以唐人萬絕句考之, 但有司空圖雜題云「驛步堤縈閣, 軍城鼓振橋。鷗和湖鴈下, 雪隔嶺梅飄」,「舴艋猿偷上, 蜻蜓燕競飛。樵香燒桂子, 苔濕掛莎衣」。

3. 農父田翁詩

張碧農父詩云：「運鋤耕斸侵星起，隴畔豐盈滿家喜。到頭禾黍屬他人，不知何處抛妻子.」杜荀鶴田翁詩云：「白髮星星筋骨衰，種田猶自伴孫兒。官苗若不平平納，任是豐年也受飢.」讀之使人愴然，以今觀之，何啻倍蓰也.

4. 衛宣公二子

衛宣公二子之事，詩與左傳所書，始末甚詳，乘舟之詩，爲伋、壽而作也。左傳云：「宣公烝於庶母夷姜，生急子。爲之娶於齊而美，公取之，生壽及朔。宣姜與公子朔譖急子。宣姜者，宣公所納伋之妻，翻譖其過。公使諸齊，使盜待諸莘，將殺之。壽子告之，使行，不可。壽子載其旌以先，盜殺之，遂兄弟幷命。」案，宣公以魯隱四年十二月立，至桓十二年十一月卒，凡十有九年。姑以卽位之始，便成烝亂，而急子卽以次年生，勢須十五歲然後娶。旣娶而奪之，又生壽、朔，朔已能同母譖兄，壽又能代爲使者以越境，非十歲以下兒所能辨也。然則十九年之間，如何消破？ 此最爲難曉也。

5. 謂端為匹

今人謂縑帛一匹爲壹端，或總言端匹。案左傳「幣錦二兩」注云：「二丈爲一端，二端爲一兩，所謂匹也. 二兩，二匹也。」然則以端爲匹非矣。湘山野錄載夏英公鎭襄陽，遇大禮赦恩，賜致仕官束帛，以絹十匹與胡旦. 旦笑曰：「奉還五匹，請檢韓詩外傳及諸儒韓康伯等所解『束帛戔戔』之義，自可見證。」英公檢之，果見三代束帛、束脩之制。若束帛則卷其帛爲二端，五匹遂見十端，正合此說也。然周易正義及王弼注、韓詩外傳皆無其語。文瑩多妄誕，不足取信。按，春秋公羊傳「乘馬束帛」注云：「束帛謂玄三纁二，玄三法天，纁二法地。」若文瑩以此爲證，猶之可也。

6. 唐人草堂詩句

予於東圃作草堂，欲采唐人詩句書之壁而未暇也，姑錄之于此。杜公云：「西郊向草堂」，「昔我去草堂」，「草堂少花今欲栽」，「草堂塹西無樹林」。白公有別草堂三絶句，又云：「身出草堂心不出。」劉夢得傷愚溪云：「草堂無主燕飛回。」元微之和裴校書云：「淸江見底草堂在。」錢起有暮春歸故山草堂詩，又云：「暗歸草堂靜，半入花源去。」朱慶餘「稱著朱衣入草堂」。李涉「草堂曾與雪爲鄰」。顧況「不作草堂招遠客」。郎士元「草堂竹徑在何處」。張籍「草堂雪夜携琴宿」。又云「西峯月猶在，遙憶草堂前」。武元衡「多君能寂寞，共作草堂游」。陸龜蒙「草堂秪待新秋景」，又云「草堂盡日留僧坐」。司空圖「草堂舊隱猶招我」。韋莊「今來空訝草堂新」。子蘭「策杖吟詩上草堂」。皎然有題湖上草堂云「山居不買剡中山，湖上千峯處處閑。芳草白雲留我住，世人何事得相關.」

7. 公穀解經書日

孔子作春秋, 以一字爲褒貶, 大抵志在尊王, 至於紀年敍事, 只因舊史。杜預見汲冢書魏國史記, 謂「其著書文意大似春秋經, 推此足以見古者國史策書之常也。」所謂書日不書日, 在輕重事體本無所系, 而公羊、穀梁二傳, 每事斷之以日, 故窒而不通。左氏惟有公子益師卒, 「公不與小斂, 故不書日」一說, 其它亦鮮。今表二傳之語, 以示兒曹。

公羊云:「益師卒, 何以不日? 遠也。」「葬者不及時而日, 渴葬也。不及時而不日, 慢葬也。過時而日, 隱之也。過時而不日, 謂之不能葬也。當時而不日, 正也。當時而日, 危不得葬也。」「庚寅, 入邴。其日何? 難也。」「取邑不日。」「桓之盟不日, 信之也。」「甲寅, 齊人伐衛。伐不日, 此何以日? 至之日也。」「壬申, 公朝于王所。其日何? 錄乎內也。」「辛巳, 晉敗秦于殽。詐戰不日, 此何以日? 盡也。」「甲戌, 敗狄于鹹。其日何? 大之也。」「子卒。何以不日? 隱之也。」「卽位不日。」穀梁最多。「卑者之盟, 不日。」「大夫日卒, 正也。」「諸侯日卒, 正也。」「日入, 惡入者也。」「外盟不日。」「取邑不日。」「大閱崇武, 故謹而日之。」「前定之盟, 不日。」「公敗齊師。不日, 疑戰也。」「公敗宋師。其日, 成敗之也。」「齊人滅遂。其不日, 微國也。」「公會齊侯, 盟于柯, 桓盟雖內與, 不日, 信也。」「媵陳人之婦。其不日, 數渝, 惡之也。」「癸亥, 葬紀叔姬, 不日卒, 而日葬, 閔紀之亡也。」「子卒日, 正也。不日, 故也。有所見則日。」「戊辰, 盟于葵丘。桓盟不日, 此何以日? 美之也。」「辛卯, 沙鹿崩。其日, 重變也。」「戊申, 隕石于宋。是月, 六鶂退飛。石無知, 故日之。鶂微有知之物, 故月之。」「乙亥, 齊侯小白卒。此不正, 其日之, 何也?」「壬申, 公朝于王所。其日, 以其再致天子, 故謹而日之。日繫於月, 月繫於時。其不月, 失其所繫也。」「丁未, 商臣弑其君髡。日髡之卒, 所以謹商臣之弑也。」「乙巳, 及晉處父盟。不言公, 諱也。何以知其與公盟? 以其日也。」「甲戌, 所取須句。取邑不日, 此其日, 何也? 不正其再取, 故謹而日之也。」「辛丑, 葬襄王。日之, 甚矣, 其不葬之辭也。」「乙卯, 晉、楚戰于邲。日, 其事敗也。」「癸卯, 晉滅潞。滅國有三術, 中國謹日, 卑國月, 夷狄不日。其日, 潞子賢也。」「甲戌, 楚子卒。夷狄卒而不日。日, 少進也。」「癸酉, 戰于鞌。其日, 或曰日其戰也。或曰日其悉也。」「梁山崩。不日, 何也? 高者有崩道也。」「鼷鼠食郊牛角。不言日, 急辭也。」「庚申, 莒潰惡之, 故謹而日之也。」「秋, 公至自會。不日, 至自伐鄭也。」「丙戌, 鄭伯卒于操。其日, 未逾竟也。」「乙亥, 臧孫紇出奔邾。其日, 正紇之出也。」「蔡世子弑其君。其不日, 子奪父政, 是謂夷之。」「冬十月, 葬蔡景公。不日卒而月葬, 不葬者也。」「四月, 楚公子比弑其君。弑君者日, 不日, 比不弑也。」「甲戌, 同盟于平丘。其日, 善是盟也。」「內之大事日。卽位, 君之大事也。其不日, 何也? 以年決者, 不以日決也。定之卽位, 何以日也? 著之也。」它釋時月者亦然, 通經之士, 可以默喩矣。沙鹿、梁山爲兩說, 尤不然。蘇子由春秋論云:「公羊穀梁之傳, 日月土地, 皆所以爲訓。夫日月之不知, 土地之不詳, 何足以爲喜怒!」其意蓋亦如此。

8. 柳應辰押字

予頃因見鄂州南樓土中磨崖碑, 其一刻「柳」字, 下一字不可識, 後訪得其人, 名應辰, 而云是唐末五代時湖北人也, 旣載之四筆中, 今始究其實, 柳之名是已。蓋以國朝寶元元年呂溱榜登甲科, 今浯溪石上有大押字, 題云：「押字起於心, 心之所記, 人不能知。大宋熙寧七年甲寅歲刻, 尙書都官員外郞武陵柳應辰, 時爲永州通判。」 仍有詩云：「浯溪石在大江邊, 心記閑將此地鐫。自有後人來屈指, 四千六百甲寅年。」有閬中陳思者跋云：「右柳都官欲以怪取名, 所至留押字盈丈, 莫知其何爲。押字古人書名之草者, 施於文記間, 以自別識耳。今應辰鐫刻廣博如許, 已怪矣。好事者從而爲之說, 謂能袪逐不祥, 眞大可笑。」 予得此帖, 乃恨前疑之非。石傍又有蔣世基述夢記云：「至和三年八月, 知永州職方員外郞柳拱辰受代歸闕, 祁陽縣令齊術送行至白水, 夢一儒衣冠者曰：『我元結也, 今柳公遊浯溪, 無詩而去, 子盍求之?』覺而心異之, 遂獻一詩。柳依韻而和, 其語不工。」 拱辰以天聖八年王拱辰牓登科, 殆應辰兄也, 輒幷記之。

9. 唐堯無後

堯、舜之子, 不肖等耳。舜之後雖不有天下, 而傳至於陳及田齊, 幾二千載。惟堯之後, 當舜在位時卽絶, 故禹之戒舜曰：「毋若丹朱傲, 用殄厥世。」又作戒曰：「惟彼陶唐, 有此冀方。今失厥道, 亂其紀綱, 乃底滅亡。」原丹朱之惡, 固在所絶。方舜、禹之世, 顧不能別訪賢胄爲之立繼乎! 左傳載子產之辭曰：「唐人是因, 以服事夏、商, 其季世曰唐叔虞。謂唐人之季, 非周武王子封於晉者。成王滅唐而封太叔。」 又蔡墨曰：「陶唐氏旣衰, 其後有劉累氏, 曰御龍。」范宣子曰：「匄之祖, 自虞以上爲陶唐氏, 在夏御龍氏。」然則封國雖絶, 尙有子孫。武王滅商, 封帝堯之後於薊, 而未嘗一見於簡策。史趙言楚之滅陳曰：「盛德必百世祀, 虞之世數未也。」臧文仲聞蓼與六二國亡, 曰：「皐陶庭堅不祀, 忽諸！」 堯之盛德, 豈出舜、皐之下, 而爵邑不能及孫, 何也？

10. 斯須之敬

今公私宴會, 稱與主人對席者曰席面。古者謂之賓、謂之客是已。儀禮燕禮篇：「射人請賓, 公曰：『命某爲賓。』賓少進, 禮辭。又命之, 賓許諾。」左傳季氏飮大夫酒, 臧紇爲客。宋公兼享晉、楚之大夫, 趙孟爲客。杜預云：「客, 一坐所尊也。」乾道二年十一月, 薛季益以權工部侍郞受命使金國, 侍從共餞之於吏部尙書廳, 陳應求主席, 自六部長貳之外, 兩省官皆預, 凡會者十二人。薛在部位最下, 應求揖之爲客, 辭不就, 曰：「常時固自有次第, 柰何今日不然!」諸公言：「此席正爲侍郞設, 何辭之爲!」薛終不可。予時爲右史, 最居末坐。給事中王日嚴目予曰：「景盧能倉卒間應對, 願出一轉語折衷之。」予笑謂薛曰：「孟子不云乎：『庸敬在兄, 斯須之敬在鄕人。』 侍郞姑處斯須之敬可也。明日以往,不妨復如常時。」薛無以對, 諸公皆稱善, 遂就席。

11. 丙午丁未

丙午、丁未之歲, 中國遇此輒有變故, 非禍生於內, 則夷狄外侮。三代遠矣, 姑摭漢以來言之。高祖以丙午崩, 權歸呂氏, 幾覆劉宗。武帝元光元年爲丁未, 長星見, 蚩尤旗亘天, 其春, 戾太子生, 始命將出征匈奴, 自是之後, 師行三十年, 屠夷死滅, 不可勝數, 及於巫蠱之禍, 太子子父皆敗。昭帝元平元年丁未, 帝崩, 昌邑立而復廢, 一歲再易主。成帝永始二年, 三年, 爲丙午、丁未, 王氏方盛, 封莽爲新都侯, 立趙飛燕爲皇后, 由是國統三絶, 漢業遂頹, 雖光武建武之時, 海內無事, 然勾引南匈奴, 稔成劉淵亂華之釁, 正是歲也。殤帝、安帝之立, 値此二年, 東漢政亂, 實基於此。桓帝終於永康丁未, 孝靈繼之, 漢室滅矣。魏文帝以黃初丙午終, 明帝嗣位, 司馬氏奪國, 兆於此時。晉武太康六年、七年, 惠帝正在東宮, 五胡毒亂, 此其源也。東晉訖隋, 南北分裂, 九縣飈回, 在所不論。唐太宗貞觀之季, 武氏已在後宮, 中宗神龍、景龍, 其事可見。代宗大曆元、二, 大盜初平, 而置其餘孽於河北, 強藩悍鎭, 卒以亡唐。寶曆丙午, 敬宗遇弑。大和丁未, 是爲文宗甘露之悲, 至於不可救藥。僖宗光啓之際, 天下固已大亂, 而中官劫幸興元, 襄王熅僭立。石晉開運, 遺禍至今。皇朝景德, 方脫契丹之擾, 而明年祥符, 神仙宮觀之役崇熾, 海內虛耗。治平丁未, 王安石入朝, 愲亂宗社。靖康丙午, 都城受圍, 逮于丁未, 汴失守矣。淳熙丁未, 高宗上仙。總而言之, 大抵丁未之災, 又慘於丙午, 昭昭天象, 見於運行, 非人力之所能爲也。

12. 祖宗命相

祖宗進用宰相, 惟意所屬, 初不以內外高卑爲主。若召故相, 則率置諸見當國者之上, 太平興國中, 薛文惠公居正薨, 盧多遜、沈倫在相位, 而趙韓王普以太子太保散秩而拜昭文。咸平四年, 李文靖公沆爲集賢, 而召故相呂文穆公蒙正爲昭文。景德元年, 文靖薨, 王文正公旦、文穆公欽若爲參政, 不次補, 而畢文簡公士安由侍讀學士、寇忠愍公準由三司使, 並命爲史館, 集賢, 畢公雖歷參政, 不及一月。至和二年, 陳恭公執中罷, 劉沆在位, 而外召文、富二公, 文公復爲昭文, 富爲集賢, 而沆遷史館。熙寧三年, 韓獻肅公絳、王荊公安石同拜, 韓在上而先罷, 荊公越四年亦罷。韓復爲館相, 明年荊公再入, 遂拜昭文, 居韓之上。元祐元年, 召文潞公於洛, 司馬公自門下侍郎, 拜左僕射, 固辭, 乞令彦博以太師兼侍中行左僕射, 而己爲右以佐之。宣仁不許, 曰:「彦博豈可居卿上!」欲命兼侍中行右僕射, 會臺諫有言, 彦博不可居三省長官, 於是但平章軍國重事。崇寧以後, 蔡京凡四入, 輒爲首台。此非可論典故也。隆興元年冬, 湯岐公思退爲右僕射, 張魏公浚爲樞密使, 孝宗欲命張爲左, 請於德壽, 高宗曰:「湯思退元是左相, 張浚元是右相, 只仍其舊可也。」於是出命。

찾아보기

• 서명 •

• 인명 •

찾아보기

/ 마 /

/ 바 /

/ 자 /

/ 차 /

/ 타 /

/ 파 /

/ 하 /

• 지은이 •

홍매洪邁

저자 홍매洪邁(1123~1202)는 자는 경로景盧, 호는 용재容齋이며, 시호는 문민공文敏公으로 강서성江西省 파양鄱陽 사람이다. 홍매의 부친과 두 형들은 모두 당시의 저명 인사였다. 부친인 홍호洪皓는 금나라에 사신으로 갔다가 억류되어 15년 만에 송나라로 돌아왔는데, 고종 황제는 "한나라 시기 흉노에게 억류되었다가 19년 만에 돌아왔던 소무와 같은 충절"이라며 칭송하였다. 홍매의 두 형들 또한 재상과 부재상을 지낸 고위 관료이자 학자였기에 당시 '홍씨 삼 형제의 학문과 문학적 명성이 천하에 가득했다三洪文名滿天下'는 평판이 있었다.

홍매는 고종 소흥紹興 15년(1145) 박학굉사과博學宏詞科에 급제한 후 여러 관직을 거쳐 단명전학사端明殿學士로 관직생활을 마감하였다. 저작으로는 『이견지夷堅志』와 『만수당인절구萬首唐人絶句』, 『용재수필容齋隨筆』, 『야처류고野處類稿』가 있다. 또한 30여 년 동안 사관史官을 지내면서 북송 신종神宗, 철종哲宗, 휘종徽宗, 흠종欽宗 4대의 역사인 『사조국사四朝國史』와 『흠종실록欽宗實錄』, 『철종보훈哲宗寶訓』을 집필하였다.

• 옮긴이 •

홍승직洪承直

고려대 중문과를 졸업하고 동대학원에서 석사와 박사학위를 취득하였다. 현재 순천향대학교 중문과 교수로 재직하고 있다. 중국 섬서사범대학에서 방문학자로 연구한 바 있다. 주로 중국 고전 산문 분야를 연구 강의하며 중국 고전의 번역에 힘쓰고 있다. 『논어』, 『대학·중용』, 『이탁오평전』, 『분서』, 『아버지 노릇』, 『유종원집』 등의 번역서와 「유종원산문의 문체별 연구」, 「풍자개의 산문세계」, 「사부에 나타난 유종원의 우환의식」 등의 논문이 있다.

노은정盧垠靜

성신여대 중문과를 졸업하고 고려대학교에서 석사와 박사학위를 취득하였다. 현재 성신여자대학교 인문과학연구소 연구원으로 재직하고 있다. 중국 고전시 분야를 연구하며 중국 고전을 강의하고 있다. 『중국문학이론비평사』(선진편, 양한편, 수당오대편, 송원편, 명대편/ 공역), 『그림으로 읽는 중국고전』 등의 번역서와 「사시가의 연원과 범성대 『전원사시잡흥』의 시간」, 「양성재楊誠齋와 이퇴계李退溪 매화시의 도학자적 심미관」 등의 논문이 있다.

안예선安芮璿

순천향대 중문과를 졸업하고 고려대에서 석사를, 중국 푸단復旦대학에서 박사학위를 취득하였다. 현재 고려대와 순천향대에서 강의하며, 중국 고전 산문 분야를 연구하고 있다. 「구양수歐陽脩 『신오대사新五代史』의 서사 기획 — 『구오대사舊五代史』와의 비교를 중심으로」, 「『한서漢書』 중 한漢 무제武帝 이전 시기 서사 고찰 — 『사기史記』와의 비교를 중심으로」 등의 논문이 있다.

한 국 연 구 재 단
학술명저번역총서
[동 양 편] 615

용재수필容齋隨筆 ❺ 용재오필容齋五筆

초판 인쇄 2016년 7월 1일
초판 발행 2016년 7월 15일

지 음 | 홍매洪邁
옮 김 | 홍승직 · 노은정 · 안예선
펴 낸 이 | 하운근
펴 낸 곳 | 學古房

주 소 | 경기도 고양시 덕양구 통일로 140 삼송테크노밸리 A동 B224
전 화 | (02)353-9908 편집부(02)356-9903
팩 스 | (02)6959-8234
홈페이지 | http://hakgobang.co.kr/
전자우편 | hakgobang@naver.com, hakgobang@chol.com
등록번호 | 제311-1994-000001호

ISBN 978-89-6071-600-1 94820
978-89-6071-287-4 (세트)

값 : 30,000원

■ 이 책은 2010년도 정부재원(교육부)으로 한국연구재단의 지원을 받아 연구되었음(NRF-2010-421-A00053).
This work was supported by National Research Foundation of Korea Grant funded by the Korean Government(NRF-2010-421-A00053).

이 도서의 국립중앙도서관 출판예정도서목록(CIP)은 서지정보유통지원시스템 홈페이지(http://seoji.nl.go.kr)와 국가자료공동목록시스템(http://www.nl.go.kr/kolisnet)에서 이용하실 수 있습니다. (CIP제어번호 : CIP2016016157)